大街

[美]辛克莱·路易斯 / 著
顾 奎 / 译

Main Street

漓江出版社

作家·作品

　　《大街》与《包法利夫人》都是对现代文明的尖锐批评，其批评聚焦的都是褊狭小镇的资产阶级社会。不同之处是，路易斯展示了更多的人物类型，更多种类的活动，更多囊地鼠草原的社会网络的网眼……卡罗尔的反叛是受到内心的一种饥渴的鼓励，通过从手到意志再到大脑的合适的发展，到目前看来，这是真实的，我判断她的反叛不仅是有意义的，而且是美丽的，不是没有希望的。

　　　　　　　——斯图亚特·P.谢尔门:《辛克莱·路易斯的意义》

　　囊地鼠草原琐细、不变、狭隘的生活被制造成了照相般的真实，而当作者用最细密和一丝不差的细节感知写作时，他带着照相机所没有的敏感和热情透视着表面之下，用一种对于已完全熟悉小镇生活的那些人都能产生兴趣和互文价值的方式阐释生活。尽管都是一些无意义的主体物，但一切都与囊地鼠草原镇的生活息息相关，而人们获得的印象是：简·奥斯汀和乔治·艾略特都不能把过去外省褊狭的英国描写得比路易斯的现代美国小镇更加生动逼真，尤其是小镇的幽默力和伤感力，它的低微和它的伟大，它的无数的微小的喜剧和暗藏的贫贱的悲剧。

　　　　　　　——斯坦顿·A.卡比勒茨:《新书必读:〈大街〉》

就像路易斯试着要改革的小镇一样,卡罗尔也没有逃脱路易斯的批评。她是一个堂吉诃德似的梦想家,鲁莽的,有时候是急躁的,但却也是慈善的,好意的和有才智的。路易斯讽刺的方法依赖于讥讽和同情、漫画和真实、怜悯和轻蔑的某种变化的混合。

——詹姆斯·M. 赫切森:《〈大街〉,美国文学(1870—1920)》

《大街》是路易斯创作巅峰期的首部作品,在路易斯于1930年成为美国首位获得诺贝尔文学奖的作家以后,一直畅销不衰。他对美国中产阶级的期望进行了嘲讽,引起了读者和评论家的共鸣。通过《大街》这部作品,路易斯展现了他的艺术潜质,创造出一部至今仍然影响深远的小说。他以深怀同情的笔触向我们描绘了一个在草原小镇看不到希望的知识女性的形象。来自圣保罗的图书馆员卡罗尔·米尔福德嫁给了威尔·肯尼科特医生,并随其来到他的家乡囊地鼠草原镇。肯尼科特希望卡罗尔安安静静做好他的妻子,支持他的事业,给他生一群孩子;卡罗尔则希望自己能有力量改良这个小镇的建筑风格、自然环境和人文环境。

——萨莉·E. 帕里:《中西部文学辞典》

目　录

·译　序·

盛世文明的反叛声音…………………………… 顾　奎

大　街

序　言 ……………………………………………………	3
第一章 ……………………………………………………	5
第二章 ……………………………………………………	20
第三章 ……………………………………………………	30
第四章 ……………………………………………………	45
第五章 ……………………………………………………	76
第六章 ……………………………………………………	95
第七章 ……………………………………………………	112
第八章 ……………………………………………………	128
第九章 ……………………………………………………	136
第十章 ……………………………………………………	149
第十一章 …………………………………………………	169
第十二章 …………………………………………………	197
第十三章 …………………………………………………	209
第十四章 …………………………………………………	219
第十五章 …………………………………………………	237
第十六章 …………………………………………………	262

第十七章	276
第十八章	291
第十九章	308
第二十章	322
第二十一章	334
第二十二章	348
第二十三章	363
第二十四章	379
第二十五章	402
第二十六章	414
第二十七章	423
第二十八章	427
第二十九章	447
第三十章	467
第三十一章	484
第三十二章	496
第三十三章	513
第三十四章	532
第三十五章	542
第三十六章	551
第三十七章	560
第三十八章	568
第三十九章	585

·附 录·

辛克莱·路易斯小说年表 …………………………………… 595

·译 序·

盛世文明的反叛声音

顾 奎

毫无疑问,辛克莱·路易斯(Sinclair Lewis,1885—1951)是美国文学史上一位里程碑式的作家,也是美国第一位获得诺贝尔文学奖的作家。而在此之前,其作品《大街》(Main Street)已经在整个美国引起轰动。路易斯以女主人公卡罗尔的各种事件为故事的主要线索,用富有表现力的、粗犷但却饱含细腻的笔触,为我们描绘了20世纪美国西部小镇的社会万象和人文风情。其叙事技艺和语言风格,开创了美国文学的一个新的时代。在这部小说获得巨大成功之后,书中的"大街"一词还成了一种群体的狭隘乡土观念和实利主义的文化特征。这部作品自问世以来一直饱受争议。因为路易斯巧妙地运用了多种叙事技巧,取得了不凡的讽刺效果,所以它遭到了很多保守势力的非议,也遭到了乡里乡亲的指责。不过,路易斯并没有理会这些非议,而是继续保持自己的写作风格,对落后和保守势力进行无情的讽刺和揭露。毫不夸张地说,路易斯创造了地地道道的美国风格，创造了美国文学的一个时代，一个崭新的时代。

辛克莱·路易斯1885年2月7日生于明尼苏达州的索克森特镇。童年时代的路易斯学习很差，八年级时竟然位列班级倒数第二。13岁那年，他曾试图应征入伍成为美西战争的一名鼓手，但被父亲及时拦下。高中阶段，他的学习稍有起色，参加了学校的辩论赛和其他形式的公开演讲活动。1903年，他离开就读半年的欧柏林学院（Oberlin College），考取了耶鲁大学。大学期间，他虽然担任过《耶鲁文学杂志》的编辑，也曾在纽黑文报社兼职，但还是因不能适应耶鲁的生活在毕业之前逃离了学校。

在离开耶鲁的一年多时间里，他做过很多临时工作：在出版社担任过编辑，去厄普顿·辛克莱（Upton Sinclair, 1878—1968）创办的社会主义居民试验区干过农活，又在纽约给一些杂志社写儿童歌谣，还只身前往巴拿马运河区寻找工作。之后他于1907年重返耶鲁，并在次年取得学位。在接下来的四年中，他凭借着饱读英文经典名著的深厚底蕴和丰富的自由写作经验，一直靠从事文字工作谋生。1912年，他以笔名汤姆·哥兰（Tom Graham）发表了第一部小说《步行与飞机》（*Hike and the Aeroplane*），1914年发表第二部小说《我们的瑞恩先生》（*Our Mr. Wrenn*）。

1916年，他辞去编辑工作，专门从事写作。他到过华盛顿、艾奥瓦、旧金山，结识了不少志同道合的作家，其中还包括不少的左倾作家。他在出版社担任编辑时共写了六部小说，但这些小说都是他创作之路上的练手之作，实际上是为了生计而匆忙赶写的作品。评论指出，这类小说是关于"舒舒服服人们的舒舒服服的问题"，"平庸者罗曼史"。这六部小说中只有《我们的瑞恩先生》和《求职》（*The Job*）这两部小说颇具特色。

1920年，随着《大街》的出版，路易斯在写作上也达到了人生的巅峰。在这之后的十年内，他又成功地出版了几部小说，如《巴比特》(Babbitt)、《阿罗史密斯》(Arrowsmith)、《埃尔默·甘特利》(Elmer Gantry)、《认识柯立芝的人》(The Man Who Knew Coolidge)和《多兹沃思》(Dodsworth)。其中,《阿罗史密斯》获得1926年普利策文学奖,但是路易斯拒绝领奖,因为他认为这本书并没有很好地呈现出美国的生活和文化。另一部作品《巴比特》获得1930年诺贝尔文学奖,这一次他接受了诺贝尔文学奖,并发表了题为《美国对文学的恐惧》的长篇演讲,当场抨击美国的保守势力。

获得诺贝尔文学奖之后,辛克莱·路易斯的创作开始走下坡路,后期的作品虽然销量不错,但是又回归了早些年的"平庸者罗曼史"的阶段。1951年1月10日,辛克莱·路易斯病逝于意大利首都罗马。遵其遗愿,遗骸移葬至故乡索克森特镇。在他的墓碑上除了姓名和生卒年之外,只有"《大街》的作者"这几个字。

作为辛克莱·路易斯最著名的作品之一,《大街》问世后迅速风靡欧美国家,一年内重印28次,被称为"20世纪美国出版史上最轰动的事件"。此书还成了当时堪萨斯州各级学校学生的必读教材。这部长篇小说发表于1920年,当时美国经济发展迅速,呈现出一片繁荣的景象,城市文明日渐繁荣,人民生活蒸蒸日上。但路易斯却抓住了在这个看似繁荣的场景下的阴暗面,从一个小镇着手,着力表现了经济繁荣与旧观念之间的冲突。这也印证了社会的发展和思想不是同步的哲学原理,而路易斯正是抓住了这一原理。

小说的主人公卡罗尔,是一位出身优越,受过高等教育的新时期的女性。她有着幸福快乐的童年,在学校里也是出众的人物,那时谁都没有把她和西部一个草原村镇联系起来,就好像她天生就不属于那里。她和斯图尔特的关系,在大学毕业之后一个月的信件来往中也断绝了。后来,她认识了把她带到西部小镇的男人威尔·肯尼科特。起初,卡罗尔也对草原镇有着很大的期待,她认为她也能像肯尼科特那样热爱这个小镇,并把它改造得更好。所以,仅仅相恋一年，卡罗尔就决定嫁给肯尼科特，并在科罗拉多山区度完蜜月后，随同肯尼科特一起踏上了开往囊地鼠草原镇的火车。

可是到了囊地鼠草原镇，她才发现这个小镇真的很小，小到只用了半个小时就把整个小镇逛了个遍。在这里，没有繁华的商业区，没有精致的楼房，也没有公园，唯一可见的最了不起的建筑物就是明尼玛希旅馆，尽管在卡罗尔眼中，那只是一所破旧不堪的房子。当地人为了迎接这个囊地鼠草原镇的新娘，为卡罗尔举办了一个欢迎会，但欢迎会的无聊乏味更让卡罗尔心生厌恶。在接下来的日子里，卡罗尔一次又一次向大家求助，希望他们能帮助自己改造这个小镇。她先是成立了一个戏剧俱乐部，然而这个俱乐部也只是上演了一出蠢戏便草草收场。她后来又加入了欢乐雨季俱乐部，和一群年轻的太太一起打桥牌。她还加入了一个叫作死亡观俱乐部的文学组织，并试图改变俱乐部的宗旨，但收效甚微。她对图书馆委员会深感失望之后，阐述了自己对书本和阅读的看法，但遭到了无情的嘲弄，因为图书馆并不鼓励大家阅读，只是想保持书本清洁而已。

和卡罗尔的生活同时展开的，是贝亚·索伦森和迈尔斯·伯恩斯塔姆夫妇的穷苦生活。可惜的是，这对夫妇的生活最终因为贝亚和儿子奥拉夫的死亡而告终。镇上的人纷纷指责迈尔斯，最后万念俱灰的迈尔斯踏上火车，永远地离开了囊地鼠草原镇。卡罗尔对和自己惺惺相惜的律师盖伊·波洛克暗生情愫，却没想到盖伊告诉她自己也深受"乡村病毒"的毒害。卡罗尔担心自己也会有同样的命运，所以实施了一个又一个改造项目，但最后都以失败告终。生活失意的卡罗尔遇到了比自己小五岁的埃里克·沃尔博格，由此上演了一场纠缠不清的爱恋。不过，这段虐恋很快就被肯尼科特终止，因为他对卡罗尔和埃里克婚后生活的描述让卡罗尔认识到那并不是自己想要的生活。情场失意的埃里克踏上了开往明尼阿波利斯的火车，也离开了囊地鼠草原镇，到芝加哥或纽约寻找梦想去了。另外一个离开囊地鼠草原镇的人物是高中教师弗恩·马林斯，她是因为和她的学生赛·博加特在谷仓舞会上的一段逸闻趣事被大家讨伐才无奈离开的。

和迈尔斯、埃里克以及弗恩一样，屡遭挫败的卡罗尔也选择了离开这座毫无生机的小镇。不同的是，她只在华盛顿特区漂泊了两年，就心甘情愿地回到了丈夫身边，回到了囊地鼠草原镇。这次回来之后，卡罗尔对于理想的追寻就此终结，不再妄想去改造这个小镇，她向现实妥协了。

小说在卡罗尔和肯尼科特的对话中戛然而止，肯尼科特的问话表明，他更关注的是眼前的生活，而不是遥远的未来。可以看出，卡罗尔和肯尼科特之间仍然存在很大的分歧，故事的结尾并没有给出一个解决办法。

在这部小说中，卡罗尔的出现和故事的结尾，都与当时美国的社会现实息息相关。那时，受工业化和移民的影响，经济日渐繁荣，美国社会发生了翻天覆地的变化——更多的美国妇女得到了比西方其他女性更现实、更广泛的平等和自由。然而让人遗憾的是，女权主义者争取的权利往往只局限于法律上的"男女平等"，多数妇女仍被禁锢在家务琐事和养育孩子上。正如法国女权运动创始人西蒙娜·德·波伏瓦所说，"法律上给妇女的政治、经济诸种权利也就成了一纸空文"。当然，这其中也有少数有思想、有理想的新女性渴望走出家庭，创造自己的生活。小说中的卡罗尔就是这样的女性。

卡罗尔是故事中的一个"反叛者"，在所有人都有着相同的信念的情况下，卡罗尔却始终坚持着自己的信念，即使最后她向现实屈服了，但她为小说塑造了一种精神力量，贯穿全书。卡罗尔的女权运动，虽然最后没有成功，但她在小说中表现出的勇敢，在当时给读者特别是女性读者以激励。在这部小说中，随处可见卡罗尔的独立形象。当她看到小镇的女人低声下气地向丈夫伸手要钱并习以为常而男人们却以此寻开心的时候，她告诉自己不可以卑躬屈膝向丈夫讨要几个小钱支付日常花销，于是郑重其事地对肯尼科特说："从今往后，你可要记住了。下一次，我不会求你了。我宁可饿着肚子。你明白了吗？我可不能老是当奴隶——"由此可见卡罗尔这个人有很强的独立观念。同时，卡罗尔也是一个自由主义者。她崇尚自由，渴望独立，不愿意成为男人的附属品。她希望自己能够当家做主，她不能接受被婚姻所束缚。在和肯尼科特大吵一架之后，她明白其实自己渴望有一片属于自己的小天地。于是第二天她向肯尼科特说"天气这么热，我还是睡客房吧"，然后就动手为自己改造了一个房间。可是，她的这种行为并不被镇上的人接受，正如贝西·斯梅尔舅妈所说："哎哟……我不主张那样。结了婚的人就应该睡在一个房间里，这是理所当然的啊！……假如我突然告诉你惠蒂尔舅舅，说我想要一个自己的房间，结果会怎样啊！"尽管如此，她还是为能够拥有一个独立的空间而感到自豪。当她领着专程去华盛顿探望她的肯尼科特参观国会大厦的时候，"让肯尼科特看到自己认识那么多人，她感觉自己很了不起，心里美滋滋的"。这也表现出了她在获得自由后，重新认识别人，融入社交圈子之后的一种自豪和欣喜。

　　这部小说除了表现出极端的反叛、讽刺之外，还洋溢着浓厚的文化气息。小说中经常提到文人名家，有国内的，也有国外的；有古代的，也有当代的；有小说家、诗人、戏剧家，也有画家和雕塑家，极大地丰富了小说的文化底蕴。可以说，这部小说描写了美国西部小镇的文化群相，衣食住行各个方面都穿插在文中进行叙述，让读者身临其境，更加直观地了解那个时期的文化。而从百姓的娱乐方式来看，也体现了美国文化兼具地方性和国际性的特点，如极具地域特色的方块舞、美国乡村舞蹈弗吉尼亚里尔舞、土风舞对舞、轻快的三拍快步舞吉格舞以及方丹戈舞等。由17世纪英国的一种叫作"惠斯特"的纸牌玩法演化而来的桥牌,由19世纪法国流行的一种纸牌游戏演变而来的"伯齐克"纸牌游戏,则体现了美国文化的多样性和国际性。在文化方面,小说中还多次出现了与中国文化有关的情节,这让我倍感亲切。如在芝加哥参加画室聚会听到大家谈到中国抒情诗,在马伯里先生家看到他从旧金山带回的礼物中国灯笼,在第一次欢迎宴会上,督学乔治·埃德温·莫特的一身中国服装,还有卡罗尔举办的乔迁宴会上进行的中国式的音乐会,以及中国化装舞会的戏装和中国式的小帆船。可以看出,中国文化当时已经走进了美国。除了中国,小说还提到了日本的和服、德国短袜、意大利面条,等等,既使小说的内容更加充实饱满,又让读者更加了解那个时候美国兼容并蓄的文化。

在呈现美国文化面貌的同时,作者特别注重对美国地理景观的描摹。英国文化理论家雷蒙德·威廉斯(Raymond Williams)认为,小说中的地理景观不仅是承载小说叙述内容的容器,同时它也是一种社会结构的反映,更是作家情感结构的文化再现。在《大街》这部作品中,路易斯也巧妙地运用地理景观来反映问题。有学者提出,路易斯在小说中罗列出美国乡村的三种不同形态:"诗意化"的乡村、"病毒化"的乡村和"与城市对峙中的"乡村,旨在动态性地揭示出乡村囊地鼠草原镇的文化内涵。在"诗意化"的乡村叙事中,乡村地理景观已经被抹去了自然景观的痕迹,被塑造成一个物化的、意象化的和理想化的地理景观。"诗意化"的乡村叙事从表面上看是对乡村景观的平铺直叙,但在实质上却反映了美国在经济发展的过程中,城市化进程加快,中产阶级出现了一种怀旧的价值趣味和意识形态,这是对代表历史进步方向的以工业化大生产为标志的资本主义生活方式的一种反叛和背离。"病毒化"的乡村则是通过卡罗尔表现出来的,卡罗尔是来自城市的文化人,她眼中的小镇景观和百姓眼中的小镇景观完全不同,这从卡罗尔和乡村姑娘贝亚对小镇的初次印象的强烈对比中可见一斑。在卡罗尔的眼中,乡村成为围住人们思想的东西,人民恪守陈规,保守封闭,最终也扼杀了燃在小部分人心中的改变之火。而从"与城市对峙中的"乡村这种形态上来说,路易斯积极地从自然景观层面上肯定了城市优越于乡村的地方,旗帜鲜明地肯定了城市生活较之乡村生活的优越性,路易斯这样写的目的是要讽刺"乡村病毒"这一毒瘤对人们物质、文化生活以及精神生活的负面影响。

总而言之,小说想要表现的是一种心灵上的乌托邦,作者通过平实而有力的笔触,为我们描绘了卡罗尔的故事,同时也描绘了那个年代的美国故事。从此"大街"一词成为一种群体的狭隘乡土观念和实利主义的文化象征,而囊地鼠草原镇的居民,就是被笼罩在这种观念下的芸芸众生。《大街》里的辛辣讽刺仍在继续流传着,大街也不会消失。《大街》唤醒了沉睡中的小镇居民,《大街》助推了美国的小镇建设,《大街》也引发了世界各地对小镇建设的深入思考。在时间洪流的冲洗下,《大街》的价值将更显辉煌。

2015年6月初的一天,在比利时华裔作家谢凌洁女士的引荐下,本人从漓江出版社的编辑、作家和翻译家沈东子先生那里喜获翻译《大街》的计划。为了不负两位专家的厚爱,也为了心中那份对文学翻译的痴迷,我查阅了大量的资料,认真研读了白华译本、伍光建译本、李敬祥译本、潘庆舲译本以及樊培绪译本,汲取了译坛前辈的精华,呕心沥血十个月,终于完成了今天读者所见的这个译本。与译坛前辈明显不同的一点是,我把小说中故事赖以展开的地点背景明尼苏达州的小镇 Gopher Prairie 译成了"囊地鼠草原镇",因为 Gopher(囊地鼠)是产自北美大草原的一种地鼠,约有37种,其中15种产于美国的大草原,而明尼苏达州的别称就是囊地鼠州。所以,将 Gopher Prairie 译为"囊地鼠草原镇",具有非常浓厚的地域色彩,彰显了小镇的草原生态特点和乡村特色,栩栩如生的草原小镇形象跃然纸上。同时，为了突出小说的空间叙事特点与凸显小说的文化叙事特色、展现故事发生的时代背景，也为了照顾不同层次的阅读需求，我对小说中出现的部分地理名词、作家作品、交通工具、娱乐活动、产品等专有名词进行了注释。在此，我向美国辛克莱·路易斯协会的执行董事萨莉·帕里（Sally Parry）女士表示衷心的感谢。

学界对于文学的探寻没有终点，对于《大街》文学价值的检验仍在继续。在阅读该译本的过程中，如若发现译文不妥之处，恳请各位专家批评指正。

2016年3月于安徽大学

大　街

序　言

　　这就是美国——一个只有几千人口的小镇，坐落在一个盛产小麦和玉米的地方，拥有许许多多的奶牛场和成片成片的小树林。

　　在我们的故事中，这个小镇叫作"明尼苏达州囊地鼠草原镇"。不过，它的大街却是全国各地大街的延续。无论是在俄亥俄州或蒙大拿州，还是在堪萨斯州、肯塔基州或伊利诺伊州，都会听到这样的故事；即使是在纽约州或卡罗莱纳州的山区，也会听到跟它的内容大同小异的故事。

　　大街是文明的顶峰。因为当年汉尼拔入侵罗马，伊拉斯谟隐居牛津著书立说，今天这辆福特汽车才能停在时装公司的门前。食品杂货商奥利·詹森对银行家埃兹拉·斯托博迪所说的话，对于伦敦、布拉格以及无利可图的海上小岛来说，就是新的法规。凡是埃兹拉不知道、不认可的东西，全都是异端邪说，不值得去了解，就连想想都是有害的。

　　我们的火车站是建筑艺术的终极目标。萨姆·克拉克五金店的年营业额，让已是人间天堂的四个县羡慕不已。

　　在玫蕾影宫上映的影片都有一定的寓意，就连幽默都是符合道德准则的。

　　这就是我们安逸的传统和坚定的信念。如果有人用另外一种方式去描绘大街，或者相信可能还有其他信念从而让老百姓苦恼的话，那不刚好暴露了自己是个愤世嫉俗的异类吗？

第 一 章

一

在密西西比河畔,有一座小山。大约六十年前,这儿曾是奇佩瓦族人①安营扎寨的地方。在这座小山的顶上,伫立着一个女孩,她的身影在北方浅蓝色天空的映衬下显得格外鲜明。现在,她已经看不到印第安人的影子了,只能看到明尼阿波利斯②和圣保罗③的那些面粉厂,以及一幢幢摩天大楼闪亮的窗户。她没有想印第安女人,没有想两城之间的陆上运输,也没有想那些阴魂不散的美国佬皮货商。她想的是核桃软糖、布里厄④的剧本、残酒溢出的原因,以及化学老师凝视她那新式过耳发型时的情景。

一阵微风掠过一望无垠的麦田,鼓起了她的塔夫绸裙子,如此优雅曼妙,如此充满生气,又如此美丽动人,就连山下路过的人也不由得心中一紧,垂涎起她的悠然自得来。她张开双臂,迎风后仰,裙摆垂下又张开,一绺秀发随风飘舞着。山顶上的这个女孩,易于

---

① 奇佩瓦族人(Chippewas):又叫奥吉布瓦人(Ojibwa),美国印第安土著部落的第四大族群,仅次于纳瓦霍人(Navajo)、切诺基人(Cherokee)和拉科塔族人(Lakota)。
② 明尼阿波利斯(Minneapolis):美国明尼苏达州最大的城市,位于该州东南部,跨密西西比河两岸。
③ 圣保罗(St. Paul):明尼苏达州首府,密西西比河东侧,西与明尼阿波利斯隔河相望,组成著名的双子城。
④ 布里厄(Brieux,1858—1932):法国剧作家。

轻信,性情温顺,朝气蓬勃。她尽情地呼吸着空气,犹如她渴望早日畅饮人生一样。不过,对于满怀期待的年轻人来说,这只是永远令人心痛的趣事罢了。

这个女孩就是卡罗尔·米尔福德,已经从布洛杰特学院溜出来一个小时了。

那些拓荒的日子,少女戴着太阳帽的日子,以及在松树林中的空地用斧头宰熊的日子,已经消失了,比卡米洛特①还要遥远。这个叛逆的女孩代表了被称作美国中西部的迷惘的帝国的精神。

二

布洛杰特学院位于明尼阿波利斯的边缘。它是正统宗教的一座堡垒。它仍在和伏尔泰、达尔文以及罗伯特·英格索尔②的近代异端邪说做斗争。明尼苏达州③、艾奥瓦州、威斯康星州,以及南、北达科他州敬神的家庭都把他们的孩子送到那里,布洛杰特会保护他们免受大学带来的不良影响。不过,它也庇护那些友善的女孩、爱唱歌的青年以及一位非常喜欢弥尔顿④和卡莱尔⑤的女讲师。所以说,卡罗尔在布洛杰特的这四年并非完全虚度。学院很小,竞争对手不多,这让她有机会展示自己几近荒废的才艺。她打网球,举

---

① 卡米洛特(Camelot):英国传说中亚瑟王的宫殿所在之地。
② 罗伯特·英格索尔(Robert Ingersoll, 1833—1899):美国法学家、政治家、演说家,绰号为"伟大的不可知论者"(The Great Agnostic)。
③ 明尼苏达州(Minnesota):北接加拿大的曼尼托巴省和安大略省,东临苏必利尔湖,隔密西西比河与威斯康星州相望,南接艾奥瓦州,西邻南、北达科他州。
④ 弥尔顿(John Milton, 1608—1674):英国诗人、政论家、民主斗士,代表作为《失乐园》。
⑤ 卡莱尔(Thomas Carlyle, 1795—1881):苏格兰哲学家、评论家、讽刺作家、历史学家以及老师,被看作是那个时代最重要的社会评论员。

办火锅聚会,选戏剧研讨班的课,练"对唱",还参加了六个社团,为的就是实践各类艺术或者说紧跟一种叫作大众文化的东西。

在她的班上,有两三位女孩比她漂亮,但没有一个比她热情。尽管在布洛杰特的三百名学生中,许多人背诵比她准确,还有许多人波士顿舞跳得比她流畅,但无论是在教室里,还是在舞会上,她都同样引人注目。她身体的每一个细胞都充满活力——纤细的手腕、白嫩的肌肤、天真的双眸和乌黑的秀发。

当寝室的其他女孩看到她身上穿着薄睡衣,或者湿漉漉地从淋浴间冲出来的时候,她们都被她纤细的身体惊呆了。在那个时候,她看起来只有她们想象中的一半那么大,她就像个弱不禁风的孩子,需要理解和善良的呵护。女孩们悄声说道:"巫师,幽魂。"然而,她的勇气如此有感染力,她对意向不明的友善和光明的信任又是如此冒险。与任何一位高大笨重的年轻女子相比,她都显得更有活力。她们穿着端庄的蓝色哔叽灯笼裤,露出被粗条纹羊毛袜包裹着的圆滚滚的小腿肚,在体育馆的地板上砰砰地飞跑,为布洛杰特女子篮球队拼命训练。

即使在她疲倦的时候,她乌亮的眼睛也很机警。她还不知道这个世界的巨大能力,不知道它可以若无其事地残忍,也不知道它可以得意扬扬地愚钝。但是,即使她了解那些令人沮丧的能力,她的双眼也绝不会变得黯淡无光,或者沉重迟缓,抑或含情脉脉。

因为她的热情,因为对她的喜爱,以及被她激起的迷恋,卡罗尔的熟人在她面前都是畏怯退缩的。即使在她满怀虔诚地演唱赞美诗,或者兴致勃勃地计划恶作剧的时候,她也依旧显得那么超然和明断。也许,她容易轻信别人,而且天生崇拜英雄,但她也会寻根究底。不管她变成什么样子,她都不会静如死水的。

但她广泛的兴趣反而害苦了她。她首先希望自己有不同寻常的声音,接着希望拥有弹钢琴的天赋,然后又希望有表演、书写和管理组织机构的能力。每次她都会大失所望,但每次她又都重新振作起来——投入意欲成为传教士的学生志愿者队伍中,为戏剧俱乐部画布景,为学院的杂志招揽广告。

那个礼拜天的下午,在小教堂表演的时候,她达到了人们关注的顶点。在暮色中,她的小提琴和着管风琴的主旋律拉了起来,烛光映照在她笔挺的金色礼服上,她的手臂拱起琴弓,她的双唇紧紧地闭着。此时此刻,在座的每一个男人都爱上了宗教,也爱上了卡罗尔。

大学最后一年,她急切地把所有实验和部分成功与职业联系起来。每天,在图书馆的台阶上或者主楼的走廊里,女生都会谈论:"大学毕业应该干吗呢?"即使有的女孩知道自己就快嫁人了,也要假装正在考虑重要的商业职位。即使她们知道自己非工作不可,也要暗示大家自己有很多了不起的求婚者。至于卡罗尔,她是个孤儿。她唯一的近亲是个普通的姐姐,嫁给了圣保罗的一位眼镜商。她已经把父亲的遗产花掉了一大半。她现在没谈恋爱,换句话说,她不经常谈恋爱,每次谈恋爱的时间也都不长。她是要自食其力的。

可是,她要怎么自食其力,她要怎么征服世界,她就不明白了。几乎完全就是为了这个世界好嘛。尚未订婚的女孩大都打算当教师。在这些人中,有两类:一类是漫不经心的年轻女子,坦言一旦她们有机会结婚,就会离开"可恶的教室和肮脏的孩子";另一类是勤奋的少女,有的眉毛粗壮、眼球凸出,她们在班级祈祷会上祈求上帝"引导她们沿着极有用的道路前行"。这两类人对卡罗尔都没有吸引力。前者显得虚伪,这段时间她最喜欢用这个词。而这些诚挚的少女,她想,由于她们不太相信剖析恺撒大帝的价值,所以是福是祸尚未可知。

大学最后一年,在不同的时刻,卡罗尔做出了不同的决定:学习法律,创作电影剧本,做专业护理,以及嫁给一个来历不明的英雄。

后来，她又对社会学产生了兴趣。

社会学讲师是新来的。他已经结婚了，所以被列为交往禁忌，可是他来自波士顿，又曾在纽约的大学社区和诗人、社会主义者、犹太人以及富豪社会活动家一起生活过，而且他还有一个漂亮、白皙而又健壮的脖子。他带领一班嘻嘻哈哈的学生参观遍了明尼阿波利斯和圣保罗的监狱、慈善机构以及职业介绍所。卡罗尔慢吞吞地跟在队伍的最后，看到其他人大呼小叫地盯着穷人看，就像在动物园里看动物一样，她就感到气恼。她觉得自己就是个大救星。她把手放在嘴巴上，用食指和拇指使劲地捏着下嘴唇，皱眉蹙额，享受着超然离群的感觉。

有一个同学叫斯图尔特·斯奈德。他是个粗壮、能干的年轻人，身上穿着一件灰色的法兰绒衬衫，脖子上系着一个褪色的黑色领结，头上还戴着一顶绿紫相间的班帽。他和卡罗尔一起跟在别人的后面，踩到了南圣保罗牲畜饲养场的污物，于是向她抱怨道："这些大学生笨蛋，真烦人。他们太不可一世了。他们应该去农场干干活，就像我那样。那些工人会把他们打得落花流水。"

"我就喜欢普通工人。"卡罗尔兴高采烈地说。

"可是你别忘喽，普通工人并不认为自己普通哦！"

"你说得没错儿！我道歉！"卡罗尔眉毛一扬，装作有点儿吃惊，又有点儿谦卑的样子。她的眼睛里充满了对这个世界的慈爱。斯图尔特·斯奈德神情专注地望着她。他把粗大的红拳头塞进口袋里，又猛地抽出来，果断地松开拳头，在背后握紧自己的双手，然后结结巴巴地说：

"我知道，你有人缘。大部分混账女生——哎呀，卡罗尔，你能为人们做很多事的。"

"怎么做呀？"

"哎哟，得了吧——你知道，同情啦，以及其他等等。如果你是——比如说，你是一位律师的老婆，你会理解他的诉讼委托人的。我就打算做一名律师。我承认，我有时候不够同情别人。我对人太没耐心，简直受不了这种折磨。对于一个太过严肃的家伙来说，你会很适合的，使他更……更……你知道的，有同情心！"

他微微噘起的嘴唇，以及他那藏獒般深邃的眼睛，都在乞求她恳请自己说下去。她躲开了他那不可抗拒的柔情，大声叫道："喂，你看那些可怜的绵羊——好多好多绵羊呀。"她飞奔过去。

她对斯图尔特不感兴趣。他没有匀称白皙的脖子，也从未和著名的改革家一起生活过。此时此刻，她只想在街区租借住房拥有一个单间，就像一个摆脱黑色长袍束缚的修女那样，做一个仁慈的人，看看萧伯纳的书，然后大大改善一群心怀感激的穷人的生活。

在有关社会学的补充读物中，她读到一本关于乡村改造的书，内容涉及植树造林、小镇露天表演和女孩俱乐部。书中有法国、新英格兰以及宾夕法尼亚等地的草坪和花园围墙的照片。她是不经意间发现这本书的，然后打了个小哈欠，用指尖轻轻拍了一下嘴唇，动作像猫儿一样轻柔。

她慵懒地倚在临窗的座椅里，随便翻看着这本书，穿着莱尔长筒袜的两条细腿交叉在一起，膝盖都快要顶到下巴了。她一边看着书，一边轻轻抚摸一个绸缎枕头。她的周围是布洛杰特学院宿舍随处可见的东西：一把罩着印花布套的临窗座椅，花花绿绿的女孩照片，一帧古罗马竞技场碳素版画，一只火锅，还有十几个绣花枕头、串珠枕头以及烙花枕头。唯一与周围格格不入的是一尊翩然起舞的女酒徒①的微型雕塑。在这个房间里，唯独这尊微型雕塑有卡罗尔的痕迹。至于其他东西，都是一届又一届女生用过之后遗留下来的。

---

① 翩然起舞的女酒徒（Dancing Bacchante）：法国巴洛克风格雕塑艺术家罗兰（Robert Le Lorrain, 1666—1743）于18世纪早期完成的一尊铜雕，底座为黑檀木镶边的镀金青铜。

她觉得，这本关于乡村改造的专著只不过是那些老生常谈的一部分罢了。不过，她突然不再烦躁不安了。她开始如饥似渴地读起书来。下午三点，在英国历史课的铃声响起之前，这本书她已经浏览一半了。

她叹了口气，心想："这正是我大学毕业后要做的事情啊！我要去一个草原小镇大展身手，让它漂亮起来。我要做一个启迪人们心灵的人。我想，到那时候，我最好做一名教师。不过，我可不想做一个那样的教师。我是不会虚度光阴的。他们为何要在长岛①建那么多花园住宅啊？在我们西北地区，没有人为改变这些丑陋的小镇做过任何努力，除了举办一些鼓动性的福音布道会，建造一些图书馆来收藏埃尔西②的书籍。我要让每个小镇都有村庄绿地、迷人的小房子和别致的大街！"

这么一想，整堂课她心里都美滋滋的。那是布洛杰特典型的一门课，一位枯燥无味的老师和一群厌恶听课的二十出头的孩子进行争论，最终获胜的是老师，因为他的问题对手必须回答，而对于他们那些叛逆的问题，他可以用提问的方式反击："这个问题你到图书馆查过了吗？那好吧，建议你们去查查！"

那位历史教师是一位退休的牧师。今天，他说话有点刻薄。他对喜欢体育运动的年轻小伙查利·霍姆伯格说："嗳，查尔斯，你显然对那只可恶的苍蝇很感兴趣嘛，我要是让你告诉我们你对英王

---

① 长岛（Long Island）：美国纽约州东南部岛屿，西同曼哈顿岛和大陆间隔伊斯特河，北濒长岛海峡，东、南临大西洋。
② 埃尔西（Elsie Jane Wilson，1885—1965）：美籍澳大利亚人，是无声电影时代的电影演员、导演和作家，因在1916—1919年间创作两部电影、执导十一部影片而名声大噪。

约翰①一无所知，会不会妨碍你呢？"他兴致勃勃地问了三分钟，终于弄清楚一个事实：没有一个学生能准确地记得大宪章②的日期。

卡罗尔没有听他讲课。她正在完善一个半木结构市政厅的屋顶设计。她发现，对于她设计的蜿蜒曲折的街道和拱廊，有一个来自草原村庄的人并不欣赏，但她已经召集了镇议会，并戏剧性地战胜了他。

三

虽然卡罗尔在明尼苏达州出生，但她并不了解那些草原乡村。她的父亲来自马萨诸塞州，是那种笑容可掬、不修边幅、博学多才、爱开玩笑的人。在她整个童年时代，他一直是曼科塔的一位法官。曼科塔并非草原小镇，但它那绿树成荫的街道和榆树林立的小径，与白房绿树掩映的新英格兰简直如出一辙。曼科塔位于峭壁和明尼苏达河③之间，紧挨着特拉弗斯④。在这儿，最早的一批居民曾与

---

① 英王约翰（King John）：约翰王（1166—1216），英格兰国王（1199—1216），他父王把在法国的领地全部授予几位兄长，由于已经没有领地可以封给约翰，他被称为无地王，是英国历史上最不得人心的国王之一。他曾试图在理查一世被囚禁在德国期间（1193—1194）夺取王位，但后来理查宽恕了他并指定他为继承人，从而剥夺了约翰的长兄杰弗利（Geoffrey）之子亚瑟（Arthur）的权力。
② 大宪章（Magna Charta）：1215年由英王约翰被迫签署的宪法性文件，其宗旨为保障封建贵族的政治独立与经济权益，又称《自由大宪章》或《1215大宪章》。这张书写在羊皮纸卷上的文件在历史上第一次限制了封建君主的权力，日后成了英国君主立宪制的法律基石。
③ 明尼苏达河（Minnesota River）：源自南达科他州边界的大石湖（Big Stone Lake），往东南流向曼科塔，而后折向东北，在斯内灵堡（Fort Snelling）附近汇入密西西比河，全长约534公里。
④ 特拉弗斯（Traverse des Sioux）：明尼苏达州的一个古迹遗址。

印第安人签订过很多协议。而那些偷牛贼,也因为民防团的全力追击,风驰电掣般地赶到了这里。

当卡罗尔沿着这条汹涌暗河的堤岸攀缘而上的时候,她听到了与之有关的种种传说。有的是关于河西岸广袤大地上的黄水滩和晒白的水牛骨;有的是关于南部的堤坝、爱唱歌的黑鬼以及棕榈树,河水总是向着这些堤坝潺潺流去,令人百思不得其解。她仿佛又听到了六十年前在沙洲遇难的高层河上轮船那令人震惊的警笛声和粗重的噗噗声。走在甲板上,她依稀看到了布道的传教士、头戴圆顶高帽的赌客以及身披猩红色外衣的达科他酋长……到了夜晚,远方传来的汽笛声响彻整个河湾,扑通扑通的划桨声在松林中回荡,潺潺流淌的黝黑水面也泛起了点点亮光。

卡罗尔一家过着自给自足的日子,生活方式可谓别出心裁,圣诞节照例充满惊喜和温情,而化装舞会则充满了随性和滑稽。在米尔福德家的壁炉神话里,那些怪兽不再是从衣柜里跳出来吃小女孩的吓人的夜行畜生,而成了心肠慈善、眼睛明亮的动物:一个是头戴便帽的老巫婆,毛茸茸的,蓝颜色,住在浴室里,会飞跑出来给孩子们暖小脚丫;另一个是铁锈色的煤油炉,咕噜咕噜叫,会讲好多故事;还有一个小动物,它会在早餐之前和孩子们一起玩耍,前提是在父亲一边剃胡子一边哼出帕拉斯①第一句歌词的时候,他们就得从床上跳下来,并立刻关上窗户。

米尔福德法官教导子女的原则就是,让孩子们看他们喜欢看的书。在他那间棕色的图书室里,卡罗尔专心致志地阅读了巴尔扎克、拉伯雷、梭罗以及麦克斯·缪勒②的作品。他一丝不苟地教他们百科全书书脊上的字母。每当彬彬有礼的客人问起小家伙们的智力

---

① 帕拉斯(puellas):亦作Pallas Athena,即希腊神话中的智慧女神雅典娜。
② 麦克斯·缪勒(Friedrich Max Muller, 1823—1900):英国语言学家,西方宗教学的创始人,代表作为《宗教学导论》。

发展时，他们都会一本正经地重复着"A-And, And-Aus, Aus-Bis, Bis-Cal, Cal-Cha"，让客人们惊讶不已。

在卡罗尔九岁的时候，她的母亲便与世长辞。在她十一岁的时候，她的父亲从法院退休，然后带着家人来到明尼阿波利斯。两年后，他也撒手尘寰。她的姐姐，整天瞎忙活，是个爱给人出点子的鬼。对卡罗尔而言，这位姐姐早已形同陌路，即使在她们同住一屋的时候。

因为早年的生活阴郁沉闷，也因为不依靠亲戚，卡罗尔始终有个愿望，就是不要和那些生机勃勃、能力超群，但无视书籍的人一样。所以看到他们忙忙碌碌，她只是本能地在一旁观望，感到困惑不解，即使她自己参与其中也是如此。可是，当她发现可以把城镇规划作为自己的职业的时候，她又觉得特别开心，自己也跟着生机勃勃、能力超群起来。

四

还不到一个月的时间，卡罗尔的雄心就蒙上了一层阴影。她又在犹豫要不要当老师了。她担心自己不够坚强，受不了例行工作。她也无法想象，站在笑嘻嘻的孩子面前，假装聪明果断，自己会是什么模样。可是，她依然渴望能创建出一个漂亮的小镇。当她无意中看到小镇妇女俱乐部的报道，或者弯弯曲曲的街道的照片的时候，她都会思念起小镇来，觉得自己的工作被别人掠夺了。

在一位英文教授的建议下，卡罗尔决定去芝加哥一所学校学习专业的图书馆工作。她用想象勾勒着这个新的计划，并赋予了它绚丽的色彩。她仿佛看见自己在诱导孩子们阅读迷人的童话故事，帮助年轻人查找机械学的书，对搜寻报纸的老人始终那么谦恭有礼；

享受着图书馆明亮的灯光,做一名书籍的权威,应邀与诗人和探险家共进晚餐,在著名学者云集的学会上宣读论文。

五

这是毕业典礼前的最后一次学院招待会。五天后,他们将卷入期末考试的飓风之中。

院长家里摆满了棕榈树,令人联想到上流社会的殡仪厅。在那个十英尺见方的藏书室里,放着一个地球仪,墙上还挂着惠蒂尔①和玛莎·华盛顿②的画像,学生管弦乐团正在演奏《卡门》和《蝴蝶夫人》的选曲。卡罗尔被乐曲和离情别绪弄得头昏眼花。在她眼前,满屋的棕榈树仿佛变成了一片丛林,粉色灯罩下的电灯泡似乎变成了一团乳白色的烟雾,而那些戴眼镜的教师也好像变成了奥林匹斯山神。一看见那些她曾"一心想要结识"的胆小羞怯的女孩,以及那五六个随时想要和她共浴爱河的年轻小伙,她便郁闷起来。

不过,斯图尔特·斯奈德还说得过去。比起其他人,他更有男子汉的气概。他的皮肤是深褐色的,与他那件带垫肩的新成品西装颜色一样。卡罗尔和他坐在一起,握着两杯咖啡和一块鸡肉饼,坐在楼梯下面衣帽间里院长的一堆套鞋上。当微弱的音乐在耳边响起的时候,斯图尔特低声说道:

"我无法面对现实,同窗四年,眼看就要各奔东西,这辈子最快乐的四年就这么没了。"

---

① 惠蒂尔(Whittier, 1807—1892):美国诗人和热情的民主主义者。他在很多诗中维护工人的权利、抨击奴隶制度,表达了广泛的同情心。
② 玛莎·华盛顿(Martha Washington, 1731—1802):美国第一任总统华盛顿的夫人。

这话她信。"哎呀,我知道!你想想啊,再过几天我们就要分别了,有些人我们再也见不到喽!"

"卡罗尔,你听我说哦,每次想要跟你认真谈谈,你都回避,可你总得听我说说吧。我就要当大律师啦,也许是大法官哩。所以我需要你,我会保护你的——"

他一只胳臂顺势搂住她的双肩。谄媚的音乐使她六神无主,她忧伤地说:"你会照顾我吗?"随后,她抚摸着他的手,很温暖,很结实。

"肯定啊,我会的!我们会……哎呀,我们会在扬克顿① 过得很好的,我打算在那儿安定下来——"

"可是,我这辈子还想干点儿事呢。"

"拥有一个舒适的家,养几个聪明的小孩,交几个好朋友,还有什么比这更好的吗?"

自古以来,男人都是这样敷衍不安分的女人的。西瓜小贩是这样对年轻的萨福② 说的;首领们也是这样对季诺碧亚③ 说的;在潮湿的洞穴中,那个全身是毛的求婚者踩过一堆啃过的骨头,也是这样对主张母权制的女人提出抗议。卡罗尔用布洛杰特学院的说话方式,以萨福的口吻答道:

"当然,我知道。我也认为应该那样。老实说,我真的很喜欢小孩。但是,会做家务的女人多了去了,可是我——咳,如果你已经拥有大学学历,你就该用它为这个世界做点什么。"

"我知道,可是,就算在家里,你也能用得上它嘛。哎呀,卡罗尔,你想想,在某个美好的春日傍晚,我们一家人开着车出去野餐,多

---

① 扬克顿(Yankton):南达科他州的一个县。
② 萨福(Sappho,约公元前620—前565):出生于勒斯波斯岛的古希腊女诗人。
③ 季诺碧亚(Zenobia,约公元240—274):公元3世纪叙利亚帕米拉王国女王,因反抗罗马帝国而著称于世。

惬意啊！"

"那倒是。"

"而且呀，冬天的时候，坐坐雪橇，钓钓鱼——"

吧啦啦！管弦乐队突然奏响了《士兵合唱》[①]。卡罗尔抗议道："不！不！你是个好男人，可我还想做点事哩。我也不了解自己，可我想要——世上的一切！也许，我不会唱，也不会写，但我知道，在图书馆工作方面，我会成为一个响当当的人啦。你想想看啊，我鼓励一个小男孩，然后他真成了一个伟大的艺术家！我会的！我会做到的！亲爱的斯图尔特，我可不能在家无所事事，只是过着洗洗碗的日子！"

两分钟后——兴奋狂热的两分钟——他们被一对窘迫的情侣打断了，这对情侣也是来套鞋壁橱寻找世外桃源的。

毕业之后，她再也没见过斯图尔特·斯奈德。她一个礼拜给他写一封信——持续了一个月。

六

卡罗尔在芝加哥过了一年。她所学的图书编目、图书记录以及参考书查找都很容易，也不太让人打瞌睡。她醉心于芝加哥艺术学院，酷爱交响乐、小提琴演奏和室内乐，也非常喜欢电影和古典舞。为了成为一名身穿薄纱在月光下跳舞的年轻女郎，她几乎停止了图书馆工作。有人带她去参加画室聚会，那里有啤酒、香烟和短发女子，

[①] 《士兵合唱》（Soldiers' Chorus）：夏尔·古诺（Charles Gounod）创作的《浮士德》（1859年）歌剧中最受欢迎的曲目之一，其他还有《珠宝之歌》（Jewel Song）、《图勒国王之歌》（The Ballad of the King of Thule）、《梅菲斯特小夜曲》（Mephistopheles' Serenade），以及《爱情二重奏》（Love Duet）等。

还有一位唱《国际歌》①的俄罗斯犹太姑娘。说起来，卡罗尔和这些放荡不羁的文化人没什么重要的事可说。和他们在一起，她显得局促不安，觉得自己无知，而且她也被自己向往多年的那种洒脱的举止给惊呆了。不过，她听到并记住了他们的讨论内容，如弗洛伊德、罗曼·罗兰、工团主义、法国总工会、女权主义和一夫多妻制、中国抒情诗、矿山国有化、基督教科学派②，以及在安大略湖③钓鱼。

她回到了家中。这既是她放荡不羁的生活的开始，也是结束。

卡罗尔姐夫的二表弟住在温内特卡④，曾邀请她外出享用周日晚餐。回来时，她步行穿过威尔梅特⑤和埃文斯顿，看到了郊区建筑的一些新造型，于是又想起了她改造乡村的愿望。她暗下决心，将来要放弃图书馆工作，借助一种她还不甚了然的奇迹，在草原小镇建造好多乔治风格的住房和日式平房。

第二天，在图书馆学课堂上，她只好朗读了《累积索引》使用方法的文章，然后大家非常认真地展开了讨论，于是她又把小镇建设的事业放下了。到了秋天，她就去圣保罗公立图书馆上班了。

---

① 《国际歌》（法文：L'Internationale）：国际共产主义运动中最著名的一首歌，热情讴歌了巴黎公社战士崇高的共产主义理想和英勇不屈的革命气概。
② 基督教科学派（Christian Science）：美国基督教新教的一个变种教派，于19世纪后半期由埃迪创立，主张以精神力量医疗疾病，正式名称为Church of Christ, Scientist。
③ 安大略湖（Ontario）：世界第十四大湖，北邻加拿大安大略省，南毗尼亚加拉半岛和美国纽约州。它是北美洲五大淡水湖之一，属于世界最大的淡水湖群。
④ 温内特卡（Winnetka）：美国伊利诺伊州库克郡的一个小镇，位于芝加哥市北郊。
⑤ 威尔梅特（Wilmette）：位于密歇根湖的西岸，芝加哥的北郊，紧邻埃文斯顿（Evanston）。

七

在圣保罗图书馆，卡罗尔没有不开心，但也没有很振奋。她慢慢地承认，自己对别人没有明显的影响。起初，她接待读者时确实心甘情愿，足以感动世人。可是，在这些麻木的世人中，没有几个想要被感化。在她负责杂志阅览室期间，没有读者向她咨询过高端论文。他们嘟哝着说："想找一本去年二月份的《皮货公报》。"她在外借图书的时候，听到的询问多半是："你能给我介绍一本爱情小说看看吗？要好看、轻松、刺激的那种。我丈夫要外出一个礼拜呢。"

她很喜欢其他图书管理员，为他们的志向而自豪。因为近水楼台先得月的缘故，她读了很多与她那快乐而又单纯的褊狭气质不符的书：整卷整卷的人类学著作，里面全是密密麻麻的小号铅印脚注；巴黎意象派诗集；印度咖喱食谱；所罗门群岛历险记；彰显现代美国进步的通神学；以及有关房地产成功之道的论文等。她喜欢散步，对鞋子和饮食也很讲究。可是，她从没有活着的感觉。

她经常去大学熟人家里跳舞和吃夜宵。有时候，她一本正经地跳狐步舞；有时候，因为害怕人生一晃而过，竟也饮酒狂欢。当她东倒西歪地跌进房间的时候，一双柔情的眸子已是百媚横生，喉咙也跟着发紧。

在图书馆工作的三年里，有好几个男人向她献过殷勤：一个毛皮加工行的财务主管，一个教师，一个报社记者，还有一个迷人的铁路局官员。但没有一个能看上眼的，她想都不想一下。几个月的时间，竟然没有一个人能够脱颖而出。后来，在马伯里家中，她遇到了威尔·肯尼科特医生。

第 二 章

一

　　纤弱、忧郁、孤寂的卡罗尔，小跑着来到约翰逊·马伯里的公寓享用周日晚餐。马伯里太太是卡罗尔姐姐的邻居，也是朋友；马伯里先生则是一家保险公司的旅行代表。他们做的是特色晚餐套餐，包括三明治、色拉和咖啡。他们把卡罗尔视为他们的文学和艺术代表。她是值得他们信赖的人，能帮他们鉴赏卡鲁索[①]的唱片，以及马伯里先生从旧金山带回来的中国灯笼。卡罗尔觉得马伯里夫妇钦佩她，因而也觉得他们令人钦佩。

　　在九月的一个周日傍晚，她穿着一件淡粉色衬里的网眼连衣裙。午间的小睡消除了她眼角因疲倦而长出的淡淡的皱纹。她年轻而又单纯，秋的凉意让她神清气爽。她把外套扔在公寓走廊的椅子上，一头冲进挂着绿色长毛绒窗帘的客厅。一群老相识正在寒暄。她看到了马伯里先生，一位中学女体操教师，一位大北铁路局[②]的组长，以及一位年轻律师。可是，还有一个陌生男人，身材粗壮，体形高大，三十六七岁的样子。他有一头毫无生气的棕色头发，一张惯于发号施令的嘴巴，和一双看什么东西都很温和的眼睛。而且，他的

[①] 卡鲁索（Enrico Caruso，1873—1921）：世界著名的意大利男高音歌唱家。
[②] 大北铁路局（Great Northern Railway）：一家英国铁路公司，成立于1846年，后于1923年并入伦敦与东北铁路（London and North Eastern Railway）。

衣服也很普通，绝不会给你留下很深的印象。

马伯里先生用低沉的声音说："卡罗尔，到这边来，和肯尼科特博士认识一下——囊地鼠[①]草原镇的威尔·肯尼科特医生。我们这一带所有的保险体检都由他来做，大家可都说他是个了不起的医生呢！"

她侧身慢慢朝那个陌生人挨过去，嘀嘀咕咕说着什么。卡罗尔记得，囊地鼠草原镇是明尼苏达州一个盛产小麦的小镇，有三千多口人吧。

"很高兴见到你。"肯尼科特医生说。他的手强劲有力，手心很柔软，手背却是饱经风霜的样子，坚硬的红皮肤露出金黄色的汗毛。

他看着卡罗尔，好像她就是那个令他一见倾心的人。她使劲抽回自己的手，心怦怦跳个不停。"我得去厨房了，帮帮马伯里太太。"她没再和他说话。等她热好面包卷，发完纸巾，马伯里先生大声对她说："哎呀，别忙活啦，到这边坐下，跟我们说说你的诀窍。"他把她赶到沙发那儿，和肯尼科特坐在一起。肯尼科特两眼相当迷茫，宽阔的肩膀耷拉着，像是在琢磨接下来应该干什么似的。在主人离开他们以后，肯尼科特才恍然醒悟说：

"马伯里跟我说，你是公立图书馆的顶梁柱。我很惊讶，压根就没想过你都这么大了，我还以为你是个小女孩哩，也许还在念大学吧。"

"哎呀，我都老得吓死人了。不久，我就得依赖口红了。现在，每天早晨都可能会找到一根白头发。"

"嚙！那你一定老得怕人——恐怕老得当我孙女都不行喽，我想！"

[①] 囊地鼠（Gopher）：产自北美大草原的一种地鼠，多见于明尼苏达州，故该州又叫囊地鼠州。

在阿卡迪亚溪谷①，宁芙②和萨梯③就是这样轻松交谈来消磨时间的。在枝条交错的林间小径上，伊莱恩④和憔悴的兰斯洛特爵士也是这样交谈的，而不是用甜美的五音步诗行交谈。

"喜欢你的工作吗？"医生问。

"挺有趣的。可是，有时我又觉得与外界隔绝似的——一排一排的钢制书架，一堆一堆的盖满红色橡皮图章的卡片。"

"你不厌倦这个城市吗？"

"圣保罗？啊唷，你不喜欢它吗？站在萨米特大道⑤，俯视下城区，遥望密西西比河岸的悬崖峭壁，还有更远处的高地农场，没听说还有比这更美的景色了。"

"我知道，不过——当然啦，我在双城⑥待了九年——在大学拿到了学士和医学博士学位，又在明尼阿波利斯一家医院完成实习，可还是，哎呀，你还不了解这儿的人，不像你在老家那样。我觉得，在治理囊地鼠草原方面，我还能有话可说。可是，你该明白，在一个二三十万人口的大城市，我跟狗背上的一只跳蚤没什么区别。再说了，我喜欢在乡下开车，也喜欢在秋天打猎。你究竟知不知道囊地鼠草原镇？"

"不知道，但我听说它是个非常漂亮的小镇。"

"漂亮？老实说吧——当然，我也许有些偏见，不过我见过好

---

① 阿卡迪亚溪谷（Vale of Arcady）：古希腊的一个山区，常在牧歌中作为理想牧人的家乡而出现，喻指世外桃源。
② 宁芙（Nymph）：希腊神话中居于山林水泽的仙女。
③ 萨梯（Satyr）：希腊神话中的森林之神，好女色。
④ 伊莱恩（Elaine）：《亚瑟王传奇》中兰斯洛特爵士的情人，因失恋悲伤而死，亦传为加勒哈德爵士的母亲。
⑤ 萨米特大道（Summit Avenue）：位于明尼阿波利斯市内，是美国境内最长的维多利亚式街道，两边布满了维多利亚式的建筑，一直延伸到圣保罗教堂（the Cathedral of St. Paul）。
⑥ 双城（Twin Cities）：美国明尼苏达州的明尼阿波利斯和圣保罗两个城市。

多好多小镇——我去过大西洋城①参加美国医学协会的会议，我还在纽约待了将近一个礼拜！可是，我从没见过哪个小镇的人像囊地鼠草原镇的人那么积极进取。布雷斯纳汉——你知道——那个著名的汽车制造商——他就来自囊地鼠草原镇。他在那儿出生，在那儿长大。那真是个非常漂亮的小镇！有好多好多漂亮的枫树和白蜡槭树，还有两个你所见过的最棒的湖，就在小镇附近！另外，我们已经修建了七英里长的水泥人行道，而且还在建呢，一天都没停过！当然，很多这样的小镇还在忍受木板人行道的痛苦，但我们就不用这样，这是当然的啦！"

"真的呀？"

这时，她不知怎的忽然想起了斯图尔特·斯奈德。

"囊地鼠草原镇前景广阔。本州一些最好的奶牛场和麦田就在那附近——有的现在才卖到一点五美元一英亩，我保证十年之后它会涨到两美元二十五美分！"

"那——你喜欢你的职业吗？"

"没有比它更棒的了。经常出诊，不过偶尔也在诊所清闲一下，算是调剂吧。"

"我不是那个意思，我的意思是，这个职业让你有机会表达同情心。"

肯尼科特医生突然败兴地说："哎呀，这些德国血统的农民不需要同情。他们只需要洗个澡，然后再服一剂好的药用盐。"

卡罗尔准是愣了一下，因为肯尼科特马上强调说："我想说的是，我不想让你以为我就是个药用盐、奎宁的小贩。我的意思是，我的很多病人都是强壮结实的农民，所以我想我可能有点儿麻木不仁了。"

---

① 大西洋城（Atlantic City）：美国新泽西州东南部的一个城市，未开赌场前，大西洋城是一个不出名的海滨小镇。

"在我看来，一个医生可以改变整个社区，如果他想——如果他明白这一点。通常情况下，他是社区里唯一接受过科学训练的人，不是吗？"

"是的，是这样，不过我想我们大都荒废了。我们都陷入了千篇一律的模式：接生啦，伤寒啦，腿骨折啦。我们需要的就是像你这样的女人来叱责我们。只有你们才能改变这个小镇。"

"不，我可没那本事。太爱幻想！我以前确实也想过那么做，说来也奇怪，不过我好像慢慢地就没有这个想法了。哎呀，我给你讲讲课还是蛮不错的！"

"不，你就是那个能改变这个小镇的人。你有想法，又不失女性魅力。哎呀！好多女人全力以赴搞这些运动，你不觉得那是一种牺牲吗？"

在对选举权评论一番之后，他突然问起她本人的情况。他亲切而又坚定的个性，使卡罗尔如沐春风。她接受了他，把他当成一个有权知道自己想什么、穿什么、吃什么、读什么书的人。他这个人很自信。他已经从一个初相识的陌生人变成一位朋友，他的小道消息就是重要新闻。她注意到他的胸脯结实有力。他的鼻子本来看着不太对称，又有点儿太大，现在却突然变得阳刚起来。

这场严肃而又愉快的交谈突然被打断了。马伯里回到他们跟前，大张旗鼓地嚷嚷道："哎呀，你们俩干吗呢？在算命还是谈情说爱呀？卡罗尔，我提醒你呀，这个医生还是个快活的单身汉咧。来吧，伙计们，赶紧的。我们来表演一点绝技，跳个舞，或干点别的什么事儿。"

在他们分别之前，她没再和肯尼科特医生说过话：

"米尔福德小姐，认识你是莫大的荣幸。下次再来，我还能见到你吗？我经常来这儿的——带病人到医院做大手术，等等。"

"为什么？"

"你的地址是哪里？"

"你下次过来可以问问马伯里先生——如果你真想知道！"

"想知道吗？哎呀，你等着啊！"

二

卡罗尔和威尔·肯尼科特的谈情说爱不值一提，在每一个夏日的黄昏，在每一个荫凉的街区，都能听到那一套。

他们既是生物学意义上的人，又是神秘的人；他们的谈话既有俚语，又有闪亮的诗句；当他的胳臂搭在她肩膀上的时候，他们的沉默是一种满足，也是令人颤抖的危机。青春的所有美好，在即将逝去时才被首次发现——同样的，在一个女孩对她的职业稍感厌倦，看不到光明的未来，也找不到心仪的男人的时候，一个富有的未婚男子所有的平庸也就显露出来了。

因为他们都是诚实的人，所以他们彼此真诚地相爱着。她虽然对他热衷于挣钱感到失望，但她确信，他没有对病人撒过谎，他依然在看医学杂志，并不落伍。当他们一起远足时，他身上还有一股孩子气，这让她更加喜欢他了。

他们从圣保罗沿着河岸向门多塔走去。肯尼科特头戴一顶便帽，身穿一件软绉衬衫，显得更加开朗豁达。卡罗尔浑身洋溢着青春的活力：她头戴一顶深灰色天鹅绒苏格兰圆扁帽；身穿一套蓝色哔叽西装，宽大的下翻式亚麻领口虽然有点滑稽，但也还算赏心悦目；运动鞋上方裸露出的是轻佻的脚踝。密西西比河上横跨着一座大桥，从河岸低处一直爬升到悬崖峭壁的岩壁。在大桥下面的深处，圣保罗那边的泥滩上，有一个荒芜的小村，村里有小鸡成群的菜园，还有一些用废弃的广告牌、波纹铁皮和从河里打捞的木板拼成的简陋棚屋。卡罗尔趴在大桥的栏杆上,俯视着这个跟中国长江两岸的乡村一样贫困的小村庄。她假装害怕,开心地尖叫说太高了,让她头昏眼花。这时候,如果有一个强壮的男人把她拽回到安全的地方,而不是听一个逻辑学女老师或者图书馆管理员轻蔑地说:"咳,你要是真害怕,干吗不离栏杆远点儿呀?"这可真是人间一大美事儿。

卡罗尔和肯尼科特把视线从河对岸的峭壁收了回来,环视着群山环绕的圣保罗。从大教堂的圆顶,到州议会大厦的圆顶,一片壮丽。

河滨路沿着岩石边坡向前延伸,越过深深的峡谷,穿过九月里艳丽的树林,一直通到门多塔。门多塔坐落在一座小山的脚下,一幢幢白色的房子和一座尖塔掩隐在树丛中,是个宁静而又舒适的旧世界。对这片新开垦的土地而言,这地方实在太古老了。那儿有一座醒目的石头房子,是皮货大王西布利将军①在1835年用河泥当灰泥、用草绳当板条盖起来的。从外观来看,这房子有几百年历史了。在那些坚实的房间里,卡罗尔和肯尼科特看到一些印画,上面画的是昔日这座房子里的物品——颜色如同知更鸟蛋一般的蓝色燕尾服,载满珍贵毛皮、笨重粗陋的红河马车,以及头上歪戴着军便帽、腰间军刀嘎嘎作响、满脸络腮胡子的联邦士兵。

眼前的一切,使他们想起了美国的过去,这事令人难忘,因为是他们一起发现的。他们拖着沉重的脚步,边走边聊,越聊彼此越信赖,越聊越亲切。他们搭上一只划艇渡船,来到了明尼苏达河的另一边,然后翻过小山,来到斯内灵堡②的圆石塔。他们看到了密西西比河和明尼苏达河的交汇处,回想起八十年前来到这里的那些人——缅因州的伐木工人,纽约州的贸易商,以及来自马里兰州山

---

① 西布利将军(Henry Hastings Sibley,1811—1891):明尼苏达州成立的核心人物,第一任市长,联邦军将领。
② 斯内灵堡(Fort Snelling):位于明尼苏达州亨内平县境内明尼苏达河与密西西比河交汇处的一处军事要塞。

区的士兵。

"这是个好地方,我为它自豪。让我们把那些老家伙梦想的一切东西都实现。"不善表露感情的肯尼科特也感动得立下誓言。

"一起加油!"

"来吧,到囊地鼠草原镇来吧。给我们露一手,让这个小镇——嗯——让它富有艺术性。小镇漂亮极了,但是我也承认,我们还不太有那见鬼的艺术性。或许,贮木场就没有这些希腊神庙那么漂亮喽。不过,加油干吧,让我们来个大变样!"

"我会的,总有一天!"

"是现在哦!你会爱上囊地鼠草原镇的。近年来,我们在草地和园艺上也花了不少功夫,弄得跟家似的——那些大树啦,以及……以及世上最好的人。很迷人的。我敢打赌,卢克·道森——"

对于这些名字,卡罗尔只是随便听听,她想象不到这些人以后会对自己有什么大用处。

"我敢打赌,卢克·道森比萨米特大道多数社会名流还有钱;高中的舍温小姐是一个十足的奇才——她读拉丁文就像我读英文一样;还有萨姆·克拉克,一个五金店老板,他可真是个了不起的人,你在这个州找不到比他更好的人一起去打猎啦。如果你要找文化人,除了维达·舍温,还有令人尊敬的公理教会牧师沃伦,学校督学莫特教授,以及据说会写格律诗的盖伊·波洛克律师,还有雷米埃·伍瑟斯庞,等你跟他混熟的时候,你会发现他也不是笨得那么可怕,他唱歌很好听呢。还有……还有别的好多好多人,莱曼·卡斯。只不过,当然啦,他们没有一个人有你那么灵巧,你可以这么说。不过,他们也不太赏识别人,等等。来吧,我们已经准备好让你来指挥我们了!"

他们坐在古老的堡垒护墙下方的河岸上,躲在别人看不到的地方。他用胳臂环抱着她的肩膀。走了那么多路,歇息了一会之后,卡罗尔觉得喉咙有点儿寒气,这才意识到他的温暖和力量,于是心怀感激地靠在他的身上。

"你知道吗,我爱上你了,卡罗尔!"

她没有答话,而是用手指试探性地摸摸他的手背。

"你说,我太追求物质享受。我能怎么办嘛,除非你能来激励我?"

她没答话。她不知道如何应答。

"你说,一个医生能治愈一个小镇,就像他能治愈一个病人一样。好吧,要是这个小镇生了什么病,你就去治愈它吧。如果需要做什么手术,我很乐意做你的助手。"

她没有倾听他说的话,只注意到他语气中的坚定。

他亲吻她的脸颊,大声说道:"一个劲地说啊,说啊,说啊的,有什么用啊。现在,我的拥抱该能说明问题了吧?"卡罗尔吓坏了,浑身发抖。

"哎呀,别,别这样!"她不知道该不该发火,但这念头一闪而过,接着她意识到自己哭了。

然后,他们就分开坐了,中间隔了六英寸,就像从来没有亲近过似的,而她也竭力摆出一副无动于衷的样子,说:

"我想——想去看看囊地鼠草原镇。"

"相信我,这就是囊地鼠草原镇!我带了几张快照过来给你看哩。"

她的脸颊凑近他的衣袖,仔细端详着十来张乡村照。这些照片都有斑点了。她只在上面看到一些树木和灌木丛,以及一个树叶掩映下若隐若现的门廊。可是,当看到那些湖泊的时候,她不禁惊叫起来:幽暗的湖水映出树木繁茂的绝壁,一群野鸭,以及一个身穿衬衫、头戴宽边草帽，手举一串莓鲈鱼的渔夫。一张千鸟湖^①边缘的冬景，有点儿蚀刻版画的味道：冰面闪亮的滑光，一段沼泽堤岸裂缝中的积雪，麝鼠窝隆起的土堆，一行行稀疏变黑的芦苇，以及被严霜打倒伏地的草丛。给人的印象是微冷、清澈、充满活力。

"到那儿溜几个小时的冰，或者坐在飞快的破冰船上一路呼啸而过，然后欢快地回家喝点咖啡，再吃点热乎乎的维也纳香肠，知道是什么感觉吗？"他问道。

"可能——挺有趣的吧。"

"不过，你再看看这一张，这儿就是你要来的地方。"

这是一张林间空地的照片：新犁出的垄沟沿着一个个树桩蜿蜒而过，一片荒凉；还有一座粗陋的小木屋，缝隙是用泥浆涂抹的，屋顶则是用茅草盖的。在小屋的前方，有一位妇女，头发紧梳，皮肤松垂；还有一个婴儿，全身湿漉漉的，沾满油污，但两眼炯炯有神。

"这个样子的老百姓就是我的行医对象啦，和他们在一起的日子挺好的。内尔斯·厄尔德斯特洛姆是一个优秀正派的瑞典小伙子。十年后，他就会有一个很棒的农场的，可是现在——我刚在厨房餐桌上给他老婆做过手术，是我的司机给她上的麻药呢！你瞧那个惊恐的婴儿，他需要一个女人，有你这样双手的女人。他在等着你呢！你瞧那孩子的眼睛，像是在乞求什么……"

"别说啦！想起他们就让人难过。唉，要是能帮帮他，该有多开心啊——太开心啦！"

在他张开双臂向她靠近的时候，她打消了自己所有的疑虑，说："开心，太开心啦。"

---

① 千鸟湖（Plover Lake）：作者杜撰的湖名。在明尼苏达州，千鸟和其他鸟类很常见，尤其是在五大湖附近。

第 三 章

一

在云朵翻滚的苍穹下,一个钢制的庞然大物在草原上奔驰。一声长鸣之后,传来令人烦躁的哐啷哐啷的声音。强烈的橘子香味,把没洗澡的旅客和老式的行李散发出的潮湿气味冲淡了一些。

沿途经过的一座座小镇,毫无规划,宛如阁楼地板上散乱的纸板箱。金黄的麦茬已经褪了色,一眼望不到边,不时可见一些掩隐在柳树丛中的白色房子和红色谷仓。

这是第七次列车,属于逢站必停的普通客车。它隆隆地穿过明尼苏达州,然后不知不觉地爬上了大高原。高原的斜坡从闷热的密西西比河谷缓缓升起,绵延上千英里,直到落基山脉①。

时值九月,天气炎热,天空灰蒙蒙一片。

这趟列车没有附设整洁的卧铺车厢,东部的硬座车厢也被畅通无阻的可躺式座位的客车厢所取代。每排座位分成两个可调节的长毛绒座椅,车座头枕盖着疑似假冒的亚麻毛巾。车厢中间有一些雕花橡木圆柱,把车厢分隔成两半;过道的木地板光秃秃的,布满了裂纹,沾满了乌黑的油污。车上没有服务员,没有枕头,也没有床铺,然而他们这一天一夜只能待在这个长长的钢箱子里——他们中间有

---

① 落基山脉(The Rockies):整个落基山脉由众多小山脉组成,南北狭长,北至加拿大西部,南达美国西南部的德克萨斯州一带,几乎纵贯美国全境。

农民，带着永远疲惫不堪的妻子，和看上去同岁的一窝孩子；有去干新工作的工人；还有旅行推销员，头上戴着德比帽，脚上穿着擦得锃亮的皮鞋。

他们口干舌燥，挤在一起，手上的皱纹积满污垢。他们睡觉的时候，身子扭曲蜷缩成一团，头部靠在窗格玻璃上，或者枕在座位扶手上卷起的外套上，两腿则伸到过道里。他们不读书看报，显然也不在思考，只是干等着。一位脸上早早出现皱纹的、老当益壮的母亲，挪动起来像是关节要干裂似的。她打开一只手提箱，里面有几件皱巴巴的衬衫，一双脚尖已经穿破洞的拖鞋，一瓶专利药，一只锡杯，还有一本被报贩游说买下的关于梦想的纸面平装书。她拿出一块全麦饼干，去喂一个平躺在座位上嗷嗷大哭的婴儿。饼干屑多半洒落在座位的红色长毛绒上，这个女人叹了口气，想把饼干屑掸掉，可这些碎屑却顽皮地跳了起来，然后又落在长毛绒上。

一对脏兮兮的男女大声嚼着三明治，随手把外皮扔在地面上。一个高大的砖红色皮肤的挪威人，脱掉他的鞋子，如释重负般地咕哝着什么，然后把穿着灰色厚袜子的两只脚搁在前面的座位上。

还有一位老太太，牙齿已经掉光了，嘴巴抿着，像甲鱼嘴一样。她的头发黄里透白，像块发霉的亚麻布。披肩长发下一道道粉红色的头皮清晰可见。她急切地搬下皮包，把它打开，往里面瞧瞧，又把它关上，然后把它放到座位底下，然后又匆忙把它拎起来，打开它，再次把它藏起来。那皮包装满了珍宝和纪念品：一个皮质搭扣，一张过时的音乐会节目单，一些零零碎碎的缎带、花边以及绸缎。在她旁边的过道上，有一只关在笼子里的马尾鹦鹉，非常愤怒的样子。

两排面对面的座位，被来自斯洛文尼亚的铁矿工一家人挤得满满当当。座位上到处都是鞋子、玩具娃娃和威士忌酒瓶子，还有用报纸裹起来的一包包东西和一个缝纫包。大儿子从外套口袋掏出一个口琴,擦掉上面的烟草屑,然后吹起了《佐治亚进行曲》①,直到车厢里所有人听得头疼他才罢休。

这时,一个兜售巧克力棒和柠檬糖的报贩走了过来。一个小女孩小步跑到饮水机那边,然后又跑回到自己的座位上,来来回回跑个不停。她把硬纸信封当茶杯用,每次跑过,水都滴在过道上,而且每次都会绊到一个木匠的脚,惹得木匠嘟哝说:"哎哟,小心点!"

沾满灰尘的车门是开着的,一缕清晰可见的刺鼻的青烟从吸烟车厢飘了回来。一位身穿鲜蓝色西装、脖戴淡紫色领结、脚穿淡黄色鞋子的年轻小伙,刚给一位身穿修车工作服的矮胖男人讲了个故事,引得大家哈哈大笑。

烟味变得越来越浓,空气也越来越污浊。

二

对每一位旅客来说,座位就是临时的家。不过,多数旅客都不是好管家,邋里邋遢的。但是,有一排座位看上去非常整洁,给人以凉爽的假象。在这排座位上,有一位显然春风得意的男子,还有一个头发乌亮、皮肤细嫩的女孩,她的无带轻便舞鞋被搁在一只干净的棒球袋上。

他们就是威尔·肯尼科特医生和他的新娘卡罗尔。

经过一年软磨硬泡式的求婚,他们已经在年底完婚了,在科罗

---

① 《佐治亚进行曲》(Marching through Georgia):美国南北战争时期的革命歌曲。1864年,一支工农组成的联邦军队由谢尔曼将军率领,浩浩荡荡向南部佐治亚州挺进,当时积极参战的排字工人亨利·克·沃克(Hemry Clary Work,1832—1884)创作了这首歌的词和曲,生动反映凯歌行进征途中的实况。

拉多①山区度完蜜月旅行之后,现在正在前往囊地鼠草原镇的途中。

对卡罗尔来说,普通客车上的这群人并不完全陌生。在从圣保罗到芝加哥的旅途中,她就见过这些人了。不过,既然他们已经成了自己人,需要她的洗礼、激励和升华,她便对他们产生了强烈的兴趣,但又觉得不舒服。他们让她感到痛苦。他们是那么的古板固执。她一直以为,美国没有农民习气。现在她也因为在那些年轻的瑞典农民身上,在那个忙活订货单的旅行推销员身上,看到了想象力和进取心,而努力地捍卫自己的信念。不过,那些老年人、北方佬以及挪威人、德国人、芬兰人、法裔加拿大人,早已习惯了贫穷。他们都是乡巴佬,她抱怨说。

"没有办法让他们醒悟吗?要是他们懂得科学种田,那会怎样呢?"她一边向肯尼科特求教,一边伸手去探摸他的手。

蜜月旅行改变了她。她惊讶地发现,自己太容易情绪激昂了。威尔向来气派十足——健壮、风趣,还是个搭帐篷的高手。那个帐篷就搭在荒凉的山嘴尖坡顶上的松林里,在他俩并肩躺在里面的时光里,威尔温柔而又体贴。

威尔正在琢磨回去行医的事,听完吓了一跳,他攥住卡罗尔的手说道:"这些人吗?让他们醒悟啊?为什么呀?他们很开心嘛。"

"可是,他们太老土啦。不,我不是这个意思。他们——哎哟,简直生活在水深火热之中。"

"听我说,卡丽。你得克服你的都市观,不要因为一个人裤子没熨,就说他是个傻瓜。这些农民可热心啦,还很积极进取呢。"

"我知道!这正是令人难过的地方。对他们来说,生活似乎太苦了——你看这些荒凉的农场,再看这列破火车。"

"哎呀,他们不介意的啦。再说了,情况也在变化嘛。汽车啦,

---

① 科罗拉多(Colorado):美国中西部的一个州,此州最著名的是拥有落基山脉的最高峰,地形从东侧的平原陡然升高为西侧峻岭,地理景观十分壮丽。

电话啦，农村免费邮递啦，这些都把农民和小镇联系得更紧啊。你知道，改变这些需要时间，五十年前这里还是一片荒野呢。可是现在，啊唷，他们可以在礼拜六晚上跳上福特或者奥弗兰[①]去看电影了，比你在圣保罗坐有轨电车去看电影快多啦。"

"可是，即使这些农民想要逃离惨淡无望的生活，也只能去我们一路经过的这些小镇呀——你难道还不明白啊？你看那些小镇的德行！"

肯尼科特吃了一惊。从孩提时代起，他就在这条铁路的火车上见过这些小镇。他嘟囔着说："啊唷，这些小镇怎么啦？熙熙攘攘的小镇挺好的呀。你要是知道每年从这儿运出去多少小麦、黑麦、玉米和土豆，你会吓一跳的。"

"可是，这些小镇真的好丑啊。"

"我承认，这些小镇没有囊地鼠草原镇那么舒适。不过，要给它们点时间嘛。"

"除非有这样一个人，既有改造小镇的强烈愿望，又在这方面训练有素，不然的话，给这些小镇时间又有什么用？成百上千的工厂正在想方设法生产漂亮的汽车，可是这些小镇呢——完全凭运气。不，那不可能是真的。能把这些小镇搞得这么惨不忍睹，那才是天才呢！"

"哎呀，这些小镇也没有那么糟糕嘛。"他就回了这么一句。他把一只手弄成猫的形状，而把她的手弄成一只老鼠的形状。这是卡罗尔第一次任由他摆布，而不是鼓励他。她注视着窗外的舍恩斯特罗姆，那个小村庄大约有一百五十口人，火车正在往那儿停靠。

一个胡子拉碴的德国人和他嘴角长满皱纹的妻子，把他们那只硕大的人造革提包从座位下拖了出来，摇摇晃晃地下了车。车站站

[①] 奥弗兰（Overland）：奥弗兰汽车公司是克劳德·考克斯（Claude Cox）于1903年在美国印第安纳成立的，1908年更名为威利斯-奥弗兰。

长把一头死牛犊吊到行李车上，在舍恩斯特罗姆，再也看不到别的活动了。在临时停靠的寂静中，卡罗尔听到一匹马在马厩里刨蹶子的动静，还听到一个木匠用木瓦铺设屋顶的声音。

舍恩斯特罗姆的商业中心占了一个街区的一侧，面对着铁路。这是一排单层商店，覆盖着镀锌铁或涂成红色和胆汁黄的护墙板。这些房子彼此不协调，看着像是临时搭建的，酷似电影里采矿营地的大街。火车站就是一间木板岗亭，一边是泥泞的牛圈，另一边是深红色的小麦谷仓。谷仓的木瓦屋脊上有一个圆顶，就像一个肩膀宽厚的男子长着一个邪恶的尖小脑袋一样。举目所见，唯一宜居的建筑物只有那华丽的红砖天主教堂和位于大街尽头的教区长的住宅。

卡罗尔拉扯着肯尼科特的衣袖说："你不会觉得这个小镇也不赖吧，是不？"

"这些德国佬的村庄是有点儿死气沉沉的。尽管如此，在那个——看见那个家伙了吗，从杂货店出来的那个，正往大车里面钻呢。我见过他一次。除了这家商店，差不多半个镇都是他的。他叫劳斯库克尔。他放了好多抵押借款，还投机农业土地。长了个好脑袋瓜子，那家伙。啊咛，听说他有三四十万美元哪！他有一栋非常漂亮的黄砖大房子，有花砖铺设的走道，有花园，应有尽有。在小镇的另一端，从这儿看不见，开车穿过这里的时候，我曾经路过那个房子。千真万确！"

"话说，要是他富到那种程度，不管怎样，这个地方没有理由这副破烂样子呀！要是他的三十万砸回到这个小镇上，这也是它该花的地方，他们就可以烧光这些小窝棚，建一个梦寐以求的村庄，一颗明珠！为什么农民和镇子上的人要让这个大亨死守住他的钱呢？"

"我得说，有时候我不太懂你的意思，卡丽。让他？他们也是身不由己。他这个德国佬是蠢,也许会被牧师玩弄,但要说到挑选良田,他可是个不折不扣的行家!"

"我懂了,他就是他们美的象征。这个小镇把他竖立起来了,而不是把许多房子竖立起来了。"

"老实说,我不明白你指的是什么。坐了这么长时间的车,你差不多也累垮了。等你到了家,就好好洗个澡,然后换上那件蓝色便衣,你就会感觉好一点了。那件衣服跟吸血鬼服装似的,你这个小狐狸精哟!"

他抓住她的胳臂,狡黠地望着她。

他们离开荒凉寂静的舍恩斯特罗姆车站,继续前行。列车咯吱咯吱响了起来,然后隆隆作响,便一摇一晃地离开了。空气很污浊,令人作呕。卡罗尔望着窗外,肯尼科特把她的脸转过来,然后把她的头靠在自己的肩膀上。她被哄得没有了愁绪。可是,她是很不情愿走出这种愁绪的。当肯尼科特得意地以为已经消除了她的疑虑,翻开一本橘黄色封面的侦探小说杂志的时候,卡罗尔一下子坐了起来。

她暗自思忖,这儿是中西部北部,世界上最新的帝国。在这片土地上,有成群的奶牛、精致的湖泊和新型的汽车,有焦油沥青毡搭盖的棚屋,还有红塔一样的筒仓。这儿的人虽然笨嘴拙舌,但却充满无限的希望。这个帝国供养着世界四分之一的人口。然而,它的工作才刚刚开始。尽管这些汗流浃背的徒步旅行者有电话,有银行账户,有自动钢琴,还有合作社联盟,但他们还是拓荒者。尽管这里土地肥沃,但它仍是一片有待开拓的土地。它的未来会怎样呢?她有点儿纳闷。现在这片可以纵横驰骋的空旷原野,将来会变成一座座城市和污染的工厂吗?遍地都是安居之所吗?抑或那些幽静的城堡会被阴暗的小木屋重重包围呢?年轻人可以自由地追求知识和纵情欢笑吗?人们愿意去仔细鉴别那些神圣化的谎言吗?或者说,那些皮肤光滑的胖女人,涂脂抹粉,穿着华丽的兽皮,插着被杀死的鸟的血红的羽毛,伸出肥大的、戴着珠宝的、指甲涂成粉色的手指头去打桥牌,玩得太累了就发一通脾气,和她们胖嘟嘟的哈巴狗一模一样?是沿袭那些古老陈腐的不平等,还是翻开历史新的一页,以有别于其他帝国那种令人厌烦的妄自尊大呢?未来是什么?希望又是什么?

这个谜团让卡罗尔头痛。

她望着大草原,有的地方是大片平坦的原野,有的地方是长长的小丘。草原的广袤与浩瀚,一小时前还让她心旷神怡,现在却让她惊恐不已。它就这样伸展着,无法控制地伸展着。她永远也不会了解它。肯尼科特还沉浸在他的侦探小说中。虽然身边这么多人,但她还是觉得孤单,竭力想要忘掉这些问题,客观地眺望这个大草原。

铁路边的草已经被烧光,只剩下浓烟熏烤的痕迹,以及参差不齐的烧焦的草茬。在笔直的带刺铁丝网围栏外边,长着一丛丛秋麒麟草。只有这道稀疏的树篱把秋麒麟草丛和原野分隔开来。在茫茫的原野上,秋收后的麦田呈现在眼前,每一块地都有一百英亩那么大。在近处,麦茬遍地,一片灰色;而在朦胧的远方,则像是黄褐色的天鹅绒漫过下沉的小丘。一行行麦堆排成长队,宛如穿着破旧黄色战袍的士兵在列队前进。新翻耕的田地,酷似跌倒在远处斜坡上的一面面黑旗。这广袤的原野像是驰骋的疆场,朝气蓬勃,略显荒芜,还没有被那些宜人的花园软化。

在广阔的原野,偶尔可见一丛丛橡树和一片片低矮的野草,削弱了它的漫无边际。每隔一两英里就出现一连串的钴蓝色沼泽地,成群的黑鹂扑打着翅膀从沼泽地上空飞掠而过。

在阳光的照耀下,这片田地变得生机勃勃。太阳照在稀疏的残茬上,让人头昏眼花。片片积云投下的巨大阴影,缓缓滑过低矮的土丘。与城市的天空相比,这里的天空更广阔,更高远,更蔚蓝……她断言道。

"这是个壮丽的乡村,是片令人自豪的土地。"她低声哼唱道。

然后,肯尼科特咯咯地笑着对她说:"你知道吗,再过一站就是囊地鼠草原镇啦!到家喽!"吓了她一跳。

三

"家"这个字眼儿把她吓坏了。难道她真的注定要住在这个叫作囊地鼠草原的小镇,逃无可逃了吗?何况,她身边这个粗壮的男人,胆敢限定她未来的男人,曾经是个陌生人哪!她在座位上转了个身,凝视着他。他是谁呀?他为什么和她坐在一起呢?他不是她喜欢的类型。他脖子粗大,言语沉闷,还比她大十二三岁。而且,他身上完全没有那种魅力,让人想要和他一起冒风险,对他仰慕有加。她无法相信,自己竟然在他怀里睡过。这就像是做了一场梦,梦醒之后,却不肯公然承认。

她告诉自己,他很善良,很可靠,也很宽容。她摸了摸他的耳朵,又捋了捋他结实的下巴,然后重新转过身去,全神贯注地琢磨起他那个小镇。它应该不会像这些贫瘠的小村落吧。这不可能!啊唷,它可是有三千口人哪。那儿可是有好多人哩。应该会有六百栋房子吧,或许更多呢。而且——它附近那些湖泊一定可爱极了。她已经在照片里见过它们了。它们看上去非常迷人……不是吗?

火车一开出瓦基扬,她就紧张起来,开始留意那些湖泊——那是通往她未来整个人生的入口。可是,等她发现它们的时候,就在铁路左边,她对它们的唯一印象就是:它们和照片很像而已。

在离囊地鼠草原镇一英里的地方,铁轨爬上了一个弯曲低矮的山脊,于是她就能看到小镇的全貌了。她突然焦急地把车窗猛地往上一推,向窗外张望。她左手放在窗台上,拱起的手指抖个不停,右手则放在胸前。

然后,她看到,囊地鼠草原镇只是比他们一路经过的那些小村庄大一点而已。只有在肯尼科特的眼中,它才是非同寻常的。那些挤在一起的低矮木屋,无异于一丛丛榛树,只是隔断了平原罢了。田野一直延伸到小镇,越过它又延伸开去。小镇没有受到保护,也保护不了什么。在这个小镇上,没有高贵的东西,也没有任何大的希望,只有一个高高的红色谷仓和几个细小的教堂尖顶高出一堆低矮的木屋。它是拓荒者的营地,不是人住的地方,不可能,不可想象。

这里的人,和他们的房子一样沉闷,和他们的田地一样单调。她不能留在这里。她得挣脱这个男人,远走高飞。

她偷偷瞟了他一眼。面对他的老成持重,她立刻感到无可奈何。想起他激动地把杂志扔出去,杂志沿着过道飞掠而过,然后弯腰去拿他们的手提箱,满脸通红地走过来,得意扬扬地说:"我们到了!"她又觉得很感动。

她诚实地笑了笑,又向别处看去。火车正开进小镇。郊区的房子破旧阴暗,有的是镶有木质褶边的红色宅邸,或者是像杂货店亭子一样的荒凉棚屋,或者是仿石水泥地基的新平房。

现在,火车正在驶过谷仓,然后是一个阴森的油库,一家奶油厂,一个贮木场,一个泥泞、破败、恶臭的畜牧场。现在,他们正在向一个低矮的红色木板车站停靠,站台上挤满了胡子拉碴的农民和一群游手好闲的人,目光呆滞,毫无冒险精神。她到了这儿。她不能往前走了。这儿是终点——世界的尽头。她坐在那儿,双眼紧闭,恨不得从肯尼科特身边挤过去,在火车的某个角落躲起来,然后向太平洋逃去。

一个庞然大物出现在她的脑海里,向她命令道:"得了吧!别像个嘤嘤啜泣的婴儿一样!"于是,她噌地一下站了起来,说:"总算到啦,太棒了!"

他那么信任她。她会让自己喜欢上这个地方的。何况,她还要大展拳脚呢——

肯尼科特拎着两只旅行包,一颠一颠的,她紧随其后。下车的旅客排成队,慢慢往前挪动,他们就被挡住了。她提醒自己,眼下已经到了新娘进门的激动人心的时刻了,应该感到兴奋才对。但她什么感觉都没有,只是对他们慢慢往车门挪动感到恼火。

肯尼科特弯下腰,凝视着窗外,然后有点不好意思地欢呼起来:"你看,你看,一大群人过来迎接我们啦!萨姆·克拉克和他的太太,戴夫·戴尔,杰克·埃尔德,还有,对啦,哈里·海多克和胡安妮塔,还有一大群人!我想,他们现在已经看见我们啦。是的,没错,他们看见我们啦!你看他们正在挥手呢!"

她顺从地低下头,去看窗外那些人。她已经平复好心情,准备向他们示好。可是,欢呼雀跃的人们太过热心,又让她觉得不好意思。她站在车厢的通廊里,向他们挥了挥手。不过,她拽住帮她下车的司闸员的衣袖,停了一会儿,才鼓起勇气,钻进握手的人流中,根本分不清谁是谁。她依稀记得,所有的人都声音沙哑,一双手又大又湿,胡子像牙刷毛一样硬,头上长有秃斑,表链上还有共济会的饰物。

她知道,他们在欢迎她。他们的双手,他们的笑容,他们的喊叫,他们深情的目光都征服了她。她结结巴巴地说道:"谢谢你们,哎哟,谢谢你们!"

有一个男人冲着肯尼科特嚷道:"我把车子开来了,送你们回家,医生。"

"太好啦,萨姆!"肯尼科特喊道,然后对卡罗尔说,"咱们上车吧。就是那边那个大佩奇①。他还有游艇哩,相信我!萨姆会让明尼阿波利斯的玛蒙②见识见识啥叫速度!"

直到上了那辆汽车,卡罗尔才认清陪同他们回家的那三个人。现在,车主正坐在方向盘前,一副派头十足、自鸣得意的样子。他头有点儿秃,块头有点儿大,眼睛总是平视。脖子疙疙瘩瘩,但脸却光滑圆润,就像匙碗的背面一样。他咯咯地笑着对卡罗尔说:"你把我们都搞清楚了没有?"

"当然,她弄得清楚!相信卡丽能弄清楚,她一下子就弄明白啦!我敢肯定,她能说出历史上的每个日期!"她丈夫夸口说。

但是,这个男人却安慰地看了她一眼。卡罗尔确信他是个可以信任的人,于是直言不讳地说:"实际上,我谁也没弄清楚。"

"当然喽,你搞不清楚的,孩子。咳,我是萨姆·克拉克,一个买卖人,卖些五金啦、体育用品啦、乳脂分离器啦,凡是你能想到的大件废旧杂物,我几乎都卖。你可以叫我萨姆——反正,我就叫你卡丽了,既然你嫁给了这个可怜虫,一个被我们困在这里的蹩脚医生。"卡罗尔大方地笑了笑,也希望能直接叫人的名字,这样更自在一些。"后面那个火暴脾气的胖女人,坐在你身边的那个,假装听不到我说她坏话的,就是萨姆·克拉克太太啦。我旁边这位面黄肌瘦的小矮子是戴夫·戴尔,他开了一家药店,连你丈夫的药方都配不对哩——实际上,你可以说这家伙就是一卖假药的。好啦!嗯,还是让我们把俊俏的新娘子送回家吧。哎呀,医生,我打算把

---

① 佩奇(Paige):总部位于底特律的一家汽车公司,于1908—1927年间生产豪华车型,后在1927年被格雷汉姆-佩奇(Graham-Paige)公司收购,生产的车辆也更名为格雷汉姆。
② 玛蒙(Marmon):玛蒙汽车公司,成立于1902年,于1933年合并并重新命名,后发展为玛蒙-哈宁顿(Marmon-Herrington),再后来成为德克萨斯州丹顿的玛蒙汽车公司(Marmon Motor Company),目前公司为总部位于芝加哥的玛蒙集团(Marmon Group)。

坎德森那块地卖给你，三千个大洋。最好考虑一下给卡丽盖一个新家。依我说呀，她算得上咱们镇最漂亮的 Frau① 啦！"

萨姆·克拉克得意地把车开走了，汇入车水马龙，其中有三辆福特和一辆明尼玛希旅馆②的免费巴士。

"我会喜欢克拉克先生的……我可不能叫他'萨姆'！他们都这么友好。"她瞥了一眼那些房子，竭力装作什么也没看见，琢磨起别的事来："这些故事为什么这样骗人呢？人们总是说迎接新娘子进门的是铺满玫瑰花的闺房。我完全信任高贵的配偶，他却对婚姻撒了谎。我没有变。至于这个小镇——唉，我的天哪！我不能永远待在这儿。这个垃圾堆！"

她的丈夫俯身对她说："你看起来心事重重的。害怕了吗？你在圣保罗待过，我没指望你把囊地鼠草原镇看成天堂，我也没指望你一来就会迷上它。不过，你会逐渐喜欢上它的——这儿的生活自由自在，这儿的人是世上最好的人。"

趁着克拉克太太知趣地转过身去，她小声对他说："我爱你，你那么体贴。我只是，只是太敏感了。书读得太多了，我缺乏的是挑起重担的力量和见识。给我点时间，亲爱的。"

"当然啦，你想要多长时间都可以！"

她拉过他的手背，贴着自己的脸颊，偎依着他。对于新家，她已经做好思想准备了。

肯尼科特跟她说过，他有一个老房子，由他的寡母照料。房子虽旧，但"漂亮、宽敞，供暖充足，炉子是市场上最好的那种"。他的母亲表达了对卡罗尔的爱意，然后就回到拉克基穆特去了。

她高兴极了，可以不用寄人篱下啦，还能营造自己的圣地呢，

---

① Frau：德语，夫人，太太。相当于英语的Mrs.，是对已婚妇女的称呼。
② 明尼玛希旅馆（Minniemashie House）：其原型为作者家乡索克森特镇的帕尔默旅馆（The Palmer House），建于1901年。

真是太棒啦。她紧紧握住他的手,注视着前方。这时候,汽车在街角拐了一个弯,然后停在了大街上,面前是一栋平淡无奇的木板房子,房子的周围有一小片干枯的草坪。

四

一条水泥人行道,两旁是夹杂青草和烂泥的"草坪"。一栋整洁的棕色方形房子,潮湿不堪。一条狭窄的水泥走道通到房子跟前。地上积着一堆枯黄的树叶,还有白蜡枫种子干瘪的翼瓣,以及白杨木的绒毛尖刺。一个装了纱的门廊,靠几根油漆过的松木细柱子支撑着,柱子顶部嵌有涡卷形装饰、斗拱,以及犬牙交错的木头。屋前的灌木丛,没有遮挡路人的视线。一扇阴沉沉的凸窗挂在门廊右侧。透过缀有浆硬的廉价花边的窗帘,可以看到里面有一张粉红色大理石桌子,上面放着一只海螺壳和一本家用《圣经》[①]。

"你会觉得它老式——你叫它什么来着?——维多利亚中期风格。我让它保持原样,这样的话,你要是觉得有必要,想怎么改就怎么改。"自从肯尼科特到家后,这是第一次听起来这么模棱两可。

"这才是真正的家!"肯尼科特的谦卑让她感动。她愉快地向克拉克夫妇挥手告别。他打开门锁——他留着日后让她自己选用女仆,所以现在家里一个女仆都没有。在他转动钥匙的时候,她轻轻扭动了几下,然后一蹦一跳地进了屋……直到第二天,他们俩才记起,在他们蜜月露营的帐篷里,他们曾经计划要由肯尼科特把卡罗尔从窗台抱进屋里。

在走廊和前厅的时候,她就觉得昏暗、阴郁、空气不流通,可

---

① 家用《圣经》(Family Bible):通常为大本,附有彩饰空白页,记载家庭成员的出生、死亡、婚姻、领洗与坚振等记录。

是她坚持对自己说:"我会把它弄得舒适惬意的。"肯尼科特拎着两只行李包往楼上的卧室走去,她跟在后面,用颤抖的声音哼起小胖灶神的歌曲:

>   我有自己的家,
>   想干啥就干啥,
>   想干啥就干啥,
>   它是我、我的伴侣和我的孩子的安乐窝,
>   我自己的家!

肯尼科特把她拥入怀中,她也紧紧地抱住肯尼科特。不管她觉得肯尼科特多么陌生、索然无味、僵化刻板,那都不重要,只要她能把双手伸进他的外套里面,用手指去抚摸他那温暖光滑的背心缎背就行,像是钻进了他的身体一样,看到了他身上的力量,看到了她男人的勇敢和善良就是她逃离复杂社会的庇护所。

"真开心,太开心了。"她低声说道。

第 四 章

一

"克拉克夫妇请了几个乡亲到他们家为我们接风,就今天晚上。"肯尼科特一边说,一边打开他的手提箱。

"唷,他们这么客气呀!"

"当然喽。我跟你说过,你会喜欢他们的。他们是世上最正直的人。嗯哼,卡丽——我想去诊所遛一圈,就一个小时,只是去看看情况,你不介意吧?"

"啊唷,不介意,当然不介意。我知道,你急着回去工作。"

"你当真不介意吗?"

"一点儿也不。别在这儿碍我的事啦,让我来整理吧。"

新娘子虽说主张婚姻自由,但见到肯尼科特欣然行使自由的权利,迫不及待地逃到男人事业的天地里去,还是不免有些失望。她扫视着他们的卧室,满屋的阴郁惨淡向她袭来:房间呈 L 形,看着挺别扭;一张黑胡桃木床,床头板上有雕刻的苹果和斑斑点点的梨子;一个高仿枫木梳妆台,台面是一块大理石板,像一块墓碑一样,令人很不舒服,石板上还有几个涂成粉红色的香水瓶和一个有裙边的针垫;一个简易的松木脸盆架,一个雕花水壶,还有一只碗。屋子里弥漫着一股马鬃、长毛绒和花露水的气味。

"整天面对这种东西,叫人怎么活啊?"她打了个寒噤。在她看来，这些家具就像围成一圈的老法官，判了她死刑，让她窒息而死。那把摇摇晃晃的织锦椅子也嘎吱嘎吱地叫个不停："闷死她——闷死她——把她闷死。"旧麻布闻着有股坟墓的气味。她独自待在这个房子里，待在这个陌生而又寂静的房子里，被麻木的思想和强烈的压抑感笼罩着。"我讨厌这鬼地方！我讨厌这鬼地方！"她喘息着说。"为什么我竟然——"

她想起来了，这些传家宝是肯尼科特的母亲从拉克基穆特老家带来的。"算了吧，这些东西还是挺舒适的。这些东西——舒适。另外——哎呀，这些东西好讨厌啊！我们得把它们换掉，立刻就换。"

然后她想："不过，他当然得去看看诊所的情况了——"

她假装忙着取出衣物。那个手提包是印花棉布衬里的，配有银锁，在圣保罗似乎还是值得拥有的奢侈品，在这儿却成了奢华的废品。那件大胆的黑色无袖衬衫是薄纱的，镶有蕾丝花边，轻佻迷人。在它的面前，那张内部深陷的床变得僵硬起来，像是厌恶它似的。于是，她把这件衬衫扔进一个抽屉，把它藏在一件实用的亚麻衬衫下面。

她停了下来，不再收拾东西。她走到窗前，想看看文学作品中的那种乡村美色——蜀葵、乡间小路以及脸颊红润的村民。可是，她所看到的，只是基督复临安息日会[①]教堂的一侧——一堵装有护墙楔形板的酸肝色简易墙；教堂后面的一个灰堆；一个没有漆过的马厩；还有一条小巷子，一辆福特送货车已经卡在那儿了。这就是她 boudoir[②] 下方的梯台式花园，这就是她每天要欣赏的风景——

"我不能那样！我不能那样！今天下午，我神经太紧张了。是

[①] 基督复临安息日会（Seventh-Day Adventist）：简称安息日会，不是一个宗派，也不是一个因为守礼拜六（安息日）而与一般教会有分别的教会，它根本就是一个传异端的宗教团体。

[②] boudoir：法语，卧室。也指闺房，女寝室、起居室，梳妆室，(贵妇)小客厅。

我生病了吗？……天哪，我可不希望生病！现在可不行！那些人怎么能撒谎啊！那些故事怎么能骗人嘛！他们说，当新娘发现真相的时候，照例先是一阵脸红，继而感到自豪，然后就会开心起来。可是——我讨厌那样！我会被吓死的！总有那么一天的，可是——求求您，亲爱的、若即若离的主啊，现在可不行！那些胡子拉碴的、惹人讨厌的老头子，坐在一起议论，认为我们应该生孩子。要是他们不得不生孩子——我希望，他们真的不得不生孩子！现在不行，得等我喜欢上那边的灰堆才行……我一定不能乱说。我都快得精神病了。我要出去走走，亲眼看看这个小镇，第一次目睹这个我要征服的帝国。"

她从家里逃了出去。

她认真地注视着每一条水泥人行横道，每一根拴马桩，每一把搂树叶的耙子。对每一栋房子，她都思考一番。这些房子以后会有什么用处呢？半年以后它们会是什么样子呢？她会在哪一栋房子里用餐呢？现在，她路过的这些人，只是帮人理发和打理衣服的，他们当中会有人成为心爱的知己吗？抑或是可怕的劲敌？跟世界上其他所有的人有什么不一样吗？

当她走到一个小商业区的时候，她看见一个身穿羊驼呢外套、满脸堆笑的杂货商，正弯着腰在店门口的斜面货摊上整理苹果和芹菜。她一边仔细观察，一边在想：要跟他打招呼吗？要是她停下来，对他说："我是肯尼科特太太。希望来日能跟你说句实话，这堆南瓜显然不怎么样，还摆在橱窗里陈列，我真不敢恭维。"他听了，又会说些什么呢？

那位杂货商就是弗雷德里克·F.卢德尔迈耶先生，他的商店在大街和林肯大道的拐角。卡罗尔以为，只有她在观察别人。其实，她不知道，她是被城里人的冷漠误导了。她以为，她走街串巷，没有人看见她。但是，她刚走过去，卢德尔迈耶先生就气喘吁吁地跑回店里,一边咳嗽,一边对他的伙计说:"我刚看见一个年轻女人,她是从小街过来的。我敢打赌,她就是肯尼科特医生的新娘子。她真是个美人儿,两条腿可漂亮啦。不过,她那身该死的衣服真不咋的,一点儿风格都没有。我在想,她会使用现钱吗?我敢打赌,相比咱们这儿,她逛豪兰·古尔德更多一些。你把燕麦粥的广告弄哪儿去啦?"

二

卡罗尔走了三十二分钟,就把这个小镇逛了个遍——从东到西、从南到北。然后,她站在大街和华盛顿大道的拐角,满心都是失望。

大街两旁是两层的砖房商店,和一层半的木制住宅。从一条水泥小路到另一条水泥小路之间是泥泞的烂地。福特汽车和运木材的货车挤在一起。这地方实在太小,引不起她的兴趣。每条街道都有宽阔、笔直和并不诱人的豁口,让人可以看到周围贪得无厌的大草原。她深感这片土地的广漠和空旷。在大街的北端,几个街区之外的一个农场里,有一个风车,它的铁骨架就像一头死牛的肋骨。她想,在北方的寒冬来临时,暴风雪从荒野席卷而来,那些毫无遮拦的房子会吓得缩成一团吧。那些棕色的小房子,那么小,那么弱不禁风,给麻雀做窝还差不多,怎么能做热情开朗的人的家呢。

她安慰自己说,街上的落叶真壮观。枫叶是橘黄色的,橡树叶则酷似纯色的树莓叶。一块块草坪也都悉心打理过。可是,这个想法根本站不住脚,那些树丛充其量也就像一片稀疏的林地而已。没有一个公园是养眼的。再说啦,既然县政府所在地是瓦卡明而不是囊地鼠草原镇,也就没有带庭园的法院大楼了。

她看着这些建筑,目光所及之处最了不起的大楼就是明尼玛希旅馆了。这是接待外地人的地方，是让他们觉得囊地鼠草原镇充满魅力和奢华的地方。她透过沾满蝇屎的窗户往里面扫视。这是一个高大、单薄而又破旧的建筑，是一栋用黄色条纹木板建成的三层小楼，墙角堆满了象征石头的沙松木板。她可以看到，在旅馆的办公室里，有一片光秃秃脏兮兮的地板；一排一排摇摇晃晃的椅子，每两把椅子之间都有一个黄铜痰盂；还有一张写字台，玻璃板下压着一些用螺钿字母制成的广告。在远处的餐厅里，有一堆脏桌布和番茄酱瓶子。

她再也不想多看一眼明尼玛希旅馆了。

一个男人从戴尔的药店走了出来。他身穿无袖衬衫，胳臂上套着粉红色的松紧带，配了一个亚麻领，但没打领结，一路上打着哈欠，往对面的旅馆走去。他靠在墙上，挠了一会儿痒，叹了口气，百无聊赖地和一个斜躺在椅子上的男人闲聊起来。一辆运木材的货车咯吱咯吱地开到了这个街区。它那长长的绿色车厢里装满了大卷大卷带刺的铁丝网。一辆福特正在倒车，轰轰隆隆的响声像是要把车子震散架一样，然后车子又恢复正常，咔嗒咔嗒地开走了。从一家希腊糖果店里也传来了花生烘烤机嗖嗖的响声，和一股花生的油香味儿。

除此之外，再也没有其他声响，也没有生命的迹象。

她想要离开，逃出这个咄咄逼人的大草原，去寻求大城市的安全感。她想创建一个美丽小镇的梦想是荒唐可笑的。她觉得，每一面死气沉沉的墙壁都在渗出一种恐怖的情绪，这是她永远无法抵御的。

她拖着脚步沿着大街的一侧走过去，然后又从另一侧走回来，经过那些小街口也要瞥上一眼。这是她对大街的一次私访。不到十分钟的时间，她不但看到了一个叫作囊地鼠草原镇的地方的核心地带，而且也看到了从奥尔巴尼到圣地亚哥的上万个小镇。

戴尔的药店坐落在一个街角,楼房是用整齐的人造石块垒建的。在药店里面,有一个油污的大理石冷饮柜台,上面有一盏电灯,罩着一个红色、绿色和奶黄色相间的嵌花灯罩。一堆堆凌乱的牙刷、梳子和一包包剃须皂也摆在那儿。各种搁架上摆着肥皂盒、牙齿咬环、园艺种子,以及黄色包装的专利药品——治疗肺痨和妇科病的秘方药——还有众所周知的鸦片和酒精的混合剂。她丈夫给病人开的药方,就是到这家药店来配的。

二楼的窗户上挂着一个黑砂金字招牌:"W. P. 肯尼科特,内外科医生。"

这边有一座木制的小电影院,名为"玫蕾影宫"。石版画广告上的片名是《恋爱中的胖子》。

还有一家名叫豪兰·古尔德的食品杂货店。在橱窗里,有一些过熟发黑的香蕉和莴苣,一只猫正在上面睡觉。搁物架上摆着一排排红色的绉纸,现在已经褪了色,残破不堪,上面还有一圈圈斑点。二楼的墙上平挂着几个集会的标牌——皮西厄斯骑士团[①]、马加比[②]、伐木工[③]和共济会[④]。

达尔·奥利森肉店———一股血腥味儿。

[①] 皮西厄斯骑士团(The Knights of Pythias):一个友好组织和秘密团体,于1864年在华盛顿特区成立。

[②] 马加比(The Maccabees):一个友好互助的"法律准备金社团"。家庭有成员死亡的都可以法律准备金保险的形式得益。年龄在70岁以下的所有身体健康和人品优良的白人都可以加入社团。1914年之前叫"马加比骑士团",之后简称为"马加比"。它是一战后涌现的最成功的友好互助社团之一,其他还有"森林人"(Foresters)、"伐木工"(Woodmen)等,也都通过愉快的聚会等形式为百姓提供了一道安全网。

[③] 伐木工(Woodmen):一个兄弟互济会组织,全称为"美国当代伐木工"(Modern Woodmen of America),由约瑟夫·卡伦·根(Joseph Cullen Root)于1883年成立。

[④] 共济会(the Masons):最初是中世纪英国的一个互助会,约在17世纪演变为兄弟会,并传入美国。

这边还有一家饰品店，里面陈列着一些小巧的女式腕表。在饰品店门口的路缘那儿，有一只大木钟，已经不走了。

那间苍蝇嗡嗡叫的酒吧，门头上挂着一块闪亮的金色珐琅威士忌标牌。在这个街区，还有另外几间酒吧。从那些酒吧里散发出一股难闻的陈啤酒的气味。只听到厚重的声音大声嚷着洋泾浜德语，或者放声高唱下流歌曲。这种让人萎靡、疲沓而又沉闷的恶习，在矿工营是种高雅享受，却有损精力。在每间酒吧的门前，都有一些农妇坐在货车的座椅上，等待她们的丈夫喝醉，然后一起动身回家。

在一家名叫烟馆的烟草商店里，挤满了年轻人，他们正在掷骰子赌烟。一排排搁物架上摆满了杂志，还有一些身穿条纹泳装、忸怩作态的肥胖妓女的照片。

这儿还有一家服装店，正在展示一款"足尖像斗牛犬一样的牛血色浅口便鞋"。还有各式西装，尽管还是新的，看起来却很旧的样子，没有丝毫光泽，松松垮垮地套在服装模特上面，活像涂脂抹粉的僵尸。

另外有一家叫海多克·西蒙斯的时装店，它是镇子上最大的店铺了。一楼门面是透明玻璃板，黄铜镶边，看上去非常精致。二楼门面是令人赏心悦目的装饰面砖。有一个橱窗陈列着一些高档男式服装，西装衣领缀有凸纹花布，领子的底层是橘黄色的，上面点缀着淡紫色的雏菊。整个橱窗显然给人一种耳目一新、干净整洁、服务周到的感觉。海多克·西蒙斯。在火车站的时候，她见过一个叫海多克的，哈里·海多克，三十五岁，很活跃。现在，她觉得这个人很了不起，简直就是个圣人。他的店铺竟然这么干净！

阿克塞尔·埃格百货店是斯堪的纳维亚农民经常光顾的地方。在窄浅幽暗的橱窗里，摆了许多稀薄的锦缎，编织粗糙的条纹棉布，为脚踝突出的妇女设计的帆布鞋，别在边缘破损的卡片上的钢纽扣和红玻璃纽扣，一条棉毯，还有一只压在一件晒得褪色的绉纱女衬衫上的花岗岩陶器煎锅。

萨姆·克拉克五金店，一副实实在在的五金企业的派头，店内有猎枪、搅乳器、一桶桶钉子，以及漂亮的、锃亮的屠刀。

走进切斯特·达沙韦家具商场，满眼都是笨重的橡木摇椅，座位是皮的，正排成一排，沮丧地躺在那里。

比利午餐店。在铺着湿油布的柜台上，摆着一些没有把手的厚杯子。屋内弥漫着一股洋葱味和热猪油的油烟。在门口，一个小伙子响亮地啜着牙签。

奶油和土豆买主光顾的零售商店散发出一股股奶制品的酸味。

福特车行和别克车行隔街相望，都是质量过硬的砖石混凝土结构平房。在被油污染黑的水泥地面上，停放着或新或旧的汽车。还有一些轮胎广告。一个受试发动机轰轰隆隆响个不停，惹人心烦。还有一群脸色阴沉的年轻人，身上穿着卡其布连衫工装裤。这是小镇上最充满活力的地方。

一个大型农具货栈，堆放着一堆绿色和金黄色的轮子、车轴以及双轮单座的座椅。这些都是土豆种植机、撒肥机、青贮料切割机、圆盘耙和开荒犁的附件，卡罗尔对这些一窍不通。

还有一家饲料店，店的窗玻璃蒙上了一层麦麸的粉末，已经模糊不清，还有画在屋子顶部的一幅专利药品广告。

那家艺术品商店是玛丽·埃伦·威尔克斯太太开的，所谓的基督教科学派图书馆，每天免费开放，算是对美的一种动人的探索吧。这是一间用木板搭建的棚屋，最近才涂上的灰泥，很粗糙。一个陈列橱窗，里面的东西相当丰富，但不协调：好多花瓶，图案开始是想画成树干的，后来却成了一抹镀金的东西；一只铝制烟灰缸，贴有"囊地鼠草原镇向您问好"的标签；一本基督教科学派杂志；一只印花沙发靠垫，绘的是一条大丝带系在一朵小罂粟花上，靠垫上还放着几束用来修正的绣花丝线。在店铺的里面，一眼就能瞥见一些或好或坏的绘画作品的蹩脚复制品;搁架上摆的是唱片、相机胶卷以及木制玩具。在店铺的中间,一位面容忧虑的小妇人正坐在一张铺了坐垫的摇椅上。

在一间美发店兼台球室,有一个只穿着衬衫的男人,大概是德尔·斯纳弗林老板吧,正在给一个大喉结的男人刮胡子。

纳特·希克斯裁缝店位于大街外的一条小街上。那是一个单层平房。一张时装图样上有几个像干草叉一样的人,身上的服装看起来像钢板一样坚硬。

在另一条小街上,有一座刚竣工的红砖天主教堂,大门漆成了黄色。

邮局只不过是一个用玻璃和黄铜做成的隔间,从后半部把一个发霉的房间隔离开来,那个房间曾经是一个店铺。在靠墙处,有一张东倒西歪的书桌,桌面已经磨得发黑,上面散放着一些通告和征兵海报。

教学楼是潮湿的黄砖房子,周围是煤渣空地。

州立银行只是涂了灰泥的木板房。

农民国家银行——一座爱奥尼亚①式神殿的大理石建筑,纯净、精致、幽静。一块铜牌上写着"埃兹拉·斯托博迪,行长"。

类似的店铺和公司还有二十多个。

在这些商店和公司的后面,或者它们的中间,还有很多房子。有的是简陋的小屋,有的是象征着繁荣的宽敞、舒适但完全乏味的大房子。

在整个小镇,除了爱奥尼亚银行,没有一座建筑让卡罗尔觉得顺眼。至多也就十来个建筑能让卡罗尔联想到,在囊地鼠草原镇

---

① 爱奥尼亚(Ionia):古希腊时代对今天土耳其安纳托利亚西南海岸地区的称呼,即爱琴海东岸的希腊爱奥尼亚人定居地。其北端约位于今天的伊兹密尔,南部到哈利卡尔那索斯以北,此外还包括希奥岛和萨摩斯岛。

五十年的历史中，当地居民已经认识到，把他们共同的家园建得有趣一些或者有魅力一些，是值得的，也是可能的。

卡罗尔感到受不了的，不只是这些让人无法原谅且毫无悔意的丑陋和呆板，还有这些建筑的无计划性和脆弱的暂时性，以及它们褪了色的讨厌的色彩。街道上杂乱地堆满了电灯杆、电话线杆、汽车加油泵以及货箱。建房的时候，每个人只顾着自己，完全不为他人考虑。有一间单间平房，现在已经变成了女帽店，一边是由两层砖房店铺构成的一大片新"街区"，另一边是用耐火砖建的奥弗兰车行，它就夹在当中。农民银行那白色的神殿，被一个耀眼的黄砖杂货店挤到后面去了。有一家店铺的檐口是用斑驳的镀锌铁皮做的。它旁边的那个建筑，有砖砌的城垛和塔尖，塔尖的外层是用一块块红色的砂岩贴成的。

她逃离大街，逃回家去了。

她坚持认为，只要这里的人长得标致，别的她也就不在乎了。可她注意到，一个小伙正在商店门口游荡，一只脏手抓着遮阳篷的绳子；还有一个中年男人，盯着女人看的时候，像是被多年枯燥的婚姻麻痹了似的；还有一个老农民，身体结实、健壮，但不干净，他那张脸就像刚从地里挖出来的土豆一样。这三个男人没有一个刮过胡子的，至少有三天没刮了吧。

"如果说，在这个大草原，他们建不了殿堂，还能理解，但总该没有什么能阻止他们买安全剃须刀吧！"她愤愤地想。

她的内心在斗争："肯定是我错了。人家在这里住得好好的呢！这地儿也没有我认为的那样丑呀！肯定是我错了。不过，我做不到。我不能永远待在这个地方。"

她回到了家里，真的担心自己会发疯。可是，当她看到肯尼科特正在等她，兴冲冲地问："出去溜达啦？嗯，喜欢这个镇吗？草坪和树丛都很棒吧，嗯？"这时，她还能说出"非常有趣"，这种自我保护的成熟可是前所未有的。

三

跟卡罗尔乘坐同一车次列车来到囊地鼠草原镇的，还有贝亚·索伦森小姐。

贝亚小姐是个体格健壮、肤色淡黄又爱笑的年轻女子，但她已经厌倦了农活，她渴望城市生活的刺激。她早就断定，享受城市生活的办法就是"到囊地鼠草原镇找份工作，当个女佣"。她用力拖着缩叠式纸板旅行袋走出火车站，兴冲冲地去找她的表姐蒂娜·马姆奎斯特。她是卢克·道森太太家的一个女佣，什么活都干。

"嗯，你真来城里啦。"蒂娜说。

"是呀，俺想找个活干。"贝亚说。

"哟……你现在有男朋友吗？"

"有呀，就是吉姆·雅各布森。"

"嗯，见到你真高兴。你想一个礼拜挣几个钱呀？"

"六美元。"

"没有人出那么多钱的。等一下！肯尼科特医生，俺觉得，他娶了个城里姑娘，也许她肯出那么多钱。嗯，你出去转一圈吧。"

"好的。"贝亚说。

于是，卡罗尔·肯尼科特和贝亚·索伦森在同一时间来逛大街，她们就是这样碰巧遇到的。

在这之前，贝亚从来没去过比斯坎迪亚·克罗辛更大的小镇，那个小镇才住了六十七口人。

她在大街上一边走一边想，在一个地方，在同一时间，竟然可以有那么多人，怎么看也不可能。天哪！要熟悉所有的人，得要好多年哪。而且，这些人都好漂亮！一位高大英俊的先生穿着一件粉红色的新衬衫，上面还有一颗钻石，那可不是洗得褪了色的蓝色斜纹粗棉布工作衫。一个窈窕淑女穿着一条长连衣裙。不过，这裙子洗起来一定很费劲。还有那么多商店！

跟斯坎迪亚·克罗辛不一样，这儿的商店可不是只有三家，而是整整占了四个街区还不止！

那个时装店，有四个谷仓那么大。天哪！你一走进去，就有七八个伙计盯着你看，简直吓死人了。那些男式服装，就套在像真人一样的东西上。阿克塞尔·埃格百货店，跟家一样，那里有好多瑞典人和挪威人，还有一板漂亮的纽扣，像红宝石一样。

还有一家药店，里面有一个冷饮柜台，好大好大，好长好长，全是漂亮的大理石打造的。在柜台上，摆着一盏好大的台灯，还有一个大灯罩。她从没见过这么大的灯罩。整个灯罩是用各种各样不同颜色的玻璃拼起来的。还有那些冷饮喷嘴，全是银制的，刚好从灯座底部伸出来。在冷饮柜台后面，放着好多玻璃架子，还有好多瓶谁都没听说过的新型软饮料。要是有个家伙带你去那儿多好呀！

有一家旅馆，高得不得了，比奥斯卡·托尼弗森的红色新谷仓还高。三层楼，一层接一层。你得昂起头才能看到楼顶。那边还有一个穿着时髦的旅客，他很可能去过芝加哥，去过好多次吧。

嗬，她是这儿最漂亮的人了吧！一位女士刚刚走过去，你肯定不会说她比贝亚年纪大。她穿的是一件一流的灰色新外套，和一双黑色的轻便舞鞋。她看起来好像也在观察这个小镇。可是，你不知道她在想什么。贝亚也想那样——有点儿文静，这样谁也不会对她放肆了。有点儿——嗬，高雅。

她看见一个路德教堂①。在这个城市里，一定会有动听的布道。

---

① 路德教堂（Lutheran Church）：新教教会，遵循马丁·路德的观点。

而且，礼拜天做两次礼拜，每个礼拜天都是这样！

这儿还有电影放映啊！

那是一家正规的电影院，只放电影。有一块牌子上写着"每晚更换新片"。每天晚上都有电影！

在斯坎迪亚·克罗辛，也有电影。不过，每两个礼拜才放一次，而且索伦森一家要开一个小时的车才能到，爸爸又是个吝啬鬼，连一辆福特都不肯买。可是在这里，随便哪天晚上，她都可以戴上帽子，然后步行三分钟来到电影院，然后就能看到穿燕尾服的漂亮的小伙子了，还能看到比尔·哈特[①]，什么都能看到！

他们怎么会开那么多商店呢？啊唷，有一家商店只卖香烟，还有一家很漂亮的商店。那是艺术品商店，卖图片、花瓶之类的东西。 唷，这可是最漂亮的花瓶啦，看上去就像一个树干似的！

贝亚站在大街和华盛顿大道的拐角处，城市的喧嚣使她害怕起来。大街上同时有五辆汽车，其中一辆车好大好大，准得花两千美元吧！一辆巴士正准备出发前往火车站，上面坐着五个穿着优雅的家伙。一个男人正往巴士车身上张贴红色的广告，上面印着漂亮的洗衣机图片。那个珠宝商正在真材实料的丝绒布上摆放手镯和腕表，东西应有尽有。

要是她一个礼拜能挣六美元，她还有什么好在乎的啊？要不然，两美元也行啊！只要能待在这儿，干活不拿钱也值呀。想想看，一到晚上，所有的灯都亮起来。那些灯不是油灯，而是电灯。那将是怎样的景象啊！说不定，一个有风度的朋友会带你去看电影，还给你买草莓冰激凌汽水哩！

贝亚拖着沉重的脚步回去了。

[①] 比尔·哈特（Bill Hart）：原名为威廉·萨里·哈特（William Surrey Hart, 1864—1946），是美国无声电影时代最著名的电影演员，同时还是电影编剧、导演，以及制片人。比尔是威廉的昵称。

"咋样？你稀罕这儿不？"蒂娜问道。

"嗯，俺稀罕这儿。俺想，也许俺能留在这儿。"贝亚说道。

四

萨姆·克拉克是在新建的房子里举行聚会欢迎卡罗尔的，那是囊地鼠草原镇上最大的房子之一，是一个方方正正的结实的房子。这房子有一大块干净的护墙板，一个小塔楼，还有一个装了纱门的门廊。房子内部就像一架崭新的立式橡木钢琴那样，明亮、坚实，令人心旷神怡。

萨姆·克拉克步履蹒跚地走到门口，大声喊道："欢迎你，亲爱的小姐，城门的钥匙归你啦①！"卡罗尔却哀求地看着他。

在他身后的过道和客厅里，卡罗尔看到客人围坐成一大圈，像参加丧礼似的。他们就这样等着，他们都在等她呀！她本打算说些冠冕堂皇的话表示感谢的，但现在却泄气了。她恳求萨姆说："我可不敢见他们，他们的期望那么高。他们会把我一口吞下去的，咕嘟一声，就像那样！"

"哎哟，小妹妹，他们会爱上你的。要不是怕这位医生把我打扁，我也会爱你的！"

"可……可是，我不敢嘛！我的右边有好多面孔，我的前面也有好多面孔，齐刷刷地看过来，一副好奇的样子！"

在她自己听来，她简直是歇斯底里。她以为，在萨姆听来，她一定是疯了。可他却咯咯地笑着说："嗳，你干脆就躲在萨姆的翅

---

① 在古代，欧洲的小镇经常被战争围攻，那些来访的政要会配发城门钥匙，以示对他们的信任和友好。有了钥匙，这些特殊的来宾就可以自由出入而不用担心会招致国民军攻城了。

膀下好啦,要是有谁老是伸长脖子盯着你看,我就毙了他们。咱们进去吧!瞧我的——塞缪尔①,小娘子的开心果,新郎官的噩梦!"

他伸出一只胳膊搂着她,领她进来,大声宣布:"女士们,还有较坏的那一半,新娘子到啦!我们就不向各位一一介绍她啦,因为她也不会一下子就记住你们的狗屁名字。现在,这个星法庭②就解散了吧!"

他们客气地傻笑起来,但还是安安稳稳地坐成一圈,纹丝不动,还是目不转睛地盯着她看。

为了今晚的宴会,卡罗尔在衣着上费了不少心思。她的发型很端庄,前额上刘海低垂,头发梳向两边,盘了个辫子。现在,她想,她要是把辫子盘高一点就好了。她的连衣裙是适合天真少女穿的上等细麻做成的,配有一条金色的宽腰带,和一个方方正正的低领口,露出颈前和性感的双肩。可是,当大家盯着她看的时候,她就肯定这副打扮完全错了。她转念一想,要是自己穿的是一件适合老处女穿的高领连衣裙就好了,要是再大胆一点,围上在芝加哥买的那条刺眼的砖红色围巾,把他们吓一跳就好了。

萨姆领着她在客人面前转了一圈。她机械地说着一些稳妥的话:

"嗬,我肯定会非常喜欢这里的。""是呀,我们在科罗拉多山区确实玩得挺开心。""是呀,我在圣保罗住过几年。尤克里德·P.廷克呀?不,我不记得见过他,但我肯定听说过这个人。"

肯尼科特把她拉到一边,悄悄地对她说:"现在,我来介绍你给他们认识,一个一个来。"

"先跟我说说他们的情况吧。"

"好的,那边那对漂亮的夫妇是哈里·海多克和他的太太胡安

---

① 因乡村口音的原因,这里的Sam'l应该是Samuel,即Sam的全称。
② 星法庭(star-chamber):以滥刑专断闻名于世,1614年被废除。

妮塔。哈里的老头子拥有时装公司一大半的股份，但经营这家公司并把它搞得风生水起的却是哈里。他是个有进取心的人。在他旁边的是戴夫·戴尔，药店的老板，你今天下午见过他了，是个打野鸭子的高手哩。他身后那个高大的家伙是杰克·埃尔德——杰克逊·埃尔德，木材加工厂和明尼玛希旅馆都是他的，他还是农民国家银行的大股东咧。他和他老婆都是运动健将，他、萨姆和我经常一起去打猎呢。那边那个年老的大亨是卢克·道森，小镇上的首富。在他旁边的，是纳特·希克斯，一个小裁缝。"

"真的呀？是个裁缝啊？"

"当然喽，为啥不能是裁缝？也许，我们有点落后，但我们很民主。我经常和纳特一起去打猎，就像我跟杰克·埃尔德常去打猎那样。"

"好高兴呀，我还没在社交场合遇到过裁缝。遇到一位裁缝，又不必惦记你欠他的钱，一定很好玩。你也经常——你也和你的理发师一起去打猎吗？"

"不，可是——也用不着把民主这东西糟蹋到这个地步。再说啦，我认识纳特好多年了，而且，他还是个很棒的枪手，而且——就那么回事儿，明白了吗？在纳特旁边的，是切特·达沙韦。他特别能侃。聊起宗教、政治或者书籍，或者随便什么事情，他就唠叨个没完。"

卡罗尔用一种近乎感兴趣的礼貌凝视着达沙韦先生。这个人皮肤黝黑，嘴巴很大。"哎呀，我知道啦，他是那个家具店的老板！"她得意扬扬地说。

"是的哦，他还是个殡仪员哩。你会喜欢他的。过来吧，和他握握手。"

"啊，不，不！他不——他不做尸体防腐处理之类的事吧！他亲自做呀？我可不能跟一个殡仪员握手！"

"为啥不能？一个大名鼎鼎的医生，刚给病人破过肚子，你不照样自豪地去和他握手吗?"

她尽力摆出下午应有的成熟稳重的样子。"是的,你说得对。我想——噢,亲爱的,你知道吗?你喜欢的人,我都喜欢。我想看到人们本来的样子。"

"好吧,别忘了,看别人本来的样子,也得用别人的眼光来看哪!他们都很有本事。你知道珀西·布雷斯纳汉是这儿的人吗?他可是这儿土生土长的哩!"

"布雷斯纳汉?"

"是呀,你知道,他是马萨诸塞州波士顿市维尔维特汽车公司的董事长——制造维尔维特十二型汽车——那可是新英格兰最大的汽车厂。"

"我想,我听说过他。"

"你肯定听说过他。啊唷,他拥有好几百万资产哪!咳,珀西几乎每年夏天都回到这儿来钓黑鲈。他还说,要是工作能脱身,他宁愿住在这儿,也不愿意住在波士顿、纽约,或者任何类似那样的地方。他并不介意切特的殡仪业。"

"求你别提啦!我会……我会喜欢大家的!将来在这个社区,我会快乐的!"

肯尼科特把卡罗尔领到道森夫妇面前。

卢克·道森是放抵押贷款的,也是北部采伐迹地的业主。他是个优柔寡断的人,身穿未熨烫过的、柔软的灰色衣裤,脸庞白皙,眼球凸出。他的太太两颊惨白,头发花白,声音苍白,举止呆板。她身穿一件昂贵的绿色礼服,衣襟上配有饰带,缀有串珠流苏,后腰的纽扣之间空隙很大,好像她买的是个二手货似的,生怕遇见它的旧主人。他们都很害羞。倒是学校督学乔治·埃德温·莫特教授,这位皮肤晒得黝黑的中国大陆人握了卡罗尔的手,令她感觉受到了欢迎。

道森夫妇和莫特先生说完了"很高兴见到你"之后,似乎就没有别的话可说了,不过交谈还是机械地进行着。

"你喜欢囊地鼠草原镇吗?"道森带着哭腔问。

"嗬,我相信,我会很快乐的。"

"这儿有好多好多好人。"道森太太看看莫特先生,希望他能打个圆场。他讲道:

"有些人是很优秀的。不过,我不喜欢那些退休后来这儿安度晚年的农场主,尤其是那些德国人。他们讨厌交教育税,一个子儿都不愿意花。但是,其他人都还不错。你知道吗?珀西·布雷斯纳汉就是这儿的人。他以前就在那幢旧楼里上学!"

"我听说是这样。"

"是的。他可是个名人。他和我一起钓过鱼呢,就上次他回来的时候。"

道森夫妇和莫特先生都站累了,于是晃动着身子,似笑非笑地看着卡罗尔。她接过话题说:

"跟我说说,莫特先生,你们试行过新的教育体制吗?比如现代幼儿园教学法,或者葛雷制[①]?"

"哎呀,那些花架子,那些冒牌改革家大都是些沽名钓誉之徒。我支持手工课,可是拉丁语和数学永远都是过硬的美国学风的支柱,不管那些赶时髦的人提倡什么——天知道他们到底想要什么——我想,可能是编织或者动动耳朵之类的课吧!"

道森夫妇微笑着,一副很欣赏这位博学之士的宏论的样子。卡罗尔等着肯尼科特替她解围。在场的其他人则期待着能有逗他们开

[①] 葛雷制(Gary System):创始人是美国教育家沃特(William Albert Wirt, 1874—1938)。1907年,他被印第安纳州葛雷市教育委员会聘为公立学校的督学,推行一种以"葛雷制"著称的教学制度。沃特在教学中采用二重编法,即将全校学生一分为二,一部分在教室上课,另一部分则在体育场、图书馆、工厂、商店以及其他场所活动,上下午对调,解决了葛雷地区学校少、供不应求的矛盾。

心的奇迹发生。

哈里·海多克和胡安妮塔·海多克，丽塔·西蒙斯和特里·古尔德医生——可以说是囊地鼠草原镇年轻漂亮的情侣。肯尼科特领着卡罗尔去见他们。胡安妮塔·海多克用一种高声的、咯咯叫的、友好的声音讨好卡罗尔说：

"喂，在这儿见到你，真是太高兴啦。我们还会举行一些有趣的聚会的——舞会呀，什么聚会都有啦。你得加入欢乐雨季俱乐部。我们打打桥牌，聚聚餐，每个月一次。不用说，你也打牌咯？"

"不……不，我不会。"

"真的呀？在圣保罗还不会打呀？"

"我就是个书呆子，一向如此。"

"那我们得教你。生活的乐趣，桥牌占了一半哩。"胡安妮塔开始神气起来，她轻蔑地瞥了一眼卡罗尔的金色腰带，先前她还挺羡慕的呢。

哈里·海多克客气地说："你觉得你会喜欢这个老镇吗？"

"肯定的，我会非常喜欢它的。"

"这儿的人是世上最好的，也都很能干。当然咯，我本来有很多机会去明尼阿波利斯住的，可是我们都喜欢这儿，真是个人才辈出的小镇。你知道吗？珀西·布雷斯纳汉就是这儿的人。"

卡罗尔看出，由于泄露了自己不会打桥牌，她在生存竞争中的地位被削弱了。她很不安，急欲恢复自己的地位，于是攻击年轻的特里·古尔德医生，这个年轻人是她丈夫行医和打台球的对手。她一边含情脉脉地看着他，一边滔滔不绝地说了起来：

"我会学桥牌的。不过，我真正喜欢的还是户外活动。咱们不能组织一次聚会吗？划船啦、钓鱼啦，或者随便你们干什么，结束之后再一起吃个野餐。"

"这才像话嘛！"古尔德医生赞同地说。他看看卡罗尔滑顺的肩膀，显然不信。他说："喜欢钓鱼啊？钓鱼可是我的绝活儿，我肯定教会你打桥牌，喜欢玩纸牌吗？"

"我以前打伯齐克①，打得可好啦。"

她知道，伯齐克是一种纸牌游戏，或者一种其他什么东西的游戏。也许是轮盘赌②吧。不过，她的谎言奏效了。胡安妮塔那张端庄健美的、面色红润的马脸露出了怀疑的神色。哈里摸摸鼻子，谦卑地说："伯齐克？曾经是一种输赢很大的赌博游戏，是不是？"

看到别人也凑过来，卡罗尔抓住机会侃侃而谈。她哈哈大笑，态度轻浮，一副很不好惹的样子。她分辨不清他们的眼神。他们就像一群模糊不清的电影观众。在他们面前，她正忸怩地演着一出喜剧，名字就叫"肯尼科特医生的聪明小新娘"。她接着说：

"这儿这些著名的空地，就是我以后要去的地方。除了体育版，我再也不看别的了。在去科罗拉多旅行的途中，威尔就转变了我。有好多胆小如鼠的游客，都不敢走出旅游巴士咧，我却决心要做安妮·奥克利③，那个狂野的西部吸血鬼。于是呀，我买了……嗬！一条惹人尖叫的裙子，在艾奥瓦女教师长老会式的怒视下，露出了我那完美的脚踝。我从一个山顶跳到另一个山顶，跟敏捷的岩羚羊似的。而且——你们可能以为 Herr④ 肯尼科特医生是个猎人，可你

---

① 伯齐克（bezique）：19世纪法国流行的一种纸牌游戏，靠黑桃王后与方块杰克的组牌得分，类似于北美流行的皮纳克尔牌（Pinochle），每个地方对它的称呼不同。
② 轮盘赌（Roulette）：一种赌场赌博方式。轮盘赌有一庄主，所有赌注都押给庄主。庄主宣布开赌后，参加者开始下赌注，下赌的位置由自己选择。转轮向逆时针方向转动，然后掌盘人把一个象牙球或塑料球放在微凸的轮盘面上以顺时针方向旋动。在这个过程中，赌博者可不断下赌，待小球转速下降，落入轮盘上任何两个金属间隔之间，上面标着赌赢的号码、颜色等，掌盘人把输掉的赌注收起来，按规定付给获胜者。
③ 安妮·奥克利（Annie Oakley, 1860—1926）：美国著名女神枪手，曾是"野牛比尔的狂野西部"中的重要人物。
④ Herr：德语，先生，阁下。

们应该看看我是怎么激他的,我让他脱得只剩下他的BVDs①,然后跳到冰冷的山涧小溪里游泳。"

她知道,他们在想象当时被震惊的样子,但至少还有胡安妮塔·海多克称赞她。她继续吹牛说:

"我敢肯定,我会毁掉威尔这个令人尊敬的执业医生的——古尔德医生,他是个好医生吗?"

肯尼科特的这位对手听到对职业道德的羞辱,惊得倒抽一口气,过了好大一会儿才恢复社交礼仪。"我跟你说,肯尼科特太太。"他朝肯尼科特笑了笑,意思是说,出于要幽默一点的压力,不管自己说什么,在医务界同仁争抢生意方面,都不会对肯尼科特不利的。"镇上有人说'就一般的诊断和开药方来讲,这个医生还可以'。不过,我悄悄告诉你呀——不过,看在上帝的分上,你别告诉他是我说的——'要是想把左耳朵切除,或者使心电图斜视,你找他还行;比这严重的病,你可就别去找他了'。"

除了肯尼科特,谁也不知道这话的真正意思,可大家照样哄堂大笑。在萨姆·克拉克家的聚会上,织锦墙板、香槟酒、薄纱、水晶枝形吊灯以及放荡的女人,都呈现出熠熠发光的柠檬黄的色泽。卡罗尔看到,乔治·埃德温·莫特和脸色苍白的道森夫妇还没有被她说迷糊。他们看上去像是在犹豫要不要显得不以为然。于是,卡罗尔就专攻他们:

"但我知道,我不敢和谁一起去科罗拉多!就是——道森先生!我敢肯定,他经常让人伤心。人家介绍我们认识的时候,他抓住我的手,使劲捏它,吓死人啦。"

"哈!哈!哈!"大伙一起鼓起了掌。道森先生高兴坏了。他

---

① BVDs:一个男士内衣品牌,于1876年在纽约市成立,该品牌名称是由三位创始人Bradley、Voorhees以及Day的首字母缩写而成。该品牌内裤在菲茨杰拉德1920年2月出版的小说《人间天堂》中也出现过,后在众多电影、小说、歌曲中出现。

有好多绰号——放债人，吝啬鬼，守财奴，胆小鬼——不过，以前从来没有人叫他骚货。

"他好邪恶呀，不是吗，道森太太？你不用把他锁起来吗？"

"噢，不。不过，我最好还是把他锁起来啦。"道森太太回击道，她那苍白的脸上泛起一丝红晕。

卡罗尔连续讲了十五分钟。她宣称要上演一出音乐喜剧，说她喜欢咖啡点心，不喜欢牛排，说她希望肯尼科特医生永远不要失去讨好魅力女人的能力，还说她有一双金色的长筒丝袜。大家都瞪大了眼睛，等她说下去。可是，她讲不下去了。她退到萨姆·克拉克肥硕的身躯后面，坐在一张椅子上。这时，所有参加欢迎会的人又都严肃起来，脸上的笑纹早已恢复了平静。然后，他们又干站着，想再听听玩笑，但也没抱什么希望。

卡罗尔听着。她发现，在囊地鼠草原镇，对话并不存在。即使在这种社交场合，有年轻时尚的情侣、爱打猎的乡绅、令人尊敬的知识分子以及殷实的金融界人士，他们开心的时候还是正襟危坐，像在守灵一样。

胡安妮塔·海多克嘎嘎地说了一大串，但说来说去无非就是一些个人琐事：谣传雷米埃·伍瑟斯庞打算派人去拿一双灰色鞋面带纽扣的黑漆皮鞋，钱普·佩里的风湿病，盖伊·波洛克的流行性感冒好没好，吉姆·豪兰患了痴呆症把栅栏漆成橘红色，等等。

萨姆·克拉克一直在跟卡罗尔谈论汽车，不过他没有忘记作为东道主的职责。他嗡嗡作声的时候，眉毛时而扬起，时而低垂。突然，他打断自己说："必须让大伙儿动起来。"他还犹豫地问了他的太太："你不觉得我最好让大伙儿动起来吗？"他侧身挤到客厅中间，大声喊道：

"咱们来点儿绝活吧，伙计们！"

"好呀，来吧！"胡安妮塔·海多克尖声叫道。

"哎呀，戴夫，给我们来一个'挪威人捉母鸡'吧。"

"真的，那可是一流的绝活儿。开始吧，戴夫！"切特·达沙韦欢呼说。

戴夫·戴尔先生只好表演了。

所有客人都翕动着嘴唇，等着喊到自己去表演绝活儿。

"埃拉，快来给我们朗诵《老情人》①。"萨姆请求道。

埃拉·斯托博迪小姐，是爱奥尼亚银行行长的老姑娘。她搓着干燥的手掌，红着脸说："哎哟，那种老掉牙的东西，你们不会想再听的啦。"

"我们当然想听啦！真的！"萨姆坚持道。

"今天晚上，我的嗓子不太舒服。"

"啧，快点儿！"

萨姆大声向卡罗尔解释道："在朗诵方面，埃拉是我们的行家。她受过专业训练，学了一年的唱歌、演讲、戏剧艺术和速记，就在密尔沃基学的。"

斯托博迪小姐开始朗诵了。朗诵完《老情人》之后，她又应大家的要求朗诵了一首特别乐观的诗，内容是关于微笑的价值。

另外还有四个绝活儿：一个是有关犹太人的故事，一个是有关爱尔兰人的故事，一个是有关青少年的故事，还有一个是纳特·希克斯拙劣地模仿马克·安东尼在恺撒葬礼的演说②。

整个冬天，卡罗尔还会再看戴夫·戴尔的捉母鸡表演七次，听《老情人》九次，听犹太人的故事和葬礼演说各两次。但现在，她还是充满热情的，因为她真的很想做一个快乐而又单纯的人。所以，绝活表演结束的时候，她和别人一样失落。于是，聚会立刻又沉闷

---

① 《老情人》（An Old Sweetheart of Mine）：作者是詹姆斯·惠特坎·李莱（James Whitcomb Riley，1849—1916），美国作家、诗人、畅销书作者。
② 参见莎士比亚的戏剧《裘力斯·恺撒》第三幕第二场。

下去。

他们不想再欢闹了,开始自然地聊起来,就像在自己店里和家里那样。

男人和女人分开了,其实整个晚上他们一直都想分开。卡罗尔被那些男人撇下了,丢给了一群妇女。这群妇女一直喋喋不休地谈论孩子、疾病以及厨子,三句话不离本行。卡罗尔很生气。她记得曾想象过自己是个漂亮的少妇,坐在客厅里,搪塞着一群聪明的男人。那些坐在钢琴和留声机之间一个角落里的男人在聊些什么呢?一琢磨起这事儿,她也就没那么沮丧了。他们会越过家庭主妇的琐事,讨论一个更大的世界里的抽象道理和事务吗?

卡罗尔向道森太太行了个标准的屈膝礼,喊喊喳喳地说:"我可不能让我的丈夫这么快就离开我!我要过去一下,揪那个坏蛋的耳朵!"她站起来,像少女一样鞠了个躬。她只想着自己,有点孤芳自赏,因为她早就养成了那种多愁善感的性情。她神气活现地行着屈膝礼穿过客厅,坐到肯尼科特那张椅子的扶手上,引得所有在场的人品头论足。

肯尼科特正在和萨姆·克拉克、卢克·道森、木材加工厂老板杰克逊·埃尔德、切特·达沙韦、戴夫·戴尔、哈里·海多克以及爱奥尼亚银行行长埃兹拉·斯托博迪闲聊。

埃兹拉·斯托博迪是个老顽固,早在 1865 年就搬来囊地鼠草原镇了。他长得活像一只名贵的猛禽——细细的鹰钩鼻,甲鱼嘴,浓密的眉毛,红润的面颊,蓬乱的白发,傲慢的双眼。在三十年的社会变迁中,他过得并不得意。三十年前,韦斯特莱克医生、朱利叶斯·弗利克鲍律师、公理会牧师梅里曼·皮蒂以及他本人都曾是权威人士。那是理所当然的。当时,医学、法律、宗教以及金融这些精湛的技艺被认为是贵族职业。这四个北方佬很民主,常同冒险追随他们的俄亥俄州人、伊利诺伊州人、瑞典人以及德国人闲聊,不过也是统治他们。可现在，韦斯特莱克老了，几乎退隐了；朱利叶斯·弗利克鲍的许多业务也被一些精力更充沛的律师抢走了；皮蒂牧师——不是现在的皮蒂牧师——已经去世了。在这个讨厌的汽车时代，埃兹拉仍然乘坐"飞快的灰马车"，再也不会有人注意了。这个小镇和芝加哥一样混杂：开店的是挪威人和德国人；普通商人成了社会领袖；卖钉子和开银行被看成同样神圣的事；克拉克夫妇啦，海多克夫妇啦，这些暴发户毫无尊严。在政治上，他们是可靠的、保守的，但谈论的却是汽车、气枪，以及只有老天爷才知道的新鲜玩意。斯托博迪先生觉得和他们格格不入。可是，他那栋有复折式屋顶的砖房仍然是镇上最大的住宅。为了维持乡绅地位，他偶尔也在一些小年轻中间露露面，用冷淡的眼神提醒他们，要是没有银行家，他们谁也不能继续那些庸俗的生意。

当卡罗尔不惜体面坐到男人堆里的时候，斯托博迪先生对道森先生尖叫道："哎呀，卢克，比金斯刚搬到温纳贝戈镇区是什么时候？1897年吗？"

"啊唷，不对！"道森先生愤愤不平地说，"他是在1867年——不，等一下，在1868年，一定是这一年——离开佛蒙特州的，然后在拉姆河①畔取得了土地权，离阿诺卡很远的。"

"不是的！"斯托博迪先生吼道，"他最先在蓝地县安顿下来的，他和他父亲！"

"他们在争论什么？"卡罗尔悄悄地问肯尼科特。

"比金斯这个老家伙的狗是英国赛特犬还是卢埃林猎狗。他们争了一个晚上啦！"

---

① 拉姆河（Rum River）：连接明尼苏达州的密尔湖和密西西比河的一条河流，全长约243公里，流经奥内米亚（Onamia）、米拉卡（Milaca）、普林斯顿（Princeton）、剑桥（Cambridge）以及伊善提，一直到双城的市郊阿诺卡（Anoka），离明尼阿波利斯市区约33公里。

戴夫·戴尔插进来报告一个新信息："克拉拉·比金斯几天前到镇上来过，你们知道吗？她买了一个热水袋——还是很贵的那种——两美元三十美分哩！"

"哟——"斯托博迪先生叫道，"当然啦。她就跟她爷爷一个样儿，从来不攒钱。两美元二十——三十美分，对吗？两美元三十美分买一只热水袋！不管怎么说，找一条法兰绒裙子裹上砖头，不照样管用吗？"

"埃拉的扁桃体怎样了，斯托博迪先生？"切特·达沙韦打着哈欠说。

在斯托博迪先生对扁桃体做肉体上和精神上的详细分析时，卡罗尔暗自思忖："他们果真对埃拉的扁桃体，抑或对她的食道那么感兴趣吗？不知道我能否不让他们说那些家长里短的琐事呢？我有没有办法让他们不再谈个人那些鸡毛蒜皮的事？哪怕挨骂，我也要冒冒险，试试看吧。"

"这里劳工问题不多吧，是不是呀，斯托博迪先生？"她天真地问。

"没有，太太，谢天谢地，我们这儿没那回事儿，也许除了与女佣和农场工人有点摩擦。和那些外国农民之间的麻烦事就多了去了。你要是不看紧那些瑞典人，他们马上就变成社会党、平民党或者什么愚人党，来跟你作对。当然啦，如果他们向你借了债，你还是可以让他们听你讲道理的。我就是要他们到银行来谈谈，跟他们讲点儿道理。我倒不太介意他们是民主党，但我不会容许这儿有社会党。不过，谢天谢地，像大城市的那些劳工问题，我们这儿还没有。就算是在木材加工厂，杰克·埃尔德也都处理得很好，是不是呀，杰克？"

"是的哦。当然啦，我那个地方不需要那么多熟练工人。闹事的都是那些脾气暴躁、只知道挣钱、半吊子的技工。他们整天看一些无政府主义文学、工会文件之类的东西。"

"你赞成工会吗?"卡罗尔问埃尔德先生。

"我呀?我可不赞成!是这样的:如果我的工人觉得有什么不满,我不介意和他们交涉——可是,鬼知道工人有啥不满的,现在这个社会——有个好工作也不珍惜。不过,要是他们诚心来找我,就像人与人之间那样,我还是会与他们协商的。但我不容许任何外人、工会代表或者自封为什么花哨名字的人掺和进来——那是一群贪污受贿的有钱人,靠无知的工人养活!我可不许这些家伙插手,教我如何经营我的生意!"

埃尔德先生越说越起劲,越说越激昂,充满了爱国精神。"我赞成自由和宪法赋予的权利。如果有人不喜欢我的工厂,他可以起身就走。同样,如果我不喜欢他,他也得滚开。就那么回事。我就弄不明白了,什么纠纷啦,欺诈啦,政府报告啦,工资等级啦,以及其他什么鬼东西,本来非常简单的事,却被这些家伙搞得一团糟。我付给他们钱,他们满意就干,不满意就走人嘛。就那么回事!"

"你觉得分红制怎么样?"卡罗尔大胆地问。

埃尔德先生吼叫着回答,其他人则一致点头,一本正经的样子,就像橱窗里那些有弹性的玩具,那些滑稽的中国清朝官吏、法官、鸭子以及小丑,从敞开的大门吹来一阵风,他们就颤抖起来了。

"分红制啦,福利事业啦,保险啦,还有养老金啦,这些东西统统都是胡扯,不仅削弱了工人的独立性,还浪费了很多正当的利润。那些乳臭未干的半吊子思想家,那些主张妇女参政的女人,以及鬼知道还有哪有爱管闲事的家伙,都在试图教一个商人怎样经营他的生意。还有些大学教授,差不多跟他们一样坏。在上帝的世界里,所有这些人,以及数以亿计的人,只不过是伪装的社会党而已!作为一个生产者,我有义务去抵抗对美国工业完整性的每一次攻击,奋战到底。遵命,长官!"

埃尔德先生擦了擦脑门。

戴夫·戴尔补充说:"当然!肯定的!他们该做的,不过是把这些煽动者全都绞死,这样一切就都解决了。你不这样认为吗,医生?"

"的确。"肯尼科特表示赞同。

谈话终于摆脱了卡罗尔的干扰。他们现在开始讨论的话题是:治安法官给那个酗酒的流浪汉判了拘留十天,还是十二天。那不是很容易就能确定的事。然后,戴夫·戴尔讲述了他在吉卜赛人的小径上快活的冒险经历:

"是的。我开了个廉价小汽车,玩得很开心。大概一个礼拜以前,我开车去新沃坦堡。那是四十三——不对,让我想想啊:到贝尔戴尔是十七英里;到托根奎斯特大约是六又四分之三,算它七英里吧;从那里到新沃坦堡足足有十九英里——十七加七,再加十九,一共是……嗯……让我想想啊:十七加七等于二十四,再加十九,咳,哎呀,就算加二十吧,一共是四十四,咳,不管怎么说,从这里到新沃坦堡可以说有四十三四英里吧。我们大概是七点十五分出发的,也许是七点二十分吧,因为我还得停下来给水箱加水,然后我们就一个劲儿往前开,就保持稳定的车速——"

为了公认的合理原因和目的,戴尔先生终于到达新沃坦堡。

有一次——只有一次,他们注意到了外星人卡罗尔的存在。切特·达沙韦弯下身子,气喘似的说:"哎呀,嗯,你有没有在读《趣味故事》上的连载文章《二人出局》?很好的故事。天哪,写这个故事的家伙肯定懂棒球行话!"

别的人也尽量装出懂文学的样子。哈里·海多克开腔说:"胡安妮塔是个阅读高档东西的能手,比如萨拉·赫特威金·巴茨[①]的

---

① 萨拉·赫特威金·巴茨(Sara Hetwiggin Butts):作者杜撰的名字,借以嘲弄三个名字的浪漫女性作家。

《木兰花下》，还有《鲁莽的牧场骑士》，还有一些书。可是我呢，"他自负地扫视一下四周，像是要让别人知道，谁也没有过如此奇怪的处境，"我整天忙死啦，哪有多少时间读书呀。"

"我从来不读无法核实的东西。"萨姆·克拉克说。

文学话题就此结束了。在接下来的七分钟里，杰克逊·埃尔德概述了几个理由，说明他为何认为在明尼玛希湖西岸钓梭鱼比在东岸好——尽管纳特·希克斯确实在东岸钓到过很好的梭鱼。

讨论继续进行，真的在进行！他们的声音单调、混浊而又有力。他们高谈阔论，就像卧铺车厢吸烟室里的阔佬一样。他们没有使卡罗尔感到厌烦，但却使她感到害怕。她喘着粗气想："他们会对我很热情的，因为我的男人跟他们是一伙的。上帝保佑我，别让他们把我当外人！"

她一动不动地坐在那儿，脸上露着始终不变的笑容，像个象牙雕像一样，什么也不想，只是环视着客厅和过道，观察着他们对无趣的商业繁荣的背叛。肯尼科特说："一流的内部装修，嗯？我觉得一个地方就应该这样布置，真时髦。"她显得很有礼貌，注视着眼前的一切：地板刚上过油；楼梯是硬木的；有一个新的壁炉，台面的瓷砖像棕色的油布一样；一个个小衬垫上摆着雕花玻璃花瓶；组合书柜上了闩，橱窗紧闭，令人生畏，里面摆有流氓小说以及貌似崭新的狄更斯、吉卜林、欧·亨利和阿尔伯特·哈伯德[①]的作品集，占了书柜的一半。

她察觉到，即使家长里短的琐事也吸引不住人们的兴趣了。房间里弥漫着犹豫的氛围，像是笼罩在浓雾中一样。人们清了清嗓子，试图把哈欠压下去。男人拉下袖口，女人则把插在脑后头发里的梳

---

① 阿尔伯特·哈伯德（Elbert Hubbard, 1856—1915）：美国著名出版家和作家，《菲士利人》《兄弟》杂志的总编辑，罗伊科罗斯特出版社创始人。他的作品已成为职场励志作品的代名词，如《致加西亚的信》《双赢规则》等。

子插得更牢一些。

过了一会儿,传来嘎嘎的声响,大家眼里立刻就有了大胆的希望。门被推开了,随之飘来一股浓浓的咖啡味。戴夫·戴尔用喵喵叫的声音得意地说:"吃东西啦!"人们又开始唠叨起来。他们总算有事可做,终于摆脱烦恼了。他们扑向食物——鸡肉三明治、槭糖味蛋糕以及杂货店里买的冰激凌。即使食物吃得一干二净,他们还是一副意犹未尽的样子。现在,他们随时可以回家,上床睡觉了。

客人们纷纷穿上外套,披上雪纺围巾,互道再见,然后相继离去。

卡罗尔和肯尼科特往家中走去。

"你喜欢他们吗?"他问道。

"他们对我好亲切哦。"

"嗯哼,卡丽——你得注意点儿,别吓着大伙儿,谈什么金丝长袜啦,把踝骨露给教师看啦,等等!"然后,他用更温和的口吻说,"你让他们玩得很开心,可如果我是你,我就会注意一点儿。胡安妮塔·海多克这个该死的女人心眼儿可坏啦。我可不要给她机会指责我。"

"我只是让大伙儿提提精神,真是吃力不讨好!我逗他们开开心,这也有错吗?"

"没错,没错,宝贝儿,我可不是那个意思——在这群人当中,你是唯一一个积极进取的人啦。我只是说——别扯什么大腿之类的下流事情,这伙人很保守的。"

她沉默了。一想到那伙人时刻盯着她,有可能会批评她、嘲笑她,她就觉得很丢脸。

"别,你可别再担心啦!"他恳求道。

还是沉默。

"哎呀,真对不起,我咋说起这茬了呢。我的意思只不过是——

不过，他们对你倒是很热情。萨姆对我说，'你那个小娘子是咱们镇上口齿最伶俐的'，他原话就是这么说的。还有道森太太——我不知道她会不会喜欢你，她就是个干瘪的老滑头，可她也说：'你媳妇反应好快，人又聪明，天哪，她真让人有精气神儿。'"

卡罗尔本来喜欢表扬，喜欢受表扬的滋味和好处，可她现在非常懊悔，无心品尝这种赞扬。

"不要这样，好啦，高兴点儿。"他的嘴唇说出了这样的话，他焦急的肩膀是这个意思，他那搂着她的胳臂也是这个意思。这时，他们已经站在自己家昏暗的走廊里了。

"要是他们觉得我轻浮，你在意吗，威尔？"

"我呀？啊唷，哪怕全世界的人都觉得你是这样或者那样，或者别的什么样，我也不会在意的。你是我的——嗯，你是我的人！"

肯尼科特仿佛成了一个庞然大物，坚如磐石。卡罗尔摸到了他的衣袖，紧紧地攥住它，叫喊道："我好高兴呀，有人爱真好！你一定要容忍我的轻浮。你就是我的一切！"

肯尼科特举起卡罗尔，把她扛到屋里。卡罗尔双臂环绕着肯尼科特的脖子，忘记了大街。

第 五 章

一

"今天一整天,我们偷个闲,去打打猎。我想带你看看这附近的乡村景色。"肯尼科特吃早饭的时候说,"我本来想开车的,想让你看看,自从装了一个新活塞,这个车跑得有多顺溜。不过,我们还是坐马车吧。这样一来,我们就可以一直开到田野里啦。现在,草原松鸡剩得不多了,不过我们也许碰巧能遇到几只哩。"

肯尼科特开始收拾那套猎具。他展开长筒橡胶靴,检查一下有没有破洞。然后,他兴奋地数着猎枪子弹,向她讲解无烟火药的一些特性。他从棕色的厚皮套里取出一支没有内击锤的新猎枪,让她从枪管往里看,看看枪管有多锃亮,一点铁锈都没有。

对她而言,打猎、露营装备和钓鱼用具的世界是陌生的。但是,从肯尼科特的兴趣中,她发现了一些富于创造性的和令人高兴的东西。她仔细观察那个光滑的枪把和那刻有图案的硬质橡皮枪托。她手中的子弹有点凉,不轻不重。子弹头是铜的,弹壳绿油油的,弹塞上还有一些难以辨认的文字。

肯尼科特上身穿一件棕色帆布猎装,里面有一排大口袋;下身穿一条灯芯绒裤子,皱巴巴的;脚穿一双伤痕累累的鞋子;头上则戴了一顶稻草人毡帽。穿上这身制服,他觉得特有男子汉气概。他们哐哐地走到屋外那辆租来的马车跟前,把成套猎具和午餐盒放在马车的背后，朝对方大声喊道："今天是个好天气！"

肯尼科特把杰克逊·埃尔德那条红白双色英国赛特犬借来了。那条狗活蹦乱跳的，银白色的尾巴摇来晃去，在阳光下闪闪发光。他们动身了，猎狗连声吠叫，冲着马头上蹿下跳，肯尼科特只好把它抱到马车上。在马车上，它用鼻子在卡罗尔的膝盖上乱蹭一气，还伸头去嘲笑那些农家的杂种狗。

两匹灰马在坚硬的泥路上嘚嘚地跑起来。"嗒、嗒、嗒、嗒！嗒、嗒、嗒、嗒！"马蹄声非常悦耳。天色尚早，空气很清新，轻风吹拂，雪白的晨霜在秋麒麟草上闪闪发亮。当朝霞给麦茬地披上一袭金黄色地毯的时候，他们已经离开了大路，穿过一家农户的栅门，来到一片田野，在高低不平的土地上颠簸着缓缓前行。到了起伏不平的草原的一块洼地，他们甚至连乡村小路也看不见了。天气很暖和，四周静悄悄的。蚱蜢在干枯的麦茬丛里啼啭，一群闪亮的小飞虫在马车上空飞驰而过，悠闲自得的嗡嗡声布满了天空。几只乌鸦在天上徘徊飞旋，呱呱地叫个不停。

猎狗已经被放了出去，兴奋得活蹦乱跳，然后便停了下来，凑低鼻子在地里嗅来嗅去，来来回回，来来回回。

"这个农场是皮特·斯塔德的。他跟我说，他在西边四十英里的地方看见过一小群草原松鸡，就上个礼拜的事情。说不定，我们要活动活动筋骨啦。"肯尼科特笑得咯咯的，一副很幸福的样子。

卡罗尔紧张地注视着那条猎狗，一到它像要停下的时候，她就呼吸急促。她根本就不想残杀鸟类，可是她真的很想融入肯尼科特的世界。

猎狗停下了，就在这时，一只前爪举了起来。

"好家伙，它嗅到气味啦，赶紧的！"肯尼科特尖叫道。他从马车上跳下来，把缰绳拴在马鞭插口上，抱下卡罗尔，抄起猎枪，塞入两发子弹，悄悄地靠近那只一动不动的猎狗，卡罗尔则吧嗒吧嗒地跟在他的身后。那只赛特犬摇着尾巴,肚皮紧贴着麦茬,缓慢地向前爬行。卡罗尔很紧张,她以为随时会有成群的大鸟飞起来,两只眼睛紧张地盯着。可是,他们跟在猎狗后面转了有四分之一英里路,七拐八拐,一溜小跑,翻越两座低矮的小山,蹚过一片野草丛生的沼泽地,然后从带刺的铁丝围篱的网眼中爬了过去。卡罗尔的双脚走惯了人行道,现在走得非常吃力。地面高低不平,麦茬很尖,两边还有很多野草、蓟以及苜蓿的残株。她拖着沉重的脚步,踉踉跄跄地往前走。

她听到肯尼科特喘息着说:"瞧!"三只灰鸟就要从麦茬里飞起来了。这些灰鸟圆乎乎、胖嘟嘟的,宛如肥大的大黄蜂。肯尼科特正在瞄准,转动着枪管。她急得不得了。他怎么不开枪呀?小鸟会飞走的!然后,砰的一声枪响。紧接着,又是一枪。两只小鸟就在空中翻了几个筋斗,扑通一声落了下来。

当肯尼科特把两只鸟拿给她看的时候,她并没有血腥的感觉。两团毛茸茸的东西软乎乎的,并没有伤痕——一点儿死亡的迹象都没有。她看着她的征服者把两只小鸟塞进里面的口袋里,然后拖着沉重的脚步和他一起回到马车那里。

那天上午,他们再也没看到别的草原松鸡。

中午的时候,他们驾着马车来到一个农家庭院。卡罗尔第一次见到仅有一户人家的村子。眼前是一座白色的房屋,屋前没有门廊,但屋后有一个低矮而又很脏的小门廊;还有一个深红色的谷仓,上面有些白色的装饰;一个釉面砖筒仓;一个废弃的马车棚,现在是一辆福特的车库;一个未上漆的牛棚;一个鸡舍;一个猪圈;一个玉米囤;一个谷仓;还有一个风车的镀锌铁塔。门前庭院是踩得很结实的黄泥,一棵树也没有,寸草不生,生了锈的犁头和废弃的耕田机的轮子也散放着。在猪圈里,到处都是踩硬了的烂泥,像火山喷出的熔岩一样。屋子的几扇门用手一擦全是尘垢,墙角和屋檐也被雨水冲坏了。一个小孩从厨房窗口盯着他们看,满脸的油污。可是,在谷仓的那边,有一丛猩红色的天竺葵。草原上吹着和煦的风。风车闪亮的金属叶片转个不停,发出欢快的嗡嗡声。一匹马嘶嘶地叫起来,一只雄鸡也喔喔喔地鸣着,牛棚里还有几只紫崖燕飞进飞出。

一个头发淡黄的瘦小女人从屋子里跑了出来。她说的是瑞典方言,带有鼻音——不像英语那么单调,而是像吟诵抒情诗一样,如怨如诉:

"医生,皮特他说你很快就会来打猎。喔唷,你总算来啦,太好啦。这个是你媳妇吗?哦……昨儿个晚上,我们还在唠叨,说真希望哪一天能见见她。喔唷,这么漂亮的夫人!"斯塔德太太满脸堆笑地表示欢迎,"好啦,好啦,俺希望你喜欢这个小地方!你不留下来吃饭吗,医生?"

"不吃了。不过,我想你不会不愿意给我们一杯牛奶喝吧?"肯尼科特谦卑地说。

"咳,俺跟你打包票,俺会的!你们在这儿稍等一会儿,俺马上去牛奶房取!"她急匆匆地往风车旁边的一间小红屋走去,拿了一罐牛奶回来,卡罗尔就把这罐牛奶倒进了保温瓶。

当他们驾车离开的时候,卡罗尔称赞道:"从来没见过像她那么可爱的家伙,而且,她挺崇拜你的哩。你简直成了庄园主啦。"

"哎哟,哪儿的话,"肯尼科特心里乐滋滋的,"不过,话说回来,他们遇到事情还真的要听听我的意见。这些斯堪的纳维亚庄稼人都是大好人,日子也过得很红火。海尔格·斯塔德,她到现在还害怕美国,可是她的孩子有可能会成为医生、律师、州长,想干什么都行。"

"我想知道——"卡罗尔又陷入昨晚的悲观情绪中,"我想知道,这些农民真的就没有我们强大吗?那么纯朴,那么勤劳。城市得靠他们才能生存下去。我们城里人都是寄生虫,可我们还觉得高他们一等。昨天晚上,我还听到海多克先生说什么'乡巴佬'哩。显然,他看不起这些农民,因为他们还没有达到卖卖针线和纽扣的社会高度。"

"寄生虫?我们?没有城市的话,这些农民怎么办呀?谁借给他们钱啊?谁——啊唷,他们的一切都是我们提供的!"

"有些农民认为,他们为城市的服务付出了太大的代价,你没发现吗?"

"哎呀,当然喽,农民里面也有好多怪人,这跟任何阶级一样。要是听了这些爱发牢骚的人的话,你会认为这个国家该由农民来管,所有的事情都该由他们管——也许,要是他们能随心所欲的话,议会里早就挤满了皮靴上沾满牛屎的农民啦——是的,他们会来告诉我,我现在是拿薪水的雇员,不能自己规定收费!那样就让你满意啦,不是吧!"

"可是,他们为啥就不能啊?"

"什么?那一伙人——指使我——哎呀,看在上帝的分上,咱们别争啦。聚会的时候讨论这些问题还行,可是——我们正在打猎呢,就别管它了吧。"

"我知道。求知的欲望——也许,它比漫游癖更折磨人。我只是想——"

她告诉自己,世上的一切她都有了。每次自责之后,她都会下意识地说:"我只是想知道——"

他们在一片草原沼地旁吃起了三明治。眼前是从清澈的水面探出头来的长长的水草,长满青苔的沼泽地,红色翅膀的黑鸟,以及一抹黄绿色的浮渣。肯尼科特抽着烟斗,而她则靠在马车上,望着惬意无比的天空,让疲惫的心灵沉浸在它的天堂里。

他们颠簸着上了大路。阳光洒在身上,让他们昏昏欲睡。听到嘚嘚的马蹄声,他们便醒了过来。在一片树林的边上,他们停了下来,去寻找松鸡。那是一片很小的树林,非常干净,阳光充足,五光十色的。那里有一个小湖，湖的四周全是桦树和白杨树，树干碧绿无瑕，树叶则在阳光的照射下泛起点点银光。湖底沉积着沙土，在这个起伏不平、炎热的大草原，这里宛如一片波光粼粼的清幽胜境。

肯尼科特又打了一只胖嘟嘟的红色松鼠。黄昏时分，一群野鸭从高空盘旋而下，他又开了令人惊心动魄的一枪。鸭群掠过湖面，瞬间消失得无影无踪。

夕阳西下，他们驾着马车回家。一堆堆稻草和貌似蜂箱的麦垛，在令人惊叹的粉金色夕阳的映衬下，显得分外突出，而绿草丛生的麦茬地也闪闪发亮。天边一大抹深红色的落日余晖渐变渐暗，收割过的田野呈现出一片色彩斑斓的秋日景色。马车前方黑色的道路变成了淡紫色，然后又变成灰蒙蒙的一片。牛群排成长长的一行，走向农场的栅门。苍茫的暮霭笼罩着沉睡的大地。

卡罗尔目睹了庄严肃穆的景象，这是大街所没有的。

二

在没有雇到女佣之前，他们都是在格雷太太的寄宿公寓用餐的，午饭十二点开始，晚饭六点开始。

伊莱莎·格雷太太是粮草商迪肯·格雷的遗孀，尖鼻子，爱傻笑，铁灰色的头发贴着头皮，像是头上包了一条脏手帕一样。不过，她非常开朗，这倒很让人意外。她的餐厅，有一张铺在一个长方形松木桌子上的薄台布，虽然陈设简陋，但很整洁，不失体面。

就餐的客人坐成排，面无笑容，一口一口地嚼着食物，像饲料槽边的马儿一样。在这群人当中，卡罗尔忽然注意到一张面孔：苍白的长脸上架着一副眼镜，沙黄色的头发向后梳拢。那是雷蒙德·P.伍瑟斯庞先生，人称"雷米埃"，是个有职业的单身汉，时装店鞋业部的经理，销售工作的半壁江山。

"你会很喜欢囊地鼠草原镇的，肯尼科特太太。"雷米埃用祈求的语气说道。他可怜巴巴地眨着眼睛，就像在寒风中乞求进屋的狗一样。他热情洋溢地把一盘煨酥的杏仁递了过来。"这儿有好多又聪明又有教养的人。威尔克斯太太，是基督教科学派的读者，是个非常聪明的女人——尽管我本人不是基督教科学派的成员，实际上我也在圣公会唱诗班唱歌。还有中学的舍温小姐——她是一个讨人喜爱的姑娘，聪明伶俐——昨天我还让她试穿一双鞣皮高帮松紧鞋哩。天哪，真是三生有幸。"

"把黄油给我，卡丽。"肯尼科特不做评论。卡罗尔没搭理他，而是向雷米埃追问说：

"你们这儿有业余演出之类的活动吗？"

"嗬，有啊，咱们镇可是人才济济哦。皮西厄斯骑士团去年还演过一出很棒的黑人剧[①]哩。"

"你们热情真高，挺好的。"

"噢，你真的这样认为吗？好多人撺掇我再想法组织一些演出之类的活动。我告诉他们，他们当中有很多艺术天才，只是他们不知道而已。就在昨天，我还对哈里·海多克说，如果他愿意朗诵诗歌，比方朗费罗[②]的诗，或者说如果他愿意加入小乐队，那就太好了。我是吹短号的，从中得到好多乐趣哩。我们的乐队指挥德尔·斯纳弗林是个非常棒的指挥家。我常说，他应该放弃他的理发生意，做一个职业音乐家，到处演奏单簧管，明尼阿波利斯啦，纽约啦，哪儿都行。可是——我根本无法让哈里明白这一点——我听说，昨天

---

① 黑人剧（minstrel show）：表演人员化装成黑脸，表演滑稽节目，主题一般是与黑人有关的歌曲和笑话。
② 朗费罗（Henry Wadsworth Longfellow, 1807—1882）：19世纪美国伟大的浪漫主义诗人，主要诗作包括三首长篇叙事诗：《伊凡吉林》（1847）、《海华沙之歌》和《迈尔斯·斯坦狄什的求婚》（1858）。

你和医生出去打猎啦。乡下很漂亮,是吧?你们有没有顺道探亲访友呀?商人的生活可没有行医那么让人振奋。医生,看到病人那么信任你,感觉一定很棒吧!"

"哼,分明是我信任他们。要是他们都把药费付了,那就更棒了。"肯尼科特嘟囔着。然后,他小声对卡罗尔说了些什么,像是"爱管闲事的男人"。

可是,雷米埃那双暗淡无光的眼睛还在水汪汪地盯着她看。她帮雷米埃解围说:"这么说,你是喜欢读诗的啰?"

"啊,是的,非常喜欢——不过,说实话,我没有多少时间读书,我们在店里都忙死喽,而且——不过,去年冬天在皮西厄斯姐妹① 联谊会上,我们请来了一位一流的专业朗诵家。"

卡罗尔觉得,她好像听到餐桌另一头那个旅行推销员嘟哝了一声。肯尼科特突然用胳臂肘捣了她一下,也是一种不满的表达。但她还是追问道:

"你经常去看戏吗,伍瑟斯庞先生?"

伍瑟斯庞先生对她粲然一笑,像三月里暗蓝的月亮一样,接着叹了口气说:"不常看,但我真的爱看电影。我是个真正的影迷。跟电影不一样,读书很麻烦的,那些书可没有经过聪明的审查员严格把关。你不知不觉进了图书馆,借了一本书出来,但你根本不知道读的是什么东西,完全是浪费时间。读书的时候,我喜欢看的是那些有益身心健康的、真正使人上进的故事。有时候——啊唷,有一次我读一本小说,是个叫巴尔扎克的家伙写的,这书你们一定看过的,讲的是一个女人是如何不跟她的丈夫住在一起的。我是说,这个女人不是他的妻子。内容非常详细,恶心死啦!而且,那个英文真的很蹩脚。我跟图书馆说了这事,然后他们就把这本书下架了。

---

① 皮西厄斯姐妹(Pythian Sisters):皮西厄斯骑士团的女子分会。

我不是狭隘，但是我得说，故意把这种伤风败俗的东西硬扯进来，一点用处都没有。生活本身充满了诱惑，所以在文学作品中，人们只想看到那些纯洁的、积极向上的东西。"

"巴尔扎克的这个故事叫啥名字呀？到哪儿能弄到咧？"那个旅行推销员咯咯地笑着说。

雷米埃没有理他。"可是电影就不同啦，电影多半都是很干净的，而且还挺幽默——幽默感是一个人最基本的品质，不是吗？"

"我不知道呢。我还真不怎么幽默。"卡罗尔说。

雷米埃朝她晃了晃手指说："嗳，嗳，你太谦虚啦。我敢肯定，大家都看得出你有幽默感。再说啦，肯尼科特医生也不会娶一个没有幽默感的女人呀。我们都知道他有多爱说笑！"

"当然啦，我是个爱开玩笑的老手。别胡扯了，卡丽，咱们走吧。"肯尼科特说。

雷米埃用恳求的语气问："那么，你主要的艺术兴趣是什么呀，肯尼科特太太？"

"啊——"注意到那个旅行推销员刚才嘀咕了一声"牙科学"，她毫无顾忌地说，"建筑。"

"那是真正的好艺术。我常跟人说——在海多克·西蒙斯时装公司大楼新门面快要竣工的时候，那个老家伙过来找我，你知道的，就是哈里的父亲，我老是叫他 D.H.。他问我那个门面怎么样。我对他说：'你看这儿，D. H.。'我说——你瞧，他本来不想给门面装饰的。我就对他说：'有现代化的照明和一个大的陈列空间，这很好。'我说。'但是，有了这些以后，你也得讲究点儿建筑艺术不是。'我说。然后，他哈哈大笑说，他觉得也许我是对的，于是他就叫他们加了一个檐口。"

"马口铁的！"那位旅行推销员说。

雷米埃像一只好斗的老鼠一样，龇牙咧嘴地说："咳，马口铁的怎么了？那又不是我的错啊。我跟 D.H. 说要用花岗岩的。你真烦人！"

"咱们走吧！快点儿，卡丽，咱们走吧！"肯尼科特说。

雷米埃在过道守候他们，然后偷偷地告诉卡罗尔一定不要介意旅行推销员的粗鲁态度——他这个人没啥了不起的。

肯尼科特笑得咯咯的。"咳，小傻瓜，怎么回事呀？难道说你喜欢雷米埃那样的艺术佬，不喜欢我和萨姆·克拉克这样的蠢蛋？"

"亲爱的，咱们回家吧，然后打打皮纳克尔①牌，嘻嘻哈哈，疯疯傻傻，然后爬上床，一觉睡到天亮，连梦都不做。只是做一个实实在在的女公民也挺好的嘛！"

三

《囊地鼠草原无畏周报》摘录：

  周二晚，本季最动人的一次集会在萨姆·克拉克夫妇富丽堂皇的新居内举行。此次集会聚集了本镇众多显要人物，一同欢迎当地名医威尔·肯尼科特医生的俏丽新娘。新娘卡罗尔·米尔福德小姐来自圣保罗，极具个人魅力的她受到了与会人员的一致称赞。会上大家相谈甚欢，其间也穿插有游戏和绝活表演。晚些时候，主人提供了美味的点心与客人分享。聚会在快乐的氛围中结束，大家都表示参加此次活动很开心。参加聚会的人员有肯尼科特夫妇、埃尔德夫妇……

  威尔·肯尼科特医生是近年来本地最受欢迎、医术最高超

---

① 皮纳克尔（pinochle）：一种纸牌游戏，共48张牌，两人或四人玩。

的医生之一。本周，肯尼科特医生和他的俏丽新娘自科罗拉多州长假蜜月旅行归来，这让本镇居民欣喜不已。卡罗尔·米尔福德小姐来自圣保罗，家人在明尼阿波利斯及曼科塔均为社会显要人物。肯尼科特太太多才多艺，不仅外貌出众，而且是东部名校的杰出毕业生。过去的一年，她曾在圣保罗公立图书馆担任要职。在那里，威尔医生有幸与其相识相恋。囊地鼠草原镇欢迎她的到来，并预祝她日后在朝气蓬勃的双湖镇能够幸福快乐地生活。肯尼科特医生和他的夫人将暂住在杨树街的医生旧宅。这个旧宅先前一直由他可爱的母亲代为照管。如今，老夫人已经返回拉克基穆特的老家。众多老友对她的缺席深感惋惜，并希望她早日回来与大家再次相聚。

四

卡罗尔知道，要想实现她构想的那些"改革"，她必须得有一个起点。在婚后三四个月的时间里，她一直很困惑，这并不是说她不知道自己必须要有明确的目标，而是说她已经完全沉醉在新家无忧无虑的幸福之中了。

作为一个家庭主妇，她感到自豪，所以爱家里的每一样东西——从靠背乱晃的织锦扶手椅到热水炉的铜龙头，因为时常要把它擦得锃亮，卡罗尔便对它熟悉了起来。

她找到了一位女佣——来自斯坎迪亚·克罗辛的贝亚·索伦森，一位满面春风的胖姑娘。贝亚既想立刻成为一个恭敬的仆人，又想成为卡罗尔的知心朋友，真是可笑。炉子不通风啦，平底锅里的鱼不老实啦，都会引得她们一起哈哈大笑。

卡罗尔宛如一个穿着拖尾长裙扮演老奶奶的孩子，招摇地穿过住宅区去买东西，一路上大声地和家庭主妇们打着招呼。不管认识不认识，每个人都对她点头示意，让她觉得大家都需要她，她是属于这里的。在大城市的店铺里，她只不过是一个顾客——一个女人，对疲惫的店员呼来唤去，让人厌烦。在这里，她是肯尼科特医生的太太，她对葡萄柚和生活方式的偏爱大家都知道，都记得，值得议论……尽管她们不值得她去迎合。

购物是一件开心的事，因为可以和别人轻松地交谈。在欢迎她的两三次聚会上，那些商人说话瓮声瓮气的，让她觉得无聊透顶，可一旦有了聊天的话题——柠檬、棉纱或者地板油，这些人就又成了她最开心的知己。她曾和那个喜欢插科打诨的药店老板戴夫·戴尔煞有介事地吵了好久。她故意说他在杂志和糖果的价格上骗了她，他则故意说她是双城派来的侦探。他躲在柜台后面，等她气得跺脚的时候，他才出来哭叫道："说实话，我今天一件缺德的事都没干——还没干。"

她从来没有记起过对大街的第一印象，也没有对它的丑陋有过失望。才出去买过两次东西，一切就都变了样。因为她从未进过明尼玛希旅馆，所以对她来说，这个旅馆就跟不存在一样。克拉克的五金店，戴尔的药店，奥利·詹森、弗雷德里克·卢德尔迈耶以及豪兰·古尔德的食品杂货店，肉店，还有小件日用品商店——这些店铺都扩张了，把别的建筑物都遮住了。当她走进卢德尔迈耶先生的店铺的时候，店主呼哧呼哧地说："早上好，肯尼科特太太。嗯，今天的天气很好啊。"她没有注意到货架上的灰尘，也没有注意到女店员的愚笨。她甚至不记得第一次上大街的时候和他相对无言的情景。

她想要的食物连一半都买不到，但这种情况使得购物更有冒险性。在达尔·奥利森肉店，她终于设法买到了胰脏，胜利的心情溢于言表，兴奋得嗡嗡嗡地讲个不停，把那位又健壮又聪明的肉店老板达尔先生夸了一番。

她欣赏乡村生活的简单和闲适。她喜欢那些老人、农民以及国民军退伍军人。这些退伍军人闲聊的时候，有时就蹲在人行道上，像静止的印第安人一样，还若有所思地往路缘上吐唾沫。

她发现，孩子们的身上有一种美。

她曾怀疑，她那些已婚的朋友夸大了她们对孩子们的热爱。可是，当她还在图书馆工作的时候，对她来说，孩子们就已经是独立的个体了，变成了拥有自身权利和幽默感的公民。在图书馆的时候，她没有太多时间关注孩子，但现在她懂得其中的乐趣了，她会停下脚步，认真地问贝西·克拉克她的玩具娃娃的关节炎好了没有，她还会赞成奥斯卡·马丁森的看法，认为去捕麝鼠是件有趣的事儿。

她曾有过这样的念头："有个自己的孩子应该很美妙。我真想要一个。小不点儿——不，现在不行！还有那么多事要做哩。那份工作太累了，我还没休息好呢，累得骨头疼。"

她闲在家里，听着乡村的杂音。这种杂音全世界都有，丛林或草原也不例外。这些响声很普通，但又充满了魔力——狗吠声，小鸡发出的满足的咯咯声，孩子们的嬉戏声，一个男人拍打小地毯的声音，三角叶杨树林中的风声，蚱蜢的啁啾声，人行道上的脚步声，厨房里贝亚和杂货店男孩欢快的说话声，铁砧的叮当声，还有从远一点的地方传来的钢琴声。

每个礼拜至少有两次，她要跟肯尼科特一起开车去乡下，在洒满夕阳的湖泊里打野鸭，或者去探望病人。那些病人都把她当成乡绅夫人一样仰视，也因她赠送的玩具和杂志而感激涕零。晚上的时候，她就和丈夫一起去看电影，每一对夫妇遇到他们都会热情地打声招呼。或者，在天气还不是太冷的时候，他们坐在门廊里，对开车经过门口的老乡或者正在耙落叶的邻居高声说话。在夕阳西下的时候，尘土被映照得金黄一片，街上也弥漫着正在燃烧的树叶散发出的芳香。

五

可是,她隐约觉得自己需要一个人,一个她可以倾诉心事的人。

有一个无聊的下午,她正在做针线活,烦躁不安,盼望着电话能响起来。这时,贝亚来通报说,维达·舍温小姐来访。

尽管维达·舍温有一双活泼的蓝眼睛,但如果你仔细看她的话,你就会发现她的脸上已有一些细细的皱纹,但也不至于像明日黄花那样蔫黄。你可能也会看到,她胸部扁平,手指因为拿针、捏粉笔、握笔杆子而变得很粗糙,她的衬衫和平纹布裙都很普通,她的帽子戴得太靠后,露出了干枯的前额。不过,你根本没有办法仔细看她。你做不到。她的动作像闪电一样快,掩饰了她的真面目。她活蹦乱跳的,像一只金花鼠①一样。她手舞足蹈的,同情心泛滥。她坐在椅子的边沿上,急于靠近听她说话的人,以便把她的热情和乐观传递过去。

她冲进屋里,滔滔不绝地说:"我们做老师的一直没过来看望你,我担心你会觉得我们失礼,其实我们是想给你时间先安顿下来。我是维达·舍温,在中学教法文、英文和另外几门课。"

"我一直希望能和老师们认识认识。你知道的,我以前是图书馆管理员。"

"哎哟,你不用告诉我啦,你的情况我全都知道哟!我知道的可多啦——这就是个长舌村。我们这儿实在太需要你喽。这个小镇又亲切又忠实,忠实可是世间最美好的东西啊!不过它也是一颗未

---

① 金花鼠(chipmunk):一种穴居松鼠,产于美国西部和亚洲,有暂贮食物的颊囊,背部有一深一浅的条纹。

经雕琢的钻石,我们需要你来美化它,我们实在是太卑微了——"她停下来,喘了口气,然后用一个笑容结束了她的问候。

"但愿我多少能帮到你们一点儿——要是我说点知心话,说囊地鼠草原镇稍微有点儿丑,我会不会犯下不可宽恕的罪过呀?"

"它就是丑嘛,丑死啦!不过,这话可不能乱说,在这个小镇上,我可能是唯一一个让你放心的人了。或许,盖伊·波洛克律师也靠得住——你见过他了吗?哎哟,你一定要见见他!他简直太可爱啦——聪明,有文化,又温柔。不过,我不太在乎丑不丑的,那是会变的。是小镇的精神给了我希望。这种精神是健全的,有益身心的,但又是胆怯的。这个小镇需要像你这样活跃的人来唤醒它。我会督促你去干的!"

"太好了。我该做点什么呢?我一直在想,有没有可能请一位优秀的建筑师来这儿做个演讲。"

"好——的。不过,你不觉得和现有的机构合作会更好一些吗?或许,你会觉得这样太慢了,但我也一直在想——如果我们能请你来主日学校①教书的话,那就太好了。"

卡罗尔一脸茫然的表情,就好像一个人发现自己一直在对一个完全陌生的人点头哈腰那样。"哦,是的。不过,恐怕我不太能胜任。我对宗教观很模糊。"

"我知道,我也一样,我对教条一点儿也不在乎。不过,我坚信上帝的父道,人类的友爱和耶稣的领导。当然啰,跟你一样。"

卡罗尔露出令人尊敬的神情,然后想起喝茶。

"在主日学校,你只需要教这些。关键在于个人的影响。另外,那里还有个图书馆委员会。在这方面,你会大有作为的。当然啦,我们还有个妇女学习俱乐部——死亡观俱乐部。"

---

① 主日学校(Sunday school):宗教教育机构,通常是为了满足孩子和其他年轻人的需求,内容以宣传教义为主。

"她们是在做什么研究吗？还是只读读从《百科全书》里抄来的论文？"

舍温小姐耸了耸肩膀说："也许吧。不过，她们挺认真的。对于你的新鲜见解，她们会响应的。另外，死亡观俱乐部的确也做了有益的社会福利工作——她们让这个城市种了那么多树，还为农妇开设了卫生间。而且，她们对文雅和文化的确有浓厚的兴趣。所以说，实际上，她们真的很独特。"

卡罗尔有点失望——也没什么具体原因。她客气地说："我会仔细考虑的，我一定抽点时间先去看一看。"

舍温小姐赶紧走到她跟前，捋捋她的头发，凝视着她，说："哎哟，亲爱的，你以为我不知道呀？新婚宴尔的日子当然是柔情蜜意的——我觉得挺神圣的呀。家庭需要你，孩子也需要你，靠你让他们活下去，满脸堆笑地来求助你。而且，这种家庭生活，还有——"她一边轻拍卡罗尔椅子的坐垫，一边转过脸去不让她看见，但还是像刚才那样滔滔不绝地说下去：

"我的意思是，当你准备好的时候，你一定要帮帮我们……恐怕你会觉得我保守。我就是保守派！那么多东西要保住。这可都是美国理想的宝藏，坚定、民主与机会。也许，在棕榈滩[①]不是这样。可是，谢天谢地，在囊地鼠草原镇，我们没有这样的社会差异。我只有一个优良品质——坚信我们国家、我们州以及我们镇的智慧和勇气。这种信心非常强烈，有时候我还真能对那些傲慢的小富翁产生一点儿影响。我让他们振作，让他们相信理想——而且，相信自己。不过，每天教书，不免墨守成规。我需要像你这样有判断力的年轻人把我打醒。跟我说说你在看什么书。"

---

① 棕榈滩（Palm Beach）：位于美国佛罗里达州东南部。

"我在重读《西伦·韦尔的堕落》①。你知道这本书吗?"

"知道呀。写得很巧妙,但是很难。人们想要拆毁,不想建造。愤世嫉俗。哎呀,我真希望自己不是个多愁善感的人。但是,这种高雅的玩意儿,并不能鼓舞我们这些日日工作的工人去努力奋斗,我看不出有啥用处。"

接下来是十五分钟的争论,内容是关于世上最古老的话题:它是艺术,但它美吗?卡罗尔竭力说服,强调观察的诚实性。舍温小姐则坚决反对,认为艺术一定要美妙,还要慎用令人不愉快的灯光舞美。最后,卡罗尔嚷道:

"我不介意我们分歧有多大,能有个人和我谈谈庄稼之外的事情,我就感到很安慰啦。咱们让囊地鼠草原镇来个翻天覆地的变化吧:大家改喝下午茶,不喝咖啡。"

兴高采烈的贝亚帮她把那张祖传的折叠式缝纫桌搬了出来。台面是黄黑相间的颜色,伤痕累累的,全是裁缝的裁衣料留下的虚线。贝亚往桌子上铺了一块绣花的餐桌布,然后摆上卡罗尔从圣保罗带来的那套淡紫色的日本彩釉茶具。舍温小姐吐露了她的最新计划——给乡村地区放映道德教育电影,电力就由福特汽车发动机带动的轻便发电机提供。她叫贝亚进来了两次,让她把热水罐加满,再去做一点肉桂吐司。

肯尼科特五点钟回到家。他竭力做出彬彬有礼的样子,有一个喜欢喝下午茶的妻子,做丈夫的就应该这样。卡罗尔建议舍温小姐留下来吃晚饭,还要肯尼科特把那个备受赞扬的律师、有诗意的单身汉盖伊·波洛克给请来。

---

① 《西伦·韦尔的堕落》(The Damnation of Theron Ware):美国作家哈罗德·弗雷德里克(Harold Frederic,1856—1898)写于1896年的一部小说,如实描绘了美国农场的生活。这部小说被学者和评论家公认为美国文学的经典,但普通读者往往并不知晓。

果然，波洛克来了。是的，他的流感好了。就因为流感，他没能去萨姆·克拉克家参加聚会。

卡罗尔后悔自己的冲动。这个人也许是个固执己见的政客，喜欢拿新娘子开涮。可是，盖伊·波洛克刚一进门，卡罗尔就发现他是个很有个性的人。波洛克大概三十八岁的样子，身材修长，非常文静，毕恭毕敬的。他的声音很低沉。"你们真好，还邀请我来。"他说。他既没有风趣的话，也没有问卡罗尔是否认为囊地鼠草原镇并非"本州最充满活力的小镇"。

她想象着，在他那始终如一的灰色里，也许还可以显示出淡紫色、蓝色和银色等上千种不同的色彩。

吃晚饭的时候，波洛克暗示说他喜欢托马斯·布朗爵士①、梭罗、艾格尼丝·里普利厄②、阿瑟·西蒙斯③、克劳德·沃什伯恩④以及查尔斯·弗莱德鲁⑤。他介绍偶像的时候，有点不好意思，但看到卡罗尔一股书生气，舍温小姐连声称赞，肯尼科特也任由别人娱乐他的妻子，波洛克也就详细展开了。

卡罗尔不明白，为什么盖伊·波洛克坚持研究那些普通的法律案件，为什么他要留在囊地鼠草原镇。她连找个人问问都找不到。像波洛克这种人，是不该留在囊地鼠草原镇的，理由可能有很多，只是肯尼科特和维达·舍温不懂罢了。她喜欢这种微弱的神秘感。她觉得很得意，又觉得自己精通文学。她已经有了一个小圈子。要不了多久，她就能为这个小镇设计出橱窗了，也能让他们了解一下

---

① 托马斯·布朗爵士（Sir Thomas Browne, 1778—1820）：英国哲学家。
② 艾格尼丝·里普利厄（Agnes Repplier, 1858—1950）：美国散文家。
③ 阿瑟·西蒙斯（Arthur Symons, 1865—1945）：英国诗人。
④ 克劳德·沃什伯恩（Claude Washburn, 1883—1926）：美国作家、新闻记者。
⑤ 查尔斯·弗莱德鲁（Charles Macomb Flandrau, 1871—1938）：全名查尔斯·麦科姆·弗莱德鲁，美国作家和散文家，出生于明尼苏达州的圣保罗，是大法官查尔斯·尤金·弗莱德鲁（Charles Eugene Flandrau）的儿子。著有《哈佛片段》《大一新生日记》《墨西哥万岁》以及《偏见》等。

高尔斯华绥①了。她在谋划好多事呢!她一边把刚做好的甜点——椰子和橘子片端上来,一边大声对波洛克说:"咱们应该成立一个戏剧俱乐部,你觉得呢?"

---

① 高尔斯华绥(John Galsworthy,1867—1933):英国小说家、剧作家,著有长篇小说三部曲《福尔赛世家》等。

第六章

一

十一月，天空犹犹豫豫地下起了第一场雪，飘落在翻耕过的田地里，给裸露的土块蒙上了一层白色。在囊地鼠草原镇，火炉是家中的圣地，第一撮小火也已经在炉中燃起了。这个时候，卡罗尔开始按照自己的意思来装饰房子。她丢掉了客厅里的家具——那张有黄铜把手的金色橡木桌子，那些发霉的织锦椅子，以及那张"医生"的照片。她去了一趟明尼阿波利斯，把各大百货公司和第十街上那些专营陶瓷制品和高雅艺术品的小商店逛了个遍。她只能用船运她的宝贝，但其实她很想把它们抱回家。

木匠已经拆掉了前厅和后厅之间的隔墙，把两个厅打通变成一个长厅。在这个长厅的墙上，她不惜运用浓重的黄色和深蓝色。她把一条日本和服的宽腰带——挺括的深蓝色薄绢上镶满了错综复杂的金线图案——当作镶板，挂在了黄色的墙上。在一张长沙发椅上，摆上几只缀有金黄镶边的蓝宝石色天鹅绒靠垫。还有几把椅子，在囊地鼠草原镇显得不太庄重。她把那只神圣的家传留声机藏到餐厅里，并在原来的位置放上一个方柜，然后在柜顶放上一个低矮的蓝色罐子，再在罐子的两边摆上黄色的蜡烛。

肯尼科特决定不要壁炉。"不管怎样，再过几年，我们就会有一个新房子。"

她只装修了一个房间。至于别的房间,肯尼科特暗示说,她最好先放着,等他"成功"了再说。

于是,这栋四四方方的褐色房子焕然一新,充满了生机。它似乎一直很激动。她购物回来,它会表示欢迎。以前那种霉味带来的压抑也消失殆尽了。

肯尼科特做了高度评价:"嗯,天啊!我本来担心这些新玩意没有这么舒适,可是我不得不说,这个长沙发椅——或者随便你怎么叫它吧,比我们以前那个高低不平的旧沙发好多啦。而且,我四处一看——嗯,花这么多钱也值啦,我想。"

镇上每个人都对重新装修很感兴趣。那些实际上没帮上忙的木工和油漆工穿过草坪,透过窗户往屋里张望,然后惊叫道:"好看,看着好漂亮啊!"药店的戴夫·戴尔,时装公司的哈里·海多克和雷米埃·伍瑟斯庞每天都要问:"装修搞得咋样了啊?我听说,那个房子眼见就成一流的啦。"

甚至连博加特太太也不例外。

博加特太太住在卡罗尔家后面那个小巷子的对面。她是个寡妇,还是有名的浸礼会①教友,很有影响力。她含辛茹苦地把三个儿子抚养大,把他们培养成基督教绅士。一个是奥马哈酒吧的酒保;一个是希腊文教授;还有一个叫赛勒斯·N.博加特,只有十四岁,还待在家里,他可是镇上最粗暴的恶少团伙中最厚颜无耻的家伙。

在有影响力的人当中,博加特太太不算是那种尖酸刻薄的人。她性格温柔,意志消沉,不时唉声叹气;她体态肥胖,还经常消化不良;她墨守成规,常常闷闷不乐,但在沉闷压抑中还抱着一点希望。在每一个大养鸡场,都有很多愤怒的老母鸡,像极了博加特太太。当它们被做成炖鸡块烩肉丸,端上礼拜天的午餐桌的时候,它

---

① 浸礼会(Baptist):该派为基督教新教主要宗派之一,主张受洗者必须全身浸入水中。

们还是很像这位胖太太。

卡罗尔发现,博加特太太经常透过自家的侧窗往这个房子偷看。肯尼科特一家和博加特太太并不在同一个社交圈活动,也就是说,在囊地鼠草原镇,情形跟在第五大道①或者梅费尔②是一样的。可是,这位善良的寡妇却来登门拜访了。

她呼哧呼哧地进了屋,先叹了口气,然后向卡罗尔伸出一只肉乎乎的手,又叹了口气,一眼瞥见卡罗尔翘起的双腿露出的脚踝,再次叹了口气,然后审视那些蓝色的新椅子,腼腆地叹了口气笑了笑,然后开口说话了:

"我早就想来拜访你了,亲爱的,你知道,我们是邻居嘛。可我又觉得,我得等你们安顿下来,你们也一定会顺便过来看看我的,那张大椅子花了多少钱呀?"

"七十七美元!"

"七——天哪!嗯,我想,对于买得起的人来说,也还好。不过,我真的经常在想——当然,就像我们的牧师曾经说过的,在浸礼会教堂的时候——顺便说一下,我们还没在那儿见过你哩。当然啦,你丈夫从小就是浸礼会教友,我真希望他不要疏远那些信徒。当然啦,我们都知道,没有任何东西,不管是聪明才智、金银财宝还是别的什么东西,抵得上谦卑和内心的高雅。关于基督教圣公会,他们爱怎么说就怎么说。不过,当然啦,没有哪个教会有浸礼会那么长的历史,也没有哪个教会像浸礼会那样恪守基督教的真正原则。你是哪个教会的,肯尼科特太太?"

"啊唷,我去的是公理会的教堂,在曼科塔的时候,那时还是小女孩呢,但我上大学那会儿是普救派教徒。"

"嗯——当然啦,正如《圣经》所说,大概是《圣经》吧,至

---

① 第五大道(Fifth Avenue):纽约第五大道,俗称曼哈顿奢侈品商业街。
② 梅费尔(Mayfair):伦敦西区高级住宅区。

少我在教堂听说过,而且人人都承认,小媳妇要跟随丈夫的信仰才对。所以,我们都希望能在浸礼会教堂见到你。而且——我说过了,当然,我同意齐特雷尔牧师的意见,这个国家今天最大的麻烦是缺乏精神信仰——去教堂的人太少了,一到礼拜天大家就开汽车出去玩,天知道他们都干了些什么事。不过,我真的认为,挥金如土也是个祸根。人人都觉得家里得有浴缸和电话——我听说,你正在廉价出让旧家具哩。"

"是的!"

"嗯——当然,你了解自己的看法。不过,我总觉得,威尔的妈在这儿帮他照看房子的时候——她经常来我家看我,真的常来。对她来说,那些家具挺好的呀。不过,罢了,罢了,我不能呱呱地说个没完,我只是想让你知道,当你发现不能指望一群游手好闲的年轻人的时候,比如海多克和戴尔——再说了,天知道胡安妮塔·海多克一年要烧掉多少钱哪——哎呀,到那时候,也许你就会高兴地发现,那个笨头笨脑的博加特大婶总是对的。再说了,天知道——"她自负地叹了口气,"我希望你和你丈夫都不要有这样的麻烦事儿,不生病,不吵嘴,不乱花钱,那么多小夫妻遇到的不幸你们全都没有,而且——不过,我现在得赶紧回家了,亲爱的。今天见到你真高兴,而且——随时过来,过来看看我。我希望,威尔身体还好吧?我想,他看上去有点儿憔悴呢。"

博加特太太慢慢地往前挪,直到二十分钟以后,才终于挪出了前门。卡罗尔跑回客厅,用力打开所有的窗户。"那个女人简直在胡说八道。"她说。

二

卡罗尔尽管铺张浪费，但至少她不会为自己辩解，不会见人就哭诉说："我知道，我花钱如流水，可是，我也控制不住呀。"

肯尼科特从来没想过给她家用补贴，他的母亲也从来没有过。还是老姑娘那会儿，自己挣工资，卡罗尔就对图书馆的同事说过，等她结了婚，她就会有一笔家用，过着商务式的生活，成为一个时髦的人。可是，肯尼科特这个人既体贴又倔强，如果她向他解释说自己不但是个通情达理的主妇，还是个疯癫的玩伴，这实在是太麻烦了。她买了一个预算计划账簿，认真地做她的收支预算，就像他们缺乏生活预算的时候那样精细。

婚后第一个月是蜜月，她半开玩笑半撒娇地向肯尼科特承认说："家里一分钱都没有了，亲爱的。"然后他说："你真是个爱浪费的小兔子。"可是，那本预算簿使她意识到她的资金太不准确了。她感到很难为情；她偶尔也很生气，觉得这钱是给他买吃的，可还总得去求着他要。她发现自己也指责他的信念了，因为他曾开玩笑说争取让她搬出贫民院，这个玩笑虽然幽默，但很令她钦佩。他应该每天继续念叨这个警句呀。因为吃早饭的时候忘了跟他要钱，她不得不跑到街上去追他，真是讨厌。

可是，她又认识到，她不能"伤害他的感情"。他喜欢慷慨赠予时那种贵族的感觉。

她想开一个账户，让人家把账单送给他，免得她老是求他要钱。她发现，在阿克塞尔·埃格那间土气的杂货店里，主要生活用品、糖、面粉等都能以非常低的价格买到。她亲切地对阿克塞尔说：

"我想，我最好能在你这儿开一个赊账的户头。"

"不给现金，我是不做生意的。"阿克塞尔咕哝着。

她冒火了："你知道我是谁吗？"

"哟，当然，我知道。医生赊账是没问题的。不过，这是我定的老规矩。我的价格定得很低了。我只做现金生意。"

她盯着他那张冷漠的红脸，恨不得不顾体面地去捆他一记耳光，可是她还没有丧失理智，于是表示同意。"你说得很对，你不该为了我破坏你的规矩。"

她的怒气还未消失，只是已经转移到她的丈夫身上了。她急需十磅糖，可是她没有钱。她跑上楼梯，直奔肯尼科特的诊所。门上有一幅头痛药的广告，还有一行字："医生外出，＿＿时回所。"自然，空白处没有填上。她一跺脚，下楼直奔药店去了——那里是医生的俱乐部。

她刚进药店，就听见戴尔太太央求道："戴夫，我得有点钱花才行嘛。"

卡罗尔看见，她丈夫也在那儿，另外还有两个男人，全都乐呵呵地听着。

戴夫·戴尔厉声说："你想要多少钱呀？一美元够了吧？"

"不，那不够，我得给孩子们买点贴身衣物。"

"啊唷，我的老天爷啊，他们的贴身衣物够多的啦，壁橱都塞满喽，我都找不到我的打猎靴子了，就上次我想穿的时候。"

"这我不管。他们都穿得破破烂烂的。你得给我十美元——"

卡罗尔觉得，戴尔太太早已习惯了这样的侮辱。她注意到，这几个男人，特别是戴夫，把这当成一大乐子。她在等着——她知道会等来什么——果不其然，戴夫叫喊着说："我去年给你的十美元弄哪去啦？"然后，他看看其他男人会不会发笑。他们确实大笑起来。

卡罗尔冷静地走到肯尼科特面前，命令道："我想到楼上和你谈谈。"

"怎么啦，有啥要紧事吗？"

"嗯。"

他拖着沉重的脚步跟在她的后面,上了楼,走进他那个空荡荡的诊所。他还没有开口问,她就先说起来了:

"昨天,在一个酒吧门口,我听见一个德国农妇向她丈夫讨要二十五美分,给孩子买个玩具。但他拒绝了。刚才,我又听到戴尔太太经历了同样的羞辱。我呢——我和他们的处境一样,我也得求你给钱,天天如此!刚才人家就跟我说了,我一丁点儿糖都拿不到,因为我没有钱付账!"

"这话是谁说的?对天发誓,我要宰了任何——"

"喷,那不是他的错,那是你的错,也是我的错。我现在低声下气地求你给我点钱,用来买东西给你吃。从今往后,你可要记住了。下一次,我不会求你了。我宁可饿着肚子。你明白了吗?我可不能老是当奴隶——"

她的反抗,她从扮演的角色中得到的乐趣,都结束了。她贴着他的大衣,抽噎着说:"你怎么能让我这样丢脸啊?"他也抽泣着说:"该死的,我本来想给你一点钱的,可我又把这事忘了。我发誓,我不会再忘了。对天发誓,我不会了!"

他塞给她五十美元。从那以后,他都记得按时给她钱……间或会忘。

每天,她都暗下决心:"可是,我一定要记上账——像做生意那样,要有制度。我得有点行动才行。"但每天,她都没有照办。

三

博加特太太对新家具冷嘲热讽的评论,使卡罗尔大受刺激,并决心精打细算过日子。她明确地告诉贝亚,剩饭剩菜要合理利用。她又看起烹饪书来,像小孩子看图画书一样,她仔细研究着菜牛的图解。那头牛尽管已经被割成一块一块的了,却还在神气活现地吃草。

不过,在准备第一次聚会,即乔迁庆宴的时候,她故意浪费,乐于做一个败家子。在桌子上的每一个信封和每一张洗衣单上,她都列了购物清单。她给明尼阿波利斯的一些名贵食品杂货店寄了订货单。她钉住图样,照着缝东西。肯尼科特打趣她"大张旗鼓的,吓死人了",惹得她大动肝火。她把这件事当成是对囊地鼠草原镇在娱乐方面缩手缩脚的一次打击。"不说别的,我至少要让他们充满生气。我要让他们别再把聚会当成委员会会议。"

肯尼科特经常以一家之主自居。他认为打猎是幸福的象征,卡罗尔就顺着他的意愿,和他一起去打猎。他认为燕麦粥是品行的象征,卡罗尔就吩咐用人煮燕麦粥做早餐。可是,那天下午,在乔迁庆宴开始之前,他回到家里,竟然发现自己成了个奴隶,一个不速之客,一个犯了愚蠢错误的人。卡罗尔悲叹道:"快去把炉火封上,这样晚饭后你就不用碰它了。看在老天的分上,赶紧把门廊里那个讨厌的旧门垫拿走。换上你那件棕白相间的漂亮衬衫。你怎么回家这么晚呀?你就不能快点儿吗?马上就到晚饭时间了,那些朋友说不定七点钟就到啦,根本等不到八点钟。拜托你快点儿啊!"

她就像第一晚饰演女主角的业余演员一样不通理性,肯尼科特只好屈尊表现得谦恭一点。她下楼来吃晚饭,站在门口,吓得他倒吸一口气。她穿了一袭银白色的紧身连衣裙,犹如一朵百合花的花萼;她那高高盘起的发髻就像黑色的玻璃一样;她宛如一只维也纳高脚杯,脆弱而又昂贵;她的眼里满是热情。肯尼科特激动地从餐桌前站了起来,为她挪好椅子。整顿晚餐,他一直在啃他的干面包,因为他觉得,如果他说"你能把黄油递给我吗",卡罗尔会认为他太俗气。

四

卡罗尔非常平静,她不再介意客人会不会喜欢这次聚会,也不再担心贝亚招待客人的能力。这时,肯尼科特在客厅凸窗前喊道:"有客人来啦!"然后,卢克·道森夫妇就跟跟跄跄地进来了,这时是八点差一刻。接下来,囊地鼠草原镇所有的贵族就陆续来到了:所有从事专业技术工作的人,或者年收入超过二千五百美元的人,或者祖辈就是在美国出生的人。

客人们还在脱套鞋的时候,就偷偷地瞥了一眼新的装饰。卡罗尔看到戴夫·戴尔偷偷地把那些金色的靠垫翻过来,去查找价格标签。她还听到,律师朱利叶斯·弗利克鲍先生一边望着挂在日本和服宽腰带上的那块朱红色版画,一边喘息着说:"嗯,我的天哪!"她被逗乐了。可是,她看到,他们像观看时装表演一样,围成长长的一圈,完全把客厅围起来了,全都默不作声,一副局促不安的样子。她觉得,自己一下子又回到了在萨姆·克拉克家举行的第一次聚会,变魔术似的。

"这么多铁打一样的猪,我都得让他们振作起来吗?我不知道能不能让他们高兴起来,但我要让他们热闹起来。"

她像一团银色的火焰一样,绕着那个黑乎乎的圆圈来回地转悠,微笑着引导他们,用唱歌一样的语调说:"我想让今晚的聚会热热闹闹的,大家千万不要拘束!今天是我家房子的洗礼日,我请你们帮个忙,在这个屋子里好好地闹一闹,闹他个天翻地覆。为了我,大家一起跳一个老掉牙的方块舞①,好不好呀?那么,戴尔先生来喊步法口令吧。"

她往留声机上放了一张唱片,戴夫·戴尔就在客厅中间跳了起

---

① 方块舞(square dance):一种四方形舞蹈,四对男女一起跳,跳舞的人彼此靠近并背对背旋转。

来。他手脚灵活，个子瘦小，头发是锈红色的，鼻子尖尖的，一边拍着巴掌，一边大声喊道："带着你的舞伴转圈吧——邻伴互转①！"

就连百万富翁道森夫妇、埃兹拉·斯托博迪以及乔治·埃德温·莫特教授也跳起舞来，只是看上去有点儿滑稽。卡罗尔在屋子里忙来忙去，对四十五岁以上的那些客人又是忸怩作态，又是连哄带骗，终于让他们跳了一曲华尔兹，又跳了一曲弗吉尼亚里尔舞②。不过，当她让他们自己随便玩的时候，哈里·海多克却往留声机上放了一张一步舞的唱片，年轻一点的人都走下舞池，而那些年长一点的人则悄悄溜回到自己的座位上，脸上挂着凝滞不动的微笑，仿佛在说："我不相信自己会跳这种舞，不过我确实蛮喜欢看年轻人跳的。"

一半客人沉默不语，另一半则继续讨论那天下午在商店里说的事。埃兹拉·斯托博迪在没话找话说。他用手遮住嘴打了个哈欠，又跟面粉厂老板莱曼·卡斯搭讪说："莱曼，你们大伙儿觉得那个新炉子咋样呀？嗯？"

"哎哟，随他们去吧。别去打扰他们。他们一定喜欢它的，否则他们也不会弄它了。"卡罗尔提醒自己说。可是，当她一闪而过的时候，他们又如此期待地盯着她看，这使她再次确信，尽管他们的狂欢不失体面，但他们已经失去了游戏的能力，也失去了客观思想的能力。就连那些正在跳舞的年轻人，也逐渐被五十个思想纯洁、举止端庄、态度消极的才智之士的无形力量压垮了。于是，他们也双双坐了下来。不到二十分钟，这个聚会又再次变得和祈祷会一样庄重了。

"我们做点什么刺激的事吧。"卡罗尔对她的新知己维达·舍温

---

① 邻伴互转（alamun lef）：方言，英文全称是allemande left，美国方块舞的一个动作，动作分解是两个跳舞的人左手相握，往左边转半圈，松开手，然后向前半步。

② 弗吉尼亚里尔舞（Virginia Reel）：美国乡村舞蹈，跳舞的人面对面排成两行。

喊道。她感觉到，在大家越来越安静的时候，她的声音已经传遍了整个客厅。纳特·希克斯、埃拉·斯托博迪以及戴夫·戴尔都心不在焉的，手指和嘴唇都在微微地动着。她敢肯定，戴夫正在排练他那个"挪威人捉母鸡"的绝活儿，埃拉正在温习《老情人》的开头几行，而纳特则在琢磨他对马克·安东尼演说的颇受欢迎的模仿。

"不过，在我的家里，我不会让任何人使用'绝活儿'这个字眼的。"她悄悄地对舍温小姐说。

"那很好呀。我跟你说，为何不请雷蒙德·伍瑟斯庞唱首歌哩？"

"雷米埃？啊唷，亲爱的，他是镇上最多愁善感的人啦！"

"听我说，孩子，你对装饰房子的看法无可挑剔，可是你看人的眼光就差劲多啦！雷米埃的确爱摇尾巴，可是，这个可怜虫——一心渴望他所说的'自我表现'，除了卖鞋，他没有受过任何训练。不过，他会唱歌。有朝一日，他要是离开哈里·海多克，不再寄人篱下，不再受人奚落，他会干得很好的。"

卡罗尔对自己的高傲表示歉意。她催促雷米埃唱歌，并且叫那些计划表演"绝活儿"的人做好准备。"伍瑟斯庞先生，我们都想听你唱歌哩。你是今晚我邀请上台表演的唯一一位著名演员哦。"

雷米埃红着脸说："哎哟，他们不想听我唱的啦。"他清了清嗓子，把胸前口袋里的一块干净的手帕往外拉了一点，把几根手指插进马甲上的两颗纽扣之间。

出于对雷米埃的拥护人的深情，出于对"发现艺术天才"的渴望，卡罗尔准备高高兴兴地听他独唱。

雷米埃唱了《像小鸟一样飞》《你是我的小鸽子》和《当小燕子离开它的小巢》三首歌，全是用教堂里专门为捐款而献唱的那种男高音唱的，唱得很糟糕。

因为替他害臊，卡罗尔感到不寒而栗，就像敏感的人听到一位"演说家"故作风趣，或者看到一个早熟的孩子正在公开地干一件孩子根本不该干的事那样。雷米埃的眼睛半睁半闭,一副扬扬自得、自命不凡的样子,她看了真想大笑。他谦恭的抱负使他苍白的脸庞、奋拉的双耳以及沙黄色的大背头都显得暗淡无光,她看了又想哭。她竭力装出赞赏的样子,那是为了舍温小姐。对于真、善、美的一切,或者可能是真、善、美的一切,舍温小姐都是她值得信赖的仰慕者。

在第三首鸟类抒情曲唱完的时候,舍温小姐从激起的愿景中醒来,低声对卡罗尔说:"喔唷,太好听了!当然啦,雷蒙德的嗓音并不是特别的好。可是,你不觉得他投入了很多情感在里面吗?"

卡罗尔没好气地但又冠冕堂皇地说了句谎话,不过也没什么创意:"哎哟,是的,我真觉得他感情太丰富了。"

她看到那些听众装出有教养的样子听歌,紧张了一阵子之后,现在都累垮了,不再指望有什么让他们开心的事儿了。她大声喊道:"现在,我们来玩一个傻瓜游戏,那是我在芝加哥学来的。首先,你们得脱掉鞋子!然后,你们有可能会摔破膝盖和肩胛骨的。"

大家全神贯注地听她讲,但又不相信。有几个人皱起了眉头,意思是说,肯尼科特医生的新娘咋咋呼呼的,不成体统。

"我要选几个最凶的——像胡安妮塔·海多克和我本人——来做牧羊人。你们剩下的人都做狼。你们的鞋子就是羊。狼都到外面的门廊去。牧羊人把羊扔得满屋子都是,然后关掉所有的灯。然后,狼从门廊爬进来,他们要在黑暗中设法把羊从牧羊人那里抢过来。牧羊人干什么都可以,只是不准咬,也不准使用皮革包的铅头短棍。狼要把抓到的羊扔到外面的门廊里,大家都不要推辞!来吧,把鞋子脱掉!"

大家面面相觑,都等着别人先开头。

卡罗尔踢脱她的银拖鞋,大家都瞟了一眼她的脚背,她也不理会。维达·舍温虽然觉得尴尬,但很讲朋友义气,于是解开自己的高筒黑皮鞋的纽扣。埃兹拉·斯托博迪咯咯地笑着说:"嗯,你把老家伙吓死啦。你真像六十年代和我一起骑马的那些女孩子。光着脚丫子参加聚会,我还真不太习惯哩。不过,脱就脱啦!"埃兹拉高声叫了一声,唰的一个漂亮的姿势,就脱掉了他那双两边有松紧带的国会皮鞋[①]。

其他人都咯咯地笑,然后跟着脱了鞋。

羊都被关进了栏里。那些胆怯的狼摸黑爬进客厅,号叫着,踌躇不前。因为要穿过一段空地,逼近严阵以待的敌人,一个活动范围更大而且愈加凶残的神秘敌人,所以,陌生感使他们抛弃了无动于衷的习惯。那些狼窥视着,想要辨认出界标,他们到处乱摸,忽然摸到了胳膊,但又滑走了,好像不是长在身体上的一样,惊喜交集的感觉让他们浑身发抖。实实在在的东西就这么消失了,吓得有人突然尖叫一声,然后胡安妮塔·海多克大声傻笑起来,盖伊·波洛克也惊叫着说:"哎哟,住手!你这是要剥了我的头皮啊!"

卢克·道森太太撑起僵硬的双手和双膝,连忙往后爬,退回到门廊边亮着灯的安全地方,嘟囔着:"天哪,我这辈子从来没有这么狼狈过!"不过,她早已不顾平日里的端庄,高兴地喊个不停,竟然脱口而出,说"我这辈子从来没有"。这时候,她看到客厅的门被看不见的手打开了,鞋子从里面扔了出来。然后,她就听到黑漆漆的门后传来一声尖叫,一声碰撞,还有一个刚毅果敢的声音说:"这有好多鞋呀。快来呀,你们这些笨狼。啊唷,你们本来该过来的,你们这些笨蛋!"

卡罗尔突然打开了作为战场的客厅里的灯,发现一半的人正靠墙坐着,在整个交战过程中,他们一直狡猾地坐在那里。可是,在客厅中间的地板上,肯尼科特正在和哈里·海多克搏斗——他们的衣领扯掉了,头发披散着挡住了眼睛。在胡安妮塔·海多克的进逼

---

① 国会皮鞋(Congress Shoes):美国一个皮鞋的品牌,于1837年投产,约1900年停产,主要对象为中产阶级职业人士,此处有讽刺鞋子过时的意思。

下,面目严肃的朱利叶斯·弗利克鲍先生直往后退,还强忍着奇怪的笑声。盖伊·波洛克那条考究的棕色领带从背后垂了下来。年轻姑娘丽塔·西蒙斯的网眼衬衫掉了两粒纽扣,过多地露出了丰腴诱人的肩膀,这让囊地鼠草原镇的人觉得很不雅。不知道是因为震惊、厌恶、战斗的快乐,还是因为身体的活动,所有在场的人都从遵循多年的社会礼仪中解脱了出来。乔治·埃德温·莫特咯咯地笑个不停;卢克·道森捻着他的大胡子;克拉克太太则一个劲地强调:"我也参加啦,萨姆——我还抓到一只鞋哩——我从来都不知道自己战斗力这么强啊!"

卡罗尔自信是个了不起的改革家。

她生性宽厚,早就准备好了梳子、镜子、刷子以及针线,让大家可以恢复尊容。

贝亚咧着嘴笑个不停,从楼上拿下来厚厚的一摞软纸,上面印有莲花、龙和猿的图案,钴蓝色、深红色和灰色都有,还有一些在蛮荒山谷的苍翠树林中飞翔的紫色鸟儿的图案。

"这些东西,"卡罗尔向大家宣布说,"是地地道道的中国化装舞会的戏装。我是从明尼阿波利斯一家进口商店买来的。你们可以把它披在衣服外面,请暂时忘了自己是明尼苏达人,把自己变成中国清朝的官吏、苦力,以及……以及日本武士,(是这么说的吧?)以及其他什么人物,只要你能想到。"

大家羞涩地把那些纸做的戏装窸窸窣窣地展开,卡罗尔却消失不见了。十分钟后,她站在楼梯上,凝视着下面。那些人身上穿着东方长袍,露出红润的美国佬的脑袋,真是滑稽可笑。她朝他们喊道:"韫其溥公主向朝臣问安!"

当大家抬头仰望的时候,她发现他们流露出羡慕的表情。他们看到一个轻盈的身影:她下身穿着长裤,上身穿着镶了金边的绿色锦缎外套;高傲的下巴底下是高高的金色衣领;黑色的秀发里插了一支玉簪；向外伸出的一只手里懒洋洋地握着一把孔雀羽扇；两眼仰望着虚无的宝塔美景。然后，她收起姿势，微笑着往楼下看。她发现，肯尼科特对她这位贤内助的杰作深感自豪，惊得像中风了一样；而面色苍白的盖伊·波洛克则馋涎欲滴地凝视着她。刹那间，除了这两个男人饥渴的表情和一堆红润的、黝黑的脸，她什么也看不见。

然后，她抖落迷人的魅力，跑下楼来。"我们来开一个真正的中国音乐会。Messrs①，波洛克，肯尼科特，还有……嗯……斯托博迪，你们当鼓手；我们其余的人就唱歌，吹横笛。"

笛子就是薄纸做成的笼子，鼓就是小凳子和缝纫机的台板。《囊地鼠草原无畏周报》的编辑洛伦·惠勒，手里拿着一把尺子，以完全不准的节奏感指挥起乐队。那种音乐使人想起在马戏团算命帐篷或在明尼苏达州立市场听到的手鼓声，可是大家都在一片歌唱声中敲着、吹着、鬼叫着，一副如痴如醉的样子。

趁着大家对音乐会还不是十分厌倦，卡罗尔就跳着舞，把这一列人带进了餐厅，去吃盛在青花瓷碗里的炒面，还有荔枝和糖汁生姜。

除了哈里·海多克这个常到大城市鬼混的人，大家对中国菜一无所知，只知道一样"炒杂碎"。他们将信将疑、小心翼翼地挑起笋丝浇头和炒得焦黄的炒面，津津有味地吃起来。戴夫·戴尔和纳特·希克斯跳了一支中国舞，不是太好笑。一阵喧闹过后，大家也都感到心满意足。

卡罗尔松了一口气，这才发现自己累得够呛。她已经用自己瘦小的肩膀把他们这一个个包袱扛过来了，现在再也无力继续下去了。她很想念她的父亲，他可是创造狂欢聚会的艺术家。她想抽支烟，让他们震惊一下，还没等考虑成熟，就又打消了这个令人讨厌的念

---

① Messrs：法语，各位先生。

头。她不知道,除了克努特·斯坦奎斯特的福特车的冬天篷顶,以及艾尔·廷利唠叨的他岳母的那些事儿,她还能劝诱大家说点什么,而且要说上五分钟。她叹了口气说:"哎呀,随他们去吧。我已经够尽力的了。"她穿着长裤,跷起二郎腿,舒舒服服地吃那碟糖汁生姜。她看到,波洛克依然对她微笑。想起刚才让这位面色苍白的律师两颊绯红,她不由得暗自得意起来。然后,她又后悔自己的想法太邪恶,她怎么能想除了她的丈夫还存在其他男人呢。于是,她蹦蹦跳跳地来到肯尼科特的身边,悄悄地对他说:"开心吗,我的主人?……不,没花多少钱!"

"这是本镇有史以来最棒的聚会啦。只是——穿着那种服装,你就别跷二郎腿了,膝盖露得太明显了。"

她很恼火。她厌恶他的出言不逊。她回到盖伊·波洛克的身边,谈起中国宗教来——这倒不是因为她对中国宗教知道点什么,而是因为波洛克读过一本谈中国宗教的书。因为在事务所百无聊赖的那些夜晚,他已经阅读了世界上的好多书,至少每个学科一本吧。在卡罗尔的幻觉中,瘦削成熟的盖伊正在变成两颊红润的青年,他俩正在黄海的一个小岛上漫步,海阔天空地聊着。这时候,她注意到客人们开始干咳起来,这是一种普遍适用的本能的语言,意思是他们想要回家睡觉了。

客人们声称,这是"他们见过的最美妙的聚会——喔唷,可有创意啦,特别新颖"。卡罗尔笑容满面地和大家握手道别,还说了好多得体的话——关于孩子啦,一定要穿暖和点啦,雷米埃的歌唱得挺好啦,胡安妮塔做游戏真有一手啦,等等。最后,在这个充满寂静、面包屑和中国戏装碎片的屋子里,她转身对着肯尼科特,一副疲惫不堪的样子。

肯尼科特咯咯地笑着说:"我跟你说,卡丽,你真是个奇才。你老是想着让乡亲们醒悟,我猜你是做对啦。今天,你已经让他们看到，不能再用老一套的办法搞聚会了，那些绝活儿之类的东西也要不得啦。好啦，你一样东西都不要动，你已经做得够多了。赶紧上床睡去吧，我会收拾干净的。"

他用一双外科医生的巧手轻抚着她的肩膀，卡罗尔对他出言不逊的恼怒也就随之消失了。

五

《无畏周报》摘录：

> 周三晚，肯尼科特医生及夫人举行了乔迁庆宴，这是本镇数月来最令人愉快的社交活动之一。肯尼科特夫妇的新居位于杨树街，装饰全然一新，现代的配色方案，使得迷人的新居愈加美轮美奂。医生和他的新娘在家中热情款待众多好友，还举行了花样繁多的新颖活动，其中包括一场中国式音乐演出，参演人员身着地道而又别致的东方戏装，本报编辑担任指挥。其间备有美味的点心，正宗的东方风味，大家一致认为度过了一段快乐的时光。

六

一周之后，切特·达沙韦家举行了一次聚会。宾客们坐成一圈，像参加葬礼似的，整晚坐在原地不动，而且戴夫·戴尔又表演了"挪威人捉母鸡"的绝活儿。

第 七 章

一

在囊地鼠草原镇,人们都在忙着过冬。从十一月底开始,一直到整个十二月份,每天都在下雪。温度表显示的气温是零度,实际上可能会降到零下二十度,也许零下三十度。在中西部的北方,冬天不是一个季节,而是一种日复一日的辛勤劳动。在每家每户的门口,都竖起了防风棚。在每一个街区,那些一家之主,包括萨姆·克拉克和富有的道森先生,都不顾危险,扛着遮挡风雪的护窗,摇摇晃晃地爬上梯子,用螺丝钉把护窗钉在二楼窗户的边框上。只有患哮喘病的埃兹拉·斯托博迪摆阔气,雇了一个家伙替他干活。肯尼科特安装护窗的时候,嘴里叼着螺丝钉,活像露在嘴巴外面的一排奇怪的假牙,急得卡罗尔在卧室里乱蹦,一个劲地拜托他不要把螺丝钉吞到肚子里去了。

冬天的普遍标志是镇子上一个叫迈尔斯·伯恩斯塔姆的勤杂工。他是一个身材高大、体形粗壮、留着红色胡子的单身汉,一个固执己见的无神论者,一个喜欢在杂货店跟人抬杠的家伙,也可以说是一个玩世不恭的圣诞老人。孩子们都喜欢他。干活的时候,他常常溜出来,给孩子们讲一些离奇的故事,比如航海、贩马以及熊。孩子们的父母要么嘲笑他,要么讨厌他。他是镇子上唯一的民主主义者。无论是对面粉厂老板莱曼·卡斯，还是对来自失落湖①的芬兰定居移民，他都直呼其名。大家都叫他"红胡子瑞典佬"，而且认为他有点精神失常。

伯恩斯塔姆有一双巧手，什么都会做。他会焊接平底锅，焊接车用弹簧，驯服受惊的小牝马，修理时钟，还雕了一只格洛斯特②纵帆船，变魔术般地把它装进了一个瓶子里。在眼下的这一个礼拜里，他成了囊地鼠草原镇的总干事长。除了萨姆·克拉克店里那个懂管道的修理工，他是镇子上唯一会修水管的人。大家都请他检修火炉和水管。他从这家奔到那家，一直到上床时间——十点钟。水管破裂流出的水已经凝结成冰，挂在他那件褐色的狗皮大衣的下摆上。他那顶进了屋也从不摘下的长毛绒帽子，也结了一层冰，还夹杂着很多煤灰。他的两只手冻得通红，已经开裂，露出了鲜肉。他嘴里还叼着一支雪茄的烟头。

不过，他对卡罗尔格外殷勤。他弯下腰，去检查火炉的烟道，然后挺直身子，低头瞟了她一眼，吞吞吐吐地说："必须把你的炉子修好喽，尽管我还有别的活儿要干。"

在囊地鼠草原镇，穷人家的房前都堆满了泥土和肥料，一直堆到低矮的窗户下面，迈尔斯·伯恩斯塔姆的棚屋也是这样。对于这样的人家来说，迈尔斯·伯恩斯塔姆的服务就是一种奢侈品。在铁路沿线，有几段防雪栅栏，整个夏天都埋在被无所事事的小男孩霸占的浪漫木棚里，现在也都竖了起来，以防积雪把铁轨掩埋起来。

农民到镇子上来的时候，都乘坐自己制造的雪橇，简陋的座位上铺着棉被和干草。

皮大衣，皮帽子，皮手套，纽扣几乎扣到膝盖的罩靴，长达十

---

① 失落湖（Lost Lake）：明尼苏达州芒德市的一个湖，是明尼苏达州九大湖之一明尼托卡湖（Lake Minnetonka）的一部分。
② 格洛斯特（Gloucester）：美国马萨诸塞州东北部城市，渔业中心，避暑胜地。

英尺的灰色针织围巾，厚厚的羊毛袜子，有黄羊毛衬里松软如雏鸭绒毛的帆布夹克衫，鹿皮鞋，以及专供手腕皲裂的男孩佩戴的红色法兰绒腕套——这些冬季防寒用品都被翻箱倒柜拿了出来，有的放在搁满樟脑丸的抽屉里，有的放在壁橱里的防水油毡布袋里。在整个小镇，到处都是小男孩的尖叫声，"嘀，你看我的手套"，或者"瞧我的高筒靴"。在北方的平原，热得直喘的夏天和冷得刺骨的冬天，反差实在是太明显了，难怪当孩子们再次看到这种北极探险家的防护装备时，仍然感到惊奇，产生一种英勇的感觉。

聚会的时候，作为聊天话题，冬装甚至超过个人的流言蜚语。"已经穿上大衣了吧？"这是很得体的寒暄话。就像汽车一样，在大衣方面，也是有很多差别的。家境差点的人穿的是黄黑相间的狗皮大衣，但肯尼科特却像贵族似的，穿的是浣熊皮毛阿尔斯特①长大衣，戴的是一顶新的海豹皮帽子。当积雪太深不能开车的时候，他要到乡下出诊，就乘坐一辆漂亮如花的钢头轻便雪橇，全身被皮大衣裹得严严实实的，只露出发红的鼻子和雪茄。

卡罗尔自己穿的是一件宽松的海狸鼠毛皮大衣，走在大街上十分引人注目，而她也喜欢用指尖轻抚那柔软光滑的毛皮。

现在，小镇上的交通已经陷入瘫痪状态，组织户外活动就成了她最积极的活动了。

在囊地鼠草原镇，汽车和惠斯特桥牌不但使社会差别更加明显，而且也削弱了人们对活动的喜爱程度。坐着开车看起来太阔气了——而且很轻松，而滑雪和滑行就显得"愚蠢"和"老土"了。实际上，农村人渴望高雅的城市休闲活动，正如城里人渴望村落体育活动一样。和圣保罗或者纽约不同的是，在囊地鼠草原镇，人们根本不把山上滑雪当回事，更不以此为荣。十一月中旬，卡罗尔的

---

① 阿尔斯特（ulster）：维多利亚时期白天工作时穿的大衣，带有披肩，在爱德华时期之后，就没有披肩了，但依旧是重型大衣，而且往往是双排扣。

确也成功地组织了一场溜冰聚会。那时候,千鸟湖清澈的湖面结满了灰绿色的冰,闪闪发光。溜冰鞋滑过的时候,发出咔嚓咔嚓的响声。湖岸上,叶梢结了冰的芦苇,在风中簌簌作响。在乳白色的天空下,橡树的树梢还挂着最后几片枯叶,不肯落下来。哈里·海多克在冰面上溜着8字形,而卡罗尔也确信自己已经找到了完美的生活。可是,天公不作美,竟下起了大雪,溜冰活动也就到此结束了。于是,她又想组织一场在月光下滑雪的聚会,可女士们却舍不得离开她们的暖炉,也放不下每天都效仿城里人玩的惠斯特桥牌。她只好对她们唠叨个没完。她们这才乘坐一辆长橇冲下一个长长的山坡。没想到她们翻倒了,灌了一脖子雪。可是,她们都尖声大笑,说要立刻再滑一次——其实她们根本就没再滑一次。

她纠缠另一伙人,要他们去滑雪。这伙人又是喊叫,又是掷雪球,还告诉她说,实在太好玩了,他们马上就要搞一次滑雪探险活动。然后,他们高高兴兴地回家了,可是从那以后,再也没有离开过桥牌手册。

卡罗尔有点泄气。所以,当肯尼科特请她去小树林打兔子的时候,她快活极了。她在幽静偏僻的地方艰难地走着,在烧焦的树桩和结冰的橡树中间绕来绕去,穿过一个个雪堆,雪堆上留下了密密麻麻的足迹,分不清是野兔的、老鼠的还是小鸟的。当肯尼科特跃上一堆灌木丛,向逃跑的野兔开枪的时候,她尖声叫了起来。他是属于那儿的,穿着双排纽扣短夹克、针织套衫和用鞋带系紧的高筒靴,太有男子汉的气概了。那天晚上,她吃了好多牛排和炸土豆。她用指尖触摸他的耳郭,却擦出了静电火花。她睡了足足十二个小时。醒来的时候,心想这个勇士之乡真是太有趣了。

起床后,她看到,雪地上已经洒满了太阳的光辉。她穿上舒适的皮衣,快步往城外走去。在蔚蓝色的天空下,打了霜的木瓦屋顶冒着青烟;雪橇的铃声叮当叮当响个不停;晴日里稀薄的空气中,人们寒暄的叫喊声格外响亮；到处都是有节奏的锯木头的声音。这一天是礼拜六，左邻右舍的孩子正在准备过冬的木头。在每家每户的后院里，捆好的木头堆成一堵堵墙，锯木架就沮丧地靠在那儿，上面沾满了淡黄色的锯屑。架锯的框架颜色是樱桃红的，锯片是染成蓝色的钢片做成的，白杨、枫木、铁木以及白桦刚锯出的锯口上还有清晰的年轮标记。男孩脚穿防水长靴，身穿配有硕大的珍珠纽扣的蓝色法兰绒衬衫和深红色、柠檬黄、赤褐色相间的方格厚呢短外套。

卡罗尔冲着那些男孩喊了声："天气真好呀！"她走进豪兰·古尔德食品杂货店，满面红光，呼出的气在领子上结了一层白霜。她买了一听西红柿罐头，仿佛那是有珍珠光泽的水果一样，然后就回了家，准备晚餐做一个克里奥耳式[①]的煎蛋卷，给肯尼科特一个惊喜。

雪地上的阳光非常耀眼。走进屋里，她看见门把手、桌上的报纸和每一件白色表面的东西都闪耀着炫目的淡紫色光辉，朦朦胧胧的，令人眼花缭乱，让她头晕目眩。等到两眼恢复正常，她感到心旷神怡，神清气爽，简直就是生活的女主人。世界是如此明亮，她不禁在客厅那张摇摇晃晃的小写字台前坐下，写起诗来。实际上，她只写了这几行："天空明亮，阳光和煦，再也没有暴风雨。"

当天下午，三点钟左右，肯尼科特被请到乡下出诊去了。贝亚晚上又不上班——她晚上要去参加路德会教友的舞会。从下午三点一直到半夜，只有卡罗尔一个人在家。她翻阅了很多杂志，看的都是纯爱情故事，觉得有点厌倦，于是就坐在暖炉旁边，开始冥思苦想。

如此一来，她才意外地发现，原来自己无事可做。

[①] 克里奥耳式指菜或调味汁添加番茄、洋葱、胡椒等调料。

二

她想，到镇上看看啦，跟人见见面啦，溜冰、滑雪、打猎啦，这些新鲜事她都经历过了。贝亚很能干。除了缝缝补补，在贝亚铺床的时候边聊天边搭把手，再也没有家务活了。她筹办饭菜的本事也没能得到发挥。在达尔·奥利森肉店，你没有订货——你只能可怜兮兮地问，除了牛排、猪肉和火腿之外，今天是否还有别的什么东西。牛肉块不是切出来的，而是砍下来的。小羊排像鱼翅一样稀罕。肉商把他们最好的肉都运到城里去了，那儿价格更高一些。

在所有的商店，同样都没有选择。在这个小镇，她连一颗玻璃头的图钉都找不到。她根本就不去寻找她想要的那种面纱——她只能买她能买到的东西。而且，只有在豪兰·古尔德食品店，才有芦笋罐头这样的奢侈品。日常操心的事就是她能给这个家的全部奉献了。只有寡妇博加特来串门这样的无谓纷扰，才能填补卡罗尔寂寞的时间。

她不可以外出就业。对乡村医生的太太来说，这是个禁忌。

她是一个有工作头脑的女人，却没有工作。

只有三件事是她可以做的：生孩子，开始她的改革事业，或者确实成为这个小镇的一分子。这样一来，她就能在教堂、学习俱乐部以及桥牌聚会之类的活动中充实自己了。

孩子，嗯，她是想要孩子，不过——她还没有准备好。肯尼科特的坦率让她尴尬，但是她同意他的看法。肯尼科特认为，现在，文明处于一种疯狂的状态，与其他蠢事相比，养育市民代价更大，更可怕。所以，除非他已经赚了更多的钱，否则生孩子是很不明智的。她很难过——或许，他只知道谨慎，根本不懂爱情的全部奥秘，不过——她不再思考这个事情,半信半疑地认为"总有一天"他会懂的。

她的"改革"宏愿,她要美化天然的大街的冲动,都已模糊不清。可是,现在她又想要付诸实施了。她会的!她用柔软的拳头捶打暖炉的边缘,暗自发誓。然而,发了一通的誓之后,至于改革行动何时开始,从哪着手,她却毫无概念。

成为这个小镇真实的一部分?她开始思考这个问题,心里并不乐意。细想起来,她想,她还不知道大家是否喜欢自己。她去参加过下午咖啡的妇女活动,也到过各个商店跟商人们聊过天。她只管一股脑地发表奇谈怪论,根本不给他们机会泄露对她的看法。那些男人面带微笑——可是,他们喜欢她吗?和那些女人在一起,她是很活跃的——可是,她是她们的一分子吗?她也曾和她们一起窃窃私语,议论别人的丑闻,这在囊地鼠草原镇算是私房话了。不过,这样的场合,她也没有遇过几回。

她无精打采地爬上床,心里还在疑惑这个问题。

第二天,在购物的时候,她又想起了那个问题,开始观察起来。跟她想象的一样,戴夫·戴尔和萨姆·克拉克都很热情。可是,当切特·达沙韦说"侬好"的时候,不觉得有点儿冷淡、唐突吗?食品杂货商豪兰简单粗暴。他平时态度就是这样吗?

"还得关注大家在想什么,真是恼火。在圣保罗的时候,我根本不在乎。但在这儿,我受到了暗中监视,他们都在观察我。我绝不能太在意这回事。"她哄自己说——她为这个想法感到异常激动,又为提防他们感到十分恼火。

三

人行道上,积雪已经融化了。夜晚的时候,可以听到湖上冰块断裂的隆隆声。到了清晨,天气晴朗,一片喧闹。卡罗尔头戴一顶苏格兰圆便帽,身穿一条粗花呢裙子,感觉自己就像一个外出去打曲棍球的大三学生一样。她想大声喊叫,想让两条腿跑起来。在购物回家的路上,她再也按捺不住了,就像按捺不住兴奋心情的小狗那样。于是,她沿着一个街区一路飞奔,在她纵身一跃,跳过路边乱七八糟的雪泥时,像学生那样喊了一声:"咦吡!"

她看见,在一个窗户里,三位老太太惊讶得倒抽一口气。她们三个人愤怒的目光把她吓呆了。在街道的对面,在另一扇窗子里,有人悄悄地把窗帘拉开一个缝。她停了下来,然后稳重地往前走,从少女卡罗尔变回到肯尼科特医生的太太。

在公共的街道上,她再也不觉得自己还那么年轻,可以无所顾忌、自由自在地奔跑和高呼了。后来,她去参加欢乐雨季俱乐部每周一次的桥牌活动,就是以优雅的已婚女人的形象出席的。

四

欢乐雨季俱乐部是囊地鼠草原镇的社会前沿,拥有十四到二十六名会员。它是一个乡间俱乐部,是个外交团体,是圣塞西莉亚[①]联谊会,是里兹[②]联谊会,是二十岁联谊会。加入这个俱乐部也就挤入"上流社会"的圈子里了。虽然它的会员有一部分也参加了死亡观俱乐部,但是欢乐雨季是一个独立的实体,它的会员鄙视死亡观,认为它属于中产阶级,而且"自炫博学"。

欢乐雨季俱乐部的会员大多是年轻的已婚女人,她们的丈夫可以说是附属会员。每个礼拜,她们会搞一次女性下午桥牌活动;每

---

① 圣塞西莉亚(St. Cecilia):古罗马的殉道者。
② 里兹(Ritz,1850—1918):瑞士经营旅馆业的企业家。

个月，会搞一次她们的丈夫也参加吃晚饭和打桥牌的晚间活动；每一年，她们会在独立共济会礼堂开两次舞会。那个时候，整个小镇都挤爆了。只有在消防队和东方明星社一年一度的舞会上，才有雪纺丝巾、探戈舞以及争风吃醋这样的盛况。但是，这两个社团的成员并非精英——参加消防员舞会的是一些女佣，还有一些工段养路工和体力劳动者。有一次，埃拉·斯托博迪去参加欢乐雨季 Soiree[①] 乘坐的是从村子里租来的马车，迄今为止这种马车仅限于葬礼上死者最近的亲属乘坐；哈里·海多克和特里·古尔德医生则总是穿着小镇上仅有的一款晚礼服出席。

卡罗尔那回独自疑虑了一番之后，欢乐雨季俱乐部又组织了一次下午桥牌活动，地点是在胡安妮塔·海多克的新居。那是一栋水泥平房，门是橡木做成的，擦得光亮，门上镶有斜角平板玻璃。在抹上灰泥的过道里，有一个罐子，里面种的是蕨类植物。在客厅里，有一把橡木烘制的莫里斯安乐椅；十六张彩色照片；还有一个涂上清漆的方桌，上面有一个用雪茄丝带做成的衬垫，衬垫上摆着一本赠品画报和一副装在焦褐色皮套子里的纸牌。

卡罗尔一进门，暖气炉的一股热风就迎面吹来。大家已经在玩牌了。尽管屡次决心要学桥牌，她还是没有学会。为此，她还娇滴滴地向胡安妮塔道过歉，而且觉得很难为情，因为她以后还得继续假装道歉。

戴夫·戴尔太太是一个面色灰黄的女人，身材瘦削，但很漂亮。她热衷宗教崇拜、疾病以及搬弄是非。她朝卡罗尔摇摇手指，颤声说："你这个淘气鬼，我觉得你并不以此为荣哦，你当初那么轻易就加入了欢乐雨季！"

切特·达沙韦太太坐的是二号桌子，她用胳膊肘轻轻捣了一下

---

① Soiree：法语，晚会，社交聚会，黄昏时的聚会。

她的邻座。可是，卡罗尔还是尽量保持新娘的动人风度。她喊喊喳喳地说："你说得对极啦，我就是个小懒虫。我今天晚上就让威尔教我。"她的声音那么恳切，像巢中的小鸟，像复活节的教堂钟声，又像霜冻的圣诞卡。但在内心深处，她却咆哮着说："够讨好的喽。"她坐在最小的摇椅里，一副典型的维多利亚式的端庄模样。可是，她看到，或者说猜想，她刚到囊地鼠草原镇的时候，那些女人还热情得很，朝她咯咯地笑个不停，现在却无礼得很，只是朝她点点头而已。

在第一局结束的间歇，她恳求杰克逊·埃尔德太太说："咱们应该马上再组织一次雪橇聚会，您说是不是？"

"要是掉进雪窟里，就冻死掉喽。"埃尔德太太冷冷地说。

"我最讨厌雪掉进脖子里了。"戴夫·戴尔太太主动说。她很不高兴地看了一眼卡罗尔，然后转过身去，滔滔不绝地对丽塔·西蒙斯说："亲爱的，你今天晚上来我家串门不？我买了一段好漂亮的巴特里克①衣料，想给你看看哩。"

卡罗尔悄悄地回到自己的椅子里。大家热烈地讨论着打牌的事，没有人搭理她。她不习惯做一枝壁花。她极力克制自己，不让自己过分敏感，不要因为自己以为不受欢迎而真的不受欢迎。可是，她又没有多少耐心。于是，在第二局牌结束的时候，埃拉·斯托博迪轻蔑地问她："你要向明尼阿波利斯订购下次 soiree 的服装吗？听说是这样。"她回了埃拉一句"还不知道呢"，其实她态度不必这样尖锐。

Jeune fille② 丽塔·西蒙斯小姐羡慕地看着她那双轻便舞鞋上的钢扣，她这才宽慰一点。可是，豪兰太太很可恶，尖刻地问她："你

---

① 埃比尼泽·巴特里克（Ebenezer Butterick，1826—1903）：出生于美国马萨诸塞州的斯特灵，是一位裁缝、发明家、制造商和时装生意执行官。
② Jeune fille：法语，年轻姑娘，小姐。

那个新的长沙发太宽了,不实用,你不觉得吗?"她点了点头,然后又摇了摇头,故意刁难豪兰太太,让她自己去猜到底是什么意思。紧跟着,她又想要和好,于是,温柔地对豪兰太太说:"我觉得,你丈夫店里卖的牛肉汁太好喝啦。"说这话的时候她自己都快傻笑出来了。

"哦,是的,囊地鼠草原镇也不是那么落后啦。"豪兰太太讥笑地说。有一个人就咯咯地笑了起来。

她们的漠视使她傲慢起来;而她的傲慢又激怒了她们,使她们的漠视更加露骨。她们眼看就要进入痛苦的正义之战的状态了,幸好这时吃的东西拿来了,这才给她们解了围。

尽管在洗手指的碗、小揩布、浴室脚垫之类的东西上,胡安妮塔·海多克相当地标新立异,但是她的点心和所有的午后咖啡点心没什么两样。胡安妮塔最好的朋友戴尔太太和达沙韦太太,分发大餐盘,每只餐盘上都放了一把汤匙、一把叉子和一只不带碟子的咖啡杯。她们一边从女士的脚堆里穿过,一边表示歉意,一边还讨论着下午的牌局。然后,她们又分发了热奶油卷、刚从搪瓷壶里倒的咖啡、夹心橄榄、土豆沙拉以及天使蛋糕①。对于小吃,即使在囊地鼠草原镇最传统的圈子里,也还是有一定选择余地的。橄榄不必填馅。在有的人家,炸面圈完全可以代替热奶油卷。不过,在整个小镇,除了卡罗尔,没有人敢离经叛道,连天使蛋糕都省掉了。

她们大口大口地吃了起来。卡罗尔怀疑,那些节俭的家庭主妇,吃了下午茶点,晚餐都不用吃了。

她想重新回到她们中间,于是侧身来到麦加农太太的身边。麦

---

① 天使蛋糕(angel food cake 或 angel cake):又叫白蛋糕,19世纪在美国开始流行起来,跟巧克力恶魔蛋糕(chocalate Devil's food cake)是相对的。天使蛋糕有着棉花般的质地和颜色,是靠把硬性发泡的鸡蛋清、白糖和白面粉制成的,不含牛油、油质,因而鸡蛋清的泡沫能更好地支撑蛋糕。

加农太太很年轻,又矮又胖,很讨人喜欢。她的胸部和双臂跟挤奶女工的一样。她的表情很严肃,有时会突然放声大笑,但又慢那么一拍,把人吓一跳。她是韦斯特莱克老医生的女儿,又是韦斯特莱克的合伙人麦加农医生的妻子。肯尼科特曾声称,韦斯特莱克、麦加农以及受他们影响的两家人,都是诡计多端的。可是,卡罗尔却觉得他们挺亲切的。为了套套近乎,她对麦加农太太大声说:"你家小宝宝的喉咙现在咋样啦?"麦加农太太一边在摇椅里晃着,一边编织毛线,慢条斯理地描述起症状,卡罗尔则专心地听着。

放学后,维达·舍温也来了,和她一起的还有镇图书馆馆员埃塞尔·维莱兹小姐。舍温小姐性格乐观,她的出现给了卡罗尔更多信心。卡罗尔唠叨开了,她告诉一圈子的人:"几天前,我和威尔把车几乎开到了瓦基扬。那儿的乡村好可爱呀!我真的是太羡慕那里的斯堪的纳维亚农民啦:他们那些红色的大谷仓、筒仓,还有挤奶机,等等。你们大家都知道那个偏僻的路德教堂吗?尖顶是锡皮的,孤零零地矗立在小山上。它好荒凉哦,可不知怎么的,它看起来又挺壮观的。我真的觉得,斯堪的纳维亚人是最勤劳、最善良的人——"

"哎哟,你是这样想的?"杰克逊·埃尔德太太异议道,"我丈夫说,在木材加工厂工作的那些瑞典佬非常可怕——一声不吭,古怪得很,而且相当自私,一个劲地要求涨工钱。要是他们得逞了,只会把生意毁掉。"

"是呀,他们和那些女佣一样糟糕!"戴夫·戴尔太太叹息道,"我发誓,雇了那些丫头之后,为了讨好她们,我自己也干活,都累成皮包骨喽!我什么都替她们干了。她们随时可以让男性朋友到厨房看她们。要是有什么东西吃不完的话,她们就和我们吃的一样。而且,我几乎从不责备她们。"

胡安妮塔·海多克也喋喋不休地说:"她们还不识好歹,都是一路货色。我真觉得,家务的问题简直变得越来越可怕。我不知道这个国家会变成什么样子,那些斯堪的纳维亚乡巴佬一个劲地要涨工钱,好不容易攒一个子儿,又被她们要走喽。而且,她们还很无知,没有礼貌。说实话,她们还要用浴缸,啥都想要——好像要是她们在家里弄个澡盆子洗澡,就显得不够好、不吉利似的。"

她们啰啰唆唆地讲个不停,越说越起劲。卡罗尔想起了贝亚,于是阻拦她们说:

"不过,要是这些女佣不识好歹,说不定是女主人的错哩?一代又一代,我们一直给她们剩饭吃,给她们阴暗狭小的地方住。我不想自夸,但我必须说,我和贝亚之间没有什么麻烦。她非常友善。斯堪的纳维亚人又强壮又老实。"

戴夫·戴尔太太恶狠狠地说:"老实?从我们身上能刮到一个子儿是一个子儿,你管这个叫老实呀?我不能说她们当中有谁偷了什么东西,虽然她们吃得太多,一块烤牛排不到三天就吃完了,或许你也可以管这叫偷吧。不过,同样地,我可不想让她们以为可以欺骗我。我隔三岔五就让她们打开楼下的行李箱,就在我眼皮底下打开,这样我才知道她们不会因为我的疏忽而想歪点子。"

"在咱们这儿,女佣工钱是多少呀?"卡罗尔冒昧地问。

银行家的夫人高杰林太太震惊地说:"一个礼拜三美元五十美分到五美元五十美分之间,哪个地方都是这个价!我确实知道,克拉克太太才发过誓说她不会示弱,也不会纵容她们的无理要求,转脸就付给她们五美元五十美分——想想看这叫什么事儿!什么技术含量都没有的活儿,差不多一天一美元哪。当然啰,吃的、住的全包了,洗衣服的时候还能趁机把自己的衣服也一起洗喽。你付多少工钱,肯尼科特太太?"

"是呀,你付多少钱?"五六个人一起追问。

"啊——啊唷,我一个礼拜付六美元。"她有气无力地承认道。

她们惊得倒抽一口气。胡安妮塔抗议说:"你不觉得,你给那么多钱,是跟我们其他人过不去吗?"大家都沉着脸,支持胡安妮塔的说法。

卡罗尔生气了。"我才不管咧!女佣干的是世界上最苦的活儿,一天工作十到十八个小时。她得洗那些黏糊糊的盘子,还有那些脏衣服。她还得照料孩子,皲裂的手来不及擦就得跑去开门,还有——"

卡罗尔还没说完,戴夫·戴尔太太就怒不可遏地打断她说:"你说的都对。但是,请相信我,我没雇女佣的时候,那些活都是我自己干啊——对于一个不肯让步和不肯付太高工钱的人来说,那些活也是要占用好多时间的!"

卡罗尔反驳道:"可是,女佣干活是为了别人呀,她得到的只是那点工钱。"

她们的眼里充满敌意,四个人抢着说。维达·舍温马上插话进来,语气非常专横,控制了混乱的局面:

"啧,啧,啧,啧,哪来这么大的火气——讨论这种事多傻呀!你们都太认真了吧。别争啦,卡罗尔·肯尼科特,你也许是对的,可是你也太超前了点儿。胡安妮塔,别一副快要打仗的样子。这算什么嘛,桥牌聚会还是母鸡斗架呀?卡罗尔,你也别再沾沾自喜,以为自己是这些女佣的圣女贞德,否则我要打你屁股了。你到这儿来,和埃塞尔·维莱兹聊聊图书馆的事儿吧。嘘——要是再有人找碴儿,我只好亲自出马治治这窝母鸡啦!"

她们都笑了起来,但笑得很不自然。卡罗尔也很听劝,聊起了"图书馆的事儿"。

在一个小镇的平房里,一位乡村医生的太太、一位服装店老板的太太,还有一位乡村教师,就每个礼拜多付给佣人一美元的事儿,打起了嘴仗。然而,这件无足轻重的事,却让人听到了波斯和普鲁士、罗马和波士顿等地的密室策划、内阁会议以及劳工大会的回声。

而那些以国际领袖自居的演说家,只不过是向数以百万计的卡罗尔公然抨击的数以十亿计的大嗓门胡安妮塔罢了,以及成千上万个竭力用嘘声平息风波的维达·舍温。

卡罗尔觉得愧疚,于是一个劲地赞赏像老处女似的维莱兹小姐,没想到马上又犯下了触犯礼俗的另一个过错。

"我们在图书馆还没见过你哩。"维莱兹小姐指责说。

"我一直都很想去呀,不过一直忙着安顿下来,而且——我以后也许会经常去的,说不定你们会厌烦我呢。我听说,你们的图书馆挺好的哟。"

"喜欢它的人多了去啦,我们的藏书比瓦卡明图书馆还多两千多册哩。"

"那不是很好吗?我相信,这主要是你的功劳。在圣保罗的时候,我也干过一阵子。"

"他们也是这么说的。我并不是说,我完全赞同大城市的图书馆管理方式。太随便了,竟然让那些流浪汉和形形色色邋里邋遢的人在阅览室睡觉。"

"我知道。不过,这些可怜的人——嗯,我相信,有一件事你会同意我的看法的:图书管理员的首要任务是让人们阅读。"

"你觉得是这样吗?我的感觉是,肯尼科特太太,我只是引用一所挺大的大学的图书馆学专家的话,一个认真的图书管理员的首要任务是要把图书保管好。"

"啊!"卡罗尔刚说出"啊"就后悔了。维莱兹小姐挺直腰板,抨击她说:

"在大城市,可能一切都还好,他们的经费不受限制,可以让那些讨厌的孩子糟蹋图书,甚至是把它们撕个粉碎,而且那些莽撞的年轻人可以违反规定借走更多的书。可是,在我们这样的图书馆,我决不允许这种事情发生!"

"就算有些孩子有破坏性,那又有啥要紧的呀?他们在学习阅读嘛。他们的思想总比书本可贵吧。"

"有些孩子,只是因为母亲不让他们待在家里,才跑到图书馆来烦我,没有什么比他们的思想更廉价的了。有些图书管理员可能没有主见,把他们的图书馆变成了疗养院和幼儿园。可是,只要我还在这里管事,囊地鼠草原镇图书馆就得安静,就得像样,图书也都得保管得好好的!"

卡罗尔看到,其他人都在听着,等着她说出讨厌的话。于是,还没等她们厌恶,她就退缩了。她赶紧微笑一下,表示同意维莱兹小姐的意见,又当众瞥了一眼自己的手表,转声说道:"太晚啦——得赶紧回家喽——丈夫——这个聚会真不错——关于女佣的问题,也许你们是对的,我可能有点偏见,因为贝亚实在是太好了——天使蛋糕太好吃啦,海多克太太一定要给我食谱哦——再见啦,今天的聚会太开心啦——"

她往家中走去,心中暗自思忖:"都是我的错,我太容易生气了。而且,我反对她们太多了。只是——我不能!如果非要我责骂那些在肮脏的厨房里辛苦干活的女佣,责骂那些衣衫褴褛、食不果腹的儿童,我是不会成为她们当中的一员的。看来,这些女人是想主宰我一辈子啊!"

贝亚在厨房里喊她,她没理睬。她跑上楼,钻进那个不常有人去的客房。她很害怕,哭了起来。在这个百叶窗紧闭、密不通风的房间里,她跪在一张笨重的黑胡桃木床旁边,趴在铺着一床红色被子的蓬松的床垫上,弓着身子,像一条苍白的弧线。

第 八 章

一

"我一直想找些事情做做,这不会显得我对威尔照顾得不够周到吧?我对他的工作足够重视吗?我会的。哎呀,我会的。如果我不能成为这个小镇的一员,如果我一定要被摈弃——"

肯尼科特一回到家,她就催促说:"亲爱的,你一定要多跟我说一说你那些病人。我想知道,我想了解。"

"当然啦,那是肯定的。"说完他就下楼去弄炉子了。

吃晚饭的时候,她又问:"比如说,你今天干了些什么呢?"

"今天干了什么?你什么意思?"

"看病呀。我想了解——"

"今天吗?嚆,没什么事儿:有两个笨蛋肚子痛;有一个人手腕扭伤了;还有个蠢女人想不开,想要自杀,因为她的丈夫不喜欢她了;还有——只不过都是老一套而已!"

"不过,那个不幸的女人可不像老一套的事儿呀!"

"她呀?只不过是个神经病。婚姻就是一团麻,你也管不了太多不是?"

"可是,亲爱的,拜托啦,下次你要是遇到真有趣的病例,就跟我说说,好吗?"

"当然啦,那是肯定的,什么都会说给你听的——哎呀,这个鲑鱼真不错。在豪兰那儿买的吧？"

二

在欢乐雨季溃败之后的第四天，维达·舍温过来看她，一不小心把卡罗尔的世界击得粉碎。

"我可以进来聊一会吗？"维达·舍温说，一副机灵鬼怪、天真无邪的样子，让卡罗尔很不舒服。维达一蹦就脱掉了她的皮衣。她坐了下来，像是在做体操一样。她脱口而出说：

"这种天气，感觉真舒服！雷蒙德·伍瑟斯庞说，他要是有我这么多精力，他早就成为一名著名的歌剧歌手了。我总觉得这里的气候是世上最好的，我的朋友是世上最亲爱的人，我的工作是世上最重要的事。或许，我在愚弄自己吧。不过，我知道有一件事是确定无疑的：你是世上最有胆量的小傻瓜。"

"所以，你是打算活剥我喽。"卡罗尔愉快地说。

"我吗？也许哦。我一直在纳闷——我知道，在争吵的时候，第三方卷进来，往往最得罪人：他在甲和乙之间跑来跑去，屁颠屁颠地告诉他们另一个人说了些什么。可是，我需要你的大力支持，赋予囊地鼠草原镇以生命，所以——这是个很难得的机会，而且——我是不是很可笑呀？"

"我懂你的意思。在欢乐雨季的时候，我太唐突了。"

"那倒不是。实际上，说到佣人的问题，你给她们讲了一些有益的道理，我还挺高兴的咧。虽然说，你可能有点不够圆滑。但这一点更加重要。我不知道你是否明白，在这种偏僻的地方，每一个新来的人都是要经受考验的。大家对她很热情，但又随时观察她。我记得,有一位拉丁文老师从韦尔斯利①来到这儿的时候,她们都很反感她的地方口音,认为她太做作。当然啰,她们也议论过你——"

"她们经常议论我吗?"

"亲爱的!"

"我总觉得自己像是在云中漫步,看着别人却不被别人看见。我觉得自己太不显眼,太普通了——普通到没有什么值得别人议论的。我不明白海多克夫妇干吗非要说我的闲话。"卡罗尔说着说着就不耐烦了,"但是,我不喜欢这样。一想到他们竟敢对我的一言一行评头论足,我就觉得毛骨悚然。老底都给我挠翻了!我憎恨这样。我厌恶——"

"等一下,孩子,或许,你身上有什么东西引起他们不满哩。现在,我要你试着客观一点。对于任何一个新来的人,他们都要伸出爪子挠一挠的。你们上大学的时候对新生不是这样吗?"

"是哦。"

"那就好了,你能客观一点吗?我猜你能做到的,祝贺你啊。我希望你能起大作用,帮我使这个小镇变得更有价值。"

"我会客观的,就像冷凉的煮土豆一样,但这不是说我能帮你'使这个小镇变得更有价值'。他们是怎么说我的?真的,我想知道。"

"当然啰,只要你说起比明尼阿波利斯更远的地方,那些目不识丁的人都会不高兴的。他们就是那么多疑——就是这样,多疑。另外,有些人认为你穿得太好了。"

"啊,他们是这样说的呀,他们怎么可以这样说啊?难道我要穿黄麻袋布去配合他们啊?"

"拜托,你又耍小孩子脾气啦?"

---

① 韦尔斯利(Wellesley):马萨诸塞州东部波士顿附近的一个小镇,是著名的卫尔斯利学院(Wellesley College)所在地。

"我一会儿就好了。"卡罗尔闷闷不乐地说。

"你当然要好好的啰,否则我什么事都不告诉你了。你得明白这一点:我不是要你改变自己,只是想让你知道他们的想法。不管他们的偏见有多荒唐,如果你想要对付他们,你就必须了解他们。让这个小镇更美好是你的志向吧,不是吗?"

"我都不知道是不是!"

"啊唷——啊唷——啧,啧,嗳,当然是啦!啊唷,我还得靠你啊!你可是个天生的改革家。"

"我可不是——早就不是了!"

"你当然是啦。"

"哎呀,要是我真能帮上忙——那他们又该认为我装模作样喽?"

"我的乖乖,他们还真会这么认为。现在,先不说他们神经过敏。毕竟,囊地鼠草原镇的标准对本地来说是合理的,就像湖滨大道①的标准在芝加哥是合理的一样。像囊地鼠草原镇这样的地方,要比芝加哥或伦敦那样的地方多得多。而且——我干脆全跟你说了吧:你说'额迈锐肯',不按当地口音说'额穆瑞肯',他们就认为你在卖弄。他们认为你太轻浮。对他们来说,生活是很严肃的,除了胡安妮塔喷鼻息的笑声,他们想象不出任何其他形式的笑声了。埃塞尔·维莱兹认定你摆出一副高人一等的样子,当你——"

"啊,我可没有!"

"当你谈起鼓励阅读的时候。还有,当你对埃尔德太太说她有'如此漂亮的小汽车'的时候,她也认为你摆出一副高人一等的样子。她认为,那可是好大的一辆车啊!还有几个商人说,你在店里跟他们说话的时候,实在是太无礼了,而且——"

---

① 湖滨大道(Lake Shore Drive):与密歇根湖的海岸线平行的一条高速公路,是美国41号高速公路的一部分。

"你不知道我多可怜，我尽量对他们友好了呀！"

"你和贝亚那么亲密，小镇上的每个家庭主妇都觉得这未必是好事。对人友善一点是可以接受的。可是，她们说，看你的所作所为，你好像把她当成你表妹似的。你等会儿，还有好多哪。而且，她们觉得你把房子布置得太古怪了——她们觉得，那张宽沙发和那个日本的新玩意儿都挺可笑的。你等会儿，我知道她们挺愚蠢的。我想，就我听到的，批评你的人都有十多个了，因为你不经常去教堂，而且——"

"我真受不了了——我高高兴兴地到处走动，一直讨好她们，想不到她们竟然这么说我，我真受不了啦。我在想，你该把这些告诉我吗？这会让我很难为情的呀。"

"我也是这样想的。我得到的唯一的答案就是那句老话：知识就是力量。所以，总有一天，你会明白，拥有力量是多么的引人注目，即使是在这里。要控制这个小镇——哎呀，我是个想法古怪的人。不过，我真的希望看到一切都活跃起来。"

"真伤心，我一直真心对待这些人，他们却显得如此可恶，如此奸诈。不过，你干脆全都说了吧。我办的那个中国式的乔迁庆宴聚会，她们又说了些什么呀？"

"啊唷，嗯——"

"说吧，不然的话，我会胡思乱想的，可能比你讲的还要糟糕哩。"

"他们的确很喜欢那次聚会。不过，我想，有些人觉得你太显摆了——假装很有钱的样子，其实你丈夫并不是很有钱。"

"我真没办法——他们心胸如此狭窄，真是恐怖得让人难以想象。他们真以为，我——这些危险人物那么不值钱，你还想'改造'他们呀？谁竟敢那样说的？是有钱人还是穷人？"

"什么人都有哦。"

"虽然说我可能有点装模作样、附庸风雅，但至少我不会做出那种粗俗的事吧,他们难道连这一点都不明白吗?如果他们非得知道不可的话,你不妨告诉他们,顺便代我问候他们,威尔一年大概挣四千美元咧,但那次聚会的花销或许还不到他们想象的一半哩。那些中国东西不是很贵喽,何况我的服装还是自己做的——"

"别说了,不要为难我啦,这些我都知道。他们的意思是:你开了一个这么奢华的聚会,这里大多数人都承担不起,他们觉得你引发了攀比,这很危险。对这个小镇来说,四千美元是一个相当可观的收入。"

"我从来没想过会引发攀比。我完全是出于爱心和友谊,尽我所能给大家带来一个最欢快的聚会,这你相信吧?那次聚会是有点荒唐,有点幼稚,也有点喧闹,不过,我真的只是出于好心。"

"当然啰,我知道。他们笑你让大家吃中国食物——炒面,是吧?还笑你穿那条漂亮的裤子,这当然是不公平的——"

卡罗尔一下跳了起来,呜咽着说:"哎哟,他们当时没有笑话我嘛,他们也没有取笑我的宴会嘛,我可是费尽心思为他们订购的呀!而且,那个小巧可爱的中式服装我做得可开心啦——我是偷偷把它做好的,就是为了给他们惊喜。但是,他们却在嘲笑它,一直都是!"

她一屁股坐在长沙发上,蜷缩成一团。

维达抚摸着她的头发,喃喃地说:"我不该——"

卡罗尔羞得无地自容,连维达什么时候溜走的都不知道。五点半的时候,闹钟的铃声把她叫醒了。"在威尔回来之前,我一定要控制住情绪。我希望,他永远不会知道他的妻子是怎样的一个傻瓜……冷酷、轻蔑、可怕的一群人。"

她像一个非常孤独的小女孩,单手扶着栏杆,拖着沉重的双脚,慢慢地、一步一步地、艰难地往楼上走去。她真想奔向一个人去寻求保护,那个人不是她的丈夫,而是她的父亲,她那个面带微笑、善解人意的父亲,已经死了十二年的父亲。

三

肯尼科特四仰八叉地躺在暖炉和小煤油炉中间那张最大的椅子里,打着哈欠。

卡罗尔小心翼翼地说:"威尔,亲爱的,我想,这里的人会不会偶尔批评我哩?他们一定会的。我的意思是说:要是他们哪天这样做了,你一定不要让它影响到你。"

"批评你?哎呀,我想不会的。他们都一再跟我说,你是他们见过的最漂亮的女孩哩。"

"咳,我只是想——那些商人也许会认为我买东西太挑剔了。我担心,达沙韦先生、豪兰先生,还有卢德尔迈耶先生都讨厌我了。"

"我可以告诉你这是怎么回事儿。我本来不想说的,不过既然你提起了这档子事,就告诉你吧。切特·达沙韦也许是讨厌你到大城市买新家具,而不是在这里买。我那时候也不想表示反对,不过——毕竟,我是在这儿挣的钱,所以他们自然希望我在这儿把它花掉。"

她想起来了。"要是达沙韦先生能好心地告诉我,一个有文化的人怎样才能用他那些太平间家具把房间布置好,那就好了,他管那些东西叫——"她温顺地说,"不过,我理解。"

"还有豪兰和卢德尔迈耶——嘀,也许你对他们店里的那些劣质存货说了几句挖苦的话,其实你只是想跟他们开开玩笑罢了。不过,胡说八道的事儿,我们管它干什么呀!这是个独立的小镇,不像东部那些阴暗狭小的地方。在那些地方,你得时时刻刻小心行事,还要遵守那些愚蠢的要求和社会习俗,而且一大堆老女人整天忙着挑人毛病。在这儿，每一个人都是自由的，想干吗干吗。"他手舞足蹈地说着，卡罗尔看得出他说的是真心话。她的怒气消了，舒了一口气，然后打了个哈欠。

"卡丽，既然我们谈开了，就顺便再说一下：当然啦，我喜欢保持独立的状态，我也不希望把你限制住，不会只让你同那些和你有经济往来的人活动，除非你真的想这样做。不过，与此同时，我倒是很乐意你多和詹森或卢德尔迈耶打打交道，少去豪兰·古尔德杂货店，因为豪兰和古尔德每次看病都找古尔德医生，他们那帮人都一个熊样。我不明白，我干吗要把钱拿到他们那儿去买食品，然后再让他们把钱送到特里·古尔德那里去！"

"我去豪兰·古尔德杂货店买东西，是因为他们的店铺更好一些，更干净一些。"

"我知道哦，我不是让你彻底不到他们那儿去。当然啰，詹森爱耍花招，给你缺斤少两的；而卢德尔迈耶这个荷兰佬又是个不中用的猪。不过，与此同时，我的意思是，只要方便，我们还是跟自家人做买卖，明白我什么意思吗？"

"我明白了。"

"好吧，该是上床睡觉的时候了吧。"

他打了个哈欠，先到外面去看看温度计，然后砰的一声关门进屋，轻轻地拍拍她的头，再解开自己的马甲，又打了个哈欠，然后给闹钟上紧发条，又下楼去看看炉子，接着又打了个哈欠，这才拖着沉重的脚步上楼去睡觉，边上楼边漫不经心地挠那件厚厚的羊毛内衣。

直到他大声喊出："你不上楼睡觉了呀？"她还是坐在那里，一动不动。

第 九 章

一

卡罗尔轻快地走到那片草地上，想要教一群羊羔跳一种很有教育意义的舞蹈，却发现这群羊羔原来是一群狼。这些大灰狼从四面八方向她逼近，卡罗尔根本无路可逃。她被包围了，四周全是狼的獠牙和嘲笑的眼睛。

她不能继续容忍背后的讥笑了。她想逃走，想躲到大城市浓烈的冷漠中去。她练习着想对肯尼科特说出的话："我觉得，或许我该去圣保罗玩几天了。"可是，她没有信心这么随便地说出口，肯尼科特肯定会盘问她的，这点她也受不了。

还要改造这个小镇吗？她只想能被大家接纳！

她不敢正眼看人。一个礼拜之前，她还饶有兴味地研究小镇上的人，但现在见到这些人就脸红，就退缩。在他们"早上好"的招呼声中，她听到了一种残酷的窃笑声。

在奥利·詹森的食品杂货店，她碰到了胡安妮塔·海多克。她讨好地说："喂，你好啊！天哪，这芹菜好漂亮呀！"

"是呀，看着挺新鲜的吧。礼拜天哈里非要吃芹菜，这个讨厌的家伙！"

卡罗尔匆忙溜出杂货店，欣喜地想："她没有取笑我……她没有吧？"

不到一个礼拜,她就恢复了正常,不再感觉不安全、丢脸,也不觉得有人悄悄说她坏话了。不过,她见人就躲的习惯还是改不掉。她上街的时候,总是低着头。看见麦加农太太或戴尔太太在她前面的时候,她就走到马路对面,煞有介事地装出正在看广告牌的样子。她总是不自然,要顾及她看到的每一个人,还要顾及她看不见的人暗中窥视的目光。

她发觉,维达·舍温说的都是实话。无论她走进商店,还是在打扫后门的门廊,或者站在客厅的凸窗前,村民总是窥视她。以前,从街上回家的时候,她走起路来大摇大摆的,一副得意扬扬的样子。现在,路过每家每户的时候,她也会瞥上一眼。等到安全到家的时候,她觉得自己好像刚刚逃脱上千个面带讥笑的敌人,有一种胜利的感觉。她告诉自己,这种神经过敏实在可笑。可是,她每天还是会陷入恐慌之中。她看见,一面面窗帘滑开以后,又回归原处。那些快要进屋的老女人又溜出来,目不转睛地看着她——寒冬腊月,四周静悄悄的,她听得见她们在门廊里踮着脚来回走动的声音。有一天黄昏,天气很冷,她一路蹦蹦跳跳的,看到灰暗夜色掩映下昏黄的窗户,心里很是高兴,幸福得一时忘掉了探照灯似的目光。可是,她突然意识到,白雪覆盖的矮树丛中,探出来一颗裹着围巾的脑袋,正密切地注视着她,吓得她心跳都停止了。

她承认,她太把自己当回事了。乡下人嘛,看谁都是一副目瞪口呆的样子。她开始平复心态,认为自己的人生哲学很好。可是,第二天早上,她刚走进卢德尔迈耶的杂货店就遭受了羞辱。杂货店老板、他的伙计以及神经质的戴夫·戴尔太太,正在咯咯地笑着什么。她一进来,他们就不笑了,显得挺尴尬的,胡乱扯起了洋葱的话题。卡罗尔觉得很内疚。有一天晚上,肯尼科特带她去拜访古怪的莱曼·卡斯夫妇,对于他们的到来,主人似乎很慌乱。肯尼科特大声地开玩笑说:"什么事情让你们鬼鬼祟祟的,莱曼?"卡斯夫妇只顾着偷偷地傻笑。

除了戴夫·戴尔、萨姆·克拉克以及雷米埃·伍瑟斯庞,卡罗尔不能确定还有哪些商人是真心欢迎她的。她知道,自己把打招呼理解成嘲笑了,可就是控制不了自己的怀疑,走不出崩溃的内心。对于那些商人的优越感,她一会儿恼火,一会儿又退缩。他们不知道自己有多无礼,他们只管让人知道他们富裕,"哪个医生的老婆都不怕"。他们常说:"谁也不比谁差——说不定补丁更好看哩。"然而,碰到庄稼歉收的农民来买东西的时候,他们可就不说这种话了。那些北方佬商人脾气都不好,可是来自"故国"的奥利·詹森、卢德尔迈耶以及格斯·达尔却希望被当成北方佬。在新罕布什尔出生的詹姆斯·麦迪逊·豪兰,和在瑞典出生的奥利·詹森,经常咕哝着对顾客说"我不知道我这儿有没有",或者"咳,你不能指望我中午就把东西送到吧",以此证明他们是自由的美国公民。

顾客回敬几句也是合乎礼仪的。这时,胡安妮塔·海多克就会开心地叽叽喳喳地说:"你十二点要把东西送到,否则我要把那个新来的送货员的头发揪光。"不过,卡罗尔从来不开这种善意的玩笑。现在,她确信,自己永远也不会学这一套。她已经养成偷偷去阿克塞尔·埃格店里的习惯了。

阿克塞尔不值得尊敬,但也不粗俗。他依旧是个外地人,而且他也期望继续做一个外地人。他神态严肃,不爱管闲事。他的店铺比任何十字路口的店铺都古怪。除了阿克塞尔本人之外,没有人能找到想要的东西。那些童袜,有的塞在盖在货架上的毯子底下,有的放在盛姜味小酥饼的铁盒里,剩下的堆在一个面粉桶上,像一窝黑棉蛇。面粉桶的周围摆满了扫帚、挪威语的《圣经》、鳕鱼干、盒装的杏仁,还有一双半伐木工穿的橡胶底的靴子。店里挤满了斯堪的纳维亚农妇,她们围着披肩,穿着老式的淡黄褐色羊腿皮短外衣,远远地站在那儿,等着丈夫回来。他们说着挪威语或瑞典语,茫然不解地望着卡罗尔。看到她们,卡罗尔感到一种解脱——她们没有窃窃私语,说她是个装腔作势的人。

不过,她告诉自己说,阿克塞尔·埃格的店铺"非常别致,也很浪漫"。

让她感到最不自在的,还是穿着的问题。

她去买东西的时候,要是胆敢穿上那件有格子花纹的、柠檬色的领子上还绣了黑花的新外套,那就等于邀请囊地鼠草原镇所有的人一起对她评头论足了,因为没有什么比新衣服及其价钱让这个小镇如此感兴趣的了。那套衣服很漂亮,线条很别致,跟镇子上那些令人讨厌的黄色和粉色的女装完全不同。寡妇博加特在门廊里盯着她看,意思是说:"咳,我以前从没见过那样的衣服!"在小件日用品商店门口,麦加农太太拦住了卡罗尔,暗示说:"喔唷,这套衣服真漂亮——一定贵得吓死人吧?"药店门口那帮小伙子评论说:"嗨,胖墩,在你的衣服上下盘棋呗。"卡罗尔受不了这种取笑。趁着小伙子们傻笑的时候,她拉下皮毛大衣把衣服遮住,然后慌忙扣上纽扣。

二

没有什么人比那帮目不转睛的小登徒浪子更让卡罗尔恼火的了。

她一直努力使自己相信,这个村庄空气清新,又有好多可供垂钓和游泳的湖泊,比人造的城市更有益健康。可是,一看见那帮小伙子在戴尔的药店门口游荡,她就觉得恶心。那帮小伙子年龄在十四至二十岁之间,嘴里叼着烟,炫耀着"漂亮"的鞋子、紫色的领带和饰有菱形纽扣的外套,嘴里吹着色情舞曲的口哨,而且对每一个路过的女孩尖叫道："嗨，小美女！"

她看见，他们在德尔·斯纳弗林理发店后面那间臭气冲天的屋子里打台球，在烟熏室里掷骰子，嘻嘻哈哈地凑在一起听明尼玛希旅馆的酒吧侍者伯特·泰比讲那些"刺激的故事"。在玫蕾影宫，每一次荧屏上出现恋爱场面，她都能听到他们把馋涎欲滴的嘴唇咂得啪嗒响。在希腊糖果店的柜台前，他们一边吃着令人作呕的烂香蕉、酸樱桃、生奶油和凝胶状的冰激凌，一边尖声喊叫"嗨，别来烦我"，"该死的，看你干的好事，你差点把我这杯水打翻喽"，"哪有这种事"，"嗨，你他妈的，别把你的香烟戳到我的冰激凌里啦"，"喂，你这个疯子，和蒂莉·麦圭尔跳舞感觉咋样啊，昨天晚上？抱着不放吧，嘿，臭小子嗳？"

对美国小说钻研了一番以后，她才发现，这是唯一能让男孩表现男子汉气概和风趣举止的方式了，而且那些远离贫民窟和采矿营地的男孩都被宠溺得很娇气，他们也感受不到快乐。她曾经认为这是理所当然的，也曾经满怀同情但很客观地研究过这些男孩。她从来没有想过，他们竟然会伤害她。

现在，她才意识到，他们对她了如指掌，早就等着她矫揉造作，让他们哄堂大笑了。在经过他们的观察哨的时候，没有哪个女学生比肯尼科特医生的太太更脸红。她羞愧地发现，他们以品评的眼光瞟了一眼她那双雪白的套鞋，琢磨着她的双腿。他们的眼神不是年轻人的眼神，在整个小镇都没有年轻人，她感到极度痛苦。他们天生成熟，既狰狞可怕又老练世故，总是暗中窥视别人，吹毛求疵。

有一天，她无意中听到赛·博加特和厄尔·海多克的谈话，再次惊呼他们的青春衰老而又残酷。

赛勒斯·N.博加特这小子现在十四五岁，是住在小巷对面那位行为正当的寡妇的儿子。对于赛·博加特，卡罗尔已经领教得足够多了。她来到囊地鼠草原的第一天晚上，赛就带头来闹洞房，把一块废弃的汽车挡泥板敲得砰砰响,而他的同伴则模仿草原狼嗥嗥地叫。肯尼科特觉得大受赞扬,于是跑出去散发了一美元。可是,赛简直就是个闹洞房的资本家。他带着一班全新的人马又来了。这一次,用了三块汽车挡泥板,嘎啦嘎啦敲个不停,尽情狂欢作乐。当肯尼科特再次放下刮胡刀的时候,赛扯起尖细的嗓子叫道:"现在,你得给我们两美元啦。"于是,他就得到了两美元。一个礼拜之后,赛又在客厅窗户下装了个笃笃响的遥控敲门装置,在黑暗中发出咚咚咚的声音,把卡罗尔吓得尖叫起来。从那以后,在不到四个月的时间里,她还瞅见赛吊死一只猫,偷甜瓜,往她家扔西红柿,在草坪上开出几条滑雪赛道,还听过他解释生育的奥秘,讲得绘声绘色,令人惊愕。实际上,他是一个博物馆的标本,表明一个小镇、一所纪律严明的公立学校、一种爽朗幽默的传统以及一位虔诚的母亲,能把一个勇敢而又机灵的怪才打造成什么东西。

卡罗尔怕他。他把自己那条杂种狗放出去追一只小猫的时候,卡罗尔根本不敢抗议,只是竭力装作没看见他。

肯尼科特家的车库是一个棚屋,放满了油漆罐、各式各样的工具、一部割草机以及几捆老掉牙的干草。棚屋的上面是一个阁楼,赛·博加特和哈里的弟弟厄尔·海多克把那儿当作老窝,在那儿抽烟,躲避鞭打,还计划成立秘密社团。在棚屋靠近小巷子的一侧,有一个梯子,他们就是从那儿爬到阁楼里的。

一月底的一天早上,也就是维达向她透露真相之后的两三个礼拜,卡罗尔去车库找一把锤子。积雪使她的脚步声变得很轻,于是,她听得到头顶阁楼里有人在说话。

"嗳,哎呀,俺们——嚵,俺们去湖边吧,把别人笼子里捉到的麝鼠偷几只回来。"赛打着哈欠说。

"然后,就等着别人把我们的耳朵揪掉!"厄尔·海多克嘟囔着说。

"天哪,这些香烟绝对一流。还记得吗?在我们还是小屁孩的时候,老是抽玉米须和干草屑哩。"

"是的,天哪!"

有人吐痰。大家都不说话了。

"哎呀,厄尔,我妈说,嚼烟叶要得痨病的。"

"呀,胡说,你家老娘真是个怪胎。"

"哟,说的也是。"停了一会儿,"不过,她说,她知道有个家伙确实得了痨病。"

"噢,哎哟,肯尼科特医生没和这个城里女孩结婚的时候不也总是嚼烟叶吗?他以前老吐痰——哎哟,跟射击一样,他能射中十英尺之外的一棵树。"

对城里这个女孩来说,这可是个新闻咧。

"哎呀,她这个人咋样?"厄尔继续道。

"啊?谁咋样?"

"你知道我说谁,你个机灵鬼。"

然后一阵扭打,松动的木板踩得砰砰响,然后又安静下来,接下来又听到赛有气无力地说:

"肯尼科特太太吗?嗬,她还行吧,我想。"卡罗尔在楼下松了口气。"有一次,她给了我一大块蛋糕哩。可是,我妈说她高傲得要命。我妈老是讲她的闲话。我妈说,要是肯尼科特太太把心思花在她的丈夫身上,就像她整天变着法儿捯饬衣服那样,医生就不会显得那么憔悴了。"

又有人吐痰。大家又不说话了。

"哟,胡安妮塔也老是说她闲话咧,"厄尔说,"她说,肯尼科特太太自以为啥都懂。胡安妮塔说,每次看到肯尼科特太太在街上招摇过市,摆出她那副'瞧,我是美女哦'的样子,她就忍不住想笑,差点笑出声来。不过,唉,我根本就不在意胡安妮塔。她比怨妇还讨厌。"

"我妈跟人说,她听见肯尼科特太太跟人讲,她在城里干个什么工作,一个礼拜挣四十美元哩。可是,我妈说,她敢肯定卡罗尔从来就没挣过那么多钱,只不过一个礼拜十八美元而已——我妈还说,等她在这儿住久了,她就不会走到哪儿都出洋相了,也不会对乡亲们吹牛了。其实,乡亲们知道的比她多多喽,他们都在背后嘲笑她哩。"

"哎呀,你们见过肯尼科特太太在家里瞎忙活吗?有一天晚上,我到这儿来,她忘了拉下窗帘,所以,我就去偷看她,看了有十分钟吧。天哪,真要把你笑死的。她一个人在屋里,为了把一幅画摆正,足足花了五分钟。她伸出手指把画弄直的样子简直笑死人啦——嘀嘟嘀,瞧我的小指头,哦,我的天哪,我不漂亮吗,我多漂亮呀!"

"不过,哎呀,厄尔,她是有点好看,都一样啦,还有哦,嘀,两个奶子!那些漂亮衣服准是她结婚时买的。你们没见过那些低胸衣服吧,也没见她穿的那些乱颤的薄内衣吧?那些东西挂在晾衣绳上,和洗好的衣服一起晾晒的时候,我仔仔细细看了个遍。另外,她的脚脖子也很性感吧,嘿?"

听到这里,卡罗尔就逃走了。

她太天真了,完全没有想到,她的衣着,她的身体,竟会成为整个小镇的议论对象。她觉得,自己就像光着身子被人拖到大街上一样。

一到傍晚,她就拉下遮阳窗帘,把所有遮阳窗帘都拉上,拉得跟窗台一齐,可她还是觉得窗帘外面有好多色眯眯的、狰狞的眼睛。

三

　　她记得，肯尼科特的确沿袭了这个地方的古老习俗，有嚼烟叶的恶习。她试图忘掉它，但却记得更清楚，不放过每一个粗俗的细节。她宁愿肯尼科特有一个更糟的恶习——赌博或者包养情妇。对于这样的恶习，她或许会找一个奢华的借口原谅他。她记不得，小说中有哪个迷人的恶棍是嚼烟叶的。她断言，这种恶习只能证明他是个敢作敢为、放荡不羁的西部男人。她尽量把他跟电影里那些长满胸毛的英雄好汉相提并论。黄昏的时候，她蜷缩在沙发里，缩成一团苍白的、柔软的东西。她在与思想做斗争，但还是败下阵来。随地吐痰并不表示他就是那种纵马驰骋山冈的巡警，那只能说明他跟囊地鼠草原捆在了一起——跟裁缝纳特·希克斯以及酒吧侍者伯特·泰比捆在了一起。

　　"可是，为了我，他已经戒掉了那个恶习。哎呀，那有什么大不了的呀！在某些方面，我们都是肮脏的嘛。我自视甚高，可我也得吃喝拉撒呀，我不也洗了脏爪子，到处乱抓吗？我可不是圆柱上的冷面苗条女神，根本就没有这样的女神！为了我，他已经戒掉了那个恶习。他是支持我的，相信大家都喜欢我。在这场使我发疯的卑鄙的风暴中，他就是万古磐石……这场风暴会把我逼疯的。"

　　整个晚上，她都在为肯尼科特唱苏格兰民歌。当她注意到他正在嚼一支没有点燃的雪茄的时候，她想起了他的秘密，脸上露出了慈母般的微笑。

　　她情不自禁地追问自己："我嫁给他，是不是彻底犯了一个可怕的错误呢？"这些字眼以及心中的语调，都是数以十亿计的女人，在她之前使用过的，从挤牛奶的女工到制造恶作剧的女王都不例外。

而且，从今以后，数以亿亿计的女人仍然要用。她平息了心中的疑虑——没有回答它。

四

肯尼科特把卡罗尔带到北方大森林中的拉克基穆特。那是通往奇佩瓦族印第安人保留地的门户，位于白雪皑皑的大湖之滨，是一个被挪威松林环绕的沙土小村落。如果不算婚礼上的匆匆一见，这是她第一次见到婆婆。肯尼科特老太太举止文静、娴雅，这给她那收拾得干净整齐的小木屋增添了光彩，也抬高了屋内那个笨重的摇椅上用旧的硬椅垫的价值。她还像孩子一样保持着不可思议的好奇心。她问了很多有关书籍和城市的问题。她自言自语地说：

"威尔是个勤奋的好孩子，可是往往太严肃，所以你得教他学会玩才行。昨天晚上，我听见你俩在笑那个卖篮子的印第安老头，我就那么躺在床上，享受着你们的幸福。"

在这种和睦的家庭生活中，卡罗尔忘记了自寻烦恼的事。她是可以依靠他们的，她不是孤军作战。看着肯尼科特老太太在厨房里忙来忙去，她对肯尼科特本人也就更加了解了。他这个人很实在，嗯，成熟得不可救药。他没有真正玩过，他只是让卡罗尔跟他一起玩。不过，他继承了母亲很多好的品质：信任他人，不屑窥探，为人正直。

在拉克基穆特待了两天，卡罗尔恢复了对自己的信心，然后平静地返回囊地鼠草原镇，但也还心有余悸，就像一个病人服用了灵丹妙药的那一刻一样，陶醉在生活中，因为他暂时远离了病痛。

这是严冬里晴朗的一天，寒风呼啸而过，乌黑的、银白的云团在天空中疾驰而去。在倏忽闪现的光亮中，一切都在惊慌地动着。他们顶着风浪，在深雪中艰难地行走着。肯尼科特很开心。他跟洛伦·惠勒打招呼说:"我不在的时候,你还守规矩吧?"那个编辑吼道:"守——天哪,你出去那么久,你那些病人全都好喽!"然后,他煞有介事地做起了笔记,要在《无畏周报》上报道他们的旅行。杰克逊·埃尔德喊道:"嗨,伙计,到北方折腾一圈感觉咋样啊?"麦加农太太则在自家的门廊向他们招了招手。

"他们看见我们都很高兴耶。咱们在这儿还是有点分量的嘛。这些人都很知足。我为啥不能知足咧?不过,我难道一辈子都无所事事,听人喊一声'嗨,伙计'就心满意足了吗?他们想在大街上大呼小叫,而我只想在嵌有镶板的房间里听小提琴。哎呀——"

五

维达·舍温放学后常来串门,已经有十几次了。她很机灵,讲起趣闻逸事滔滔不绝。她走街串巷,搜罗了好多恭维的话:韦斯特莱克医生的太太说卡罗尔是个"非常可爱、非常聪明又非常有教养的年轻女人"。克拉克五金店的锡匠布拉德·比米斯说她"很好打交道,看着好舒服"。

不过,卡罗尔还是不能接纳她。她讨厌这个局外人知道自己的倒霉事。维达不是很有耐性。她暗示说:"你想得太多啦,孩子。现在要振作起来。镇上的人已经不再议论你啦,几乎完全不。跟我一起去死亡观俱乐部吧。他们有最棒的文章,还有好多时事讨论——太有趣啦。"

在维达的请求声中,卡罗尔觉得盛情难却,但她太没兴趣了,没有欣然应允。

贝亚·索伦森才真正是她的知心朋友。

不管卡罗尔自以为对下层阶级有多宽厚,她所接受的教育都使她想当然地认为,佣人是不同于自己的下等人。不过,她发现,贝亚很像她在大学时喜欢的那些女孩。而且,作为一个同伴,贝亚总体上要比欢乐雨季的那些少妇优秀。日复一日,她们已经成了更坦诚相待的两个女孩,在家务活中一起玩耍。贝亚天真地认为,卡罗尔是乡下最漂亮、最多才多艺的女主人。她经常尖声叫道"天哪,好漂亮的帽子呀",或者"俺觉得,要是那些女人见到你把头发梳得这么漂亮,非得眼红死不可"。不过,这不是一个佣人的谦卑,也不是一个奴仆的虚伪,而是大学新生对高年级学生的赞赏。

一天的菜单是她俩一起列出来的。虽然她们开始的时候还恪守主仆的礼节,卡罗尔坐在厨房的餐桌旁,贝亚则在洗碗池边忙活或者把炉火弄暗一点,但是你一言我一语,结果多半是两个人一起坐到桌子旁边讲话去了。贝亚咯咯地笑着说,那个送冰的伙计想要亲她;而卡罗尔也承认:"大家都知道,肯尼科特比麦加农医生聪明多了。"当卡罗尔买完东西回到家的时候,贝亚就赶忙跑到过道,帮她脱下外套,揉搓她那双冰冷的手,问她:"今天镇上的人很多吗?"

卡罗尔每次回来必定会受到这样的欢迎。

六

这样畏畏缩缩地过了几个礼拜,她的生活在表面上没有任何变化。除了维达之外,没有人知道她的苦恼。在她心灰意冷的那些日子里,她仍然跟在街上和商店里遇到的那些女人聊天。不过,没有肯尼科特随同保护,她是不会去欢乐雨季的。只有上街购物的时候,以及在午后正式拜访的仪式性场合,她才抛头露面,让小镇上的人品评一番。在仪式性场合,莱曼·卡斯太太或者乔治·埃德温·莫特太太戴着干净的手套，拿着小手绢和海豹皮名片盒，脸上带着冰冷的赞许的表情，坐在椅子边上问她："你对囊地鼠草原镇满意吗？"而且，每次晚上他们去海多克家或戴尔家应酬的时候，她都躲在肯尼科特的后面，像一个天真的新娘子一样。

现在，她没有人保护了，因为肯尼科特带一个病人去罗彻斯特做手术了。他要在那儿待两三天吧。她没有介意。她要放松一下婚后的紧张心理，暂时做一个充满幻想的少女。可是，既然他走了，这个房子就空了，也就没人听她说话了。这天下午，贝亚也不在家——可能去和她的表姐蒂娜喝咖啡，谈论男朋友去了吧。这一天恰巧是欢乐雨季每月一次的晚餐和桥牌晚会的日子，可是卡罗尔却不敢去。

她独自坐着。

第 十 章

一

离天黑还早着呢，屋子里就闹起鬼来了。一个个黑影从墙上滑下来，一把椅子背后候着一个。

那扇门动了吗？

不。她是不会去欢乐雨季的。她打不起精神在那些人面前蹦跶，还要对胡安妮塔的粗鲁举止露出温和的笑容。今天不行。可是，她确实需要一个聚会。现在！要是今天下午有人来，尤其是喜欢她的某个人——维达，或者萨姆·克拉克太太，或者年迈的钱普·佩里太太，或者温和的韦斯特莱克医生太太，抑或盖伊·波洛克，那该多好呀！她真想打电话——

不。不能那样。他们得自己过来。

或许，他们会来的。

为何不呢？

不管怎么说，她得先把茶准备好。要是他们来——太棒啦。要是不来——她又有什么好在乎的呢？她不会向村子里的人屈服的，她也不会泄气的。她还是要遵从喝茶这种习俗，因为她向来认为喝茶是一种闲适优雅生活的象征。她能够独自喝茶，并且假装款待一屋子精明男人的样子，即使这样太幼稚，那也是很有趣的。一定很有趣！

她立刻将这个奇妙的想法付诸行动。她匆忙走进厨房,把柴灶里的火拨旺,一边唱着舒曼的曲子,一边烧开水,随后把报纸在烤箱的架子上摊开,再把葡萄干曲奇饼干放在上面加热。然后她蹦蹦跳跳地上了楼,拿下来一块轻薄透明的茶几布,又准备了一只银托盘,得意地把它拿到客厅,然后放在一张樱桃木长桌子上,顺手把一箍刺绣、一本从图书馆借来的康拉德①的小说、一堆《星期六晚邮报》②《文学文摘》③以及肯尼科特的《国家地理杂志》④都推到一边去了。

她来回地挪动托盘,看看放在哪儿最好。她摇了摇头。然后,她急忙打开缝纫机台板,把它摆在凸窗前,再把茶几布拍平,然后把托盘挪了过来,喜气洋洋地说:"改天我要买一张桃花心木茶几。"

她拿来两只茶杯和两只茶盘。留给自己的是一把直靠背椅,但留给客人的却是那把安乐椅,她累得气喘吁吁的才把它拖到台板前。

凡是她能想到的准备工作,她都做完了。于是,她坐下来,等着,等着门铃和电话响起。她那急不可耐的心情平静了下来,两手耷拉着。

当然啦,维达·舍温会听到她的召唤的。

她透过凸窗往外望去。雪花纷纷扬扬地飘落在豪兰家的屋脊上,

---

① 康拉德(Conrad,1857—1924):英国小说家,原籍波兰,有"海洋小说大师"之称,著名的有《吉姆爷》和《黑暗的心》等。
② 《星期六晚邮报》(The Saturday Evening Post):美国的一本杂志,1897—1963年间为周刊。主要刊登时事文章、社论、有人情味的小文章、幽默短文、插图、读者来信、附有读者评论的诗歌、搞笑漫画以及当代著名作家的原创小说。
③ 《文学文摘》(The Literary Digest):由美国编辑家、出版人艾萨克·考夫曼·芬克(Isaac Kaufmann Funk,1839—1912)于1890年创办,是一个很有影响力的大众周刊,刊登美国、加拿大以及欧洲出版物的精华文章。
④ 《国家地理杂志》(The National Geographic Magazine):现在《国家地理》(National Geographic)的前身。它是美国国家地理协会(The National Geographic Society)的官方杂志,于1888年协会成立九个月后首次出版,主要刊登与地理、历史和世界文化有关的文章。

宛如从水管中溅开的水雾。在街道对面宽敞的院子里，卷起了一阵阵风雪的旋涡，灰蒙蒙一片。黑压压的树丛冻得直哆嗦。路面上也划开了一道道冰辙。

她看看多余的茶杯和茶盘，又看看那把安乐椅，全都空荡荡的。

壶里的茶凉了。她疲倦地用指尖蘸了一下茶水尝了尝。是的，很凉。她不能再干等了。

她对面的那只茶杯冰冷冰冷的，干净清洁，闪闪发亮，空空如也。

再等就太荒唐了。她给自己倒了一杯茶，坐在那儿，凝视着它。她现在该做点什么呢？哦，想起来了，多蠢呀，加一块糖嘛。

她不要这杯可恶的茶。

她霍地站了起来，坐到沙发上啜泣起来。

二

她又在苦思冥想了，而且比几个礼拜前更深入。

她又恢复了改变这个小镇的决心——唤醒它，激励它，"改造"它。如果他们是豺狼，而不是羔羊，那会怎样？如果她对他们温顺一点，他们会马上把她生吞活剥的。要么跟他们厮打，要么被吃掉。彻底改变这个镇比讨好它还要容易一些！她不能接受他们的观点：那是一种负面的东西，是一种知识败坏，是一堆烂泥似的偏见和恐惧。她得让他们接受她自己的观点。她不是文森·德·保罗[①]，不会去管理和塑造一个民族。那又怎样？他们不相信美，但哪怕他们有一丁点的变化，那也是美好结局的征兆。一粒种子，让它发芽，

[①] 文森·德·保罗（Vincent De Paul，1581—1660）：法国天主教牧师，致力于为穷人服务，以同情、谦卑和慷慨闻名，被称为"慈善的伟大使徒"（Great Apostle of Charity）。

总有一天根须会越来越粗,撑破那些平庸的墙。即使她不能如愿干一件大事,无所畏惧,开怀大笑,她也不必满足于微不足道的村子。她要往那空白的墙上撒一粒种子。

她公正吗?对三千多人来说,这个小镇就是宇宙的中心,难道它只是一堵空白的墙吗?她从拉克基穆特回来的时候,不是感受过他们热诚的问候吗?不,数以万计的囊地鼠草原镇也会欢迎她呀,也会向她伸出友好的双手呀。比起她在圣保罗认识的那些图书馆员姑娘,以及她在芝加哥遇到的那些人,萨姆·克拉克也不见得更加忠诚咯。别的那些地方有那么广阔的天地,正是沾沾自喜的囊地鼠草原镇所没有的——那儿有欢乐和冒险,有音乐和完整的青铜艺术品,有热带海岛令人难忘的薄雾、巴黎之夜以及巴格达城墙,还有工业正义和一个不靠蹩脚的圣歌说话的上帝。

一粒种子。至于是哪一粒种子并不重要。所有的知识和自由都是一回事。可是,她耽搁了太久才找到那粒种子。她能为死亡观俱乐部做点什么事儿吗?或者说,她应该把自己家弄得漂亮一些,让它产生一点影响吗?她要让肯尼科特喜欢上诗歌。就那么办,就从这儿着手!她勾勒出一幅非常清晰的画面:他们坐在炉火边(这个壁炉并不存在),俯首朗读诗篇巨著,就连那些鬼影都悄悄溜走了。那些门都不再晃动了,窗帘也不再是蠕动的影子,而是暮色中一团团可爱的黑东西。当贝亚回到家的时候,卡罗尔正坐在钢琴前唱歌,她已经有好多天没碰过这架钢琴了。

她们的晚餐,简直就是两个女孩的盛宴。卡罗尔坐在餐厅里,身穿一件镶金边的黑色绸缎礼服;而贝亚则穿着蓝色方格花布衣服,系着一条围裙,在厨房里用餐。不过,中间的门是开着的。卡罗尔问道:"你见过达尔店铺橱窗里的鸭子吗?"贝亚像唱歌似的回答说:"没见过呀,太太。哎呀,今儿个下午俺们玩得可带劲啦。蒂娜她准备了咖啡和黑面包圈,她对象也在那儿,俺们笑啊笑啊的,她对象说他是总统,要让俺当芬兰皇后哩。俺把一根羽毛插在头发里,说俺要去打仗喽——哎哟,俺们好傻哦,不过,俺们都要笑死喽!"

卡罗尔又坐回到钢琴前的时候,她想起的不是自己的丈夫,而是那个嗜书成瘾的隐士盖伊·波洛克。她真希望波洛克能来拜访一下。

"要是有个女孩真的吻了他,他就会从他的窝里爬出来,变得有人情味了。要是威尔像盖伊那样有文化修养,或者盖伊像威尔那样善于经营,我想,就算是囊地鼠草原镇,我也忍了。

"要像个母亲一样照料威尔,实在太难了。但对于盖伊,我倒是可以像个母亲一样。那就是我要的吗?悉心照料某个东西、一个男人、一个婴儿或者是一个小镇吗?我要生一个孩子。总有那么一天。可是,在孩子最乐于接受外界的那些年,却让他在这里与世隔绝——

"还是上床吧。

"在贝亚身上,在厨房的闲聊中,我找到自己的真实水平了吗?

"哎哟,我真的好想你,威尔。不过,在床上想翻身的时候就翻身,不必担心把你弄醒,也挺快活的耶。

"我真的是命中注定成了'已婚妇女'了吗?今晚,我觉得就跟没结婚一样。太自由啦。想想看,曾有那么个肯尼科特太太,放着外面的整个世界不管,却为了一个叫囊地鼠草原的小镇苦恼不已!

"当然,威尔会喜欢上诗歌的。"

三

二月里,一个天色阴暗的日子。低垂的云团,像被伐倒的笨重的木材,沉甸甸地往地上压来;雪花犹犹豫豫地飘下,斑斑点点地落在饱受蹂躏的不毛之地上。天色昏暗,但并没遮住有角的东西。屋顶和人行道的轮廓依然清晰可见,逃脱不了人们的视线。

这是肯尼科特不在的第二天。

她从令人毛骨悚然的屋子里逃了出来,去散散步。外面零下三十度,太冷了,她根本高兴不起来。走到两栋房子之间的空地的时候,寒风朝她迎面扑来。寒风冷得刺骨,咬啮她的鼻子、耳朵和疼痛的面颊,她只好加快脚步,这儿躲躲,那儿藏藏。她在谷仓的背风处喘了口气,然后躲到一块广告牌下,满心的感激。那块广告牌贴满了参差不齐的广告,露出一层一层糨糊涂抹的绿色和斑点不均的红色。

街道尽头的橡树林使她联想到印第安人、狩猎以及雪鞋。她吃力地走过那些筑有土院墙的村舍,进入旷野,来到一个农场,然后到了一座白雪皑皑、高低起伏的低矮小山。她身穿一件宽松的海狸鼠毛皮大衣,头戴一顶海豹皮托克帽①,少女般的脸颊上没有爱嫉妒的乡下人脸上的那种皱纹。在这个凄凉的山坡,她显得格格不入,宛如大块浮冰上的一只猩红比蓝雀。她俯身往山下的囊地鼠草原镇望去。积雪从街道向贪婪的草原延伸,连绵不断,彻底摧毁了这个小镇的庇护所的假象。一栋栋房子就像是一张白纸上的一个个小黑点。她的身体在寒风中瑟瑟发抖,她的心也因孤独而颤抖。

---

① 托克帽(toque):16世纪时的窄边绒帽,有时帽边向上,圆顶,常插有羽毛。

她反身跑回到那些挤作一团的街道。一路上她反复对自己说，她要的是城市商店橱窗和饭店里暖黄的眩光，或者穿着带兜帽的皮衣、手持步枪来到原始森林，抑或温暖、潮湿、鸡鸣牛叫的畜棚场。总之，她要的肯定不是这种单调乏味的房子，不是这种堆满冬天灰堆的院子，不是这些到处都是脏雪和冻结的烂泥道路。冬天的趣味已经荡然无存。再过三个多月，直到五月份，寒冷也许才会慢慢退去，而积雪则会更脏，虚弱的身体也会更加弱不禁风。她弄不明白，为何这些好公民非要增添一丝偏见的寒意，为何他们不能像斯德哥尔摩和莫斯科那些喋喋不休的聪明人一样，把自己的精神家园弄得更温暖、更轻佻。

她沿着小镇的外围绕了一圈，观察了一下"瑞典谷"贫民窟。不管走到哪里，只要有三户人家在一起，就至少有一家属于贫民窟。萨姆·克拉克夫妇曾经夸口说，在囊地鼠草原，"你不会有城市里的那种贫困——总有好多工作可做——根本不需要施舍——要是一个人不能获得成功，那只能怪他无能"。可是，既然有青草绿叶遮蔽的夏日已然远去，卡罗尔也就发现了苦难和绝望。在一所用薄木板搭建起来、盖上焦油沥青毡的简陋棚屋里，她看到洗衣妇斯坦霍夫太太正在灰蒙蒙的蒸汽中忙活。在棚屋的外面，她那六岁的男孩正在劈柴。他身穿一件破旧的夹克，围一条蓝如脱脂乳的围巾。他的一双手戴着一副红色的连指手套，露出了皴裂掉皮的指关节。他停下手里的活儿，往指关节上哈着热气，冻得直叫唤。

刚来的一家芬兰人将临时安顿在一个荒废的马厩里。一个八十岁的老头正沿着铁路捡煤块。

她不知道该怎么办。这些都是自食其力的公民，有人开导他们说，他们是民主国家的一员。她觉得，如果她想扮演女慈善家的角色，他们一定会讨厌她的。

看到镇上百业待兴的景象，她的孤独感也就烟消云散了。铁路调车场上，一列货运列车正在换道；还有小麦谷仓，一个个储油罐，以及一个雪地上血迹斑斑的屠宰场；乳品厂里有农民的一辆辆雪橇和一堆堆牛奶罐；一个莫名其妙的小石屋，上面写着"危险——此处存有炸药"；在充满欢乐气氛的墓碑制作场里，一位功利的雕刻匠身穿一件红色的小牛皮大衣，一边锤打光亮的花岗岩墓碑，一边吹口哨。在杰克逊·埃尔德的那座小木材加工厂里，弥漫着松木刨花的清香气味和圆盘锯吱嘎吱嘎的声音；最了不起的是囊地鼠草原镇面粉公司，莱曼·卡斯担任总裁。它所有的窗户都蒙上了一层面粉尘，可它仍然是小镇上最忙碌的地方。工人们把一桶桶面粉推到货运火车车厢里去；一位农民坐在大雪橇里的小麦袋子上，和买小麦的人争论着；在面粉厂里，各种机器发出嘎嘎隆隆的声响；在不结冰的磨坊引水槽里，水汩汩地流着。

在整洁的家里待了几个月之后，对卡罗尔来说，这种喧闹的声音是种宽慰。她多想自己能在工厂里上班，多想自己摆脱职业人妻这种社会地位。

她动身回家，穿过一个小贫民窟。在一座焦油沥青毡搭建的棚屋前，在那个没有大门的门口，一个身穿棕色粗狗皮大衣、头戴护耳黑绒帽的男人正在注视着她。他那张宽阔的脸显得很自信。他那赤褐色的小胡子，有点流浪汉的味道。他直挺挺地站着，双手插在两侧口袋里，慢条斯理地抽着烟斗。他有四十五六岁吧。

"你好，肯尼科特太太。"他慢吞吞地说。

她想起来了，他是镇上那个勤杂工，刚入冬那会儿还给他们修过暖炉呢。

"啊，你好。"她恐慌地说。

"俺叫伯恩斯塔姆。大家都叫俺'红胡子瑞典佬'。有印象吗？一直想着再见你一面咧。"

"是……是的……我刚才到城郊逛了一下。"

"嗯哪，一团糟。没有下水道，街道没有人打扫。路德教牧师和天主教牧师代表了艺术和科学。咳，岂有此理，我们瑞典谷的那些社会最底层并不见得比你们大伙更穷一些。谢天谢地，俺们用不着去欢乐雨季，对着胡安妮塔·海多克打呼噜。"

卡罗尔自认为完全能够入乡随俗，但被这个满身烟臭的杂工当成亲密伙伴，她还是感到很不舒服。也许，这个杂工是她丈夫的一个病人。可是，她必须保持自己的尊严。

"是的，就算是欢乐雨季，也不总是那么令人兴奋的。今天，天气又变冷了，不是吗？咳——"

伯恩斯塔姆说话可不像致告别词那样彬彬有礼。他完全没有把额前的一绺垂发往后捋一下的意思。他的眉毛动来动去的，仿佛它们有自己的生命力似的。他咧嘴微笑，接着说道：

"也许，我不该用那么无礼的方式谈论海多克太太和她那庄严的欢乐雨季。我想，要是我被请去和那帮人坐在一起，我会笑破肚皮的。我猜，我应该是他们口中的贱民，是小镇上的不法之徒。我是这个小镇的坏人，肯尼科特太太。我是小镇上的无神论者；而且，我想，我也一定是个无政府主义者。每一个不喜欢银行家和老大共和党的人都是无政府主义者。"

卡罗尔本来想走的，但不知不觉地变得想听他讲下去了。她正脸面对着他，暖手筒放低了下来，支支吾吾地说：

"是的，我想是的。"她自己的怨恨一下子涌了出来。"我不明白，如果你真想批评欢乐雨季，为何不去批评它呢。他们又不是神圣不可侵犯的。"

"哦，不，他们是神圣不可侵犯的！美元符号早就把耶稣受难像从支票上赶走啦。不过，我也没啥好开心的。我爱干啥就干啥。我想，我应该让他们也这么干。"

"你说你是个贱民，那是什么意思呀？"

"我是穷人,但我并不羡慕富人。我是个老光棍。我赚足了赌注的钱,然后一个人无所事事,和自己握个手,抽支烟,看看历史书,我才不为埃尔德老兄或卡斯老爹的财富做贡献哩。"

"你——我想,你读过很多书吧。"

"是的,随便翻翻罢了。我跟你说啊,我是一头孤独的狼。我贩马,锯木头,在伐木场干活——我可是个一流的帮工。总想着能上大学就好了。不过,我猜,就算我上了大学,反应也很迟钝,说不定他们会开除我的。"

"你真是个好奇的人,先生。"

"伯恩斯塔姆。迈尔斯·伯恩斯塔姆。半个美国佬,半个瑞典佬。别人总说我是'该死的口无遮拦、杞人忧天的懒鬼,对我们的做事方式总是不满'。不,我不是怪人——不管你指的是什么,我只不过是个书呆子。也许,对我的消化能力来说,我读的书太多啦。也许,我就是个半吊子。我要抢先当个半吊子,在这件事上打败你,因为那肯定会传到一个穿牛仔裤的激进分子那里的。"

他们都咧嘴笑了。她问道:

"你说欢乐雨季无聊,你咋会这样想呢?"

"哦,你要相信,我们这些钻工是了解你们有闲阶级的。实际上,肯尼科特太太,就我所知,在这个男权小镇,唯一有头脑的人——我的说不是记账的头脑,或者打野鸭子的头脑,或者打小孩屁股的头脑,而是真正有想象力的头脑——那只有你,我,盖伊·波洛克,还有面粉厂的一个工头啦。这个工头是个社会主义者哩——这事可别跟莱曼·卡斯说哦,他开除社会主义者的速度可比开除偷马贼快多啦。"

"绝对不会,我不会告诉他的。"

"这个工头和我吵过几次。他是个地道的老派党员,太教条啦。他期望改革一切,从砍伐森林到鼻子出血,以为只要念念'剩余价值'

之类的词句就可以啦，就像念祈祷书一样。不过，话说回来，和埃兹拉·斯托博迪，或者莫特教授，或者朱利叶斯·弗利克鲍这类人相比，他简直就是柏拉图和亚里士多德。"

"听你这么说他倒是挺有趣的哩。"

他把脚尖挖进雪堆里，像个小男生一样。"胡说八道。你的意思是我太啰唆了吗？好吧，我是太啰唆了，尤其遇到像你这样的人。你可能想走了吧？免得把鼻子冻坏喽。"

"是呀，我想，我得走喽。不过，你得告诉我：说起小镇上的知识界，你咋没提中学的舍温小姐呢？"

"我想，也许她的确是知识界的人。就我所知，她凡事都要插一手，在看似改革之类的事上，也都紧跟不舍——多数乡亲远远没有意识到这一点。她让沃伦牧师太太这位死亡观俱乐部的部长以为自己在打理事务，其实舍温小姐才是后台老板，她唠唠叨叨地游说所有悠闲的太太去干点事情。不过，依我看——你知道，我对这些鸡毛蒜皮的改革不感兴趣。这个小镇好比一条爬满藤壶的船，舍温小姐忙不迭地往外舀水，试图修补船上的漏洞。而波洛克修补漏洞的方式，却是给全体船员朗诵诗歌。我呢，我要把那艘船拽到岸上来，开除把船建成这个德行的蹩脚工匠，马上重建这条船，从龙骨开始。"

"是的——那……那就好多了。不过，我得赶紧回家了。我可怜的鼻子快要冻住啦。"

"哎呀，你最好进屋暖和暖和，看看老光棍的棚屋是啥样的。"

她犹豫地看看他，看看那个低矮的棚屋，又看看那个乱七八糟的院子。院子里到处都是捆柴，发霉的木板，还有一只没有箍的洗衣盆。她有点心神不安，可是伯恩斯塔姆不给她娇气的机会。他立刻张开手做了个欢迎的姿势，意思是说，她自己可以拿主意，她不是个"有身份的已婚女子"，而是个不折不扣的人。卡罗尔用颤抖的声音说："好吧，就待一会儿吧，暖暖我的鼻子。"她往街上瞥了一眼,断定没有人在暗中监视她,这才向棚屋快步走去。

她待了一个小时。她还从没见过比"红胡子瑞典佬"体贴的主人呢。

他只有一个房间:没铺地毯的松木地板;小小的工作台;靠墙的床铺上有一些被褥,叠放得整整齐齐,令人惊讶;有一只大肚子暖炉,像个加农球似的,在它的后面有一个搁架,架子上有一口煎锅和一只带有灰色斑点的咖啡壶;还有两把粗糙的椅子——一把是用半只水桶做成的,另一把是用倾斜的木板搭成的。还有一排五花八门的书籍,其中有拜伦、丁尼生,以及史蒂文森的作品,一本燃气机手册,一本索尔斯坦·维布伦①的书,还有一本污迹斑斑的论文集《家禽与牲畜的照料、饲养、疾病与育种》。

房间里只有一张照片——一张杂志彩页,上面是哈茨山脉②尖顶村舍的景色,令人联想到小精灵和金发少女。

伯恩斯塔姆没有对她过分热情,他建议说:"你可以敞开大衣,把两脚搁在取暖炉前面的暖脚箱上。"他把自己的狗皮大衣扔到床铺上,在那把桶背椅上坐下来,然后唠唠叨叨地说道:

"是啊,我也许是个粗汉子,不过,我向上帝发誓,我自己打点零工,从来不靠别人,这可是银行职员之类的斯文人做不到的。要是我对哪个笨蛋粗鲁无礼,部分原因可能是我懂得不够多——天知道,我还不是太外行,知道魔术餐叉,也知道长襟大礼服应该搭配什么样的裤子。不过,主要还是因为我别有用意。《独立宣言》上说美国人应该有'生存,自由和追求幸福'的权利,能记得说这句话的家伙的人,在约翰逊县大概也就我一个啦。

---

① 索尔斯坦·维布伦(Thorstein Veblen,1857—1929):美国经济学家和社会学家,主张企业应交给技术专家领导。
② 哈茨山脉(Harz Mountains):位于德国中部,从西北部的塞森(Seesen)一直延伸到东部的艾斯莱本(Eisleben),全长110公里,宽35公里。

"我在街上遇到埃兹拉·斯托博迪。他一个劲地盯着我看,像是要我记住他是个要人,价值二十万美元似的。他说:'嗯哼,比约恩奎斯特——'

"'埃兹拉,我叫伯恩斯塔姆。'我说。他知道我的名字,毫无疑问。

"'咳,不管你叫什么名字,'他说,'我知道,你有一把油锯。我想让你到我家来,帮我把四捆枫树给锯咯。'他说。

"'这么说,你喜欢我的长相喽,嗯?'我装作天真地说。

"'那有什么区别吗?只是要你礼拜六之前来锯那堆木料而已。'他说,真够尖刻的。一个普通工人,对一位穿着旧皮大衣、腰缠二十万美元、到处转悠的阔佬放肆起来了!

"'区别在这儿哪,'我说,就是要逗弄他,'你咋知道我喜欢你的长相哩?'也许,他的样子不像在恼火。'不,'我说,'我得好好想想,我不喜欢你的贷款申请。到别的银行去申请吧,此处概不外借。'我说,然后就迎着他的面走开了。

"当然啦,或许,我实在太——而且很蠢。不过,我觉着吧,在这个小镇上,总得有一个人足够独立,跟这位银行家顶顶嘴嘛!"

他霍地从椅子上站了起来,冲好咖啡,给卡罗尔倒了一杯,然后接着说下去,既有蔑视,也有歉意,既流露出对友情的渴望,又洋溢着发现无产者哲学的惊喜。

走到门口的时候,她暗示说:

"伯恩斯塔姆先生,假如你是我的话,要是别人认为你装模作样,你会苦恼吗?"

"哼?当面反驳他们呗!哎呀,假如我是一只海鸥,全身都是银白色,在海上翱翔,想想看,我会在意一群脏兮兮的海豹在想什么吗?"

携带她穿过这个小镇的,不是她背后的风,而是伯恩斯塔姆不屑的嘲笑。她和胡安妮塔·海多克打了个照面。莫德·戴尔朝她点

第 十 章 | 161

点头,她却高傲地昂起了头。然后,她就到家了,容光焕发地出现在贝亚的面前。她给维达·舍温打了个电话,要"今晚排戏"。她精神饱满地弹着柴可夫斯基的曲子,那雄浑的和声就是那位在油毛毡棚屋里开怀大笑的红色哲学家的回声。

她暗示维达说:"这儿是不是有个人,专门挖苦小镇上的大菩萨,自得其乐——伯恩斯塔姆,是叫这个名字吗?"这位改革领袖说:"伯恩斯塔姆?啊,是的。修理东西的。他这个人粗鲁得要命。"

四

午夜的时候,肯尼科特就回来了。第二天早餐的时候,他三番五次地说,他每时每刻都在思念她。

在卡罗尔去市场的路上,萨姆·克拉克向她打招呼说:"早上好啊!要到我们家坐坐,和塞缪尔聊一会不?暖和一点了,嗯哼?医生的寒暑表上是几度呀?哎呀,你们两个家伙应该绕道过来一下嘛,来看看我们,最近哪天晚上都行啊。别他妈的那么高傲嘛,老待在家里不出来。"

拓荒者钱普·佩里是谷仓的小麦收购员,他在邮局里拦住了卡罗尔,伸出皱巴巴的爪子握住她的手,用无精打采的眼睛凝视着她,咯咯地笑着说:"亲爱的,你真漂亮,像盛开的鲜花一样。前几天,我老伴还说,看你一眼比吃一剂药还灵哩。"

在时装店里,她遇到了盖伊·波洛克,他正犹豫着要不要买一条灰色的素净围巾呢。"我们好久没见面了,"她说,"哪天晚上,你上我们家玩玩纸牌,好不?"波洛克好像正有此意的样子,恳求道:"可以吗,真的啊?"

在她购买两码马林丝纱罗的时候,有副好嗓子的雷米埃·伍瑟斯庞踮起脚走到她的跟前,他那张灰黄的长脸抽搐不停。他请求说:"你得再到我的店里去一趟,看看我专门为你预留的一双漆皮拖鞋。"

他毕恭毕敬地帮她脱下靴子,撩起她脚踝旁边的裙脚,把拖鞋套在她的脚上。她买下了这双拖鞋。

"你真会推销。"她说。

"我压根就不会推销,我只是喜欢精致的东西而已。这些东西全都没有艺术性。"他绝望地挥了挥手,指向塞满鞋盒子的搁架,镂空蔷薇花饰的薄木座椅,鞋楦和铁盒黑色鞋油的陈列品,还有一幅石版画,画上一位面颊红润的女子傻笑着,以广告诗的腔调得意地说:"自从穿上这双漂亮合脚的克娄巴特拉①鞋子,我的小脚才知道什么是脚的完美。"

雷米埃叹了口气,说:"不过,有时候,也有这样秀丽的小鞋子,然后我就把它搁在一边,留给赏识它的人。我刚见到这双鞋子的时候,立马就说:'要是肯尼科特太太穿着合脚的话,那该多好啊。'于是,我就合计着,一旦有机会,我就立马告诉你。咱们在格雷太太那儿聊得很愉快的,我还没忘哩!"

那天晚上,盖伊·波洛克果然来串门了,尽管肯尼科特马上逼着他去玩克里比奇纸牌,卡罗尔还是高兴了一回。

五

卡罗尔恢复了轻松的心情,但她并没有忘记使囊地鼠草原自由化的决心。首先,她要轻松愉快地动员肯尼科特,教他在灯光下读诗。这个活动已经耽搁了。有两次,他提议去拜访邻居;还有一次,

---

① 克娄巴特拉(Cleopatra,公元前69—前30):埃及艳后,托勒密王朝末代女王,为恺撒和安东尼的情人。

他下乡去了。到了第四个晚上,他又美滋滋地打着哈欠,伸伸懒腰,然后问道:"喂,咱们今晚干点啥呢?咱们看场电影好不好?"

"我很清楚我们要干吗。现在,什么都不要问。来,在桌子前坐下。好啦,你坐得舒服不?靠在椅背上,忘掉自己是个务实的人,听我读。"

也许,她是受了爱发号施令的维达·舍温的影响,听她的口气,真的很像在兜售文化。可是,一坐到长沙发上,她的样子就全变了。她两手托着下巴,膝上放着一本叶芝的诗集,大声朗诵起来。

顷刻间,她就摆脱了一个草原小镇朴实无华的舒适,置身于一个孤独的世界——暮色中,红雀拍打着翅膀;黑黝黝的大海泛起层层泡沫,沿岸的海鸥哀鸣不休;安格斯岛、古神以及绝无仅有的永恒荣耀;趾高气扬的国王和围着鎏金腰带的妇人;悲伤的诵经声不绝于耳,还有——

"咳——咳——咳!"肯尼科特一连咳嗽了几声。她停了下来。她想起来了,他是那种嚼过烟叶的人。她瞪着眼,他不安地讨好说:"这东西真了不起。上大学那会学的吗?我也喜欢好诗——像詹姆斯·惠特坎·李莱的,还有朗费罗的一些诗——比如《海华沙之歌》。天哪,我要是会欣赏那种高雅的艺术东西就好啦。不过,我想,我太老了,学不了新玩意喽。"

看到他的困惑样儿,卡罗尔觉得他很可怜,一个劲地想笑,但还是安慰他说:"那么,我们来试试丁尼生的诗吧。你读过他的诗吗?"

"丁尼生?当然啦。还是上学的时候读的呢。你瞧好了啊,是这样的:

　　　　当我出海的时候,
　　　　别让别离的——(下面是什么来着?)

但要让那——

"咳,我记不全了,不过——哦,没错儿!还有一首是:'我遇见一个乡下小男孩,他——'我记不清后面是什么了。不过,结尾的叠句是'我们一共七个人[①]'。"

"是的。哟——我们要不要试试《国王叙事诗》?这组诗很是丰富多彩。"

"开始吧,赶快念吧。"不过,他赶忙抽了一口雪茄,好让自己躲在烟雾里。

她没有把自己带到卡米洛特,而是一边读着诗,一边斜眼看着他。当看到他很遭罪的时候,她就跑过去,亲了一下他的前额,大声说道:"你这个可怜的家伙,一心想要做一根像样的萝卜,却被逼着做一枝夜来香!"

"听着,那可不是——"

"不管怎样,我不会再折磨你了。"

她欲罢不能,读起吉卜林的诗来,特地加重了语气:

> 有一个兵团
> 沿着大道开来。

他用脚轻轻地打着节拍。他的样子很自然,又很安定。他恭维她说:"很好。我不太懂,不过呀,你读得和埃拉·斯托博迪一样好吧。"可是,卡罗尔一听到这话就啪的一声合上了书,提议说,他们去电影院看九点钟那场电影还不算太晚。

[①] 《我们一共七个人》(We Are Seven):不是丁尼生的诗,而是英国诗人威廉·华兹华斯(1770—1850)谱写的歌谣。在这里,肯尼科特显然是张冠李戴了,这充分说明他的确不懂诗。

第 十 章 | 165

这是她最后一次努力了,如同她想收获四月的风,想在函授课上讲授神的苦恼,或者到奥利·詹森食品杂货店去买罐装的阿瓦隆①的百合花和安乐乡的日落。

不过,事实是,在电影院里,她看到一位男演员把意大利面条塞进一位女士的晚礼服里,这个幽默的画面引得她和肯尼科特一样开怀大笑。有那么一小会儿,她很厌恶自己的笑声,想起了从前跟那些漂亮的女孩在密西西比河畔的小山冈城垛上散步的日子,不禁黯然神伤起来。可是,一看到那个著名的荧屏小丑装模作样地把几只癞蛤蟆丢进汤盘里,她又忍俊不禁,咻咻地笑了起来。于是,往日愉快的回忆逐渐淡化了,昔日那些女孩的影像也突然消失在黑暗中。

六

她去欢乐雨季的午后桥牌会了。她已经跟萨姆·克拉克学会了这个游戏的规则。她打牌的时候很安静,但打得很差,这也情有可原。她对任何事情都不发表意见,除了羊毛连衫裤这种没有争议的事。这个话题豪兰太太谈了五分钟。她不时地微微一笑。在向女主人戴夫·戴尔太太表示感谢的时候,那个样子活像一只金丝雀。

只有在大家议论丈夫的时候,她才坐立不安。

这些少夫人谈到家庭生活的亲昵行为时,直言不讳,事无巨细,这让卡罗尔很沮丧。胡安妮塔·海多克介绍了哈里刮胡子的方法,以及他对猎鹿的兴趣。高杰林太太带着情绪详细叙述了她丈夫不爱吃猪肝和熏咸肉。莫德·戴尔列举了戴夫的各种消化系统紊乱,还

---

① 阿瓦隆(Avalon):凯尔特族传说中的西方乐土岛。

引述了最近在床上就基督教科学派、短袜子以及背心上钉纽扣的事和他展开的一场争论；她宣称"不会再忍受他了，因为他在外面的时候，总是对女孩子动手动脚，可如果有个男人只是和她跳支舞，他也会嫉妒得发狂"；她还绘声绘色地描述了戴尔接吻的花样。

卡罗尔乖乖地坐在那儿，聚精会神地听着，最后显然忍不住了，想要插一嘴。于是，她们就温柔地望着她，怂恿她讲讲度蜜月的细节，尽可能讲得有趣一些。她觉得很尴尬，但也没有生气。她故意曲解她们的意思，谈起肯尼科特的套鞋和行医理想，直到她们彻底厌倦。她们觉得，她挺讨人喜欢的，只是太幼稚了。

她努力满足大家的询问，一直到最后。她兴致勃勃地对会长胡安妮塔说，她也想招待大家。"只是，"她说，"我不知道，是不是能给大家做出好吃的点心，像戴尔太太做的色拉那么可口，或者像我们在你家吃的天使蛋糕那么美味，亲爱的。"

"好呀，三月十七日那天，我们正好需要一位女主人哩。你要是把它办成圣帕特里克节①桥牌会，那可就太有创意啦。要是能帮你一起张罗的话，我会高兴死的哟。我真高兴，你已经会打桥牌啦。起初，我还不知道你会不会喜欢囊地鼠草原镇咧。现在，你已经安顿下来了，和我们关系也很好，真是太棒咯！也许，我们没有城里人有文化，可是我们真的过得很好呀——嗬，我们夏天去游泳、跳舞，还有——哎哟，好多好多开心的事儿哩。要是乡亲们愿意接受我们现在的样子，我觉得，我们这伙人还是相当不错的！"

"我完全相信。真的谢谢你出了个好主意，办个圣帕特里克节桥牌会。"

"嗬，没啥大不了的。我一直认为，欢乐雨季的人都很擅长出新颖的主意。要是你对别的小镇有所了解，比如瓦卡明、乔雷蒙等等，

---

① 圣帕特里克节（St. Patrick's Day）：罗马天主教盛大的宗教日，在每年的3月17日举行，以纪念爱尔兰传说中的守护圣徒圣帕特里克（约公元385—461）。

你就会发现并且认识到，囊地鼠草原是全州最活跃、最漂亮的小镇。你知道吗？著名的汽车制造商珀西·布雷斯纳汉就是这儿的人，而且——是的，我觉得，圣帕特里克节的聚会一定非常好玩，非常新鲜，却不会太古怪，或者太怪异，或者别的什么的。"

第 十 一 章

一

她经常应邀参加妇女学习俱乐部——死亡观俱乐部的每周例会,但是她都搪塞过去了。维达·舍温承诺说:"死亡观俱乐部是一个非常温馨的团体,它还能让你接触到正在各地盛行的各种思潮。"

三月初,老医生的妻子韦斯特莱克太太像只温顺的老猫咪一样,径直来到了卡罗尔的客厅,提议说:"亲爱的,今天下午,你无论如何要来死亡观俱乐部。这次是道森太太主持,这个可怜的家伙吓得要死,她要我把你请来。她说,她相信,凭你的书本知识和文学作品知识,你一定会使聚会更加活跃。今天,我们的话题是英国诗。所以说,快点啦,穿上你的大衣吧!"

"英国诗呀?真的吗?我倒是很想去的。我没想到你们也在读诗哦。"

"哎哟,我们也不是那么落伍的嘛!"

当她俩来到的时候,卢克·道森太太,这个小镇首富的妻子,惊讶地注视着她们,一副可怜巴巴的样子。她身穿一件昂贵的海狸毛色绸缎礼服,上面有横格、硬膏以及用庄重的褐色珠子连成的坠饰,这件衣服太大了,本来是要做给身材是她两倍的女人穿的。她站在十九把折叠椅前面,两手使劲扭着。在她的前厅,挂着一张

1890年拍摄的明尼哈哈瀑布的照片，已经褪了色，还有一张道森先生放大的彩照；在一个阴郁的大理石柱上，放着一盏球形台灯，上面画有深褐色的牛群和山脉。

她叽叽嘎嘎地说："哎呀，肯尼科特太太，我真是走投无路了。她们要求我主持今天的讨论会。所以，我就琢磨，你能不能过来帮个忙。"

"你们今天讨论哪一位诗人呀？"卡罗尔问道，口气很像图书馆员在问："你们想借什么书？"

"啊唷，那些英国诗人嘛。"

"不会是所有的英国诗人吧？"

"啊——唷，是哦。今年，我们要学所有的欧洲文学。俱乐部有一本非常好的杂志，叫《文化点滴》，于是我们就按它的目录来了。去年，我们的主题是'《圣经》里的男女'。明年，我们可能会论及'室内陈设与瓷器'。天哪，要跟上所有这些新的文化主题，真的会把身体累散架呢，但还是很有教育意义的。这么说，今天的讨论你会助我们一臂之力吗？"

在过来的路上，卡罗尔已经决定用死亡观俱乐部作为工具来开放这个小镇。她立刻就酝酿出了巨大的热情，吟诵道："这些人才是真正的人。这些家庭主妇背负重担，却对诗歌感兴趣，这就意味着什么。我要和她们一起共事——为她们做点事——什么事都行。"

一看到十三位女士，她的热情顿时凉了半截。她们果断地脱掉套鞋，一屁股坐了下来，嚼起了薄荷糖，先拂去手指上的灰尘，然后摊开双手，接着整理一下她们低俗的思想，这才欢迎这位未经认证的诗神来传授她那些使人进步的东西。她们亲切地跟卡罗尔打了招呼，于是，在她们的面前，卡罗尔也就努力扮演起女儿的角色。不过，她还是感到局促不安。她的椅子摆在一个空地，暴露在她们的注视之下，而且那是一把教堂会客室用的椅子，容易打滑，是用硬板条做的，摇摇晃晃，说不定会当众散架，毫无征兆。要不是交叠双手，洗耳恭听，根本不可能坐得住。

她真想踢开椅子，一跑了之。那一定会引起骚乱的。

她看见维达·舍温正在注视她。她掐了一下手腕，就像教堂里一个喧闹的孩子一样。等到再次老老实实坐好，她才听讲。

道森太太叹了口气，给聚会起了个头，说："毫无疑问，今天能在这儿见到大家，我很高兴。我听说，各位女士已经准备了很多有趣的论文。这是一个非常有意思的主题。这些诗人，他们一向都在激发人们高深的思想。实际上，本利克牧师不也说过吗，有些诗人本身和很多牧师一样，也是很有灵感的。所以呀，我们很高兴来听听——"

这个可怜的家庭主妇神经兮兮地笑了一下，吓得直喘粗气，在橡木小桌上乱摸一通，寻找她的眼镜，然后接着说："首先，我们很荣幸来听詹森太太讲一讲'莎士比亚与弥尔顿'这个主题。"

奥利·詹森太太说，莎士比亚生于1564年，死于1616年。他在英国的伦敦住过，也在埃文河①畔的斯特拉特福住过。斯特拉特福是一个可爱的小镇，有许多古玩和旧宅值得一看，很多美国游客喜欢到那儿游玩。很多人认为，莎士比亚是史上最伟大的剧作家，也是一位杰出的诗人。关于他的一生，人们所知不多，毕竟，那也没有太大影响，因为他的许多剧本都是人们爱看的。现在，她就要对几部最著名的剧本进行评论。

也许，他最著名的剧本是《威尼斯商人》。这个剧本有一个美丽的爱情故事，对一位女子的智慧评价也很高。关于这一点，一个妇女团体，甚至那些对选举权问题无所谓的人都应该赏识。（笑声）

---

① 埃文河（Avon）：英国英格兰西南部三条河流中的任一条，尤指位于莎士比亚出生地斯特拉特福的埃文河。

詹森太太确信，作为其中的一个，她很乐意成为鲍西娅①那样的人。这个剧本写的是一个名叫夏洛克的犹太人，他不想让自己的女儿嫁给一个叫安东尼奥的威尼斯绅士……

伦纳德·沃伦太太是个身材修长、头发灰白、神经错乱的女人。她是死亡观俱乐部的会长，也是基督教公理会牧师的妻子。她汇报了拜伦、司各特、穆尔以及彭斯的出生和死亡日期，结尾说：

"彭斯小时候很穷，享受不到我们今天的这种优越条件，除了能去古老的苏格兰教会，听听上帝的话语，比如今所谓先进的大城市里最棒的红砖大教堂里的布道大胆多了。不过，他没有我们这样的教育条件，没学过拉丁文，也接触不到智慧的其他宝藏。现如今，这些东西就堆在年轻人的脚下，哎呀，他们根本就不关注。这些特权免费提供给每一个美国孩子，无论富有还是贫穷，但他们有时候并不重视这些特权。彭斯只好努力学习，有时也会受到坏朋友的影响，沾染一些恶习。不过，他是个好学生，自学成才，与我刚才提到的拜伦勋爵那种散漫的习惯和所谓的贵族社会生活形成了鲜明的对比，这一点在道德上很有教益。当然啦，尽管他那个时代的勋爵和伯爵可能看不起彭斯，认为他是个地位卑下的人，我们很多人还是非常喜欢他那些以老鼠和其他乡村生活为主题的诗，那些诗有一种粗陋的美——很抱歉，由于时间关系，我不能引述其中的几首诗了。"

乔治·埃德温·莫特太太花了十分钟介绍丁尼生和勃朗宁。

纳特·希克斯太太是个歪脸女人，但出奇地亲切。她被前面几个人的精彩报告惊得目瞪口呆，卡罗尔真想过去亲她一下。她宣读了一篇论述"其他诗人"的论文，就把这一天讨厌的任务应付掉了。值得深思的其他诗人还有柯勒律治、华兹华斯、雪莱、格雷②、赫门

---

① 鲍西娅（Portia）：《威尼斯商人》中的女主人公。
② 格雷（Thomas Gray，1716—1771）：英国抒情诗人，代表作有《墓园挽歌》。

兹夫人①以及吉卜林。

埃拉·斯托博迪小姐为大家朗诵了《退场赞美诗》②和《拉拉·鲁克》③片段。应大家的请求,她又吟诵了《老情人》。

囊地鼠草原镇有关诗人的部分到此结束,它已经准备好迎接下个礼拜的工作:英国小说与散文。

道森太太恳切地说:"接下来,我们就来讨论一下那几篇论文。我相信,大家都乐意听听肯尼科特太太的意见。我们希望,她能成为我们新的一员。她有很好的文学修养,应该能给我们很多指点,以及——很多有益的指点。"

卡罗尔一再告诫自己,不要太"目空一切,令人厌恶"。她坚持认为,这些研究已经过时,但这些妇女家务缠身,却依然有这样的抱负,真的会把她感动得落泪的。"可是,她们又那么沾沾自喜。她们以为,她们在帮彭斯一个大忙。她们并不认为那是'过时的研究'。她们确信,她们已经把文化用盐腌制了,可以挂起来了。"道森太太的召唤唤醒了她,让她从疑惑的恍惚中回过神来。她陷入一阵恐慌,她该怎样讲话才不会伤害到她们呢?

钱普·佩里太太俯下身子去抚摸她的手,低声说:"亲爱的,你看起来很累,想讲的时候再讲吧。"

一股暖流向卡罗尔涌来,她站起身,字斟句酌,彬彬有礼地说:

"关于建议,只有一条——我知道,你们在实施一个明确的计划,不过,既然你们开了一个好头,我真希望,你们明年能回到这个主题上来,把这些诗人讨论得更细致一些,而不是继续讨论别的什么

---

① 赫门兹夫人(Felicia Dorothea Hemans, 1793—1835):英国诗人,代表作有《家乡的魅力》。
② 《退场赞美诗》(Recessional):1897年吉普林在维多利亚女王钻石大庆的时候创作的一首诗。
③ 《拉拉·鲁克》(Lalla Rookh):托马斯穆尔的一首东方浪漫主义诗歌,发表于1817年。

主题。尤其要注意实际引用——即使她们的生平如此有趣,用沃伦太太的话说,在道德上很有教益。也许,还有几位诗人可能值得讨论,不过今天没有提到——比如济慈、马修·阿诺德①,还有罗塞蒂②,以及斯温伯恩③。斯温伯恩将会是这样一个——咳,就是说,是生活的一个对照,这在我们美丽的中西部是大家都喜欢的——"

卡罗尔发现,伦纳德·沃伦太太并不赞同她的看法。她装作不知道,继续说下去,以便引起沃伦太太的注意:

"不过,也许斯温伯恩往往,呃,比你们还心直口快,我们都不太喜欢了。你觉得呢,沃伦太太?"

牧师夫人接过话题说:"啊唷,你真是说到我的心坎里啦,肯尼科特太太。当然啦,我从没看过斯温伯恩的作品。可是几年前,他正时兴那会儿,我记得,沃伦先生说过那位斯温伯恩,也许是奥斯卡王尔德吧?反正不管他啦。他说,尽管许多所谓的知识分子装模作样,自称在斯温伯恩的身上发现了美,可如果没有源自内心的启示,绝不可能有真正的美可言。但同时,我真的觉得你的想法很棒哦。尽管我们已经商量过,明年的主题可能是'室内陈设与瓷器',但我相信,如果计划委员会能抽出一天时间全部用来讨论英国诗,那也是蛮好的嘛!实际上,主席夫人,我真希望你能改变一下。"

想到莎士比亚的死,大家都很沮丧,不过道森太太的咖啡和天使蛋糕让大家恢复了正常。她们对卡罗尔说,她的到来是大家的荣幸。会员资格审查委员会的人退到起居室讨论了三分钟,然后就把

---

① 马修·阿诺德(Matthew Arnold,1822—1888):是19世纪英国著名诗人、文学家和社会评论家,代表诗作有《郡莱布和罗斯托》《吉卜赛学者》《色希斯》和《多佛滩》等。
② 罗塞蒂(Dante Gabriel Rossetti,1828—1882):英国画家兼诗人。他的诗带有色情性,被批评为"肉欲的诗词",十四行组诗《生命之家》(The House of Life)是他在文学上的主要成就。
③ 斯温伯恩(Swinburne,1837—1909):英国维多利亚时代最后一位重要的诗人,代表作《配偶》。

她选为会员了。

然后，她就不再摆出一副屈尊俯就的样子了。

她想成为她们当中的一分子。她们如此忠诚，如此亲切，只有她们才能帮她实现宏愿。实际上，她针对乡村懒散习气的战役已经打响了。首先，她该让军队朝哪一项具体的改革进攻呢？在会后闲聊的时候，乔治·埃德温·莫特太太评论说，对于辉煌的现代囊地鼠草原镇而言，市政厅似乎小了点儿。纳特·希克斯太太小心翼翼地说，希望年轻人能免费在那儿跳跳舞，因为俱乐部的舞会只对会员开放。市政厅，就是它啦！卡罗尔急忙回家去了。

她从来没有意识到囊地鼠草原镇是一个市。她从肯尼科特那里得知，该市依法由一位市长、市议会以及各行政区组成。这么简单就能为一个城里人，她别提有多高兴啦。何乐不为呢？

整个晚上，她都沉浸在一个城里人的自豪里，洋溢着对乡土的热爱。

二

第二天上午，她考察了市政厅。她只记得，那是个惨淡的地方，很不起眼。她发现，那个小房子是肝褐色框架，离大街半个街区远。正面是一堵单调的墙，装有护墙板和几扇肮脏的窗户。从那儿，可以清楚地看到一块空地和纳特·希克斯的裁缝店。它比旁边的木匠铺大一些，但建得不是太好。

周围一个人都没有。她走进走廊。一边是市法院，看上去像一所乡村学校；另一边是志愿消防队的房子，房前有一辆福特水龙车和一些游行时用的装饰性头盔。在市政厅的尽头，有一个污秽的监狱，一共两间牢房，里面空荡荡的，只有一股氨水和久远的汗水的臭味。整个二楼是一个大房间，尚未建完，里面丢满了成堆的折叠椅，一个外壳沾满石灰的灰浆搅拌箱，以及美国独立纪念日所用花车的残骸，上面搭着烂掉的水泥板和褪了色的红、白、蓝三色彩旗。在二楼的尽头，有一个没建好的平台。这个房间足够大，可以用来开纳特·希克斯太太所说的社区舞会。不过，卡罗尔所追求的东西，可比几场舞会大得多了。

下午，她又蹦蹦跳跳地到公立图书馆去了。

图书馆每个礼拜开放三个下午和四个晚上。它隐匿在一个破旧的寓所里，空间够大，但不漂亮。卡罗尔发现，自己正在勾勒更宜人的阅览室，专供儿童坐的椅子，一套艺术收藏品，还有一位敢于试验的年轻图书馆员。

她痛斥自己说："停止改革一切的狂热，我不能对这个图书馆挑三拣四。就开头来说，把市政厅搞好就够了。不过，它真是个很好的图书馆。它……它也不是太糟……我遇到的每一个人类活动，都让我觉得它不诚实和愚蠢，这可能吗？学校、企业、政府，一切的一切？从来没有一丝满足，从来没有一丝安宁吗？"

她摇了摇头，像是要把头上的水甩掉似的，然后就匆忙进了图书馆。她是那么年轻、轻盈、讨人喜欢。她身穿一件皮毛大衣，纽扣是解开的，露出一套蓝色衣服，鲜艳的领子薄如蝉翼，落落大方的样子；不过，脚上那双黄褐色的皮靴却因为在雪地行走显得粗糙了。维莱兹小姐目不转睛地看着她，卡罗尔却笑吟吟地说："昨天在死亡观俱乐部没见到你，太遗憾啦。维达还说你可能会来哩。"

"嘀，你去死亡观俱乐部啦。你喜欢那儿吗？"

"非常喜欢。那些探讨诗人的论文写得太好啦。"卡罗尔毫不犹豫地撒谎说，"不过，我真觉得她们应该请你来宣读其中一篇有关诗歌的论文！"

"咳——毫无疑问，我跟那伙人不一样，哪有时间去俱乐部嘛。

再说了，要是他们宁愿让没有文学修养的女士去宣读文学论文——归根结底，我为啥要抱怨呀？我算老几呀，只不过是小镇的一个职员而已！"

"瞧你说的！你是唯一的一个干了……干了……哎哟，你干了好多事。你跟我说，有，呃……管理俱乐部的那些人是谁？"

一个淡黄色头发的小男孩借了一本《密西西比河下游的弗兰克》，维莱兹小姐往那本书的里页上用力盖了一个日期的印戳，然后瞪大眼睛注视着他，好像她是在往他的脑袋上盖一个警告的印戳似的，然后叹了口气，说道：

"我是不会出风头的，或者为了这个世界去批评任何一个人。维达是我最好的朋友之一，又是个出色的老师。在这个小镇，没有谁比她更开明，也没有谁比她对所有的运动更感兴趣。但我必须说，不管谁当会长或者委员，维达·舍温似乎一直都在她们身后。虽然她老爱跟我说什么我'在图书馆干得很好'，但我注意到，她们很少号召我写论文。不过，莱曼·卡斯夫人曾经主动跟我说，她觉得我的论文《英格兰的大教堂》在我们所有论文中是最有趣的。那一年，我们讨论的主题是'英法之行与建筑'。不过——当然啦，莫特太太和沃伦太太在俱乐部的地位是很重要的。这一点你也能料想到的，一个是学校督学的太太，一个是公理教会牧师的太太。不过，她们俩也确实很有文化，可是——不，你不妨把我看作完全无足轻重的人。我敢肯定，我说的话一点用处都没有！"

"你实在是太谦虚了，这事我会跟维达说的。不过，呃，我在想，你是否能给我一点点时间，带我看看杂志合订本存放的地方？"

她如愿以偿。维莱兹爽快地陪她来到一个酷似老奶奶的阁楼的房间。在那儿，她看到一些有关室内装饰和城市规划的期刊，还有一本《国家地理》的六年合订本。维莱兹小姐留下她一个人，就愉快地走开了。卡罗尔盘腿席地而坐，周围是成堆的杂志，一边低声哼唱着,一边激动地翻着杂志,开心极了。

她找了一些新英格兰街道的图片:端庄的法尔茅斯,妩媚的康科德,还有斯托克布里奇、法明顿以及希尔豪斯大道。长岛森林岗①童话般的郊区。德文郡风格的村舍、埃塞克斯风格的庄园、约克郡风格的一条大街以及阳光港。吉达②的阿拉伯村庄——像一个精雕细琢的珠宝盒。加利福尼亚州的一个小镇,大街的两侧原来是单调的砖墙正面和邋遢的木板棚屋,现在全都变了,映入眼帘的是布满拱廊和花园的狭长的街景。

她相信,自己并非异想天开,一个很小的美国乡镇可以很漂亮,在收购小麦和出售犁头方面也会大有作用。她就坐在那儿冥思苦想,纤细的手指轻轻地敲着脸颊。她仿佛在囊地鼠草原镇看到了一座佐治亚风格的市政厅:温馨的砖墙,白色的百叶窗,一个楣窗,一个宽敞的大厅以及弯曲的楼梯。她认为,这样的市政厅不仅是这个小镇,也是周边乡村的共同家园和灵感来源。它应该包括法院(她不能说服自己把监狱也放进来)、公立图书馆、优秀版画的藏馆、专供农妇使用的休息室和标准厨房、剧场、演讲厅、免费的社区舞厅、农业社以及健身馆。就像中世纪的村落聚集在城堡四周一样,它的周围也会逐渐发展起来,并深受它的影响,她仿佛看到了一个崭新的佐治亚风格的小镇,优美而又可爱,犹如安纳波利斯③一般,又如华盛顿策马驰往的绿树成荫的亚历山德里亚④一样。

所有这一切,死亡观俱乐部都可以变为现实,不会有任何困难,因为有几位会员的丈夫叱咤商界和政界。她为自己这个切实可行的想法感到自豪。

---

① 森林岗(Forest Hills):纽约长岛网球比赛场。
② 吉达(Djeddah):沙特阿拉伯西部红海沿岸的一座城市。
③ 安纳波利斯(Annapolis):美国马里兰州首府。
④ 亚历山德里亚(Alexandria):美国弗吉尼亚州东北部城市,比邻首都华盛顿。

她只花了半个小时,就把铁丝网围起的一小块土豆地改成了一个有围墙的玫瑰园。然后,她急忙出门,去找死亡观俱乐部会长沃伦太太,告诉她这个刚刚创造的奇迹。

三

在三点差一刻的时候,卡罗尔离开了家。四点半的时候,她已经设计出了佐治亚风格的小镇。在五点差一刻的时候,她来到了贫困但庄严的公理教会的牧师住所,热情洋溢地跟沃伦太太讲了起来,喋喋不休地说个不停,就像夏季的暴雨倾泻在一个灰蒙蒙的旧屋顶上一样。五点差两分的时候,又一座小镇竖立起来了,镇子上每家每户都有端庄娴静的院子和深受欢迎的屋顶采光窗;可是到了五点过两分的时候,整个小镇就像巴比伦一样被夷为平地了。

沃伦太太笔直地坐在一把威廉玛丽式的椅子里。椅子的后面是一长排松木书架,上面摆放着一卷卷讲道集、《圣经》评注以及巴勒斯坦地理书,封面都灰蒙蒙的,布满很多棕色的斑点。她脚穿一双干净的黑色鞋子,坚定地踩在一块碎呢地毯上。她本人如同身后的背景一样端正和低调。她一直在听卡罗尔讲,不做任何评论,直到卡罗尔讲完了,才柔和地回答说:

"是呀,我觉得,你的设想很好,可能轻轻松松就实现了——总有那么一天。毫无疑问,草原上会有这样的村庄的——总有那么一天。不过,不知道我是否可以提出一点点看法:在我看来,你完全搞错了,市政厅不是正确的起点,死亡观俱乐部也不是恰当的机构。归根结底,教堂才是社区的真正心脏,对吧。你可能也知道,我丈夫因为主张成立教堂联盟,所以在全州的公理教会界颇有名望。他希望看到,所有的福音教派联合起来,成为一个强大的团体,去反对天主教和基督教科学派,并对促进道德与禁酒令①的一切运动给予适当的引导。嘿,联合起来的教堂建得起一个壮丽的俱乐部会所,也许是一座拉毛粉饰的半木结构大楼,饰有奇形怪状的雕像和各式各样赏心悦目的装饰物。在我看来,这样的大楼一定会给普通百姓留下很深的印象,比你描述的那个殖民地时期的老式普通房子好多了。所以说,这样的大楼才是开展各种教育和娱乐活动的理想中心,也不至于让老百姓都落到政客的手里。"

"我想,那些教堂联合起来不会要三四十年吧?"卡罗尔天真地说。

"要不了那么长时间,事情进展都挺快的。所以说,要是另做打算的话,那可就错了。"

两天后,卡罗尔又试探了督学的妻子乔治·埃德温·莫特太太,这才又恢复了热情。

莫特太太说:"就个人来说,我忙得要命,要做衣服,还要给家里请个女裁缝,等等。不过,要是让死亡观俱乐部的其他成员考虑这个问题,那就太棒了。只有一件事除外:首要的是,我们得建一个新教学楼。莫特先生说,现在的校舍太拥挤了。"

卡罗尔去查看了一下旧教学楼。小学和中学混在一起,挤在一个潮湿的黄砖建筑物里。窗户窄小,像旧监狱的窗户一样。这个建筑物就像一条囚船,充满敌意和强制训练的气息。她非常认可莫特太太的提议,在接下来的两天里,她连自己的活动都放下了。然后,她决定同时兴建学校和市政厅,作为再生小镇的中心。

她斗胆来到戴夫·戴尔太太的家。那是一所铅灰色的房子,四周爬满了藤蔓。冬天里,藤蔓已经光光的了。门廊很宽,离地面只

---

① 禁酒令(Prohibition):从1920年1月17日凌晨0时,美国宪法第18号修正案——禁酒法案(又称"伏尔斯泰得法案")正式生效。根据这项法律规定,凡是制造、售卖乃至于运输酒精含量超过0.5%以上的饮料皆属违法。

有一英尺高。小屋毫无特色，卡罗尔根本想不起它的样子。她也记不起屋里的任何东西了。不过，戴尔太太倒是挺有个性的。和卡罗尔、豪兰太太、麦加农太太以及维达·舍温一样，她也是联结欢乐雨季与死亡观俱乐部的纽带。但是，她和胡安妮塔·海多克截然不同，胡安妮塔·海多克犯不着自诩"文化修养浅薄"，还公然声称"宁可坐牢，也不会给俱乐部写什么狗屁论文"。戴尔太太穿着一件和服来接待卡罗尔，超有女人味儿。她的肌肤细腻、洁白、柔软，有那么一点点性感的韵味。以前，在午后咖啡聚会的时候，她还很粗鲁；可现在，她却称卡罗尔为"亲爱的"，还硬要卡罗尔叫她"莫德"。卡罗尔不太清楚，在充满爽身粉的空气中，她为什么会不舒服，但她赶快躲开了，躲到她诸多计划的新鲜空气里去了。

莫德·戴尔太太承认，市政厅不是"太气派"。然而，正如戴夫所说，做什么都是白搭，除非他们收到州政府的拨款，而且新的市政厅要和国民警卫队军械库一起建。戴夫已经下了定论，"那些在台球厅闲荡吹牛的年轻人，所需要的是全面的军事训练。让他们成为男子汉吧"。

戴尔太太把新教学楼从市政厅中除去了：

"哎呀，原来是莫特太太让你为她的建校热忙活啊！她一直唠叨那件事，弄得大家极其厌烦。她真正想要的，其实是一间大办公室，让她那个秃头宝贝乔治在里面闲坐着，摆摆臭架子。当然啦，我欣赏莫特太太，也十分喜欢她，她是非常有头脑的，尽管她确实想方设法插一手，想管理死亡观俱乐部。不过，我得说，我们厌倦了她的唠叨。我们小的时候，那个旧楼就很好嘛！我讨厌这些想当政客的女人，你呢？"

四

　　三月的第一个礼拜已经初露春意，也激起了卡罗尔对湖泊、田野和乡间小路的万千渴望。积雪已经融化，只有树丛里还依稀可见一块块污浊的残雪。一天之内，气温变化很大，从寒风刺骨到渴望已久的温暖。卡罗尔刚刚相信，在冰封的北方照样还有春天，雪片就突然飘下了，宛如剧院里突然撒落的纸片。狂烈的西北风刮起了一场不大不小的风雪。她对夏天草地的期望，连同她对一个壮丽小镇的希望，一起随风飘散。

　　可是，一个礼拜之后，虽然到处都还有泥泞的雪堆，但春天的气息已经显而易见了。在空气里、天空中以及大地上，处处暗藏着春天的迹象。凭借千秋万代传承下来的经验，她知道，春天就要来了。天气不像一个礼拜以前那样变幻莫测，突然变得灼热、狂暴、尘土飞扬，而是给人一种懒洋洋的感觉，乳白色的光线也使天气柔和了起来。在每一个小巷子里，积雪融化后的涓涓细流都汩汩地流个不停。在春的魅力的召唤下，一只鸣啭的知更鸟落在了豪兰家院子里的山楂树上。大家都喜笑颜开地说："看来冬天过去喽。"或者说："路上的冰冻就要化完咯——马上就可以开车出去啦——不知道今年夏天我们能钓到哪种鲈鱼呢——今年庄稼应该长得不错哟。"

　　每天晚上，肯尼科特都要重复一遍："我们最好不要这么早就脱掉厚内衣，或者拆掉防风窗——可能还有一阵寒流——得小心别感冒喽——不知道这煤够不够烧的呢？"

　　她体内日益膨胀的生命力，硬是把改革的强烈愿望压了下去。她在家里忙个不停，和贝亚一起计划着迎春大扫除的事儿。第二次参加死亡观俱乐部聚会的时候，关于改造小镇的事情，她一个字都没提，只是毕恭毕敬地听着有关狄更斯、萨克雷、简·奥斯汀、乔治·艾略特、司各特、哈代、兰姆①、德·昆西②以及汉弗莱·沃德夫人③的统计数字，好像就是这些人组成了英国小说家和散文家的阵容。

等她察看那间休息室的时候，她才又变得狂热起来。以前，她也经常瞟一瞟这个仓库。那时候，当丈夫们做交易的时候，农妇们就把仓库当作庇护所，在那里等着。她曾听维达·舍温和沃伦太太说，建造这个休息室，并且和市议会一起承担维修经费，是死亡观俱乐部一件功德无量的事。可是，直到今年三月的这一天，她从来没有进来过。

她冲动地走了进去，向女负责人点了点头。这个女负责人叫诺德尔奎斯特，是一位可敬的寡妇，长得胖乎乎的。她也向两位农妇点了点头，这两个人正坐在摇椅里轻轻地摇晃呢。这个休息室很像一间旧货店。里面摆着几把废弃的别致的摇椅；几把歪斜的芦苇椅；一张刮痕累累的松木桌子；一张粗砂草席；几帧旧钢版画，画的是一群挤奶女工在柳树下含情脉脉的样子；几张褪色的彩色石印画，画的是玫瑰花丛和鱼；还有一个用来热饭的煤油炉。前面的窗户被破旧的纱窗帘和一堆天竺葵、印度橡胶树遮住了，非常幽暗。

诺德尔奎斯特太太对卡罗尔说，每年有成千上万个农妇使用这个休息室，她们都很"感激小镇上太太们的好心，给她们提供一个这么好的地方，而且全部免费"。卡罗尔一边听一边想："一点都不好心，那些好心太太的丈夫要做农民的生意嘛，这只不过是为做生意提供方便而已。再说了，这个休息室太糟糕了。它应该成为小镇

---

① 兰姆（Charles Lamb, 1775—1834）：英国散文家。
② 德·昆西（Thomas De Quincey, 1785—1859）：英国散文家。
③ 汉弗莱·沃德夫人（Mrs. Humphry Ward, 1851—1920）：原名为Mary Augusta Arnold，英国女作家。

上最迷人的地方,让大草原上那些厌倦灶台生活的女人也舒服一下。当然,它应该有一扇透明的窗户,这样她们就能看到都市生活的忙碌了。总有一天,我要建一个更好的休息室———一个俱乐部聚会室。咳,我早就把它规划为佐治亚式市政厅的一部分了。"

于是,她就盘算着,在第三次参加聚会的时候,让死亡观俱乐部不得安宁。这一次聚会涵盖了斯堪的纳维亚、俄罗斯和波兰文学,以及伦纳德·沃伦太太对俄国所谓教堂的异端邪教的评论。甚至在咖啡和热面包卷端上来之前,卡罗尔就抓住钱普·佩里太太说起来了。钱普·佩里太太是一位拓荒时代的女人,心地善良,心胸开阔,给死亡观俱乐部的现代主妇增添了一抹历史尊贵感。卡罗尔一股脑儿倒出了自己的计划。佩里太太点点头,摸摸卡罗尔的手,但最后她叹了口气说:

"亲爱的,我也希望能赞同你的看法。我相信,你是上帝派来的救世主,虽然我们在浸礼会没有经常看到你。但恐怕你太慈悲了。当年,我和钱普先生赶着牛车、跟随一个车队从索克森特① 来到囊地鼠草原镇的时候,这里除了一个用栅栏围起的地方、几个士兵和几个小木屋之外,啥玩意也没有。有时候,我们想弄点咸肉和火药,就派个人骑马去买,但是那个人很可能还没回来就被印第安人开枪打死了。那时候,我们这些女人——当然,起初我们都是农民——根本没有料到会有什么休息室。天哪,那个时候要是有她们现在这样的休息室,我们肯定会觉得高雅极了!我家的房子是用干草铺的屋顶,下雨的时候漏得怕死人,只有搁板底下才有一块干燥的地方。

"后来,这个小镇逐渐发展起来了,我们又觉得新市政厅真的很好。所以,我觉得没啥必要去建舞厅。不管怎样,跳舞也跟以往不同了。我们以前跳舞很正派,也一样很开心的呀,哪像现在这些

---

① 索克森特(Sauk Centre):明尼苏达州斯特恩斯县(Stearns County)的一个小镇。

年轻人,跳什么火鸡舞,还搂搂抱抱的,太不体面了。上帝嘱咐说,年轻女孩应该端庄一点,如果她们一定要无视它,那么我想,她们在皮西厄斯骑士团和共济会那儿应该还行,尽管有些集会的地方并非总是欢迎陌生人和雇佣的帮手来参加他们所有的舞会。而且,至于你说的农业委员会或者家务科学示范,我觉得没有任何必要。在我那个年代,小伙子都很诚实,辛辛苦苦学耕种,而且每一个姑娘都会烧饭,否则她妈就让她学习如何罚跪!而且,瓦卡明不是有一个县农业技术指导员吗?他大概两个礼拜来一次吧。捣鼓捣鼓科学种田,这也足够了呀——钱普说,不管怎么说,那也没啥大不了的嘛。

"至于说演讲厅——咱们不是有好多教堂吗?听一场好的老式布道,比听一大堆地理知识、书本知识和谁也无须知道的东西要好得多——单是在死亡观俱乐部这儿,异教邪说已经听得够多的了。至于你说的要设法把整个小镇建成殖民时期的建筑风格——我的确喜爱美好的东西。直到现在,我还在衬裙上镶上缎带,虽然钱普·佩里老是取笑我,那个老坏蛋!不过,同样地,我相信,在我们这些老前辈当中,没有谁愿意看到自己辛苦建造起来的这个小镇被拆除,然后建成一个四不像的地方,只是有点像德国故事书里的样子,跟我们喜爱的地方一点也不像。再说啦,你不觉得它现在挺漂亮的吗?这些树木和草坪也很漂亮?还有这么舒服的房子、热水供热、电灯、电话、水泥人行道以及其他等等。啊唷,我还以为从双城来的人都会说这是个美丽的小镇哩!"

卡罗尔违心地说,囊地鼠草原镇既有阿尔及尔的色彩,又有忏悔星期二[①]的狂欢。

然而,第二天下午,卡罗尔又一头扑向面粉厂老板的鹰钩鼻老婆莱曼·卡斯太太。

---

① 忏悔星期二(Mardi Gras):四旬斋前的最后一天,俗称狂欢节。

卡斯太太的客厅属于拥挤的维多利亚流派，如同卢克·道森太太的客厅属于光秃的维多利亚流派一样。客厅的布置遵循了两个原则。首先，每一样东西都得像一样别的什么东西。一张摇椅，得有里拉①一样的靠背，一个仿效簇绒布做成的仿皮座位，还要有酷似苏格兰长老会狮子的一对扶手；在椅子意想不到的部位还要有按钮、卷轴、护罩以及矛尖。拥挤的维多利亚流派的第二个原则是，内部的每一寸地方都要摆满无用的东西。

卡斯太太客厅的墙上贴了很多"手绘的"图画和"俗丽的"图画，画的是白桦林、报童、小狗以及平安夜的教堂尖塔；还有一块饰板，画的是明尼阿波利斯博览会大厦；一些不知属于什么部落的印第安酋长的焦木肖像；一幅用三色堇做装饰的诗体格言；一个玫瑰庭院；还有卡斯两个儿子所上的学校——奇科皮·福尔斯商学院和麦吉利卡迪大学——的校旗。一张小方桌上放着一个精细镀铅镶边的彩瓷名片盒；一本家用《圣经》；一本吉恩·斯特拉顿·波特夫人②的最新小说《格兰特③的回忆》；一个瑞士农舍木制模型，同时也是一只零钱储蓄罐；一个平滑的鲍鱼壳，里面盛着一枚黑头图钉和一个空线轴；一只镀金的金属便鞋，鞋头印有"纽约特洛伊纪念"的字样，鞋壳里有一个天鹅绒针垫；还有一只有瑕疵的莫名其妙的红色玻璃盘。

卡斯太太第一句话就是，"我得让你看看我那些漂亮的东西和艺术品"。

听完卡罗尔的诉求，她尖声说道：

"我知道，你觉得新英格兰的村子和殖民时期的房子，比这些

---

① 里拉（lyre）：古希腊的一种竖琴，用来为唱歌或朗诵伴奏。
② 吉恩·斯特拉顿·波特夫人（Mrs. Gene Stratton Porter，1863—1924）：美国女作家。
③ 格兰特（Grant，1822—1885）：美国第十八任总统，任职期为1869—1877。

中西部的小镇漂亮得多。我很高兴你有这种看法。我生在佛蒙特，这一点你应该很想知道。"

"你不觉得我们该尽力把囊地鼠草原镇——"

"天哪，不行，我们办不到。现在的税实在太高了，我们要减少开支，别让市议会再花一分钱。呃——你不觉得韦斯特莱克太太宣读的那篇论托尔斯泰的文章很出色吗？她指出他所有愚蠢的社会主义思想都不行，我真高兴。"

卡斯太太说的话，跟肯尼科特当晚说的话一样。在二十年内，市议会都不会建议，囊地鼠草原镇也不会提议拨款，去兴建一个新的市政厅。

五

卡罗尔以前避免向维达·舍温袒露自己的计划。她不太好意思摆出一副老大姐的样子。维达可能会笑话她；也可能窃取她的想法，把它改一改，为她所用。不过，也没有别的希望。当维达过来喝茶的时候，卡罗尔就把自己的乌托邦简要说了一下。

维达说话让人宽慰，但又不容置疑：

"亲爱的，你全错了。我也想看到一个遮挡狂风的真正的花园小镇。可是，那是办不到的。几个俱乐部女人能干成什么事？"

"她们的丈夫都是镇上最重要的人物。这个小镇就是他们的！"

"可是，这个小镇是个独立的单位，不是死亡观俱乐部的丈夫。你不知道，当初要市议会花钱给抽水站种上藤蔓的时候，我们遇到多少麻烦。不管你怎样看待囊地鼠草原镇的女人，她们都比男人进步一倍。"

"可是，那些男人看不到小镇的丑陋吗？"

"他们不觉得小镇丑陋。你又怎么能证明它丑陋呢？这是审美的问题。他们为啥要喜欢一个波士顿建筑师喜欢的东西呢？"

"他们只是喜欢卖梅脯！"

"咳，有何不可？不管怎么说，关键是，你得以现有的条件，从里面干起，而不是凭借外来的想法，从外面干起。外壳不应强加于精神之上，不能那样。鲜亮的外壳只能来自精神，而且要表达精神，那就意味着等待。要是我们钉紧市议会，钉它个十年，他们也许会投票决定拨款，建一所新学校。"

"我决不相信，那些大人物看到这个计划的时候，会小气到连每人掏几美元凑个大楼都不肯——你想啊——跳舞、演讲、话剧，都可以以合作的方式来实现！"

"你要是跟那些商人提起'合作'这个词，他们会用私刑处死你的。比起邮购公司，更让他们担心的一件事就是农民可能要搞合作运动。"

"一点风吹草动，就担心起钱包来了。总是这样，凡事都一样！我可没有小说里描写的那么传奇：窃听器，以及举着火把演说。我只是庸人自扰罢了。哎呀，我知道自己是个傻瓜。我向往威尼斯，却住在阿尔汉格尔斯克①，破口大骂，因为北方的海域色彩不够柔和。不过，他们至少不会阻拦我喜爱威尼斯。再说了，说不定哪天我就逃走了——好吧，没啥要说的了。"

她摊开双手，摆出一个放弃的姿势。

---

① 阿尔汉格尔斯克（Archangel）：俄罗斯一城市，濒临白海德维纳湾。

六

五月初,小麦像青草一样迅速生长,抽出一片又一片嫩叶;玉米和土豆正在下种;田地里一片忙碌。两天了,雨一直下个不停。即使是在镇上,道路也成了一条条烂泥沟,很难穿过。在大街上,从一侧的路缘到另一侧的路缘,宛如一片黑色的泥沼。在住宅区的街道上,人行道两侧的草坪也渗出了灰色的泥水。天气异常燥热,但在萧瑟的天幕下,小镇还是那么沉闷无趣。一栋栋房子依旧那么生硬,既没有白雪的点缀,也没有摇曳的树枝遮蔽。它们就坐落在那里,阴沉沉的,一片凌乱,粗陋不堪。

卡罗尔拖着脚步往家走,厌恶地看了一眼她那沾满泥土的低筒橡胶雨鞋,裙子的下摆也弄脏了。她走过莱曼·卡斯家那栋深红色的、有尖顶的、笨拙的大房子,又蹚过一条线状的泛黄的水坑。她坚持认为,这个泥淖的地方不是她的家。她的家,还有她那个漂亮的小镇,都在她心里。它们早就建好了,这个任务已经完成。实际上,她一直在寻求的,是有个人和她一起分享它们。维达不愿意分享,肯尼科特无法分享。

但总有人愿意分享她的庇护所吧。

突然,她想到了盖伊·波洛克。

但她马上又放弃了他。波洛克太谨小慎微了。她需要一种精神,和她自己的一样,朝气蓬勃,又超出常情。可是,她永远也找不到它。青春再也不会欢唱着回来了。她输了。

可是,就在当天晚上,她想到了一个办法,解决了囊地鼠草原镇的重建问题。

不到十分钟,她就来到了卢克·道森的家,猛拽那个老式的拉铃绳。道森太太把门打开一条缝，疑惑地往门边窥视着。卡罗尔亲了一下她的脸颊，就欢快地钻进了那间阴森的客厅。

"唷，唷，看到你真是高兴！"道森先生笑得咯咯的，放下手中的报纸，把眼镜推到额头上。

"你看上去很兴奋的嘛。"道森太太叹了口气说。

"是呀，道森先生，你是个百万富翁，没错吧？"

道森先生把头一昂，咕噜咕噜地说："咳，我想，要是我好好利用我所有的证券、农场保有地、梅萨贝的铁矿的股份以及北方木材业和开垦林地的股份，我差不多能挣到两百万美元。而且这里面的每一美分都是我辛苦赚来的，我也不想到外面去花费每——"

"我想，我需要从你这儿拿走一大半钱！"

道森夫妇相互瞥了一眼，似乎很欣赏这个玩笑。然后，道森先生喊喊喳喳地说："你比平立克牧师还要坏哟！他每次敲我竹杠，几乎从不超过十美元！"

"我没开玩笑，我是说真的。你们在双城的孩子已经长大成人，还很富裕。你们不想死后不留名吧。那为啥不干点开创性的大事呢？为啥不改造整个小镇呢？请一名伟大的建筑师，让他设计一个适合大草原的小镇。或许，他还能设计出某种全新的建筑形式哩。等到那个时候，就把这些摇摇晃晃的房子全都拆毁——"

道森先生这才认定，她真的没开玩笑，于是号啕大哭说："啊唷，那至少得花费三四百万美元哪！"

"可是，你一个人，只是一个人，就有两百万了啊！"

"我？把我辛苦挣来的钱花光，为一大帮从不知道节约用钱、得过且过的乞丐盖房子？我并不是说我这个人小气。孩子他妈本来可以请一个女佣来干家务的——当然这也要我们能找得到才行。可是，她还是和我一块起早摸黑地干——把钱花在一大帮无赖身上？"

"拜托，不要生气嘛！我只是说……我是说……哎呀，不是要花光你所有的钱,肯定不会的。不过,要是你能带个头,那么其他人自然会加入进来的。再说了,要是他们听到是你在谈起重建一个更漂亮的小镇——"

"啊唷,孩子,你想法太多了。再说了,这个小镇怎么了?在我看来很好啊。好多周游世界的人都一再跟我说,囊地鼠草原镇是中西部最漂亮的地方。对任何人来说,它都好得很。当然啦,对孩子他妈和我来说,它也好得很。再说了,孩子他妈和我正打算搬走呢,去帕萨迪纳①买一栋小平房,然后就在那儿住下了。"

七

卡罗尔以前在街上遇到过迈尔斯·伯恩斯塔姆。再次不期而遇,两人都很高兴。这个留着强盗胡子、工作服上沾满泥污的工人,似乎比任何人更像一个轻信他人的青年,是她正在物色的那种可与之并肩作战的人。所以她就把经历的事情当作趣闻逸事说了一点给他听。

他咕哝着说:"我从没想过自己会认同道森那个老家伙,那个吝啬鬼老土匪——而且还是个行贿高手哩。不过,你的想法也不对。你还不是他们当中的一员——嗯。你想为这个小镇做点事,我可不想,我想让这个小镇自己折腾去。我们可不想要道森那个老家伙的钱。有附加条件的钱,送给我们也不要。我们会把钱从他那儿夺回来,因为这钱原本就属于我们。你得强硬一些才行。快来加入我们这些快乐的游民吧。总有一天,等我们让自己受到教育,不再做游民了,我们就把事情接管过来,把它们办得妥妥的。"

---

① 帕萨迪纳(Pasadena):美国加利福尼亚州洛杉矶东北部的住宅卫星城市。

他已经从她的朋友变成了一个身穿工装裤的愤世嫉俗的人。卡罗尔再也不能接受这种"快乐的游民"的独裁统治。

当卡罗尔走到城郊的时候,已经把伯恩斯塔姆忘得一干二净了。

她不再想市政厅项目的事,而是有了一个令人异常兴奋的全新的想法。她觉得,对于这些呆头呆脑的穷人来说,工作做得实在太少了。

八

大草原的春天,并不像一个少女那样羞羞答答,而是肆无忌惮,并且很快就过去了。几天前,路上还是一片泥泞,现在却是尘土飞扬。路边的那些小水坑也干涸了,变成一块块乌黑发亮的硬土,就像龟裂的漆皮一样。

死亡观俱乐部的计划委员会在召开会议,要确定明年秋冬两季的主题。等卡罗尔赶到的时候,她已经累得喘不过气来了。

主席是埃拉·斯托博迪女士,她身穿一件牡蛎色的衬衫,问大家是否还有新的问题。

卡罗尔站了起来。她建议,死亡观俱乐部应该帮帮镇上的穷人。她向来都很正确,又有现代观点。她说,她不想为他们祈求博爱,而是想给他们一个自助的机会。要建一个职业介绍所,指导妇女给婴儿洗澡和炖可口的汤。可能的话,再要一笔市政住宅建设基金。"沃伦太太,你觉得我的计划咋样?"她最后问道。

作为一个因为婚姻而与教堂相关联的人,沃伦太太说话很谨慎,她给出这样的结论:

"我确信,我们同肯尼科特太太的意见完全一致。不管哪里遭受了真正的贫困,我们都要履行我们的职责,去帮助那些不太幸运的人,这不仅是贵人应有的品德,也是一种乐趣。不过,我必须要说的是,在我看来,如果不把这看成一种博爱,我们将失去这件事的全部意义。哎呀,那才是真正的基督徒和教堂的光辉所在!《圣经》已经把它写下来作为我们的指导。《圣经》上说'信仰,希望,与博爱',又说'你要永远和穷人在一起',这表明,这些所谓的科学规划里永远不会有什么东西可以废除博爱,永远不会!这样不是更好吗?我应该想象不出,被剥夺了给予的所有快乐的世界会是什么样子。而且,如果这些游民乡亲意识到他们是在接受博爱,而不是得到他们有权享有的某种东西,那么他们就会更加心存感激了。"

"另外,"埃拉·斯托博迪小姐哼了一声,气愤地说,"他们戏弄你哩,肯尼科特太太。这儿压根就没有真正的贫穷。就拿你提到的斯坦霍夫太太说吧,每次我们家衣服多得让女佣洗不完的时候,我都送给她洗——仅去年一年,我送给她的洗衣活就得有十美元咧!我敢肯定,俺爸绝不会同意拨付市政住宅建设基金。俺爸说,这些乡亲都是大骗子,尤其那些假装买不起种子和机械的佃农。俺爸说,他们只是不想还债而已。他说,他绝不愿意取消抵押回赎权,但这又是让他们尊重法律的唯一办法。"

"再想想看,我们送给这些人这么多衣服!"杰克逊·埃尔德太太说。

卡罗尔再次插话说:"哦,是的,我正要说说那些衣服呢。在我们给穷人衣服的时候,如果我们给他们的是旧衣服,那我们应该先把衣服缝补好,尽量把衣服弄得拿得出手,你们说是不是?明年圣诞节死亡观俱乐部捐赠的时候,如果大家能聚在一起补补衣服,整整帽子,把这些东西弄得——难道不是很愉快的事吗?"

"我的天哪,他们比我们时间多啊!只要能得到东西,不管是什么样子,他们都该很开心,很感激才对呀。我知道,我是不会坐下来给沃普尼太太那个懒女人补衣服的,我还有一堆事情要做哩!"

埃拉·斯托博迪小姐厉声说。

她们都瞪眼看着卡罗尔。她这才想到，沃普尼太太早就被火车撞死了，撇下十个孩子呢。

可是，玛丽·埃伦·威尔克斯太太却面带微笑。威尔克斯太太既是艺术品店、杂志社和书店的老板，又是基督教科学派小教堂的诵经师。她明明白白地说：

"如果这个阶层的人了解基督教科学派，懂得我们都是上帝的儿女，没有什么能伤害我们，那么他们就不会犯错，也不会贫困了。"

杰克逊·埃尔德太太帮腔说："再说了，我也觉得俱乐部已经做得够多了。比如植树活动、灭蝇运动，以及负责建造休息室，等等。更不用说的是，我们还讨论过尽量让铁路局在火车站建一个停车场呢。"

"我也是这样想的呀。"主席女士说。她不安地看了舍温小姐一眼。"但你觉得呢，维达？"

维达乖巧地向每位委员微微一笑，然后宣布说："咳，我觉得，我们现在最好不要再做任何事了。不过，能听到卡罗尔的宝贵想法，也是一种荣幸，不是吗？哦，有件事我们得马上确定下来。明尼阿波利斯各俱乐部呼吁从双城选出另一位州联合会会长，我们得联合起来反对才行。她们推举的是埃德加·波特伯里太太——我知道，有人认为她是个聪明而又风趣的演说家，但我认为她很肤浅。我想写信给奥吉巴瓦沙湖俱乐部，跟她们说，如果她们选区支持沃伦太太担任第二副会长，我们就支持她们的黑格尔顿太太当会长。她也是个非常可爱、非常漂亮又非常有教养的女人呀。你们觉得这样写行吗？"

"行啊，我们是应该让明尼阿波利斯那帮人出出洋相！"埃拉·斯托博迪小姐刻薄地说，"哦，对了，顺便说一下，波特伯里太太要本州各俱乐部出面，明确支持妇女参政，这场运动我们必须反对。妇女在政治上没有任何地位。如果她们陷入这些恐怖的阴谋，互投赞成票，卷入那些流言蜚语和人身攻击之类的可怕的政治伎俩中去，那么她们就会失去所有的优雅和魅力。"

除了一个人之外，其他人都点头同意。她们中断正式的会议议题，讨论起埃德加·波特伯里太太的丈夫，她的收入，她的箱式轿车，她的住宅，她的演说风格，她的中国风紧身晚礼服，她的发型，以及她在州联合会妇女俱乐部饱受非议的影响力。

在计划委员会休会之前，她们又花了三分钟讨论明年的主题，看看《文化点滴》提供的"室内陈设与瓷器"以及"圣经文学"这些主题哪一个更好一些。结果又发生了一件令人恼火的事情。原来肯尼科特太太又插话进来，开始卖弄了。她评论说："难道你们不觉得，在教堂和主日学校，我们《圣经》已经学得够多了吗？"

伦纳德·沃伦太太有点语无伦次，但更像大发雷霆，叫嚷着说："哎呀，好家伙，我真没想到居然有人认为我们从《圣经》里学得够多了！我想，如果说在过去的两千年里，这本古老的经书经受住了异教徒的攻击的话，那么它还是值得我们'稍加'思考的吧！"

"哎哟，我不是故意——"卡罗尔恳求说。因为她的确是故意，所以她很难说明白。"不过，我希望，我们不要把自己局限在《圣经》上，或者和亚当兄弟①的假发有关的趣闻逸事上。《文化点滴》似乎认为这些东西才是家具陈设的重点。我们可以学习一些当今正在涌现的真正震撼人心的思想，不管它是化学、人类学还是劳工问题；也可以学习一些即将具有重大意义的东西。"

大家都礼貌地清了清嗓子。

主席女士问道："还有别的议题要讨论吗？有人提议采纳维达·舍温推荐的《室内陈设与瓷器》这个主题吗？"

---

① 亚当兄弟（Brothers Adam）：约翰、罗伯特、詹姆斯以及威廉，他们都是18世纪英国室内陈设方面的艺术家。

这个主题一致通过。

"彻底失败了!"卡罗尔举起手,喃喃地说道。

她真的以为自己能在这堵平庸的空墙上播下一粒自由主义的种子吗?她怎么会蠢到想在一堵光滑至极、阳光普照并且令里面酣睡的人如此满意的墙上播种什么东西呢?

第 十 二 章

一

这是真正的春天里的一周,也是五月里罕见的美好一周,是寒冬过去之后、盛夏来临之前的一段宁静的时光。每天,卡罗尔都从小镇走进令人心荡神驰的乡野,对新的生命欣喜不已。

在这个令人陶醉的时刻,她又回到了青春时光,再次相信美的存在。

她沿着铁轨一路向北,朝千鸟湖的北岸走去。铁轨笔直而又干爽,这使得它成了大草原上行人的天然捷径。她迈着大步,从一根枕木跨到另一根枕木。每到一个路口,她都得从尖木桩做成的防畜栏上爬过去。她走上铁轨,伸开双臂保持平衡,脚跟贴着脚尖,小心翼翼地往前走。当她失去平衡的时候,她就弯下身子,拼命挥舞着双臂;而当她跌下铁轨的时候,她又放声大笑起来。

铁轨的旁边是茂密的草丛,很多地方都被烧过,留下参差错杂、刺人的残茬。草丛里隐约可见淡黄色的金凤花,以及白头翁花淡紫色的花瓣和毛茸茸的灰绿色花茎。山茱萸的枝丫鲜红油亮,宛如日本米酒碗上的亮漆。

她沿着砾石堤往下跑,朝那些挎着小篮子采花的孩子微微一笑,然后揪一撮柔软的白头翁花插在自己白色衬衫的胸襟上。田野里迅速生长的小麦吸引了她的注意,于是她离开笔直的铁路线,从一道生锈的铁丝网栅栏钻了出来。她沿着小麦地和黑麦地之间的垄沟往前走。小麦的叶片还很低，而黑麦则随风飘拂，泛起片片银光。她发现湖边有一个牧场。牧场里零星散布着零碎的野花和柔软的黄花烟草，伸展开去，宛如一条罕见的古老的波斯地毯，奶油色、玫瑰色和淡绿色相映成趣。粗硬的牧草在她的脚下发出悦耳的嘎吱声。和煦的春风从她身边阳光灿烂的湖面徐徐吹来，细小的波浪轻轻拍打着岸边的草甸。她跳过一条有褪色柳叶芽遮荫的小溪，逐步走进一个嬉闹的小树林，里面有很多白桦树、白杨树和野李子树。

白杨树的叶子上有一层茸毛，如同柯罗①所画的乔木一样；银绿色的树干像白桦树一样挺拔，又像法国哑剧中男丑角的四肢一样纤细和光亮。李子树上开满了密密麻麻的白色花朵，使小树林里弥漫着春天的朦胧，给人一种幽远的幻觉。

她跑进树林，因着寒冬过后重获的自由，欢快地喊叫起来。苦樱桃树上盛开的花朵引起了她的注意，吸引她离开外层阳光和煦的空地，进入像海底一样静谧的绿荫深处。在那儿，阳光穿过嫩叶的间隙，洒下斑驳的光影。她沿着一条荒芜的道路往前走，一副若有所思样子。在一根长满地衣的圆木旁，她发现了一株构兰花。到道路尽头的时候，她又看到了一片开阔的田地，一片起伏的麦田，青翠欲滴，生机勃勃。

"我相信，森林之神仍然活着！那边就是伟大的土地，它像群山一样壮美。我还在乎死亡观俱乐部干什么呢？"

她走出树林，来到大草原。在白云朵朵的苍穹下，草原显得格外广阔。一个个小水塘闪闪发光。在一片沼泽地的上空，几只红翅乌鸫正在追逐一只乌鸦，在空中上演了一场转瞬即逝的闹剧。在一座小山上，依稀可见一个男人扶着一个犁耙。他那匹马弯着脖子，

---

① 柯罗（Corot，1796—1875）：法国画家，是历史风景画向现实主义风景画过渡的代表人物。

使劲往前拉。

她沿着一条小路来到科林斯路，往回走就能回到小镇了。路旁野草丛生，一簇簇蒲公英分外绚丽夺目。在这条路的下面，有一个混凝土涵洞，一条小溪从中汩汩流过。她吃力地往前走着，疲惫不堪。

一个男人开着一辆颠簸的福特，嘎啦嘎啦地来到她的身旁，向她打招呼说："肯尼科特太太，要搭车吗？"

"谢谢你。你真是太好了，但我喜欢步行。"

"天哪，天气真好。我看到有些小麦都长到五英寸高了。嗳，再见。"

这个人到底是谁，她一点也想不起来了，可是他的那声招呼，却使自己感到很温暖。这个乡下人表现出来的友好，在镇上的主妇和商业巨头那里从来都没有。不管这是她的错，还是他们的错，或者大家都没错。

离小镇还有半英里路，在榛子树丛和一条小溪之间的一片洼地里，她发现了一个吉卜赛人露宿的营地：一辆大篷车，一个帐篷，还有一群拴在木桩上的马。一个肩膀宽阔的男人蹲在地上，端着一只煎锅在篝火上煎东西。那个人朝她这边看过来，他就是迈尔斯·伯恩斯塔姆。

"嗯，嗯，你来这儿干什么哪？"他大声喊道，"过来吃块熏肉，皮特！嗨，皮特！"

一个头发蓬乱的人就从大篷车的后面走出来了。

"皮特，这就是我那个狗屁镇上的那位真正的女士。快一点儿，钻过来坐一会吧，肯尼科特太太。我整个夏天都要出远门呢。"

那个红胡子瑞典佬摇摇晃晃站了起来，揉揉两个发麻的膝盖，慢悠悠地走到铁丝栅栏跟前，为她扒开铁丝网。她在钻铁丝网的时候，下意识地对他微微一笑。她的裙子被一根倒刺勾住了，于是他小心翼翼地把裙子从倒刺上拿开。

这个男人上身穿一件蓝色法兰绒衬衫，下身穿一条宽松的卡其布裤子，裤子的吊带一边高一边低，头上还戴着一顶让人感觉很邪恶的毡帽。站在他的身旁，卡罗尔显得格外小巧玲珑。

皮特板着面孔，把一只倒扣着的桶摆正给她坐。她懒洋洋地坐在桶上，两个胳臂肘拄在膝盖上。"你打算去哪儿呀？"她问道。

"只是出去一个夏天而已，去贩马。"伯恩斯塔姆咯咯地笑着说，他的红胡子露在了阳光底下，"俺们就是季节性的流动工人，为老百姓做做好事儿。每隔一段时间就要出一次这样的远门。说到贩马，俺们可是行家哟。从农民手上把马买过来，然后再把它们卖给别人。俺们都是老实人——一向如此。挺好玩的。一路上都是露营。在我动身之前，我还想着找个机会跟你道别哩，但是——哎呀，你干脆跟俺们一起去好了。"

"我还真想去咧。"

"在你和莱曼·卡斯太太玩掷刀游戏①的时候，我和皮特已经越过达科他州，横穿巴德兰兹②，进入深山野岭了。到了秋天，我们可能就要穿过大角山脉③的一个山口了，也许还会在暴风雪中露营哩，就在比湖面高出四分之一英里的地方。到了早晨，我们就蜷在毯子里，透过松树林，仰望盘旋的老鹰。你动心了没有？嘿。老鹰从早到晚不停地飞呀飞呀——广阔无边的天空——"

"别说啦，不然我真要跟你去了，我还怕闹出点丑闻哩。也许有朝一日我也会去的。再见啦。"

---

① 掷刀游戏（mumblety-peg）：一种儿童户外游戏，两个小孩各自叉开双腿，对面站立，然后把小折刀往地上掷，谁的刀插得深谁就赢，而输的一方则要用牙齿把刀子拔出来。在19世纪和20世纪上半期，这种游戏在美国校园非常流行，后来因为安全问题逐渐废弃。
② 巴德兰兹（Bad Lands）：美国南达科他州西南部和内布拉斯加州西北部的崎岖地区。
③ 大角山脉（Big Horn Mountains）：位于美国怀俄明州北部和蒙大拿州南部的一个山脉。

她的小手被他那个发黑的皮手套握得严严实实的。到了路上转弯的地方,她朝伯恩斯塔姆挥了挥手。她一直往前走,现在清醒多了,但是觉得有点孤独。

不过,在落日的余晖中,小麦和青草仿佛变成了一块块柔软的天鹅绒,草原上空的云朵也变成了金粉色。她开心地转身走进大街。

二

在六月的前几天,她一直陪同肯尼科特开车去出诊。对她来说,他就是雄浑的大地。当她看到农民们对他毕恭毕敬、言听计从的时候,她就更加钦佩他了。清晨,她匆匆喝了一杯咖啡,就顶着寒气出发了。当清新的太阳从纯净的世界冉冉升起的时候,她已经来到了开阔的乡野。百灵鸟在薄薄的篱笆桩上歌唱,野玫瑰也散发着清新的花香。

傍晚时分,当他们返回的时候,低悬的太阳放射出庄严肃穆的光束,宛若天上的一把金箔扇子;一望无际的庄稼地俨如一片云雾缭绕的绿色海洋;而柳树防风林则恍若棕榈树遮蔽的群岛。

还没到七月,令人窒息的热浪就已经袭来了。大地被烈日烤晒得开了裂。玉米地里,庄稼人跟在中耕机和大汗淋漓的马匹后面,不停地喘着粗气。卡罗尔坐在汽车里等肯尼科特,车子就停在一个农舍的前面,座位晒得有点烫手,挡泥板和引擎盖的炫光也照得她头疼。

一场昏天黑地的雷雨过后,又是一阵沙尘暴,天空随即昏黄一片,预示着龙卷风即将来临。窗户虽然已经关闭,但里面的窗台还是落上了一层远从达科他州刮来的细细的煤粉。

七月里,天气愈来愈闷热。白天,他们贴着街边慢慢往前挪;

到了晚上，却又很难入睡。他们把床垫搬到楼下的客厅，对着打开的窗子辗转反侧。一个晚上他们要唠叨上十遍，说是要出去拿根水管把自己浇透，然后去蹚蹚露水，可又懒得动。遇到凉爽的夜晚，他们试图出去散散步，却又有成群的蚊子出没，密密麻麻地趴在他们的脸上，有的还钻到了他们的喉咙里。

她想去北部的松林或东部的大海，但肯尼科特却说"很难走得开，至少现在不行"。死亡观俱乐部的保健促进委员会要她参加灭蝇运动，她就在小镇上到处奔波，挨家挨户劝人使用俱乐部提供的捕蝇笼，或者给那些拍死苍蝇的孩子发点奖金。对于这件事，她很尽责，但不太热心。因为不太想做，所以当天气热得让她筋疲力尽的时候，她也就开始忽视这个任务了。

肯尼科特和她开车来到北方，陪他母亲过了一个礼拜——其实，是卡罗尔陪他的母亲过了一个礼拜，他自己忙着钓鲈鱼呢。

他们在明尼玛希湖的边上买了一个避暑的小别墅，这算是干了件大事。

也许，在囊地鼠草原镇，最令人愉悦的生活特征就是避暑别墅了。这些避暑别墅只是仅有两间房的棚屋而已，里面有几把破烂不堪的椅子，几张桌面胶合板已经剥落的桌子，几幅用糨糊粘在木墙上的彩色石印画，还有几只蹩脚的煤油炉。墙壁很薄，屋子又挨得很近，连隔壁第五家打小孩屁股的声音都能听见，听得真真切切的。不过，这些别墅坐落在一个陡坡上的榆树和椴树林中，从那里可以看到湖对面已经成熟的麦田，倾斜着往上延伸，一直到翠绿的树林边。

在这里，主妇们忘掉了社交场合的妒忌心理，穿上花格布衣服坐下来闲聊；或者穿上破旧的游泳衣，由一群异常兴奋的孩子簇拥着去玩水，一玩就是几个小时。卡罗尔也加入到他们中间，她把那些尖叫的小男孩按到水里，又帮幼小的孩子给不幸的小鱼垒筑沙盆。每天晚上，都有人开着车从小镇到这儿来，她就帮着胡安妮塔·海多克和莫德·戴尔为他们做野餐，这时她是喜欢她们的。和她们在一起，她比平时舒服一些，也自然一些。在是否要做小牛肉卷或者肉末荷包蛋的争论中，她根本没有机会发表自己的歪理邪说，也没机会过分敏感。

晚上的时候，他们有时也跳跳舞。他们还演过一场扮演黑人的说唱秀，由肯尼科特站在第一排当插科打诨的滑稽演员，他演得出奇地好。孩子们总是围在他们的身边，听他们讲述土拨鼠、囊地鼠、木筏以及柳笛的传说，这些孩子机灵着呢。

要是他们能继续过这种平常的野蛮生活，卡罗尔肯定会成为囊地鼠草原镇最热心的公民。让她如释重负的是，她确定自己不想独自发表书生气的谈话了，她也不指望这个小镇能变成波西米亚。她现在很满足，不再评头论足了。

九月，本是一年中色彩最艳丽的时候。可是按照惯例，他们该返回小镇了；孩子们也不能再虚度光阴去学习大地知识，而是该回到课堂，在一个没有信托交易所或者货车短缺烦扰的欢乐世界里，学习那些威廉卖给约翰多少土豆之类的课程了。那些整个夏天都高高兴兴去游泳的女人，一听到卡罗尔请求说"今年冬天我们要坚持户外活动，我们要一起滑雪，一起溜冰"，就马上露出迟疑的神色。她们的心扉又关闭了，直到明年春天。长达九个月的围着炉火吃美味点心的小圈子生活又重新开始了。

三

卡罗尔开了一个沙龙。

既然她只喜欢肯尼科特、维达·舍温和盖伊·波洛克，既然肯尼科特宁可喜欢萨姆·克拉克，也不喜欢世界上所有的诗人和激进分子,所以在她结婚一周年纪念日的时候,她那个私人的、自我防御性的小圈子就只请了维达和盖伊两个人共进晚餐。席间,争议的话题也仅限于雷米埃·伍瑟斯庞的种种渴望。

在她看来,盖伊·波洛克是这儿最温和的人。他谈论她的新翡翠和奶油色连衣裙,非常自然,没有戏谑的意味。在他们入座就餐的时候,他还替她挪动椅子。他也不会像肯尼科特那样打断她,然后大声说:"哎呀,听着。说起这个事呀,我今天倒是听到一个很好的故事。"可是,盖伊像个隐士一样,简直无可救药。他坐到很晚,聊得也很起劲,后来就再也没来过了。

后来,她在邮局遇到钱普·佩里,并断定拯救囊地鼠草原镇乃至整个美国的灵丹妙药,就存在于美国拓荒者的历史中。她告诉自己,我们已经丧失了他们原来那种坚韧的精神。我们必须让剩下的老兵恢复当年的精神,然后追随他们走回头路,去追求林肯的正直,去追求在锯木厂跳舞的拓荒者的那种快乐。

她从《明尼苏达疆土开拓者》的记载中了解到,在距今仅仅六十年的时候,在她父亲出世前不久,囊地鼠草原镇只有四间小屋。钱普·佩里太太当年艰苦跋涉来到此地时看到的圆木栅栏,就是后来士兵为防御苏族[①]而建的。住在那四间小屋里的是缅因州的北方佬。他们沿着密西西比河逆流而上,来到圣保罗,然后一路往北,越过原始草原,进入原始森林。他们碾磨自产的玉米。男人外出打野鸭、鸽子以及草原松鸡。新开垦的土地生长出像萝卜一样的芜菁甘蓝,他们就拿来生吃,煮着吃,烤着吃,然后又生吃。招待客人的时候,他们就用野李子、野苹果以及很小的野草莓。

蝗虫飞来的时候,天上黑压压的一片,不到一个小时就把农妇的菜园子和农民的外套吃光了。费了好大劲才从伊利诺伊州弄来的

---

① 苏族(Sioux):印第安人的一族,自称达科他(Dakota)族。

宝马，要么淹死在沼泽里，要么因为惧怕暴风雪而四处逃窜。雪花从新建小屋的一个个裂缝吹进来，从东部来的孩子，还穿着印花平纹薄棉衣，整个冬天都冻得直哆嗦；到了夏天，又被蚊子叮得青一块紫一块。印第安人随处可见，他们在人家的门前庭院露宿，悄悄溜进人家的厨房讨要甜甜圈，背上挎着步枪走进校舍恳请看看地理书中的插图。大灰狼成群出没，逼得孩子爬到树上躲起来。拓荒者发现一窝一窝的响尾蛇，一天能杀掉五十至一百条蛇。

不过，那种生活还是令人振奋的。在一本叫作《边陲旧事》的精彩的明尼苏达编年史中，卡罗尔看到了1848年在斯蒂尔沃特定居的马伦·布莱克太太的回忆录，非常羡慕：

"在那些日子里，没有什么好炫耀的。我们一切顺其自然，生活也很快乐……大家时常聚在一起，不到两分钟就打成一片了——打打牌、跳跳舞……我们那个时候跳的是华尔兹和对舞①。没有现在这种新式的吉格舞②，穿着打扮也不值一提。那个时候，我们都把身子裹得严严实实的，也没有现在这种紧身裙。在我们的裙子里面，你可以走个三四步，这样还不会碰到裙边。其中的一个小伙子会拉一阵小提琴，然后会有人接替他，这样他就能去跳舞了。有时候，他们也会一边拉小提琴，一边跳舞。"

她想，要是她去不成那种灰色、玫瑰色以及水晶的舞厅，她就和一个边拉小提琴边跳舞的小伙子在刨光的厚木地板上旋转。这个自命不凡的中等小镇，已经把《金钱麝香》③换成了播放拉格泰姆④

---

① 对舞（contra dance）：一种夫妻所跳的土风舞，类似于方块舞，借鉴了英格兰民间舞以及17世纪的苏格兰舞和法国舞的元素。
② 吉格舞（jig）：一种轻快的三拍快步舞，16世纪起源于英格兰，后迅速传遍欧洲大陆，并导致了巴洛克舞蹈组曲（Baroque dance suite）的终结。
③ 《金钱麝香》（Money Musk）：美国作曲家和教会音乐家利奥·索尔比（Leo Sowerby，1895—1968）的音乐作品。
④ 拉格泰姆（Ragtime）：形成于19世纪的美国黑人音乐，最早起源于吉格舞，20世纪初期在北美风靡一时，可以说是非洲切分音和欧洲古典音乐的完美结合。

音乐的唱片。它既不是一个英雄史诗般的古镇,也不是一个高度发达的新镇。她就不能想点办法让它返璞归真吗?尽管还想象不出是怎样的办法。

她自己倒也认识其中的两位拓荒者:钱普·佩里夫妇。钱普·佩里是谷仓的收购员。他在一台笨重的地磅上给一车车小麦过磅。每年春天,那些掉在地磅缝隙里的麦粒都会发芽。闲来无事的时候,他就在那件落满灰尘的、安静的办公室里打打盹儿。

她去拜访过佩里夫妇。他们住在豪兰·古尔德杂货店楼上的房间里。

他们上了年纪以后,就把投资在谷仓上的钱亏光了。于是,他们就让出了心爱的黄砖房子,搬到杂货店楼上的房间里来了。这几间房相当于囊地鼠草原镇的一个公寓。一条宽阔的楼梯从街上一直通到楼上的走廊,沿着走廊是一排房间,依次是一位律师的事务所,一位牙医的诊所,一位摄影师的"摄影棚",斯巴达协会分会①的几间宿舍,最后才是佩里夫妇的公寓套间。

卡罗尔是他们家这个月的第一个访客,所以他们用老人特有的热情和亲切接待她。佩里太太倾诉说:"喔唷,在这么窄小的地方招待你,真是不好意思。而且,家里什么水也没有,只是在外面的走廊里有一个破旧的铁皮水槽。不过,正如我对钱普所说,做乞丐的就不要穷讲究了。另外,对我来说,那个砖房太大了,没法打扫呀。这下好了,问题解决啦。在这里和大伙住在一起也挺愉快的。是的,住在这儿我们很开心。不过——总有一天,也许我们还能再次拥有一栋属于自己的房子。我们正在攒钱呢——哎哟,亲爱的,要是我们能有自己的房子就好喽!不过,这几个房间真的很漂亮,不是吗?"

---

① 斯巴达协会分会(Affiliated Order of Spartans):作者杜撰的一个兄弟会,借以讽刺在这样一个小镇竟然有如此名目繁多的兄弟会。

跟全天下的老人一样，他们已经尽其所能把用熟的家具搬到了这个弹丸之地。卡罗尔觉得，莱曼·卡斯太太的那间豪华客厅给人一种高人一等的感觉，但这里却没有。她感觉在这儿很自在。她温柔地注视着所有的临时代用品：绣花椅子扶手，盖着质地单薄的印花棉布的新式摇椅，以及用来修补贴有"爸爸"和"妈妈"标签的桦木餐巾环的裱糊纸条。

她暗示了她新近热衷的事情。看到还有一个年轻人把他们当回事，佩里夫妇深受鼓舞。于是，她很容易就从他们那儿探听到了大计。按照这些大计，囊地鼠草原镇就能重生了，就能再次成为充满情趣的安居之地了。

下面就是他们在飞机和工团主义时代所持有的一整套人生哲学：

在音乐、演讲术、慈善行为以及道德规范方面，浸礼会都为我们制定了完整而又神圣的标准。卫理公会、公理会以及长老会稍弱一点。"我们不需要所有这些新奇怪异的科学，也不需要正在各个大学里毁灭年轻人的那种可怕的圣经批评。我们需要的是重拾真正的上帝之道，还要坚信地狱的存在，就像我们以前接受传道的时候那样。"

共和党，即布莱恩[①]和麦金利[②]的老大党，是上帝和浸礼会在处理世俗事务方面的代理人。

所有的社会主义者都该被绞死。

"哈罗德·贝尔·赖特[③]是一位可爱的作家，他的小说讲授了良好的道德风尚，听乡亲们说他写小说赚了将近一百万美元哪。"

年收入超过一万，或者不到八百的人，都是缺德的。

---

① 布莱恩（James G.Blaine，1830—1893）：美国政治家、共和党人。
② 麦金利（McKinley，1843—1901）：美国共和党人，1897—1901年任美国总统。
③ 哈罗德·贝尔·赖特（Harold Bell Wright，1872—1944）：美国畅销书作家。

欧洲人更缺德。

天热的时候,大家喝上一杯啤酒都不会有什么害处,但要是谁沾了口酒,那可就直奔地狱去了。

女孩子也没有以前那么纯洁了。

没有人需要药品杂货店的冰激凌。无论对谁来说,馅饼已经足够好了。

农民卖小麦要价太高。

谷仓公司的老板们对雇员的要求远远超过他们支付的薪水。

如果每个人都像我爸当年开垦第一个农场那样努力,那么这个世界就不会再有麻烦或者不满了。

四

卡罗尔英雄崇拜的热忱逐渐减少,代之以礼貌的点头,然后点头又逐渐减少,一心只想逃走,然后就回家了,头痛得厉害。

第二天,她在街上看见了迈尔斯·伯恩斯塔姆。

"刚从蒙大拿回来。这个夏天太棒了。我的肺里吸满了落基山的空气。现在回来了,好好跟囊地鼠草原镇的老板们顶顶嘴。"卡罗尔对他微微一笑。佩里夫妇逐渐消逝,拓荒者也逐渐消逝,直到最后变成放在一只黑色胡桃木柜橱里的银版照片。

第 十 三 章

十一月的一天晚上,肯尼科特不在家,出于对朋友的忠诚而不是想念,卡罗尔就去拜访了佩里夫妇。然而,他们却不在家。

她就像一个没人一起玩耍的孩子,在黑乎乎的过道里走来走去。她看到一间办公室的门底下有灯光,就敲了门。她对开门的人低声说:"您知道佩里夫妇在哪儿吗?"然后,她才认清那是盖伊·波洛克。

"非常抱歉,肯尼科特太太,我也不知道。你不进来等他们吗?"

"啊唷——"她一边说,一边想着在囊地鼠草原镇拜访一个男人是不大体面的。她决定不进去了,真的,她不会进去的,可不知不觉又进去了。

"我没想到你的办公室在这上边。"

"是呀,既是办公室,又是独立洋房,还是皮卡第的别墅。不过,你看不到别墅和独立洋房,它们在萨瑟兰公爵的隔壁呢。它们还在里面那道门的那边,有一张简易床,一个盥洗台,我的另一套衣服,还有一条你说你喜欢的蓝色绉绸领带。"

"你还记得我说过那样的话?"

"当然啦,我会永远记得。请坐在这把椅子上吧。"

她扫了一眼这间陈旧的办公室——一只可怕的炉子,几书架棕黄色的法律书,一把办公椅上堆满了报纸,报纸因为放得太久,破了好多小洞,脏得发灰。只有两件东西让人联想到盖伊·波洛克。一件是在写字台的绿色毛毡上,在一堆法律空白表格和结块的墨水池中间,有一个景泰蓝花瓶;另一件是在一个可转动的书架上有一排在囊地鼠草原镇罕见的书:莫舍①版的诗人丛书,一些黑色和红色封面的德国小说,还有一部用起皱的上等摩洛哥山羊皮装帧的查尔斯·兰姆的作品。

盖伊没有坐下来。他在办公室里走来走去,像一条到处乱嗅的灰狗一样,又细又长的鼻子上松松垮垮地架着一副眼镜,嘴边还留着一撮光滑柔软的棕色胡子。他身穿一件高尔夫球运动衫,袖子上有皱褶的地方已经磨破了。她注意到,盖伊并没有因此而觉得不好意思。换成是肯尼科特,他肯定会不好意思的。

他找话说:"我没想到你是佩里夫妇的知心朋友。钱普是社会栋梁,可是,我怎么也不敢想象,他会和你一起搞象征主义舞蹈,或者搞什么内燃机改良。"

"不。他是个好人,愿上帝保佑他。不过,他是属于国家博物馆的,应该和格兰特将军的剑摆在一起,而我则是——哎呀,我想,我只是在寻找一个能让囊地鼠草原镇信奉基督教的福音罢了。"

"真的吗?让它信奉什么呢?"

"信奉一切确切的东西。正经的,或者轻浮的,或者兼而有之。管它是实验室,还是狂欢节,我都不在乎。不过,它得绝对安全才行。波洛克先生,你告诉我,囊地鼠草原镇是怎么了?"

"它有什么问题吗?难道没有可能是你和我有什么问题吗?我能有幸和你一样有什么问题吗?"

"当然可以,谢谢。不,我认为,有问题的是这个小镇。"

"是因为他们喜欢溜冰多于喜欢生物学吗?"

---

① 莫舍(Thomas Bird Mosher, 1852—1923):美国出版商,因对私营出版社运动有突出贡献而著名。

"可是,我不但比欢乐雨季的人对生物学更感兴趣,而且对溜冰也更感兴趣。我会跟她们一起溜冰、滑雪或者打雪仗,就像和你闲聊这么开心。"

"哦,不!"

"是的。可是,她们只想待在家里绣花。"

"也许吧。我不是在为这个小镇辩护。它只是——我是个顽固的无神论者。也许,我就是因为缺乏自负才自命不凡吧!不管怎么说,囊地鼠草原镇不是特别糟糕。它和所有国家的所有小镇一样。大多数地方已经丧失了泥土的气息,可又没有广藿香的气味或者工厂的烟味,这些地方同样对罪恶感到怀疑,又自以为公正。我怀疑,这个小镇,除了一些可爱的例外,会不会就是个社会的累赘?总有一天,这些单调的集镇会像修道院一样过时的。我可以想象出,农民和当地店铺经理干完一天的活乘单轨火车进城的情景,那城市比威廉·莫里斯①的乌托邦还迷人呢——有音乐,有一所大学,还有很多为我这样的流浪汉开的俱乐部。天哪,我多想加入一个真正的俱乐部啊!"

卡罗尔冲动地问道:"你,你为何待在这里呢?"

"我得了乡村病毒。"

"听起来蛮危险的。"

"是很危险,比癌症还危险呢。我要是不戒烟,到了五十岁肯定会得癌症的。乡村病毒是一种微生物,很像钩虫,它会传染给那些在乡下待得太久的有志之士。你会发现,它在律师、医生、牧师和受过高等教育的商人中间迅速传播——这些人都是见过世面的,但又都回到各自进退两难的境地了。我就是个很好的例子。不过,我不该拿自己的伤心事烦扰你。"

---

① 威廉·莫里斯(William Morris, 1834—1896):英国作家、诗人,信仰社会主义,宣扬乌托邦学说。

"你不会烦扰我的。还是坐下来吧,好让我看看你。"

他一屁股坐到了那把嘎吱嘎吱响的办公椅上。他直勾勾地看着她。她端详着他的眼球,这才意识到他是个男人,而且很孤单。他们都觉得尴尬,故意把目光移向别处。直到他接着讲下去,他们才如释重负:

"我的乡村病毒很容易诊断。我出生在俄亥俄州的一个小镇,跟囊地鼠草原镇差不多大,但远没有这么友好。那个小镇一代一代生生不息,形成了一种名人寡头政治。在这里,一个外地人只要行为端正,喜欢打猎和开车,喜欢上帝和我们的参议员,他就会被大家接受。可在那里,我们连自己人都不接受,瞧不起他们,直到慢慢习惯他们。那个俄亥俄小镇全是红砖房子,而且树太多,使得空气湿气很重,有一股烂苹果的气味。那里的乡下也没有我们这样的湖泊和草原。那里只有一小块一小块闷热的玉米地,有很多砖厂,还有很多脏兮兮的油井。

"我上的是一所神学院,知道上帝自从口述《圣经》,然后雇用一大群牧师来讲经之后,就没再做什么事了,只是偷偷地四处转悠,试图抓住我们这些不听它话的人。离开神学院以后,我就去了纽约,进了哥伦比亚大学法学院。然后,我就在那儿过了四年。哎呀,我对纽约实在不敢恭维。那地方又脏又喧闹,让人透不过气来,东西还贵得吓人。不过,比起那个让我窒息的陈腐的学院——我一个礼拜去听两次交响乐。我看过欧文[①]、泰丽[②]、杜丝[③]以及伯恩哈特[④]

[①] 欧文(Henry Irving, 1838—1905):英国舞台剧演员,经常在美国各地巡回演出。
[②] 泰丽(Dame Ellen Terry, 1847—1928):英国舞台剧演员,曾与欧文长期同台演出,是英国首席莎士比亚戏剧演员。
[③] 杜丝(Eleonora Duse, 1858—1924):意大利女演员。
[④] 伯恩哈特(Sarah Bernhardt, 1844—1923):法国舞台剧演员。

的演出，都是在顶层楼座。我常去格拉梅西公园①散步。而且，哎哟，我什么书都看。

"我从一位表兄那里得知，朱利叶斯·弗利克鲍病了，要找一个合伙人。于是我就上这儿来了。结果朱利叶斯的病又好了。我每天先逛五个小时，然后才开始工作。我实际上干得不坏，但他不喜欢我这样，所以我们就散伙了。

"刚到这里的时候，我发誓要'保持我的兴趣'，豪情万丈！我读勃朗宁的诗，去明尼阿波利斯看戏。我以为我在'保持'。可是，我想我早已感染了'乡村病毒'。我要看完四本廉价小说杂志才会念一首诗。每次去明尼阿波利斯都是一拖再拖，除非有很多法律事务才不得不到那里去。

"几年前，我在和一位来自芝加哥的专利律师交谈的时候，才意识到——我总觉得比朱利叶斯·弗利克鲍那种人高明，其实我知道自己和朱利叶斯一样狭隘和落伍，甚至比他还差。朱利叶斯还老老实实地坚持看《文学文摘》和《瞭望》②，而我只是随便翻翻早就烂熟于心的查尔斯·弗莱德鲁写的一本书。

"我决定离开这里。我的决心很坚定。我要抓住这个世界。可那时，我才发现染上乡村病毒，绝对是：我不想面对新的街道和比我年轻的人——真正的竞争。开点财产转让证明，办点开沟争议案子，这太容易了。好啦，这就是一个行尸走肉的整部传记，只有最后一章还算有点意思，因为全是胡言乱语，说我是什么'中流砥柱，法律智慧'。有朝一日，一位牧师就会绕着我干瘪的尸体这么说的。"

他低头看着自己的办公桌，用手指摆弄着那只闪闪发光的瓷釉

---

① 格拉梅西公园（Gramercy Park）：位于纽约的曼哈顿。既指纽约两大私立公园之一的格拉梅西公园，又指周边的社区，但前者只有住在公园周围并交付年费的人才有钥匙进入，公众一般是不许进入的，所以文中应该是指在名为格拉梅西公园的周边社区散步。
② 《瞭望》（The Outlook）：创办于1870年的一家周刊杂志，在纽约出版。

花瓶。

她不知道说什么好。她想象着自己跑到房间那头去轻拍他的头发。她看到,在他柔软、暗淡的胡子下方,他的嘴唇紧抿着。她安静地坐在那儿,咕哝着说:"我知道。乡村病毒。也许它会感染我的。总有一天,我要——哎哟,没关系啦。至少,我让你说话了!平日里,你得礼貌地听我唠叨,可现在我就坐在你脚下。"

"你要是确实坐在我脚下,到火炉旁边来,那就舒服多喽。"

"你能为我把壁炉的火生起来吗?"

"当然!现在,请别拒绝我,听我这个老男人胡言乱语吧。你多大了,卡罗尔?"

"二十六,盖伊。"

"二十六!二十六岁的时候,我正要离开纽约。二十六岁的时候,我听过帕蒂①唱歌。现在,我已经四十七岁了。我觉得自己还像个孩子,可是我已经老得可以做你父亲了。所以,想象着你蜷缩在我的脚下是父亲般的想法,合乎体统……当然啦,我希望不是这样。不过,如果正式宣布是这样的话,我们就要反省囊地鼠草原镇的道德标准了。……你我都要遵守的那些道德标准。有一件事是囊地鼠草原镇的问题,至少是统治阶级的问题。尽管我们一再声称民主,还是有一个统治阶级。我们这些部落统治者造成的恶果是我们的臣民每时每刻都在监视我们。我们连小醉一下和放松一下都不行。我们必须有端正的性道德,不能穿太显眼的衣服,就连商业欺骗也只能用传统方式,结果我们没有一个人符合要求,而且我们还变得非常虚伪。这是不可避免的。小说里剥削寡妇的教堂执事也情不自禁地虚伪起来。是那些寡妇自己要求这样的。她们钦佩他的甜言蜜语。再看看我,假设我真有胆量向……某个高雅的有夫之妇示爱,

---

① 帕蒂(Patti,1843—1919):西班牙著名女歌唱家。

我自己也不会接受这种事的。在芝加哥的时候,我搞到一本 La Vie Parisienne① 杂志,我看着那些令人作呕的淫秽东西乐得咯咯笑,但现在我连你的小手都不敢抓呢。我的心伤透了。历史上盎格鲁－撒克逊人就是这样把生活变得苦不堪言的……唉,亲爱的,一晃很多年过去了,我还从来没对谁说过自己和我们那些人呢。"

"盖伊,我们不能改变这个小镇了吗?真的吗?"

"是的,我们不能!"他挡开这个问题,就像法官驳回不恰当的异议一样,然后回到那些不太让人紧张的问题上。他说:"说来也怪,那些让人烦恼的事情多半都是不必要的。我们征服了自然;我们能让她长出小麦;当她下起暴风雪的时候,我们还能保持身体暖和。所以说,我们兴妖作怪只是为了取乐——战争、政治、种族仇恨以及劳资纠纷。在囊地鼠草原镇这里,我们已经把田地开垦出来了,生活也安稳了,但我们却付出了巨大的代价和努力,人为地让自己不开心:卫理公会教徒讨厌圣公会教徒,开哈德逊② 的人嘲笑开廉价小汽车的人。最糟糕的是商业仇恨——杂货店老板觉得,谁不跟他做生意,谁就是在抢劫他。让我伤心的是,杂货店老板这样想也就算了,连律师和医生也这样想,毫无疑问他们的妻子也是这样想的。那些医生——你是知道的——你的丈夫、韦斯特莱克以及古尔德有多么厌恶对方啊。"

"不,我不承认这一点!"

他咧嘴笑了。

"哎哟,也许有过一两次吧,威尔确实听说过一个病例:医生——另两位医生中的一位,每次给病人看病的时候,老是赖着不

---

① La Vie Parisienne:法语,即《巴黎生活》,是1863年在法国巴黎创办的一本周刊杂志,内容包括小说、体育、戏剧、音乐和艺术,在20世纪初期非常盛行。
② 哈德逊(Hudson):一款由美国哈德逊汽车公司生产的高档汽车,该公司成立于1909年,总部位于密歇根州的底特律。

走,他嘲笑过这件事,不过——"

他还在咧嘴笑。

"不,真的不是这样!你说医生的太太也有嫉妒心——我和麦加农太太本来就不是特别喜欢对方嘛。她那个人太冷漠了。可是,她的母亲,韦斯特莱克太太——没有人比她更和蔼可亲的了。"

"是的,我相信她很冷漠。可是,亲爱的,如果是我,我就不会把心里的秘密告诉她。我始终认为,在这个小镇上,只有一个专业人士的太太不搞阴谋诡计,那个人就是你,一个令人愉快而又轻信别人的外乡人!"

"别哄我啦,我不相信治病救人的神圣事业能变成捞钱的行业。

"听我说:肯尼科特有没有向你暗示过,最好对某个老女人好一点,因为她会告诉朋友看病该找哪位医生?不过,我不该——"

卡罗尔想起来了,肯尼科特是说过一些和博加特寡妇有关的话。她退缩了,恳切地看着盖伊。

他霍的一声站了起来,迈着紧张的步伐大踏步向她走去,轻轻抚摸她的一只手。她不知道,她该不该对他的抚摸生气。然后,她又怀疑他是不是喜欢她的帽子,那顶用玫瑰色和银色织锦做成的东方新式狭边帽。

他放下她的手。他的肘部擦到了她的肩膀。他轻快地走到办公桌那边,瘦削的后背伛偻着。他拿起那只景泰蓝花瓶。隔着花瓶,他凝视着她,满眼的孤独,吓了她一跳。可是,说起囊地鼠草原镇的妒忌,他的目光又逐渐变得冷静了。然后,他话锋一转,尖声说道:"天哪,卡罗尔,你又不是陪审员。你依法有权拒绝接受这个结案陈词。我是个令人讨厌的老傻瓜,只会分析那些显而易见的事儿,而你却有反抗精神。说说你方的观点吧。你觉得囊地鼠草原怎么样?"

"让人厌烦!"

"要我帮忙吗?"

"你怎么帮呀?"

"我也不知道。也许就是听听你的高见吧。今儿晚上,我还没听你的高见呢。不过,通常——我不能像法国旧戏里的密友那样,做一个梳妆侍女,手拿镜子洗耳恭听吗?"

"哎哟,有什么好倾诉的呀?这些人没有情趣,还引以为荣。再说了,就算我很喜欢你,要是没有二十个老巫婆一边盯着看一边窃窃私语,我也不能找你谈话呀。"

"可是,你可以过来跟我谈谈,偶尔还不行吗?"

"我不确定我会来。我正在努力让自己尽可能适应枯燥的生活,知足常乐。我以前试着做过很多积极的事情,但都失败了。正如他们所说,我最好'安下心来',而且满足于做……一个微不足道的人。"

"别自嘲了。这让我痛心,为你痛心。这就像看到一只蜂鸟的翅膀在流血一样。"

"我才不是蜂鸟呢。我是一只鹰,一只被拴住的小小鹰,被那些肥大的、苍白的、没有活力的、卑劣的母鸡啄得要死。不过,我感谢你让我增强了信心。不过,我要回家了!"

"请再坐一会吧,跟我一起喝点咖啡。"

"我也想呢。不过,他们早就把我吓破胆了。我怕大家会说什么。"

"我才不怕大家说什么呢,我只怕你会说什么。"他不声不响地走到她身边,抓住她那只没有反应的手,说,"卡罗尔,你今晚在这里很开心吧?(是的,我正在求你呢!)"

她迅速握紧他的手,然后又把手松开了。她对调情不感兴趣,也不像淫妇那样乐于偷情。如果说她是个天真的小女孩,那么盖伊·波洛克就是个笨手笨脚的小伙子。他在办公室里转来转去,攥紧拳头塞在口袋里,结结巴巴地说:"我……我……我……哎呀,真见鬼!我为何要从这平滑的尘污中醒来,回到这粗糙的现实中

第十三章 | 217

来？我要煮……我要跑下楼去，把狄龙夫妇叫来，然后大家一起喝点咖啡什么的。"

"狄龙夫妇？"

"是的。非常体面的一对年轻夫妇——哈维·狄龙和他的太太。他是个牙科医生，刚刚来到这个小镇。他们住在自己诊所后面的一个房间里，跟我这儿的布局一样。他们还不太认识什么人——"

"我听说过他们，但从没想过去拜访，太不好意思了。快把他们叫来——"

她不说了，自己也不知道什么原因。不过，他的表情和她的支支吾吾都表明，他们但愿从未提起过狄龙夫妇。他假装热情地说："好极了，我这就去。"走到门口的时候，他瞥了卡罗尔一眼，她正蜷缩在那把表皮脱落的皮椅里。他悄悄地溜了出去，很快就带着狄龙医生和狄龙太太一起回来了。

他们四个人喝着波洛克在煤油炉上煮的劣质咖啡。他们谈笑风生，说起明尼阿波利斯，个个言辞得体。然后，卡罗尔就冒着十一月的寒风，动身回家去了。

第十四章

她正在往家赶。

"不,我不能爱上他。我喜欢他,非常喜欢。可是,他简直就像个隐士。我会吻他吗?不!不会!盖伊·波洛克二十六岁的时候,我或许会吻他一下,哪怕我已经嫁给了别人,并且很可能会巧舌如簧地说服自己说'这又不是什么大错儿'。

"令人惊奇的是,我自己也没那么糊涂。我,一个贞洁的年轻太太。我值得信任吗?如果白马王子出现——

"一个囊地鼠草原镇的家庭主妇,已经结婚一年了,竟然还像个十六岁的少女一样巴望着'白马王子'的出现!他们说,婚姻会带来神奇的变化。可是,我没变呀。不过——

"不!我不想坠入爱河,哪怕白马王子真的出现。我可不想伤害威尔。我喜欢威尔。我喜欢他!他不能唤起我的激情了,再也不能了。可是,我还是离不开他。他就是家,就是孩子。

"我不知道,我们什么时候才打算要小孩?我真的很想要小孩。

"我不知道,我有没有记得告诉贝亚,明天早上吃玉米粥,不吃燕麦粥?她现在可能已经上床了。也许,我明天一大早就得起来——

"我那么喜欢威尔。我绝对不会伤害他的,哪怕我不得不失去这疯狂的爱情。如果白马王子出现的话,我也只会看他一眼,然后就跑开，赶快跑掉！哎呀，卡罗尔，你既不英勇，也不优秀。你只是个粗俗的年轻女子，改变不了的。

"不过，我也不是那种背信弃义的妻子，喜欢见人就说自己'不被理解'。哎呀，我不是，我不是的！

"我是吗？

"至少，我没悄悄跟盖伊说过威尔的过错，也没说过他对我非凡灵魂的无视。我从没说过！事实上，威尔也许完全了解我呢！要是——要是他能支持我唤醒这个小镇就好喽。

"肯定有好多已婚妇女见到波洛克对她们微笑就春心荡漾吧，肯定多得惊人。不！我才不会成为这群花痴中的一员哩！这些忸怩作态的贞洁的女人。不过，如果白马王子充满朝气，又勇于面对生活，也不是没有可能哦——

"那个狄龙太太极其专心，我连她一半都不如。显然她很喜欢她的牙医。在她眼里，盖伊只是个古板的怪人而已。

"狄龙太太的长筒袜不是丝绸的，是莱尔线的。她的腿修长又漂亮。不过，没有我的漂亮。我讨厌长筒丝袜的棉袜口——是我的脚踝变胖了吗？我可不要胖脚踝！

"不。我喜欢威尔。他的工作——他治好一个农民的白喉，就抵得上我嚷嚷着要建的一座西班牙风格的城堡了。一座有浴缸的城堡。

"这顶帽子太紧了。我得把它撑大才行。盖伊喜欢它。

"快到家了。我快冻死啦。是时候把皮大衣拿出来了。我不知道，我能不能买一件河狸皮大衣？跟海狸皮大衣可不是一样的东西！河狸皮很光滑。我喜欢用手指抚摸它。盖伊的胡子就像河狸皮。太荒唐了！

"我……我喜欢威尔，而且——除了'喜欢'，难道我就找不到其他字眼了吗？

"他在家。他会认为我回来太晚了吧。

"他怎么老是不记得拉下窗帘啊？赛·博加特和那些可恶的家伙会偷看的。不过，可怜的宝贝儿对这些小事总是那么健忘。微不足道——管它用哪个词合适吧。他有那么多事要操心，有那么多工作要做，而我却无所事事，整天叽里咕噜地跟贝亚闲聊。

"我千万不能把玉米粥给忘了——"

她飞快地朝客厅走来。肯尼科特放下《美国医学会》杂志，把头抬了起来。

"哈啰，你几点回来的呀？"她大声问道。

"大概九点吧。你逛到现在啊。这都十一点多了！"他很和善，但不太赞同。

"让你觉得冷清了呀？"

"咳，你忘了关掉炉子底下的那个风门了。"

"哎呀，真是抱歉。不过，我也不是经常这样忘事，对吧？"

她一屁股坐在他的大腿上。他赶紧把头往后一仰，以免碰掉他的眼镜，然后把眼镜摘掉，又把她挪了个位置，免得压麻了自己的双腿，然后漫不经心地清了清嗓子。他温柔地亲了她一下，然后说：

"不是，我不得不说，这些事你做得相当好。我刚才不是埋怨。我只是想说，我可不想让火把我们烧喽。把风门开着，火可能就会烧起来，把我们也烧了。而且，晚上一天比一天冷。我开车回来的时候就很冷。我把两边的车窗帘子全拉上了，实在太冷了。不过，现在炉子烧得暖和多了。"

"是的。天很冷。不过，我走了好多路，感觉还好。"

"你去散步了？"

"我去看望佩里夫妇了。"她暗暗下了决心，决定实话实说："他们不在家。于是，我就去看了盖伊·波洛克，顺便在他办公室坐了一会儿。"

"啊唷，你该不会坐在那儿跟他聊到十一点吧？"

"当然,还有别人在那儿呢——威尔,你觉得韦斯特莱克医生怎么样?"

"韦斯特莱克?怎么啦?"

"我今天在街上看见他了。"

"他是不是一瘸一拐的?要是这个可怜虫给他的牙齿照个 X 光,我敢打赌他极有可能会发现牙槽脓肿。他说这是风湿病。风湿病,见鬼!他落伍了。我怀疑他没给自己放血!我啊——"他打了个意味深长、一本正经的哈欠,"我也不想结束谈话,可时间不早了,一个医生永远搞不清天亮以前什么时候会被人叫出去。"她记得,他解释过,说的是同样的话,一年之中不少于三十遍吧。"我想,我们还是赶紧上床吧。我给闹钟上过发条了,炉子也看过了。你进来的时候锁前门了吗?"

他关掉所有的灯,又检查了两遍前门确定它已经关紧了,两个人这才慢吞吞地上了楼。他们一边铺床,一边说话。卡罗尔还是试图保护隐私,躲到衣柜门屏风的后面脱衣服。肯尼科特没这么含蓄。每天晚上,她都得把一把旧长毛绒椅子推开才能打开衣柜门,今晚也一样,这让她很生气。每次开橱门的时候,她又得推开椅子。一小时折腾十次。可是,肯尼科特喜欢把这把椅子放在房间里,除了衣柜前面就没别的地方可摆了。

她推开椅子,非常恼火,却又掩饰起来。肯尼科特哈欠连天,更显自命不凡了。房间里有一股霉味。她耸耸肩膀,啰唆起来:

"你刚才提到韦斯特莱克医生。跟我说说——你还从来没有评论过他:他真是个好医生吗?"

"哦,是的。他是个自作聪明的老笨蛋。"

"你瞧!你知道吧,根本没有医学竞争。在我家就没有!"她以前就得意地对盖伊·波洛克说过。

她把丝绸衬裙挂在衣柜的挂钩上,然后接着说:"韦斯特莱克医生那么温柔,那么博学——"

"咳,我不知道他是不是个了不起的学者。我一直怀疑他在这一点上大肆吹嘘。他喜欢让人以为他法文、希腊文和上帝知道的什么玩意水平都很高。他的客厅里也老是摆着一本旧的意大利语书。不过,我有一个预感,他大概和我们其他人一样,也喜欢看侦探小说。但是,我不知道他到底是在哪里学了这么多狗屁语言的!他有点儿让人以为他上过哈佛大学,或柏林大学,或牛津大学,或者别的什么大学。可是,我在医师录上查过他,他毕业于宾夕法尼亚州的一所乡村大学,那是早在1861年的事了。"

"可是,这一点很重要:他是个诚实的医生吗?"

"那就得看你说的'诚实'是什么意思喽。"

"假设你生病了,你会请他来吗?你会让我请他来吗?"

"不会,只要我还有一口气,我就不会!不,大人!我不会让那个老骗子到家里来的。他没完没了的奉承和讨好让我感到厌烦。一般的肚子痛,或者摸摸哪个傻女人的手,他还说得过去。不过,要是真生了病,我是不会请他来的,绝对不会。不——大人!你知道,我不大喜欢在背后诋毁别人,但同时——我跟你说,卡丽,一想到韦斯特莱克是怎么给琼德奎斯特太太看病的我就恼火。她本来没什么大病,真正需要的就是休息,可是韦斯特莱克一再给她看病,一连给她看了几个礼拜,几乎每天都去。不用说,他也送去一大沓账单,可以打赌!在这件事上我从来没有原谅过他。像琼德奎斯特这么善良、正直和勤劳的人他都不放过啊!"

她穿着细棉布长睡衣,站在衣柜前,开始了一成不变的仪式:她最先希望自己能有一张带三面镜子的真正的梳妆台,然后弯腰朝那面有斑点的镜子凑过去,抬起下巴检查一下咽喉部位那颗小小的黑痣,最后才梳起头发来。合着梳头的节奏,她接着说:

"可是,威尔,在你与韦斯特莱克和麦加农这些同行之间,就没有可能被你称为经济竞争的吗？有吗？"

他一个正儿八经的后滚翻倒在床上，又滑稽地踢着脚后跟，把两腿塞进毯子里。他扑哧一笑说："哎呀，不可能！不管谁，只要能从我这公平搞走一镍币，我绝不吝惜——公平地搞。"

"可是，韦斯特莱克公平吗？他不狡猾吗？"

"狡猾这个词合适。那小子，他就是只狐狸！"

她仿佛看到盖伊·波洛克在镜子里咧嘴笑。她脸红了。

肯尼科特两臂交叉，枕在脑袋下面，打着哈欠说：

"是的。他很圆滑，太圆滑了。不过，我敢打赌，我挣的钱差不多有韦斯特莱克和麦加农两个人加起来那么多，虽然除了自己应得的那一份之外，我从来没想多挣一个子儿。如果谁想找我的同行，不来找我，那是他的事情。不过，我不得不说，韦斯特莱克抓住道森那家人，让我很厌烦。以前，卢克·道森碰到脚趾痛、头痛之类的小毛病，一直都是找我看的，那也只不过耗费我一点时间罢了。后来，去年夏天他的孙子来了，得了夏季病，我想可能就是这一类病吧——你知道，那段时间你和我一起开车去拉克基穆特去了——啊唷，韦斯特莱克就抓住道森大妈，把她吓得要死，让她以为那小孩得了阑尾炎。天哪，要是他和麦加农没有动手术，发现可怕的粘连也没有大喊大叫，那他们还真成了做漂亮手术的名医了。他们竭力使人相信，要是再等两个小时，那小孩就会患上腹膜炎，以及鬼才知道的什么病。然后，他们就狮子大开口收了一百五十美元。要不是他们怕我，说不定会要三百美元咧！我不是个贪婪的人，但是给老卢克看病，本来值十美元，却只收一美元五十美分，然后眼瞅着一百五十美元闪闪发亮，我当然不愿意喽。要是我阑尾切除手术做得没有韦斯特莱克或麦加农好，我甘愿受罚！"

卡罗尔爬上床的时候，想起盖伊灿烂的露齿一笑便不觉意乱情迷起来。她试探着问：

"不过,韦斯特莱克比他的女婿聪明一些,你难道不觉得吗?"

"是的,韦斯特莱克也许落伍了,全落伍了。不过,他有很多直觉经验,而麦加农遇到事情只知道蛮干,像他妈的野蛮人一样横冲直撞,还拼命说服病人相信自己得了他诊断出的病!麦加农的拿手好戏也只是坚持接生而已。他也就和那个给人摇摇骨头的女脊椎按摩师马蒂·古奇太太差不多吧。"

"不过,韦斯特莱克太太和麦加农太太——她们挺好的。她们一直对我很热情呢。"

"咳,她们也没有理由不热情嘛,对吧?哎呀,她们好得不得了——不过,你尽管倾囊下注,她们一直在为自己的丈夫大肆宣传,拼命拉生意。我不知道麦加农太太是不是真他妈的那么热情。我在街上大声跟她打招呼,她只是转脸点点头,搞得好像她脖子疼似的。不过,她还好啦。倒是韦斯特莱克大妈喜欢搬弄是非,总是畏首畏尾的。不过,我是不会信任韦斯特莱克家任何人的。虽然麦加农太太看上去很正直,可是你别忘了她是韦斯特莱克的女儿。这是肯定的!"

"古尔德医生怎么样?你不觉得他比韦斯特莱克或者麦加农更差劲吗?他太卑鄙了——喝酒,打台球,抽烟的时候总是摆出一副自命不凡的样子。"

"现在还好喽!特里·古尔德才爱炫耀咧,不过他挺懂医学的,这点你可千万不要忘了!"

她瞪眼看着那张酷似盖伊的笑脸,吓得肯尼科特不敢直视,然后更加高兴地问:"他也诚实吗?"

"哦……天啊,我困死啦!"他舒坦地伸了个懒腰,钻到铺盖底下,然后又像潜水员一样钻了出来,摇了摇头,抱怨说,"怎么说?谁?特里·古尔德老实?别逗我了——我正美着哩,困死了!我可没说过他诚实。我只是说他悟性还可以,还能找到《格雷氏解剖学》

第十四章 | 225

的索引，麦加农可是连这都不会！但是，我压根就没说过他诚实。他才不呢。特里这个人邪得很，跟狗的后腿似的。他跟我玩鬼把戏也不是一次了。格洛巴赫太太离这儿十七英里，他都跑去跟人家说，我产科跟不上时代了。这对他一点好处也没有哇！格洛巴赫太太马上就来告诉我了。特里还忒懒。他宁肯让一个肺炎病人窒息，也要打完一局扑克牌。"

"哦，不。我简直不敢相信——"

"喂，我跟你说正经的呢！"

"他经常打扑克牌吗？狄龙医生跟我说，古尔德医生想让他去打——"

"狄龙跟你说了什么？你在哪儿见到狄龙的？他才刚刚来到这个小镇。"

"他和他太太今晚也在波洛克先生家。"

"哎呀，嗯，你觉得他们怎么样？狄龙不会是让你觉得他很肤浅吧？"

"啊唷，才不会呢。他看上去挺聪明的。我敢肯定，他比我们那位牙医精明多了。"

"喂，那老头可是个好牙医哩。他懂业务。可狄龙呢——如果我是你，我就不会跟他太亲近。跟波洛克亲近还说得过去，但这不关我们的事。不过，我们——我想，我只会和狄龙夫妇热情地握个手，然后就不睬他们了。"

"可是，为什么呀？他又不是你的对手。"

"说对啦！"现在，肯尼科特非常清醒，"他肯定会跟韦斯特莱克和麦加农联手的。实际上，我怀疑，他搬到这儿来他俩要负很大的责任。他们会给他介绍病人，他也会把自己的病人介绍给他们。我不相信任何一个跟韦斯特莱克过于亲密的人。拿一个家伙来说你就知道狄龙是什么人了。那个家伙刚在这儿买了个农场，经常遛到镇上看牙，等狄龙给他看过之后，你会发现他又溜到韦斯特莱克和麦加农那里去了，每次都是这样！"

卡罗尔伸手把搭在床边椅子上的衬衫拿了过来，把它披在肩上，然后坐直身子，两手托着下巴，仔细端详着肯尼科特。借着过道里那颗小电灯泡的灰暗光线，她看到肯尼科特皱着眉头。

"威尔，这是——我得打开天窗说亮话。前几天有人跟我说，在这样的小镇，医生互相嫉恨，比城里还严重呢，都是钱闹的——"

"谁说的？"

"这不重要。"

"我跟你赌一顶帽子，一定是你那个维达·舍温说的。她是个聪明的女人，可是如果她闭上那张嘴，不要动那么多歪脑筋，那她妈的看着可就聪明多了。"

"威尔！哦，威尔！说得太吓人了！撇开粗俗不说——不管怎么说，维达是我最好的朋友。就算她说过这话又怎样，更何况实际上她根本就没说过。"肯尼科特身穿那件滑稽可笑的粉红色和绿色相间的法兰绒睡衣，耸了耸他宽厚的肩膀。他坐直身子，愤怒地把手指攥得咯咯响，怒气冲冲地说：

"咳，要是她没说，我们就别管她了。总之，是谁说的没区别。关键是你相信它。上帝啊！想想看，你根本就不了解我，竟然说我是那种人！财迷！"

"这是我们第一次真正的争吵。"卡罗尔苦恼地想。

肯尼科特伸出他那只长胳臂，一把从椅子上抓起那件皱巴巴的背心。他掏出一支雪茄和一根火柴，然后又把背心扔到地板上。他点燃雪茄，猛吸了一口。他捏碎火柴杆，然后把碎片扔到脚踏板上。

卡罗尔突然觉得床前那个脚踏板很像爱情坟墓的基石。

房间的颜色很单调，通风也不好——肯尼科特不"相信把窗子开得太大，会让热气都跑掉"。污浊的空气似乎永远也不会改变。

在走廊投射进来的光线中，他们仿佛成了两堆铺盖，肩膀挨着肩膀，头发蓬乱的脑袋也贴在一起。

她恳求说："亲爱的，我不是有意把你吵醒的。请不要抽烟了。你已经抽得太多了。请接着睡吧。对不起。"

"既然你道歉了，那就算了吧。不过，有几件事我要跟你说清楚。人家信口开河，说医生钩心斗角、互相倾轧，你就信以为真。这只不过是你的一厢情愿。你总是尽可能把我们这些囊地鼠草原镇的笨蛋往坏处想。像你这种女人让人头痛的是，你们总想争论。你们不能接受现状，只好争论。好吧，关于这个问题，我不会以任何方法、形式、方式或形态来和你们争辩。你们让人头痛的是，你们根本就不会努力欣赏我们。你们总是摆出一副该死的优越感，以为城市好得一塌糊涂，还总是要我们去做你们想做的事——"

"不是那样的！是我在努力。是他们——是你们——置身事外，评头论足。我不得不迎合镇上的观点。我不得不为他们的爱好牺牲自己。他们甚至不理解我的爱好，更不要说接受它们了。我对他们古老的明尼玛希湖和那些乡间别墅那么兴奋，可是如果我流露出我也想去看看陶尔米纳①，他们只会哄笑，用你一再宣扬的那种可爱而又友好的方式哄笑。"

"当然了，陶尔米纳，不管那是什么——我想那应该是漂亮而又昂贵的富豪聚居地吧。当然了，那只是个想法。喝香槟的品位，喝啤酒的收入。你要弄清楚，我们永远也不会有超过一杯啤酒的收入！"

"你也许是在暗示我不节俭？"

"咳，我本来不打算说的，但既然你自己提出来了，我也不介意说说。食品杂货的账单是正常的两倍那么多。"

---

① 陶尔米纳（Taormina）：意大利西西里岛的一个小镇。

"是呀,也许是吧。我不节俭。我无法节俭。托你的福!"

"你从哪儿学来的'托你的福'?"

"拜托不要这么直白——或者我该说粗话?"

"我想多直白就多直白。你从哪儿学的'托你的福'?大概一年前,你叱责我不记得给你钱。好吧,我是通情达理的。我没怪你,我说怪我。可是从那以后,实际上,我忘过吗?"

"没有。实际上,你并没有忘记!但不是这回事。我应该有零花钱的呀。我以后还会要的。我得签一个协议,每月给我一笔固定数目的钱。"

"好主意!当然,医生是有固定收入的!的确!一个月一千——如果下个月能挣一百就算走运了。"

"那好吧,按比例吧,或者别的什么办法。不管你收入有多大变化,你可以按大概的平均数给——"

"可这是什么主意啊?你想干吗呀?意思是说我不可理喻吗?你觉得我那么不可靠,那么吝啬,非得用一个合同来约束我吗?天哪,可真让人伤心!我觉得我一直很大方,也很得体,所以也得到很多乐趣——觉得我,我觉得'我递给她这二十',或者五十,或者不管多少钱,'她都会很高兴的'。可现在看来,你一直把它当成一种赡养费。我,就像个可怜的傻瓜一样,还一直以为自己很大方呢,可是你——"

"你别可怜自己了!你觉得受伤害吗,心里正美着咧。我承认你说的这些。当然了。你给我钱的时候,又慷慨又亲切,搞得我就跟你的情妇似的!"

"卡丽!"

"我说真的,在你看来是豪爽的壮举,在我看来却是羞辱。你'给'我钱——如果她顺从的话,就把它给你的情妇,然后你就——"

"卡丽!"

"不要打断我！然后你就觉得你已经尽到了一切责任。好吧，从此以后我不要你的钱，跟礼物一样。要么让我做你的合伙人，掌管我们生意的家务部，给我固定的预算，否则我就什么都不是。如果我要做一个情妇，我会自己挑选情人的。啊，我讨厌这样，我讨厌这样——为了钱强颜欢笑，然后还不能像情人那样把它花在首饰上，只能用它给你买双层蒸锅和短袜！是的，确实！你很大方！你给我一美元，非常坦率——唯一的附带条件是，我必须用它给你买一条领带！而且还是你高兴给的时候才给。除了浪费，我还能怎样啊？"

"得了吧，当然了，你要是那样看的话——"

"我不能到处买东西，不能一下买好多。很多时候，我只能在有赊账户头的那些店里买东西。我也不能定计划，因为我不知道能有多少钱可花。这些都是我付出的代价，你还感情用事说我出手大方。你让我——"

"慢着！慢着！你可知道你越说越离谱了。你也只是刚刚才想起情妇这种蠢话！事实上，你从来就没有'为了钱强颜欢笑'。不过，无所谓啦，也许你是对的。你就应该把家务当作生意来打理。我明天就制定一个明确的计划，以后你就有一笔固定数目的钱或百分比，加上你自己的活期存款账户。"

"哎哟，你太大方啦！"卡罗尔转身面对他，想和他亲热亲热。可是，在他点燃那支恶臭的半截雪茄的时候，借着火柴的亮光，卡罗尔却看见他两眼充满愤怒。他耷拉着脑袋，下巴上鼓起一块肉，露出点点灰白的胡子楂。

卡罗尔就那么坐着，直到肯尼科特用低沉而又沙哑的声音说：

"不。这不算特别大方。只是公平而已。上帝知道，我想公平一点。但我也希望其他人公平一点。可是你对人那么趾高气扬。就拿萨姆·克拉克来说吧，他可是天底下最好的人，又诚实又忠心，真他妈的是个大好人。"

"不错，还是个打野鸭子的神枪手哩，可别忘了这茬！"

"嗯，他还是个神枪手啊！萨姆有时候晚上到我们家来串门，坐一坐聊一聊。天哪，只因为他抽卷烟，雪茄在他嘴里卷来卷去，也许吐过几次唾沫，你就那样看着他，好像他是猪似的。唉，你以为我不清楚你的底细，我当然希望萨姆没有注意到，但我可不会错过的。"

"我是有那种感觉。随地吐痰——呸！可是，很抱歉，你知道了我的想法。我尽量友好一些，尽量隐藏自己的想法。"

"也许我知道的远比你想象的多！"

"是的，也许你真是这样。"

"你知道萨姆在这儿为啥不点他的雪茄吗？"

"为啥？"

"他很担心，要是他抽烟的话，你会很生气。你吓到他了。每次他一说到天气你就呵斥他，因为他没有谈论诗歌或者格蒂——歌德？或者别的自以为文化修养很高的垃圾。你搞得他心惊胆战的，他都吓得不太敢来这儿了。"

"啊，我真抱歉。不过，现在我敢肯定，你在添油加醋。"

"唔，我咋不知道我添油加醋！不过，我可以告诉你一件事：如果你继续这样，你会把我所有朋友都赶跑的。"

"那我也太可怕了吧。你知道我不是有意的，威尔。我哪里吓坏萨姆了——如果我真的吓坏他的话。"

"哎哟，你真吓坏他了，确实！他不敢把两条腿翘到另一把椅子上，不敢解开他的背心，不敢讲好玩的事儿，也许还不敢拿我开玩笑。他只能坐在椅子边上，尽量谈点儿政治。他甚至连粗话都不敢说。萨姆这个人不讲点粗话是不会真正舒坦的！"

"换句话说，除非他的行为举止像一个小土屋里的农民一样，否则他是不会舒坦的！"

"好了，这一点说得够清楚的了！你想知道你是怎样吓到他的吗？首先，你明知有的问题他回答不了，还故意连珠炮似的向他发问——傻瓜都知道你在试探他。然后，你又谈起情妇什么的，就像你刚才那样，吓得他目瞪口呆——"

"当然啦，纯洁的塞缪尔私下里从来不提这种离经叛道的女人！"

"有女士在场的时候不提！这一点你可以赌上你的命！"

"如此说来，不纯洁在于未能假装——"

"嗳，我们不要再深究这个了——优生学，或者随你怎么叫的该死的新鲜玩意儿。就像我说的，你先把他吓得目瞪口呆，然后又他妈的那么反复无常，谁也跟不上你的想法。你一会儿要跳舞，一会儿又砰砰砰地弹起了钢琴，要不然就郁郁寡欢，像个魔鬼一样，不想说话，或不想干别的什么。如果你一定要喜怒无常，为啥不能只要自己那样就行了，啊？"

"老兄，偶尔能一个人待着，我觉得比什么都强！多想有自己的一间房间呀！我想，你是希望我坐在这里做美梦，满足我的'喜怒无常'，等着你满脸肥皂沫从盥洗室晃出来，然后大声叫道：'看见我那条棕色裤子了吗？'"

"哼！"他哼了一声，没有回答。他转身下床，两脚砰的一声踩在地板上。他快步走出房间，像一个身穿宽松睡衣的鬼影一样。卡罗尔听见他拧开盥洗室水龙头接水喝的声音。他离去时的那种傲慢让卡罗尔怒不可遏，所以当他回来的时候，卡罗尔就舒适地躺在床上，转过脸不去看他。他也不理卡罗尔，砰的一声倒在床上，打了个哈欠，漫不经心地说：

"咳，等我们盖了新房子，你有的是隐私。"

"什么时候？"

"哎哟，我会把它盖好的，你别急嘛！不过，我一定不会借钱盖房子的。"

现在，她也咕哝着"哼"了一声，没有理他。她霍地下了床，感觉独立而又傲慢，背对着他，从衣柜右上角抽屉的杂物箱里找出仅有的一块发硬的巧克力，啃了一口，发现是椰子夹心的，骂了声"他妈的"，就用力把它扔到了废纸篓里，落在一堆破旧的亚麻布衣领和牙膏盒中，发出讨厌而又轻蔑的哐啷一声响。她但愿没骂那一句，这样在肯尼科特说粗话的时候，她还可以高傲一些。然后，她又摆出一副高不可攀的样子，装腔作势地回到床上。

在这段时间里，肯尼科特一直唠叨个不停，渲染他那个"不借一分钱"的主张。卡罗尔却在想，肯尼科特是个粗人，她讨厌他，她嫁给他真是蠢透了，她嫁给他只是因为她厌倦工作罢了，她得把长手套洗干净了，她再也不会为他做任何事了，她一定不会忘记他的玉米粥早餐。这时，肯尼科特的爆发让她回过神来：

"我真是个傻蛋，竟会想到盖新房子。等我把它盖好的时候，说不定你的计划已经成功了，让我把所有的朋友和病人都得罪个精光。"

她霍地坐了起来，冷冷地说："非常感谢你说出对我的真实看法。如果你觉得是那样的，如果我这么碍你的事，那我在这个家一分钟也待不下去了。我完全能挣钱养活自己。我马上就走，你高兴的话离婚也行！你要的是一个漂亮而又讨人喜欢的母牛一样的女人，她要喜欢听你那些亲爱的朋友谈论天气，还要喜欢他们随地吐痰！"

"啧！别犯傻了！"

"你很快就知道我是不是犯傻了！我是认真的！我知道我让你委屈之后，你觉得我还会在这儿多待一秒钟吗？至少，我还有足够的正义感不去那样做。"

"请不要越说越离谱了，卡丽。这——"

"离谱？离谱！老实告诉你——"

"这可不是在演戏。要让我们基本看法一致，那得认真努力一番才行。我们刚才都有点暴躁，说了很多言不由衷的话。我也希望我们是一对风华正茂的诗人，只谈风花雪月，可我们毕竟是人呀。好啦，我们不要互相攻击了。我们都承认自己做了蠢事吧。听我说：你知道你自我感觉高乡亲们一等。你没有我说的那么糟，但也没有你说的那么好——差得远哩！你有什么理由这么高傲的呀？你为什么不能包容一下乡亲们呢？"

还看不出卡罗尔有离开"玩偶之家"①的举动。她若有所思地说：

"我想，也许我从小就是这样。"她停了一下。等她接着往下说的时候，她的声音就有点矫揉造作了，言语中有一股文绉绉的味道，极尽煽情之事。"虽然我父亲是这个世界上最慈祥的人，但他的确自我感觉比一般人强。咳，他也真是的！再说了，那个明尼苏达溪谷——以前，我经常去那儿，坐在悬崖边上，俯视曼科塔市，一坐就是几个小时。我用手托着下巴，凝视着远处的溪谷，心中涌出一股作诗的冲动。脚下那些洒满阳光的倾斜屋顶，那条小河，河那边薄雾缭绕的平坦的田野，还有那绵延的岩壁的边缘——所有这一切都让我浮想联翩。我仿佛就'住'在那片谷地。可是这大草原——我所有的思绪都在这广阔的天地翱翔。你觉得是不是那样呢？"

"嗯，咳，也许吧，可是——卡丽，你老是说要尽情享受生活的乐趣，不要虚度光阴，可是你却故意往外跑，让自己失去许多家庭生活的乐趣，就因为你不喜欢别人，除非他们穿上大礼服外出散步——"

"还有晨礼服呢。哎哟，对不起。我不是故意要打断你。"

"去参加好多茶会。就拿杰克·埃尔德来说吧。你以为他什么

---

① 《玩偶之家》（Doll's House）：挪威戏剧家易卜生的剧作，写的是女主人公娜拉看清丈夫的真面目后毅然离家出走的故事。

事都不懂,只知道制造业和木材关税。可是,你知道他迷恋音乐吗?他会在唱机上放上一张大歌剧①唱片,然后坐下来听,闭上他的眼睛——或者拿莱曼·卡斯来说,你知道他是多么见多识广的人吗?"

"他见多识广吗?谁到州议会大厦转一圈,听人提起过格莱斯顿②,囊地鼠草原镇都说他'见多识广'。"

"嗳,我来告诉你吧!莱曼读过好多历史书,都是货真价实的东西。或者拿马特·马奥尼来说吧,就是那个汽车修理场工人。他的办公室里有好多名画的复制品。还有老宾厄姆·普莱费尔,住在七英里开外的地方,死了大概一年了。他在南北战争期间是个上尉,认识谢尔曼将军③,据说还是内华达州的一个矿工呢,和马克·吐温一起淘过金。只要你肯深入挖掘,你在任何一个小镇都会找到这样的人物,而且他们每一个人身上都有一堆见闻。"

"我知道。我确实喜欢他们。尤其是像钱普·佩里这样的人。不过,像杰克·埃尔德这样自命不凡的小市民,我就不是很感兴趣了。"

"那么,我也是自命不凡的小市民喽,无论那是什么。"

"不,你是个科学家。哎哟,我要想办法让埃尔德先生谈谈音乐。只是,他为啥老是那么害羞,老是谈论那些猎狗,为啥不能谈论一点音乐呢?不过,我要试一试。这回总该行了吧?"

"当然行了。不过,还有一件事,你也可以关注关注我嘛!"

"这不公平,你已经拥有我的一切了!"

"不,我没有。你以为你尊重我——你老是在别人面前夸我'有用'。可是,你从来没想过我也有抱负,跟你的抱负一样多——"

---

① 大歌剧(Grand Opera):由意大利庄歌剧所发展而成的法国大歌剧,其内容与庄歌剧相似,一般有一严肃主题,全剧对白均用歌唱表现。
② 格莱斯顿(Gladstone, 1809—1898):英国自由党领袖,曾四度出任英国首相。
③ 谢尔曼将军(General Sherman, 1820—1891):南北战争期间曾任联邦军陆军总司令。

"或许不是吧。我以为你心满意足得很哩。"

"咳，我才不是，还差得远呢！我可不想一辈子做个平凡的普通医师，像韦斯特莱克那样，因为不能自拔，最后死在工作岗位上，然后让别人说，'他是个好人，就是一分钱也没攒到'。并不是说我在乎他们说些什么，翘了辫子就听不到他们了。不过，我想攒足够的钱。这样一来，有朝一日你我也能自食其力，不是非得工作不可，除非我喜欢去工作。另外，我还想要一个好房子——天哪，我要有一个可以和这个小镇上任何人相比的好房子！要是我们想去旅游，或者去你那个陶尔米纳或者别的什么地方看看，啊唷，我们可以办到。只要我们口袋里有足够的钱，我们就不必向任何人求助，也不必为年老而烦恼。你也不必担心生病了又扛不住怎么办，是吧？"

"我想我不会这样的。"

"那好吧，我只好替你操这份心了。你要是以为我愿意一辈子困在这个小镇，不想找个机会旅游一下，看看各种有趣的地方，那你也太不了解我了。我也想看看这个世界，跟你一样想。不过，我这方面务实一些。首先，我要挣钱——我要投资那些旱涝保收的良田。你现在明白为什么了吧？"

"嗯。"

"你能不能试试不再把我看成一个唯利是图的粗人呢？"

"哎哟，亲爱的，我冤枉你了！我是 difficile①。我再也不去狄龙家串门啦！要是狄龙医生替韦斯特莱克和麦加农干事，我会恨他的！"

---

① difficile：法语，难相处的，固执的。

第 十 五 章

一

那年十二月,卡罗尔又与她的丈夫相爱了。

她不是作为一个伟大的改革家,而是作为一个乡村医生夫人,才使自己充满了浪漫主义的色彩。由于她的自豪,医生的日常生活也丰富多彩起来。

一天深夜,在半睡半醒的时候,她听到木制的门廊上有脚步声,然后外层防风门被打开,有人在摸索里门的镶板,接着电铃就嗞嗞地响了。肯尼科特咕哝了一声"该死的",但还是耐着性子从床上爬了下来,同时不忘把被子往上拽拽,好让她暖和一些。然后,他又摸黑找到拖鞋和睡衣,这才拖着沉重的脚步下楼。

她睡得迷迷糊糊的,隐隐约约听到楼下的谈话。那个人说着一口农民式的洋泾浜德语。他已经忘记了故国的语言,但又没学会新的语言:

"你好,巴尼,wass willst du[①]?"

"Morgen[②],医生。Die Frau ist ja[③]病得厉害。整个晚上,她都肚子疼,疼得不得了。"

---

① wass willst du:德语,有什么事吗?
② Morgen:德语,早上好。
③ Die Frau ist ja:德语,我的老婆。

"她像这样多久了，Wie lang①，嗯？"

"俺也弄不清，大概两天了吧。"

"你昨天怎么不来找我？我睡得正香被你吵醒了。现在都凌晨两点了！So spät — warum②，嗯？"

"Nun aber③,俺晓得。可从昨儿个晚上开始,她疼得更加厉害了。俺以为，也许她过一会儿就好了呢，哪晓得疼得更厉害了。"

"发烧吗？"

"嗯，ja④，俺觉得她发烧。"

"是哪边疼？"

"嗯？"

"Das Schmertz — die Weh⑤——哪边痛？这边吗？"

"对。就是这儿。"

"那儿有硬块吗？"

"嗯？"

"那儿硬吗——我的意思是——僵硬，用手指摸肚子觉得硬吗？"

"俺也弄不清。她又没说。"

"她都吃了些什么？"

"咳，俺想想俺们平常都吃些什么东西，也就是咸牛肉、卷心菜、香肠, und so weiter⑥。大夫，sie weint immer⑦。她一直鬼哭狼嚎的。俺希望您能去一趟。"

---

① Wie lang：德语，多久了。
② So spät — warum：德语，怎么这么晚才来。
③ Nun aber：德语，嗯。
④ ja：德语，是的。
⑤ Das Schmertz — die Weh：德语，哪边痛。
⑥ und so weiter：德语，等等。
⑦ sie weint immer：德语，她鬼哭狼嚎的。

"咳，好吧。不过，你下次要早点儿来找我。听我说，巴尼，你最好装个电话——分期付款的电话。你们这些德国佬呀，说不定哪天还没请来医生就有人翘辫子喽。"

大门关上了。巴尼的四轮马车——车轮在雪地上没有声音，车身却咔嗒咔嗒地响个不停。肯尼科特拿起话筒按得咔咔响，惊醒了值夜班的接线员，报了一个号码，然后等着，轻声地诅咒着，又等了一会儿，最后咆哮着说："哈啰，格斯，我是医生。哎呀，嗯，快给我派一辆马车来。我想，雪太深了，汽车没法开。往南走八英里吧。好的。嗯？该死的，我会的！你可不要又跑去睡觉了。嗯？咳，就这么说吧，不会让你等太久的。好的，格斯，快把马车派来吧。再见！"

他上了楼，一边穿衣服，一边在寒冷的房间里轻轻地走来走去，心不在焉的样子，然后干咳了一声。他以为卡罗尔睡着了，其实她只是太困了，不想说话破坏睡意。写字台上放着一张纸条，他把要去的地方写在了上面。她能听到铅笔在大理石台面上划过的吱吱声。他出门了，又饿又冷，但毫无怨言。她还没睡着，她爱他的坚毅，仿佛看到他连夜驱车前往遥远的农场，奔向那户担惊受怕的人家。她想象着孩子们正站在窗前等他。在她的眼中，肯尼科特突然有了一种英雄气概，他就像一条触礁的船上的无线电报员；又像一个探险家，得了热病，被他的脚夫抛弃，却继续穿越丛林——继续穿越——

凌晨六点，一缕柔弱的阳光照了进来，像是透过磨砂玻璃似的，阴郁地洒在几把椅子上，留下灰色的长方形影子。她听到走廊上肯尼科特的脚步声；又听到他走到火炉跟前，把炉栅摇得咯咯作响，然后慢慢地刮炉灰，再把铲子插进煤箱，接着突然听到煤块哐啷一声倒进炉膛，风门也发出有节奏的咕咕声。这些都是囊地鼠草原镇日常生活的声音，现在却第一次吸引了她，就像某种勇敢而又坚毅的东西,又像某种多彩而又自由的东西。她想象着炉膛里的景象:煤粉撒在上面的时候,火焰变成了柠檬色和金属的金黄色,微弱的紫色磷火飘忽不定,一点也不亮,从黑乎乎的煤堆中间往上溜。

她心想,躺在床上真舒服,等她起床的时候,房间里就该暖和了。她真是个一文不值的水性杨花的女人!和他的本领相比,她的抱负又算得了什么呀?

等肯尼科特疲倦地倒在床上的时候,她又醒来了。

"感觉你出去也才几分钟似的!"

"我都去了四个小时喽。在一个德国人的厨房里,我给一个女人割了阑尾炎。差点没能保住她的小命,但我还是把她救过来了,真是侥幸。巴尼说,他上个礼拜天打了十只野兔哩。"

他马上睡着了——他只能休息一个小时,就得起床,准备给那些一早赶来的农民看病。卡罗尔感到很惊讶,对她来说,那只是夜里模糊的一瞬间,可他已经在很远的地方了,照料着一个陌生的家庭,给一个女人开了刀,救了她一命。

怪不得他厌恶懒惰的韦斯特莱克和麦加农!游手好闲的盖伊·波洛克又怎能理解这种医术和坚忍呢?

然后,肯尼科特又嘟囔开了:"都七点十五啦!你不起来吃早饭了啊?"他不再是个英勇的科学家,而是一个暴躁、平庸、胡子拉碴的男人。他们一起喝了咖啡,吃了烤薄饼和香肠,还谈论了麦加农太太那条低劣的鳄鱼皮带。到了白天,从早到晚忙个不停,夜晚的魔力也就和早晨的清醒一样,忘得一干二净了。

二

礼拜天下午,家里来了一个腿部受伤的男人,他是被人从乡下赶车送来的，医生的妻子觉得他很面熟。他坐在运木材的马车后面的一把摇椅上，因为一路颠簸受苦，所以脸色很苍白。他的腿伸在面前，搁在一只淀粉箱子上，还盖了一条皮革镶边的马毯。是他那个死气沉沉但很勇敢的妻子赶的马车。在他一瘸一拐地上楼的时候，她还帮助肯尼科特扶他呢，一直扶到屋里。

"这家伙的腿被斧头砍了——伤口很深——他叫霍尔沃·纳尔逊，住在九英里之外的地方。"肯尼科特说。

卡罗尔在房间的后面紧张地发抖，听到肯尼科特让她去拿些毛巾然后打盆水过来，激动得像个孩子一样。肯尼科特把那个农民搬到一把椅子上，然后咯咯地笑着说："好了，霍尔沃，不出一个月我们就能让你出去修篱笆、喝烧酒啦。"那个农妇坐在长沙发上，面无表情。她身穿一件男式狗皮大衣，里面还有不知多少层短上衣，显得很臃肿。她头上顶着的那条丝质花手帕围在了起皱纹的脖子上。她那双白色的羊毛手套也放在了膝盖上。

肯尼科特从那条伤腿上脱下那只红色的厚"德国短袜"，还有一层又一层灰白色的羊毛袜，然后又解开螺旋绷带。那条腿呈坏死的白色，稀疏的黑色腿毛也给压扁了，一道皱巴巴的伤疤呈现出深红色。当然了，卡罗尔吓得直哆嗦，这可不是人肉，也不是多情的诗人笔下那种红润晶莹的肌肉纤维。

肯尼科特查看了一下伤口，对霍尔沃和他的妻子微笑着说："还好，谢天谢地，还不算太糟！"

霍尔沃夫妇看起来不太相信。这个农民朝他妻子点头示意了一下，于是她就哀伤地说：

"嗯，俺们要给你多少钱，医生？"

"让我想想——我想是：一次出诊，两次门诊。我想，总共大概十一美元，莉娜。"

"俺不知道能不能过几天付钱给你，医生。"

肯尼科特咔咔地走到她身边,拍了拍她的肩膀,大声说道:"啊唷,上帝保佑你,姐妹,就算我永远拿不到钱,我也不会担心的!明年秋天,等你收了庄稼,再付给我吧……卡丽,你和贝亚谁能为霍尔沃夫妇冲杯咖啡,然后再拿点冻羊肉?那么冷的天,他们一会还要赶很远的路呢。"

三

肯尼科特一大早就出去了。卡罗尔看书看得眼疼。维达·舍温又不能来喝茶。卡罗尔在屋里走来走去,屋子里空荡荡的,跟外面那条朦胧的街道一样,光秃秃一片。"医生会按时回家吃晚饭吗?或者我先吃不等他?"在这个家里,这个问题很重要。平时六点钟准时吃晚饭,可现在六点半了,他还没回来。她和贝亚猜起来了:是不是这个产科病人花的时间要比他预计的长?他会不会又去别的地方出诊了呢?还是乡下的积雪更厚一些,所以他不能开汽车,只能乘坐四轮单马马车或者是轻便雪橇?小镇上的积雪都化了很多了,可还是——

这时,外面响起了汽车喇叭声和一声喊叫,汽车发动机加速运转几下就熄火了。

卡罗尔匆忙走到窗前。那辆汽车就像一只历经一系列激烈冒险活动之后养精蓄锐的怪兽一样。车前灯把路上的冰块照得晶莹透亮,就连最小的冰块也拖着巨大的影子。尾灯在车后的雪地上投下了一个红宝石色的光圈。肯尼科特打开车门,大声喊道:"到家了,老太婆!陷进雪里好几次,好在我们出来了。天哪!我们竟然出来了,我们到家啦!快点儿!拿吃的来!吃饭!"

卡罗尔赶紧冲到他面前,拍拍他的毛皮大衣。长长的皮毛摸上去很光滑，但手指感觉凉飕飕的。她快乐地召唤贝亚说："好极了！他回来了！我们马上开饭！"

四

能有什么途径让这位医生的妻子了解到他的成绩：没有掌声，没有书评，也没有荣誉学位。不过，有一个最近从明尼苏达州搬到萨斯喀彻温①的德国农民写了一封信：

"亲爱的先生：今年夏天，您一直给俺治病，治了好几个礼拜，您还找到了俺的病根子。就因为这个，俺就得谢谢你。这边的医生也说了俺生病的原因，然后给我开了好多药，但没有您开的药效果好。现在，他们说俺啥药都不用吃了。您觉得呢？

"嗯，俺大概一个半月没吃药了，可俺也没见好转啊。所以，俺想听听您的看法。吃过饭，俺觉得肚子周围都不舒服，头也疼，胳肢窝下面也疼。吃过饭以后，都三到三个半小时了，俺还是觉得浑身无力，头昏脑涨的，还隐约感觉头疼。现在，您得让俺知道您是怎么看的，俺就按您说的办。"

五

卡罗尔在药店碰到了盖伊·波洛克。他看着她，好像自己有权这样看她似的，然后轻声说："这几天我都没见到你。"

"是的。我和威尔到乡下去了几趟。他太——你知道吗，他那

---

① 萨斯喀彻温（Saskatchewan）：加拿大西部大草原地区。

样的人，是你我这样的人永远不能理解的。你和我，我们是一对吹毛求疵的流浪汉，而他却默默地做这做那。"

卡罗尔点点头，微笑了一下，就匆忙去买硼酸了。波洛克凝望着她的背影，然后就悄悄溜走了。

当卡罗尔发现波洛克已经走远的时候，心里竟然有点不安。

六

肯尼科特觉得，结婚以后丈夫在妻子面前刮胡子，或者妻子在丈夫面前穿着紧身胸衣，这些行为都不是令人生厌的粗俗，而是有益健康的坦率；矫揉造作的含蓄也许只会让人不愉快。有时候，她也认同肯尼科特的观点。当他穿着普通短袜在客厅一坐几个小时的时候，她也没那么心烦。可是，她是不会听他那套理论的，说什么"那些浪漫的玩意全是妄想——求爱的时候可以优雅一点，但没必要一辈子都这样，那还不把自己搞崩溃了呀"。

她想到好多小惊喜、小把戏，变着花样过日子。她织了一条令人惊讶的紫色围巾，把它藏在肯尼科特的晚餐盘子下。他发现了以后，显得很尴尬，倒吸一口气，说："今天是周年纪念日，还是什么特殊日子？天哪，我竟然忘了！"

有一次，她把热咖啡倒进一只热水瓶，又把贝亚刚烘烤的饼干装在盛玉米片的盒子里，然后在下午三点的时候匆忙赶到他的诊所。她把那一包东西藏在过道里，然后往里面窥探。

诊所非常简陋。肯尼科特是从前一任医生那里接手的，只是稍微改变了一下，添了几件东西：一张白色的搪瓷手术台，一台消毒器，一套 X 光透视装置，还有一个很小的手提式打字机。这是一个两室的套房：外面一间是候诊室，里面有几把直背椅子，一张摇晃的松木桌子，还有一些只有在牙医和医生的诊所才能看到的、已经没有封面的、不知道刊名的杂志。里面一间正对着大街，既是办公室，又是诊室和手术室，在其中一个角落里还有个细菌和化学实验室。两个房间的木地板都没铺地毯。家具是棕色的，表面的油漆已经起皮。

候诊的有两位妇女，都一动不动的，好像瘫痪了一样；还有一个身穿铁路司闸员制服的男人，用晒黑的左手托住那只缠了绷带的右手。他们睁大眼睛看着卡罗尔。她拘谨地在一张硬椅子上坐了下来，感觉很无聊，来错了地方。

肯尼科特出现在内门门口，送别一个面色苍白、长着几根白胡子的男人，安慰他说："不要紧的，老兄。注意不要吃糖，按照我的规定饮食就行了。拿这张药方去配药，下个礼拜再过来找我。哎呀，嗯，最好，嗯，最好不要喝太多啤酒。可以了，老兄。"

他的声音装得很亲切。他心不在焉地看了一眼卡罗尔。他现在是个看病机器，不是家里的机器。"出什么事了，卡丽？"他低声说。

"没啥要紧事，只是想来跟你打个招呼。"

"嗯——"

卡罗尔有点顾影自怜，因为他没有看出这是一场惊喜的相聚，这让她觉得伤心，又觉得自己很有趣。然后，她虚张声势地对他说："没啥特别的事儿。要是你需要忙很久的话，我就赶紧跑回家去。"说完她竟有一种殉道者的快慰。

她坐在那里等着，不再觉得可怜，而是开始嘲笑自己了。这是她第一次观察这间候诊室。哦，是的。医生的家里是得有和服宽腰带式样的镶板，一个宽大的长沙发，还要有一个电咖啡壶。不过，对那些陈腐的普通病人来说，随便一个窄小的地方也就够好的了。他们只不过是医生赖以生存的一个手段和理由罢了！不，她不能怪肯尼科特。有这几把破旧的椅子他就很满意了。他和病人一样受得了这些椅子。倒是她忽略了这个地方——亏她还到处游说,要重建整个小镇呢!

等病人都走了,她才把那包东西拎进来。

"那是些什么东西?"肯尼科特问道。

"转过身去,看着窗外!"

他照做了——不是很厌烦。等她大呼一声"好了"的时候,一顿大餐已经摆在了里面房间那张翻盖写字台上,有饼干、小硬糖和热咖啡。

他宽阔的脸上露出了笑容。"又跟我耍新花样,我这辈子从没这么惊喜过!天哪,我想,我真的饿了。哎呀,真好。"

当初次惊喜的兴奋逐渐消逝,她那阵惊喜慢慢平静下来时,她请求说:"威尔,我要给你的候诊室添一点新家具!"

"候诊室怎么了?它很好的呀。"

"不好,丑得吓人!我们可以给你的病人提供一个好点儿的地方。这对生意也好。"她觉得自己太精明了。

"瞎扯!我才不担心生意呢。听我说,我早就跟你说过——我只不过想攒几个钱而已,如果你把我当成唯利是图的人我都能容忍的话,那我就真该死了——"

"别说了!赶紧住嘴!我没想伤害你的感情,也没有指责你的意思!我是你后宫里最爱慕你的那个人呢。我只不过想说——"

两天后,卡罗尔在候诊室挂上几幅画,摆上几把柳条椅子,又铺上一块地毯,就把它弄得像住家一样了。肯尼科特承认,"看上去的确好多了。从来没怎么想过这个事儿。看来我需要有人逼着才行"。

卡罗尔深信,在医生的妻子这个职业里,她还是极其满足的。

七

卡罗尔很想使自己摆脱一直撕扯她的猜疑和幻灭感,设法摒弃叛乱时代的一切独断主义。不论是那个长着一张牛肉脸、胡子拉碴的莱曼·卡斯,还是迈尔斯·伯恩斯塔姆,抑或是波洛克,她都希望能一视同仁。她在家中招待过一次死亡观俱乐部的会员,但真正让她受益匪浅的还是去拜访那位博加特太太。这位太太在闲谈时发表的高见对一位医生来说实在太宝贵了。

尽管博加特太太的家就在隔壁,但她只去过三次。现在,她戴上那顶新的鼹鼠皮帽子,这使她的脸显得又小又天真。她擦掉口红的痕迹,趁自己还没改变主意,赶紧逃到巷子的对面。

房子的年龄就跟人的年龄一样,和它们的实际岁数关系不大。博加特寡妇家那栋暗绿色的小屋才建好二十年,却像基奥普斯① 金字塔一样古老,有一股木乃伊尸骨的气息。它的整洁使整条街的房子相形见绌。小径旁的两块界石漆成了黄色。外屋的格架上稀稀落落缠绕着几根藤蔓,根本遮掩不住房子。草坪上面有一堆被雨水冲刷变白的海螺壳,在海螺壳的中间坐落着囊地鼠草原镇最后的铁狗雕像。走廊擦得干干净净。厨房好比数学练习题,而等距的椅子就是难题的答案。

客厅是特意为客人准备的。卡罗尔建议说:"我们去厨房坐吧。请不要点着客厅的炉子了,怪麻烦的。"

"一点也不麻烦!我的天哪,你难得来一次,厨房脏得不像样子。我想让它保持干净来着,可是赛一进来就踩得到处都是泥巴。这事

---

① 基奥普斯(Cheops):古埃及第四王朝法老。在位期间,下令为他自己建造最大的金字塔,又叫胡夫金字塔,至今仍矗立在开罗附近的吉萨地区。

我跟他说过一百遍了。不,你就坐在这儿,亲爱的,我这就生火,一点也不麻烦,真的一点也不麻烦。"

博加特太太生火的时候,哼哼唧唧的,然后揉揉关节,反复拍拍手上的灰。卡罗尔想搭把手,她叹口气说:"哎哟,没关系的。我想,我干多了不行。不过,辛苦一点的话,好歹还能做点儿事。好像很多人也是这么想的。"

客厅里铺了一块碎呢地毯,很有特色。她们进来的时候,博加特太太匆忙捡起一只令人恶心的死苍蝇。在地毯的中间,有一块小地毯,上面画的是一条红色的纽芬兰狗,正躺在黄绿相间的雏菊地里,下面还贴着一个带"我们的朋友"字样的标签。客厅里的风琴又高又薄,上面摆了一面有的地方圆、有的地方方、有的地方又是菱形的镜子作点缀。风琴上面还有几个托架,托架上面放了一盆天竺葵,一只口琴,还有一本《古代圣歌集》。在客厅中间的桌子上,有一本西尔斯-罗巴克公司的邮购货品目录;一个银边镜框,里面是浸礼会教堂和一位老牧师的照片;还有一只铝盘,盘子里放着一个响尾蛇拨浪鼓和一片破眼镜片。

博加特太太谈到了牧师齐特雷尔先生的口才、冷天的严寒、白杨木的价格、戴夫·戴尔的新发型以及赛·博加特的孝心。"我和他的主日学校老师说了,赛也许有点野蛮,但那是因为他比好多小伙子都聪明得多。那个声称抓住赛偷瓜的农民是个大骗子,我应该告他的。"

博加特太太又详细地讲到有关比利午餐店那个女服务生的谣传,说她可能并不全是那个样子——或者,更确切地说,很有可能就是那个样子。

"我的天哪,人人都知道她妈是个什么货色,你还能有啥指望?如果那些旅行推销员不去招惹她,她也不会生事的。不过,我当然不会相信大家会让她以为她能蒙骗我们的眼睛。把她送到位于索克森特的不良女子教养院去吧，越快越好。这样对大家都好。嗯——你不喝杯咖啡吗，亲爱的卡罗尔。我相信你不会介意老大娘博加特直接叫你的名字吧。你想想，我都认识威尔很久了。而且，他那个可爱的母亲住在这儿的时候，我还是她的好朋友呢。再说了——你那个皮帽子很贵吗？不过——在这个小镇上，乡亲们说话的那个样子，你不觉得让人很不舒服吗？"

博加特太太把椅子挪近了一点儿。她那张大脸皱了起来，一副很狡猾的样子，脸上还有一堆黑痣和一撮稀疏的黑毛，让人看了很害怕。她露出满嘴的蛀牙，微笑着呵斥起来，用一种像是嗅到乏味的卧室丑闻的声音自信地说：

"我实在不明白，乡亲们说话做事怎么能像他们那样。你不知道他们暗中做的那些事儿。这个小镇——哎呀，只是因为我给赛一些宗教教育，他才这么单纯，没沾染那些事情。就在前几天——我从不关心那些传闻，可我听得千真万确，哈里·海多克和明尼阿波利斯一家商店的女店员关系暧昧。可怜的胡安妮塔还啥都不知道呢——不过，这也许是上帝对她的惩罚，因为她在嫁给哈里之前就不止和一个男人有染。咳——我不想说这事的，就像赛所说的，也许我已经落伍了。不过，我一直认为，对于这些丑陋的事情，一个女人甚至连提都不该提。可我还是知道，至少有一次，胡安妮塔和一个男人——咳，他们太丑陋了。还有……还有……而且，还有那个杂货商奥利·詹森，他自以为他很高明，我就知道他勾搭一个农民的老婆。还有……还有那个讨厌的人，就是那个打杂的伯恩斯塔姆，还有纳特·希克斯，还有……"

似乎在这个小镇上，除了博加特太太，没有一个人不过着羞耻的生活，所以她心生厌恶也是理所当然的。

她全知道。她总是碰巧在场。她悄悄地说，有一次她正好路过，一扇百叶窗不小心没拉好，露出一条几英寸的缝。还有一次，她看见一男一女手拉着手,而且还是在公理会的联谊会上!

"还有一件事——天知道,我从来不想惹是生非,可我还是忍不住要把在我家屋后台阶上看到的事说出来。我看到你家女佣贝亚和杂货店那些小伙子勾勾搭搭的,还有那些——"

"博加特太太,我相信贝亚,就像相信我自己一样!"

"哎哟,亲爱的,你误会我啦!我相信她是个好女孩。我的意思是,她太嫩了,希望镇上那些可恶的纨绔子弟不要让她怀孕。这是他们父母的错,让他们那么放荡,听那些邪恶的东西。要是让我来管,不可能有这样的孩子,不管男孩还是女孩,在结婚之前,谁都不许了解……了解那些东西。有些乡亲说话太露骨了,真讨厌。这恰恰说明他们心中的那些思想有多肮脏,简直无可救药,除非像我这样,每个礼拜三的晚上都去祈祷会,走到上帝面前,然后跪下来,说'哦,上帝,若非你的恩典,我将是个可怜的罪人'。

"我要让那些臭小子全都去上主日学校,学会考虑美好的事情,别老想着抽烟和那些乌七八糟的事情。他们在小屋里跳的那些舞是这个小镇上最糟糕的事了,好多小伙子紧紧地抱着那些女孩,结果却发现——哎呀,太吓人了。我跟镇长说过,他应该阻止他们的。还有——镇上有个小伙子,我不是多疑,也不是无情,但是……"

过了半个小时,卡罗尔才得以逃脱。

她在自家的门廊停了下来,恶狠狠地想:

"如果那个女人是在天使那边的,那我就没有选择了,我一定要站在魔鬼这边了。可是——她不是很像我吗?她也想'改造这个小镇'呢!她也批评每一个人的嘛!她也认为那些男人俗不可耐、能力有限的呀!我像她吗?真可怕啊!"

那天晚上,她不仅答应和肯尼科特打克里比奇牌,而且还鼓励他打,并且对地产交易和萨姆·克拉克也产生了狂热的兴趣。

八

谈恋爱的时候,肯尼科特曾给卡罗尔看过一张照片,照片上是内尔斯·厄尔德斯特鲁姆家的婴孩和圆木小屋,但她从没见过厄尔德斯特鲁姆一家人。他们只不过是"医生的病人"而已。十二月中旬的一个下午,肯尼科特打电话问她:"想不想立马穿上外套,跟我一起开车去厄尔德斯特鲁姆家?天气暖和得很。内尔斯得了黄疸病。"

"啊,想去!"她急忙穿上长筒羊毛袜子,蹬上高筒靴子,披上运动衫,围上围巾,戴上帽子,又套上连指手套。

路上积雪太深,车辙冻得硬邦邦的,开不了汽车。他们只好架着一辆笨重的高马车去。他们身上裹着一条蓝色的羊毛毯,把卡罗尔的手腕扎得很痛。毛毯的外面还有一条粗劣的野牛皮车毯,现在已经千疮百孔了,从野牛群在大草原往西飞奔几英里的年代起,一直用到现在。

他们穿过小镇上那些零零落落的房子。和白雪皑皑的大片场地以及宽阔的街道相比,这些房子显得狭小而又荒凉。他们穿过铁路轨道,顷刻间就来到了乡野。几匹黑白相间的花斑高头大马用鼻子喷出一团团雾气,然后就小步跑了起来。马车吱嘎吱嘎地响起来,很有节奏感。肯尼科特一边驾车,一边吆喝着说:"嗨,伙计,悠着点儿!"他在想什么事情,没有理会卡罗尔。然而,过了一会儿,还是他先开口说:"漂亮极了,你瞧那边。"话音未落,他们就来到了一片橡树林,树林里有两个雪堆,闪烁不定的冬日阳光在雪堆中间的洼地上来回地抖动。

他们驾着马车从天然的大草原来到一片新开垦的地方。这里

第十五章

二十年前曾是一片森林。眼前的乡野似乎一直在向北极伸展：低矮的小山丘，灌木稀疏的滩地，芦苇丛生的小溪，麝鼠土堆，以及从白雪覆盖的田野中冒出的一块块冰冻的褐色土块。

卡罗尔的耳朵和鼻子缩得很紧，她呼出的热气在衣领上结了霜，她的手指头也冻得隐隐作痛。

"越来越冷了。"她说。

"是的。"

走了三英里，他们只说了这么一句。不过，卡罗尔却很开心。

下午四点的时候，他们来到了内尔斯·厄尔德斯特鲁姆的家。卡罗尔心中一阵悸动，认出了吸引她到囊地鼠草原镇来的英勇历险：那些新开垦的田地，一个个树桩中间的犁沟，以及一间用泥浆填缝、干草铺顶的圆木小屋。不过，内尔斯已经富起来了。他把那间圆木小屋当作谷仓，另外建了一座新房子。那是一座妄自尊大、不明智的、囊地鼠草原式的房子，刷上了光亮的白漆，缀上了粉红色的边饰，显得更加裸露和笨拙。所有的树全都砍掉了。这座房子毫无遮拦，任凭狂风猛烈吹打，凄凉地坐落在毛糙的空地上，让卡罗尔不寒而栗。不过，他们在厨房里倒是受到了热烈欢迎。那个厨房刚刚粉刷一新，配有黑色的镀镍炉灶，墙角还放了一台乳油分离器。

厄尔德斯特鲁姆太太恳请卡罗尔到客厅去坐。那里有一台留声机，一张坐卧两用的皮面橡木沙发，佐证了草原农民的社会进步。不过，卡罗尔却在厨灶旁边坐了下来，一个劲地说："请别管我。"等厄尔德斯特鲁姆太太跟在医生后面出去的时候，卡罗尔才善意地扫视起这个房间来：一个漆了花纹的松木食橱；一个带框的"路德教坚信礼证词"；墙边有一张餐桌，上面留有煎蛋和香肠的碎屑；一堆日历中间还有一件首饰，那些日历上不但印着一张樱桃小嘴妙龄女郎的石印画，还印着一条阿克塞尔·埃格杂货店的瑞典语广告，而且还印着一个温度计和一个火柴夹。

她看见一个四五岁的小男孩正在走廊里盯着她看。这个小孩上身穿一件方格花布衬衫，下身穿一条褪色的灯芯绒裤子。不过，他的眼睛很大，额头很宽，嘴巴也抿得很紧。他突然不见了，然后又回来偷看，啃咬着自己的指关节，侧身对着卡罗尔，很害羞的样子。

难道她忘了——怎么回事来着？在斯内灵堡的时候，肯尼科特坐在她的旁边，循循善诱地说："瞧那孩子吓成啥样了，他需要一个像你这样的女人。"

那时候，一种魔力让她激动不已。那是落日的魅力，凉风的魔力，也是情人的好奇心的魔力。想起这段圣洁的往事，她向那个小男孩伸出了双手。

那个孩子一边侧身慢慢挪到屋里，一边吮吸着大拇指，一副犹豫不决的样子。

"你好，"卡罗尔说，"你叫什么名字呀？"

"嘻，嘻，嘻！"

"你说的很对，我同意你的看法。像我这样的蠢人总是问孩子叫什么名字。"

"嘻，嘻，嘻！"

"到这儿来，我给你讲个故事——咳，我也不知道该讲什么故事呢。不过呀，在这个故事里面，有一位苗条的公主和一位白马王子。"

卡罗尔瞎说一通，那个孩子则一动不动地站在那儿。他也不再傻笑了。卡罗尔很快就能把他哄过来。可是，电话响了——两声长，一声短。

厄尔德斯特鲁姆太太急忙跑进来，冲着话筒尖声叫道："喂？是的，是的，这是厄尔德斯特鲁姆的住处！嗳？噢，你找医生呀？"

肯尼科特进来了，对着话筒粗暴地说：

"喂，你有什么事吗？嗬，你好啊，戴夫。你有什么事儿吗？

哪一个莫根罗特的家啊?阿道夫的家吗?好的。截肢吗?呃,我知道了。哎呀,戴夫,叫格斯把马车备好,把我的手术箱放到马车上——再叫他带点氯仿。我就从这儿直接过去。今晚可能回不了家了。你可以到阿道夫家找我。嗯?不,卡丽可以上麻药吧,我想。再见。嗯?不用。明天再跟我说吧。这是农民的线路嘛,他妈的老是有好多人偷听。"

他转身对卡罗尔说:"小镇西南十英里有个农民叫阿道夫·莫根罗特,他的一条胳膊给砸伤了——修牛棚的时候,一根柱子倒了,砸在他身上——把他砸得够呛——可能得截肢,戴夫·戴尔说。恐怕我们得从这儿直接过去了。真见鬼。对不起呀,还得拖着你跟我一起过去——"

"赶紧走吧。不要担心我了。"

"我想你会上麻药的,对吧?平时我都是让司机上麻药。"

"只要你告诉我怎么上就行了。"

"好吧。哎呀,你刚才听到我臭骂那些老是偷听对方电话的老家伙了吗?我就是想要他们听到!嗯……好了,贝西,你就不要担心内尔斯了。他会慢慢好起来的。明天,你自己,或者找个邻居,赶车到镇上来,到戴尔的药店按这个处方配药。每隔四小时给他喝一茶匙。再见吧。哈啰,瞧这小家伙!我的天哪,贝西,以前病恹恹的小家伙都长这么大了,不可能吧?啊唷,哎呀,他现在都长成魁梧的瑞典小伙咧——以后肯定比他爹还壮实!"

肯尼科特的坦率让那个孩子很难为情,又很开心,卡罗尔就没有这个本事。此刻,跟着忙碌的医生出去乘坐马车的,是一位谦恭的妻子。她的志向不是把拉赫马尼诺夫的曲子弹得更好一些,也不是建造市政厅,而是对着小孩子咯咯地笑。

在银色的苍穹下,落日只剩下一抹玫瑰色,映衬着橡树的细枝和白杨树稀疏的枝杈。地平线上的一座筒仓,也由红色逐渐变成了紫色，笼罩在灰蒙蒙的薄雾中。紫色的道路突然不见了，周围也没有灯光，在一个被摧毁的世界的黑暗中，他们摇摇晃晃地往前行——奔向虚无缥缈的前方。

到莫根罗特农场的路崎岖不平，路上也很冷。等他们到达的时候，卡罗尔已经睡着了。

这不是一间拥有令人自豪的留声机的、熠熠生辉的新房子，而是一间粉刷成白色的低矮的厨房，闻起来有一股奶油和卷心菜的味道。这个餐厅很少使用，阿道夫·莫根罗特正躺在里面的一张长沙发上。他那个身形粗壮、工伤累累的妻子正焦急地握着卡罗尔的双手。

卡罗尔以为肯尼科特会有一些惊人的壮举，可他却摆出一副漫不经心的样子，跟那个男人打招呼说："嗯，嗯，阿道夫，这下得修理你了吧，嗯？"然后又轻声对他妻子说："Hat die drug store my schwartze bag hier geschickt？ So — schön. Wie viel Uhr ist's？Sieben？ Nun, lassen uns ein wenig supper zuerst haben[①].有什么好啤酒吗——giebt's noch Bier[②]？"

肯尼科特四分钟就把晚饭吃完了。然后，他脱掉外套，卷起衬衫袖子，拿起那块厨房里使用的黄色肥皂，在洗涤槽里的一个马口铁盆里擦洗双手。

卡罗尔坐在厨房的桌子前，硬着头皮喝了点啤酒，吃了点黑麦面包、多汁的咸牛肉和卷心菜，根本不敢往里面的房间看。里面房间里的那个男人正在呻吟。卡罗尔匆匆瞥了一眼，看见那个人身穿一件蓝色的法兰绒衬衫，领口敞开着，露出了起有棱纹的、烟草色的脖子，脖子窝里稀稀拉拉长着几根黑灰色的细毛。他身上盖着一

---

① 这几句是夹杂几个英语单词的德语，大意是：药店把我的手术包送来了吗？好的，好极了。现在几点了？七点吗？先给我们弄点饭吃吧。
② giebt's noch Bier：德语，有啤酒吗？

条床单，像一具尸体一样。他的右臂伸到了床单外面，用几条沾有鲜血的毛巾包裹着。

可是，肯尼科特却轻快地跨入那个房间，卡罗尔也跟着他进去了。他的手指很粗大，却惊人地灵巧。他麻利地解开那些毛巾，让那只胳膊露在外面。自胳臂肘往下一片血肉模糊。那个男人痛得大叫。室内的空气越来越污浊，让卡罗尔透不过气来。她感到一阵晕眩，急忙往厨房里的一张椅子跑去。一阵恶心之后，她听到肯尼科特嘟囔着说："阿道夫，恐怕得把它切了。你是怎么搞的？倒在收割机刀片上了吗？我们会治好它的。卡丽！卡罗尔！"

她不能……她不能站起来了。后来，她站了起来，却两腿发软，胃里直翻，眼前一片模糊，耳朵嗡嗡作响。她走不到餐厅。她快要昏倒了。后来，她还是到了餐厅，靠在墙上，苦笑着，胸口和腰部两侧忽冷忽热。肯尼科特咕哝着说："哎呀，赶紧帮帮我和莫根罗特太太，把他抬到厨房的餐桌上。不，你先过去，把那两张桌子推到一起，然后在上面铺一条毯子和一张干净的床单。"

她把那两张笨重的桌子推到一起，然后擦干净，再把床单铺好，却是一种解脱。她头脑清醒了，竟然可以镇定自若地看着自己的丈夫和那个农妇给那个哀号的男人脱下衣服，穿上干净的睡衣，然后把他那条胳膊洗干净。肯尼科特开始把他的手术器械一一摆开。她意识到，尽管没有医院里的设备，但完全不用担心。她的丈夫——那可是她的丈夫——就要做一台外科手术了，这种不可思议的胆魄只有在描写著名外科医生的小说里才看得到。

她帮助他们把阿道夫搬到厨房。那个男人吓得两条腿都不听使唤了。他很重，身上有一股汗味和马厩味。可她还是抱住他的腰，用柔滑的脑袋抵住他的胸口，用力拉他。她还模仿肯尼科特开心的时候发出的响声，咂起了响舌。

把阿道夫抬到桌子上以后，肯尼科特就把一个用钢圈和棉布做成的半球形面罩套在了他的脸上,然后对卡罗尔说:"现在,你就坐在这儿,坐在他的头边,让乙醚一直滴——大概滴这么快,明白了吗?我来观察他的呼吸。瞧,这是谁呀!名副其实的麻醉师嘛!奥克斯纳都没有这么好的麻醉师!一流的,嗯?……嗳,嗳,阿道夫,别紧张,一点儿也不痛。会让你舒舒服服睡着的,一点儿也不痛。Schweig'mal! Bald schlaft man grat wie ein Kind. So! So! Bald geht's besser!① "

卡罗尔看着乙醚往下滴,尽量保持肯尼科特所说的速度,但还是有点紧张。她凝视着她的丈夫,把他当成英雄一样崇拜,佩服得五体投地。

他摇了摇头说:"光线太差,光线太差。喂,莫根罗特太太,你就站在这儿,掌着这盏灯。Hier, und dieses—dieses lamp halten②——就像这样!"

借着那点恍惚的微光,他做起了手术,动作麻利,又从容不迫。室内一片寂静。卡罗尔尽力去看他,而不是去看渗出的鲜血、深红色的砍痕和邪恶的手术刀。乙醚的气味很香,但很呛人。她似乎有种魂不附体的感觉,胳膊也虚弱无力。

让她受不了的不是那些鲜血,而是手术锯子锯活人骨头的刺耳声。她知道自己一直忍着没吐,现在已经撑不住了。她头昏眼花的,找不到方向,只听到肯尼科特说:

"想吐吗?赶紧去外面待一会儿。阿道夫现在醒不了。"

她伸手去摸门把手,可把手直转圈,出她的丑。她来到门廊里,大口大口地喘气,使劲把新鲜空气吸进胸腔,头脑随之清醒。返回屋里的时候,她看到了整个场景:洞穴般的厨房,两个奶罐映在墙

---

① 这几句也是夹杂几个英语单词的德语,大意是:别出声!乖孩子,赶紧睡吧!别动!别动!你的病很快就好啦!
② Hier, und dieses—dieses lamp halten:德语,上这儿来,掌着这盏灯。

上的铅灰色影子，悬挂在屋梁上的一堆火腿，还有炉门上的一道道亮光。在屋子的中间，一个受到惊吓的矮胖女人掌着一盏小小的玻璃灯来照明，肯尼科特医生正弯着腰给盖在床单下面的一个人做手术——肯尼科特裸露的双臂沾上了鲜血，他的双手戴着一副浅黄色的橡胶手套，正在松开止血带。他面无表情，只是抬起头，咕哝着对农妇说了句："把灯掌稳了，再坚持一小会儿——noch blos ein wenig①。"

"他的德语粗俗、普通又不标准，但谈论的是生死、家世和国家。我读的法语和德语写的都是那些多愁善感的情人和圣诞诗歌。可我以前还以为有文化的是我哩！"她怀着崇敬的心情回到原来的位置。

过了一会儿，肯尼科特厉声说："够了，不要给他输乙醚了。"他正聚精会神地捆扎一根动脉血管。对她来说，他的粗暴似乎也是豪壮的。

等他缝好伤口，她喃喃地说："嘀，你真棒！"

他很惊讶。"啊唷，小事一桩。刚才要是像上个礼拜那样——再给我点水。上个礼拜，我看了一个腹腔出水的病人。天哪，没想到他竟是胃溃疡——好啦。哎呀，我确实困了。我们就在这儿过夜吧。太晚了，不能驾车回家了。好像暴风雪快要来了。"

九

他们睡在一张羽毛褥垫上，身上盖着自己的皮大衣。第二天早晨，他们把大水罐里的冰块捣碎——那是一只有花形图案的镀金大水罐。

---

① noch blos ein wenig：德语，一会就好了。

258 | 大　街

肯尼科特说的暴风雪没有到来。他们启程的时候，天空虽然雾蒙蒙的，但也渐渐变暖了。跑了一英里之后，她发现肯尼科特正在仔细端详北边的一团乌云。他策马跑了起来。她惊叹着荒凉悲壮的风景，却忽略了他罕见的匆忙。苍白的积雪，残茬的尖刺，参差不齐的灌木丛，渐渐消失在灰色的雾霭中。在一个个小山丘的山脚下，留有一片片冰冷的阴影。在一所农舍的周围，几棵柳树在越刮越猛的寒风中剧烈摇晃；而在树皮脱落的地方，一片片裸露的木质却像麻风病人的皮肉一样白。成片成片被积雪覆盖的泥沼显得粗陋而又单调。整个大地一片肃杀之气，一团边缘呈蓝灰色的乌云缓缓爬升，遮蔽了整个天空。

"看来我们就要遭遇一场暴风雪了，"肯尼科特猜测说，"不管怎样，我们能赶到本·麦戈尼格尔家吧。"

"暴风雪？真的？啊唷——不过，小时候我们还觉得那是很好玩的哩。那时候，爸爸只好待在家里，不用去法院，而我们就站在窗前看雪。"

"大草原可没那么好玩。会迷路的。冷得要命。千万别冒险。"他对那几匹马发出啧啧的咂嘴声。于是，它们就飞奔起来，马车在崎岖不平的车辙里颠簸前行。

整个天空突然飘下大片潮湿的雪花。那几匹马和野牛皮车毯都盖上了雪。卡罗尔的脸也被打湿了。马鞭细长的把柄上也落上了一条雪脊。空气越来越冷，雪花也越来越猛。雪片迎面扑来，抓挠她的脸。

她看不到一百英尺以外的地方了。

肯尼科特表情严肃。他向前弯着腰，把缰绳紧紧地攥在戴着浣熊皮长手套的手中。卡罗尔确信他会渡过难关。他总能将困难一一化解。

除了他的存在，整个世界和所有生命都消失了。在漫天飞舞的大雪中，他们迷了路。他侧身凑近大声嚷道："让马自己跑吧。它们会把我们带回家的。"

随着一阵剧烈的颠簸，他们偏离了道路，两只车轮掉入沟中，车身也倾斜了，但立刻又被猛地拉回路上，因为那几匹马仍在往前跑。卡罗尔倒抽一口气。她把羊毛车毯拉到下巴底下，想尽量勇敢一点，但根本做不到。

他们正路过一个地方，右边有个东西好像一堵黑墙。"我认识那个谷仓！"肯尼科特大叫道。他拉住缰绳。卡罗尔围着车毯，瞥见他咬紧下嘴唇，皱着眉头，把缰绳放松，又把它收紧，然后又猛地拉紧那几匹奔跑的马。

他们停下了。

"那是农舍。裹上车毯，赶紧走。"他大声叫道。

刚从马车里爬出来的时候，感觉就像掉进冰水里一样。可是，刚一着地，卡罗尔就朝肯尼科特微微一笑。她的双肩裹着野牛皮车毯，粉红的脸蛋显得既小又孩子气。一阵旋风夹着雪花，刮向他们的眼睛，像个发狂的恶魔一样。肯尼科特解开马具的搭扣。他转过身子，重步往回走。他的影子显得很笨重，令人毛骨悚然。他手里拿着马勒。卡罗尔则抓住他的衣袖。

他们来到那个阴郁的大谷仓跟前。谷仓的外墙正好紧挨着马路。肯尼科特沿着墙边摸索过去，找到一个门，领着人马来到一个院子里，然后进入谷仓。里面很暖和，特别安静，让他们非常吃惊。

他小心翼翼地把马赶进马厩。

卡罗尔的脚趾头都冻痛了。她说："我们赶紧去找房子吧。"

"不行。还不是时候。也许永远也找不到房子。也许在离房子十英尺的地方都能迷路。就在马厩里坐一会儿吧，坐在马旁边。等暴风雪一停，我们立马就去找房子。"

"我都冻僵了，走不动了！"

肯尼科特把她抱进马厩，脱下她的套鞋和靴子。他笨拙地替她解开鞋带，还不时停下来往冻得发紫的手指上吹气。他揉揉她的双脚，然后拿起堆在饲料槽上的野牛皮车毯和马鞍褥盖在她的身上。她被暴风雪困在了这里，昏昏欲睡的。她叹了口气说：

　　"你那么强壮，可又那么灵巧，而且不怕血，不怕暴风雪，也不怕——"

　　"习惯了。昨天晚上，唯一让我担心的就是乙醚可能会爆炸。"

　　"我不明白。"

　　"啊唷，戴夫，那个该死的蠢货，给我送来的是乙醚，不是我跟他说的氯仿。你也知道，乙醚蒸气易燃，尤其是那张桌子旁边还有一盏油灯。可是尽管这样，我还是得给他开刀——伤口上到处沾的都是谷仓里的脏东西。"

　　"你一直都知道——你和我都有可能被炸飞？你在做手术的时候知道这一点吗？"

　　"当然了。难道你不知道呀？啊唷，怎么了？"

# 第十六章

一

肯尼科特对卡罗尔的圣诞礼物十分满意,于是也送给她一枚镶有钻石的条形胸针。不过,对于清早的礼仪、她布置的圣诞树、她悬挂的三只长袜子、那些彩带、镀金的装饰性贴签和她藏在里面的信息,她就不敢相信肯尼科特是不是感兴趣了。他只是说:

"布置得很漂亮,挺好的。我们今天下午去杰克·埃尔德家打五百分[①],你觉得咋样呀?"

她想起父亲生前过圣诞时的一些奇思妙想:挂在树梢上的那个神圣的旧布娃娃;一大堆廉价的礼物;潘趣酒和圣诞颂歌;火炉边的炒栗子;还有当法官的父亲表情严肃地打开孩子们潦草的字条,审视他们对于滑雪橇的要求,倾听他们对圣诞老人是否存在的看法。她还记得父亲宣读一份起诉书,谴责他自己是个多愁善感的人,有损明尼苏达州的和平和尊严。她还记得他那双细腿在他们的雪橇前面不停地晃来晃去——

她颤抖声音咕哝着说:"我得上楼去穿鞋——拖鞋太凉了。"她把自己反锁在那个不是很有浪漫情调的浴室里,坐在湿滑的浴缸边上,哭了起来。

---

① 五百分(Five Hundred):20世纪上半期美国盛行的一种纸牌技巧游戏,后来因为桥牌的盛行而黯然失色,但也还有人玩这种纸牌。

二

肯尼科特有五大爱好：医学，地产投资，卡罗尔，开汽车，以及打猎。至于他喜欢它们的先后顺序，那就不能确定了。虽然他的热情肯定是在医学上——他对城里医生的崇拜，他对某些城里医生说服乡村医生给他们带来手术病人种种旁门左道的谴责，他对诊金分配的愤慨，他对一套新 X 光设备的自豪——但所有的这些没有一个能比开汽车更让他开心。

即使是在冬天，只要那辆开了两年的别克停在屋后的马厩车库，他都会细心打理它。他给滑脂杯加油，给挡泥板涂上清漆，把后座底下的杂物清理掉，如手套、铜垫圈、皱巴巴的地图、灰尘以及那些油腻的抹布。冬天的中午，他就游荡出去，目不转睛地盯着那辆车。一想到"明年夏天可能会来一次神奇的旅行"，他就兴奋不已。他跑到火车站，带回来一张铁路图，把从囊地鼠草原镇到温尼伯[①]，或者得梅因[②]，或者大马雷[③]的汽车线路都标出来，一边琢磨着"不知道从拉克罗斯[④]到芝加哥，我们能不能在巴拉布[⑤]停一下呢"，一边巴望着卡罗尔对这种迂腐透顶的问题热情洋溢地发表意见。

对他来说，开汽车就是一种无可置疑的信仰，是一种高教会

---

① 温尼伯（Winnipeg）：加拿大中部地区的重镇，离美国国境仅96公里。
② 得梅因（Des Moines）：美国中部城市，艾奥瓦州首府。
③ 大马雷（Grand Marais）：坐落于密歇根州阿尔杰县。
④ 拉克罗斯（La Crosse）：美国威斯康星州西部城市。
⑤ 巴拉布（Baraboo）：马戏世界博物馆（Circus World Museum）的所在地。

派①式的膜拜。汽车的电火花就像是蜡烛，活塞环也像圣坛祭器一样圣洁。他的礼拜仪式则是一句拖着长音的、有韵律的路况评语："听说从德卢斯②到国际瀑布城③有好长一段路要走哩。"

打猎同样是他的挚爱，里面有很多深奥的思想，让卡罗尔如堕雾里。整个冬天，他都在阅读体育系列，回顾以前那些非凡的枪法："还记得那次我侥幸打了两只野鸭吗？就在太阳下山的时候。"他每个月至少把他那支心爱的连发枪"散弹枪"从涂了润滑油的绒布包里拿出来一次，给扳机上上油，然后默默地瞄准天花板，一副心醉神迷的样子。礼拜天的早晨，卡罗尔时常听见他迈着沉重的脚步走上阁楼，一个小时之后，又会发现他在那儿翻弄那些靴子、木制的诱饵鸭、午餐盒，或者眯起眼睛盯着那些旧子弹沉思，用袖子擦擦那些子弹的黄铜帽，然后又摇摇头，意思是那些子弹已经无用了。

他还保留着一些小时候用过的装弹药的工具：一个猎枪子弹压盖器，一个铅弹头模具。有一次，卡罗尔像家庭主妇一样抓狂，什么东西都扔。她愤怒地说："你为啥不扔掉这些东西呀？"他却严肃地要留住这些东西。他说："咳，你不懂，总有一天它们会派上用场的。"

她脸红了。她怀疑他是不是在想他们要生个孩子。因为他说过，等他们"确定养得起小孩的时候，他们会生一个的"。

带着莫名其妙的心痛和难以名状的悲伤，她悄悄地走开了。她半信半疑地认为，不过也只是半信半疑地认为，她的母爱迟迟未能释放，她为独断主义所做的牺牲，她为他谨小慎微的致富愿望所做

---

① 高教会派（High Church）：基督教新教圣公会派别之一，专指英格兰教会和英国国教会中的信徒。该教派主张在教义、礼仪和规章上大量保持天主教的传统，要求维持教会较高的权威地位。另外有低教会派（Low Church）和广教会派（Broad Church）。
② 德卢斯（Duluth）：港口城市，位于美国明尼苏达州东北部。
③ 国际瀑布城（International Falls）：美国明尼苏达州康契钦县的县治。

的牺牲，是可怕的，也是不正常的。

"不过，如果他像萨姆·克拉克那样，坚持生几个孩子，那就更糟了。"她这样想着。然后又想："如果威尔是个白马王子，我难道就不会'要求'给他生个孩子吗？"

肯尼科特的地产买卖，既是金融创新，也是最喜欢的活动。他开车穿过乡村的时候，总要注意哪些农场的收成好。他听到一个消息，说一个农民坐立不安，正"考虑卖掉这里的土地，搬到艾伯塔①去"。他向兽医了解不同品种家禽的价值。他向莱曼·卡斯打听，艾纳·吉塞尔德逊的小麦产量是否真有每英亩四十蒲式耳那么多。他总是向朱利叶斯·弗利克鲍请教问题，因为他交易的地产比打的官司多，他掌握的法律又比正义多。肯尼科特还研究小镇地图，看拍卖公告。

就这样，他以每英亩一百五十美元的价格买了约一百六十英亩的土地。一两年之后，等他在谷仓铺上水泥地，在房子里装上自来水后，他又以每英亩一百八十美元甚至两百美元的价格把这些土地卖了。

他连这些细节都跟萨姆·克拉克说了……经常跟他说。

就他所有的活动、汽车、猎枪和土地而言，他希望卡罗尔也能萌生兴趣。可是，他并没有给她提供可能会让她产生兴趣的客观事实。他只谈到那些平淡无奇而又令人厌烦的方面，从未谈过他在理财方面的志向，也没谈过汽车的机械原理。

在情意绵绵的这个月里，卡罗尔也很想了解他的那些爱好。她在车库里冷得发抖，而他花了半个小时也没决定是要往水箱里加酒精还是专利防冻液，或者干脆把水箱里的水全部放干。"或者，不，那样的话，等天气变暖的时候，我就别想把车子开出去了——不过，

---

① 艾伯塔（Alberta）：加拿大西部的一个省。

当然啦,我还是可以再给水箱加水的——也要不了太长时间嘛——只不过要提几桶水罢了——不过,要是我不把水放干,因为我的原因水箱又冻起来了——当然,有些人还往水箱里加煤油呢,可他们又说煤油会腐蚀那些软管接头,而且——我把单向扳手放哪儿去了?"

直到这时,她才放弃开车的想法,回到屋子里去。

在他们重归于好的这段时间里,肯尼科特时常谈起他给人看病的事情。他告诉卡罗尔,并一再提醒她不要告诉别人,说森德奎斯特太太又要生孩子了;又说"豪兰家的女佣怀孕了"。可是,当卡罗尔问他一些技术问题的时候,他却不知道如何回答。卡罗尔询问说:"确切地说,扁桃体是用什么方法摘除的呀?"他却打着哈欠说:"扁桃体切除术?啊唷,你只要——要是有脓,你就开刀。只要把它取出来就行了。看到报纸了吗?贝亚又把报纸放到什么鬼地方去了?"

她也就不想再问什么了。

三

他们看了一场电影。对肯尼科特和囊地鼠草原镇其他体面的公民来说,电影跟土地投机、猎枪和汽车一样,几乎是必不可少的。

那部故事片讲述的是一个勇敢的年轻美国佬征服了南美洲一个共和国的故事。他改变了当地人又唱又笑的野蛮习惯,使他们变得和北美人一样精力充沛、朝气蓬勃、充满活力、劲头十足。他教他们到工厂做工,穿漂亮的校服,大声叫喊说:"喃,你这个花容月貌的女人,只管看着我挣钱吧。"他甚至连大自然本身也改变了。那儿有一座山,本来只有百合、雪松和流云,但被他的干劲感化,突然涌现出一排排小木屋，一堆堆铁矿石也变成了轮船，轮船运铁矿石，铁矿石又变成轮船，轮船又用来运铁矿石。

这部优秀的电影引发的思想紧张，被一部更生动、更抒情、较少哲理性的情节影片冲淡了。这是一部讽刺喜剧，名叫《正中脑袋》，由麦克·施纳肯主演，一群泳装美女参演。施纳肯先生饰演了厨师、救生员、滑稽演员和雕塑家等角色，在剧情的高潮部分出现。有一个场景是，一群警察冲向旅馆门厅，但从数不清的门里飞出来很多石膏半身雕像，砸到了他们的身上，结果把他们打得不省人事。如果说故事情节不够明朗，那么大腿和馅饼的双重主题却是确定无疑的。游泳和模特表演同样是展示大腿的合适场面。而婚礼场景只不过是影片高潮的一个前奏，在雷鸣般掌声响起的时刻，施纳肯先生把一块蛋奶派偷偷塞进了牧师裤子屁股后面的口袋里。

在玫蕾影宫里，观众长声尖叫，然后擦掉笑出的眼泪。他们还爬到座位底下去找套鞋、连指手套和围巾。这时候，银幕上预告说，下个礼拜大家可能会在一部新上市的、喧闹的、特别好的超级大片中再次看到施纳肯。该片名为《在莫莉的床底下》，由克林喜剧公司出品。

西北大风撕扯着荒凉的街道。他们弯着腰逆着风往前走。卡罗尔对肯尼科特说："我很开心，这是一个有道德的国家。我们可不允许这样野蛮而又露骨的小说。"

"是哦，反恶习协会和邮政部不会容忍这些东西的。美国人可不喜欢道德败坏。"

"是呀。这一点很好。不过，我们有许多类似《正中脑袋》这样高雅的浪漫故事，我真高兴。"

"哎呀，你到底想干什么呀？逗我吗？"

他不作声了。她等着他发火。她想到他那些粗俗的土话，那些具有囊地鼠草原镇特色的愚笨的方言。他却莫名其妙地大笑起来。

等他们走进明亮的屋里，他又大笑起来，放下架子说：

"我不得不佩服你。你还是始终如一，确实。我以为，见了那么多善良而又正派的农民之后，你会忘掉这些高雅艺术的东西，可你还是抓住不放啊。"

"嗯——"她自言自语，"我想做个好人来着，却被他钻了空子。"

"告诉你吧，卡丽，这个世上只有三种人。第一种是没有任何思想的老百姓；第二种是粗暴对待一切的怪人；第三种是非常可靠的人，他们坚忍不拔，奋发向上，把一切事情都做好。"

"那么，我很可能就是怪人吧。"她漫不经心地微笑着说。

"不，这我可不承认。你的确喜欢说闲话，但在紧要关头，你还是觉得萨姆·克拉克比那些该死的文人艺术家好。"

"啊——嗯——"

"啊——嗯——"他嘲讽地说，"天哪，我们就是要改变一切，不行吗？我们要告诉那些拍了十年电影的家伙怎样导演那些电影；告诉那些建筑师怎样建设小镇；还要那些杂志只刊登那些不切实际的故事，描写的都是那些老处女和不知道自己想要什么的太太。哎呀，我们太恐怖了！……好了吧，卡丽，别钻牛角尖啦。醒醒吧！你还真够有胆子的啊，连露几条大腿的电影也要批判！嗨，亏你还一直吹捧这些希腊舞星哩，不管他们是干什么的，他们甚至连衬衣都没穿呢！"

"可是，亲爱的，这个电影的问题是——问题不是它拍了那么多大腿，而是它遮遮掩掩地，本来许诺展示更多的大腿，然后又不信守承诺。那简直就是偷窥狂的幽默思想。"

"我不懂你的意思。听我说——"

她寝而不寐，他却鼾声如雷。

"我一定要坚持下去。我那些'怪人的想法'，随他说去吧。我以为，崇拜他，看他开刀，这就够了。根本不是这回事。第一次还很兴奋，后来就没感觉了。

"我不想伤害他。但我一定要坚持下去。

"站在一旁，看他给汽车的水箱加水，听他扔给我一些零碎的信息，这是不够的。

"要是我站在一旁，一个劲地崇拜他，我就会心满意足，我就会变成一个'可爱的小女人'。乡村病毒。已经——我什么书都没看。我也有一个礼拜没摸钢琴了。我任由日子流走，一味地崇拜他的'一笔好买卖，每英亩多十美元哪'。我不要这样！我不要屈服！

"怎么办呢？我干啥都失败：死亡观俱乐部，招待会，拓荒者，市政厅，盖伊和维达。不过——无所谓，我现在也不想'改造这个小镇'了。我也不想组织勃朗宁俱乐部，然后坐在一堆干净的白人小孩中间，羡慕那些戴着丝边眼镜的演讲者。我要努力拯救我的灵魂。

"威尔·肯尼科特，还在那儿酣睡。他信任我，以为他拥有了我。可是，我就要离开他了。在他嘲笑我的时候，我就彻底离开他了。我崇拜他，他还觉得不够。我得改变自己，变得像他一样。他占了便宜。不能再这样了。就到此为止。我要坚持下去。"

四

卡罗尔的小提琴放在立式钢琴的上面。她把小提琴拿了起来。自从她上次拉过它以后，那些音质粗糙的琴弦就已经断了。在这把琴的上面，还放着一个金黄色和深红色相间的雪茄纸圈。

五

卡罗尔一心想见盖伊·波洛克,以确认这位同道的信念。可是,肯尼科特对她管得很严。她不能确定自己受阻是因为怕他,还是因为惰性,或者因为不喜欢"见面场景"的情绪波动,这可能会涉及闹独立的问题。她就像一位年届五十的革命家:虽不惧怕死亡,但早已厌倦了霉变牛排、口腔异味以及在多风的街垒坐上一夜的可能性。

那次看过电影之后的第二天晚上,她一冲动,就把维达·舍温和盖伊召来家里,一起吃爆米花、喝果酒。在客厅里,维达和肯尼科特争论"手工课在八年级以下的价值"问题,而卡罗尔则挨着盖伊坐在餐桌前给爆米花涂黄油。盖伊的眉目传情,让她心跳加快。她低声说:

"盖伊,你想帮我吗?"

"亲爱的,怎么帮呢?"

"我不知道嗳!"

他期待着。

"我觉得,我想请你帮我分析一下女人前途黑暗的原因。一片昏暗,就像一片幽暗的树林。我们都在其中,千万个女人,嫁了个有钱丈夫的少奶奶,白领的职业女性,串门喝茶的老太太,领低薪的矿工的妻子,以及那些喜欢调制黄油和去教堂做礼拜的农妇。我们想要的是什么?需要的又是什么?那边的威尔·肯尼科特会说,我们需要很多孩子,需要努力工作。但实际不是这样的。有的女人已经有了八个孩子,马上又要生一个——生完一个又一个,她们也有同样的不满。在那些速记员身上,在那些洗洗涮涮的妻子身上,以及在那些不知道怎样摆脱慈祥的父母的女大学毕业生身上，你会发现这种不满丝毫不少。我们想要什么呢？"

"从本质上讲，我觉得，你跟我一模一样，卡罗尔。你想回到一个宁静而又讲究礼仪的时代。你想重新推崇高雅的品位。"

"只是高雅的品位？爱挑剔的人？啊——不！我相信，我们所有人想要的东西都是一样的——我们都不例外，不管是产业工人、妇女、农民，还是黑人、亚洲各殖民地的人，甚至还有少数几个可敬的人。他们同样也在反抗，各个阶层的人都在等待，都在征求意见。我想，也许我们想要一种更为清醒的人生。我们厌倦干苦力、昏觉和等死。我们厌倦只看到为数不多的人如愿成为个人主义者。我们厌倦老是把希望推给下一代。我们厌倦听那些政客、牧师、谨小慎微的改革家以及我们的丈夫哄我们说：'安静点儿！耐心点儿！等等看！我们已经制定了一个乌托邦的种种方案，只要多给我们一点时间，我们就能把它创建出来。相信我们吧，我们比你们聪明。'这种话他们都说了一万年了。我们现在就要我们的乌托邦——我们要亲自动手创建它。我们想要的是——一切都属于我们大家！属于每一个家庭主妇、每一个码头工人、每一个印度民族主义者和每一个老师。我们想要一切，却永远也得不到，所以我们永远也不会满足——"

她不明白他为何眉头紧锁。他插嘴说：

"听我说，亲爱的，我当然希望你不要把自己和那些寻衅滋事的劳工领袖归为一类！从理论上说，民主还说得过去。不过，我也承认，还有很多劳资不公。但是，我宁愿要劳资不公，也不愿看到这个世界倒退到死一般的平庸状态。我不相信你和那些劳工有什么共同之处。他们整天吵着要涨工资，就为了能买得起廉价的破汽车、庞大的自动钢琴，还有——"

第十六章 | 271

就在这一刻,在布宜诺斯艾利斯①,一位报纸编辑放下令人厌烦的日常交易,转而宣称,"任何不公都好过眼看着这个世界倒回到科学迟钝的灰度等级"。也就在这一刻,纽约一家酒吧的一位店员站在吧台前,不顾对挑剔的业务经理压抑已久的恐惧,对身边的汽车司机咆哮道:"呀,你们这些社会主义者真叫我恶心!我是个人主义者。我不要任何机构再找我的茬,也不要接受劳工领袖的命令。你的意思是说,一个无业游民也跟你我一样好吗?"

也就是在这一刻,卡罗尔才意识到,尽管盖伊热爱趣味索然的高雅,但他的胆怯和萨姆·克拉克的笨重一样,让她沮丧。她意识到,盖伊并不是一个神秘莫测的人,尽管她以前这么认为,并且为之激动不已;盖伊也不是来自外部世界的浪漫信使,可以指望他能带自己逃离现实。他属于囊地鼠草原镇,这是绝对的。她从遥远国度的梦幻中,被一把抓了回来,发现自己还在大街上。

他的抗议还没说完:"这些不满毫无意义,你不会也想卷进去吧?"

她宽慰他说:"不,我不会的。我又不勇敢。我被世上那些战斗吓怕了。我是想崇高,也想冒险,但恐怕我更想和自己心爱的人依偎在炉边。"

"你想——"

他没把话说完,却抓起一把爆米花,让它们从指缝间漏下,若有所思地看着她。

就像一个抛弃了一份可能性爱情的人一样,卡罗尔感觉很孤独。她觉得,他只不过是个陌生人。她觉得,他从来就不重要,只不过是个衣架子,自己曾在上面挂过一些闪亮的衣服而已。如果她曾允许他羞怯地对自己示爱,那也不是因为她在乎,而是因为她不在乎,

---

① 布宜诺斯艾利斯(Buenos Aires):阿根廷首都。

因为那不重要。

像一个拒绝挑逗的女子那样，她以令人恼火的圆滑，对他微微一笑，宛如装腔作势地在他的胳膊上拍了一下。她叹口气说："你真是个令人感激的人，让我跟你诉说我假想的苦恼。"她霍地站了起来，颤抖着声音说："我们现在就把爆米花送进去给他们，好吧？"

盖伊沮丧地看着她的背影。

她在取笑维达和肯尼科特的时候，还一再告诫自己："我一定要坚持下去。"

六

迈尔斯·伯恩斯塔姆，那位外号叫"红胡子瑞典佬"的流浪汉，带着他的圆盘锯和便携式汽油发动机，来到了肯尼科特家，为他们家的厨房炉灶锯白杨木。是肯尼科特让他来的，卡罗尔一点儿也不知道。直到她听到锯子的响声，往外扫了一眼，才看见是伯恩斯塔姆。他上身穿一件黑色皮夹克，手戴一副硕大的紫色破旧连指手套，正按住木料贴着旋转的锯片往前推，随手把锯成炉灶长度的木柴扔到一边。那台暴躁的红色发动机不停地发出急躁狂怒的"嗒——嗒——嗒——嗒——嗒"的声音。锯子的嗖嗖声越来越高，宛如夜晚火灾报警器警笛的尖叫声。但在这尖叫声的末尾，又总有迅速弹回的、刺耳的叮当声。然后，在这片刻的寂静中，她听见锯好的木柴砰的一声落在了木材堆上。

她裹上一条汽车毯，跑了出去。伯恩斯塔姆欢迎她说："嗯，嗯，嗯！老迈尔斯来了，和以前一样厚颜无耻。咳，哎呀，都还好啦。他也不会那么厚颜无耻了。明年夏天他打算带你出去贩马，一直到爱达荷州。"

"好呀，我可能会去耶！"

"那些名堂搞得咋样了？还对小镇的事那么着迷啊？"

"哪有呀。不过，我也许会的，总有那么一天。"

"别让他们靠近你哟，踢他们的脸！"

他一边干活，一边朝她大声嚷嚷。已经锯好、供炉灶使用的木柴越堆越高。白杨木灰白的树皮上全是斑驳的灰绿色和土灰色的苔藓。刚锯过的末端颜色很鲜艳，毛毛糙糙的，像舒适的羊毛围巾一样。在冬天萧瑟的空气中，木柴散发着一股三月里树液的香味儿。

肯尼科特打电话说，他要到乡下出诊。正中午的时候，伯恩斯塔姆还没干完活儿，于是卡罗尔就请他到厨房和贝亚一起吃饭。她真希望能无拘无束地和这两位客人一起吃顿饭。她看重他们的友情，嘲笑"社会等级"，又对自己的避忌十分生气。但同时她依旧把他们看作仆人，把自己看作女主人。她坐在餐厅里，隔着门听伯恩斯塔姆浑厚的说话声和贝亚咯咯的笑声。她觉得自己再荒唐不过了，因为按照惯例，独自用完餐之后，她才可以走到厨房，靠在洗涤槽边上和他们聊天。

他们彼此都被对方吸引。一个是瑞典的奥赛罗，一个是苔丝德梦娜①，但比他们的原型更有用、更讨人喜欢。伯恩斯塔姆说出了他的老底：在蒙大拿州的一个矿营卖马，疏通圆木堵塞的河道，以及蔑视一个"强壮的"百万富翁木材商。贝亚咯咯地笑着说："哦，天哪！"并不时地把他的咖啡杯加满。

他花了好长时间才把木材锯完。他只好频繁地去厨房取暖。卡罗尔听到他向贝亚吐露说："你是个非常可爱的瑞典女孩。我想，如果我有一个像你这样的女人，我就不会那么爱发牢骚了。天哪，你的厨房好干净呀，让我这个老光棍感觉自己好邋遢哦。哎呀，你

---

① 奥赛罗（Othello）和苔丝德梦娜（Desdemona）：莎士比亚四大悲剧之一《奥赛罗》中的男女主人公。

的头发好漂亮呀。嗯哼,我厚颜无耻?嗳嗳嗳,小姑娘,如果我真的厚颜无耻起来,你就知道啦。啊唷,我一个手指头就把你拎起来喽,一直拎到你把罗伯特·J.英格索尔的书看完。知道英格索尔吗?哎哟,他是个宗教作家。当然啦。你会喜欢他的。"

他驾车离开的时候,朝贝亚挥了挥手。卡罗尔孤零零地伫立在楼上窗前,十分羡慕他们田园式的浪漫。

"可是,我——反正我会坚持下去的。"

第 十 七 章

一

　　一月里一个月色溶溶的夜晚,他们一行二十人,坐上大雪橇沿着湖边往别墅驶去。路上,他们唱着《小人国》和《送傻瓜回家》。有时,他们从低矮的雪橇后座跳下来,在打滑的雪辙上赛跑。等他们跑累了,就又爬上雪橇搭上一程。马儿踢起的雪花在月光下晶莹透亮,落在这群狂欢的人的身上,掉进他们的脖子里。可是,他们仍然大声笑着,尖声叫着,挥起皮革连指手套拍打着胸前。马具嘎吱嘎吱地响个不停,雪橇铃也叮叮当当响个没完,杰克·埃尔德的赛特犬挨着几匹马欢跑,一路上叫个不停。

　　卡罗尔跟着他们跑了一会儿。寒冷的空气仿佛给了她力量。她觉得自己可以跑上一整夜,一步能跃过二十英尺。可是,精力消耗太大,让她觉得很累,于是她就开心地爬上雪橇座,舒舒服服地躺在干草上的被子底下。

　　在一片嘈杂声中,她找到了令人陶醉的宁静。

　　一路上,橡树枝条的影子印在雪上,宛若乐谱上的一根根小节纵线。后来,雪橇开到了明尼玛希湖的湖面上。穿过厚厚的冰块,就是一条名副其实的道路,一条供农民行走的近路。在广袤炫目的湖面上——一层层坚硬的冰壳,绿光闪闪的洁冰,像海滩一样层层叠嶂的雪堆——月光洒满整个夜空。月光倾泻在雪上,把岸边的树林映照成亮火的海洋。夜色火热撩人。在这醉人的魔幻中,暴虐的酷暑和谄媚的寒冷已经没有分别。

卡罗尔像是在梦游一样。她身边喧闹的声音,甚至盖伊·波洛克的含情脉脉,都毫无意义。她反复吟诵着:

> 修女院屋顶厚厚的积雪
> 朝明月眨着眼睛。

诗句和月色朦胧地交织在一起,让她沉浸在无尽的幸福中。她相信,伟大的事情就要发生在她的身上了。她躲开喧闹的声音,膜拜起各路神秘的神仙。夜色弥漫开来,她好像感受到了宇宙的存在,觉得一切神秘的东西都在向她压来。

大雪橇颠簸着爬上一条陡峭的路,来到了别墅所在的那个断崖。她这才从幻想中回过神来。

大家在杰克·埃尔德的小屋前下了雪橇。内墙的木板没上油漆,在八月里还是很舒服的,但在寒冬腊月就令人望而生畏了。他们穿着皮毛大衣,帽子上还系着围巾,活像一群怪物,一群会说话的熊和海象。杰克·埃尔德点燃铸铁炉炉膛里的刨花。那只铸铁炉就像一个加大的煮豆罐。大家把外套和围巾之类的东西堆在一把摇椅上,堆得好高好高,结果摇椅向后歪斜,重重地倒在地上,引来大家一阵哄笑。

埃尔德太太和萨姆·克拉克太太用一只发黑的锡壶煮咖啡;维达·舍温和麦加农太太从包裹里取出炸面圈和姜饼;戴夫·戴尔太太加热"热狗"——面包夹熏红肠;特里·古尔德医生先向大家宣布"女士们,先生们,准备开怀畅饮吧,喝酒的站在右边",说完拿出一瓶波旁威士忌。

其他人则跳起舞来,他们冻僵的双脚踩在松木地板上的时候,不禁咕哝一声："哎哟！"卡罗尔不再沉溺于她的梦中。哈里·海多克抱着她的腰，把她举起来，晃来晃去，弄得她哈哈大笑。有些人站在一边闲谈，表情很严肃，这让卡罗尔更加迫不及待地想要嬉戏一番。

肯尼科特、萨姆·克拉克、杰克逊·埃尔德、年轻的麦加农医生和詹姆斯·麦迪逊·豪兰，一边摇晃着脚趾在炉边烤火，一边谈心，言语中流露出商业家的稳重和自负。在细节方面，这些男人各不相同，但他们却用同样亲切而又单调的声音说着同样的事情。你得看着他们才知道是谁在说话。

"嗯，来的路上我们玩得可真痛快。"有人说——不知道是谁说的。

"是呀，上了湖面，路好走了，我们玩得可起劲了。"

"不过，开惯了汽车，觉得雪橇有点儿慢。"

"是哦，的确，是有点儿慢。哎呀，你买的那个'斯芬克司'轮胎，你觉得咋样啊？"

"用着似乎还行。不过,我不知道它会不会比'罗迪特'好一些。"

"是呀，没有比'罗迪特'更好的了。特别是帘子线，比帘子布好多喽。"

"嗯，你说得有道理——'罗迪特'的确是好轮胎。"

"哎呀，你知道彼得·加希姆支付的款项怎样了？"

"他都全部付清了。他买的那块地挺好的。"

"是啊，那可是个一流的农场。"

"对呀，那个好地方真让彼得给买着了。"

大家不知不觉地就把严肃的话题转到了诙谐的侮辱，大街的人经常这样打趣。萨姆·克拉克在这方面尤为擅长。"你为啥一个劲地吆喝兜售那些夏天的帽子呀，眼睛都叫直了。"他冲着哈里·海多克嚷道，"那些帽子是你偷来的？或者说你只是想高价卖给我们，跟往常一样？……哎呀，说起帽子，我有没有跟你说过，我给威尔买过一顶很好的帽子？医生以为他车子开得很好。实际上，他以为他拥有人类所有的智能。可是，有一次，他下雨天开车出去，这个可怜的家伙，他竟然没给轮胎上链子，还以为我——"

这个故事卡罗尔经常听，所以她又跑回跳舞的人群。看到戴夫·戴尔把一根冰柱巧妙地塞进麦加农太太脖子的后面，她拼命鼓掌叫好。

大家坐在地板上，大口大口地吃东西。传递那瓶威士忌的时候，男人们笑得咯咯的，很亲切的样子。等到胡安妮塔·海多克也抿了一小口的时候，他们就哈哈大笑说："好样的！"卡罗尔也想试试。她知道，她其实很想醉上一回，然后狂欢一把。可是，威士忌把她呛着了。而且，她看见肯尼科特眉头皱着，很是后悔，于是就把酒瓶往下传了。然后，她记得自己早就放弃了爱家和悔改，但现在想起这事有点儿太晚了。

"我们来玩字谜游戏吧。"雷米埃·伍瑟斯庞说。

"哦，好呀，那就开始吧。"埃拉·斯托博迪说。

"很好玩的。"哈里·海多克鼓励说。

他们把 Making 这个词解释成 May 和 King。他们把一只红色法兰绒连指手套歪戴在萨姆·克拉克宽大红润的秃头上，算是王冠。他们忘了自己是有身份的人。他们演起戏来。卡罗尔兴奋地大声说：

"我们来成立一个剧社，演一出戏吧。行吗？今晚好有意思哦！"

大家看起来都很愉快。

"当然行啦。"萨姆·克拉克老实巴交地说。

"嘀，那就开始吧！我觉得演《罗密欧与朱丽叶》应该很好玩！"埃拉·斯托博迪迫切地说。

"肯定很好玩。"特里·古尔德医生表示同意。

"可是，如果我们演起来，"卡罗尔提醒大家说，"要是演得太业余,那就太荒唐了。我们应该自己画布景,把一切布置好,弄得像模像样的才行。会很辛苦的。你们要——我们大家都要按时排练,你们觉得呢?"

"没问题。""肯定的。""这个主意好。""大伙应该准时排练。"大家一致同意。

"那么,我们下个礼拜开个会,成立囊地鼠草原戏剧社!"卡罗尔美滋滋地说。

她开车往家赶,愈发喜欢这些朋友。他们在洒满月光的雪地上追逐,参加放荡不羁的聚会,很快还要在剧院创造美。一切都迎刃而解。她会成为这个小镇的真正一员,还会逃脱"乡村病毒"引起的昏迷症……她又可以摆脱肯尼科特了,但又不会伤害他,他也不会知晓。

她已经胜利了。

此刻,月亮很小,很高,也很清冷。

二

尽管大家都确信自己渴望有幸出席委员会议和参加排练,但戏剧社正式成立的时候只有肯尼科特、卡罗尔、盖伊·波洛克、维达·舍温、埃拉·斯托博迪、哈里·海多克夫妇、戴夫·戴尔夫妇、雷米埃·伍瑟斯庞、特里·古尔德医生,还有轻佻的丽塔·西蒙斯、哈维·狄龙医生及其夫人和默特尔·卡斯这四位新申请人,以及一位其貌不扬但为人热情的十九岁女孩。在这十五个人当中,只有七个人出席了第一次会议。其余八个人打来了电话,有的表示无比遗憾,有的说有约会,还有的说生病了,并且都宣布说以后所有的会议都会出席。

卡罗尔被选为社长兼导演。

她让狄龙夫妇也加入了。尽管肯尼科特有点担心,但这位牙医和他的妻子并没有得到韦斯特莱克的提携,而是和斯托博迪的银行里那位出纳员、簿记员兼管理员威利斯·伍德福德一样,仍然游荡在上流社会之外。有一次,欢乐雨季俱乐部开桥牌会,卡罗尔注意到狄龙太太慢吞吞地从房前经过,噘着嘴往屋里张望,好像觉得被邀请的人很光彩一样。卡罗尔一时冲动,也邀请了狄龙夫妇来参加戏剧社的会议。肯尼科特对他们很无礼,而她却异常地热忱,觉得这是道德高尚的表现。

这种自我认同让她心理平衡,虽然到会人数不多使她失望,虽然雷米埃·伍瑟斯庞一再重复"舞台需要让人精神振奋"和"我认为有些剧本很有教育意义"使她尴尬。

埃拉·斯托博迪是个内行,曾在密尔沃基学习过演讲艺术,并不赞同卡罗尔对现代剧的热衷。斯托博迪小姐是这样表述美国戏剧的基本原则的:要想有艺术性,唯一的办法就是演莎士比亚的戏。因为没人理她,她只好坐到一边去,就跟麦克白夫人一样。

三

"小剧场"[①]还处在萌芽阶段,三四年后才能给美国戏剧带来刺激。但是,对于这个即将到来的反叛,卡罗尔早有预感。她从旧杂志的文章中得知,都柏林有一些被称为"爱尔兰剧社"的革新者。

---

① 小剧场(The Little Theaters):又称"实验剧场",是美国20世纪第二个十年兴起的戏剧运动。这场运动带有现实主义色彩,旨在对抗百老汇的商业性戏剧活动。

她也依稀知道一位名叫戈登·克雷格①的人画过布景，或者写过剧本。她觉得，在这次戏剧动荡中，她即将发现一段历史，这段历史比那些记载参议员及浮夸蠢话的陈腐的编年史更重要。她有一种似曾相识的感觉，梦想自己坐在布鲁塞尔的一家咖啡馆里，然后往大教堂脚下一家艳丽的小戏院走去。

一则刊登在明尼阿波利斯报纸上的广告映入了她的眼帘：

宇宙音乐、演讲、戏剧艺术学校即将上演施尼茨勒②、萧伯纳、叶芝和邓萨尼爵士③的四个独幕剧。

她非要去看看，她恳求肯尼科特带她"直奔双城"。

"咳，我真搞不懂，演戏玩玩也就罢了，可你看那些该死的外国戏干什么呀？一群外行瞎胡闹。你为啥就不能等一等，看一场正儿八经的戏哩？马上就有一批好戏上演啦，《双枪牧场的洛蒂》，还有《警察与恶棍》——百老汇货真价实的东西，纽约的演员阵容。你想看的是什么垃圾玩意？嗯，《他如何骗她丈夫》。听起来有点下流，但也没那么糟糕吧。嗯，咳，我想，我可以去看看汽车展。我想看看这种新型跑车。咳——"

她永远也不知道，是什么东西吸引他，让他做出的决定。

接下来的四天，她很开心，也很担心——她那条漂亮的丝绸衬裙烂了个洞，那件棕色的雪纺丝绒连衣裙掉了一串珠饰，那件最好的乔其纱罩衫沾了番茄酱。她哭喊着说："我连一件像样的衣服都没有。"其实她心里很快活。

肯尼科特到处转悠，逢人就说他"要到双城去看演出"了。

---

① 戈登·克雷格（Gordon Craig，1872—1966）：英国演员、舞台设计师、戏剧理论家。
② 施尼茨勒（Arthur Schnitzler，1862—1931）：奥地利剧作家，小说家，代表剧作有《阿纳托尔》《轮舞》《贝恩哈迪教授》等。
③ 邓萨尼爵士（Lord Dunsany，1878—1957）：洛德·邓萨尼，爱尔兰小说家、剧作家，代表作有《装伽纳的诸神》与《时间与诸神》等。

火车在阴郁的草原上缓慢行驶着，天空没有起风，火车头冒出的烟雾紧紧地挨着田野，像一团团巨大的棉花卷，又像是把积雪覆盖的田野隔开的一堵蜿蜒的矮墙。她没朝车窗外面张望，而是闭上眼睛哼起了小曲，却又不知道在哼什么。

她就像是诋毁巴黎和他人名誉的那位年轻诗人。

在明尼阿波利斯的火车站里，挤满了伐木工人、农民以及带着一窝孩子和老人还有纸包的瑞典家庭。他们黑压压地挤作一团，吵吵嚷嚷的，让她心烦。在囊地鼠草原镇待了一年半之后，回到这个曾经熟悉的城市，她感觉自己很土。她肯定肯尼科特坐错了有轨电车。在暮色中，亨尼平大道南部的酒仓库、希伯来人开的服装店以及公寓，都弥漫着烟雾，令人厌恶，让人脾气暴躁。在交通高峰期，嘈杂的声音和穿梭的车辆，让她不胜其烦。一个身穿束腰大衣的职员目不转睛地看着她，她赶紧又往肯尼科特的怀里靠了靠。这个职员很轻率，很都市化，还很傲慢，对这种喧嚣已经习以为常。他在嘲笑她吗？

有那么一会儿，她很向往囊地鼠草原的安定和宁静。

在宾馆大厅，她很不自在。她不习惯住宾馆。她记得，胡安妮塔·海多克经常谈论芝加哥的大宾馆，那时候自己不知道有多嫉妒。那些旅行推销员坐在大皮椅里，俨然一副男爵的样子，她看都不看一眼。她想让人以为她和丈夫都已经习惯了那些豪华和冷漠的高雅。在登记簿上签上"肯尼科特医生及夫人"之后，肯尼科特大声对职员说："老兄，给我们来一间漂亮的房间，带浴室的，有吗？"卡罗尔对他的粗俗言行有点儿生气。她傲慢地环顾了一下四周，发现并没有人对她感兴趣，她这才觉得自己很傻，也为自己的恼怒感到羞愧。

她坚称"这个无聊的大厅太华丽了"，但同时又很欣赏它：带有镀金大字的缟玛瑙柱子；餐厅门口挂着绣有王冠的天鹅绒帘幕；

用绢丝屏风隔开的雅座，漂亮的女孩总是选择在那儿等待神秘的男人；书报摊上摆满了两磅装的糖果盒和各类杂志；幕后的管弦乐队奏着欢快的音乐。她看见一个男人，貌似欧洲的外交官，身穿一件轻薄大衣，头戴一顶霍姆堡毡帽。一个女人身穿阔尾羔羊皮大衣，戴着一个大花边面纱、一副珍珠耳环和一顶黑色的小帽子，走进了餐厅。"我的天呀！一年啦，我总算见到真正的美女了。"卡罗尔欢呼着说。她觉得这才是大都市的气质。

可是，当她跟着肯尼科特走到电梯口的时候，她看见那个衣帽存放处的女孩正在打量她。那是一个狂妄的年轻女人，两个脸蛋搽得像石灰一样，上身穿一件猩红色的低胸薄衬衫。在她高傲的目光下，卡罗尔又羞怯起来了。她神情恍惚地站在扶梯口，等送行李的侍者先进去。当那个侍者轻蔑地哼了一声："进来呀！"她感觉受到了侮辱。他肯定以为她是个乡巴佬，她开始担心起来。

她刚进入自己的房间，确认侍者走了以后，就开始仔细打量肯尼科特。几个月以来，她还是第一次正眼看他。

他的衣服太笨重，太土气。他那身得体的灰色西装是囊地鼠草原镇的纳特·希克斯做的，跟薄铁皮似的，既没有什么特别的款式，又没有那位外交官身上的柏帛丽风衣的大方优雅。他脚上的黑皮鞋很硬，擦得也不亮。他的围巾是棕色的，显得很蠢。他的胡子也该刮了。

可是，看见房间那么精巧，她也就忘掉了心中的疑虑。她在房间里忙活起来：先是拧开浴缸的水龙头，水一下就喷了出来，不像家里的水龙头那样慢慢往下滴；然后一把撕掉新浴巾的油纸封套；又试了试两张单人床中间那盏有玫瑰色灯罩的灯；然后又拉开肾形胡桃木写字台的抽屉，端详着印花信纸，计划着用它给每一个认识的人写封信；还一个劲地称赞那把紫红色的天鹅绒扶手椅和那块蓝色的小地毯；随后又试了一下冰水龙头，发现流出来的果真是冰水，不禁开心地尖叫起来。她张开双臂搂住肯尼科特,一个劲地亲他。

"喜欢这儿呀,老太婆?"

"好可爱呀。这儿太有趣了。带我出来玩,我爱死你了。你真是太可爱了!"

肯尼科特面无表情,任由她矫情,然后打了个哈欠,屈尊俯就地说:"暖气片上有一个很灵巧的装置,你想要什么温度,调一下就可以了。这么大个房间,要是用炉子,那得多大呀。哎呀,但愿今晚贝亚记得关好风门。"

在梳妆台的玻璃板下面,有一张菜单,上面列出了最诱人的菜品:珍珠鸡脯,俄罗斯炸土豆,鲜奶油蛋白糖霜,布鲁塞尔小蛋糕。

"嗬,让我们——我先洗个热水澡,然后戴上我那个有羊毛花的新帽子,再一起下楼去吃它几个小时,鸡尾酒也是少不了的!"她兴高采烈地说。

肯尼科特点菜的时候很费劲,侍者傲慢无礼他也不管,看他这样真让人恼火。可是,喝了鸡尾酒之后,她感觉有点飘飘的,像是飞到了一座繁星铺设的彩桥上一样。牡蛎也端上来了,不是囊地鼠草原镇样式的罐头牡蛎,而是还留有半片壳的新鲜牡蛎,她兴奋地叫道:"你不知道这种感觉有多棒。不必想着这顿饭吃什么,也不必去肉店买肉,回到家又犯愁,挖空心思想着怎么吃,然后看着贝亚慢慢烧。我觉得太自在了。吃的是新的食物,用的是不同式样的餐具和餐布,还不用担心布丁会不会被糟蹋了。嗬,此时此刻这种感觉真是太美妙了!"

四

他们俩现在干的事跟乡下人进城干的事一模一样。早餐之后,卡罗尔先是匆忙去理发店理了发，然后又买了一副手套和一件衬衫，接着得意扬扬地在眼镜店门口和肯尼科特碰头。这一切都是按事先制定、后经修改、最后确定的计划进行的。他们欣赏着一个个橱窗里的展品：琳琅满目的钻石、款式各异的皮衣、寒光闪闪的银器、桃花心木椅子以及光亮的摩洛哥山羊皮针线包。百货商店里挤满了人，让他们局促不安。他们经不住一个店员的纠缠，给肯尼科特买了一堆衬衫。"令人满意的新奇香水——刚从纽约到货"的字样让他们目瞪口呆。卡罗尔买了三本和戏剧有关的书，又心潮澎湃地犹豫了一个小时，一再告诫自己买不起这件柞丝绸连衣裙，可又觉得这会让胡安妮塔·海多克眼红死的，然后闭上眼睛想了半晌，一咬牙把它买了下来。肯尼科特从这家店跑到那家店，急着要买一把毡盖雨刷，好把汽车挡风玻璃上的雨水刮净。

到了晚上，他们在下榻的宾馆大吃了一顿；第二天早晨，为了省钱，就溜到街角的蔡尔兹餐馆① 随便吃了一点。等到下午三点的时候，他们都累得不行了，就去电影院里打了个盹，还说真希望已经回到了囊地鼠草原镇——可是到了晚上十一点，他们又浑身是劲了，于是来到一家中国餐馆，那可是职员和他们的恋人在发薪日经常光顾的地方。他们坐在一张柚木大理石餐桌边，一边吃芙蓉蛋，一边听电子钢琴刺耳的琴声，整个就是大都市的感觉。

在街上，他们竟然遇到了从家乡过来的人——麦加农夫妇。他们放声大笑，握着对方的手不放，然后大声嚷嚷道："嗯，实在是太巧啦！"他们问麦加农夫妇什么时候来的，还恳求他们说说这两天镇上发生的事儿。不管麦加农夫妇在家乡是怎样的人，但在身边这些千人一面、行色匆匆的异乡人面前，他们却摆出一副鹤立鸡群、高高在上的样子，肯尼科特夫妇也尽可能配合他们。麦加农夫妇跟

---

① 蔡尔兹餐馆（Childs' Restaurant）：当时美国最受欢迎的连锁饭店，其第一家店成立于1889年，店址在纽约金融区的第41科特兰街，位于百老汇和教堂之间。

他们道别，那架势就像要去西藏一样，一点也不像去火车站赶第七次北上列车的样子。

他们走遍了明尼阿波利斯。有人把他们带到世界最大的面粉厂，参观了灰色的石头厂房和崭新的水泥谷仓，说到麸质、黑麦滚筒和I级多麸质，肯尼科特都能接两句，而且很有技术含量。他们举目远眺，视线依次越过洛林公园和帕拉德广场，圣马可教堂和教区教堂林立的尖塔，以及沿着肯伍德小山蜿蜒而上的一幢幢房子的红色屋顶。他们驱车游览了花园环绕的湖泊，欣赏了磨坊主、木材商和房地产同行的豪宅。在这个不断拓展的城市里，这些可都是有权势的人。他们又考察了一些有藤架的古怪平房；一些用花砖砌的、小卵石灰浆填缝的房子，在这些房子的日光浴室上方都有卧廊；以及正对千岛湖的一栋大得令人难以置信的别墅。他们徒步穿过一片崭新的公寓房，不是东部城市那种高大阴冷的公寓大楼，而是赏心悦目的低矮黄砖建筑。在这片公寓房中，每套公寓都有一个玻璃游廊，游廊里有摇摆睡椅、鲜红色的靠垫和俄罗斯黄铜碗。在一片废弃的铁轨和一座被挖得裸露的小山之间，有一些摇摇欲坠的小棚屋。在这里，他们看到了贫困。

他们逛到明尼阿波利斯市好远的地方，这些地方他们上大学那会从没去过，那时只顾着用功读书了。他们就像著名的探险家一样，彼此惺惺相惜，说："我打赌，哈里·海多克从来没像我们这样逛过明尼阿波利斯。哎呀，他永远也不会想到来面粉厂研究研究这些机器，或者来郊区到处逛逛。恐怕囊地鼠草原镇那些家伙也不会用两条腿到处逛吧，谁能像我们这样啊！"

他们和卡罗尔的姐姐一起吃过两顿饭，感觉挺无聊的，于是彼此更加亲热了。当已婚夫妇突然承认大家都不喜欢其中一方的某位亲戚时，他们就会享受到这种亲热。

所以，带着浓浓的爱意和倦意，他们才熬到了这天晚上，卡罗尔终于能到喜剧学校看戏了。肯尼科特建议不去了,说:"走了这么多路,真他妈的累死人,还不如早点上床休息呢。"出于一种责任,卡罗尔把他和自己拖出暖和的宾馆,钻进一辆臭烘烘的电车,登上一座改装住宅的褐色沙石台阶。戏剧学校就凄凉地坐落在这里。

五

他们来到一个刷成白色的长方形大厅,大厅的前台横挂着一副粗陋的拉幕。折叠椅上已经坐满了人。他们显然梳洗过,衣服也熨过,都是些小学生家长、女学生和有责任心的老师。

"突然觉得这个戏可能很烂。要是第一幕演得不好,咱们就开溜吧。"肯尼科特满怀希望地说。

"好的。"她打着哈欠说。她睡眼惺忪的样子,试图看清人物表,那些名字淹没在各种钢琴、音乐经纪人、餐馆和糖果的呆板的广告之中。

卡罗尔觉得施尼茨勒这场戏没多大意思。演员的动作和台词都很僵硬。眼看冷嘲热讽的台词就要激起她那被乡村磨灭的尖酸刻薄的时候,戏却结束了。

"觉得实在不咋样。开溜吧,好不好?"肯尼科特恳求道。

"哎哟,我们再看看下一场嘛,《他如何骗她丈夫》。"

萧伯纳的狂想让她觉得有趣,却让肯尼科特感到困惑:

"觉得这出戏还挺新鲜的,虽然可能很下流。可是,仔细琢磨一下,我就闹不明白了,哪有这样的戏啊,一个丈夫竟然声称他想要一个家伙向他的老婆示爱。哪个丈夫会干这种事啊?咱们赶紧走吧?"

"我还想看看叶芝的《心愿之乡》。我上大学那会可喜欢它啦。"

现在她睡意全消，心情非常迫切，"我知道，我要是对你朗读叶芝的作品，你是不会太感兴趣的。可是，你不妨看看你是不是也不喜欢舞台上的他。"

大部分演员动作都很生硬，就像橡木椅子在前进一样。布景也只是故作风雅地布置了一些蜡染桌布和笨重的桌子。但是，那位莫雅·布莱恩跟卡罗尔一样苗条，眼睛更大一点，声音像早晨的钟声一样清亮。从她的身上，卡罗尔好像看见了自己。随着她那振奋人心的声音，卡罗尔仿佛从昏昏欲睡的小镇丈夫和一排排优雅的父母身边，被带到了一个茅草屋的寂静的阁楼上。幽幽绿荫下，在菩提枝丫轻抚的窗户旁边，她正埋头研读一本编年史，讲述的是没落时代的女人和远古诸神的故事。

"嘀——天哪——演那个女孩的小丫头真漂亮——小美人儿，"肯尼科特说道，"还想看最后一出戏吗？嘿？"

她打了个寒战，没有答话。

幕布又拉开了。在整个舞台上，他们只看到几幅绿色的长幕布和一把皮椅子。两个年轻人穿着棕色的长袍，像是套了个家具罩一样，在那茫然若失地瞎比画，干巴巴地反复说着一些莫名其妙的台词。

这是卡罗尔第一次看邓萨尼的戏。肯尼科特很烦躁，把手伸进口袋摸出一支雪茄，又悻悻地把它放回去。卡罗尔很同情他。

她不明白故事发生在什么时候，或是怎样发生的。台上的演员像木偶一样，呆板的声音也没有什么实质变化。她只知道这是在另一个时间发生在另一个地点的事。

一位女王身穿长袍，裙摆拖着大理石地面窸窣作响，在一群自负得令人生厌的侍女的簇拥下，款步向一个摇摇欲坠的宫殿长廊走去，威严而又孤傲。庭院里，几头大象在大声吼叫。几个胡子染成深红色的黑脸大汉矗立在那里，用沾有血迹的双手交叉按住剑柄，守卫着从埃尔·沙纳克来的商队和那些驮着产自提尔的黄宝石和朱砂等货物的骆驼。在外层宫墙角楼的外面，有一片丛林，阳光灿烂，鸟兽和鸣。当空烈日肆意地炙烤着遍地的兰花。一位青年从容不迫地穿过一道道钢雕的大门，那些刀枪不入的大门比十个高大的男人还要高。他身着软甲，精轧的高顶头盔下露出几绺风情的卷发。他向女王伸出手来。女王还没碰到他的手，就已经感受到它的温暖了。

"天哪，什么玩意儿！这都是些什么妖魔鬼怪呀，卡丽？"

她不是叙利亚女王。她是肯尼科特医生的太太。她猛地一惊，又回到了这个粉刷成白色的大厅，坐在那里，盯着台上两个受惊的姑娘和一个身穿皱纹紧身衣的青年男子。

在他们离开大厅的时候，肯尼科特天真地东拉西扯道：

"最后那一大段台词究竟是啥意思呀？听得人丈二和尚摸不着头脑。如果这就是高雅戏剧，干脆看牛仔片得了，毫不犹豫。谢天谢地，总算演完了，咱们可以回去睡觉了。不知道我们走到尼科莱特坐车来不来得及。那破地方有一点还是不错的：里面很暖和。我猜，肯定装了好大一个热风炉。开一个冬天得烧多少煤呀？"

在车上，他深情地拍拍卡罗尔的膝盖。刹那间，他俨然变成了那位身穿盔甲、昂首阔步的青年。然后，他又变回了囊地鼠草原镇的肯尼科特医生，而她也再次被大街俘虏。她再也看不到丛林和诸王的坟墓了，一辈子都看不到了。在这个大千世界，有很多稀奇古怪的东西，它们真真切切地存在着，可是她再也看不到了。

她要在戏剧中把它们再造出来！

她要让戏剧社的人了解她的志向。他们会的，他们肯定会的——她疑惑地注视着让人费解的现实：哈欠连天的电车售票员，昏昏欲睡的乘客，以及那些肥皂和内衣的广告。

第 十 八 章

一

卡罗尔匆忙赶去参加剧本审查委员会的第一次会议。她对丛林浪漫的设想已经消失了，但她仍然保持着一股虔诚的热情，一股想用建议来创造美的尚未成型的想法。

邓萨尼的剧本对囊地鼠草原镇戏剧社的人来说太难了。卡罗尔想让他们折中一下，去演萧伯纳的《安德罗克里斯与狮子》，这个剧本刚刚出版。

委员会由卡罗尔、维达·舍温、盖伊·波洛克、雷米埃·伍瑟斯庞和胡安妮塔·海多克组成。他们以为自己既很商业化，又有艺术，因而得意扬扬。维达在伊莱沙·格雷太太那所寄宿公寓的客厅里招待了大家。客厅里有一帧格兰特将军在阿波马托克斯①的钢版画，还有一帧立体感很强的篮子风景画。客厅的地毯像沙砾一样粗糙，上面有一些莫名其妙的污渍。

维达主张博采众长，讲究效率。她暗示说，他们应该像在死亡观俱乐部开委员会会议那样，有一个办事的正规程序，还要宣读会议记录。可是，因为没有会议记录可读，也没有人清楚文艺俱乐部的正规办事程序是什么样的，他们只好放弃效率。

---

① 阿波马托克斯（Appomattox）：美国弗吉尼亚州中部旧村庄，在林奇堡附近，1865年4月9日南军在此向北军格兰特投降，从而结束美国南北战争。

卡罗尔以社长的身份彬彬有礼地说："关于我们应该先演什么戏的问题，各位有何高见呀？"她巴望着大家感到困惑和茫然，这样她就可以提议演《安德罗克里斯》了。

盖伊·波洛克迫不及待地回答说："我告诉你们吧，既然我们想要演一些有艺术性的东西，不只是瞎胡闹，我想我们应该演一些经典的东西。《造谣学校》①怎么样呀？"

"啊唷——你不觉得那个剧本已经演烂了吗？"

"是哦，也许演得太多了。"

卡罗尔正想说"演萧伯纳的怎么样呀"，波洛克却诡诈地说："那么演一出希腊戏剧咋样——比方说《俄狄浦斯王》？"

"哎呀，我不认为——"

维达·舍温插嘴说："我相信那对我们来说太难喽。喏，我倒是带了一本东西，我觉得挺好玩的。"

她把剧本递过来，卡罗尔迟疑地接了过来。那是一本很薄的灰色小册子，书名是《麦金纳蒂的岳母》，属于闹剧，在《校园娱乐》的广告目录上是这样介绍的：

> 喧闹欢腾，情感共鸣，五男三女，演出两小时，室内布景，在教堂及一切高雅场合深受欢迎。

卡罗尔瞥了一眼这本粗俗的东西，又瞟了一眼维达，意识到她不是在开玩笑。

"可是，这是……这是……啊唷，它只不过是一本——啊唷，维达，我还以为你懂……嗯……懂艺术。"

维达哼了一声说："哎哟，艺术。哦，是的。我是喜欢艺术。

---

① 《造谣学校》（The School for Scandal）：英国戏剧家谢立丹（Richard Brinsley Sheridan，1751—1816）最优秀的喜剧之一。

艺术非常美妙。不过，说到底，只要我们把剧社搞起来，演什么戏又有什么关系呢？真正要紧的事你们没有一个提到的，那就是：如果我们演出赚到了钱，我们打算拿这笔钱干点什么呢？我觉得，如果我们能给中学赠送一整套斯托达德①的旅行演说集，那就太好了！"

卡罗尔抱怨道："哎哟，可是，亲爱的维达，你真要原谅我，别演这出闹剧。喏，我希望我们演出的是一部名剧。比方说，萧伯纳的《安德罗克里斯》。你们有谁看过吗？"

"我看过。是个好剧本。"盖伊·波洛克说。

然后，雷米埃·伍瑟斯庞用令人惊讶的声音大声说：

"我也看过。我把公立图书馆的剧本都看了个遍，就是为了准备参加这次会议。另外——可是，肯尼科特太太，我觉得你可能没有领会《安德罗克里斯》这部戏里那些反宗教的思想。我想，女性头脑太单纯，理解不了这些伤风败俗的作家。当然了，我不想评论萧伯纳。我知道，他在明尼阿波利斯那些知识分子中间很受欢迎。但这没有区别——就我所知，他简直太下流了！他说的那些东西——咳，要是让我们的年轻人去看，那也太有伤风化了。在我看来，一个剧本要是不能给人留下一点回味，要是没有任何启示，那它就只不过是……只不过是……咳，不管它是什么，反正不是艺术。所以——喏，我就找了一本很健康的剧本，里面有几幕也很有趣。我看的时候笑得哈哈的。这个剧本叫《他母亲的心》，讲述的是一个在上大学的小伙子的故事。他结识了一帮自由思想者、酒鬼以及其他各色人等，可最后他母亲的感化——"

胡安妮塔·海多克嘲讽地打断说："哎，胡说八道，雷米埃，母亲的感化管什么用！我说，咱们演点儿别的吧，经典一点的。我

---

① 斯托达德（John Lawson Stoddard, 1850—1931）：美国作家、圣歌作家和演讲家，因其旅行见闻演讲而深受美国民众的欢迎。

敢肯定，我们能拿到《来自坎卡基的姑娘》的演出权，那才是真正的好戏，在纽约已经演了十一个月了！"

"要是不用花很多钱的话，那倒是有趣得很。"维达心想。

对《来自坎卡基的姑娘》进行表决的时候，只有卡罗尔一个人投了反对票。

二

卡罗尔甚至比预料的还要讨厌《来自坎卡基的姑娘》。它讲述的是一个农场姑娘成功为她那个被指控犯有伪造罪的哥哥昭雪的故事。后来，她竟成了纽约一位百万富翁的秘书，以及他太太的社交顾问。再后来，她又发表了一场精心构思的演讲，主题是有钱人的痛苦，然后就嫁给了百万富翁的儿子。

戏里还有个很幽默的办公室勤杂员。

卡罗尔看得出，胡安妮塔·海多克和埃拉·斯托博迪都想演主角。她最终让胡安妮塔演的主角。胡安妮塔亲了她一下，然后以一位新星的热情洋溢的态度向执行委员们介绍了她的理论："在一部剧中，我们需要的是幽默和活力。在这一点上，美国的剧作家完全压倒了那些该死的古代欧洲的悲伤气氛。"

经过卡罗尔的挑选和委员会的批准，参与该剧演出的有以下人员：

百万富翁约翰·格里姆	盖伊·波洛克
格里姆的妻子	维达·舍温小姐
格里姆的儿子	哈维·狄龙医生
格里姆的商业对手	雷蒙德·伍瑟斯庞

格里姆太太的朋友	埃拉·斯托博迪小姐
来自坎卡基的姑娘	哈罗德·C.海多克太太
姑娘的哥哥	特伦斯·古尔德医生
姑娘的母亲	戴夫·戴尔太太
速记员	丽塔·西蒙斯小姐
办公室勤杂员	默特尔·卡斯小姐
格里姆家的女佣	肯尼科特太太

由肯尼科特太太担任导演。

大家对这个安排有点小意见，莫德·戴尔说："咳，当然了。我想，我看上去可以做胡安妮塔的母亲了吧，尽管胡安妮塔比我还大八个月。不过，我也不知道，我也不在乎让大家注意这一点吧，而且——"

卡罗尔分辩说："哎哟，亲爱的，你们俩看着恰好一样大嘛。我之所以选你，是因为你的样子很亲切。你知道吗，搽上粉，再戴上一个白色的假发套，无论是谁，看上去年龄都要翻倍的呀。我想让这个母亲看着亲切一些，不管换谁演都一样。"

埃拉·斯托博迪这位专业人士认为，之所以给她一个小角色，是出于嫉妒心理的一个阴谋。她一会儿说些高雅的笑话，一会儿又呈现出基督徒的坚忍。

卡罗尔暗示说，如果有所删减，这个剧本会更好一些。可是，除了维达、盖伊和她自己之外，所有演员都央求一行也不能删，她只好认输。她对自己说，别忘了，通过导演和布景也是可以大幅改动的。

萨姆·克拉克给他的老同学，即波士顿维尔维特汽车公司总裁珀西·布雷斯纳汉，写了一封信，把戏剧社吹嘘了一番。布雷斯纳汉寄来了一张一百美元的支票，萨姆又添了二十五美元，然后才把这笔资金带给卡罗尔，还深情款款地说："给！有了它你就可以开始啦,把这个事给办好喽!"

她租了市政厅的二楼两个月。整个春天,剧社的人就在那个凄凉的房间里兴奋地展示着各自的才华。他们把幔幕、投票箱、传单和没腿的椅子全部清除掉,又动手搭了个舞台。那是一个很简单的舞台。它只是把地板垫高罢了,台上确实挂了一块可移动的幕布,上面画着一个已经去世十年的药商的广告,否则的话大家可能就认不出这是个舞台了。在舞台的两侧,各有一间化妆室,一边是男化妆室,另一边是女化妆室。化妆室的门也是舞台入口,正对着观众席,于是许多囊地鼠草原镇的市民就有了眼福,可以事先一睹女主角裸露的肩膀。

布景有三套:一套是林地,一套是穷人的室内布景,还有一套是富人的室内布景。最后一套也可用作火车站和办公室的布景,还可用作来自芝加哥的瑞典四重奏乐队的背景。灯光有三挡:全亮,半亮,全暗。

这是囊地鼠草原镇唯一的剧院。人们把它称为"歌剧院"。一些巡回演出的演艺公司曾在这里演过《两个孤儿》《美丽的斗篷模特奈莉》[①] 和《奥赛罗》,幕间还穿插了一些特别节目。不过,现在电影已经把这些江湖戏班子逐出门外了。

在设计办公室布景、格里姆先生的会客室以及坎卡基附近的蓬门荜户的时候,卡罗尔一心想让它们现代化一点。至于用连续桩墙围成各种场景,在囊地鼠草原镇还是第一次有人如此大胆革新。歌剧院布景上的房间两边都有独立的侧幕,这就简化了舞台演出,因为剧中的反面人物可以从侧墙退场,这样就不会挡住男主角的路了。

蓬门荜户的居民应该是和蔼可亲、聪明能干的,所以卡罗尔为他们设计了一个暖色调的简易布景。她能想象出戏剧开幕时的样子:

[①] 《美丽的斗篷模特奈莉》(Nellie the Beautiful Cloak Model):美国剧作家欧文·戴维斯(Owen Gould Davis, 1874—1956)1906年的作品。

舞台一片黑暗，只有那些有背长椅和中间那个坚实的木桌，会被舞台后面投射过来的一束光照亮。最亮的是一只擦得光亮的铜壶，上面插满了樱草花。她为格里姆的会客室勾画的草图不太清晰，好像一串毫无激情的、高高的、白色的拱门。

至于怎样才能创作出这些效果，她还没有概念。

她发现，尽管一些青年作家怀着满腔热情，但戏剧还没有汽车和电话一半接地气。她发现，那些简单的艺术也需要复杂的训练。她发现，要把完美的舞台画面创作出来，就像要把整个囊地鼠草原镇变成佐治亚艺术风格的花园一样困难。

与表演技艺有关的书刊，只要能找到的，她全都找来读了。她买了油漆和轻质木材，厚着脸皮借来家具和帷幕，还让肯尼科特扮演木匠。她还遇到灯光的难题。她不顾肯尼科特和维达的反对，以剧社做抵押，向明尼阿波利斯邮购了一盏小型聚光灯，一盏条形照明灯，一个调光设备，还有一些蓝色和黄色的灯泡。她兴高采烈的样子，就像一个天生的画家第一次随心所欲地挥洒颜料那样，一个又一个夜晚，聚精会神地组合着灯光，调试着光线的强弱，并用灯光展示效果。

只有肯尼科特、盖伊和维达帮她。他们合计着怎样才能把平面布景拼成一堵墙，他们把淡黄色的窗帘挂在窗前，他们把铁皮炉子涂成黑色，他们穿上围裙打扫。剧社的其他成员每天晚上都来逛戏院，一副精通文学、趾高气扬的样子。他们借了卡罗尔的编剧手册，说起话来像演戏似的。

胡安妮塔·海多克、丽塔·西蒙斯和雷米埃·伍瑟斯庞都坐在锯木架上，看卡罗尔拿着一幅画在第一场的布景墙上寻找一个合适的位置。

"我不想自吹什么，但我相信，我第一场一定会演得很棒。"胡安妮塔透露说，"不过，我希望卡罗尔不要那么霸道。她根本就不懂服装。哎哟,我好想穿上我那件漂亮的连衣裙——全红的——我跟她说:'我上场的时候,穿着这件大红衣服,往门口一站,不会把大家吓傻吧?'可是,她压根就不让我穿呀。"

年轻的丽塔附和说:"她太注重细节和木工活之类的东西了,根本看不到全局。有时候,我就在想,要是我们有一个像《小东西,哦,天哪!》那样的办公室布景,那该多好啊!因为我在德卢斯看过那样的布景。可是,她根本就不听我的嘛。"

胡安妮塔叹了口气说:"我想像埃塞尔·巴里莫尔那样做一次演讲,就像她在演这类戏的时候一样。我和哈里在明尼阿波利斯听过一次她的演讲——我们坐的是上等座,在管弦乐团里——我就知道我能模仿她。可是卡罗尔根本就不理睬我的建议。我也不想说三道四的,但我想,就演戏来说,埃塞尔比卡罗尔更在行!"

"哎呀,在第二幕中,卡罗尔在壁炉的后面用了一盏条形照明灯,你们觉得合适吗?我跟她说,我认为我们应该用一组灯泡,"雷米埃提议说,"我还向她建议,在第一幕中,如果能在窗户外面用一个圆顶天幕,那就太好了。你们猜她说什么,她说'是呀,要是让埃利诺拉·杜丝主演就更好喽',她还说,'第一幕是在晚上,除了这一点,你可是个了不起的技术人员呢'。我必须说,我觉得她很爱挖苦人。我一直在仔细钻研,如果她不想包揽一切的话,我肯定能搭建一个圆顶天幕。"

"是哦。不过,还有一件事儿。我认为,在第一幕中,演员上场的时候,应该走左上方的入口,而不是从左边第三个入口。"胡安妮塔说。

"可是,她为啥只用普通的白色边幕呢?"

"边幕是什么呀?"丽塔·西蒙斯脱口而出。

她的无知让这些专家目瞪口呆。

三

卡罗尔并不怨恨他们的批评，也不是很厌恶她们恶补知识，只要他们让她设计布景就行了。只是在彩排的时候，才真正吵了起来。竟然没有一个人懂得，彩排也是真枪实战，就跟打桥牌或开圣公会的联谊会一样。他们要么迟到半小时，嘻嘻哈哈的；要么提前十分钟，大呼小叫的。卡罗尔表示异议的时候，他们觉得太受伤，嘀咕着要退出。他们打来电话说"我想还是不出去的好，我怕天气潮湿我的牙痛又犯了"，或者说"恐怕今晚不能及时赶到了，戴夫要我去打牌"。

忙活了一个月，十一位演员中有九位经常来彩排，大部分人也都熟悉了自己的角色，有的人甚至说起台词也很自如了。这时候，卡罗尔才突然意识到，原来盖伊·波洛克和她自己才是最糟糕的演员，没想到雷米埃·伍瑟斯庞竟然那么会演。尽管她有很好的想象力，但她控制不好自己的声调，而且她那个女佣角色的几句台词已经反复练习了五十遍也让她感到厌烦。盖伊拽拽他那柔软的胡子，显得很不自然，竟然把格里姆先生演成了一个毫无生气的笨蛋。不过，雷米埃演的是反派角色，倒是无拘无束。他歪头的样子很有特色，说起话来拖着声调，又显得很邪恶。

有一天晚上，盖伊在彩排的时候不再害羞了，卡罗尔于是希望能很快上演这出戏。

可是，从那天晚上开始，这出戏却滑坡了。

大家都厌倦了。"现在，我们对自己的角色都熟悉得很，再练下去就厌倦了，有啥好处呀？"他们抱怨道。他们开始胡闹起来；摆弄那些神圣的舞台灯；卡罗尔想尽办法把多愁善感的默特尔·卡斯变成幽默的办公室勤杂员,他们就咯咯地笑;他们乱演一通,就是不演《来自坎卡基的姑娘》。特里·古尔德医生把自己该演的角色草草地练了一下,就滑稽地模仿起《哈姆雷特》,博得了热烈的掌声。就连雷米埃也丧失了他那朴素的信念,竭力表明他也能马马虎虎演个杂耍。

卡罗尔转过身来,冲着那群人说:"喂,别胡闹了。我们真得好好做事了。"

胡安妮塔·海多克带头捣乱:"喂,卡罗尔,别那么盛气凌人。说到底,我们来演这出戏主要是为了开心,要是瞎胡闹也能让我们开心的话,那么,为什么——"

"是……是呀。"有人弱弱地附和。

"你曾说镇上的乡亲们活得不够开心。现在我们在这儿逗笑,你又让我们停止!"

卡罗尔慢悠悠地回答说:"不知道我能否解释一下我的意思?就像看连环漫画和莫奈的画一样,这是两码事。当然,我也想从中获得乐趣。只是——我觉得,如果我们把这出戏演得尽可能完美一些,从中得到的乐趣不会更少,只会更多。"她莫名其妙地兴奋起来,声音也跟着紧张了。她没有注视大家,而是盯着不知哪个舞台工作人员在侧面布景背面乱画的奇形怪状的东西。"我不知道,你们是否懂得创造出一件美好事物的那种乐趣,那种骄傲和满足,以及那种神圣!"

大家面面相觑,满脸狐疑。在囊地鼠草原镇,除了礼拜天上午十点半到十二点之间在教堂,神圣并不是什么好东西。

"不过,如果我们想要做到这一点,我们就得去工作,而且必须自律。"

大家顿时觉得又好笑又尴尬。他们不想冒犯这个疯女人,只好让步,努力排戏。胡安妮塔坐在前面,反对莫德·戴尔说:"要是她认为替她那出该死的旧戏去拼命就是有趣和神圣——咳，我可不这样认为！"这话卡罗尔没有听到。

四

那年春天，专业剧团只来囊地鼠草原演出一次，卡罗尔也去看了。剧名是"帐篷戏：帆布篷下呈现时尚新戏"。演员都很勤奋，身兼数职，还收门票；幕间还唱六月的月亮，还推销温特格林医生专治心脏病、肺病、肾病和肠胃病的特效补药。他们演出了《戴太阳帽的内尔：欧扎克斯家的一出喜剧》。在剧中，J. 威瑟比·布思贝用洪亮的声音摄人心魄地唱道："城里来的大先生，俺的小姑娘没有善待你，但你会发现，在这些小山的后面，有很多淳朴的乡亲和神枪手！"

在打了补丁的帐篷下，观众坐在厚木板上，羡慕布思贝先生的胡子和长枪，看到他英雄气概的精彩表演就在灰地上跺脚，看到滑稽演员透过戳在叉子上的炸面圈模仿城里太太使用夹鼻眼镜看戏就大声叫好，为了布思贝先生的小姑娘内尔哭得稀里哗啦。演内尔的演员同时饰演布思贝先生的合法妻子珍珠。落幕以后，他们恭敬地听布思贝先生吹嘘温特格林先生的特效药可治绦虫。他拿出一堆小瓶子展示给大家看，发黄的酒精溶液里蜷缩着一条条苍白的绦虫，十分可怕。

卡罗尔摇了摇头。"胡安妮塔是对的。我是个傻瓜。什么戏剧的神圣！什么萧伯纳！《来自坎卡基的姑娘》唯一的麻烦就是，它太深奥了，囊地鼠草原镇的人理解不了！"

她想从书本上那些浩瀚的陈词滥调中寻求一种信仰："普通人与生俱来的高贵"，"要欣赏美好的事物，只待良机"，以及"民主政治的坚定拥护者"。可是，这些乐观的论调，还没有观众听到滑稽演员独白时的笑声响亮。那个演员说："是的，真见鬼，我可是个聪明的小伙子。"她想放弃这出戏、这个剧社以及这个小镇。她走出帐篷，和肯尼科特一起漫步在春天里尘土飞扬的街上，凝视着这个散乱呆板的村庄，心想这个地方她可能一天都待不下去了。

给她力量的是迈尔斯·伯恩斯塔姆——是他，还有《来自坎卡基的姑娘》座位售罄这一事实。

伯恩斯塔姆"一直在陪伴"贝亚。每天晚上，他都坐在屋后的台阶上。有一次，卡罗尔出现的时候，他喃喃地说："期待你给这个小镇带来一场好戏。要是你做不到，估计就没有人能做到了。"

五

这是一个了不起的夜晚。这是一个戏剧开演的夜晚。演员们在两个化妆室里忙得团团转。他们紧张得喘着粗气，面部抽搐，脸色苍白。理发师德尔·斯纳弗林和埃拉一样是个专业人士，曾在明尼阿波利斯一个普通剧团演出的群众场面中上过场，现在正忙着给他们化妆。对于这些业余爱好者，他打心眼里瞧不起，说："站好别动！看在上帝的分上，你这样扭来扭去的，让我怎么给你涂眼影呀？"有的演员就恳求他说："嗨，德尔，给我的鼻孔涂点红颜料吧——你都给丽塔涂了——快点儿，我这脸上你还没怎么捯饬呢。"

他们实在太夸张了，逐一查看德尔化妆盒里的东西，伸长鼻子去嗅油彩的气味，又不停地跑出去透过幕布上的小洞往外看，然后又回到化妆室检查自己的假发套和戏装，看看写在化妆室白色墙壁上的铅笔字"弗洛拉·弗兰德斯喜剧团"，以及"这是个狗屁剧院"，觉得自己就像这些销声匿迹的戏团演员的同道人。

卡罗尔穿着女佣的制服,样子很漂亮。她跟那些舞台临时工好说歹说,才布置好第一幕的布景,又对扮演电工的肯尼科特哀号道:"嗳,看在上帝的分上,在第二幕的时候,记得把灯光转成淡黄色。"然后,她又悄悄地溜出去,问收票的戴夫·戴尔能不能再拿几把椅子来,还提醒诚惶诚恐的默特尔·卡斯,听到约翰·格里姆大喊"在这里,雷迪"的时候,一定要把废纸篓打翻。

德尔·斯纳弗林那支由钢琴、小提琴和短号组成的管弦乐队开始调音了,坐在舞台拱门那条充满魔力的警戒线后面的观众吓得鸦雀无声。卡罗尔一摇一晃地走到幕布上的小洞跟前,看到台下有那么多人,都睁大眼睛在看——

她看见迈尔斯·伯恩斯塔姆坐在第二排,没有和贝亚在一起,而是独自一人。他果真想看这出戏,这是个好兆头。谁知道呢?也许,这个夜晚会让囊地鼠草原镇的人更注重美呢。

她冲进女化妆室,叫醒吓昏的莫德·戴尔,把她推到台侧,嘱咐她升起帷幕。

幕布犹犹豫豫地升起来了。它摇晃着、颤抖着,但还是升起来了,这一次竟然没有卡住。然后,她发现肯尼科特忘了关掉观众席照明灯,前排座位上有人笑得咯咯的。

她赶紧绕到舞台左侧,亲手拉下开关,恶狠狠地瞪着肯尼科特,吓得他直哆嗦,落荒而逃。

戴尔太太蹑手蹑脚地走上明暗交错的舞台。演出开始了。

就在那一刻,卡罗尔忽然意识到,这个剧本很糟糕,演得也很差劲。

她假装微笑给大家鼓气,眼看着自己的努力成为碎片。布景显得很粗糙,灯光也很普通。她看到,盖伊·波洛克本该是个恃强欺弱的大亨,说起话来却结结巴巴,还捻着他的小胡子;维达·舍温本来演的是格里姆的羞怯的太太,却冲着观众喋喋不休地说个不停,好像他们就是她中学英语课上的学生一样;胡安妮塔演的是主角,公然挑衅格里姆先生,像是在重复早晨必须在食品杂货店购买的东西的清单一样;埃拉·斯托博迪说"我要一杯茶"的时候,就像在背诵"今夜晚钟不会敲响"一样;古尔德医生在向丽塔·西蒙斯示爱的时候,却吱吱地尖叫道:"我的——我的——你——是——个——极好的——姑娘。"

默特尔·卡斯演的是办公室勤杂工,看到亲戚们鼓掌,别提有多高兴了,后来又被气得直抖,因为坐在后排的赛·博加特议论她穿的长裤,差点下不了舞台呢。只有雷米埃旁若无人,全身心地投入到表演中去。

迈尔斯·伯恩斯塔姆看完第一幕就出去了,再也没有回来,这让卡罗尔断定她对这出戏的看法是正确的。

六

在第二幕和第三幕的间隙,卡罗尔把同伴召集到一起,恳求大家说:"趁我们还没分道扬镳,有件事想弄个明白。不管我们今晚演得好还是坏,这毕竟开了个头。不过,我们只是把它当作一个开头吗?你们当中有哪些人保证跟我干下去的?马上就干,明天就干,准备再演一出戏,九月份就上演。"

大家目不转睛地看着她。等到胡安妮塔提出异议的时候,他们又都点头称是。胡安妮塔说:"我觉得,这阵子有这一出戏就足够啦。今儿个晚上就很高雅的呀,可是再演一出戏——在我看来,到明年秋天再讨论那个事,时间都还宽裕得很呢。卡罗尔,但愿你不是在暗指甚至明示我们今晚演得不好吧?我敢肯定,这掌声已经表明,观众认为这出戏演得好极了!"

这时,卡罗尔才知道自己败得有多彻底。

在观众陆续退场的时候,她听到银行家高杰林对杂货店老板豪兰说:"喂,我觉得乡亲们演得真棒,和专业剧团不相上下。不过,我不太喜欢这种戏。我喜欢的是好电影,里面有好多车祸、抢劫,还有个蠢货,一点儿也不像这样啰里啰唆的。"

这时,卡罗尔才知道,她肯定还会失败的。

她懒得责怪他们,也懒得责怪演员和观众。她只怪自己,竟想在有益健康的短叶松上雕刻凹纹。

"从没这么失败过。我被打败了,被大街打败了。'我一定要干下去。'可是,我做不到!"

她并没有受到囊地鼠草原《无畏报》的太大鼓舞,文章说:

> ……在这出著名的纽约舞台剧中,每个演员的表演都很精彩,不相上下。盖伊·波洛克饰演了一个脾气暴躁的百万富翁,没人比他更适合这个角色。哈里·海多克太太饰演一位来自西部的年轻女郎,她演技纯熟,扮相可爱,在剧里轻易地就让那些纽约吹牛大王在下车的地方出丑。本地中学里非常受欢迎的老师维达·舍温小姐,饰演了格里姆太太,十分讨人喜欢。古尔德医生非常适合年轻情人这一角色——姑娘们注意了,这位医生还是个单身汉。据本地《四百》报道,这位医生非常擅长和淑女们跳舞。饰演速记员的丽塔·西蒙斯俏丽如画。埃拉·斯托博迪小姐曾在东部学校长期精研戏剧及相关艺术,这些在她精彩的表演中展露无遗。
>
> ……威尔·肯尼科特太太才华横溢,肩负导演重担,论最高荣誉,非她莫属。

"如此温和,"卡罗尔沉思着,"如此善意,如此友好——又如此虚情假意，令人生厌。这到底是我的失败，还是他们的失败呢？"

她试图通情达理一些，并细致地向自己解释说，要是因为囊地鼠草原镇的人没对这出戏大发雷霆就谴责他们，那也太歇斯底里了。这个小镇存在的理由，在于它是一个为农民服务的集镇。它把粮食运往世界，为农民提供食物，为百姓治愈疾病，多么英勇，又多么大方啊！

后来，在她丈夫诊所下面的那个街角，她听到一位农民滔滔不绝地说：

"的确。毫无疑问我被打败了。在这个地方，托运商和食品杂货商都不愿意出个好价钱买我们的土豆，即使城里的父老乡亲嚷着要土豆。所以，我们说，好吧，我们自己弄辆卡车，把土豆直接运到明尼阿波利斯。可是，那边那些代销商竟然和这边的托运商勾结。他们说，他们不会比托运商多付一分钱的，即使他们离市场更近也不行。咳，我们发现，我们在芝加哥可以卖到更好的价钱。可是，等我们试图弄几个运货车厢往那儿托运的时候，铁路部门又不肯给我们车厢了，即使他们有很多车厢，就那么空着停在车场里。好了，你明白了吧——有好市场，可是这些小镇连它的边都不让我们沾。嗨，这些小镇一向如此。他们买我们的小麦，他们想给多少就给多少；我们买他们的衣服，他们要我们给多少我们就得给多少。斯托博迪和道森千方百计取消人家赎回抵押的权利，然后把抵押的财产租给别的农场主。《无畏报》讲的'无党派联盟'是骗我们的，那些律师也敲我们的竹杠，机械经销商也不愿意帮我们度过那些灾年，然后这些人家的女儿还穿着漂亮的衣服，用鄙夷的眼神看着我们，好像我们是一群流浪汉似的。伙计，我真想烧了这个小镇！"

肯尼科特评论说："韦斯·布兰尼根那个老怪物又在信口开河了。天哪，不过，他这个人就爱自言自语！他们应该把那个家伙赶出这个小镇！"

七

中学毕业典礼是囊地鼠草原镇青年的喜庆日子。一周活动之后,卡罗尔感觉又老又超然。活动有:对毕业班的致辞;毕业班学生的庆祝游行;三年级学生的文娱活动;艾奥瓦州一位声称坚信正直美德的牧师在毕业典礼上的致辞;以及阵亡将士纪念日的游行,几个内战老兵跟在头戴破旧军便帽的钱普·佩里身后,沿着春光明媚的道路来到公墓墓地。她遇到了盖伊,发现并没有什么话要对他说。她的头莫名地痛。肯尼科特欣喜地说:"今年夏天我们要玩个痛快。早点搬到湖边,穿上旧衣服,无拘无束。"她微微一笑,但她的笑容有点勉强。

迎着草原上的热浪,她拖着沉重的脚步,走在那些一成不变的老路上,并没有搭理那些不太热情的人,而是寻思着自己恐怕永远也不能逃脱他们了。

她惊讶地发现自己竟然用了"逃脱"这个字眼。

然后,又过了三年,宛如一个简短的段落。在这三年里,除了伯恩斯塔姆夫妻和自己的孩子,她对任何事情都不感兴趣了。

第十九章

一

在自我放逐的三年里,卡罗尔有很多特定经历,要么被《无畏报》作为要事刊载,要么被欢乐雨季俱乐部讨论。但有一件事,既没被刊载,也没被讨论,但却完全控制她,那就是她慢慢发现渴望找到与自己志同道合的人。

二

在六月,也就是《来自坎卡基的姑娘》演出后的一个月,贝亚和迈尔斯·伯恩斯塔姆结婚了。从那以后,迈尔斯变得正派了。他已经宣布放弃对国家和社会的批评,不再当马贩子东奔西走,也不再穿红色的方格厚呢短外套去伐木场了。他已经在杰克逊·埃尔德的刨削厂上班了,做了个技工。人们会看到,他在街上遇到自己冥落多年的那些对罪恶感到怀疑的人时,也尽力表现出友好的样子。

卡罗尔是婚礼的赞助人和主婚人。胡安妮塔·海多克嘲笑她说:"你真是个傻瓜,竟然放走像贝亚这么好的女佣。再说了,把她嫁给讨厌的红胡子瑞典佬那种无耻的闲人,你咋知道就是件好事呀?放聪明点儿吧!拿个拖把把那个家伙赶走,趁现在还抓得住,赶快抓紧你那个瑞典丫头。嗯哼,叫我去参加他们的斯坎迪亚式婚礼呀？绝对不可能！"

别的太太也都附和着胡安妮塔。卡罗尔对她们漫不经心的刻薄很失望，但她没有改变主意。迈尔斯曾大声对她说："杰克逊·埃尔德说，他有可能来参加婚礼哦！哎呀，让贝亚这个明媒正娶的妻子见见老板也很好啊。有朝一日，我也会很有钱的，这样贝亚就能和埃尔德太太一起玩了，也能和你一起玩了。您瞧着吧！"

在那个没有粉刷的路德会教堂，来参加婚礼仪式的一群人都很拘束，总共才九个人——卡罗尔、肯尼科特、盖伊·波洛克，还有钱普·佩里夫妇，全都是卡罗尔请来的；还有贝亚诚惶诚恐的乡下父母，她的表姐蒂娜；另外还有彼得，他是迈尔斯贩马时的老搭档，行为乖戾，举止粗鲁，特地买了一套黑色西服，从一千两百英里之外的斯波坎[①]赶来参加婚礼。

迈尔斯不时地扭头看看教堂的大门。杰克逊·埃尔德没有出现。在第一批宾客局促不安地进来之后，教堂的大门就再也没有打开过。迈尔斯的手紧紧地抓着贝亚的胳膊。

在卡罗尔的帮助下，他已经把那间棚屋改建成一座农舍式的小别墅，里面挂上几幅白色的窗帘，养了一只金丝雀，还摆上一把印花棉布椅子。

卡罗尔哄诱那些有权威的太太去拜访贝亚。她们半是嘲笑，半是许诺要去。

接替贝亚的是奥斯卡林娜。这个人年纪稍长，明白事理，不爱说话，整整一个月都不敢相信她这个举止轻佻的女主人。这样一来，胡安妮塔·海多克又能吹嘘了："瞧见了吧，自作聪明的家伙，我早就跟你说过，你会遇到用人难题的。"不过，奥斯卡林娜拿卡罗尔当女儿看待，她老老实实在厨房干活，就跟贝亚以前一样，所以

---

① 斯波坎（Spokane）：美国华盛顿州东部城市。

卡罗尔的生活并没有任何变化。

三

出乎意料的是，卡罗尔被新任镇长奥利·詹森任命为镇图书馆委员会的委员。其他委员有：韦斯特莱克医生、莱曼·卡斯、律师朱利叶斯·弗利克鲍、盖伊·波洛克，还有以前是马车行看守人、现在是汽车修理厂老板的马丁·马奥尼。她很高兴，高傲地去参加了第一次会议，认为除了盖伊之外，只有她了解书籍或建库方法。她打算彻底改革整个系统。

在那栋改建成图书馆的房子里，在二楼一个简陋的房间里，她看到委员们没在谈论天气，也没渴望去下棋，而是在谈论图书，她的傲气就慢慢消失了，逐渐谦逊起来。她发现，和蔼可亲的韦斯特莱克老医生把诗歌和消遣小说读了个遍；那个小牛肉脸、胡子拉碴的面粉厂老板莱曼·卡斯，熟读吉本①、休谟②、格罗特③、普雷斯科特④以及其他愚蠢的历史学家的作品，而且能复述其中好多页——他确实复述过。韦斯特莱克医生悄悄地对她说："是呀，莱曼这个人见多识广，但又虚怀若谷。"这时，她才觉得自己才疏学浅，又不够谦虚，责怪自己竟然与囊地鼠大草原那么有潜力的人失之交臂。在韦斯特莱克医生引用《天堂篇》⑤《堂吉诃德》《威廉·麦斯特》⑥ 和《古兰经》的时

---

① 吉本（Edward Gibbon，1737—1794）：近代英国杰出的历史学家，著有《罗马帝国衰亡史》。
② 休谟（David Hume，1711—1776）：苏格兰哲学家，著有《大不列颠史》。
③ 格罗特（George Grote，1794—1871）：英国历史学家。
④ 普雷斯科特（Prescott，1796—1859）：美国历史学家。
⑤ 《天堂篇》（Paradiso）：意大利诗人但丁《神曲》中的一篇。
⑥ 《威廉·麦斯特》（Wilhelm Meister）：德国诗人歌德的两部长篇小说《威廉·麦斯特的学习时代》和《威廉·麦斯特的漫游时代》。

候,她想起,在她认识的人当中,没有一个人读完这四本书,连她父亲也没有。

她踌躇地来参加委员会的第二次会议。她不打算革新任何东西了。她只希望,那些博学的前辈能耐心地听听她的建议,把青少年读物的排架改一改。

可是,在图书馆委员会第四次会议以后,她的想法又和第一次会议之前一样了。她发现,尽管这些人以读书人自居,但韦斯特莱克、卡斯甚至盖伊,从没想过让全镇的人了解这个图书馆。他们使用它,通过有关的决议,然后就弃之不顾了。只有亨蒂[①]的书和埃尔西的书,以及一些道德高尚的女小说家和刚健的教士新近所写的乐观主义著作,深受大家欢迎。委员们自己只对呆板的旧作感兴趣。对于年轻人想要了解文学名著的呼声,他们根本不当回事。

如果她对自己的一知半解颇为自负,那么那些人只能说有过之而无不及。虽然他们也讨论过有必要增加图书馆税收,但没有一个人愿意冒着挨骂的风险为之努力,尽管他们现在还有一小笔专款,但付完房租、暖气、照明用电的费用以及维莱兹小姐的薪水之后,他们一年也就只剩一百美元用来购买书籍了。

"十七美分事件"扼杀了她本就一时兴起的兴趣。

她来参加委员会会议的时候,哼着小调,想要实施一个计划。她列了一个书单,上面有三十部最近十年新出的欧洲小说,另外还有二十部重要的心理学、教育学、经济学方面的著作,都是本镇图书馆没有收藏的。她已经让肯尼科特答应捐赠十五美元。如果每位委员都能捐献这个数,他们就能买到这些书了。

莱曼·卡斯显得很惊慌,急得抓耳挠腮,抗议说:"我觉得,要委员会成员捐钱不是个好头——呃,不是我在乎那点钱,而是那

[①] 亨蒂(George Alfred Henty, 1832—1902):英国小说家和战地记者。

样不公平——开那样的先例。哎呀,我们做那么多事,他们一个子儿也没给。当然也不能指望我们付钱享受这点服务了啊!"

只有盖伊露出同情的神色。他敲敲那张松木桌子,什么也没说。

在这次会议剩下来的时间里,他们毫不留情地调查公款亏空十七美分这件事。维莱兹小姐被他们叫来了。她怒气冲冲地申辩了半个小时。那十七美分被掰个底朝天,一便士都不差。卡罗尔扫了一眼那张书写工整的书单,一小时前它还是那么可爱和令人兴奋。现在,卡罗尔一言不发,只替维莱兹小姐难过,更替自己难过。

卡罗尔理所当然地按时出席会议,直到两年任期届满,维达·舍温被任命为委员,接替她的位置。不过,她没再试图进行革新了。在她单调乏味的人生历程中,一切都未曾改变,也没有什么新鲜事。

四

肯尼科特做地产生意赚了一大笔钱,但细节一点儿也没跟她说,所以她既没有兴奋不已,也没有焦虑不安。真正让她焦虑不安的,是肯尼科特的一个决定。那既像窃窃私语,又像口无遮拦;既温柔体贴,又像冰冷的医嘱。说什么他们"该生个孩子了,现在他们能养得起了"。他们早就一致认为"也许暂时不要孩子也好",所以没有孩子已经成为一件自然的事儿。现在,她既害怕,又渴望,不知该怎么办。她犹犹豫豫地同意了,然后又希望自己没有同意。

在他们平淡的关系中,没有出现什么变化,所以她也就全忘了,生活依旧没有目标。

五

每当下午肯尼科特在镇上的时候,卡罗尔就在湖边避暑别墅的走廊里转悠。待湖面泛起微澜、四周空气凝滞时,她就在脑海中勾勒着各种各样的避暑胜地:暴风雪中的第五大街,随处可见豪华的轿车、金碧辉煌的店铺和大教堂的尖顶;一间茅舍,它就建在灌木丛生的河边干土地上崛起的一堆奇异的柱子上;巴黎的一个公寓套房,每个房间都那么高大肃穆,有门窗垂饰,还有一个阳台;令人陶醉的梅萨①;马里兰州一座古老的石头磨坊,建在一条马路的拐角处,位于一条岩石林立的小溪和一群陡峭的小山冈之间;漫山遍野的绵羊和一掠而过的清凉阳光;一个铿锵作响的码头,那是钢吊车给来自布宜诺斯艾利斯和中国青岛的轮船卸货的地方;还有一家慕尼黑音乐厅,一位著名的大提琴演奏家正在演奏——为她演奏。

其中一个场景有一种挥之不去的魔力:

她站在一个露台上,俯瞰着温馨的大海边上的一条林荫大道。说不出什么理由,但她可以肯定,那个地方就是芒通②。在她下方的那条大道上,四轮大马车奔驰而过,发出有节奏的嘚嘚、嘚嘚、嘚嘚的声音;还有很多引擎盖乌黑锃亮的大轿车,发动机的声音轻得像老人的叹息声。那些轿车里的女人一个个都坐得笔直。她们身材苗条,涂脂抹粉,像提线木偶一样面无表情,小手按在遮阳伞上,目不斜视地注视着前方,完全无视身旁的男人。那些男人身材高大,头发花白,面相尊贵。在大道的那边,是风景如画的大海和沙滩,以及蓝黄相间的大帐篷。除了滑行的四轮马车,一切都静止不动。

---

① 梅萨(Mesa):美国亚利桑那州中部一城市。
② 芒通(Mentone):法国东南部地中海边上的一个城市。

大道上的人都很小，像木头一样，宛如一幅金黄与鲜蓝底色图画上的斑斑点点。没有海浪声，也没有风声；没有耳语的轻柔，也没有花瓣的飘落；什么都没有，只有黄色、钴蓝色和刺眼的亮光，以及一成不变的嘚嘚、嘚嘚——

她吓了一跳，抽抽搭搭地哭了起来。时钟急促的嘀嗒声催她入眠，使她听见了有节奏的马蹄声。大海刺眼的颜色，和那些目空一切的人的傲慢，都不见了，只有实实在在的一只镀镍的圆肚闹钟搁在架子上，那个架子靠着一堵毛茸茸的、未刨光的松木板墙，上方挂着一条坚硬的灰色抹布，下方还摆着一只煤油炉。

在湖边那几个懒散的下午，她一直沉浸在万千的梦想中。那些梦想受她读过的小说影响，来自她羡慕的那些图画。每次都是在她浮想联翩的时候，肯尼科特就从镇上回来了。他穿着卡其布裤子，上面还沾有干鱼鳞。他问卡罗尔："玩得开心吗？"但并不听她回答。

一切都没有改变，也没有理由相信以后会有改变。

六

火车过往不断！

在湖边的小别墅里，她思念起那些南来北往的火车。她意识到，在镇上的时候，就是依靠这些火车，她才确信外面还有一个世界。

对囊地鼠草原镇来说，铁路不只是一种交通工具。它是一个新神；是一个有钢筋肢体、橡木肋骨、砾石肌肉、要吞食大量货物的怪物；是人为了保持对财产的尊崇而创造出来的一个神，正像别的地方把矿山、棉纺厂、汽车厂、大学、军队尊奉为部落的众神一样。

东部的人都记得，祖上几代人都没见过铁路，对铁路也没有敬畏之情；可在这儿，铁路早在时间存在之前就已经存在了。人们在荒凉的草原立下一个个小镇的界标，作为今后铁路车站的合适地点。早在十九世纪六七十年代，如果事先知道小镇建在什么地方，就能大捞一把，也更有机会成为世族。

如果一个小镇受到冷遇，铁路局可以不理它，切断它的商业，毁掉它。对囊地鼠草原镇来说，铁轨就是永恒的真理，铁路董事会就是全能的神。就连乳臭未干的孩子或足不出户的老妇人都能告诉你，上个礼拜二第三十二次列车是否车轴过热，或者第七次列车是否要多挂一节硬座车厢。而且，铁路董事长的名字也是家喻户晓的。

即使在这个属于汽车的新时代，市民依然时常去车站看看过往的火车。那是他们的浪漫情趣，是除了天主教堂的弥撒之外唯一的神迹。从那些火车上下来的都是外面世界的君王——身穿绳边紧身马甲的旅行推销员，以及从密尔沃基来这儿探亲的亲戚。

囊地鼠草原镇曾经是个"路段站"。圆形机车库和维修车间都搬走了，但两个列车长还保留着住处。他们都是显赫的人物，经常东跑西颠，和旅客搭话，穿着有铜扣的制服，而且对骗子的花招了如指掌。他们都是特权阶层，和海多克一家不相上下，但不同的是，他们还是艺术家和冒险家。

在火车站值夜班的那位报务员，是镇上最具戏剧性的人物：凌晨三点还没睡，一个人在房间里咔嗒咔嗒地打电报，忙得不可开交。整个晚上，他都在和二十、五十甚至一百英里外的报务员"通话"。一直以来，大家都料想他可能会被强盗持枪抢劫，但他从未被抢劫过，不过他总是摆脱不了这种联想：窗前有几个蒙面人，带着左轮手枪，拿一堆绳子把他捆在一把椅子上，他挣扎着往发报机那儿爬，还没爬到就晕了过去。

下暴风雪的时候，铁路周围的一切都极具戏剧性。镇上有时一连几天跟外界完全隔绝。不通邮，不通快递，没有鲜肉，也没有报纸。终于，那辆旋转式扫雪机开来了，颠簸着推开积雪，把雪水喷向天

第十九章 | 315

空,于是通往外界的道路又通畅了。那些戴着厚手套和皮帽子的火车制动员,在冰雪覆盖的运货车厢顶上奔忙;而那些火车司机则刮掉驾驶室窗玻璃上的霜,朝外面眺望,神秘莫测,沉默寡言,宛如茫茫草原汪洋里的领航员——他们有一种英雄气概,在卡罗尔的眼中,他们就是这个充满杂事和说教的尘世中的勇敢的探索者。

对那些小男孩来说,铁路就是他们熟悉的游乐场。他们爬上箱式货车两侧的铁梯,又在一堆堆旧枕木的后面点燃篝火,还向他们喜欢的那些火车制动员挥手。不过,在卡罗尔看来,这一切都充满了魔力。

她和肯尼科特坐在车上,汽车在黑暗中蹒跚行进,车灯照亮了路边的泥潭和参差不齐的杂草。一列火车正在开来,只听见一阵急促的哐哐、哐哐、哐哐的声音。列车一掠而过,是"太平洋号快车",宛若一支金光闪闪的飞箭。机车火箱里的火光往外迸射,把拖拽而过的浓烟的下方照得通亮。顷刻间,这个景象就不见了,卡罗尔又回到漫长的黑暗中。对于刚刚过去的火光和奇景,肯尼科特给出了他的看法:"第十九次列车,至少晚点十分钟左右。"

在镇上的时候,她常躺在床上倾听北边一英里处隧道里呼啸而过的快车汽笛声。呜——呜!声音微弱无力,让人紧张不安,又让人心神恍惚,就像那些放肆的蒙面夜骑吹响的号角,呼啸着驰往充满欢笑、旗帜和钟声的大城市。呜——呜!呜——呜!这个世界正在离去……呜——呜!声音越来越弱,越来越依依不舍,最终完全消失了。

但这里没有火车。到处一片寂静。大草原环绕着湖泊,也包围着她。大草原那么阴冷,那么灰暗,那么茂密。只有火车能将它割裂开来。总有一天,她会坐上一列火车,那将是一场很棒的旅行。

七

卡罗尔现在把注意力转到肖托夸夏季教育集会[①]上了,正如她以前把注意力放在戏剧社和图书管理委员会上一样。

除了在纽约有常设的肖托夸夏季教育集会总会,在各州还有商业性的肖托夸夏季教育集会分会。这些分会向每个小镇派出由讲演者和"演艺人员"组成的班子,在帐篷下举办为期一个礼拜的文化讲习。以前住在明尼阿波利斯的时候,卡罗尔从来没有遇到过这种流动讲习班。现在,公告说讲习班要来囊地鼠草原镇,这就给了她一个希望:她以前想做的那些虚无缥缈的事,也许别人也会来做。她想象着向人们开设的一种精简的大学课程。在她和肯尼科特从湖边回到镇上的那几天上午,她看到每家商店橱窗都贴上了广告;横跨大街的一根绳子上也挂着一行三角旗,上面交叉写着:"博兰肖托夸夏季教育集会即将莅临!""实实在在的一周:激励与享受!"可是,当她看到教学计划的时候,她不禁大失所望。那既不像精简的大学课程,也不像任何类型的大学课程,倒像是由杂耍表演、基督教青年会[②]讲座以及演讲讲习班毕业典礼组成的大杂烩。

她把自己的疑惑告诉了肯尼科特,但他坚持认为:"咳,也许这种教育集会根本就没有什么狗屁学问,你我可能都不会喜欢那种方式的,但又比没有好多了。"维达·舍温补充说:"他们有几个演讲者是很棒的。如果人们得不到太多实际信息,那么他们至少会得

[①] 肖托夸夏季教育集会(Chautauqua):每年夏季在纽约州西部城市肖托夸举行的各种活动,如讲座、音乐会等。
[②] 基督教青年会(Y.M.C.A.):全称是Young Men's Christian Association,1844年创立于英国伦敦,1851年传到美国后,逐渐从单纯以宗教活动为号召的青年职工团体,发展成以"德、智、体、群"四育为宗旨的社会活动机构。

到很多新思想,这就足够了。"

在肖托夸夏季教育集会期间,开会的时候,卡罗尔晚上去过三次,下午去过两次,上午去过一次。那些听众给她留下深刻的印象:那些身穿裙子和衬衫的、面色蔫黄的女人,渴望得到启发去思考问题;那些穿着背心和衬衫的男人,很想能够放声大笑;还有那些如坐针毡的孩子,巴望着溜之大吉。她喜欢那些简朴的长凳,红色幕布下的活动舞台,以及那遮盖一切的大帐篷。晚上的时候,它在一串串白炽灯泡的上方投下阴影;到了白天,它又往耐心等待的人群身上投下琥珀色的光影。泥土的气息、被践踏的草地和晒干的木材散发出一股混合的气味,使她想到了叙利亚沙漠商队的情景。她把那些演讲的人给忘了,只顾听着帐篷外面的喧闹:两个庄稼汉用嘶哑的声音在交谈,一辆四轮马车沿着大街行驶发出嘎吱嘎吱的声音,还有一只公鸡喔喔地叫个不停。她很满足,但那是迷路的猎人驻足休息时的那种满足。

因为,从肖托夸夏季教育集会本身,她一无所获,只听到一些废话、逗趣和沉闷的笑声,那是乡巴佬听到老掉牙的笑话后发出的笑声,是一种阴郁而又粗糙的声音,跟农场牲畜的叫声似的。

以下几位就是大学七天精简课程的教员:

九位讲师,其中四位以前是牧师,还有一位以前是国会议员,他们都做过"鼓舞人心的演讲"。卡罗尔从他们那里听到的事实或观点只不过是如下这些:林肯是美国大名鼎鼎的总统,可是他小时候很穷。詹姆斯·希尔是西部最负盛名的铁路人员,他小时候也很穷。做生意的时候,诚实和礼貌比粗鲁和公开欺骗更可取,但这并不是针对个人,因为众所周知,囊地鼠草原镇所有的人都诚实谦恭。伦敦是一个大城市。一个著名的政治家教过主日学校。

四位"演艺人员"讲了犹太人的故事、爱尔兰故事、德国故事、中国故事以及田纳西州山区居民的故事。这些故事,卡罗尔以前大都听过。

一位"演说术女教师"朗诵了吉卜林的作品，还模仿了儿童。

一位讲师播放了一部有关安第斯山探险的电影。画面很棒，但故事不连贯。

有一个三人铜管乐队，一个六人歌剧队，一个夏威夷六重奏乐队，还有四位吹萨克斯、弹奏伪装成洗衣板的吉他的年轻人。最受欢迎的曲目是听众经常听的那些，如《露西亚》等必听曲目。

整整一个礼拜，本地的那位负责人就留在镇上，而其他启蒙教师都到别的肖托夸夏季教育集会去了，每天都要表演。这个督学有点书呆子气，半饥半饱的样子。他努力激起大家矫揉造作的热情，让听众分组竞赛，说他们聪明，叫他们喝彩，弄得大家一片欢呼。上午的演讲大都是他做的。他懒洋洋地讲着诗歌和宗教圣地，还讲任何分红制度对雇主的不公。

最后出场的是一个男人。他既没有讲课，也没有传道，更没有表演。他个头很小，其貌不扬，两只手插在口袋里。其他演讲者都承认："我禁不住要告诉你们这个美丽城市的市民，本团人才济济，但谁也没见过比这更迷人的地方，或者说更有进取心、更热情好客的人。"但这个小矮子却说，囊地鼠草原镇的建筑杂乱无章，湖滨避暑小屋都被铁路路堤的煤渣堆挤占了，真是愚昧无知。然后，听众抱怨说："也许，那家伙说得有道理，但老是盯着事情的阴暗面有什么用呀？新想法是很好，但也不要这样吹毛求疵嘛。人生在世，麻烦已经够多的了，干吗还要自寻烦恼啊！"

这就是肖托夸夏季教育集会，正如卡罗尔看到的那样。在此之后，镇上的人都觉得很自豪，都觉得自己受过良好的教育。

八

两个礼拜以后,第一次世界大战席卷欧洲。

第一个月的时候,囊地鼠草原镇的人吓得直哆嗦,觉得还挺好玩的。后来,战争演变成了堑壕战,大家也就忘了。

卡罗尔谈到巴尔干半岛各国的情况,又谈到德国革命运动的可能性,肯尼科特打着哈欠说:"哦,是的,大干一场,老一套了,可它不关我们的事呀。这儿的老百姓种玉米都忙不过来呢,哪有闲工夫去管那些外国佬挑起的傻瓜战争。"

倒是迈尔斯·伯恩斯塔姆说了这番话:"我真是搞不明白。我反对打仗,但是,好像得把德国打败才对,因为他们那些德国贵族地主阻碍了进步的道路。"

初秋时分,她去看望迈尔斯和贝亚。他们接待了她,高兴得直叫,赶紧去擦椅子上的灰尘,又跑去倒水煮咖啡。迈尔斯站在那儿,对着卡罗尔眉开眼笑。他嬉皮笑脸的,时不时地流露出对囊地鼠草原镇上那些领主的大不敬,但又总是——虽然有一定难度——他加了一点礼貌得体的溢美之词。

"好多人过来看过你们了吧,是吗?"卡罗尔提示说。

"啊唷,贝亚的表姐蒂娜经常过来,还有厂里的领班,还有——哎哟,我们玩得很开心。哎呀,你看看那个贝亚!你以前听她说话,看她那头斯堪的纳维亚瑞典姑娘的浅黄色头发,不觉得她像只金丝雀吗?可是,哎呀,知道她现在像什么吗?她就像只老母鸡!瞧她对我体贴入微的样子——瞧她让老迈尔斯打领带的样子!真不想让她听到,免得把她惯坏了,但她妈的真不错……不错……见鬼!即使那些肮脏的势利小人都不来看望,我们又有什么好在乎的呀?我们俩在一起就行了。"

卡罗尔很担心他们的生活,但因为自己身体不适,很是担心,也有压力,也就把这事给忘了。因为,那年秋天,她知道,一个婴儿就要诞生了,尽管巨大的变化有一定的风险,但生活毕竟呈现出了有趣的前景。

第二十章

一

胎儿一天天长大。每天早上她都会恶心，发冷，一副蓬头垢面的样子，还坚信自己再也没有魅力了。每天黄昏，她都惊恐不安。她觉得，自己并不高雅，反而邋里邋遢，脾气暴躁。每天恶心一阵以后，她又没完没了地心烦。她走动起来开始有些困难了。她很恼火，以前身材苗条，步履轻盈，现在竟要扶着拐杖，还要被街头巷尾的人评头论足。她被那些谄媚的眼睛围得水泄不通。每一个太太都暗示她："亲爱的，既然你快要做母亲了，你就得丢掉你那些想法，安下心来。"她觉得，自己正在被人强行拉进家庭主妇的队伍里去。有这个孩子做人质，她再也逃不掉了。不久，她就能喝着咖啡，躺在摇椅里，同别的太太谈论尿布了。

"跟她们斗，我受得了。那一套我已经习以为常了。可是，就这样被拉进来，还被看成是理所当然的事，我就受不了了——可是，受不了也得受啊！"

她一会儿痛恨自己不领那些太太的情，一会儿又厌恶她们的建议：她们装出一副悲天悯人的样子暗示她说，她分娩的时候会遭很大的罪；她们根据长期的经验和完全错误的理解，告诉她各种婴儿保健知识；她们还给了很多迷信的忠告，劝她为了拯救婴儿的灵魂，作为人母她得吃哪些东西，读哪些东西，看哪些东西；而且还得经常傻笑着学孩子说话。钱普·佩里太太赶紧借给她一本《宾虚》①，以防以后小孩道德败坏。寡妇博加特也匆忙赶来，拖长了声音大声说："瞧咱们可爱的小宝贝，今天咋这么无精打采的呀！天哪，不会是像人们常说的那样吧：怀孕真的会让女人变漂亮，简直就像圣母玛利亚一样。告诉我——"她的柔声细语中有点色眯眯的味道，"你能感觉到那个小家伙在动吗，那个爱的结晶？我还记得我怀赛那个时候的样子，当然啦，他那个时候好大哦——"

"我看着一点都不漂亮，博加特太太。我的脸色好差，头发也开始掉了，看着像个土豆袋子。我现在觉得两腿发软，他也不是爱的结晶。我担心，他会跟我们一样。我也不相信什么母爱。所有这些麻烦只不过是一个生物学过程所导致的一个可恶的结果而已。"卡罗尔说。

后来，孩子就出生了，并没有异常困难：是个男孩，后背很直，两腿也很结实。第一天，她并不喜欢他，因为他给她带来临产阵痛和绝望的恐惧，她甚至厌恶他初生时的丑陋样子。但从那以后，她却爱上他了，完全出于喜爱和本能，她以前还嘲笑这样呢。她跟肯尼科特一样，对那双完美的小手啧啧称奇。这个婴儿向她转过身来，那完全信任她的样子，把她的心都融化了。她不得不为他做一些既无诗意又气人的事情，但每做一次，她对他的喜爱便增加一点。

他随她父亲的名字，叫"休"。

休慢慢长成了一个大小孩，很瘦但很健康。他的脑袋特别大，一头浅棕色的头发又直又细。他既喜欢沉思，又显得漫不经心——跟肯尼科特一个样儿。

两年来，没有别的事。她没有像那些冷嘲热讽的太太预言的那样，"一旦她有自己的孩子要忙活，就不再操心外界的事情，也不

---

① 《宾虚》（Ben Hur）：美国剧作家卢·华莱士（Lewis Wallace, 1827—1905）的长篇小说，19世纪最有影响力的基督教书籍。

再关心别人家的孩子"。她不会那么残暴,不可能为了自己的孩子去牺牲别人的孩子,那是不可能的。不过,她可以牺牲自己。她懂得奉献——肯尼科特一再暗示要给休施洗礼,她回答说:"我绝不会让我的孩子和我自己受这种侮辱,让一个身穿罩袍愚昧无知的年轻人给他施洗礼,然后还允许我去养他!我绝不会让他去接受任何见鬼的仪式!在那生不如死的九个小时里,如果我没给我的孩子……我的孩子……足够的净化,那么他从齐特雷尔牧师那里也不会得到更多的东西了!"

"哎呀,浸礼会几乎没给孩子施过洗礼。我有点更倾向于找沃伦牧师。"肯尼科特说。

休是她活下去的理由,是她未来的希望,是她钟爱的对象——还是一个有趣的玩具。"我本来以为,我是个半吊子母亲,没想到我竟然和博加特太太一样娴熟,真是令人惊讶。"她得意扬扬地说。

这两年,卡罗尔成了这个小镇的一部分。她和麦加农太太一样,也成了"我们的年轻妈妈"中的一员。她的独断主义似乎已经销声匿迹,她也不太想要远走高飞了。她一门心思要把休带好。她看着他那细皮嫩肉的小耳朵,喜不自胜地说:"和他一比,我觉得自己就是个老太婆,皮肤粗得跟砂纸一样,但是我挺高兴的。他很完美。他应该拥有一切。他不应一直待在囊地鼠草原这个地方……我不知道到底哪所学校最好,哈佛,耶鲁,还是牛津?"

二

在卡罗尔身边的人当中,又增添了两位杰出的人,那就是惠蒂尔·斯梅尔夫妇——肯尼科特的舅舅惠蒂尔和舅母贝西。

真正的大街居民把亲戚定义为这样一个人:他的家你想去就

去,爱住多久就住多久。如果你听说,莱曼·卡斯在去东部旅游的路上,一直在奥伊斯特镇"拜访",那并不是说他特别喜欢这个小镇,不喜欢新英格兰其他地方,而是说他有亲戚在那儿。那也不是说,这么多年他一直和亲戚有书信往来,也不是说他们曾经表示过想要见他一面,而是说:"当一个人的远房亲戚刚好就在波士顿的时候,你是不可能指望他花大钱住宾馆的,对吧?"

斯梅尔夫妇把他们在北达科他州的乳品厂卖掉以后,就到拉克基穆特探望斯梅尔先生的妹妹了,也就是肯尼科特的母亲,然后又风尘仆仆地来到囊地鼠草原镇,在他们的外甥家住了下来。他们事先没打招呼就过来了,那时候卡罗尔的孩子还没出生。他们理所当然地认为自己应该受到欢迎,所以刚一住下就开始抱怨让他们住在朝北的房间里。

惠蒂尔舅舅和贝西舅妈认为,作为亲戚,他们有权取笑卡罗尔;作为基督徒,他们也有责任让她知道她的"见解"有多荒唐。对饭菜,对奥斯卡林娜的不友善,对刮风、下雨,对卡罗尔孕妇装的放肆,他们都表示不满。他们身体好,也有耐力,可以连续提一个小时的问题,问她父亲的收入,问她的宗教信仰,问她过街的时候为什么不穿胶鞋。对于鸡毛蒜皮的讨论,他们很有天分,连肯尼科特也学他们的样,变得爱挑剔了。

如果卡罗尔不小心嘀咕了一句说有点儿头痛,斯梅尔夫妇和肯尼科特马上就会凑上来。每隔五分钟,每一次,在她坐下去或者站起来或者跟奥斯卡林娜说话的时候,他们都哼哼哈哈地问:"你的头好点儿了吗?哪儿痛呢?家里没备点儿氨水吗?今天走路是不是走得太多了呀?有没有试过氨水啊?你咋不备一点儿在家好方便使用呢?现在感觉好点儿没?感觉咋样了?你的眼睛也痛吗?你平时几点睡觉呀?那么晚哪?咳!现在感觉咋样了呀?"

当着她的面,惠蒂尔舅舅哼哼哈哈地对肯尼科特说:"卡罗尔经常这样头痛吗？嗯？她要是不去那些桥牌会游荡，偶尔照料一下自己，那就好多了！"

他们就这样问个不停，议一下，问一下，议一下，问一下，直到卡罗尔忍无可忍，软绵绵地说："看在老天的分上，别讨论这个了！我的头痛全好了！"

她听到斯梅尔夫妇和肯尼科特在用家乡话争论邮寄一份报纸要贴两美分还是四美分的邮票，因为贝西舅妈想给住在阿尔伯塔①的妹妹邮寄一份《无畏报》。卡罗尔本该把报纸拿到药品杂货店去称一下的，但那时她还是个梦想家，而他们也一再声称自己是注重实践的人。于是，他们就凭内心的感觉推断出邮费。这种内心感觉，加上坦率的自言自语，就是他们解决一切问题的方法。

斯梅尔夫妇认为，什么隐私啦，说话有分寸啦，"全是胡扯"。有一次，卡罗尔把她姐姐的来信放在桌子上，她惊讶地听到惠蒂尔舅舅说："我明白，你姐姐说，她丈夫混得不错。你应该多去看看她。我问过威尔，他说你不常去看她。天哪，你该多去看看她啊！"

如果卡罗尔要给一位同学写信，或者要拟定一个礼拜的菜单，她敢肯定贝西舅妈会闯进来，咻咻地笑着说："嗳，你不要管我，我只想看看你在哪儿，你干你的，我一秒钟都不会待的。我不知道你是不是以为，我中午没吃洋葱是因为没烧熟，其实根本不是这么回事，不是因为我觉得菜没烧熟，我相信你家样样都好吃。不过，我真觉得奥斯卡林娜有些事情不太注意。你给她那么多工钱，她也不知道感激。她的脾气那么暴躁，这些瑞典人脾气都那么暴躁。我真不明白，你干吗要雇个瑞典人。不过……不过，不是那回事，我不吃这些东西不是因为烧得不好，只是因为……我觉得洋葱不合我的胃口。真奇怪，自从有一次我得了胆病，我就发现，不管炒洋葱

---

① 阿尔伯塔（Alberta）：加拿大西部的一个省。

还是生洋葱我都受不了。不过，惠蒂尔就是爱吃生洋葱，上面还要沾点醋和糖——"

这是纯粹的爱心。

卡罗尔发现，强求的爱比理智的恨更让人不安。

她以为，在斯梅尔夫妇面前，她已经注意摆出一副得体、枯燥乏味、中规中矩的样子了，可他们还是嗅出了离经叛道的气味，索性坐了下来，试图套出她那些荒唐的想法加以取笑。他们俩就像礼拜天下午在动物园盯着猴子看的那伙人一样，指指戳戳，做鬼脸，看到比他们更高贵的族类怀有愤恨，就咯咯地傻笑。

惠蒂尔舅舅露出乡下人的傲慢，咧嘴笑着说："卡丽，听说你认为囊地鼠草原镇应该全部推倒重建，这是咋回事儿呀？真不知道这些人从哪儿弄的这些新花样。现如今达科他州好多庄稼人也在玩这些新花样，搞什么合作社。以为他们比店主更会经营商店啊！嘿！"

"只要我和惠蒂尔还在种地，我们就不需要什么合作社！"贝西舅妈得意扬扬地说，"卡丽，告诉你老舅妈：你礼拜天从来不去教堂吗？你偶尔也去一下的吧？可是你每个礼拜都该去的呀！等你像我这么老的时候，你就会知道，不管人们自以为有多聪明，上帝都比他们懂的多得多。那时候你就会明白，也会乐意去听牧师讲道喽！"

就像看见一头长着两个脑袋的小牛犊一样，他们一再声明："从没听过这种古怪的观点！"他们惊讶地发现，一个实实在在的人，原先住在明尼苏达州，后来嫁给了他们的亲外甥，居然认为离婚并非都不道德，私生子不应受到任何形式的咒骂，除了希伯来《圣经》之外还有道德权威，酗酒的男人并不一定会死在贫民窟，资本主义的分配制度和浸礼会的婚礼仪式在伊甸园里都没听说过，蘑菇和咸牛肉末一样可以食用，"花花公子"这个词已经不常用了，接受进化论的牧师也大有人在，有些聪明能干的人并非每次都投共和党的票，冬天穿贴身扎人的羊毛内衣还不是一个普遍的习惯，小提琴并非本来就比教堂风琴放荡，不是每个诗人都留长发，犹太人也不都是小贩或裁缝。

"她从哪儿搞的这些歪道理？"惠蒂尔·斯梅尔舅舅惊讶地问。而贝西舅妈则质问说："你以为会有很多人有她那种想法呀？天哪！要真是那样（听她的语气肯定是没有了），我真不知道这个世界会变成什么样子！"

卡罗尔多少是在耐着性子，等着他们宣布离开的那个好日子。三个礼拜以后，惠蒂尔舅舅说："我们很喜欢囊地鼠草原镇。我想，也许我们就住在这儿了。自从我们卖掉乳品厂和农场，就一直在想该干点什么。所以，我就和奥利·詹森谈了谈他的杂货店。我想，我要把他的店买下来，做一阵子买卖再说。"

他还真这样做了。

卡罗尔很反感。肯尼科特安慰她说："哎呀，我们不会经常见到他们的。他们会有自己的房子的。"

她决心冷落他们，好让他们离远一点。可是，她又没有本事故意装出傲慢无礼的样子。他们虽然找了一栋房子，但卡罗尔仍然不得安稳，因为他们会来串门，还热心地说："我们想着今晚过来吧，免得你孤单。哎呀，这些窗帘你怎么还没洗啊？"每一次，卡罗尔都知道觉得孤单的其实是他们自己，也就无一例外地动了恻隐之心，可他们总是评评这、问问那，又评评这、劝劝那，这又把她的同情心给毁了。

他们很快就和志趣相投的人成了朋友，什么卢克·道森夫妇啦，迪肯·皮尔逊夫妇啦，还有博加特太太。晚上的时候，他们还把这些人带来串门。贝西舅妈就是一座桥。通过她，那些老年妇女带着作为礼物的忠告和无知的经验，一下子就涌到了卡罗尔的这个自留岛。贝西舅妈还力劝好心的寡妇博加特："你可得经常过来，看看卡丽。跟我们不一样，现在的年轻人都不懂得料理家务。"

博加特太太表示，她完全愿意做一个亲戚般的伙伴。

卡罗尔正在琢磨一些侮辱人的话来保护自己，碰巧肯尼科特母亲就过来了，要在惠蒂尔哥哥家住两个月。卡罗尔很喜欢肯尼科特老太太，所以她也就不能实施那些打算了。

她觉得自己像掉进了陷阱一样。

她已经被这个镇劫持了。她是贝西舅妈的外甥媳妇，自己又要当母亲了。大家都希望她坐下来，没完没了地聊孩子、厨艺、刺绣针法、土豆价钱以及丈夫喜不喜欢吃菠菜。她也差点儿就希望自己干这些事了。

她在欢乐雨季俱乐部找到了一个避难所。她突然觉得，这些人准能跟她一起取笑博加特太太。现在，她觉得胡安妮塔·海多克的流言蜚语并不粗俗，反而很逗，而且分析得很精辟。

甚至在休还没出生的时候，她的生活就已经发生了变化。她盼望着欢乐雨季俱乐部的下一次桥牌会，那个时候她就可以放心地和她的好友莫德·戴尔、胡安妮塔以及麦加农太太说上几句悄悄话了。

她成了这个小镇的一分子。小镇的哲学和宿怨已经主宰了她。

三

她不再恼火那些太太的叽叽咕咕，也不再恼火她们的怪论，说什么"饮食并不重要，只要小家伙有好多漂亮衣服和湿润的亲吻就行了"。不过，她认为，带孩子和搞政治一样，智慧比那些娘娘腔的话好多了。她最喜欢在肯尼科特、维达和伯恩斯塔姆面前谈论休。肯尼科特挨着她坐在地板上，看儿子做鬼脸，这时候她就觉得家庭很幸福。迈尔斯像跟大人说话一样劝告她的儿子:"如果我是你,我就不穿这些裙子。来吧,加入工会,参加罢工。让他们给你穿裤子。"她听了也很高兴。

初为人父,肯尼科特激动不已,办起了囊地鼠草原镇的首届儿童福利周活动。卡罗尔帮他给孩子们称体重,检查他们的喉咙,还为那些来自德国和斯堪的纳维亚但又不会说英语的母亲写好食谱。

囊地鼠草原镇的精英,甚至对手医生的太太,也来参加活动了。一连几天,都有一种社区精神和意气风发的气氛。但是,最佳宝贝奖没有颁给那些体面的父母,而是颁给了贝亚和迈尔斯·伯恩斯塔姆,于是这种爱的统治就被推翻了。那些好心的太太瞪着那个蓝眼睛、黄头发、虎背熊腰的奥拉夫·伯恩斯塔姆,评论说:"咳,肯尼科特太太,也许那个瑞典小东西真像你丈夫说的那么健康,可是我来告诉你吧,妈妈是个女佣,爸爸是个可怕的无宗教信仰的社会主义者,我真不愿意想象这样一个孩子的未来!"

她很愤怒,可是这些体面人的气焰太嚣张,贝西舅妈又一再跑来通风报信,在她们背后说她闲话,所以她带休去找奥拉夫玩的时候就觉得尴尬。她讨厌自己这样,可她又希望没有人看见她走进伯恩斯塔姆那间简陋的小木屋。当她看到贝亚对两个孩子一样充满爱意,看到迈尔斯若有所思地凝视着他们俩的时候,她就憎恨自己,也憎恨这个小镇的冷酷无情。

伯恩斯塔姆攒了一点钱。他辞掉了在埃尔德的木材加工厂的工作,在自家棚屋附近的一块空地上开了一个奶牛场。他养了三头奶牛和六十只鸡,颇为得意,夜里都起来喂养它们。

"我马上就变成大农场主了,只消你一眨眼的工夫!我告诉你哦,奥拉夫这小子以后是要跟海多克的那些孩子一起去东部上大学的。呃——现在好多乡亲上门来跟我和贝亚闲聊哩。哎呀,有一天博加特大妈也来了! 她这个人——我还挺喜欢这位老太太的。木材厂的工头经常过来。哎哟，我们有好多朋友。真的！"

四

虽然，在卡罗尔看来，这个小镇和它周围的田野一样，最近三年并没有什么根本性的改变，但小变化还是经常会有的。大草原的居民一直向西迁移。这也许是因为他们是古老移民的后代，也许是因为他们发现自己缺乏冒险精神，所以想要换个地方闯一闯，寻求这种精神。那些小镇一成不变，但个体却是变化的，就像大学里的班级更替一样。不知出于什么原因，囊地鼠草原镇那位珠宝商卖掉了自己的店铺，搬到阿尔伯塔或华盛顿州去了，在和他离开的小镇一模一样的另一个小镇上，又开了一家和原来的店铺一模一样的店铺。除了有专业技术的人或者有钱人，一般人的住处或职业都不太固定。一个人可以当农民、杂货商、小镇警察、汽车修理工、餐馆老板、驿站站长以及保险代理人，然后又去当农民。不管干哪一行，他都缺少相关知识，所以整个社区或多或少都会吃点苦头，但也只好忍气吞声。

杂货店老板奥利·詹森和肉店老板达尔分别搬到南达科他州和爱达荷州去了。卢克·道森夫妇卖掉了大草原上的一万英亩土地，带上那本充满魔力的轻便小支票簿搬到帕萨迪纳去了，住在一间平房里，晒晒太阳或者吃吃自助餐。切特·达沙韦卖掉自己的家具店和殡仪馆，游荡到了洛杉矶。《无畏报》报道说："我们的好友切特已经在一家房地产公司担任要职。他的妻子在西南名城的上流社交圈内，和在本镇的社交圈里一样，深受欢迎。"

丽塔·西蒙斯嫁给了特里·古尔德医生，超过胡安妮塔·海多克，成为那帮年轻太太当中最快乐的人。不过，胡安妮塔也有一个长处。

哈里的父亲死了，哈里成了时装店的大股东，胡安妮塔也就比以前更刻薄、更狡猾、更喋喋不休了。她买了一件晚礼服，露出她的锁骨给欢乐雨季俱乐部的人看，任由他们大惊小怪，还说要搬到明尼阿波利斯去。

为了在新婚的古尔德医生太太面前维护自己的地位，胡安妮塔想尽办法让卡罗尔加入到她的小圈子中来。她咯咯地笑着说："有些人可能会说丽塔天真，不过我有一种预感，她连那些新娘子一半的天真都没有——当然，和你的丈夫相比，作为一名医生，特里还不够格。"

卡罗尔自己宁愿跟奥利·詹森先生一起走，哪怕搬到另外一条大街也行。从乏味的熟地方搬到乏味的新地方，暂时可看到新的外观，还可能有点奇遇。她也暗示过肯尼科特，蒙大拿州和俄勒冈州的行医条件可能会更好。她知道，他对囊地鼠草原镇很满意。不过，想一想离开的情景，到车站要一些铁路折页，激动地用食指在地图上画出线路，也能给她带来一种感同身受的希望。

不过，从表面来看，她没有什么不满的。她不是大街信仰异常而又愁苦的反叛分子。

安稳的人认为，反叛分子总是满腹牢骚，一听到肯尼科特·卡罗尔这个名字，就倒抽一口气说："这人真可怕！她一定很难相处！幸好咱们大伙都安分守己！"实际上，卡罗尔陷入独享心愿的时间每天不到五分钟。说不定在那个激动的居民小圈子里，至少还有一位心照不宣的叛逆分子，和卡罗尔一样志向固执。

这个孩子的出现，让卡罗尔把囊地鼠草原镇和那栋棕色的房子看成了自然的居住地。她和自满而又成熟的克拉克太太和埃尔德太太友好相处，这让肯尼科特非常高兴。说到埃尔德家的那辆新凯迪拉克①,或者克拉克的大儿子在面粉厂办公室接手的那份工作,她也时常参与讨论。这些话题很重要,每天都有要讨论的事。

这一两年,她几乎把所有的感情都倾注在了休的身上,也不去评论那些商店、街道和熟人了。她匆匆忙忙来到惠蒂尔舅舅的店里,想要买一包玉米片。惠蒂尔舅舅正在训斥马丁·马奥尼,因为他非说上个礼拜二刮的是南风而不是西南风。她听着没有任何反应。回家的路上,她穿过很多街道,那里没有令人惊奇的东西,也看不到陌生人令人吃惊的面孔。一路上,她都在想休的乳牙,根本没有想到这家商店,以及这些毫无生气的街区,构成了她的生活背景。她干她的活儿。而且,打五百分的时候,赢了克拉克夫妇,她也得意扬扬的。

在休出生后的两年里,最值得一提的一件事就是,维达·舍温辞去在中学的工作嫁人了。卡罗尔是她的伴娘。因为婚礼是在圣公会教堂举行的,所以全体女宾都穿上了羔羊皮新皮鞋,还戴着白色的羔羊皮长手套,看上去很高雅的样子。

多年以来,卡罗尔一直甘当维达的小妹妹,从来都不知道维达是喜欢她还是讨厌她,就这么莫名其妙地跟她绑在了一起。

---

① 凯迪拉克(Cadillac):汽车品牌,1902年成立于美国底特律。

第二十一章

一

钢制的平衡飞轮转得飞快，像是静止一样，眼前一片灰色；榆树林荫大道上的残雪是灰色的；太阳升起前的黎明也是灰色的——维达·舍温三十六岁时的生活，就是这种灰色。

她个头娇小，很有活力，但面色灰黄，黄色的头发已经没有了光泽，看着很干枯的样子。她那些蓝色的真丝衬衫，朴素的花边领圈，黑色的高帮鞋，以及那些水手帽，都和教室的课桌一样乏味，毫无魅力。但她那双眼睛决定了她的外貌，显示出她的个性和力量，表明她对美德和一切目标都充满信心。那双眼睛是蓝色的，滴溜溜转个不停，流露出她的欢乐、怜悯和热情。要是在睡着的时候看她，就会发现她的眼角布满皱纹，起皱的眼睑都把明亮的眸子遮住了，她那奕奕神采也就不见了踪影。

她出生在威斯康星州一个群山环抱的村庄，父亲是个平凡无奇的牧师。她好不容易读完一所貌似神圣的大学，然后在一个铁矿小镇教了两年书，那里到处是灰头土脸的鞑靼人和黑山人，遍地都是矿渣。所以，等她来到囊地鼠草原镇的时候，看到苍翠的树林和闪闪发亮的一望无垠的麦田，她就坚信自己已然到了天堂。

她向同事承认说，教学楼稍微有点潮湿，但坚持认为教室"布置得很合理——楼梯顶部那尊麦金利总统的半身雕像也很合适。那是一件漂亮的艺术品。让大家缅怀这位勇敢、正直、以身殉职的总统难道不是一种精神鼓舞吗"！她教授法语、英语、历史和二年级的拉丁语课，这门课讲的是"间接语段"和"绝对离格"等形而上学性质的东西。她确信，学生一年比一年学得快。她花了四个冬天的时间组建了"辩论协会"。有一个礼拜五的下午，辩论真的很生动形象，各队选手也没有忘记自己的台词，她这才感觉得到了回报。

她过着一种心无旁骛、有益身心的生活，看着冷静而又单纯，但内心深处却充满了恐惧、渴望和歉疚。她知道那是怎么回事，但她不敢把它说出来。她甚至厌恶听到"性"这个字眼。她梦到自己成了一个女眷，肌体白皙温润，然后就惊醒了，吓得直哆嗦，在幽暗的房间里束手无策。她向耶稣祈祷，总是向上帝之子祈祷，奉献出自己无限的崇敬之情，称耶稣为永恒的爱人，一想到耶稣的光辉，就热情洋溢起来，得意扬扬的，变得胸怀博大了。这样一来，她就上升到了坚忍和完结的高度。

白天，她忙于参加各种活动，可以嘲笑让她欲火焚身的那些漆黑的夜晚。她假装快乐的样子，到处宣布"我想，我天生就是个老处女"，"没有人愿意娶我这样一个普通的女教师"，还说"你们这些男人，吵吵嚷嚷的，烦死人了，我们女人是不会让你们到这儿来的，把我们这些干净漂亮的房间都弄脏了。要不是你们需要宠爱和指引，我们肯定会跟你们说'滚开'的"！

可是，在舞会上被一个男人紧紧搂着的时候，甚至在乔治·埃德温·莫特"教授"跟她谈起赛·博加特的顽劣时像父亲一样轻拍她的手的时候，她都浑身颤抖，心想守住贞操多么值得骄傲啊。

1911年秋天，威尔·肯尼科特医生结婚的前一年，在一次五百分联赛中，维达是他的搭档。那个时候，她三十四岁，肯尼科特大概三十六岁。在她看来，肯尼科特很了不起，有点孩子气，也很风趣，所有的英雄气质都在这个仪表堂堂的男子汉身上尽显无遗。他们帮着女主人准备华尔道夫色拉①、咖啡和姜饼。他们俩在厨房里,肩并肩坐在一条长凳上,其他人则在外面那个房间里闷头吃晚饭。

肯尼科特很有男人味,也敢于试探。他轻轻抚摸维达的手,还漫不经心地把手臂搭在她的肩上。

"别这样!"她厉声说。

"你真是个可人儿。"他一边说,一边试探性地拍拍她的肩膀后面。

虽然她闪开了,但她其实很想靠他更近一些。他弯下腰,狡黠地看着她。他伸出左手触摸她的膝盖,她低头扫了一眼那只手。她连忙站起来,去洗那些无须洗刷的碗碟,弄得稀里哗啦响。他又过来帮她。他懒得再试探——他干这行已经对女人习以为常了。他说着话,不夹杂任何感情,这让她甚为感激,也让她能够自制。她知道,她已经避开了一些狂野的想法。

一个月以后,在一次乘雪橇聚会上,他们坐在雪橇上,身上裹着野牛皮车毯。他低声说:"你装得跟个老到的老师似的,其实你只不过是个小屁孩。"他伸出胳膊去搂她。她挣开了。

"你不喜欢我这个孤苦伶仃的单身汉呀?"他傻乎乎地嘀咕说。

"才不呢,谁喜欢你!你一点都不喜欢我。你只是想占我便宜而已。"

"你好小气哦!我真的很喜欢你。"

"可我不喜欢你。我也不会让自己喜欢你的。"

他一个劲儿地把她往自己身上拉。她却紧紧地摁住他的胳膊。然后,她掀开车毯,从雪橇上爬下来,和哈里·海多克一起跟在雪橇后面奔跑。下了雪橇之后,大家跳起舞来,肯尼科特迷上了莫德·戴尔的水灵漂亮,而维达则嚷着要跳弗吉尼亚里尔舞。她装

---

① 华尔道夫色拉(Waldorf salad):以生苹果丁、芹菜、核桃仁、拌以蛋黄沙司制成。

作没有注意肯尼科特的样子，但她知道他看都没看她一眼。

这就是她的初恋。

他似乎一点儿也不记得自己"真的很喜欢"。可她还在等着他，如醉如痴地渴望着，但又有一种罪恶感，觉得自己不该这样。她告诉自己说，她要的不是他的半心半意；除非他全心全意地爱她，否则绝不让他碰自己一下；等她发现自己可能是在自欺欺人的时候，她又极度鄙视自己。她在祈祷中求得解脱。她穿着粉红色的法兰绒睡衣跪下来，稀疏的头发散落在背上，前额像悲剧面具一样充满恐惧，可是她把对上帝之子的爱混同于对凡夫俗子的爱，还纳闷别的女人是不是也亵渎过神明。她想当一名修女，永远恪守对上帝的崇拜。她买了一串念珠，但她已经是一名虔诚的新教徒了，也就不敢使用它了。

不过，在学校和寄宿公寓的那些密友中，并没有人知道她曾经坠入过爱的深渊。大家还说她"非常乐观"呢。

听说肯尼科特就要和一位年轻、漂亮、来自堂堂的双城的女孩结婚的时候，维达简直绝望透顶。但她依然向肯尼科特表示了祝贺，还若无其事地问他结婚的时间。到了那个时刻，维达就坐在自己的房间里，想象着正在圣保罗进行的婚礼。她是那么狂喜，都把自己吓着了。她跟着肯尼科特和那位窃取她位置的女孩，随他们一起上了火车，穿越黄昏和黑夜。

她树立了一个信念，认为自己并非真的恬不知耻，她和卡罗尔之间有一种玄妙的关系，这样她就可以跟肯尼科特在一起了，虽然像个替身，但却名副其实，而且她也有权这样做。这样一想，她也就坦然了。

卡罗尔到囊地鼠草原镇才五分钟，维达就看见她了。她凝视着一晃而过的汽车，目不转睛地看着肯尼科特和他身边的那个女孩。在情感转移的那个如坠云雾的世界，维达没有常见的那种嫉妒，而是坚定地认为，既然她已经通过卡罗尔得到了肯尼科特的爱，那么卡罗尔就是她的一部分，一个精神世界的自我，一个升华且更挚爱的自我。她喜欢这个女孩的魅力，光滑的黑发，爱幻想的脑袋，以及娇嫩的双肩。可是，她突然很生气，因为卡罗尔只匆匆瞥了她一眼，就把目光移开，去看路边那座旧谷仓了。如果说她做出了巨大牺牲的话，那么至少也该得到一份感激和赞誉吧。维达勃然大怒，可她明白自己是个教师，必须神志清醒，把那种错乱的精神遏制住。

她第一次去拜访卡罗尔的时候，一是想向这位读书的朋友表示一下欢迎，二是迫不及待地想要弄清楚卡罗尔是否知道肯尼科特以前对她有过意思。她发现，卡罗尔并不知道肯尼科特曾经摸过另一个女人的手。卡罗尔只是个天真有趣的孩子，有很多稀奇古怪的知识。维达一边绘声绘色地描述死亡观俱乐部的光辉事迹，称赞这位图书馆员所受的职业训练，一边把这位女孩想象成她自己和肯尼科特所生的孩子。从这种象征性的胡思乱想中，她得到了几个月来不知甘味的安慰。

和肯尼科特夫妇以及盖伊·波洛克吃完晚饭之后，她回到了家中，突然不再一心一意地爱了，而是愉快地自甘堕落起来了。她匆匆忙忙走进房间，把帽子往床上一摔，喋喋不休地说："我才不管呢！我又不比她差喽——只是大几岁而已。我也很苗条，又聪明伶俐，跟她一样能说会道。我敢肯定，男人都是这么愚蠢。谈情说爱嘛，我比那个不切实际的小姑娘可爱十倍。而且，我也很漂亮啊！"

可是，等她坐在床上，凝视着自己瘦削的大腿时，蔑视别人的心情就慢慢地消失了。她忧伤地说：

"不。我不漂亮。亲爱的上帝，我们真会愚弄自己啊！我假装'超越世俗'。我硬说自己的腿漂亮。其实它们一点都不漂亮，简直就是皮包骨，跟老处女的腿似的。我讨厌这个样子！我讨厌那个傲慢无礼的年轻女人！一个自私自利、包藏祸心的女人，根本不把那个男人的爱放在眼里……不,她很可爱……我觉得她不应该和盖伊·波洛克那么亲密。"

有一年的时间,维达很喜欢卡罗尔。她很想知道卡罗尔和肯尼科特相处的细节,但并没有去打听。她也很喜欢卡罗尔在那些幼稚的茶会上表现出来的游戏精神。她已经忘掉了她们之间神秘的联系。所以,看到卡罗尔自以为是这个社会的救世主,是来拯救囊地鼠草原镇的,她就相当恼火。一年之后,维达的这种不满,就经常显露出来了。她愤愤不平地想:"这些家伙,啥都没干,就想一下子改变一切,真是烦死我了!在这个破地方,我得干上四年,选拔学生参加辩论,还得训练他们,唠叨他们去查参考书,恳求他们选择自己的主题——四年,才组织两次不错的辩论会!可她呢,刚一闯到这里,就指望一年之内把整个小镇变成甜蜜的天堂,让大家放下一切,去种种郁金香,喝喝茶。可是,这毕竟也是一个舒适而又温馨的古镇啊!"

卡罗尔每搞一次活动,例如把读书会的计划弄得好一点,演出萧伯纳的一些剧本,把校舍弄得更人性化一点,维达都要这样发一通火。不过,她从没暴露过自己,所以一直耿耿于怀。

维达曾经是一个改革家,一个自由主义者,而且以后也一直是。她认为,细节方面可以大改特改,但总体来说事物都是合理的、有益的、永远不变的。卡罗尔根本就不理解或接受这种观点,她是一个革命家,一个激进分子,因而拥有一些"建设性的思想",而这只有破坏者才能拥有,因为改革家认为,所有必要的建设工作都已经完成了。经过多年的亲密交往,让维达着急又着迷的,正是这种心照不宣的针锋相对,而不是失去想象中的肯尼科特的爱。

可是,休的出生,又让这种超自然的情感复活了。她愤愤不平的是,卡罗尔不该因为给肯尼科特生了个孩子就心满意足。她承认,卡罗尔似乎对这个孩子很有感情,也把他照顾得无微不至,但她现在还是有点同情肯尼科特。在此期间,她开始觉得,卡罗尔的摇摆不定简直让她忍无可忍。

她想起了其他一些女人,她们都是从外地来的,并不喜欢囊地鼠草原镇。她记得,教区牧师的太太对访客很冷淡,于是镇上谣言四起,说她曾经说过,"在应答祈祷文的时候,那些乡巴佬太过热忱,我真受不了"。大家还有根有据地说,这个女人把手绢塞进紧身胸衣里做填料——哎呀,镇上的人都在笑话她。当然了,几个月之后,这位牧师和他的太太就被赶走了。

后来,又来了一位染发、描眉的神秘女人。她喜欢穿紧身的英式服装,如巴斯克衫,身上还有一股难闻的麝香味。她经常和男人调情,要他们借钱给她打官司。有一次学校文娱演出,她还嘲笑维达的朗诵。离开小镇的时候,她住旅馆的钱还没付,借的三百美元也没还。

维达坚定地认为自己喜欢卡罗尔,但又把她和背叛本镇的这些人相提并论,竟然还有几分得意。

二

维达很欣赏雷米埃·伍瑟斯庞在圣公会唱诗班的歌唱。在卫理公会的联谊会上,在时装店里,她都和雷米埃认真讨论过天气。可是,直到搬到格雷太太的寄宿公寓,她才真正了解雷米埃。她和肯尼科特之间的风流韵事已经过去五年了。她现在三十九岁,雷米埃也许还要小一岁。

她真诚地对他说:"喔唷,你又聪明,又老练,还天生一副好嗓子,什么事都能干好。你在《来自坎卡基的姑娘》这出戏里演得真好。你让我觉得自己好蠢哦。你要是真去演戏,我相信你不会比明尼阿波利斯的任何演员差。不过,你坚持做生意,我觉得也不赖,这是个很有建设性的职业。"

"你真的这样认为吗?"雷米埃越过面前的苹果酱,心驰神往地说。

他们俩都是第一次找到一个又可靠又聪明的同伴。他们都看不起银行职员威利斯·伍德福德和他那个整天为孩子操心的太太,沉默寡言的莱曼·卡斯夫妇,满口土话的旅行推销员,以及格雷太太其他那些愚昧无知的房客。他们俩面对面坐着,一直坐到很晚。他们兴奋地发现,彼此竟然有共同的信念:

"像萨姆·克拉克和哈里·海多克这种人,对音乐、绘画、滔滔不绝的布道和那些真正高雅的电影全都不热心。但是,另一方面,像卡罗尔·肯尼科特这样的人对这些艺术又太过重视。乡亲们应该去欣赏一些优美的东西,但与此同时,他们还得讲究实际——他们得用一种讲究实际的方式看待事物。"

维达和雷米埃微笑着,把压花玻璃的泡菜碟子递给对方,又看看格雷太太那块闪耀着爱的光辉的棉绒台布,谈起了卡罗尔那顶玫瑰色的无檐帽,卡罗尔的可爱,卡罗尔那双新的浅口鞋,卡罗尔认为学校不需要严格纪律的错误理论,卡罗尔在时装店时的娇美,以及卡罗尔那些源源不断的奇思异想。老实说,试图逐一细数这些东西,只会让你神经错乱。

他们还谈到雷米埃在时装店里布置的那场漂亮的男士衬衫展,以及上个礼拜天雷米埃在奉献仪式上唱的曲子,指出没有一首新独唱曲像《金色的耶路撒冷》这么好听。他们还说到雷米埃是如何对抗胡安妮塔·海多克的。有一次,她来到店里,指手画脚的,雷米埃郑重地对她说,她太急于让乡亲们认为她聪明能干,所以她说的并非都是心里话。不管怎么说,鞋店现在还是雷米埃在管。如果胡安妮塔或者哈里不喜欢他的经营方式,他们可以另请高明。

他们还谈到了维达新上衣胸部的皱纹花边,维达说她穿着看起来只有三十二岁,雷米埃却说她穿着看起来只有二十二岁。他们还说,维达计划让中学的辩论协会演出一个短剧;然后又说,在操场上,只要有赛·博加特这样的傻大个儿捣乱,想让那些小一点的孩子守规矩就很难了。

他们俩还谈到道森太太从帕萨迪纳寄给卡斯太太的风景明信片,上面印的是二月里正在室外生长的玫瑰花;然后又说第四次列车更改时间了。他们还说古尔德医生开车总是太莽撞,这里的人开起车来几乎都很莽撞;接着又指出,有人认为社会主义者如果有机会试验一下他们的理论,他们也能管理政府长达六个月之久,这种假设实在太荒谬了。他们还说,卡罗尔从这个主题跳到那个主题,就跟疯了一样。

曾经,在维达眼里,雷米埃只不过是个戴眼镜的瘦子,长长的脸上带着悲伤的表情,硬邦邦的头发也没有光泽。现在,她注意到,他的下巴是方的;两只手又白又长,动作灵敏,姿势优雅;一双眼睛里写满了信赖,说明他"过着清清白白的生活"。她开始管他叫"雷",每一次胡安妮塔·海多克或者丽塔·古尔德在欢乐雨季俱乐部取笑他的时候,她都会跳出来袒护他,说他既无私又体贴。

在深秋的一个礼拜天下午,他们信步来到明尼玛希湖。雷说,他想看看大海,那一定很壮观,一定比湖——甚至还是一个大湖——壮观多了。维达谦虚地说,她曾经见过大海,她是在一次科德角夏季之旅的时候见到的。

"你真的到过科德角吗?到过马萨诸塞州吗?我知道你出去旅行过,但我从没想到你去过那么远的地方!"

雷米埃的兴致让她顿感神气和年轻,她滔滔不绝地说:"哎哟,天哪,是的。那次旅行妙极了。马萨诸塞州到处都是好玩的地方——

名胜古迹。有我们打败英国兵的地方列克星顿①，有朗费罗在剑桥的故居，还有科德角——应有尽有——渔人啦，捕鲸船啦，沙丘啦，等等。"

她希望能有一根小手杖挂一下。于是雷米埃就折了一根柳枝。

"喔唷，你力气好大哦！"她说。

"不，也不是很大。但愿这里有一个基督教青年会就好了，那样的话我就能经常锻炼身体了。我以前常想，如果我有机会，我也能玩好杂技。"

"我相信你能做到。你虽然个头很大，但是身体特别灵活。"

"哦，不，没那么灵活喔。不过，我真希望我们能有个青年会。去听听讲座什么的一定很有意思。我还想听一门课，提高一下记忆力——我觉得，一个人应该坚持学习，增长才智，即使他是做生意的，不是吗，维达——我想，叫你'维达'有点儿冒昧了吧！"

"这几个礼拜我还一直叫你'雷'呢！"

他不明白，为什么她听起来有点刻薄。

他扶着她下了堤岸，来到湖边，但又突然松开她的手。他们坐到了一根柳树圆木上。他碰到了她的袖子，赶紧往外挪了挪，低声说道："哎呀，对不起，我不是故意的。"

她凝视着冰冷的浑水和漂浮的灰色芦苇。

"你好像心事很重。"他说。

她两手一摊，说："我是心事很重！请你告诉我，这一切——都有什么用嘛！哎呀，别管我了。我就是个喜怒无常的老太婆。跟我说说你打算在时装公司入股的计划吧。我真觉得你是对的。哈里·海多克和西蒙斯那个吝啬的老家伙应该给你一股。"

他讲起了令人不快的往事。在那惨败的几仗里，他充当了阿喀

---

① 列克星顿（Lexington）：1775年4月19日美国独立战争的第一次战役在此打响。

琉斯①和口若悬河的涅斯托耳②的角色，但那些残暴的国王完全无视他那些正义的策略……"啊唷，我何止跟他们说过一遍，我跟他们说过十几遍了，要他们进点男士夏天穿的轻薄短裤，当然，他们还真去了，不过让一个叫里夫金的卑贱的犹太佬抢先了，直接把生意从他们手里抢走了。后来，哈里就说——你知道哈里是什么样的人，也许他不是故意发脾气，不过他这个人动不动就发火——"

雷米埃伸出一只手，要扶她起来。"你要是不介意，我来扶你吧。我想，如果一个女人和一个男人一起散步，她并不信任这个男人，但这个男人却想和她调调情什么的，那这个男人就太讨厌了吧。"

"我敢肯定，你这个人绝对可靠！"她厉声说道。然后，她霍地站了起来，没有要他搀扶。接着，她又满脸堆笑地说："嗯——卡罗尔有时欣赏不了威尔医生的才华，你说是不是？"

三

雷经常问维达一些问题，如橱窗的装饰，新鞋的展示，最适合东方之星③演出的音乐，以及他自己的服装，尽管他被镇上的人公认为"男士穿戴用品"方面的专业权威。维达劝他不要戴那个小领结，免得他看起来像一个细长的主日学校学生。有一次，她破口大骂：

"雷，我真想揍你一顿！你知道吗，你太畏畏缩缩的了！你总喜欢把别人捧得那么高。卡罗尔·肯尼科特有一种疯狂的理论，认为我们都该成为无政府主义者，或者说我们都该吃无花果和坚果过

---

① 阿喀琉斯（Achilles）：希腊神话中的人物，出生后被其母握脚踵倒提着在冥河水中浸过，因此除未浸到水的脚踵外，浑身刀枪不入。
② 涅斯托耳（Nestor）：希腊神话中的人物，是特洛伊战争中希腊的最贤明长者。
③ 东方之星（Eastern Star）：共济会，成立于1850年，面向所有宗教信仰的男女开放。

日子等等,你还真当回事。哈里·海多克一个劲地炫耀,谈论那些营业额和信贷,以及那些你比他更内行的东西,你还乖乖地听着。你得两眼直视那些人!要瞪眼望着他们!讲话要一针见血!你是镇上最聪明的人,但愿你明白这一点。你真是最聪明的人!"

他不敢相信这是真的,一再向她求证。他试着对人瞪眼睛,说话一针见血,可是又拐弯抹角地对维达说,在他试图正眼看哈里·海多克的时候,哈里竟然问他:"你怎么了,雷米埃?哪里痛吗?"不过,雷米埃觉得,后来哈里问起肯特比顿牌短袜的时候,态度就有点不一样了,不像以前那么盛气凌人了。

在寄宿公寓的客厅里,他们俩坐在那张低矮的黄缎长沙发上。雷一再声明,如果哈里不让他入股,他是绝对不会再忍几年的。他一打手势,不料碰到了维达的肩膀。

"啊,对不起!"他恳求道。

"没事儿。嗯,我想,我得上楼回房间去了。头痛。"她简短地说。

四

三月的一个晚上,雷和维达在看完电影回家的路上,顺道去戴尔的店里喝了一杯热咖啡。维达以推测的口气说:"你知道吗,明年或许我就不在这儿了。"

"你什么意思?"

他们在一张圆桌前坐了下来,她伸出纤细修长的指甲,在玻璃面上轻轻地画着。透过玻璃桌面,她瞥见桌洞里有黑色、金色和淡黄色的香水盒。她环顾四周的货架,看见了红色的橡皮水袋、淡黄色的海绵、蓝边的浴巾和背面闪闪发亮的樱桃色发梳。她摇了摇头,像一个挣脱阴魂附身的巫婆似的,闷闷不乐地盯着他,说:

"我为何要留在这儿呢?我必须当机立断。眼下,又到续签明年授课合同的时间了。我要,我要去别的小镇教书了。这里的人都讨厌我。我还是走了好。幸好大家还没公开说讨厌我。我今晚必须做出决定。我也可能——哎哟,不管它了。咳,走吧,不早了。"

她霍地站了起来,全然不顾他的哀求:"维达!等一等!快坐下!天哪!你吓死我了!哎呀!维达!"她毅然走了出去。他在付账的时候,她已经走远了。他在后面一边追赶,一边哭喊:"维达!等一等!"直到高杰林家门前那片丁香树的树荫下,他才追上来,一把抓住她的肩膀,不让她跑掉。

"哎哟,不要拉我!不要拉我!这有什么意思呀?"维达恳求道。她抽噎着,细嫩但布满皱纹的眼睑里满噙泪水。"谁在乎我的感情,或者帮我一把呀?我还不如继续漂泊,被人遗忘算了。哎呀,雷,请不要拉住我,让我走吧。我现在决定不签这里的合约了,我要去漂泊,到天涯海角去——"

他的手紧紧地抓住她的肩膀。她低下头,把脸颊贴在他的手背上。

六月里,他们终成眷属。

五

他们租了奥利·詹森的房子。"房子是小了点儿,"维达说,"可是有一个很可爱的菜园子,我喜欢亲近自然,哪怕只有一次也好。"

尽管从严格意义上讲她应该改叫维达·伍瑟斯庞,尽管她无意保留自己的姓以求独立,但大家仍然叫她维达·舍温。

她已经从中学辞了职,但还在教一个班的英语。她忙着参加死亡观俱乐部的每一次会议。她总是突然闯进农妇休息室,叫诺德尔奎斯特太太把地板打扫干净。她被任命为图书馆委员会的委员,接替了卡罗尔的位置。她在圣公会主日学校教女子高级班，并设法恢复"国王的女儿们"①的活动。她突然有了自信心和幸福感。她本已思维枯竭，但结婚以后却活力四射，身体也一天天丰满起来。尽管她还是那么唠叨，但却不再那么羡慕婚姻幸福，对孩子也不再那么多愁善感，而且更加强烈要求全镇支持她的改革——买一个公园，每家每户必须把后院打扫干净。

她来到时装公司，缠住坐在办公桌前的哈里·海多克不放。她打断哈里的笑话，跟他说皮鞋部和男装部是雷一手创建起来的，一定要让雷当股东。哈里还没来得及答话，她就威胁说，如果不答应，她和雷就另开一家店唱对台戏。"我自己站柜台当伙计，已经有一大帮人准备出资了。"

她也不知道这一大帮人是谁。

后来，雷就有了六分之一的股份。

他成了一个神气的店面巡视员，接待男顾客的时候摆出一副全新的姿态，对漂亮的女顾客也不再羞怯地屈从了。等他不再深情地劝人购买那些他们根本就不需要的东西的时候，他就满面容光地站在店堂后面出神，一想起维达那种暴风雨式的爱情，他就觉得自己特有男子汉的气概。

维达认为卡罗尔是自己化身的唯一残迹就是，在她看到肯尼科特和雷在一起的时候，心中就会产生一丝妒意，就会想到有的人可能以为肯尼科特是雷的上司。她相信，卡罗尔也是这样想的，所以她就想大叫："你用不着得意！就你那个蠢货老男人，我才不稀罕哩。雷的那种高贵精神，他一丁点儿都没有。"

---

① 国王的女儿们（King's Daughters）：在路易八世资助下移民到新法兰西的约800名年轻的法国女人。该项目主要通过鼓励移民、通婚、组成家庭和生小孩的方式来增加加拿大的人口。

第二十二章

一

人最难解的谜团,不在于他对性或者赞扬所做的反应,而在于他设法度过一天二十四小时的方式。正是在这一点上,码头工人不理解店员,伦敦人也不理解布须曼人①。也正是在这一点上,卡罗尔不理解婚后的维达。卡罗尔本人有一个孩子要照料,还有一个大房子要看管,肯尼科特在外的时候还要替他接好多电话,而且她无所不读,而维达浏览一下报纸标题就满足了。

不过,在寄宿公寓过了多年独身的沉闷日子以后,维达特别喜欢做家务活儿,喜欢干些琐碎的事情来消磨时间。她没请佣人,也不想请。她烧饭做菜,烘烤食品,打扫卫生,洗餐桌布,忙得不亦乐乎,就像身处崭新的实验室的化学家一样。在她看来,灶台就是个名副其实的圣坛。她去购物的时候,就会抱回来好多肉汁罐头,她还会买一个拖把或者半头猪的熏肉,像是在准备招待会一样。她跪在一颗豆苗旁边,低声哼唱道:"这是我亲手种的。我把这个新生命带到了这个世界上。"

"她真快乐,我很喜欢,"卡罗尔沉思道,"我也应该那样。我爱这个孩子,可是家务活儿——哎哟,我觉得,我很幸运啦。跟新

---

① 布须曼人(Bushman):南非原住民,擅长使用毒弓箭打猎,人类学家相信他们是人类的祖先。

开垦的林地上那些农妇相比，或者跟贫民窟的人相比，我的境况都要好很多。"

竟然有人认为自己比别人境况更好，还能从这种冥想中获得巨大的或者持久的满足，这种情况还真是闻所未闻。

卡罗尔的一天二十四小时是这样过的：她先起床，然后给孩子穿衣服；吃过早餐，告诉奥斯卡林娜当天要买的东西，然后把孩子放在门廊那儿玩，这才去肉店买牛排或猪排，回来再给孩子洗澡，把架子钉好；吃完午饭以后，把孩子放在床上午睡，再付钱给送冰人，然后读一个小时的书，再带孩子出去散步，接着到维达家串门；吃完晚饭后，把孩子放上床，补补袜子，听肯尼科特打着哈欠说麦加农医生竟然蠢到想用自己那套廉价的 X 光仪器治疗上皮瘤，再补补连衣裙，打着瞌睡，听到肯尼科特给炉子加煤的声音，硬撑着看了一页索尔斯坦·维布伦的书——一天就这样过去了。

除了在休异常淘气，烦躁不安，嘻嘻哈哈，或者以惊人的老成口气说"我喜欢我的椅子"的时候，卡罗尔总是备感孤单。一想到这种不幸，她就不再觉得比别人幸运了。她宁愿自己像维达那样，满意囊地鼠草原镇的生活，开开心心地拖地板。

二

卡罗尔看过的书数量惊人。这些书有的是从公立图书馆借来的，有的是从市内各书店买来的。起初，肯尼科特对她买书的癖好很不舒服。书嘛，也就那么回事儿。如果说这儿的图书馆有几千册书，可以免费借阅，干吗还要自己掏钱买啊？为了这事，他烦恼了两三年，后来才断定她是因为当过图书馆员才染上的这种"怪癖"，要她完全改掉是不可能的。

她看过的那些书的作者，大都是维达·舍温深恶痛绝的。他们中间有年轻的美国社会学家，年轻的英国现实主义作家，俄罗斯的恐怖小说家；安纳托尔·法朗士[①]、罗曼·罗兰、尼克索[②]、威尔斯[③]、萧伯纳、基[④]、埃德加·李·马斯特斯[⑤]、西奥多·德莱塞[⑥]、舍伍德·安德森[⑦]、亨利·门肯[⑧]，以及所有那些具有颠覆性的哲学家和艺术家。无论是在纽约挂着蜡防印花布帷幔的画室，还是在堪萨斯的农场，或者在旧金山的客厅，抑或在亚拉巴马州的黑人学校，妇女们都在向这些哲学家和艺术家求教。从这些哲学家和艺术家那里，她和上百万妇女一样，也感受到了一种令人困惑的强烈愿望，也决心树立阶级意识，虽然还没找到自己想要归属的阶级。

当然，她的阅读促进了她对大街，对囊地鼠草原镇，以及对她和肯尼科特开车出去时看到的几个邻近村镇的观察。在她飘忽不定的思想里，某些坚定的信念出现了。有时候，在她上床睡觉的时候，修指甲的时候，或者等肯尼科特回家的时候，也会出现一些零零碎碎的片段印象。

这些信念，她都说给维达·舍温——维达·伍瑟斯庞听了。那天晚上，肯尼科特与雷米埃和斯巴达协会的其他干事一起出了城，去瓦卡明为一个新的分会主持成立仪式去了。维达来卡罗尔家过夜。她们俩坐在暖气片旁边，面前摆着一碗从惠蒂尔舅舅的杂货店里买

---

① 安纳托尔·法朗士（Anatole France，1844—1924）：法国作家，社会活动家。
② 尼克索（Nexo，1869—1954）：丹麦无产阶级作家。
③ 威尔斯（Wells，1866—1946）：英国作家，历史学家。
④ 基（Key，1779—1843）：美国律师，美国国歌歌词作者。
⑤ 埃德加·李·马斯特斯（Edgar Lee Masters，1868—1950）：美国诗人，小说家。在《斯庞河实诗集》中对乡镇市侩习气进行了尖锐的批评。
⑥ 西奥多·德莱塞（Theodore Dreiser，1871—1945）：美国现代小说家，代表作有《嘉莉妹妹》等。
⑦ 舍伍德·安德森（Sherwood Anderson，1876—1941）：美国诗人，小说家。在小说《小城畸形人》中，生动描写了美国偏僻小镇上那些"小人物"的孤独和焦虑。
⑧ 亨利·门肯（Henry Mencken，1880—1956）：美国评论家。

来的一些不太新鲜的胡桃和美洲山核桃。维达一边帮卡罗尔把休弄上床,一边夸赞休的皮肤柔嫩,唾沫星子都喷出来了。然后,她们俩就聊了起来,一直聊到半夜。

那天晚上,卡罗尔谈到的,她激昂地思索着的,也正是囊地鼠草原上万名妇女心中涌现的东西。不过,她的设想不是切实可行的办法,而是徒劳无益的可悲幻想。她没有用自己的语言把这些想法有条不紊地说出来。她只是粗略地说"咳,你明白",或者"但愿你明白我的意思",或者"我不知道是不是说清楚了"等等。其实,她的想法说得很清楚,令人非常气愤。

三

卡罗尔声称,在读通俗小说和看戏的时候,她发现美国小镇只有两种传统。第一种传统是,美国小镇仍然是一个充满友情、诚信和纯洁甜美妙龄少女的地方,这在每个月几十种杂志中反复提到。因此,那些在巴黎成了名的画家,或者在纽约发了财的男人,最终都会厌倦漂亮的女人,声称城市都是邪恶的,然后回到自己的家乡,迎娶青梅竹马的恋人,也许从此就愉快地在老家住下了,至死不渝。

另一种传统是,所有乡镇都有这些显著的特征:留小胡子的人,草坪上的铁狗,游手好闲的人,西洋跳棋,有香蒲图案的镀金罐子,以及被人称作"乡巴佬"或者突然惊叫一声"哎,我发誓"的那些既精明又滑稽的老头。这种完全令人赞叹的传统,至今仍然支配着歌舞杂耍表演的舞台、幽默的插图画家以及联合报纸的幽默,但在实际生活中,它早在四十年前就消失了。在卡罗尔所在的那个小镇,人们所想的不是贩马,而是便宜的汽车、电话、成衣、筒仓、苜蓿、柯达相机、留声机、皮垫安乐椅、桥牌奖、石油股票、电影、土地交易、未读过的成套马克·吐温作品以及纯洁的国内政治。

像肯尼科特或钱普·佩里那样的人，对这种小镇生活是很满意的，可是还有成千上万的人，特别是妇女和年轻人，一点也不满意。聪明一点儿的年轻人，以及那些幸运一点儿的寡妇，都机敏地溜到大城市去了，完全无视虚幻的传统，毅然决然地留在了那儿，就连放假的时候都很少回来。那些信誓旦旦表示热爱家乡的人，只要他们有那个经济能力，就算到老也会离开这些小镇，搬到加利福尼亚州或别的大城市去居住。

卡罗尔坚持认为，原因不在于这些乡巴佬粗俗，而是毫无乐趣可言！

这是一种缺乏想象力的、整齐划一的生活背景，一种言谈举止的呆滞迟钝，以及一种为了让自己显得体面而对精神进行的严格约束。这是一种自我满足……一种安静的死者的满足，他们瞧不起活人东奔西走。这是对真正的美德的否定。这是对幸福的取缔。这是一种自找的、自卫的奴役状态。这是造神的迟钝。

这些毫无情趣的人，吞下味同嚼蜡的食物，然后脱掉外套，什么也不想，一屁股坐到装饰丑陋的摇椅里，听着呆板的音乐，谈论福特汽车的优点这些呆板的东西，把他们自己看成世界上最伟大的民族。

四

卡罗尔曾经探查过这种普遍沉闷的生活对外国移民的影响。她记得，在第一代斯堪的纳维亚移民身上，还可以看到一点异国特性。她想起了路德教堂的那个挪威集市，贝亚曾经带她去过。在那儿，有一个仿真的挪威农舍厨房，里面有几个面色苍白的女人，上身穿绣着金线和缀着彩色珠子的外套，下身穿着蓝边的黑色裙子，腰上系着绿色条纹的围裙，头上那隆起的小圆帽把她们的脸庞映衬得非常漂亮。她们刚给顾客们端上 rommegrod og lefse——甜饼和加肉桂的酸奶布丁。在囊地鼠草原镇，卡罗尔还是第一次看到新奇的事物。她特别喜欢这种淡淡的异国情调。

可是，她看到，这些斯堪的纳维亚女人不再吃她们那些五香布丁，而是吃起了炸猪排；不再穿红色的短外套，而是换上了浆硬的白衬衫；不再唱峡湾的古老圣诞圣歌，而是唱起了《她是我爵士王国的美人儿》。他们渐渐地跟美国生活方式趋于一致。他们那些生气勃勃的新风俗本可以给小镇的生活增添几分色彩，但还不到一代人的时间他们就淹没在阴郁的生活中了。他们的子女完成了这一过程。那些孩子穿的是成衣，说的是中学里流行的话语，浑身洋溢着礼仪。健全的美国风俗吸纳了外来文化，自身却不受丝毫影响。

她觉得，自己和这些外国移民一样，也被同化了，变成了外表光鲜的平庸之辈，于是她奋力反抗，惶惶不可终日。

卡罗尔说，恪守知识贫乏和朴实无华，增强了囊地鼠草原的名望。在每一个小镇，除了五六个居民以外，其他人都以无知的成就为荣，而这种成就的取得是轻而易举的事儿。如果要做一个"有知识"或"有艺术鉴赏力"，或者用他们自己的话说，"自炫博学"的人，则会被认为自命不凡，品德有问题。

虽然在政治和合作社销售方面的大规模实验，以及需要知识、勇气和创造力的冒险事业，的确都是在现在的西部和中西部发生的。不过，那不是发生在城镇，而是发生在农民身上。如果这些异教邪说得到了城里人的支持，那也只不过是零星的几个教师、医生、律师、工会以及像迈尔斯·伯恩斯塔姆那样的工人罢了，而且这些人还会受到惩罚，被人嘲笑为"怪人"或者"半吊子空想社会主义者"。报刊编辑和教区牧师会喋喋不休地劝诫他们。无声无息的无知会淹没他们，让他们郁郁寡欢和徒劳无功。

五

维达说："是的……咳……你知道，我以前一直以为雷会成为一名出色的牧师。他身上有一种我所说的笃信宗教的精神。喔唷，要是让他讲道，一定会很精彩的！我想，现在也太迟了。不过，我跟他说，卖鞋也可以服务世人嘛，还有……我在想，我们是不是应该组织一下家庭祈祷会？"

六

卡罗尔认为，无论在哪个国家，哪个时代，所有的小镇无疑都有一种倾向：不但死气沉沉，而且微不足道、愤世嫉俗、充斥着好奇心。在法国或者西藏，也和在怀俄明州或者印第安纳州一样，这种胆怯的习气在各自的环境里世代相传。

可是，在一个竭尽全力想要实现统一和纯种的国家，在一个渴望接替维多利亚时代的英国屹立于世界民族之林的国家，它的村镇已经不再那么土气，也不再轻柔和安分地躲在无知的阴影之中。它已经成为一种力量，正在设法主宰大地，使山河变色，让但丁来宣扬囊地鼠草原镇，给各路大神穿上学士袍。它自信满满，试图欺侮其他文明，就像一个头戴棕色德比帽的旅行推销员试图征服中国的智慧，把香烟广告贴在千百年来镌刻着孔子格言的拱门上一样。

这样一个社会，在大量生产廉价汽车、畅销手表和安全剃刀方面，发挥了惊人的作用。可是，它还不知足，一定要全世界都承认，生活的最终目的和最大乐趣就是开廉价小汽车，制作畅销手表的广告，以及在黄昏时分坐下来闲聊，然而聊的并不是爱情和勇气，而是安全剃刀的便利。

这样的社会，这样的国家，是被囊地鼠草原镇这样的小镇主宰的。最了不起的制造商也只是比萨姆·克拉克还忙的人而已，那些腰肥体圆的参议员和总统也只不过是人高马大的一群乡村律师和银行家罢了。

虽然囊地鼠草原镇这样的小镇认为自己是上流社会的一部分，把自己比作罗马和维也纳，但是它不会拥有使它伟大的科学精神和国际胸襟。因为它只热衷于打听那些明显会帮它们获取金钱和社会声誉的信息。它对社会理想的设想不是庄重的举止、崇高的志向和纯粹的贵族的自豪，而是厨房的廉价劳动力和土地价格的暴涨。它只知道在棚屋里油腻的油布上玩纸牌，而不知道那些先知先觉正在屋外的平台踱步阔论。

如果所有的乡下人都像钱普·佩里和萨姆·克拉克那样爽快，那就没有理由渴望小镇去探寻伟大的传统了。正是哈里·海多克夫妇、戴夫·戴尔夫妇、杰克逊·埃尔德夫妇，以及那些忙碌的小人物，才拥有共同目标和绝对权力，自以为是这个世界的主人，却整天沉溺于现金出纳机和喜剧电影，把这个小镇变成一个死气沉沉的小集团。

七

卡罗尔曾经力求准确地分析像囊地鼠草原这样的小镇外观丑陋的原因。她坚称，问题在于普遍的相似性；建筑的粗劣，使得这些小镇宛若边陲营地；忽略天然优势，结果很多小山灌木丛生，很多湖泊被铁路切断，很多小溪边布满垃圾场；色彩沉闷压抑；方方正正的楼房；街道路面开裂，太宽太直，连个避风的地方都没有，放眼望去就是一片阴森森的田地，没有蜿蜒曲折让人流连之处。不过，在两旁大厦林立的林荫大道，这种宽阔才会显得雄伟。可是，这里只是典型的大街，两边都是低矮破旧的店铺，所以这种宽阔只会使大街更显破旧。

　　普遍的相似性，这是乏味的安稳哲学的具体写照。百分之九十的美国小镇几乎没有区别，所以从一个镇逛到另一个镇是最无聊的事儿。在匹兹堡以西，总是有一样的木材厂，一样的火车站，一样的福特汽车修理厂，一样的乳品厂，一样的箱子形状的房子和两层的店铺。在匹兹堡以东，往往也是这样。那些刻意求新的房子在追求多样性方面也是雷同的：一样的平房，一样四四方方的拉毛粉饰或装饰面砖房屋。一间间店铺陈列的都是统一规格、广告做遍全国的商品；相隔三千英里的各地报纸都有相同的"在多家报刊同时发表的特写文章"；阿肯色州的小伙子身上穿的艳丽的成衣，也同样在特拉华州的小伙子身上穿着，他们俩口中都不时冒出来自相同体育专页上的相同的行话。即使他们俩一个是大学生，另一个是理发师，也没有人能猜出谁是大学生，谁是理发师。

　　如果肯尼科特被人从囊地鼠草原镇劫走，然后立刻送到很远的一个小镇，他也不会注意到的。他会走到显然是一样的"大街"上（几乎可以肯定那也叫作"大街"）；在一样的食品杂货店里，他会看到一样的年轻男子端着一样的冰激凌苏打水，送给一样的年轻女子，而在她的腋下也夹着一样的杂志和唱片。直到他爬上楼走到自己的诊所跟前，看到门上是另一个招牌，里面是另一位肯尼科特医生，他才可能会明白发生了什么怪事儿。

　　最后，在她所有评论的背后，卡罗尔看到这样一个事实：这些草原小镇，虽然是因为农民才得以存在的，但在为农民服务方面，并不比大城市做得更好些。它们靠农民发家致富,为镇上的居民提供大汽车和令人尊敬的社会地位。不过,和大城市不同的是,这些小镇不会因为获得暴利就在原地创建一个宏伟的、永久性的城市中心,它们只是保留这些破破烂烂的小屋。这是一种"寄生的希腊文明"——删掉"文明"两个字才合适。

"这就是我们目前的处境,"卡罗尔说,"补救方法呢?有补救方法吗?也许,可以先从批评手。哎呀,连对那些庸庸碌碌的大人物不起作用的批评都没有……也许,根本就没有起大作用的批评。也许,有朝一日,农民会建立并拥有他们自己的集镇。想想看,他们还可能会有俱乐部哩!不过,我恐怕不会提任何'改革方案'了。再也不会提了!问题出在人的精神上,没有哪个社团或者政党能够通过一项优先建造花园而不是垃圾场的提案……这就是我的看法。嗯哼?"

"换句话说,你想要的只是完美吧?"

"是啊!有何不可吗?"

"你怎么这么讨厌这个地方啊!如果你对它连一点儿感情都没有,又怎么能指望在这儿干出点名堂呢?"

"可是,我有啊!而且我很喜欢这个地方。要不然,我才不会这么生气呢。我现在才知道,囊地鼠草原镇并不像我当初以为的那样,只是大草原上的一颗尘埃,而是跟纽约一样大。在纽约,我认识的人也就四五十个,我在这里认识的人也有那么多。你接着说,说说你是怎么想的吧。"

"嗯,亲爱的,我要是真拿你的看法当回事儿,那会相当让人泄气。想想看,人家是什么感受啊。辛辛苦苦干了那么多年,才帮着建起了一个漂亮的小镇,可是你却横空插了进来,轻描淡写地说了句'糟透了'!你认为这样说公平吗?"

"怎么不公平啦?要是让囊地鼠草原的人去看看威尼斯,比较比较，那也准会一样让人泄气的啊。"

"不会的！我想，乘坐小划船固然很惬意，可是我们的浴室更好呀！可是……亲爱的，你不是这个小镇唯一独立思考过这些问题的人，尽管——恕我冒昧——恐怕你以为只有你一个。我承认，我们欠缺一些东西。也许，我们的戏没有在巴黎上演的那些戏那么精彩。没关系呀！我不想看到任何外国文化突然强加给我们——不管是街道规划，还是餐桌礼仪，或者那些疯狂的共产主义思想。"

维达简述了她所谓的"会造就一个更加幸福和美好的小镇，又确实属于我们的生活，而且正在实现的一些切实可行的事情"。她提到了死亡观俱乐部，农妇休息室，灭蚊运动，以及争取有更多的花园、行道树和下水道的运动——这些事都不是那么荒诞离奇、虚无缥缈和遥不可及，而是近在眼前，切实可行。

卡罗尔的回答却十分荒诞离奇和虚无缥缈：

"是的……是的……我知道。这些事都很好。可是，如果我能立刻实现这些改革措施的话，我还是会想要一些令人吃惊的、异国情调的东西。在这个地方，生活已经够舒适和干净的了，而且还那么安稳。它需要的是少一点安稳，多一点渴望。我希望死亡观俱乐部提倡的市镇改良是斯特林堡[①]的戏剧，还有古典舞蹈家——纤腿裹着薄纱——还有（我可以清楚地看见他）一位身材粗壮、留着黑胡子、玩世不恭的法国人，呆坐着，喝着小酒，哼着歌剧，讲一些下流的故事，嘲笑我们的礼节，引用几句拉伯雷的话，还恬不知耻地亲吻我的手！"

"哈！别的事我不敢确定。不过，我猜，那正是你和所有其他不知足的年轻女人真正需要的：有一个陌生人亲你的手！"看到卡罗尔惊得倒抽一口气，这个像老松鼠一样的维达连忙大声说道，"哎

[①] 斯特林堡（Strindberg，1849—1912）：瑞典戏剧家，小说家。

呀，亲爱的，别太拿我的话当回事儿。我的意思只不过是……"

"我知道。你就是那个意思。说下去呀。拯救一下我的灵魂吧。这不是很好笑吗：我们都是这样——我想拯救囊地鼠草原镇的灵魂，而囊地鼠草原镇也想拯救我的灵魂。我还有其他什么过错吗？"

"哎哟，还有好多哩。也许，有朝一日，我们这里也有你说的那种肥胖的、玩世不恭的法国人——又讨厌，又爱挖苦人，满身的烟味，喝劣质酒，脑髓和消化功能都给毁掉了！可是，谢天谢地，我们暂时还得忙活我们的草坪和人行道！你知道，这些事真的该做了！死亡观俱乐部就要有所成就了。而你——"说这两个字的时候她加重了语气，"令我大失所望的是，比你嘲笑的那些人做得更少，而不是更多！作为校董事会的成员，萨姆·克拉克正在努力争取改善学校的通风设备。还有埃拉·斯托博迪，你总认为她的朗诵滑稽可笑，但她已经说服了铁路当局分担一部分经费在火车站前面建一个停车场，让那块空地不再闲着。

"你动不动就冷笑。很抱歉，可我真的觉得你的态度很不好，根本就瞧不起人，尤其是你对宗教的态度。

"如果你一定要知道的话，你根本就不是一个切合实际的改革家。你是一位不可能主义者，动不动就打退堂鼓。新市政厅，灭蝇运动，俱乐部的读书报告，图书馆委员会，戏剧社，你都撒手不管了，就因为我们没有达到演易卜生戏剧的基本要求。你干什么都要求立马就十全十美。你可知道，撇开生下休之外，你做得最漂亮的一件事是什么？那是在儿童福利周期间你对肯尼科特医生的帮助。你给孩子称体重之前，你没有像要求我们这些人一样，也要求他们每个人都是哲学家或艺术家。

"还有一件事儿，恐怕说来要让你伤心了。我们正打算在镇上建一幢新校舍——再过几年吧——我们会建成的，虽然你什么忙也没帮，或者说你一点儿也不感兴趣！

"我和莫特教授,还有其他一些人,这几年一直在游说那些有钱人。我们没有叫你一起,因为年复一年地游说他们,却连一分钱都搞不到,你是绝对受不了的。可是,我们胜利啦!所有那些大人物都答应我说,只要战争条件许可,他们就投票赞成发行校舍公债。这样,我们就会有一幢很棒的大楼啦——漂亮的棕色的方砖,好多大窗户,还有农科和手工科。一旦我们的校舍落成,那就是我对你全部理论的回答!"

"听你这么一说,我还挺高兴的。同时,我也觉得很惭愧,因为我没有为校舍的建设出过一份力。不过,如果我提出下面这个问题,请千万不要以为我这个人冷漠无情。那就是,在这幢干干净净的新大楼里,那些教师会不会继续对孩子们说,波斯是地图上的一个小黄点,'恺撒'是一本语法难题的书名呢?"

八

维达非常气愤,卡罗尔急忙道歉。她们又谈了一小时,就像永恒的马利亚和马大①一样——一个是非道德主义者马利亚,另一个是改良主义者马大。获胜的是维达。

卡罗尔因为自己没有被请去筹划兴建新校舍,感觉十分羞愧。她只好把追求完美的各种梦想都放到了一边。维达请她负责照管一个营火少女团②的时候,她就一口答应了。她们的印第安舞蹈、仪式活动和服装式样,也都让她十分满意。她现在去死亡观俱乐部比以前规律多了。她还以维达为后盾和参谋,倡议请一位乡村护士来

---

① 参见《圣经·路加福音》。
② 营火少女团(Camp Fire Girls):美国营火少女团,是一个无宗派的、跨文化青少年发展组织,成立于1910年。

照料穷苦人家，还亲自筹集资金，而且坚持要求那位护士一定要年轻、健壮、亲切和聪明。

不过，她始终都能清晰地看见那个身材魁梧、玩世不恭的法国人，以及那些身穿透明薄纱的舞蹈家，就像一个孩子能清楚地看见从天上飞来的玩伴一样。她之所以喜欢营火少女团，用维达的话说，并不是因为"这种童子军训练对她们成为贤妻有多大帮助"，而是因为她希望那些苏族舞蹈能给她们黯淡的生活带来一点离经叛道的色彩。

她帮助埃拉·斯托博迪在火车站前面那个三角形小公园里栽种花草。她蹲在泥地里，手上戴着一副非常优雅的园艺手套，手里还握着一把弯弯的小泥铲。她告诉埃拉倒挂金钟和美人蕉类植物深受大众喜爱。她感觉自己正在擦洗一座被众神遗弃、断了香火和圣歌的空庙。在过往火车上那些隔窗向外眺望的乘客眼中，她只是一个风韵渐衰的农村妇女，道德没有受到破坏，行为举止也不异常。行李收发员听到她说："哦，是的，我认为这的确给孩子们树立了一个好榜样。"在这段时间里，她仿佛看到自己头上戴着花环，正在巴比伦的街道上欢跑。

这次栽种花草活动让她对辨认植物产生了兴趣。她能认得的花花草草，也只是百合花和野蔷薇而已，但她对休有了重新认识。"妈咪，金凤花在说什么呀？"他大声喊道，一只手中握着一大把杂草，一边脸上沾满了亮晶晶的花粉。她跪了下来，把他抱在怀里。她确认，他让自己的生活更丰富了。她完全被融化了……整整一个小时。

可是，到了夜里，她却被死亡的阴影惊醒了。她掀开肯尼科特的被子，轻轻地下了床，然后踮着脚走进浴室，对着药品柜门上的镜子，仔细检查自己那张苍白的脸。

维达越来越丰满，越来越年轻，她自己是不是明显变老了呢？她的鼻子是不是更尖削了呢？她的脖子是不是更显粗糙了呢？她目

第二十二章 | 361

不转睛地盯着镜子,气都透不过来。她才三十岁呀。可是婚后这五年一晃就过去了,毫无知觉,像是被打了麻药一样。死了以后时间才不会溜走吗?她一拳砸在浴缸冰冷的瓷釉边缘,默默地对冷漠的众神表达自己的愤怒:

"我才不在乎呢!可怎么受得了嘛!他们如此信口雌黄——维达、威尔以及贝西舅妈——他们跟我说,有了休和一个美满的家,还在火车站的花园里种了七棵旱金莲,我应该心满意足了啊!我就是我!就我而言,我要是死了,这个世界也就完了。我就是我!我可不愿把大海和象牙塔留给别人。我要它们只属于我!该死的维达!他们都该死!他们真以为能让我相信,在豪兰·古尔德杂货店摆几个土豆就算优美和别致了呀?"

第二十三章

一

美国刚卷入欧洲大战，维达就把雷米埃送到军官集训营了——那时她结婚还不到一年。雷米埃很勤奋，又相当强壮。他是最早的步兵中尉，也是最先派往国外的一员。

卡罗尔显然越来越怕维达，因为维达已经把婚姻焕发出来的激情转移到了战争事业上，因为她已经失去了所有的耐心。卡罗尔被雷米埃身上呈现出来的对英雄主义的渴望深深地打动了，她试图委婉地说出自己的感受，没想到维达却让她觉得自己像个无礼的孩子。

经过征募和选拔，莱曼·卡斯、纳特·希克斯以及萨姆·克拉克的儿子都参军了。不过，这些新兵大多是德国和瑞典农民的儿子，卡罗尔并不认识。特里·古尔德医生和麦加农医生都成了医务部队卫生队的上尉，驻扎在艾奥瓦州和佐治亚州的军营。除了雷米埃之外，来自囊地鼠草原地区的军官就只有他们俩了。肯尼科特本来也想跟他们一起去的，但镇上的这几位医生忘掉了同行竞争，在市议会开了个会，商量的结果是，他最好还是留下来给镇上的人看病，等需要他的时候再去。这时，肯尼科特四十二岁，但在这方圆十八英里的地方，他却是仅剩的一名年轻一点的医生。老医生韦斯特莱克贪图安逸，拒绝半夜从床上爬起来去乡下出诊，却又在他的项饰盒里翻找他那枚内战联邦退伍军人协会颁发的小徽章。

对于肯尼科特要走一事，卡罗尔也不知道自己心里是怎么想的。当然，她不是斯巴达式的妻子。她知道他想走。她也知道，尽管他走路依然很费劲，尽管他像往常一样谈论天气，但心中一直都有从军的强烈的渴望。她对他怀有一种仰慕之情——同时她又深表遗憾，因为她只是仰慕而已。

赛·博加特是镇上引人注目的勇士。赛再也不是那个坐在阁楼里琢磨卡罗尔的自负和生育奥秘的瘦弱小子了。现在，他已经十九岁，身材高大，膀大腰圆，不得空闲，是镇上有名的浮浪子弟，喝啤酒、掷骰子和讲下流故事样样在行，还整天在戴尔的药店前跟过路的女孩"开玩笑"，让她们非常尴尬。他马上面如桃花，露出满脸的粉刺。

赛到处扬言，如果博加特寡妇不许他去应征，他就离家出走，私自去参军。他大声嚷嚷说，他"讨厌每一个醍醐的德国佬；天啊，如果他能朝一个大块头德国大兵身上戳一刺刀，教他学点儿体面和民主，他会开心死的"。赛还一时名声大噪，因为他用鞭子抽打了一个名叫阿道夫·波奇鲍尔的农家孩子，说他是一个"入了美籍的该死的德国人"。……正是这个年轻的波奇鲍尔，在阿戈讷[①]战场的时候，拼命把他那个美国佬上尉的遗体背回战壕，结果不幸遇难。这个时候，赛·博加特仍然住在囊地鼠草原镇，还在打算当兵。

二

卡罗尔到处听说，这场战争会引起人们心理上的根本变化，会使一切得到净化和提高，从婚姻关系到国家政治都是如此。她试图

---

① 阿戈讷（Argonne）：法国东北部林区，第一次世界大战主战场之一。

因此而欢欣鼓舞，只是她还没有看到这种变化。她看到，那些妇女替红十字会做绷带，不打桥牌了，对没有糖也只好将就的生活付之一笑。不过，在做外科敷料的时候，她们谈的不是上帝和人的灵魂，而是迈尔斯·伯恩斯塔姆的粗鲁、四年前特里·古尔德医生和一位农家女的丑事、烧白菜以及改动罩衫的事儿。在谈论战事的时候，她们只提及暴行。在做敷料的时候，她自己很守时，也很能干，不过她无法像莱曼·卡斯太太和博加特太太那样，把对敌人的憎恨填充在敷料里。

她向维达抗议说："年轻人都在干事，可那些老太太却无所事事，净跟我们打岔，满口都是憎恨，因为她们太无能了，什么也干不了，只能憎恨。"然后，维达攻击她说：

"如果你没法尊敬她们，起码不要那么无礼和武断。如今，一些男男女女都快没命了。我们当中一些人——我们已经牺牲太多了，而且我们也乐意这样。但至少我们希望你们那些人不要试图对我们的付出说风凉话。"

卡罗尔哭了起来。

卡罗尔真的很想看到普鲁士独裁政府被打败；她一再劝自己相信，除了普鲁士独裁政府，就没有独裁政府了。她从电影上看到部队在纽约登上轮船开赴欧洲战场，确实激动不已。她在街上碰到迈尔斯·伯恩斯塔姆的时候，心里也着实很不舒服，因为他发牢骚说：

"你那些鬼把戏咋样了呀？我混得还不赖哦，最近又搞了两头母牛。喂，你变成一名爱国者了啊？嗯？的确，他们会带来民主的——翘辫子的民主。是的，的确，自从伊甸园那个时候以来，只要一打仗，工人们就要赶赴战场，相互厮杀，就因为那些冠冕堂皇的理由——他们的老板告诉他们的理由。我现在呀，变聪明了。我都聪明到知道自己对战争一无所知啦。"

听了迈尔斯的慷慨演说之后，她不再去想战争的事了，而是觉得她和维达以及所有那些想"为老百姓做点事"的好心人都不重要，因为一旦"老百姓"知道事实真相，他们是有能力为自己做事的，而且很有可能去做。一想到像迈尔斯那样的数以万计的人即将掌权，她就感到害怕。她爱伯恩斯塔姆、贝亚和奥斯卡林娜，也自以为高他们一等。想到有朝一日她那"慷慨的女施主"的地位可能会保不住，她就匆忙跑开了。

三

六月里，美国参战刚好两个月，发生了一件惊天动地的大事——波士顿维尔维特汽车公司富豪总裁、大名鼎鼎的珀西·布雷斯纳汉回乡访问。那些初来乍到的外乡人，总会听到人们提起这个本镇土生土长的大人物。

整整两个礼拜，人们众说纷纭。萨姆·克拉克大声对肯尼科特嚷道："哎呀，我听说珀西·布雷斯纳汉要回来啦！天哪，太好了，终于要见到这个老家伙了，嗯？"后来，《无畏报》在头版用头号字标题刊登了布雷斯纳汉写给杰克逊·埃尔德的一封信。

亲爱的杰克：

喂，杰克，我觉得，我一定能做到。我很快就要去华盛顿了，在航空动力部门工作，年薪一美元的那种公职。我要告诉他们，有关汽化器的问题，我也有很多地方弄不明白。不过，在我充当英雄之前，我想出去打打猎，然后钓一条大黑鲈鱼，还要把你和萨姆·克拉克、哈里·海多克和威尔·肯尼科特等海盗找来臭骂一通。我从明尼阿波利斯出发，乘坐第七次列车，将于六月七日抵达囊地鼠草原镇。握手问好。告诉伯特·泰比给我留一杯啤酒。

谨致问候
珀西

  镇上上流社会、金融、科学、文学以及体育各界全体人士，都到第七次列车到达的地方来迎接布雷斯纳汉。莱曼·卡斯太太站在理发师德尔·斯纳弗林旁边，胡安妮塔·海多克对图书馆员维莱兹小姐简直热情过头。卡罗尔看到布雷斯纳汉在车厢出口处冲着接他的人群眉开眼笑——他身材魁梧，衣冠楚楚，下巴凸出，目光深邃。他用职业交际家的声音大声招呼说："你们好啊，乡亲们！"有人把卡罗尔介绍给他，而不是把他介绍给卡罗尔，他注视着卡罗尔的眼睛，热情而又从容地和卡罗尔握了握手。

  他谢绝了那些来接他的汽车，自己走了起来。他伸出胳臂，搭在爱好体育运动的裁缝纳特·希克斯的肩上。衣着精致的哈里·海多克拎着他的一只浅色的大皮箱，德尔·斯纳弗林拎着另外一只，杰克·埃尔德抱着他的大衣，朱利叶斯·弗利克鲍则拿着他的渔具。卡罗尔注意到，尽管布雷斯纳汉穿着一双高筒靴，拄着一根手杖，但没有一个小男孩嘲笑他。她暗暗决定："我一定要给威尔弄一件双排纽扣的蓝色外套，一个燕子领，还有一条圆点花纹蝴蝶领结，跟他的一模一样。"

  那天傍晚，肯尼科特正拿着一把羊毛剪沿着人行道修剪草坪，布雷斯纳汉坐着车过来了，就他一个人。这会儿，他穿着一条灯芯绒裤子，卡其色布衬衫的领口敞开着，头上戴了一顶白色的划船帽，脚上则穿着一双了不起的镶皮帆布鞋。"威尔老弟，在那忙活哪！哎呀，天哪，回到老家，穿上一条合适的大号便裤，这才是人过的日子。他们都说大城市的生活怎么怎么舒服，可我觉得，到处逛逛，看看你们这些小子，钓上一条活蹦乱跳的鲈鱼，那才叫快活！"

他快步走到人行道上,朝卡罗尔嚷嚷道:"那个小家伙在哪儿呀?我听说,你生了个可爱的大胖小子,快抱出来,给我瞧瞧!"

"他已经睡了。"卡罗尔简短地回了一句。

"我知道哦。可是,这年头,规矩就是规矩。小家伙在店里嘟嘟嘟到处乱跑,像个电动机一样。可是,你听我说,大妹子,我可是个打破规矩的高手。快去吧,让珀西大伯瞧他一眼。就现在好吧,大妹子?"

他伸出手臂,一把搂住卡罗尔的细腰。那只手臂又大又有力,又老练又令人感到舒服。他狡黠地看着她,咧嘴大笑,肯尼科特也跟着傻笑。她羞得满脸通红,一时不知所措,这个大城市的男人这么轻易就入侵了她严谨的人格。幸好有个退路,她开心地抢在两个男人前面上楼,来到休睡觉的那间卧室。一路上,肯尼科特咕哝说:"哟,哟,哟,啧,你个老家伙。不过,你能回来,挺好的。当然,见到你真是太开心了!"

休趴在床上,一副酣睡的样子。他把眼睛贴在蓝色的小枕头上,躲避灯光的照射,然后霍地坐了起来。他穿着羊毛睡裤,一副娇小柔弱的样子,棕色的头发乱蓬蓬的,一只枕头紧紧地抱在胸前。他号啕大哭,盯着眼前的陌生人,硬是不理他。他悄悄地对卡罗尔解释说:"还没到早上,爹咃不会愿意的。这个枕头说的什么呀?"

布雷斯纳汉轻柔地把手臂搭在卡罗尔的肩上。他宣称:"我的天哪,你真是个幸运的姑娘,生了一个这么可爱的小家伙。我想,威尔在说服你冒险嫁给他这样的老无赖的时候,一定知道自己在干什么!他们告诉我,说你是从圣保罗来的。改天我们请你来波士顿玩玩。"他往床边俯下身子说:"小伙子哦,你是我离开波士顿到这儿来看到的最机灵的孩子。要是你允许的话,我们送点小东西给你,表示一下小小的心意,好吗?"

他掏出一个红色的橡皮小丑玩具。休说:"给我嘛。"然后,他把玩具塞到铺盖底下,又盯着布雷斯纳汉,好像从来就没见过这个男人一样。

这一次,卡罗尔懒得去问:"啊唷,亲爱的休儿,人家给你礼物的时候,你该怎么说呀?"那位大人物显然在等着道谢。他们杵在那儿,傻乎乎地干等,直到布雷斯纳汉先走出去,喃喃地说:"威尔,哪天出去钓钓鱼,咋样呀?"

他又待了半个小时,老是跟卡罗尔说她有多漂亮,还老是狡黠地看着她。

"是的。他也许会让一个女人爱上他。但是,维持不了一个星期。就他那副得意的德行,我会厌倦的。还有他那假惺惺的样子。他就是个情感恶霸。他逼我出于自卫对他无礼。哦,是的,他乐意到我们家来。他的确喜欢我们。他是个出色的演员,确信自己能……要是在波士顿,我会讨厌他的。城市里那些暴露于人前的大东西,他全都有:豪华大轿车,素雅的晚礼服,在豪华饭店预订的美味佳肴,以及由最好的公司装修的客厅——不过,那些画可就让他出丑了。我宁愿去盖伊·波洛克那间落满灰尘的办公室和他聊聊天……我是多么言不由衷呀!他的胳臂诱惑了我的肩膀,他的眼神让我敢于不去崇拜他。我会怕他的。我讨厌他!……哎哟,女人自以为是的想象力真是不可思议!对于这个男人,一个好心、体面、友善而又能干的男人,我怎么可以如此妄加评论啊,他是因为我是威尔的妻子才对我有好感的呀!"

四

肯尼科特夫妇、埃尔德夫妇、克拉克夫妇和布雷斯纳汉一起去雷德·斯克沃湖钓鱼了。他们坐着埃尔德的新凯迪拉克,开了四十英里，才到达湖边。出发之前，大家说说笑笑，忙成一团，把一堆午餐篮子和伸缩钓竿放到车上，还一再问卡罗尔脚下搁着一卷披肩会不会让她坐得不舒服。大家都准备好要出发了，克拉克太太却伤心地说："哎哟，萨姆，我忘了拿杂志了。"布雷斯纳汉吓唬她说："得了吧，要是你们这些女人以为你们是去开文学会的，那就别跟我们这帮硬汉一起走了。"大家都笑得肚子疼。在路上的时候，克拉克太太解释说，尽管带上杂志她也未必会看，不过，在别的女孩午睡的时候她也可能想看一眼，因为杂志上的连载小说她才看了一半，那是一个很动人的故事——那个姑娘好像是一个土耳其舞女，实际上却是一位美国女子和一位俄国王子的女儿。那些男人对她穷追不舍，只是有点令人作呕，但她依然守身如玉，其中有一个场景——

男人们泛舟湖上，忙着钓黑鲈鱼；女人们则一边准备午饭，一边打着哈欠。那群男人以为她们对钓鱼不感兴趣，那种态度让卡罗尔有点厌恶。她说："我是不想跟他们一起去，可我喜欢拒绝的特权呀。"

午饭吃了很久，大家都很愉快。这里的环境很适合他们谈论这位衣锦还乡的大人物，谈论大城市的见闻、紧急大事和著名人物。他们诙谐而又谦虚地承认说，是的，他们的朋友珀西干得漂亮，不亚于那些"波士顿大人物，那些人因为出身富家望族，又上过大学什么的，就自视甚高。相信我吧，现在管理波士顿的，是我们这些新兴实业家，不是那些在俱乐部打盹、吹毛求疵的老家伙了"！

卡罗尔发现，囊地鼠草原镇的子弟，只要不是真的在东部挨饿，总会被人说成"十分成功"，但布雷斯纳汉不是这种人。她也发现，尽管他对朋友过分奉承，但他是真的喜欢他们。谈起战事的时候，他最受大家欢迎，也最能让大家兴奋。大家都弯下腰来凑近他，他把声音压得很低，其实两英里之内根本不用偷听，然后向大家透露说，他在波士顿和华盛顿听到许多有关打仗的内幕消息，都是在司令部当面听到的。他跟某些人有联系，可惜他不能说出这些人的名字，因为他们在国防部和国务院都身居高位。他一再说，看在上帝的分上，大家千万不要泄露一个字，这是绝对要保密的，不能对华盛顿以外的人乱说，只能在我们当中说说，大家可以把它奉为真理。在这场大战中，西班牙终于决定加入协约国了。是的，老兄，不出一个月，就会有两百万全副武装的西班牙战士在法国战场和我们一起并肩作战。德国这回傻眼了，等着瞧吧！

"德国的革命前景怎么样？"肯尼科特恭敬地问道。

这位专家咕哝着说："不要紧。不过，有一件事你可以相信，不管德国人身上发生什么，无论是赢还是输，他们都会效忠德皇，至死不渝。这一点绝对可靠，是华盛顿核心的核心的一个家伙亲口告诉我的。不，老兄！关于国际事务，我不敢假装在行，但有一点你大可放心，那就是，在接下来的四十年里，德国依旧是霍亨索伦①帝国。关于这一点，我并不认为它是什么坏事。德国皇帝和贵族地主绝对不会撒手不管的，因为如果那些红色鼓动家掌控政权，他们会比国王还坏。"

"我对在俄国发生的推翻沙皇的暴动很感兴趣。"卡罗尔建议说。她终于被这个男人非凡的时政知识征服了。

肯尼科特替她表示歉意说："卡丽非常喜欢这场俄国革命。珀西，你这方面消息不少吧？"

"一点儿消息也没有！"布雷斯纳汉直截了当地说，"我说话有根有据。卡罗尔，宝贝儿，我发现你说起话来就像一个纽约的俄国犹太人，或者像一个留长头发的空想家，真的让我大吃一惊！我可以告诉你，只是你不能让任何人知道，这是机密，我是从一个同国务院关系密切的人那儿听到的。实际上，在年底之前，沙皇将重新

---

① 霍亨索伦（Hohenzollern）：布鲁士王室家族。

掌权。你一定看到很多消息,说他下台了或者被杀了之类的,可是据我所知,他还有一支大军支持他。他会教训那些该死的鼓动家的,一群好吃懒做的家伙,为了找寻一个安乐窝,对追随他们的那些可怜的替罪羊呼来喝去的。他会让这些人知道他们该滚到哪里去的!"

卡罗尔听说沙皇要卷土重来,感到非常难过,但是她什么也没说。说起俄国这么遥远的国家,其他人都是一脸茫然。这时候,他们才插话进来,问布雷斯纳汉对帕卡德①汽车,对德克萨斯油井投资,以及对出生于明尼苏达州和马萨诸塞州的那些年轻人孰优孰劣有何看法。他们又问到禁酒的问题,问到今后汽车轮胎的价钱,还问到美国飞行员是不是真的比这些法国飞行员厉害。

他们高兴地发现,在每一个问题上,布雷斯纳汉都赞同大家的看法。

卡罗尔听到布雷斯纳汉扬言说:"大家选举出来的委员,不管是哪一位,我们都很乐意和他对话。可是,一些外来的鼓动者却横加干涉,还教导我们如何管理工厂,这我们就不能容忍了!"卡罗尔记得,杰克逊·埃尔德在谈论同样的问题时说过同样的话。可现在,他却在毕恭毕敬地接受"新思想"。

萨姆·克拉克正在绞尽脑汁讲故事。这个故事既冗长又细致,说的都是一些支离破碎的小事,他以前也给一个名叫乔治的卧铺车厢服务员讲过。布雷斯纳汉两手抱着膝盖,一边轻轻地摇晃,一边注视着卡罗尔。她在想,布雷斯纳汉是否明白,她听肯尼科特说"他有一个好玩的故事,是关于卡丽的"的时候,脸上的微笑是勉强装出来的。那种夫妻间不宜外传的事,他已经讲了十遍了,说她"拼命地敲打箱子",说白了就是"迫切地弹着钢琴",都忘了要照顾休了。肯尼科特请她去打克里比奇纸牌,她假装没听见。她确信布雷

---

① 帕卡德(Packard):美国豪华汽车品牌,1899年成立于美国俄亥俄州东北部城市沃伦。

斯纳汉看透了她的心思。她担心他会说什么难听的话,这种担心让她十分恼火。

当汽车穿过囊地鼠草原返回的时候,人们向布雷斯纳汉挥手致意,连胡安妮塔·海多克也从自家窗口探出身来,卡罗尔因为跟着沾光而感到自豪,但同样也很生气。她心中暗想:"搞得跟我很在乎让人看到和这个胖头胖脑的留声机在一起似的!"同时她又自言自语说:"我和威尔经常跟布雷斯纳汉一起玩,这也是大家有目共睹的嘛。"

镇上到处都是和他有关的故事,说他友善可亲、记得住大家的名字,还说他的衣装、他钓鱼的旋饵器以及他的慷慨大方。他给了牧师克卢博克神父一百美元,又给了令人尊敬的浸礼会牧师齐特雷尔先生一百美元,以资助他们对外国移民进行美国化这项工作的开展。

在时装公司,卡罗尔听到裁缝纳特·希克斯兴高采烈地说:

"毫无疑问,珀西老兄把那个信口开河的家伙伯恩斯塔姆教训了一顿。大家都以为,他自从结婚以后就老实了,可是,我的天啊,像他这样的家伙自以为无所不知,真是死性不改啊。哎呀,那个红胡子瑞典佬被欺负惨了,真是大快人心。在戴夫·戴尔的药店里,他竟然敢走到珀西的面前,对珀西说:'我一直想看看是什么人这么有本事,让人白给他一百万。'珀西瞥了他一眼,立刻回敬了一句:'看见了吧,嗯?'他接着说:'喂,我一直在找一个会扫地的人才,我一天可以付给他四美元。想干这差事吗,朋友?'哈哈哈!哎呀,你们也知道伯恩斯塔姆多爱顶嘴吧?唷,这回他却无言以对。他还想放肆,又说这个小镇实在太差了。珀西又立刻顶了他一句:'如果你不喜欢这个国家,你最好滚蛋,滚回德国去,那儿才是你待的地方!'哎呀,不过,我们这些乡亲恐怕还没有这么嘲弄过伯恩斯塔姆吧!哎哟,珀西真是这个小镇的大红人,好样儿的!"

五

布雷斯纳汉借了杰克逊·埃尔德的汽车,开到肯尼科特的家门口,对和休一起坐在门廊摇椅里的卡罗尔大声喊道:"过来坐车兜兜风吧。"

她故意冷落他说:"非常感谢,可我在带孩子呢。"

"把他带上!把他带上!"布雷斯纳汉从座位上下来,沿着人行道昂首阔步走了过来,她想再推托和矜持都难了。

她没有带上休。

布雷斯纳汉开了一英里,一句话也没说,可他盯着她看的样子,像是在对她说他明白她的心思。

她发现,他的胸脯很宽厚。

"那边的田地好漂亮哦。"他说。

"你真的喜欢这些田地呀?它们可没啥利润哦。"

他咯咯地笑着说:"小妹妹,你逃不掉的。我晓得你。你以为我吹大牛。好吧,也许是吧。不过,你也一样嘛,亲爱的——还长得那么漂亮,要不是怕你捆我的耳光,我都想和你做爱呢。"

"布雷斯纳汉先生,你对你太太的朋友也是这样说话的吗?你也叫她们'小妹妹'吗?"

"实不相瞒,我还真是这样!我还让她们喜欢这样。进了两个球!"不过,他笑得没那么响了,他在留意电流表。

过了一会儿,他又小心翼翼地发起了进攻:"威尔·肯尼科特真是一个了不起的小伙子。这些乡村医生做的都是了不起的事儿。几天前,在华盛顿,我跟一位科学专家聊天,他是约翰·霍普金斯医学院的一位教授。他说,没有人足够理解普通医师,以及他们给乡亲们的同情和帮助。那些高明的专家，那些年轻的科学家，自负得一塌糊涂，整天躲在实验室里潜心研究，早把病人丢到一边去了。除了少数罕见的病例，没有哪个可敬的专家愿意浪费他的时间去看病，真正保障社区百姓身心健康的还是那些老医生。在我见过的最稳重、最聪敏的乡村开业医生里面，威尔就是其中之一，真的太让我感动了。嗯？"

"我相信他是好医生。他就是为现实社会服务的。"

"再说一遍？嗯。是的。那一切，不管那是什么……哎呀，孩子，如果我没猜错的话，你好像不太喜欢囊地鼠草原镇吧。"

"一点都不喜欢。"

"你真是身在福中不知福。那些大城市没啥了不起的。相信我吧，我很清楚！这个小镇真的很好，向来如此。你住在这儿，是你的运气好。我都巴不得能长住下去哩！"

"很好呀，那为啥不住下去咧？"

"嗯？哎哟——天哪——怎么离得开——"

"你不是非得待下去不可，但我得待在这里啊！所以，我要改变这个地方。你知道吗？像你这样的大人物老是说自己的家乡和自己的州完美，那害处可不小啊。就是你们这些人教唆村民不思改革。他们相信你们的话，一直以为自己住在天堂里，而且——"她握紧拳头，说，"这个鬼地方，如此单调，真是令人难以置信！"

"就算你说得对吧。既然如此，你还对一个可怜巴巴的小镇大吼大叫的，你不觉得白费力气吗？有点儿小气了吧！"

"我跟你说，它很单调。单调！"

"可是，乡亲们并不觉得它单调啊。像海多克两口子那样的夫妻都过得很快活呀。跳跳舞啦，打打牌啦——"

"他们不快活。他们很无趣。这里几乎所有的人都是这样。空虚，粗俗，恶意地搬弄是非——我最讨厌这些了。"

"这些玩意儿——当然,在这个地方,是不可避免的。可是在波士顿也有啊!到哪儿都有!哎哟,你在这个小镇看到的那些毛病只不过是人之常情嘛,永远都改不掉的。"

"也许吧。可是,在波士顿,像我这样的好人——我自以为没有毛病——可以结交朋友,一起玩啊。可是,在这儿——我一个人孤零零的,陷在一个臭水坑里——只有你这位大人物布雷斯纳汉先生来了,才让这摊死水动了一下!"

"我的天哪,听你这么一说,人家会以为这里的'村民'——你就是这样不客气地称呼他们的——都那么不幸,他们没有全部绝望,一个个都去自寻短见,倒是个奇迹呢。可是,不管怎样,他们似乎还在折腾呢!"

"他们根本不知道自己缺少什么,而且大家还什么都能忍。你看看那些矿工和囚犯。"

他把车停在了明尼玛希湖的南岸。他环视倒映在水面上的芦苇,像折皱的锡箔一样闪烁的涟漪,远处苍郁的树丛掩映下的湖岸,以及银色的燕麦和深黄色的小麦。他轻轻地拍了拍她的手,说:"妹——卡罗尔,你真是个小可人儿,可是你不好弄。明白我的意思吗?"

"明白。"

"哼。也许,你真明白,不过,我粗浅的——也不算很粗浅——看法是,你喜欢标新立异。你总是以为自己与众不同。哎呀,你要是知道成千上万的女人,尤其是在纽约,说话跟你一个样儿,你就不会得意扬扬地以为自己是个孤独的天才了,你也会爬上乐队花车,大肆宣扬囊地鼠草原和体面的家庭生活。每年都有上百万年轻女子,刚刚走出大学校门,就想班门弄斧,教她们的奶奶舔蛋蛋。"

"瞧你说粗话的得意样儿!你把它拿到庆祝酒会和董事会上说去吧,顺便炫耀一下出身卑微的你是怎么爬上去的。"

"哼！也许你知道我的老底，我就不跟你说了。不过，你听着：你对囊地鼠草原镇偏见太深，说得太过分了吧。有些人本来在某些事上可能会同意你的看法，你还跟他们对着干，可是——好家伙！这个小镇不至于一无是处吧！"

"不，不是的。不过，也可能是。我给你讲个寓言故事吧。设想有个远古时代穴居的女人，在向她的配偶抱怨，她什么东西都不喜欢。她讨厌潮湿的洞穴，在她裸露的腿上爬来爬去的老鼠，坚硬的贴身衣服，吃半生不熟的肉，她丈夫那胡子拉碴的脸，没完没了的搏斗，以及对上帝的崇拜——如果她不把最好的兽爪项链送给祭司，上帝就会让她倒霉。她的男人不以为然地说：'可是，不至于一无是处吧！'他以为，他已经让她无地自容了。现在，你想当然地认为，一个地方，既然造就了一个珀西·布雷斯纳汉和一个维尔维特汽车公司，它就一定是个文明的地方。是这样的吗？我们不是还在野蛮的半道上吗？我建议拿博加特太太做个试验。只要像你这样聪明的人，还在继续为维持现状辩护，我们就会继续处在野蛮状态。"

"孩子，你真是能说会道。不过，天哪，我倒想看看你设计一个什么新鲜玩意儿，或者开个工厂，雇用一批从捷克斯洛伐克、匈牙利以及鬼知道什么地方来的赤色分子给你干活！你马上就会扔掉那些理论！我绝对不会为现状辩护。当然，现状很糟糕。只不过我这个人比较明智罢了。"

他又宣讲他的教条了：热爱户外运动，办事公道，对朋友忠诚。她就像个新信徒一样惊讶地发现，如果超出保守派教会本本的范围，一个打破传统观念的人还想把矛头指向保守分子，那些保守分子根本就不害怕，也不予置辩，而是用他们的聪明才智和令人困惑的统计数字进行反击。

他是一个了不起的人，一个实干家和一个朋友，她越是想要反对他就越喜欢他。他又是一位成功的执行官,她不愿让他看不起自己。他嘲笑所谓的"崇尚空谈的社会主义者"(尽管这个词已经不很新鲜了)时的神态,有一种力量,驱使她希望和那些肚满肠肥、爱开快车的经理握手言和。他询问说:"那些混蛋长着火鸡脖子,戴着角质眼镜,扁桃体肿大,头发也不理,成天研究那些'情况',却连一点儿活也不干,你想和这样的人打交道啊?"她回答说:"不,不过都一样——"他又断言:"即使你说的那个穴居女人找的所有岔子都是对的,我敢打赌,给她找一个干净漂亮的洞穴的人,只会是一个健壮的老实人,或者一个真正的男子汉,绝不是那种唠唠叨叨净会挑刺的极端分子。"她无力地晃了晃头,像是点头,又像是摇头。

他那双硕大的手,性感的嘴唇,温和的声音,都显示出他的自信。他让她感到年轻和温柔,就像肯尼科特以前让她感受到的那样。他低下威武的头,试探着说:"亲爱的,很抱歉,我就要离开这个小镇了。跟你这个孩子一起玩耍太开心了。你真漂亮!赶明儿到了波士顿,我要好好请你吃顿午饭。哎呀,岂有此理,得动身返回了。"她不知道该说些什么。

回到家里的时候,她对布雷斯纳汉牢骚真理的唯一回答,就是号啕大哭说:"反正都是一样——"

在他动身前往华盛顿之前,她再也没有见过他。

他的眼神挥之不去。他对她的嘴唇、头发以及双肩的流盼,向她表明她不只是贤妻良母,还是个姑娘,这个世上也还有很多男人,就像在大学时代一样。

那种倾慕引导她去仔细端详肯尼科特,去揭开亲昵的面纱,去感受亲密中的生疏。

第二十四章

一

仲夏的那一整个月,卡罗尔对肯尼科特都很有感觉。她回想起许多千奇百怪的事:一天晚上,她设法读诗给他听,却发现他在咀嚼烟草,让她啼笑皆非。还有好多事情,似乎一下子就都消失了,消失得无影无踪。她总是唠叨说,他一直在耐心等待参军,真够英勇的。在一些小事上,她给了他很多心理安慰。她喜欢他在家笨手笨脚干活的质朴样子;她喜欢他在上紧百叶窗铰链的时候展现出来的力量和灵巧;他发现散弹枪的枪管生了锈,就跑到她的跟前寻找安慰,他那股孩子气她也喜欢。不过,最重要的是,在她看来,他就是另一个休,只是没有休尚未可知的未来的魅力罢了。

六月底的一天,闪电不断。

因为别的医生都不在,工作就都压在了肯尼科特的肩上,所以肯尼科特一家没有搬到湖边别墅去,而是留在了这个满是灰尘又让人恼火的小镇。那天下午,卡罗尔去奥利森·麦圭尔肉店——以前叫达尔·奥利森肉店——去买东西,碰到那个刚从农村来的年轻伙计,他竟然如此粗鲁,一点也不友好,这让卡罗尔很是恼火。其实,他并不比镇上其他那些伙计更鲁莽和随便,只是因为天气太热,她才发的火。

她想买点鳕鱼做晚饭,他咕哝着说:"那玩意干巴巴的,又不新鲜，你要它干吗？"

"我喜欢！"

"无知！我猜，医生还是买得起好点儿的东西的吧。我们新进的熏肠，买点尝尝呗。一流的。海多克家都买哩。"

她一下子火了，说："哎呀，小伙子，我怎么持家还轮不到你来教，我也不太关心海多克家喜欢买什么！"

小伙子很受伤，连忙包好鳞状的鳕鱼片，目瞪口呆地看着她飘然而去。她叹了口气说："我本来不该说那种话的。他就是有口无心。他也不知道自己口不择言。"

她的懊悔对惠蒂尔舅舅不起任何作用。她顺道去了一下他的杂货店，想要买点儿盐和一包安全火柴。惠蒂尔舅舅穿着一件无领衬衫，热得汗流浃背，对一个伙计抱怨说："快点儿，赶紧把那块重油蛋糕给卡斯太太家送过去。镇上有些人以为店主除了派送电话订单就没事儿干了……你好，卡丽。依我看呀，你身上那件衣服领口低了点儿。你还可以得体点儿，端庄点儿——也许我太守旧了——不过，一个女人把胸部露给全镇的人看，这事儿我可从来不敢恭维！嘻嘻嘻！……下午好，希克斯太太。鼠尾草吗？刚刚卖完。买点别的香料得了，嘿？"惠蒂尔舅舅愤怒地哼了一声，又说："当然了！我们有各式各样的香料，效果跟鼠尾草一样好，干什么用都行！怎么啦——咳，和五香粉一起用？"希克斯太太走后，他气鼓鼓地说："有些人连自己想买什么都搞不清楚！"

"这个汗流浃背、道貌岸然的恶霸——竟然是我丈夫的舅舅！"卡罗尔心里想。

她不声不响地走进了戴夫·戴尔的药店。戴夫举起双手，说："别开枪！我投降！"她微微一笑，但又突然想到，快有五年了，戴夫一直跟她玩这个游戏，假装她威胁到了他的生命。

她一边拖着步子在酷热的街上走着，一边琢磨着，囊地鼠草原的人都不怎么开玩笑，只有他喜欢开玩笑。在过去的五年里，一到寒冷的冬天，每天早晨莱曼·卡斯都会说："这还不算太冷——还要再冷一点天气才会转暖。"埃兹拉·斯托博迪都对大伙儿说了五十遍了，说卡罗尔曾经问他："我应该在支票背面签名吗？"萨姆·克拉克也向她喊过不下五十遍："你那个帽子在哪儿偷的呀？"就连肯尼科特也挖空心思杜撰了一个故事，说的是镇上一个叫巴尼·卡洪的车夫，就像一个掉进狭缝里的镍币一样，根本没有人会注意，但他也讲了不下五十遍。故事里讲到车夫对牧师说："快去火车站把你那箱宗教书取回来吧——那些书都滴水啦！"

她沿着老路走回了家。她熟悉每一栋房子的正面，每一个街口，每一块广告牌，每一棵树和每一条狗。她熟悉那些排水沟里的每一块变黑的香蕉皮和每一只空烟盒。她也熟悉每个人寒暄的方式。当吉姆·豪兰停下来，目瞪口呆地看着她的时候，绝不可能有什么事要跟她说，他只是勉强打个招呼而已："喂，今儿个你还好吗？"

她以后的生活都是这样，面包店门口依旧是贴着红色商标的面包箱，离斯托博迪家的花岗岩拴马桩不远处的人行道上依旧是那些环状的马蹄印——

她默默地把买回来的东西递给一言不发的奥斯卡林娜，然后在门廊里坐了下来，摇着摇椅，扇着扇子，却又被休的哭闹弄得心烦意乱。

肯尼科特刚一到家，就嘟囔着说："这孩子鬼哭狼嚎地叫什么东西呀？"

"我说，我都忍了一天了，你就忍十分钟吧！"

他过来吃晚饭，穿着他那件无袖衬衫，背心半敞着，露出了已经褪色的吊裤带。

"你干吗不脱掉那件丑陋的背心,穿上你那套漂亮的棕榈滩① 西服呀?"她抱怨说。

"太麻烦了。天太热,不想上楼呗。"

她意识到,她可能有一年时间没有正眼瞧她的丈夫了。她注视着他的餐桌礼仪。他拿起餐刀使劲乱拨,弄得鱼片在餐盘里乱跑,狼吞虎咽地吃完以后还舔舔餐刀。她觉得有点恶心,自言自语地说:"我真可笑。这种事有什么大不了的呀!别犯傻了!"可是,她心里明白,对她来说,这些东西,这些有失礼节的餐桌行为,的确是个问题。

她意识到,他们之间几乎无话可说了。真是不可思议,他们竟然也跟餐馆里那些相对无言的夫妻一样,她以前还觉得他们可怜呢。

如果是布雷斯纳汉,他肯定会滔滔不绝地讲个不停,讲得有声有色,令人兴奋,令人不敢相信……

她意识到,肯尼科特的衣服很少熨过。他的外套皱巴巴的。他站起来的时候裤子的膝盖部位鼓鼓囊囊的。他的皮鞋没擦鞋油,属于那种老式鞋,一点款式也没有。他不愿意戴那些柔软的帽子,老是戴他那顶硬邦邦的圆顶硬呢帽,以显示他的男子气概和成功身份,有时在屋里都忘了摘下礼帽。她瞥了一眼他的袖口。两只硬挺的亚麻布袖口已经磨得起了毛。她曾经把袖口翻转过来,每周都要把起毛的地方剪掉。可是,上个礼拜天的早晨,趁他每周一次洗澡的大好时机,她恳求他把那件衬衫扔了,他却有点不好意思地分辩说:"哎呀,还能穿好长时间咧。"

他一个礼拜才刮三次脸,有时候自己刮,有时候找德尔·斯纳弗林刮。这天早上,他刚好没有刮脸。

不过,他对自己的新翻领和时髦的领带还挺得意。他经常说麦

---

① 棕榈滩(Palm Beach):胖哔叽(Palm Beach cloth),商标名。

加农医生"穿着随意"。他还嘲笑那些穿活套袖口或者铰合式领子的老年人。

卡罗尔不太喜欢那天晚上的奶油鳕鱼。

她注意到,他的手指甲参差不齐,形状还很难看,因为他习惯用小折刀修指甲,根本看不起指甲锉,认为那是女人和城里人用的东西。他的手指总是很干净,是外科医生那种冲刷过的手指,这就使他的不修边幅更加刺眼。他那双手是智慧的手,宽容的手,但不是谈情说爱的手。

她还记得他向自己求爱的那些日子。那时候,他总是想方设法讨她欢心,傻乎乎地在他的草帽上扎了一根彩带,让她心里为之一动。难道他们笨拙地抚弄对方的日子已经一去不复返了吗?为了打动她,他曾经念书给她听,还说要是哪儿念错了她务必给指出来,现在回想起来真是好笑。还有一次,他们坐在斯内灵堡墙根下一个僻静的地方,他硬要——

她关上了遐想的门。那儿是神圣的地方。可是,让人羞愧的是——

她紧张地推开面前的糕饼和杏仁羹。

吃完晚饭,因为门廊里蚊子太多,他们只好回到屋里。肯尼科特说:"我们一定给门廊换一个新纱门,破纱门都让这些蚊子进来了!"五年来,他这话已经唠叨两百遍了。他们坐下来看书,她又注意到了他那一贯的丑态,她厌恶自己又去注意。他东倒西歪地躺在一把椅子上,两条腿翘在另一把椅子上,用小拇指的指尖抠他的左耳朵——她都听到轻微的窸窣声了——他不停地抠,不停地抠——

他突然开口说:"哎呀。忘了告诉你了。今儿个晚上,有几个家伙要过来打扑克牌。你能不能给我们准备一点咸饼干、奶酪和啤酒?"

她点了点头。

"他本该早点儿说的。唉,好吧,谁让这是他的家呢。"

几个牌友陆续到了,有萨姆·克拉克、杰克·埃尔德、戴夫·戴尔和吉姆·豪兰。见到她,他们只是机械地说了声:"晚上好!"可是见了肯尼科特,他们却豪情万丈地说:"喂,喂,咱们开始吧?我有一种预感,要把某位老兄打得落花流水。"谁也没提议要她一起打牌。她心想,那是她自己的错,因为她对他们不够友好。可是她记得,他们也从来没叫萨姆·克拉克太太一起打牌。

要是布雷斯纳汉也在的话,可能早就喊她了。

她坐在客厅里,瞟着过道那边弓起背趴在餐桌上打牌的那些男人。

他们穿着衬衫,嘴里叼着烟,嚼着口香糖,还不时地往地上吐痰。有那么一会儿,他们压低声音说话,不让她听见他们在说什么,然后就咯咯地笑个不停,笑声很刺耳。他们反复说着那些打牌的行话:"三打一。""我加五美元压死你。""快点儿,押注呀;你们当这儿是什么,女人的午后茶会呀?"刺鼻的雪茄烟味弥漫在屋子里。那些男人嘴里紧咬着雪茄,脸部的下半部木然呆板、神色凝重、表情严峻。他们就像冷漠地瓜分东西的政客一样。

他们怎么能理解她的世界呢?

那个虚无缥缈的世界真的存在吗?她是个傻瓜吗?她怀疑她的那个世界,也怀疑她自己。刺鼻的烟味让她恶心。

她再次陷入沉思,想起了家中的日常生活。

肯尼科特恪守陈规,像一个孤立的老人一样。起初,他还含情脉脉地装作喜欢她试做的食物——那是她借以发挥自己想象力的一个媒介——可现在他只想吃他喜欢的那几道菜:牛排、烤牛肉、炖猪蹄、燕麦粥,还有烤苹果。有时候,他也会灵活一点,不吃柑橘,改吃葡萄柚,然后就以为自己是个讲究饮食的人了。

婚后的第一个秋天，看到他那么喜欢那件猎装，她还付之一笑。可现在，皮面上淡黄色的缝线很多地方已经脱线了，帆布也千疮百孔的，沾满了田里的泥土和擦枪油，就那么挂在一堆破烂衣服的边上，她看见这东西就生厌。

她这一生不也很像那件猎装吗？

肯尼科特的母亲在1895年买了一套瓷器，每件瓷器上的每一道伤痕和每一个棕色的斑点，她都一清二楚。这一套素雅的瓷器上面有一个褪了色的勿忘草图案，边缘是模糊不清的金色。这套瓷器包括一只船形肉卤盘，放在并不般配的大碟子里；一些菜盘，上面有色彩庄严和印着福音教义的盖子；还有两只主菜盘。

这两只主菜盘中，有一只是中号的，已经被贝亚打碎了。因为这事，肯尼科特都叹息二十次了。

还有厨房。

黑色的铁铸水槽是潮湿的。黄色泛白的滴水板也是潮湿的，由于长期擦洗，上面的木条已经褪色了，软得跟棉纱线似的。餐桌桌面已经起皮了。还有一只闹钟。那只炉子虽然被奥斯卡林娜涂黑了，显得漂亮一些了，但仍然令人厌恶，因为风门是松的，通风装置是坏的，烤炉的温度永远都不均匀。

卡罗尔对这间厨房已经尽力了：把它刷成白色，挂上窗帘，再把六年前的日历换成一帧彩色版画。她本来想铺瓷砖的，然后再垒一个夏天烧饭用的煤气灶，可是肯尼科特一拖再拖，始终不肯花这笔钱。

她对厨房里那些锅碗瓢盆的了解远胜于她对维达·舍温或者盖伊·波洛克的了解。还有那个开罐器，尽管灰色的金属软柄很久以前被人用来撬窗户弄弯了，但对她来说，欧洲所有的教堂都没有它实用。礼拜天晚餐切冻鸡的时候，到底是用那把手柄没上漆的小号菜刀好些，还是用那把稍差一点的鹿角切肉刀好些，这是每个礼拜都会困扰她的问题。对她来说,这个问题比亚洲的未来更为重要。

二

这几个男人一直都没理她。直到午夜时分,她的丈夫才喊道:"卡丽,能给我们弄点吃的吗?"她穿过餐厅的时候,几个男人都向她微微一笑,是那种发自内心的笑。她把咸饼干、奶酪、沙丁鱼和啤酒送来的时候,谁也没有瞧她一眼。他们正在琢磨戴夫·戴尔的心思,因为他两个小时以来就没有补过新牌。

等到他们都走了,她对肯尼科特说:"你那些朋友搞得跟在酒吧似的。他们巴不得我像侍者一样侍候他们。他们根本不拿我当回事,我还不如个服务生呢,因为他们连小费都不用给。真倒霉!好了,晚安。"

她很少这样小气,也很少这样发脾气,所以肯尼科特并不生气,而是感到惊讶。"嘿!等一下!你什么意思?我真不明白你的意思。那几个家伙——酒吧?哎呀,珀西·布雷斯纳汉说过,今天晚上到这儿来的那伙人,又忠厚又善良,再也没有比他们更好的人了!"

他们就那样站在前厅里。肯尼科特惊得停下了手头的事情,没去锁前门,也没去给手表和闹钟上发条。

"布雷斯纳汉呀!我讨厌那个人!"她这么说也没什么特别的意思。

"哎呀,卡丽,他可是这个国家的一个大人物啊!波士顿的人可都对他唯命是从呢!"

"是不是唯命是从我可不知道。谁知道波士顿那些有教养的人会不会把他当成乡巴佬啊?你看他叫那些妇女'小妹妹'时的那个德行,还有……"

"听我说！够了！当然，我知道你不是这个意思——你只是太热、太累，想要找我出出气。可是，不管怎么说，我不许你指责珀西。你——就像你对这次大战的态度一样——生怕美国变成军国主义——"

"可你是个不折不扣的爱国主义者呀！"

"谢天谢地，我是！"

"是啊，我刚才还听到你跟萨姆·克拉克说怎么逃避所得税呢！"

肯尼科特这才回过神来，锁上大门。他赶在卡罗尔的前头，拖着沉重的脚步上了楼，怒气冲冲地抱怨说："你都不知道自己在说什么。我十分乐意支付我全部的所得税——实际上，我支持所得税——尽管我真的认为它对节俭和进取精神是一种惩罚——实际上，这种税根本不公平，愚蠢得要死。但是，不管怎么样，我都会交的。只不过，我也不是白痴，超过政府规定的，我可不交。刚才我和萨姆·克拉克只是想弄清楚是不是所有的汽车费都不应免除。卡丽，你说的很多东西我都能接受，可是你说我不爱国，我是连一秒钟都不能容忍的。我千方百计想要离开这里去参军，这你最清楚不过了。战争一开始我就说——我自始至终都在说——一旦德国人侵比利时，我们就要参战。你一点都不了解我。你体会不了一个男人的工作。你变态。你就知道看那些愚蠢的小说，看那些烂书，还有那些不切实际的垃圾——你老是喜欢抬杠！"

过了一刻钟，他才停止抱怨，冲她吼了一声"神经病"，就转过身子假装睡觉去了。

这是他们第一次没有言归于好。

"世上有两种人，只有两种人，他们同时并存。他那种人叫我这种人'神经病'；我这种人叫他那种人'笨蛋'。我们永远也不会互相理解，永远不会。我们要是这样争吵下去，那简直就是疯了——就在这个令人毛骨悚然的房间，在一张热烘烘的床上，两个人还躺在一起——两个冤家对头，像牲口一样套在一起。"

三

这件事让她明白自己渴望有一片属于自己的小天地。

"天气这么热，我还是睡客房吧。"她第二天说道。

"这主意不错。"肯尼科特和颜悦色地说。

那个房间放了一张笨重的双人床，一个廉价的松木衣柜。她把那张床搬到了阁楼里，换上了一张轻便小床，又套上一个劳动布床罩，白天就把它收起来当沙发用。她又搬来一个梳妆台和一把套上印花棉布罩子的摇椅，还请迈尔斯·伯恩斯塔姆做了书架。

肯尼科特慢慢明白，她是有意要图个清净。他忙不迭地问："整个房间都改了啊？""你要把书放在那儿啊？"她听得出他的沮丧。不过，这事好办，只要把门一关，他的那些担心就被拒之门外了。这让她有点伤心——这么轻易就把他忽视了。

贝西·斯梅尔舅妈探听到了这件无法无天的事。她大声叫嚷说："哎哟，卡丽，你该不会老是一个人睡吧？我不主张那样。结了婚的人就应该睡在一个房间里，这是理所当然的啊！别犯傻了。真不知道这会闹出什么结果。假如我突然告诉你惠蒂尔舅舅，说我想要一个自己的房间，结果会怎样啊！"

卡罗尔扯起了玉米布丁的各种做法。

可是，从韦斯特莱克医生太太那儿，她倒是受到了鼓励。有一天下午，她去韦斯特莱克太太那儿串门，破天荒被邀请上楼。她看见，这个娴雅的老妇人在做针线活儿，房间的色调是白色和红褐色，里面还有一张小床。

"喵，你有你的房间，医生也有他的房间？"卡罗尔示意说。

"我有啊!医生说,我吃饭的时候爱发脾气,他实在受不了。你——"威斯特莱克太太机警地看着她说,"啊唷,你不也可以这样做吗?"

"我也一直在想这事儿呢。"卡罗尔放声大笑,显得有点不好意思,"那么,我要是想偶尔一个人待着,你不会认为我是个十足的贱货吧?"

"啊唷,孩子呀,每个女人都该有她自己的空间,可以思考一些事情,比如说想想孩子,想想上帝,想想自己的面色有多憔悴,想想男人怎样真的不理解自己,想想家里有多少活儿要干,想想要容忍一个男人的爱得需要多大的耐心,等等。"

"是啊!"卡罗尔惊讶地说道,她的两只手拧在一起。她很想开诚布公地说,她不仅讨厌贝西舅妈,而且对她最喜爱的那几个人也心怀不满:她疏远了肯尼科特,她对盖伊·波洛克感到失望,她在维达面前很不自在。不过,她的自制力很强,强忍着自己说道:"是啊,那些男人!那么笨的家伙真是罕见,我们真得躲远一点,好好取笑他们。"

"当然,我们就要这样。我并不是说要你好好取笑肯尼科特医生。可是,我家男人,天哪,那可真是个罕见的老混蛋!他应该去干正经事儿的时候,却在那儿看小说!'马库斯·韦斯特莱克,'我对他说,'你可真是个浪漫的老糊涂。'你猜他生气了吗?他没有生气!他笑得咯咯的,然后说:'是啊,我的宝贝儿,人家都说,已婚夫妻越长越像呢!'他可真讨厌!"威斯特莱克太太开怀大笑。

听了这种意想不到的事儿,卡罗尔只好礼貌地回应说,她的宝贝肯尼科特还不够浪漫。临走前,她又对韦斯特莱克太太唠叨了一阵子,说她不喜欢贝西舅妈,肯尼科特现在的年收入五千多,以及她对维达嫁给雷米埃的看法(其中还言不由衷地赞扬雷米埃"心眼儿好"),她对图书馆委员会的看法,肯尼科特对卡撒尔太太的糖尿病的看法,以及肯尼科特对双城的几个外科医生的看法。

回家的时候,她因为畅所欲言而感到心情舒畅,又因为找到一个新朋友而感到精神振奋。

四

这是一出"家务形势"的悲喜剧。

奥斯卡林娜回家帮忙干农活去了,卡罗尔一连雇用了好几个女佣,中间也有过断档。佣人短缺即将成为这个草原小镇的一个令人头痛的问题。农家女孩越来越不能忍受乡村生活的单调沉闷,越来越不能忍受胡安妮塔那号人对"农家女佣"一成不变的态度。她们纷纷离开本地跑到大城市去,有的到厨房打下手,有的到商店打工,还有的到工厂做工。这样下班以后,她们还能有点儿自由,甚至活得像个人样。

忠心耿耿的奥斯卡林娜舍卡罗尔而去,这让欢乐雨季的人着实开心了一把。他们提醒卡罗尔别忘了自己说过的话:"我和这些佣人之间没有任何问题。你看,奥斯卡林娜不在我家干得好好的吗?"

卡罗尔请的女佣,有来自北方林区的芬兰人,也有来自草原各地的德国人,偶尔也有瑞典人、挪威人和冰岛人。在她们没能及时交接的时候,卡罗尔就自己动手干活。她还得忍受贝西舅妈的唠叨,因为她经常突然出现,告诉卡罗尔清扫浮灰之前怎样把扫帚弄湿,怎样给炸面圈加糖,怎样往鹅肚子里塞填料。卡罗尔干活麻利,因而也赢得过肯尼科特的赞扬。可是,当她的肩胛骨开始疼痛的时候,她就纳闷了,心想不知道有多少女人在有生之年没完没了地干这种家务活,还装作自己喜欢这种幼稚的事情,真是自欺欺人。

她曾经认为,一对夫妻住一所独门独院的房子,是所有体面的生活的基础，但现在，她开始怀疑这种生活的便利性，从而怀疑它的神圣性。

她认为她的这些怀疑是邪恶的。她不愿想起欢乐雨季有多少女人唠叨她们的丈夫，同时又被她们的丈夫唠叨。

她尽量不向肯尼科特抱怨。可是，她的两只眼睛很痛。她已经不是五年前那个穿着马裤和法兰绒衬衫在科罗拉多山里的篝火上烧饭的姑娘了。现如今，她最大的心愿就是九点钟能上床睡觉，她最厌恶的事情就是六点半起床照料休。她下床的时候，脖子后面就会痛。她对这种简单而又艰苦的生活的乐趣嗤之以鼻。她终于明白为什么好多工人和他们的妻子对那些好心的雇主并不感激了。

上午十点左右的时候，她的脖子和后背暂时不痛了，她又觉得实实在在干点活很有趣了。在这几个小时里，她浑身充满活力，手脚特别灵活。不过，她没有心思去看报纸上那些讴歌劳动的短小文章，那些眉毛都已发白的新闻先知每天都写这些东西。她觉得自己有独立见解，也有点儿傲慢不羁，尽管她没有表露出来。

打扫房子的时候，她想到了佣人的房间。那是厨房上方的一个洞穴，屋顶是倾斜的，窗户也很小，夏天闷热，冬天冰冷。她知道，尽管她一直认为自己是个难得的好主人，但她一直让自己的朋友贝亚和奥斯卡林娜住在一个猪圈一样的地方。她曾经向肯尼科特抱怨过。当时他们俩正站在从厨房七拐八抹通往佣人房的岌岌可危的楼梯上，他咆哮着说："这有什么问题吗？"她解释说："屋顶已经歪斜了，木板也没有涂抹灰泥，墙上到处都是雨水留下的一圈圈褐色的水渍；地板凹凸不平；那张简易小床和那些凌乱的被褥看着就让人泄气；摇椅已经散架了；那面镜子把人都照扭曲了。"

"也许，它是连雷迪森酒店的客厅都不如，可是比起这些女佣在家里住惯的地方，它实在是好多了，她们都觉得很好呢。要是她们不喜欢，我们就要花钱，那我们也太傻了。"

第二十四章

可是，那天晚上，肯尼科特很想给她一个惊喜，于是摆出男人那种漫不经心的样子，慢吞吞地说："卡丽，虽然不太确定，但我们可能要考虑盖一个新房子了，就这几天吧。你觉得咋样？"

"啊唷——"

"我直说了吧，我觉得我们现在有钱再盖一个房子了——而且是个出色的房子！我要让镇上的人看看什么才是真正的房子！我们要盖一个比萨姆和哈里家还好的，让大伙儿对我们刮目相看！"

"是的。"她说。

他没有说下去。

每天，他都要提起新房子的事儿。但是，什么时候动工，盖成什么样子，他还不太确定。开始的时候，她还相信。她畅想着要盖成一个有花格窗和郁金香花坛的石头矮房子，一个拓殖时期风格的砖头房子，或者一个有绿色百叶窗和屋顶采光窗的白色框架小别墅。看到她满腔热忱的样子，他回应说："咳，可以啊，也值得考虑考虑。你记得我把烟斗放到哪儿了吗？"她要是逼得太紧了，他就不耐烦地说："我也不知道。我好像觉得你讲的那种房子盖得太多了。"

事实证明，他想要的房子和萨姆·克拉克家的房子是一模一样的，在这个国家的每一个小镇每盖三所房子就有一所是这样的：方方正正的，单调的黄色，洁白的护墙板，还有一个宽阔的纱门门廊，一片整洁的草地，以及一条条水泥人行道。这种房子跟一种商人的心理很像，他们直接投一个政党的选票，每个月上一次教堂，拥有一辆漂亮的汽车。

他承认说："咳，是的，也许它没有那么多狗屁艺术性，可是——不过，事实上我也不想要萨姆那样的房子。我可能会把他家那种可笑的塔楼给去掉。而且我想，如果漆成奶油色，可能更好看一些。萨姆那个房子的黄颜色有点儿太俗气了。还有另外一种房子，非常漂亮，看着也很结实，墙面不是护墙板，而是带有漂亮的褐色斑点的鱼鳞板——这样的房子在明尼阿波利斯倒是见过一些。你说我只喜欢一种房子,那你可就大错特错了!"

一天晚上,卡罗尔正睡眼惺忪地说要一栋带玫瑰园的小别墅,惠蒂尔舅舅和贝西舅妈就走了进来。

"舅妈,你管理家务经验丰富,"肯尼科特向她求助说,"你说说,盖一栋方方正正的漂亮房子,再弄一个上等的炉子,不要太在意建筑式样之类的东西和那些小玩意儿,这样才是明智的,是不是?"

贝西舅妈慢慢张开两片嘴唇,好像它们是一根松紧带一样。"啊唷,当然啦!卡丽,我知道像你这样的年轻人是怎么想的。你们想要塔楼、凸窗还有钢琴,还有上帝才知道的那些什么玩意儿。不过,最实用的是那些衣橱,一个好炉子,还要有一个方便晾衣服的地方,别的东西都不重要。"

惠蒂尔舅舅流了一点口水,把他的脸凑近卡罗尔的脸,气急败坏地说:"当然,那些根本不重要!你为啥要在乎别人怎么看待你家房子的外表?你要住的是房子里面!虽然这不关我的事,但是我必须说,你们年轻人宁愿吃蛋糕,也不愿意吃土豆,真是气死我了。"

她趁自己没有发火赶紧钻进了自己的房间。就在楼下,很近很近的地方,她能听到贝西舅妈用扫帚扫地般窸窸窣窣的声音,以及惠蒂尔舅舅用拖把拖地般的嘟囔声。她有一种莫名的恐惧,觉得他们会闯进来,然后又担心自己会屈从囊地鼠草原镇的礼俗,会下楼去向贝西舅妈"示好"。她感到全镇居民对举止端庄的渴求一阵一阵地向她袭来,他们坐在自己的起居室里,用肃然起敬的眼神注视着她,就那么恭候着,简直强人所难,一副不屈不挠的样子。她咆哮着说:"哎哟,好吧,我这就去!"她往自己鼻子上扑了点粉,又把衣领弄平,然后冷冰冰地下楼去了。那三个年龄比她大的人都没有搭理她。他们已经把话题从新房子转到一些令人愉快的琐事上去了。贝西舅妈说个不停,那声音就像大声咀嚼烤面包似的:

"我觉得呀,斯托博迪先生应该马上到我们店里把雨水管道修好的。我礼拜二上午十点之前就去找过他了。不,是十点过几分。不管怎么说,反正离中午还早着呢——我知道是那个时候,因为我刚好从银行出来去肉店买点牛排——天哪!奥利森·麦圭尔肉店漫天要价,好像卖给我们的肉并不好,都是一些不新鲜的东西。但我还是把它买下来了。我还顺道拜访了博加特太太,问问她的风湿病情况——"

卡罗尔注视着惠蒂尔舅舅。从他紧绷的表情来看,她知道他没听贝西舅妈讲话,而是在盘算着什么,很可能会突然打断贝西舅妈。他果真开口了:

"威尔,我上哪儿才能再弄一条裤子?跟这件上衣和背心搭配穿的。不想花太多钱。"

"咳,我想纳特·希克斯可以给你做一条。不过,如果我是你呀,我就去艾克·里夫金的店了——他家的价格比时装店低一点。"

"哼。你的诊室装新炉子了吗?"

"还没有呢。一直想在萨姆·克拉克的店里买一个,不过——"

"咳,你还是赶紧装上吧。不要拖了一个夏天还没装上炉子,非得等到秋凉以后才装。"

卡罗尔微微一笑,讨好他们说:"亲爱的,我要上楼睡觉了,你们不会介意吧?我累得不行了——今天把楼上打扫了一遍。"

她退出去了。她敢肯定他们在背后议论她,然后再恶心地说几句原谅她的话。她一直躺在那儿睡不着,直到听见远处床铺嘎吱嘎吱的声音,知道肯尼科特已经睡下了,她这才安下心来。

第二天吃早饭的时候,肯尼科特提起了斯梅尔夫妇的事。他没头没脑地说:"惠蒂尔舅舅有点笨。但同时,这个老笨蛋又挺精明的。他那个店铺确实搞得挺好。"

卡罗尔微微一笑,说:"就像惠蒂尔说的那样,毕竟最重要的事还是要把房子的内部搞好,别人从外面怎么看无所谓!"肯尼科特很高兴她终于想通了。

看样子就这么定了,新房子要盖成萨姆·克拉克家那种风格的。

肯尼科特一再强调,建造这个房子完全是为了她和孩子。他说要做几个衣橱给她放衣服,还要给她留一个"舒适的缝纫室"。可是,当他从旧账簿上撕掉一页——他是一个连一张纸都要节省、一根细绳都要捡起来的人——来草拟车库建造计划的时候,他关注的主要是一个水泥楼板、一个工作台和一个汽油箱,而不是缝纫室。

她闲坐一旁,有点担心。

在现在这个破房子里,有一些很古怪的东西——餐厅比客厅高一个台阶,小屋里面很别致,紫丁香树丛湿漉漉的。不过,新房子一定会很整齐,很标准,很稳固。既然肯尼科特已经四十多岁,生活也已安定下来,那么盖这个房子很可能就是他最后一次冒险行为。只要她还住在这个丑陋的大房子里,她就随时都有可能改变一下,可是一旦她住进新房子,她这后半生就只有在那儿闲坐了——她会在那儿寿终正寝。她不渴望奇迹的发生,只想尽量把盖房子的事情往后推一推。肯尼科特唠叨着说要给车库装一个双开式的弹簧门的时候,她仿佛已经看到了一座监狱的大门。

她再也没有主动提起盖房子的事。肯尼科特觉得很委屈,也不再拟定那些计划。十天以后,新房子的事也就被遗忘了。

五

结婚以后,卡罗尔每年都很想畅游东部。肯尼科特每年都说去参加美国医学协会的会议,"开完会我们就能在东部玩个痛快了。我对纽约了如指掌——在那儿待过将近一个礼拜呢——不过我还是想去新英格兰转一转，把那些历史名胜看个遍，再吃一些海鲜"。这事他从二月一直讲到五月，到了五月他又总说有几个人临产，或者说有几笔地产生意要做，所以"今年不能离家太久——出门就得像个样子，否则也没啥意思"。

洗刷碗碟令她厌倦，更增强了她要旅行的强烈愿望。她想象着自己在参观爱默生的故居，在碧波荡漾中洗浴，头戴小帽，身穿夏季皮草，会见一个有贵族气派的外国人。春天的时候，肯尼科特还感伤地主动跟她说："我猜你今年夏天可能想出远门好好旅游一下。可是古尔德和麦加农都不在，那么多病人都靠我一个人，我都不知道怎样才能走开。天哪，不带你出门我都觉得自己像个吝啬鬼了。"领略了布雷斯纳汉对旅游和玩乐的那种令人意乱情迷的情趣之后，整个七月份她都蠢蠢欲动。她真的很想去，但她只字不提。他们说过要去双城玩一趟，却也推迟没去。她后来又像讲一个天大的笑话一样提议说："我想，我和宝宝可能把你丢在家里，我们自己跑去科德角！"肯尼科特唯一的回应就是："天哪，要是我们明年还去不成的话，你们可能还真的要自己去了。"

快到七月底的时候，肯尼科特提议说："哎呀，那些海狸①正在乔雷莱蒙镇开一次大会，还有街头集市什么的。我们明天不妨也去吧。而且我也想见一见卡利布里医生，跟他谈点事情。在那儿待上一整天。今年我们没去旅行，这也许多少可以弥补一下吧。卡利布里医生，很不错的一个家伙。"

乔雷莱蒙镇是一个草原小镇，和囊地鼠草原镇一样大。

他们的汽车出了故障，大清早又没有客运列车。他们把休托付给贝西舅妈，又郑重地交代了一番，然后就乘坐货运列车去了。对于这次意想不到的远足，卡罗尔简直喜不自胜。自从休断奶以后，

---

① 海狸（the Beavers）：很多兄弟会都叫海狸，最早的海狸兄弟会创建于1911年。

除了匆匆一瞥布雷斯纳汉，这还是发生在她身上的第一件不同寻常的事呢。他们坐的是守车，那是货运列车末尾的一节猛烈颠簸的红色圆顶小车厢。它就像一间流动的简陋棚屋，一艘陆地双桅纵帆船的船舱，边上有几个套着黑色油布的座位，至于桌子，只不过是一块钉在铰链上翻过来使用的松木板。肯尼科特在和列车长以及两名制动员玩七点儿①。卡罗尔喜欢两位制动员脖子上围着的蓝色丝巾，喜欢他们对她的热情，还喜欢他们友善大方的样子。因为没有满身臭汗的旅客挤在她身边，所以她也乐得在缓慢行驶的火车上尽情享受。她沉醉在沿路的湖泊和黄褐色的麦田之中。她喜欢热烘烘的大地和洁净的润滑油的气味。货车悠闲的咔嚓——咔嚓、咔嚓——咔嚓的声响，宛如阳光下一首欢快的歌曲。

她佯装自己正在前往落基山。在他们抵达乔雷莱蒙镇的那一刻，她顿时容光焕发，像过节一样。

可是，他们刚刚站在一座红色框架结构的车站，她那急切的心情就凉了半截，因为这个车站简直跟他们刚刚离开的囊地鼠草原车站一模一样。肯尼科特打了个哈欠，说："真准时，刚好赶上卡利布里家的饭点。我在囊地鼠草原的时候给他打了个电话，说我们要到这儿来。我告诉他'我们坐的是货车，十二点之前到'。他说他要来车站接我们，直接带我们回家吃饭。卡利布里是个老好人。一会儿你就会发现，他的太太是一个娇小的女人，很强大，很聪明，也很活泼。哎呀，他在那儿哪。"

卡利布里医生是个四十岁的中年男人，又矮又胖，胡子刮得干干净净，一副老实巴交的样子。他和他那辆棕色的汽车竟有几分相似，那副眼镜就像挡风玻璃一样。肯尼科特说："医生，这是我太太——卡丽，介绍你认识一下卡利布里医生。"卡利布里默默地鞠

---

① 七点儿（seven-up）：两人以上玩，得七点儿成局的一种牌戏。

了一个躬，然后握了一下卡罗尔的手，但是他还没握完手就开始专注地跟肯尼科特说话了："医生，见到你很高兴。哎呀，我一会儿可得记着好好向您请教，那个眼球突出性甲状腺肿大的病例，就是瓦基扬那个放荡不羁的女人，你是怎样处理的呢？"

这两个男人坐在汽车的前排座位，只顾谈论他们的甲状腺肿大，完全没有理会她。她也不懂什么叫甲状腺肿大。她一边恣意地幻想着自己的奇遇，一边凝视着那些陌生的房子……那些死气沉沉的村舍，还有那些仿造的石屋，都是方方正正的，样子很古板，油漆也很难看；那些护墙板倒是很干净，宽敞的门廊也安装了纱窗，一块块小草坪也很整齐。

卡利布里把她交给他的妻子。那是一个很壮的女人，她管卡罗尔叫"宝贝儿"，还问她热不热，显然是在没话找话说，然后又问道："让我想想，你和医生俩生了个小家伙,是不是呀？"午饭的时候，卡利布里太太给大家上了咸牛肉烧卷心菜，一副热情好客的样子，就跟热气腾腾的卷心菜叶子似的。两个男人都没有关照自己的妻子，彼此讲了几句大街见面说的寒暄话，又正儿八经地聊了一会儿天气、庄稼和汽车，然后就话锋一转，言归正传了。肯尼科特捋着下巴，得意地卖弄起学问来，慢吞吞地问道："哎呀，医生，你用甲状腺剂治疗产前腿痛有效果吗？"

他们认为她太无知，不懂男人的奥妙，卡罗尔对此并不生气。她已经习以为常了。可是眼前的卷心菜和卡利布里太太的话一样味同嚼蜡，让她昏昏欲睡，眼睛都快睁不开了。那位太太说："雇用这些女佣实在麻烦，真不知道我们以后怎么应付。"为了消除困意，她强打精神，取悦卡利布里说："医生，明尼苏达州的医学协会已经提议立法去帮助那些哺乳期的母亲了吗？"

卡利布里慢慢地转过脸来对着她，说："呃……我从来没有……呃……从来没有研究过这个问题。我不太想过多地参与政治活动。"

他干脆转过身去背对着她，满脸真诚地凝视着肯尼科特，又接着说："医生，你治疗单侧肾盂肾炎的经验是什么？巴尔的摩的巴克伯恩主张采用被膜剥除术和肾切开术，可我觉得——"

他们坐在那儿一直聊到下午两点。在冷静而又成熟的三位人士的护送下，卡罗尔来到了街头集市。这集市给"海狸兄弟联合会"的周年大会增添了世俗的欢乐气氛。到处都是那些"海狸"，充满人性的"海狸"。三十二级的"海狸"身穿宽松的灰色西装，头戴体面的圆顶硬呢帽；轻浮一点的"海狸"身穿粗麻布夏季外套，头戴草帽；那些粗俗的"海狸"则只穿衬衣，吊带都磨损了。但不管属于哪一个等级，每一个"海狸"都有一条虾仁色的大缎带以示身份，上面镶有银色的字样"会友阁下，海狸兄弟联合会，州立年会"。在每一位会友的太太的衬衫式连衣裙上，也有一个"会友夫人"的徽章。德卢斯代表团还把他们那只著名的海狸业余乐队带来了。他们身穿南北战争时期义勇军穿的那种华丽军装：上身穿绿色的天鹅绒夹克衫，下身穿蓝色的长裤，头戴鲜红色的土耳其帽。奇怪的一点是，在令人自豪的红帽下面，那些义勇军仍然是一副美国商人的面孔：面色红润，温文尔雅，还戴着一副眼镜。他们在大街和二号街的拐角处站成一圈演奏，有的嘟嘟地吹着横笛，有的鼓起腮帮吹着短号，但两眼仍然瞪得跟猫头鹰似的，好像他们正端坐在挂有"今日公务繁忙"标牌的办公桌前一样。

卡罗尔原以为那些"海狸"只是一群普通的市民，组织起来的目的只是想获得便宜的人寿保险，以及在每个月第二个礼拜三的时候到会所打打扑克牌。不过，她看见一张很大的海报，上面写着：

海狸兄弟联合会

国家良好公民最好的感化场所，世间优秀青年最愉快的会社。这里的青年精力充沛，慷慨大方，积极进取。乔雷莱蒙镇热忱欢迎阁下光临。

肯尼科特看完这个海报，向卡利布里称赞说："强大的会社，海狸会。我从未加入过。我也不知道以后要不要入会。"

卡利布里轻描淡写地说："这群人都很慷慨。这是一个很好的会社，势力也很强大。看到那边打小军鼓的家伙了吗？听说他是德卢斯市最精明的杂货批发商。我想，还是值得入会的。哎呀，你经常做保险体检吗？"

他们继续向街头集市走去。

大街两边都是"吸引人的东西"，摆了一个街区——两个热狗货摊，一个柠檬水和爆米花货摊，一个旋转木马；还有一些货摊，如果你想投球掷布娃娃的话，就可以在这里投球扔布娃娃玩。那些有身份的代表不好意思到这些货摊来，但那些乡下小伙子就不一样了。他们红砖色的脖子上戴着浅蓝色的领带，脚上穿着鲜黄色的皮鞋，开着灰蒙蒙的福特把心上人带到镇上来，狼吞虎咽地吃着三明治，把嘴巴凑在瓶口上喝草莓汽水，骑着深红色和金黄色的木马疯玩。他们尖声叫喊，咯咯地傻笑；花生烘烤机啸啸地叫个不停；旋转木马砰砰砰砰地播放着单调的音乐；招揽顾客的卖家声嘶力竭地叫卖："机不可失——机不可失——过来看看，小伙子——过来看看——让那个姑娘开心一点——让她快乐一点，机不可失，只要五美分就能赢得一只真正的金表，十美分两次，一美元二十次！"大草原的骄阳像毒刺一样射向没有树荫遮蔽的街道，砖墙店铺的锡质飞檐闪闪发亮，沉闷的微风扬起灰尘撒在那些汗流满面的"海狸"身上。他们穿着挤脚而又灼热的新鞋，在两个街区之间晃来晃去，不知道接下来该干些什么，只是想玩得痛快一些。

卡罗尔跟在面无笑容的卡利布里夫妇身后，顺着这个街区的货摊一直往前走，越走越觉得头痛。她向肯尼科特嘀咕道："我们去疯一下吧！我们去坐坐旋转木马，赚一枚金戒指回来！"

肯尼科特想了想，然后喃喃地对卡利布里说："你们两位要不要停一下，骑骑旋转木马呢？"

卡利布里想了一想，然后喃喃地对他的太太说："你要不要停一下，骑骑旋转木马呢？"

卡利布里太太神情疲惫地微微一笑，然后叹了口气说："哦，不，我不太喜欢。不过，你们几个去玩吧，去试一试。"

卡利布里向肯尼科特解释说："不，我们对这个不是很感兴趣。不过，你们俩去玩吧，去试一试。"

肯尼科特权衡了一下，决定不去疯了。他说："卡丽，我们以后再玩吧。"

她只好放弃。她看着这个小镇。她明白，从囊地鼠草原镇的大街来到乔雷莱蒙镇的大街，她并没有怦然心动的感觉。同样的两层砖房结构的杂货店，遮阳篷上方挂着各种旅馆的招牌；同样的木质结构的平房女帽店；同样的耐火砖砌成的汽车行；在宽阔的街道的尽头是同样的大草原；就连那些人也是一样的，担心随便吃一个热狗三明治就会打破他们的禁忌。

当天晚上九点，他们回到了囊地鼠草原镇。

"你好像有点生气。"肯尼科特说。

"是的。"

"乔雷莱蒙镇是一个有发展前景的小镇，你不觉得是这样吗？"她发火了，说："不，我觉得它就是一堆灰烬！"

"啊唷，卡丽！"

他为这件事担心了一个礼拜。他每次用餐刀使劲切熏腌肉片，把餐盘弄得哗啦哗啦响的时候，都会偷偷地瞟她一眼。

第二十四章 | 401

第二十五章

一

"卡丽人还不错。她爱挑剔,但她会改的。不过,我希望她快点儿改!她无法理解的是,在这样一个小镇行医的人,必须丢掉那些不切实际的东西,也不能把时间都花在听音乐会和擦皮鞋上面。不过,如果他有时间,那些文化、文艺的玩意儿他也能干得很好,不会比其他人干得差的。"在一个夏日的傍晚,威尔·肯尼科特医生闲来无事,就在自己的诊室里这样沉思着。他弓起后背躺在那张倾斜的办公椅里,解开衬衫的一颗纽扣,扫了一眼《美国医学协会杂志》封底的国内新闻,又把杂志放下,然后又仰面躺下,右手拇指勾住背心的袖窿,左手拇指摩挲着后脑勺上的头发。

"天哪,不过,她也要冒很大的风险呢。但愿她能慢慢明白,我可不是一个只说不做的花花公子。她说我们想'改造她'。咳,其实是她一直试图改造我,把一个完美无瑕的医生改造成一个系着社会主义领带的混蛋诗人!只要我给那些女人机会,不知会有多少女人愿意偎依在'情人威尔'的身上安慰我呢,她要是知道这一点,肯定会大发雷霆的。我这个老头子又不是他妈的一点魅力都没有,喜欢我的女人多了去了!自从结了婚,我也懒得再去拈花惹草,不过——要是有哪个姑娘足够开放,坦然面对生活;要是有哪个小媳妇不想一天到晚谈什么朗费罗,而只是握住我的手说:'宝贝儿,你看着好疲惫哦。歇一会儿,先别说话。'我不想方设法讨好她们才怪呢,我肯定会变心的。

"卡丽自以为了不起,知道乡亲们在想什么。她只不过在镇上转了那么一圈,居然就告诉我们该从哪儿干起。啊唷,她根本不知道以前有多乱,要是哪个厚颜无耻的家伙对他的妻子不忠,直接就在街上偷情了。她要是知道有这种事,肯定会气得两腿一蹬,直接就翘辫子了。不过,我不会对她不忠的。话说回来,不管卡丽有什么缺点,在我们这儿,不,就算是在明尼阿波利斯,也没有人像她这样漂亮、正直、聪明。她本该当一名艺术家,或者一名作家,或者别的那些什么家。不过,一旦她在这里住下了,她就应该守在这里。漂亮——天哪,她是漂亮。不过,她太冷淡了。她根本不知道什么叫激情。她根本不知道一个情欲强烈的男人一直压抑自己佯装满足有多辛苦。我是个正常的男人,却感觉像个囚犯一样,这也实在太让人讨厌了。她越来越过分,就连我亲她一下,她都无动于衷了。咳——

"我想,我能挺过去,就像我以前自己挣钱完成学业,然后开业行医一样。可是,在我自己的家,却被当成一个外人,这我就不知道还能忍受多久了。"

戴夫·戴尔太太一进门,他立刻坐了起来。她一屁股坐在椅子里,热得直喘气。肯尼科特咯咯地笑着说:"嗯,嗯,莫德,没问题。捐款簿在哪儿呢?你这一趟登门,又有什么由头敲我竹杠呀?"

"威尔,我哪有什么捐款簿呀。我是来找你看病的。"

"你不是基督教科学派的吗?你不信它了呀?改信什么啦?新信念①还是招魂术啊?"

"不,我没有放弃啊!"

---

① 新信念(New Thought):一种现代宗教哲学,主张精神力量能使人健康和幸福。

"我觉得呀,你来找医生看病,对你们姐妹社是一种打击啊!"

"不,不会的。只不过是我的信仰不够坚定罢了。我现在不还信着吗?再说了,威尔,你挺会安慰人的。我的意思是说,你不只是当医生的时候会安慰人,作为一个男人,你也很会安慰人。你那么强壮,又那么沉着冷静。"

肯尼科特坐在办公桌的边上,没穿外套,背心敞开着,露出一条很粗的金表链。他两手插在裤袋里,两条粗臂自如地弯着。戴尔太太咕噜咕噜说个不停,他则饶有兴致地看着她。莫德·戴尔神经过敏,笃信宗教,容颜已衰。她多愁善感,动辄就流眼泪。她的身材不太匀称——大腿和胳臂都很漂亮,但脚踝太粗,身上不该凸出的地方偏又凸出起来。不过,她的皮肤很光滑,两只眼睛也很有神,栗色的头发闪闪发亮,从耳际到脖子根的线条也很柔美。

他异常关切地说了一句老套的话:"喂,莫德,你觉得哪里不舒服?"

"我这个腰老是痛得厉害。恐怕你给我治过的老毛病又犯了。"

"有什么明显的症状吗?"

"没……没有。不过,我觉得你最好还是给我检查一下吧。"

"不用。莫德,我想没有那个必要。看在老朋友的分上,我就实话实说吧。我认为呀,你的病多半是胡思乱想出来的。我劝你真的不用检查了。"

她的脸涨得通红,两眼望着窗外。他这才意识到自己的口气不太客观和稳重。

她很快转过身来,说:"威尔,你老是说我的病是胡思乱想出来的。你为什么就不能科学一点儿呀?我一直在读一篇文章,讲的是这些新生代的神经科专家。他们声称,很多'胡思乱想出来的'小病,还有很多真正的病痛,其实就是他们所说的精神病。因此,他们还要求一个女人改变生活方式,让她可以达到一个更高的境界——"

"等等！等等！停下来！你等等！别把你的基督教科学和你的心理学混为一谈！那是两个完全不同的时髦玩意儿！你马上又要扯上社会主义了！你跟卡丽一样，糟糕得一塌糊涂，都有'精神病'。啊唷，天哪，莫德，要是有人付钱给我，要是我住在大城市，有胆量像那些家伙一样收那么多诊金，我也可以扯那些神经衰弱症、精神病、精神抑制、心理压抑和变态心理，不会输给那些该死的专家。如果有个专家敲竹杠要你一百美元诊疗费，然后告诉你去纽约，免得戴夫唠叨，你肯定会照办的，可这一百美元就白花了啊！可是，你是了解我的——我是你的邻居——你看我割草坪——你就以为我只是个无能的全科医生。如果我说'去纽约吧'，你和戴夫准会笑掉大牙的，然后说：'你看，威尔摆什么臭架子。他以为自己是个什么东西啊？'

"事实上，你说得对。你的性本能受到很深的压抑，那个老混蛋占据了你的身体。你需要做的就是离开戴夫，出去旅游一番。是的，那些该死的新信念派、巴哈派①、斯瓦米派②和三教九流的集会，你都去逛一逛。我知道，这样做对你有好处。可是我怎么能给你这样的建议呢？戴夫会跑到这儿剥我的皮的。我情愿做个家庭医生、牧师、律师、水管工，或者奶妈，但我就是不能让戴夫乱花钱。天气这么热，做这份工作多辛苦啊！所以，亲爱的，你听明白了吗？要是再这样热下去，恐怕要下雨了——"

"可是，威尔，我要是这样说，他是不可能给我钱的。他不可能让我走开的。你知道戴夫是怎样的人：在社会上，他又开朗，又慷慨。哦，他还特喜欢跟人比赛四分之一英里短跑，就算他输了，他也绝对有体育道德精神！可是，在家就不一样了，他一个镍币都

---

① 巴哈派（Bahai）：19世纪伊朗伊斯兰教的一个派别，强调博爱和平等。
② 斯瓦米派（Swami）：印度一个宗教教派。

捏着,手都滴血了还舍不得放。跟他要一美元我都得磨破嘴皮子。"

"当然,我知道。可是,宝贝儿,你得自己去争取。缠住他不放。我掺和进来只会让他恼火。"

他走过来,拍拍她的肩膀。在窗户的外面,在沾满灰尘和三角叶杨飞絮的阴暗的纱窗的另一边,大街上一片寂静,只有停在那儿的一辆摩托车发出焦躁的声响。她拿起他那只结实的大手,把脸颊贴在他的手背上。

"哦,威尔,戴夫这个人又小气,又可恶,又聒噪——小虾米一个!而你却那么沉着冷静。每次聚会他都插科打诨乱批评,但我看你从不介入,就那么看着他,就像一只大驯犬盯着一只活蹦乱跳的小狸犬一样。"

他竭力保持着医生的尊严,说:"戴夫这家伙并不坏。"

她慢慢松开他的手,说:"威尔,今天晚上到我们家来串门吧,好好数落数落我。把我变成一个好人,通晓事理一些。我实在是太寂寞了。"

"如果我过去的话,戴夫也会在家的,我们就只好打牌了。今天晚上他不用去店里当班。"

"不。那个伙计刚被叫走,回科林斯去了——他妈生病了。戴夫要到店里去,半夜才回来。哎哟,过来吧。家里还有一些冰冻的好啤酒,我们可以坐下来,聊聊天,凉快凉快,偷偷懒。这也没有什么不好,对吧?"

"对,对,当然没有什么不好。不过,还是不应该——"肯尼科特仿佛看见了卡罗尔,她身材苗条,头发乌亮,皮肤白皙,正在嘲笑他俩私通呢。

"好吧。可是,我会很寂寞的。"

她穿着一件宽松的、镶有机绣花边的平纹细布衬衫,颈前十分柔嫩。

"跟你说吧，莫德，如果我碰巧出诊经过你家门口，我就顺便进去看你，但也只能待一小会儿。"

"要是你喜欢，"她装作害羞地说，"哦，威尔，我只是需要安慰。我知道你都结婚了，喔唷，还是个如此令人自豪的父亲。当然，现在——黄昏的时候，要是我能坐在你的身旁，就那么静静地坐着，把戴夫忘掉，那该多好啊！你会来吗？"

"当然，我会的！"

"那我等你哦。你要是不来，我会寂寞的！再见。"

他暗骂自己："该死的笨蛋，我答应去她家干吗呀？我得遵守我的诺言，不然她会伤心的。她是个善良、高雅、深情的女孩，戴夫却是个小气鬼，的确是。她比卡罗尔更热爱生活。不管怎么说，都是我的错。我为何就把持不住呢？就像卡利布里、麦加农和其他医生那样？哎呀，我本来能把持住的，可是莫德这个白痴却强人所难。她故意引诱我今天晚上到她家去。这是个原则性的问题：不应该让她得逞。我不会去的。过会儿我就给她打电话，告诉她我不去了。我要和卡丽待在家里，她可是世界上最漂亮的小女人，至于说像莫德·戴尔那样满脑污秽的女人——不，老兄！不过，也没必要伤害她的感情嘛。我可以顺便去一下，只待一小会儿，告诉她我不能待太久。不管怎么说，都是我的错。以前就不该开那个头，老是逗莫德开心。如果这是我的错，我就无权去责罚莫德了。我可以顺便去一下，只待一小会儿，然后假装要去乡下出诊，接着就溜之大吉。不过，真他妈的讨厌，还得胡编那么多借口。天哪，那些女人为啥就不放过我啊？难道只是因为我七百万年前干过一两次蠢事吗？她们为啥就不能放过我啊？都是莫德自己的错。我确实得离她远点儿。带卡丽看电影去，把莫德忘掉……不过，今儿个晚上电影院有点热吧。"

他摆脱了内心的困扰。他把帽子猛地扣在头上，把外套搭在手臂上,砰的一声关上门,把门锁好,就咚咚咚地下楼去了。"我不会去的!"他斩钉截铁地说。他说这话的时候,其实应该好好想想他到底要不要去。

像往常一样,看到一扇扇熟悉的窗户和一张张熟悉的面孔,他又觉得精神舒畅了。萨姆·克拉克像自己人一样对他大声嚷嚷,才使他回过神来。萨姆吼道:"医生,今儿个晚上最好到湖边来,下水游游泳啊。你今年夏天不打算去别墅那儿住了啊?天哪,我们都想死你啦。"他看到了那座新汽车行的施工进度。看到砖块一层层垒起来,他别提有多高兴了,因为他从中看到了这个小镇的发展。奥利·森德奎斯特恭敬地和他打招呼说:"晚上好,医生!我家女人好多了。你给她开的药真灵验。"这番话把他的自豪感推到了顶点。回到家里,他又干起那些呆板的活儿来:烧掉那棵野樱桃树上的灰虫网,用胶水补好汽车右前轮的裂口,往家门口的路上喷喷水。水管握在手里凉凉的。喷出的水像一支支闪光的箭,发出轻轻的噗噗声,把灰色的尘土冲成一个黑色的弧形。干完这些活儿,他才平静下来。

戴夫·戴尔走了过来。

"戴夫,上哪儿去呀?"

"到店里去。刚吃完晚饭。"

"可是,礼拜四晚上你休息啊。"

"是呀。不过,皮特回家了。他母亲可能生病了。唉,现在雇的这些伙计——你给他们很多工钱,然后他们还不干活儿!"

"那是挺难办的,戴夫。这样一来,你得一直干到半夜十二点啊。"

"是呀。你要是到闹市区来,顺便到店里坐坐,抽支雪茄。"

"好啊,我可能会去的,那就这么说了。可能还真得去一趟呢,去看看钱普·佩里太太。她身体不舒服。待会儿见,戴夫。"

肯尼科特还没进屋。他心里清楚,卡罗尔就在他附近,她对自己很重要，他也担心她会反对。不过，他一个人待着倒是挺快活的。他喷完水以后，才慢悠悠地走进屋里，然后上楼来到孩子的房间，朝休喊道："轮到老爸给你讲故事了，嗯？"

卡罗尔背对着窗坐在一把低矮的椅子上。阳光透过窗格，在她的身上投下若隐若现的光晕，她就像是淡淡的金光中的一尊雕像。孩子蜷缩在她的膝盖上，后脑勺枕着她的手臂，聚精会神地听她唱尤金·菲尔德[①]的儿歌：

> 早上唱一遍小勒迪－达德，
> 晚上唱一遍小勒迪－达德；
> 从早到晚，
> 唱这一支心爱的歌儿；
> 唱得这个小淘气咯咯笑，
> 一眨眼就长大懂事了。

肯尼科特听得入了迷。

"莫德·戴尔？要我说她可差远了！"

现在的女佣冲着楼上大声喊道："晚饭摆桌子上了！"肯尼科特仰面躺着，摆动着双手，认真地扮作一只海豹的样子。他的儿子又蹬又踢，劲儿很大，把他激动坏了。他抽出一只手臂搭在卡罗尔的肩上，然后下楼去吃晚饭，庆幸自己打消了那个危险的念头。卡罗尔把孩子放在床上睡觉的时候，他就在前门台阶上坐了下来。这时，那个放荡的裁缝纳特·希克斯走了过来，然后在他身边坐下。他一边挥手驱赶蚊子，一边低声说道："哎呀，医生，你难道就不想再当一回光棍汉，今儿个晚上出来乐和乐和，嗯？"

---

① 尤金·菲尔德（Eugene Field, 1850—1895）：美国作家，以儿童诗歌和幽默散文著称。

"怎么乐和？"

"你知道那个新来的女裁缝吧？就是斯威夫特韦特太太，那个挺漂亮的金发女人？咳，她那个人可放荡啦。今儿个晚上，我和哈里·海多克打算开车带她出去玩，顺便带上那个在她时装店干活的胖丫头，长得跟鹩鹩似的，不过也挺讨人喜欢的。我们可能还会把车子开到哈里新买的那个农庄。我们准备带一些啤酒，还有你曾经喝过的最醇厚的黑麦威士忌。我猜可能还有野餐，不过如果我们不搞野餐，那就当我猜错了吧。"

"你去吧。别跟我吹耳边风，纳特。你以为我愿意当电灯泡啊？"

"不，你听我说。斯威夫特韦特那个小婊子有一个从威诺纳来的朋友，是个花枝招展的小美人儿，也是一个放荡的女人，和她一起来。所以，我和哈里就想，也许你也想溜出来快活一个晚上。"

"不——不——"

"真差劲，医生，别老是摆出一副高贵的样子。你以前没有小孩赘腿的时候放荡得很呢。"

也许是因为肯尼科特听到一些斯威夫特韦特太太那位朋友的风言风语，也许是卡罗尔黄昏时分给休唱歌的声音让他恋恋不舍，也许是肯尼科特天生就有令人赞许的美德，总之他明确地回答说：

"不。我既然结婚了，就要老实过日子。我没有假装成任何圣人。我也想出去，胡作非为一番，然后再灌几杯酒。不过，男子汉要有责任感——跟你直说了吧，你在外面寻欢作乐之后回到太太面前的时候，你不觉得做贼心虚吗？"

"我呀？我的人生格言是：'不知道，不难过。'正如一个家伙所说，对付妻子的绝招就是，先下手为强，对她们粗暴一点，什么都不要跟她们说！"

"咳，我想，那是你的事情。不过我可不能为所欲为。再说了——我觉得呀，这种苟且之事就像赌博一样，你总是要输的。如果你真的输了,你会觉得自己很愚蠢;如果你赢了,一旦发现自己费尽心机才占到那么一点儿便宜,哎哟,那时候你会觉得比输了还惨。本性总是会让我们苦恼不已。可话说回来,要是镇上那些太太知道她们背后这些见不得人的事儿,她们还不吓坏了啊。嗯,纳特?"

"她们肯定会吓坏的!哎呀,老兄!要是那些老实巴交的妻子知道她们的丈夫在双城干的那些破事儿,哎哟,她们不大发脾气才怪呢!医生,你确定不来了吗?你想想,一路上开着车狂飙多凉爽啊,到了地方之后,斯威夫特韦特用那双雪白可爱的小手为你调一杯浓烈的高杯酒,这是多美的事儿呀!"

"不,不。很抱歉。我想,我不会去的。"肯尼科特咕哝道。

他很高兴,因为纳特看样子要走了。可是,他又心有不安。他听到卡罗尔下楼的声音,于是高兴地大声喊道:"过来坐一会儿——远离世俗的烦扰!"

卡罗尔没有搭理他的高兴劲儿。她坐到门廊的摇椅里,静静地摇了起来,然后叹了口气说:"这里蚊子这么多。你这纱门根本就没修好。"

肯尼科特像是在试探她一样,轻声问她说:"头又痛了吗?"

"哦,不是很痛,不过——这个女佣太笨了,学习东西那么慢,什么东西都得让我教。大部分银餐具都得我亲自洗。而且,整个下午休又那么闹腾,一直哭个不停。可怜的孩子,他太热了。不过,他真是把我累得筋疲力尽。"

"嗯——你经常说要出去转转。想到湖边走走吗?那个女佣可以看家的嘛。要不看电影去?走吧,我们去看电影吧!或者我们跳上车,开到萨姆家游泳去?"

"亲爱的,你可别介意,我恐怕累得不行了。"

"你今天晚上怎么不睡到楼下的长沙发上呀?那儿凉快多了。我去把我的床垫拿下来。来吧,和老头子做个伴儿!说不定——我

第二十五章 | 411

会被那些窃贼吓坏的。怎么能让我这样的小家伙一个人待在楼下嘛！"

"你这人可真有意思，亏你想得出来。可是，我还是喜欢自己的房间。不过，你尽管搬下来好了，亲爱的。你干吗不睡到沙发上呢，也省得把床垫铺在地板上了。咳，我想，我要进屋去看会儿书了——想看看上一期的《时装》杂志——然后，也许我会回来跟你说声晚安。除非你需要我，亲爱的？当然啦，不知道你是不是真想让我做什么事儿？"

"没有，没有……其实，我真的应该去看看钱普·佩里太太，她身体不舒服。你赶紧进屋吧，然后——我也许会顺便到药店坐一会儿。要是我还没回来，你困了就先睡吧，不用等我。"

他亲了卡罗尔一下，就晃晃悠悠出门了，见到吉姆·豪兰时朝他点头打了个招呼，然后又停下来和特里·古尔德太太寒暄了几句。可是，他的心跳却在加速，他的心里在打退堂鼓，他的脚步也更慢了。最后，他到了戴夫·戴尔家的院子外面。他往里面瞟了一眼，看见野葡萄藤缠绕的门廊里有一个白衣女人的身影。她突然坐了起来，目不转睛地往外看，秋千椅咯吱咯吱地响了几声。过了一会儿，她又靠回到椅背上，装作休息的样子。

"喝点冰啤倒是挺不错的，只是顺路小酌一下。"他一边推开戴尔家的院门，一边强调说。

二

在贝西·斯梅尔舅妈的陪同下，博加特太太过来拜访卡罗尔。

"你听说过那个可怕的女人吗？她好像是到这儿来做裁缝的吧——叫什么斯威夫特韦特太太——冒牌金发女郎，讨厌死了。"

博加特太太气呼呼地说,"他们说,在她家里有好多见不得人的勾当——那些黄毛小子和头发花白的老色鬼,晚上偷偷溜到她家喝酒,然后干些乌七八糟的事情。我们女人永远搞不明白那些男人心里的淫荡想法。我跟你说吧,就算威尔·肯尼科特是我看着长大的,对他的脾性非常熟悉,好像我也信不过他哩!谁知道那些诡计多端的女人会怎么勾引他啊!尤其他还是个医生,一大帮女人经常闯进他的诊室去看他!你知道我从不含沙射影,可是你难道没有感觉到——"

卡罗尔勃然大怒说:"我没说威尔十全十美。可是,有一点我是清楚的:就你说的那种'勾当',他单纯得跟个婴儿似的。要是他真的下流到盯上……别的女人,我还真希望他有胆子去勾引那些女人,而不是像你说的那样可怜巴巴地被那些女人勾引!"

"啊唷,卡丽,你说的什么混账话呀!"贝西舅妈说。

"不,我就要这么说!哎呀,当然,我不是有意的!不过——他脑子里想什么我一清二楚,他想瞒也瞒不过我。今天早上——昨天晚上,他很晚才出去。佩里太太不舒服,他得去看看,然后还要给一个男人看手。今天早上吃饭的时候,他一句话都没说,一副心事重重的样子,而且——"她往前探了探身子,夸张地对坐在那儿的两个泼妇低声说,"你们猜他在想什么呀?"

"什么?"博加特太太担心地说。

"也许,在想要不要把草坪修剪一下!好了,好了!我刚才跟你们闹着玩的,你们不要介意。家里有一些葡萄干小甜饼,我去拿给你们尝尝。"

第二十六章

一

卡罗尔最大的兴趣就是带休出去散步。休想知道桉叶枫树在说什么，福特汽车行在说什么，那一大朵云彩在说什么。卡罗尔逐一告诉他，感觉自己一点也没胡编乱造，而是在发现事物的灵魂。他们特别喜欢面粉厂前面的那根拴马桩。那是一根棕色的桩子，很结实，也很讨人喜欢。它的柱腿很光滑，在阳光下亮闪闪的，而它的柱颈却被缰绳勒出了很多凹痕，用手指一摸还有点痒痒的，挺舒服的。除非大地改变了颜色，或者出现一大片令人愉快的阴影，否则卡罗尔是绝不会留意大地的。她留意的是人以及能让人萌生想法的那些思想。不过，休的问题使她开始注意麻雀、知更鸟、冠蓝鸦和金翼啄木鸟的那些趣事儿。看到燕子在空中翻飞，她又找回了那种久违的快乐，但又不免担心它们的燕窝和窝里的争吵。

她一时忘掉了那些烦恼，对休说道："我们是两个老胖子，两个蹩脚的吟游诗人，在世界各地流浪。"休就跟着她说："流浪——流浪。"

他们俩最喜欢的冒险活动，最喜欢去的秘密地方，就是迈尔斯、贝亚和奥拉夫·伯恩斯塔姆的家。

肯尼科特一直不喜欢伯恩斯塔姆一家。他不以为然地说："你跟那种怪人有什么好说的呀？"他那意思就是，以前的那个"瑞典女佣"根本没有资格陪伴威尔·肯尼科特医生的儿子。卡罗尔没有辩解,因为这事她自己也不是很清楚,她没想到伯恩斯塔姆一家人竟然成了她的朋友、她的俱乐部、她的同情对象和令人开心的愤世嫉俗的伙伴。有那么一段时间,为了躲避贝西舅妈的唠叨,她就去找胡安妮塔·海多克和欢乐雨季俱乐部的人闲聊,但是这份轻松没有持续下去。那些年轻太太让她神经错乱。她们说话的声音太吵,总是那么吵,满屋子都是刺耳的咯咯笑声。她们那些俏皮话和玩笑话至少重复九遍。不知不觉地,她就甩掉了欢乐雨季俱乐部、盖伊·波洛克、维达和其他人,除了韦斯特莱克医生太太和伯恩斯塔姆一家,因为她还不太清楚这家人是不是她的朋友。

在休的眼里,那个红胡子瑞典佬是这个世界上最强大的英雄。在迈尔斯喂牛的时候,赶他那头懒惰成性、到处乱串的猪的时候,或者夸张地宰杀一只鸡的时候,休都跟在他的后面形影不离,对他崇拜得五体投地。在休眼里,奥拉夫就是凌驾于万民之上的君王,虽然没有老君主迈尔斯国王健壮,但对事物之间的关系和价值懂得更多,对玩小棍棒、打单人纸牌和滚破铁环也更在行。

卡罗尔虽然不愿承认,但她心里明白,奥拉夫不仅比她自己那个皮肤黝黑的小子漂亮,而且更有礼貌。奥拉夫就像古代斯堪的纳维亚的一个首领一样:身材挺拔,满头金发,四肢粗大,对他的臣民格外和蔼可亲。而休则是一个凡夫俗子,好比一个忙忙碌碌的生意人。休蹦蹦跳跳地说:"我们一起玩吧。"奥拉夫就睁大明亮的蓝眼睛,屈尊俯就地柔声说:"好吧。"如果休动手打他——休的确打过他——奥拉夫也不害怕,只是有点儿惊讶而已。然后,他就昂首阔步,独自往家中走去,而休却因为自己的过错和失宠放声大哭起来。

这两位小朋友一起玩一个鸾驾,那是迈尔斯用一个浆槽和四个红色的线轴做成的。他们还一起用树枝往老鼠洞里捣,虽然什么也没捣出来，但从中获得了巨大的满足感。

贝亚，那个胖乎乎的、哼哼唧唧的贝亚，分饼干给两个孩子的时候很公平，训斥他们的时候也不偏心。如果卡罗尔连一杯咖啡都不肯喝，连一片奶油薄脆饼都不肯吃，她就会感到难过。

迈尔斯的奶牛场打理得很好。他有六头奶牛，两百只鸡，一台奶油分离器，还有一辆福特卡车。春天的时候，他又给自己的小屋加盖了两个房间。在休眼里，盖房子就像过狂欢节一样。迈尔斯叔叔本事大得惊人，让人大开眼界：他爬上梯子，站在屋梁上，挥动着铁锤，哼唱着"同胞们，拿起武器"之类的歌。他钉起木瓦板来，手脚比贝西舅妈熨烫手绢还快。他还让休坐在一块规格为 2×6 的木板的这一头，让奥拉夫坐在那一头，然后把这块木板举了起来。迈尔斯叔叔最令人惊叹的绝招，是用全世界最粗最软的铅笔画画，不是画在纸上，而是直接画在刚锯好的松木板上。真是值得一看啊！

那些工具太棒了！在爸爸的诊室里，也有一些工具，亮闪闪的，样子很精巧，十分迷人，但那些工具都很锋利，又都消过毒，明显是不许小孩碰的。实际上，看到爸爸诊室玻璃架上的那些工具，最好自己主动说"我绝对不碰"。不过，迈尔斯叔叔比爸爸好多了，除了那把锯子，他所有的工具都让你摆弄。他有一把锤子，锤头是银的；有一把"L"形的铁器；还有一个神奇的器具，非常宝贵，是用昂贵的红木和金子做的，上面有一根管子，管子里面还有一个水滴——不，那不是一个水滴，不知道是什么东西，就在水里面，可是那个东西很像一个水滴。只要你让这个神奇的器具倾斜，不管你有多小心，那个东西都会吓得在管子里来回乱跑。他还有好多钉子，虽然都不一样，但都很好用：大号墙头钉很神气；中号墙头钉却不太好玩；另外还有一些瓦钉，比黄皮图画书里的仙女还讨人喜欢呢。

二

还在忙着扩建房子的时候,迈尔斯就坦率地跟卡罗尔说过。他那时承认说,只要他还待在囊地鼠草原镇,他就会继续被人瞧不起。他那些不可知论的辱骂触怒了贝亚在路德教会的那群朋友,他的激进主义思想也激怒了那些商人。"我又不能闭上嘴巴不说话。我觉得自己就是一只咩咩叫的小羊羔,除了说些'猫是猫'之类的话,什么狂热的想法也冒不出来。可是,大家一走,我立刻就意识到,我一直在践踏他们虔诚的宗教感情。哎呀,面粉厂的工头常来串门,还有那个丹麦鞋匠,还有埃尔德木材厂的一个伙计,以及几个瑞典人。不过,贝亚这个人你是知道的,像她这样心地善良的大姐就喜欢家里来一大帮人串门,喜欢招呼大家,给大家煮煮咖啡什么的,非得把自己累垮了才满意。

"有一次,她又拉又拽,非得缠着我去卫理公会。我就进去了,像博加特寡妇一样虔诚,然后老老实实坐在那儿,听牧师给我们讲进化论,他一个劲地歪曲事实,我连笑都没笑。但后来,那些虔诚的老教友站在教堂门口和大家一一握手,称他们为'兄弟''姐妹',却眼看着我从他们身边离去,连个拥抱都没有。他们认为,我是镇上的坏人。我猜,他们会一直这么认为的,以后肯定也是这样看奥拉夫的。有时候,我真他妈的想站出来跟大家说:'我一直都是保守分子。那又咋样啊?现在,我要去镇西边那些恶臭的小伐木场干活了。'可是,贝亚把我迷得神魂颠倒的。天哪,肯尼科特太太,你知道她是个多快活、多正直、多忠实的女人吗?我也爱奥拉夫——哎呀,好了,我不说了,不在你面前煽情了。

"当然,我也想过搬家,搬到西部去。也许,如果他们以前不知道的话,就不会发现我曾经犯过试图独立思考这种罪了。可是——哎呀,我辛辛苦苦干那么久,好不容易才把这个奶牛场的生意搞起来,我还真不想从头再来,真舍不得把贝亚和小家伙搬到另一个单间小屋。大家也是这样劝我们的!鼓励我们节俭一点,买一套属于自己的房子,天哪,他们竟然把我们说服了。他们知道,我们不敢豁出去,去干有损——怎么说的来着?有损陛下尊严的事儿?我的意思是说,他们知道我们不会到处放风说,如果我们有个合作银行,离开斯托博迪我们照样能活下去。咳——只要我能坐下来,和贝亚玩玩皮纳克尔纸牌,跟奥拉夫吹吹他爹在丛林的冒险活动,告诉他是如何诱捕一头又大又白的猫头鹰的,又是怎样认识保罗·班扬[①]的,哎呀,那我也不在乎当个懒汉嘛。我只在乎他们俩。哎呀!哎呀!你可一个字都不许跟贝亚说呀,等我把这个房子扩建好,我打算去给她买一台留声机呢!"

  他还真买了。

  贝亚总是没事找事干,成天忙着做家务——洗衣服,熨衣服,补衣服,烤东西,掸灰尘,腌制食品,拔鸡毛,漆水槽,等等。因为她是迈尔斯的全职太太,这些活儿干起来也特别起劲,而且变着花样去干。贝亚一边干着活,一边听着留声机,就像暖烘烘的牛棚里的那头牛一样,听得如痴如醉。扩建的房子楼下给她做厨房,楼上是一间卧室。原来那一间木屋现在做了客厅,里面放了一台留声机,摆了一张有真皮软垫的金橡木摇椅,还挂了一张州长约翰·约翰逊的照片。

  七月底,卡罗尔上伯恩斯塔姆家去,希望能有机会谈谈她对海狸兄弟会那帮人、卡利布里夫妇以及乔雷莱蒙镇的看法。她看见奥拉夫躺在床上,被低烧折磨得翻来覆去;贝亚也满脸通红、头晕目

---

① 保罗·班扬(Paul Bunyan):美国民间传说中的伐木巨人。

眩的样子，但还硬撑着干她的活儿。她把迈尔斯拉到一边，担心地问道：

"他们好像都不太舒服。出什么事了吗？"

"他们肚子不舒服。我本来想请肯尼科特医生过来看看的，可是贝亚觉得医生不喜欢我们。她认为，因为你常到我们家来，所以医生可能有点恼火。不过，我真的快要急疯了。"

"我这就去叫医生过来。"

她觉得奥拉夫很可怜。他那双明亮的眼睛变得呆滞无光。他烧得直哼哼，不停地抓挠自己的额头。

"他们是不是吃了什么不该吃的东西？"她不安地问迈尔斯。

"可能是水不干净吧。我跟你说吧：我们以前都是到奥斯卡·埃克隆家去打水，就在街对面，可是奥斯卡老是说我，冷言风语地说我太小气，连一口井都不舍得打。有一次，他说：'的确，你们社会主义者太伟大了，瓜分人家的钱财——连水都喝人家的！'我知道，要是他老这样说我，肯定会吵起来的，一旦吵起来我可就管不住自己了，我可能就忘了自己是谁了，非劈头盖脸打一拳解恨不可。我说要给奥斯卡钱，可是他又不愿意要——他宁愿要这个机会取笑我。所以，我就去费格罗斯太太家打水了，就是她家的那个水坑。我想，可能是那里的水不干净吧。我本打算到了秋天自己打一口井的。"

卡罗尔听他讲着，眼前仿佛出现了猩红热这个字眼，她一路跑到肯尼科特的诊所。肯尼科特表情严肃地听她把话讲完，然后点了点头，说："这就过去。"

他先给贝亚和奥拉夫做了检查，然后摇了摇头说："是的。我看像是得了伤寒。"

"天哪，我在伐木场见过伤寒，"迈尔斯像泄了气的皮球一样，唉声叹气地说，"他们病得严重吗？"

第二十六章 | 419

"哦,我们会好好照料他们的。"肯尼科特说道。自从他们认识以来,他第一次对迈尔斯投以微笑,然后拍了拍他的肩膀。

"你们不需要找一个护士吗?"卡罗尔问。

"哎呀——"肯尼科特向迈尔斯暗示说,"你不能把贝亚的表姐叫来吗?就是那个蒂娜。"

"她回老家了,现在乡下呢。"

"那就让我来做吧!"卡罗尔说,"他们需要有人给他们烧饭吃。得了伤寒,用海绵给他们擦擦澡是不是好一点?"

"是的。不错。"肯尼科特应声答道。他毕竟是医生,以治病救人为天职。"我想,现在这个时候,要在镇上找个护士恐怕也很难吧。斯蒂弗太太正忙着照料一个产科病人。你们那个小镇护士又休假去了,是不是?好吧,伯恩斯塔姆晚上可以替换你。"

整整一个礼拜的时间,每天从早上八点到半夜十二点,卡罗尔都一直忙个不停:喂他们吃饭,帮他们洗澡,铺平床单,还有测量体温。迈尔斯死活不肯让她烧饭。他吓得不知所措,面无血色,脚上只穿着袜子,一声不吭。他干完厨房里的活,又把屋里打扫一遍。他那双红通通的大手虽然很笨拙,却也十分细心。肯尼科特一天来三次,像在病房里一样温和,让人充满希望,对迈尔斯还是那样客气。

卡罗尔很清楚自己有多爱她的朋友。这种友爱让她浑身充满力量,使她的臂膀坚实有力,使她在帮他们洗澡的时候不知疲倦。让她筋疲力尽的是,贝亚和奥拉夫成了四肢无力的病人,进食后两颊红得发烫,像是很不舒服的样子,但愿他们晚上睡着了能好一点儿。

在第二个礼拜的时候,奥拉夫健壮有力的双腿已经疲软无力了。他的前胸和后背都长了很多微细的粉红色斑点。他两颊凹陷,神色惶恐,舌苔发暗,非常难看。他自信满满的声音也变成了令人困惑的呓语,断断续续的,一副很痛苦的样子。

贝亚刚生病的时候一直硬撑着,病情延误太久了。肯尼科特刚一让她卧床休息,她就开始垮掉了。一天傍晚,她肚子疼痛厉害,大声尖叫起来,着实把大家吓了一跳。半个小时的时间不到,她就开始说胡话了。卡罗尔在她身边寸步不离,一直守到天亮。让卡罗尔感到难过的,不只是贝亚在黑暗中强忍着痛苦的煎熬,还有迈尔斯从狭窄的楼梯顶部往房间里窥视的神情。第二天上午,卡罗尔回家只睡了三个小时,就又跑回来了。贝亚已经完全语无伦次,但说来说去,就这一句话:"奥拉夫——玩得真开心——"

十点钟的时候,卡罗尔正在厨房准备一个冰袋,迈尔斯听到有人敲门就过去把门打开。她看见前门有维达·舍温、莫德·戴尔,还有浸礼会牧师齐特雷尔的太太。她们带了一些葡萄和妇女杂志,那种杂志上有很多色彩鲜艳的图画和轻松的小说。

"我们刚听说你太太生病了,特地过来看看有没有什么需要我们帮忙的。"维达尖声尖气地说。

迈尔斯冷静地看着这三个女人,说:"你们来得太晚了,现在没你们啥事了。贝亚以前一直希望你们能来看看她,她一直想找个机会和你们成为朋友。她经常坐在那儿,等着有人来敲门。她就坐在那儿,就那么等着,我见过。现在——哎呀,你们现在来屁用都没有。"说完,他就砰的一声把门关上了。

整整一天,卡罗尔就那样看着奥拉夫越来越没力气。他一点点消瘦下去。他的肋骨一根一根的,看着十分吓人;他的皮肤又湿又冷;他的脉搏很微弱,但快得可怕。它砰——砰——砰地跳着,就像死神来临时的鼓点一样。那天黄昏,他抽噎了一声,就离开了人世。

贝亚不知道她的儿子不在了。她还在昏迷。第二天早上,她也离开了人世。她永远不会知道,奥拉夫再也不会在前门台阶上挥舞他那柄木剑了,也再也不会去牛栏统治他的那些臣民了;迈尔斯的儿子永远不会去东部上大学了。

迈尔斯、卡罗尔和肯尼科特都默不作声。他们一起擦洗两具尸体,泪水已经模糊了他们的双眼。

"回家睡觉去吧。把你累坏了。你对我们恩重如山,我这辈子都报答不了你。"迈尔斯低声对卡罗尔说。

"这就走。不过,我明天还会过来,跟你一起去送葬。"她吃力地说。

出殡的时间到了,卡罗尔还躺在床上,她已经累垮了。她以为那些邻居会去送葬。她不知道,迈尔斯回绝维达的那番话已经传遍了整个小镇,引起了飓风般的愤怒。

卡罗尔躺在床上,用胳膊肘撑起身子,不经意间往窗外瞟了一眼,刚好看见贝亚和奥拉夫出殡的情形。没有乐队,也没有车队。就迈尔斯·伯恩斯塔姆一个人,穿着他那套黑色的结婚礼服,孤零零地行走着,耷拉着脑袋,跟在拉着妻子和儿子遗体的那辆寒碜的灵车后面。

一个小时之后,休哭着来到她的房间。她尽量装作开心的样子,问道:"怎么啦,亲爱的?"休恳求道:"妈咪,我想去找奥拉夫玩。"

那天下午,胡安妮塔·海多克过来串门,想让卡罗尔开心一点。她说:"你以前那个女佣贝亚太可怜了。不过,我一点都不可怜她男人。大家都说他是个酒鬼,对家人也不好,所以他们才会生病。"

第二十七章

一

雷米埃·伍瑟斯庞从法国来信说,他上了前线,受过轻伤,现已提升为上尉。看到维达自豪的样子,卡罗尔也受到了一点激励,不再郁郁寡欢。

迈尔斯把他的奶牛场卖了,得了好几千美元。他来向卡罗尔道别,用力握着卡罗尔的手,咕哝着说:"打算去艾伯塔北部买一个农场——我要离这儿的人远远的。"他猛一转身就走了,只是他的脚步没有以前那么矫健。他似乎老了很多。

据说,在离开之前,他把这个镇咒骂了一通。又有人说,把他抓回来羞辱一番,然后再把他轰走。也有谣传说,在火车站的时候,钱普·佩里老头训斥他说:"你最好别再回来。我们尊重你家的死者,但一点也不尊重你这个亵渎神灵的家伙,你对这个国家毫无贡献,就连买战时公债也只买一张,简直跟卖国贼一个样。"

当时在火车站的几个人宣称,迈尔斯说了好多反驳的话,相当可怕,非常有煽动性。比如说,他爱德国工人胜过爱美国银行家。可是,另外一些人却声称,面对钱普·佩里这位老手,迈尔斯根本无言以对,只好灰溜溜地上了站台。但大家一致认为,他一定是感到内疚了,因为当火车离开小镇的时候,有个农民看到他站在车门处往窗外眺望。

他的房子离铁路很近，四个月前才扩建过。他乘坐的火车刚好从那儿经过。

卡罗尔最后一次到那儿的时候，看见奥拉夫那辆用四个红色线轴做成轮子的銮驾就在牛棚旁边一个洒满阳光的角落里。她想，过往火车上目光锐利的人应该会注意到它的。

那一天，那一个礼拜，她都硬着头皮去红十字会做事。她默默地缝缝补补、捆捆扎扎，而维达却在那儿看战时公报。肯尼科特说："我想，按照钱普的说法，伯恩斯塔姆终究是个坏蛋。贝亚就不去说她了，可是真不知道居民委员会该做些什么才能强迫他爱国——比方说，要是他不主动掏钱买公债，不主动捐钱给基督教青年会，他们可以抓他去蹲大牢嘛。他们用这招对付那些德国乡下佬很奏效的。"卡罗尔只是听着，什么也没说。

二

从韦斯特莱克太太身上，卡罗尔并没有受到任何鼓舞。不过，她觉得这个人心肠挺好，值得信赖。而且，这个老太太很善于倾听，终于把卡罗尔感动了。于是，卡罗尔哭哭啼啼地讲起了贝亚的故事，讲完了心里也就轻松了。

盖伊·波洛克这个人她倒是经常在街上遇到。不过，他只是声音讨人喜欢而已，说的也只是查尔斯·兰姆和日落之类的事。

她最愉快的经历是对弗利克鲍太太有了意想不到的了解。她是律师的妻子，个头很高，身材偏瘦，性情暴躁。卡罗尔在药店门口遇见了她。

"散步呀？"弗利克鲍太太高声说。

"啊唷，是的。"

"哼嗯。在这个小镇,还用两条腿的女人,恐怕就你一个了。上我家来吧,和我一起喝杯茶。"

因为无事可做,卡罗尔就去了。可是,弗利克鲍太太的衣服太怪异了,引得大家哄笑和围观,这让卡罗尔很不舒服。现在是八月初,天气热得烤人,她却头戴一顶男式帽子,身穿一件光板皮衣,像只死猫一样,脖子上还戴了一串仿制珍珠项链,那件绸缎衬衫也凹凸不平的,而且身上那条粗布裙子的前襟还吊了起来。

"进来,请坐吧。把孩子放在那个摇椅上。屋里像个老鼠窝一样,希望你不要介意。你不喜欢这个小镇。我也不喜欢。"弗利克鲍太太说。

"什么——"

"你肯定不喜欢!"

"呃,我是不喜欢!不过,我相信总有一天我会找到解决办法的。或许,我这个人有点个性。那就找个适合我个性的解决办法吧。"卡罗尔轻快地说。

"你咋知道你能找到解决办法呀?"

"你看韦斯特莱克太太。她天生就是一个大城市的女人,她应该住在费城或波士顿的一个漂亮的老房子里,可她没有这样,而是沉醉在书里以求解脱。"

"光是读书,啥也不干,你会满足吗?"

"不满足。可是,天哪,一个人总不能老是讨厌一个小镇吧。"

"为什么不能?我就能!我已经讨厌这个小镇三十二年了。我会死在这儿的——所以,我到死都会讨厌这个地方。我本该成为一个女实业家的。我本来很有天分,数字计算能力特强。现在,一切都过去了。有些人认为我疯了。我想我是疯了,因为我常一个人坐着,一个劲地发牢骚。我也去教堂,还唱赞美诗,所以有些人又以为我很虔诚。啧啧!我一直想忘掉洗衣服、熨衣服和补袜子之类的破事儿。我想自己开个店,卖卖东西。朱利叶斯就从来都听不进去。

现在说什么都晚了。"

卡罗尔坐在那张硬邦邦的长沙发上,越听心里越发怵。那么,这种死气沉沉的日子会一直持续下去吗?她会不会有朝一日连自己和邻居都瞧不起,也变成一个皮包骨头的古怪老太婆,穿着一件邋遢的猫皮上衣在大街上闲荡呢?她轻手轻脚地回到家里,感觉自己像是掉进了陷阱一样,而那个陷阱的门已经关上了。她怀里抱着沉甸甸的、昏昏欲睡的孩子,步履蹒跚地回到了屋里。这个虚弱的小女人依然那么迷人,只是眼神里充满了绝望。

那天晚上,她独自坐在门廊上。看肯尼科特的样子,像是要去给戴夫·戴尔太太看病。

在暮色的笼罩下,纹丝不动的树枝悄无声息地在街道上投下网状的影子。只有摩托车轮胎碾过路面时发出的唰唰声,豪兰家门廊里一把摇椅的嘎吱声,用手掌拍打蚊子的噼啪声,热得精疲力竭的人断断续续的谈话声,蟋蟀有节奏的唧唧声,以及飞蛾撞上纱窗的砰砰声——这些声音使周围显得更加寂静了。这是世界的尽头之外、希望的疆界之外的一条街。即使她永远坐在这里,也看不到一个壮观的队伍,看不到一个有趣的人在眼前走过。这里的单调乏味是实实在在的。整条街充满了无精打采和徒劳无益的气息。

默特尔·卡斯出现了,还有赛·博加特。像乡村恋爱的人一样,赛挠她耳朵的痒痒,挠得她咯咯地笑,又蹦又跳的。跟别的恋人一样,他俩闲溜达,步履轻盈,像是踩着舞步一样,一会儿向路边踢踢腿,一会儿又拖着脚在地上走,就跟跳着一支拖沓的吉格舞似的,水泥人行道也随之响起断断续续的二四拍子的韵律。他俩的声音在暮色中引起了一阵骚动。突然,对于一个躺在医生家门廊摇椅里的女人来说,这个夜晚活了过来。她觉得,黑暗中到处都充满了一种热烈的追求,这种追求是她一直缺失的,因为她只是消沉地等待着——一定会有了不起的事情发生。

第二十八章

一

八月里，在欢乐雨季俱乐部的一次晚宴上，卡罗尔听到戴夫·戴尔太太说起"伊丽莎白"。

卡罗尔很喜欢莫德·戴尔，因为她近来特别和蔼可亲，显然是对以前那些神经质的讨厌行为感到后悔了。刚一见面，莫德就轻轻地拍拍卡罗尔的手，问起了休的近况。

肯尼科特说，他觉得"莫德这个女孩有点儿可怜。她太感情用事了，何况戴夫对她还有点小气"。他们一起去湖滨别墅游泳的时候，他对可怜的莫德非常客气。卡罗尔对他身上展现出的同情心十分自豪，她现在也不遗余力地照顾起他们的新朋友了。

戴尔太太滔滔不绝地说起来了："哎呀，你们听说过刚到镇上来的那个年轻人吗，就是好多小伙子都叫他'伊丽莎白'的那个年轻人？他现在纳特·希克斯的裁缝店里做事。我敢打赌他一个礼拜的工钱连十八美元都不到。不过，我的天哪！他简直跟一个完美的女人一模一样！他说话的样子好有修养哦。还有，哎哟，你看他摆出的那副架势——外套是有腰带的，凸纹布领子上还别了一根金色的别针，就连脚上的短袜也是和领带配套的呢，说实话——你们可能不相信，可我是亲眼所见、亲耳所闻——这个家伙，你们知道吧，他就住在格雷太太那栋破旧的寄宿公寓里。据说，他还问格雷太太，晚饭的时候要不要穿上燕尾服呢！亏他想得出来，你比得过他吗？他算老几呀，只不过是个瑞典裁缝而已——他叫埃里克·沃尔博格。不过，他以前在明尼阿波利斯的一家裁缝店做过——听说他的针线活做得很漂亮——他总是摆出一副地地道道城里人的样子。听他们说，他还千方百计要人家以为他是个诗人——走到哪儿都带着几本书，装作读书的样子。默特尔·卡斯说，她有一次在舞会上见过他，当时他满场溜达呢。他还问默特尔喜不喜欢花呀、诗呀、音乐呀什么的。他喋喋不休地讲个不停，像个地地道道的美国参议员似的。至于默特尔——她这个丫头也是古灵精怪的，哈哈！她就一直戏弄他，让他讲个不停。说实在的，你们知道他讲的什么吗？他说，在这个小镇上，他连一个有知识的朋友都找不到。你比得过他吗？亏他想得出来！他只是个瑞典裁缝而已！天哪！听他们说，没见过他这么娘娘腔的人，太恐怖了——就跟女孩儿似的。小伙子们都叫他'伊丽莎白'，还拦住他的去路，把他假装看过的书拿来考他。他还真回答他们的问题，一个一个地解释给他们听。那些小伙子就假装聚精会神地听，把他哄得屁颠屁颠的，他根本就不知道他们是在戏弄他。哎哟，这也太逗了！"

欢乐雨季俱乐部的人都笑了，卡罗尔也和他们笑成一团。杰克·埃尔德太太补充说，这个埃里克·沃尔博格曾向格雷太太透露说，他"很乐意为女士们设计服装"。亏他想得出来！哈维·狄龙太太曾经见过他。不过，说老实话，她觉得他英俊得很呢。这个说法立刻遭到高杰林太太的反驳，就是那个银行家的妻子。她说，她也仔细端详过这位沃尔博格老兄。那个时候，她和丈夫正坐在车里，到麦格鲁德桥的时候刚好从"伊丽莎白"身边经过。他穿的衣服太可笑了，腰部勒得好紧，跟个女孩似的。他就在一块石头上坐着，啥事儿也没干。不过，一听见高杰林的汽车开过来了，他马上从口袋里摸出一本书来。当他们从他身边经过的时候，他就装作正在看书的样子,真会装。其实,他长得没那么好看。用高杰林的话说,他只是有点儿阴柔而已。

各家先生来到的时候,也加入了揭发的行列。戴夫·戴尔高兴地尖声说:"我叫伊丽莎白。我是著名的音乐裁缝。拜倒在我石榴裙下的女人数以千计。再给我来点儿牛肉面包好吗?"他还讲了几个令人拍手叫绝的故事,都是和镇上那些年轻人捉弄沃尔博格有关的。这些年轻人把一条腐烂的鲈鱼塞进沃尔博格的口袋里,还往他的背上贴了一个标签,上面写着:"我是个大笨蛋,踢我吧。"

卡罗尔本来就喜欢说笑,也跟着大家一起闹着玩儿。她大声嚷嚷了一句,把大家吓了一跳:"戴夫,你理发了呀,我真的觉得你好标致哦!"这句俏皮话真是说绝了。大家一致鼓起了掌。肯尼科特也跟着得意起来。

她暗自下定决心,一定要找个时间出去逛逛,到希克斯的裁缝店转转,看看这个怪人。

二

礼拜天早上,她到浸礼会教堂做礼拜,和丈夫、休、惠蒂尔舅舅以及贝西舅妈坐在一排,一副神情严肃的样子。

尽管贝西舅妈经常唠叨,肯尼科特一家还是很少去教堂。这位医生声称:"的确,宗教可以感化人——可以用它来让低层阶级遵守秩序——事实上,也只有宗教才能吸引住那么多下层人民,让他们尊重私有财产的权利。我认为,这种神学挺好的。一大帮聪明绝顶的老秃驴早就把它研究透了,这玩意儿他们比我们懂得多。"他信奉基督教,却从来没有思考过它。他信教,却很少去教堂。他对卡罗尔缺乏信仰感到震惊,但又不确定她缺乏什么样的信仰。

卡罗尔本人是个拘谨的、躲躲闪闪的不可知论者。

她鼓起勇气去了主日学校，听到那些教士用单调低沉的声音说沙姆谢雷宗谱是一个很有价值的伦理问题，可以供孩子们去思考。她试着去参加礼拜三的祈祷会，去听那些开店的老人每个礼拜一次的例行证词，他们说的是一些原始的性爱象征和"以羔羊血涤罪""复仇之神"之类的骇人听闻的迦勒底语。博加特太太还吹嘘说，赛小时候每晚都被她逼着对照十诫①进行忏悔。每当这些时候，卡罗尔就觉得特别沮丧。她发现，在美国，在20世纪，基督教已经变味了，变得像琐罗亚斯德教②一样，但又没有琐罗亚斯德教的光彩。可另一方面，她去教堂参加晚餐会的时候，感受到了亲切的气氛，又看见那些修女高高兴兴地为大家端来冷火腿和烤土豆；有一天下午钱普·佩里太太还在电话中高声对她说："我的宝贝，你要是知道沐浴上帝永久的恩典有多幸福，那该有多好啊。"每当这些时候，卡罗尔又发现，在血腥的异端神学背后，还是有人情味的。一直以来，她都认为，无论是卫理公会，还是浸礼会，抑或是公理会，或者天主教，在她孩提时代的法官家庭都是无足轻重的，在她在圣保罗孤身奋斗的日子里也是与自己没有关系的。现在，在囊地鼠草原镇，她仍旧认为这些宗教依然是迫使人们保持体面的最大力量。

八月里的一个礼拜天，她得知埃德蒙·齐特雷尔牧师要宣讲"美国，正视你的问题！"这一主题，禁不住诱惑也想过去听听。大战在打，各国工人都想控制工业，俄国已经流露出推翻克伦斯基的左派革命倾向，妇女参政的时代即将到来，看来牧师齐特雷尔先生呼吁美国面对的问题有一大堆呢。卡罗尔叫上自己的家人，就匆忙跟在惠蒂尔舅舅的身后去了。

---

① 十诫（Ten Commandments）：犹太教、基督教的戒条；系上帝对以色列所讲的戒律，在西奈山上启示给摩西。
② 琐罗亚斯德教（Zoroastrianism）：又叫波斯教、祆教、拜火教或明教。

在炎热的天气面前，教堂会众的穿着不再那么讲究。男人们把头发梳得平平的，胡子也刮得光光的，脸上一副很疼的表情。他们脱掉外套，大声叹气，然后把平整挺括的主日衬衫的两颗纽扣解开。那些胸脯丰满的老太太穿着白罩衫，戴着眼镜，脖子上冒着热气——这些以色列的妈妈，拓殖时期的女性，以及钱普·佩里太太的朋友们——不紧不慢地摇着棕榈叶扇子。那些好动的小男孩都溜到了后排座位嬉戏去了，而那些皮肤白皙的小女孩则和她们的母亲一起端坐在前排，竭力克制着自己不去回头张望。

这座教堂既像谷仓，又像囊地鼠草原镇住宅的客厅。棕色的条纹墙纸连成一片，令人兴味索然。中间挂了一些镶有边框的语录："跟我来吧"和"上帝是我的保护人"；还有一张圣歌目录，另有一张娇绿艳红的草图，大得惊人，就画在黄灰色的纸上，画的是一个青年带着令人惊恐的从容态度将要从"欢乐宫"和"荣耀之家"坠入"万劫不复的地狱"的情景。不过，那一排排油光锃亮的橡木座椅，崭新的红地毯以及讲台上光秃秃的读经台后面那三张大椅子，全都给人一种坐在摇椅里的舒适感。

今天，卡罗尔显得很随和，很友好，也很值得称赞。她满脸笑容，见人就鞠躬。她也和其他人一起放声高唱圣歌：

> 安息日的清晨多么欢畅，
> 我们欢聚在这教堂，
> 这儿是我远离淫欲的地方，
> 罪恶休想将我诽谤。

浆硬的亚麻布裙子和坚硬的衬衫假前胸窸窸窣窣地响了一阵子，会众就都坐了下来，聚精会神地去听牧师齐特雷尔先生讲道了。这位牧师又瘦又黑，热情高涨，精力充沛。他身穿一套黑色的普通

第二十八章

西服，系一条淡紫色的领带。他往读经台上那本大开本的《圣经》用力一拍，大喊一声："好啦，我们现在讨论问题吧。"他先是向全能的上帝祈祷，汇报上个礼拜的情况，然后开始讲道。

原来美国必须正视的问题只是摩门教①和禁酒令而已：

"那些自命不凡的家伙老想着煽风点火，千万不要上他们的当，那些自作聪明的运动根本没有任何意义。他们让工会和农民无党派联盟操纵工资和物价，扼杀我们的主动性和事业心。没有道德背景，任何运动都是毫无价值的。我来告诉你们吧。就在那些家伙大谈他们所说的'经济学''社会主义''科学'以及伪装成无神论的子虚乌有的东西的时候，恶魔撒旦正忙着在犹他州撒开他那张密网，伸出触手，拿一大帮人做幌子呢。比如乔·史密斯②、布里格姆·扬③或者他们现在的新首领，不管是谁，结果都一样。他们都在嘲笑《圣经》。其实，正是《圣经》带领美国人民历经考验和苦难，占据稳固的地位，实现种种预言，然后成为各国公认的领袖。在《新约全书·使徒行传》第二章第三十四节中，上帝说'你坐在我的右边，等我把你的仇敌变成我的脚凳'——我现在告诉你们吧，要是你们想比上帝聪明的话，你们就得早起，甚至比去钓鱼起得还要早很多。上帝给我们指了一条又直又窄的路，要走这条路的人，会永远处于危险之中。我们还是回到摩门教这个重大而又可怕的话题吧——我说过了，邪恶就在我们中间，可以说，就在我们家门口，而我们却熟视无睹，想到这一点就觉得可怕。美国国会真是丢脸，成天讨论那些无关紧要的财政问题。在我看来，这些问题应该交给财政部去讨论。国会没有运用自己的权力通过一项法案，把自称是摩门教的

---

① 摩门教（Mormonism）：后期圣徒教会，于1830年创立于美国。
② 乔·史密斯（Joe Smith，1805—1844）：美国著名传教士，摩门教会创始人，后被教会内部仇敌所杀。
③ 布里格姆·扬（Brigham Young，1801—1877）：美国摩门教会首领之一。

人驱逐出去，或者说从这个自由的国度踢出去，真是一种耻辱。在我们这个自由的国家，绝不能给一夫多妻制和撒旦的残暴行为留有余地。

"好了，这个话题先放一放，我们来谈谈女孩子的问题，特别是在这个州女孩子比摩门教徒多。不过，你永远也说不清这一代爱慕虚荣的女孩子会变成什么样子。她们成天琢磨穿长筒丝袜的事情，很少关心她们的母亲，也不学习怎样把面包烤好。而且，她们当中很多人还听那些鬼鬼祟祟的摩门教传教士讲道——几年前，在德卢斯的一个街角，我亲耳听到一个摩门教的人讲道，执法人员也不管——我再停顿一下，我先向基督复临安息日会的教友们表示一下敬意。不过，这个问题没有那么大，但却是摆在眼前的问题。倒不是说他们没有道德，我不是那个意思。不过，既然耶稣基督本人已经明确指定了新天命，有那么一群人还坚持把星期六定为安息日，那我认为立法机关就应该介入了——"

听到这里，卡罗尔才恍然大悟。

坐在对面一排座椅的是一位女孩，卡罗尔仔细端详着她的脸蛋，足足有三分钟的时间。这个女孩很敏感，也不太开心。她很崇拜齐特雷尔牧师，对他充满渴望之情，却又不敢流露出来。卡罗尔不知道这个女孩是谁。不过，她曾多次在教堂的晚餐会上见过她。她想，在这个小镇的三千人当中，有多少人是她不认识的；有多少人把死亡观俱乐部和欢乐雨季俱乐部当成冰冷的上流社会；又有多少人处于比她还沉闷的氛围中，用更大的勇气在苦苦挣扎。

她端详了自己的指甲，又朗读了两首圣歌。然后，她又揉了揉发痒的指关节，感觉舒服了一些。她让儿子的脑袋枕在自己的肩膀上。跟他的妈妈一样，这孩子也很无聊，消磨了一段时间，所幸现在睡着了。接着，她又看了看赞美诗集的引言、扉页和版权页。随后，她又试图演化出一套哲学，来解释一下为何肯尼科特从不围他的围巾，从而把翻领领口露出的部位给遮起来。

在教堂内的靠背长凳上，再也没有什么可供消遣的了。于是，她就回头瞟了一眼会众。她想，朝钱普·佩里太太点个头会显得亲切一些吧。

她慢慢地转过头去，却突然停了下来，像触了电一样。

在过道的另一边，斜后方隔两排的座位上，有一个陌生的小伙子。在口嚼烟叶的那些市民中间，他显得特别出众，宛如一位来自太阳的访客——琥珀色的卷发，凹陷的前额，漂亮的鼻子，下巴很光滑，但又不像是为了安息日刮过的样子。他的嘴唇让她大为震惊。在囊地鼠草原镇，男人的嘴唇和脸齐平，也很笔直，显得很吝啬。可这个陌生人的嘴唇却是弯的，上唇很短。他上身穿一件棕色的紧身运动衫，打一个浅蓝色蝴蝶领结，里面配一件白色的真丝衬衫，下身穿一条白色的法兰绒长裤。他让人联想到海滩、网球场，以及被太阳烤焦的大街之外的一切。

他是来自明尼阿波利斯的访客吗？来这儿做生意？不。他不像是一个商人。他像是一个诗人。从他的脸上，可以看到济慈、雪莱和阿瑟·厄普森的影子。她在明尼阿波利斯还见过阿瑟·厄普森呢。以她在囊地鼠草原的了解，像他这样太过敏感和精致的人，是不会涉足商业的。

他在研究聒噪的齐特雷尔先生，硬憋着没有笑出声来。让这个来自上流社会的密探听到牧师在那儿胡言乱语，卡罗尔觉得很难为情。她觉得自己对这个小镇也负有责任。他对当地仪式目瞪口呆的样子，让她恨得咬牙切齿。她羞得满脸通红，把头转了回来。不过，她仍然能够感受到他的存在。

她怎样才能和他会面呢？她一定得跟他会个面！谈他一个小时。他就是她梦寐以求的一切。她不能让他一句话也不说就走掉——她必须跟他谈谈。她想象着自己走到他面前对他说："我感染了乡村病毒。你能跟我说说吗？纽约人都在谈些什么呢？又在玩些什么呢？"她觉得自己很可笑。她又想象着，如果她对肯尼科特说："我的心肝，你为啥不能大方一点，邀请那个身穿棕色紧身运动衫的外乡人来家里吃顿晚饭呢？"那么，肯尼科特会是什么反应。她一边想象着，一边叹了口气。

她沉思着，没有回头看。她提醒自己说，也许自己太夸张了，哪个年轻人能具有这么多高尚的品质呀。他不就是长得潇洒一点，穿得漂亮一点，才显得抢眼吗？就像电影演员一样。也许，他只是个旅行推销员，有着一个大嗓门，爱穿仿制的新港服装，吹嘘什么"天下最好的买卖"。她惊慌地看了他一眼。不！这个长着希腊式拱形嘴唇、眼神庄重的小伙子，绝不会是个拼命钻营的推销员。

做完礼拜之后，卡罗尔站起身来，体贴地挎着肯尼科特的胳臂，默默地对他微微一笑，心中暗自下定决心：无论发生什么事情，她都不会对他变心。她跟在那位穿柔软的棕色紧身运动衫的神秘人物身后走出了教堂。

纳特那个咋咋呼呼的胖小子希克斯，伸手拍拍这位英俊的外乡人，嘲笑他说："这孩子是怎么啦？今儿个从头到脚打扮得花枝招展的，像一匹长毛绒马似的，是不是啊！"

卡罗尔恶心得要死。她那个来自外部世界的使者原来就是埃里克·沃尔博格，就是"伊丽莎白"。一个裁缝学徒！满身的汽油味，时髦的笨蛋！缝缝补补那些肮脏的短上衣！拿一把卷尺毕恭毕敬地给一个大肚子量尺寸！

不过，她坚持认为，这个小伙子与众不同。

第二十八章 | 435

三

礼拜天的晚餐他们是和斯梅尔一家吃的。在餐室的中央，摆了一个水果，一些花瓣，还有惠蒂尔舅舅的一幅放大的蜡笔画。贝西舅妈唠叨着罗伯特·施明克太太那串珠子项链，又说惠蒂尔在今天这样的日子穿那条斑纹裤子不合适。卡罗尔没去注意听贝西舅妈讲话，她也没有品尝烤猪肉片。她直愣愣地说：

"嗯——威尔，我在想，那个穿白色法兰绒裤子的年轻人，今天早上在教堂见到的那个，是不是大家常说的那个沃尔博格？"

"是的。就是他。他不成天都穿那些奇装异服吗？"肯尼科特一边去刮他那个僵硬的灰色衣袖上的一个白点，一边说道。

"哪有那么糟糕嘛。他是哪里人呀？像是在大城市住过很久似的。他是东部人吗？"

"东部？就他？啊唷，他就是这儿北边一个农庄的人，就在杰斐逊这边。他父亲我还算认识，叫阿道夫·沃尔博格，是个典型的瑞典农民，很古怪的一个老头子。"

"哦，真的呀？"她淡淡地说。

"不过，我相信，他应该在明尼阿波利斯住过很长时间吧。他在那儿学的手艺。应该说，他在某些方面还挺聪明的。看过很多书。波洛克说，这家伙从图书馆借的书比镇上任何一个人都多。嘿！他在这方面有点儿像你哩！"

听到这句淘气的玩笑话，斯梅尔夫妇和肯尼科特都大笑不止。惠蒂尔舅舅趁机插话说："是替希克斯干活的那个家伙吗？娘娘腔，他就那个德行。看见这种年轻人我就心烦。他本该在战场上的，或者至少下地干活老老实实过日子，就像我年轻时那样，但是现在却在干女人的活儿，一出来就打扮得跟个戏子似的！啊唷，我在他那么大的时候——"

卡罗尔想，那把餐刀应该是一把锋利的匕首，可以用它杀掉惠蒂尔舅舅，刺进去不费吹灰之力。报纸头条该会很惊悚吧。

肯尼科特明智而又审慎地说："哎呀，我也不想冤枉他。我想，他参加过兵役体检。他有静脉曲张——不是很严重，但肯定不够资格当兵。不过，我敢说看他那样也不像有胆量把刺刀捅进德国佬肚子的主儿。"

"威尔，拜托！"

"咳，他没那胆量。我看他就是个软蛋。听大伙儿说，他礼拜六在德尔·斯纳弗林那儿理发，还告诉德尔说他想学钢琴咧。"

"在这样的小镇，大家相互都很了解，真的很好，对吧。"卡罗尔天真地说。

肯尼科特半信半疑，可是正把奶油布丁端上桌的贝西舅妈却赞同说："是的，真的很好。在那些大城市，那些家伙不管有什么劣迹和罪行都可以逃跑，在这儿他们可就逃不掉了。今天早上，我也注意到那个裁缝小子了。里格斯太太主动要和他一起分享她的赞美诗集，他还摇头不干呢。我们唱诗的时候，他就一直杵在那儿，像个木疙瘩一样，自始至终就没张过嘴。大家都说他自以为比我们这些人有风度什么的，可是如果那就是他所谓的风度，我倒想领教一下！"

卡罗尔又开始琢磨那把餐刀了。洁白的桌布上一摊鲜血应该很华丽吧。

然后：

"傻瓜！神经病，简直痴人说梦！都三十岁的人了，还在想那些果园里的童话……天哪，我真有三十岁了啊？那个小伙子至多不过二十五岁。"

四

卡罗尔出去串门了。

寄宿在寡妇博加特家的女孩叫弗恩·马林斯，是一个二十二岁的姑娘，下个学期就是中学老师了，教授英语、法语和体操。因为要参加为期六周的乡村教师培训课程，弗恩·马林斯就提前来到了这个小镇。卡罗尔在街上见过她，也听人谈起过她。大家对她的议论，差不多跟埃里克·沃尔博格一样多。她很高，很瘦，很漂亮，也很放荡。不管她穿的是低胸翻领的水手装，还是为了上学校才打扮得含蓄一些，穿上一套黑色套裙，搭配一件高领衬衫，她都显得又轻浮又轻率。"她一看就是个骚货"，所有像萨姆·克拉克太太那样的人都不以为然地这样说，所有像胡安妮塔·海多克那样的人也都嫉妒地这样说。

在那个礼拜天的傍晚，肯尼科特夫妇坐在房子旁边那把松垮的帆布草坪椅上，看见弗恩在和赛·博加特大声说笑。赛·博加特虽然还只是个中学三年级的学生，只比弗恩小两三岁而已，但早就长成一个傻大个了。赛得去闹市区办点跟弹子房有关的要紧事情。于是，弗恩就垂头丧气地坐在博加特家的门廊上，双手撑着下巴。

"她好像很寂寞的样子。"肯尼科特说。

"她是寂寞，可怜的人。我想，我还是过去一下，跟她说说话。在戴夫家的时候，有人介绍我跟她认识，不过我还没去拜访过她呢。"卡罗尔轻快地穿过草坪，宛如暮色中的一个白色身影，在露水莹莹的草上轻拂而过。她想起了埃里克，也想到了自己两脚已经打湿这个事实。她漫不经心地打着招呼说："你好！我和医生都在想你是不是觉得寂寞呢。"

弗恩愤恨地说:"是啊!"

卡罗尔全神贯注地望着她说:"亲爱的,你听着就显得寂寞!我知道那是什么滋味。我以前工作的时候,也时常感到厌烦——我以前是个图书馆员。你上的是哪个学院呀?我上的是布洛杰特学院。"

弗恩的兴致稍微高了一点儿,说:"我上的是大学。"她指的是明尼苏达大学。

"那你的大学生活一定很精彩。布洛杰特有点儿沉闷。"

"你在哪儿当的图书馆员呀?"弗恩饶有兴致地问。

"圣保罗——那个主图书馆。"

"真的啊?哦,亲爱的,我真恨不得回双城去!这是我第一年教书,我都被吓坏了。上大学那会儿,我确实过得最开心:演演戏,打打篮球,发发牢骚,跳跳舞——我对跳舞简直是着了魔。可在这儿,除了给孩子上体操课,或者带篮球队到外地打比赛,我连大声说话都不敢。我猜,他们根本不在乎你有没有用心教书,只要你在课外时间有个为人师表的样子就行了。那意思就是说,你想干的那些事儿都别干了。这个培训课程真是糟透了,不过开学以后会更糟糕!要不是太迟了,在双城找不到工作,我发誓我一定会辞掉这儿的工作。我打赌,整个冬天我连一次舞会都不敢参加。要是我无拘无束,想怎么跳就怎么跳,他们就会认为我是个十足的恶魔——其实我没有害处,真是可怜!哎哟,我不该这样说的。弗恩啊,你说话总是不小心!"

"不要怕嘛,亲爱的!……又不是什么十恶不赦的话,老生常谈了,你也是好意嘛!我现在跟你说话的口气就跟韦斯特莱克太太跟我说话的口气一个样儿!我想,这也许是我已经结了婚、下了厨房的原因。不过,我觉得自己还年轻,我也想跳舞,像一个……像一个恶魔?所以说,我很同情你。"

弗恩感激地舒了口气。卡罗尔问道："你在大学都演了些什么戏呀？我在这儿也曾试着搞点'小剧场'之类的东西，结果糟透了。这事我得跟你说说——"

两个小时之后，肯尼科特过来和弗恩打个招呼，然后哈欠连天地说："我说，卡丽，你不觉得该回家睡觉了吗？我明天还有好多事呢。"她们俩正聊得热乎着，不时打断对方说话。

在丈夫的陪同下，卡罗尔优雅地拎起裙摆，体面地往家中走去。她高兴地想："一切都变了！我有两个朋友了，一个是弗恩，还有——可是，另一个是谁呢？另一个是娘娘腔，我想就是他——哎哟，真是可笑！"

五

卡罗尔经常和埃里克·沃尔博格在街上迎面走过。他那件棕色针织外衣已经不引人注意了。傍晚的时候，她和肯尼科特一起开车出去，她看见他在湖边读一本薄薄的书，那很可能就是一本诗集。她注意到，在这个汽车普及的小镇，他是唯一一个长足散步的人。

她心想，自己是一个法官的女儿，一个医生的妻子，并不想认识一个蹦蹦跳跳的裁缝。她心想，自己对男人不感兴趣，就算是对珀西·布雷斯纳汉也一样。她心想，一个三十岁的女人还去留意一个二十五岁的小伙子挺荒唐的。礼拜五那天，她说服自己这个差事很必要，于是就拿起她丈夫那条并无多少诗意的裤子去了纳特·希克斯的店铺。希克斯在店铺后面的那个房间。她迎面看到的是那位希腊神式的美男子。他正在这个满墙污渍的房间里，在一台油漆剥落的缝纫机上缝制一件外套，完全没有神的样子。

她看见他那双手和那张希腊脸不协调。那双手很粗大，因为缝针、拿热熨斗、扶犁柄而显得粗糙不堪。即使是在店里，他也坚持穿鲜艳的服饰。他身穿一件丝绸衬衫，围一条黄玉色的围巾，脚穿一双瘦削的棕色鞋。

她盯着那身打扮，简要地说："能帮我把裤子熨平吗？"

他坐在缝纫机后面，没有站起来，只是伸出一只手来，咕哝道："你什么时候要？"

"哦，礼拜一。"

这次历险到此为止。她拔腿就走。

"你叫什么名字？"他在她身后喊道。

他已经站了起来，尽管威尔·肯尼科特医生那条鼓鼓囊囊的裤子搭在他的胳膊上显得很滑稽，但他还是像猫一样优雅。

"肯尼科特。"

"肯尼科特。哦，哎哟，那么你就是肯尼科特医生的太太，不是吗？"

"是的。"她在门口站住了。她本来只是心血来潮想看看他长什么样子，现在既然已经看到了，她也就冷静下来了。她要像贞洁的埃拉·斯托博迪小姐那样，对放肆的言行提高警惕。

"我听说过你。默特尔·卡斯说你组织过一个戏剧社，演过一出精彩的戏。我一直希望能有个机会参加小剧场运动，演几出欧洲的戏，或者像巴里①那样的离奇剧，或者露天表演。"

他把露天表演 pageant 读成 pagent，又用 pag 和 rag 相押韵。

卡罗尔像太太善待手艺人那样点了点头，但本性却又让她嘲笑他说："我们的埃里克果真是个迷失的约翰·济慈。"

他恳求似的问："你觉得今年秋天有没有可能再组织一个戏剧社？"

---

① 巴里（Sir James M. Barrie，1860—1937）：苏格兰小说家、剧作家。

"咳，这也许值得考虑考虑。"她不再抱着那种抵触的态度，而是诚恳地说，"来了一位新教师，马林斯小姐，可能还有点儿才华。我们三个人先起个头。如果我们能再召集六个人，那么这个小阵容也就可以演一出戏了。你以前演过什么戏吗？"

"在明尼阿波利斯工作那会儿，我和几个家伙搞过一个蹩脚的戏剧社。我们当中有个家伙很不错，是个室内装潢设计师——也许他有点儿女人气，但却是一位真正的艺术家，我们一起演过一出精彩的戏呢。不过，我——当然，我一直得辛苦打工，还得自学。也许，我演得马马虎虎。不过，如果我接受过彩排训练，我也会喜欢演戏的。我的意思是说，导演越是奇思妙想，我就越是喜欢演戏。如果你们不想让我当演员，我也很乐意设计服装。我特别喜欢纺织面料——质地、颜色以及设计这些东西。"

卡罗尔知道，他想要挽留她，想要表明自己有本事，不仅仅是一个熨裤子的人。他恳求说：

"有朝一日，我攒够了钱，我希望不再干这种缝缝补补的傻事。我想到东部去，给一个大裁缝打工，然后学习绘画，成为一名高级的设计师。你是不是觉得对一个小伙子来说，这种志向有点儿自欺欺人呀？我是在农场长大的。后来，就到处瞎摆弄丝织品。我也不知道。你觉得呢？默特尔·卡斯说，你非常有学问。"

"是的，确实。告诉我，那些小伙子取笑过你的志向吗？"

她俨然一副七十岁的样子，没有了性欲，比维达·舍温还好为人师。

"咳，你说志向呀，他们是取笑过我。他们老是拿我开涮，无论是在这儿还是在明尼阿波利斯。他们说，裁缝是女人干的活儿。可我是愿意上战场的呀！我削尖脑袋要参军，然而他们不要我啊。可是，我真的努力过呀！我曾经想到一家男士服饰品店打工，后来有机会当了一家服装店的旅行推销员。可是，不知怎的，我讨厌裁缝这种活儿，可我又对推销不感兴趣。我老是想着一间房，墙上糊着灰色的麦片纸，挂着一些镶在金色窄镜框里的版画——或者说，这个房间用白色的搪瓷嵌板更好看一些？不过，不管怎么说，它正对着纽约的第五大道，而我正在设计一件雍容华贵的——'雍容华贵'这个词他念得不准——长袍，一件金线衣料上缀有淡绿色花边的长袍。你知道——椴树花。很雅致……你觉得呢？"

"为何不呢？你在意那些城里小流氓和那帮乡下仔怎么看干吗呀？不过，你一定不能，你真的一定不能，给我这样随意的陌生人一个机会来评判你。"

"咳——从某方面来说，你可不是陌生人啊。默特尔·卡斯——应该说，卡斯小姐——她经常说起你。我一直想去拜访你来着——还有医生——可是我又不太敢。有一天晚上，我路过你们家，可是你和你丈夫正在门廊里聊天，你们好像既亲密又愉快的样子，我就没敢打扰。"

她像母亲一样温柔地说："你想接受训练，找个导演教你清晰地发音，我觉得这是挺好的事儿。也许，我能帮帮你。我天生就是一个信守传统、缺乏创见的女教师，非常成熟，简直不可救药。"

"哎哟，你不是那样的！"

她装作一副世俗女人被逗乐的样子，去接受他的热情，但她装得不太像。不过，她说话还是相当有节制的："谢谢你。要不我们试试，看能否真的组织一个新戏剧社？我跟你说呀，今天晚上到我家来吧，大概八点钟吧。我把马林斯小姐也喊过来，然后我们一起讨论这个事情。"

六

"他这个人毫无幽默感。还不如威尔呢。不过,他不是有——什么是'幽默感'呢?他缺乏的不就是这里拍拍肩膀的那种幽默吗?反正——可怜的小屁孩,花言巧语哄我留下来和他聊天!可怜又寂寞的小屁孩!要是他能摆脱纳特·希克斯,摆脱那些管他叫'花花公子'和'二流子'的人,他会不会有所发展呢?

"我怀疑,惠特曼小时候是不是不说布鲁克林穷街陋巷里的那些粗话?

"不。不是惠特曼。他是济慈——对高雅的东西敏感。'灯蛾厚缎般的翅膀,犹如无数绚丽的色斑。'济慈,原来就在这里!一个沦落在大街上的糊涂虫。大街嘲笑它,笑得它痛苦不安;对着它傻笑,笑到这个鬼怪不敢相信自己,不敢展开自己的翅膀,只敢想那个男士服装店。囊地鼠草原镇有一条闻名的、十一英里长的水泥人行道……我真想知道,那条人行道有多少水泥是用约翰·济慈那号人的墓石制成的?"

七

肯尼科特对弗恩·马林斯很热情,还挑逗她,告诉她自己是"拐骗漂亮女教师的老手",还向她保证,要是校董会反对她跳舞,他就"敲开他们的脑袋,跟他们说,能找到这么一个有活力的女孩,算他们走了大运"。

可是,对埃里克·沃尔博格,他就不那么热情了。他只是轻轻地和他握个手，然后说"你好"。

纳特·希克斯的社会地位还能接受。他已经在这儿待了好多年了，又有自己的店铺。可是，这个人只不过是纳特的工匠而已。虽然这个小镇完全讲民主，但民主原则也不是随便乱用的。

从理论上来说，这次讨论成立剧社的碰头会，肯尼科特也要参加。可是，他只是在一旁闲坐着，时不时地捂着嘴打个哈欠，老是去注意弗恩的脚踝，还时不时地对玩游戏的孩子们和蔼地微微一笑。

弗恩想要跟她说说自己所受的委屈。可是卡罗尔呢，每次一想起《来自坎卡基的姑娘》，她就一肚子气。倒是埃里克提了几点建议。他的阅读广度令人吃惊，判断力的缺乏也令人震惊。他的音域对流音①很敏感，但他还老是爱说"极好的"（glorious）这个词。他从书上看到的字，十个里面就有一个是发错音的，不过他也知道这一点。他坚持这样干，可又觉得不好意思。

埃里克说："我想出演库克和格拉斯佩尔小姐的《被压抑的欲念》②。"卡罗尔一听，立刻收起了高人一等的态度。他不是个说空话的人：他是个艺术家，对自己的看法是有把握的。"我会把布景搞得简单一点。用一个大窗户做背景，蓝色的圆顶天幕非常醒目，窗外只放一根树枝，表明下面有个公园。露天平台上再摆放一张早餐桌。把色调搞得有艺术品位一些，就像茶室一样——橙色的椅子，橙蓝相间的桌子，蓝色的日本早餐餐具，再在某个地方涂上一大块黑色——搞定！哎呀，我希望我们还能演一出戏，那就是坦尼森·杰西的《黑面具》。我从来没看过这出戏，不过——结局很精彩，那个女人看着那个男人整张脸被炸得面目全非，她只是惊叫了一声而已。"

---

① 流音（liquid）：英语中所有不属于半元音的近音，尤指"l"和"r"的音。
② 库克（Cook，1873—1924）和苏珊·格拉斯佩尔（Glaspell，1882—1948）是普罗温斯敦剧社的创始人。《被压抑的欲念》是格拉斯佩尔创作的独幕剧。

"天哪,你所说的精彩结局就是这样啊?"肯尼科特大声嚷道。

"这个结局听起来太残忍了!我是喜欢富有艺术性的东西,但不喜欢可怕的东西。"弗恩·马林斯哀叹道。

埃里克很困惑,瞥了一眼卡罗尔。她点了点头,表示忠诚地支持他的看法。

会议结束的时候,他们什么也没确定下来。

第二十九章

一

星期天下午，卡罗尔带着休顺着铁路轨道沿线散步。

她看见埃里克·沃尔博格迎面走来。他身穿一套老式的高腰套装，拖着沉重的脚步踽踽独行，一副闷闷不乐的样子，还不时地用手里的一根小棍子敲打着铁轨。不知怎么的，有那么一瞬间，她想要避开他，却又继续往前走，还平静地和休谈起了上帝。休断言，电报线里的嗡嗡声就是上帝发出的声音。埃里克挺起胸膛，凝视着他们。他们彼此说了声"你好"，算是打了招呼。

"休，跟沃尔博格先生说'你好'。"

"哎哟，天哪，他的一颗纽扣松开啦。"埃里克担心地说，随即跪了下来。卡罗尔皱了皱眉，然后就发现他力气还挺大的，竟然一把把休举起来，在空中晃个不停。

"我陪你走一会好吧？"

"我累了。我们在那堆枕木上歇一会儿吧。过一会儿，我还得赶紧回家呢。"

他们就在一堆废枕木上坐了下来。这些橡木枕木上布满了干腐的黄褐色斑点，铁轨枕过的地方留下了一条条棕色的铁锈痕迹。休听说枕木堆是印第安人的藏身之所，于是就趁着两个大人谈论无趣的事情的时候，自己跑去抓印第安人玩了。

电报线在他们头顶嗡嗡嗡地响着，铁轨发出一道道耀眼的亮光，秋麒麟草则散发出一股泥土的芳香。在铁轨的另一边，有一片牧草地，那里长着低矮的苜蓿草和稀疏的青草，草地上还留有母牛踩出的一条条小径。在这片平静而又狭长的绿草地外面，是一大片高低不平的田地。地里的庄稼刚刚收割完毕，只剩下一株株残茬，到处都是参差不齐的麦垛，宛若一只只硕大的菠萝一般。

埃里克谈起了那些书，就像刚皈依的信徒一样充满激情。他尽其所知说出一大堆书名和作者，不时停下来问卡罗尔："你看过他上一本书吗？你不觉得他是个很棒的作者吗？"

她听得晕头转向。可是，他一再说："你当过图书馆员。你告诉我，我是不是小说看得太多了呀？"于是，她就高傲地给了他一些建议，东拉西扯起来。她暗示说，他不算学习过，只是随性跳读而已。特别是——她犹豫了一下，然后直言不讳地对他说碰到读不准的字一定不能猜，一定要不厌其烦地停下来查查字典。

"我这口气像个古怪的老师似的。"她叹了口气说。

"不是的！我会学习的，把该死的字典从头读到尾。"他跷起二郎腿，身子往前倾，两手抓住自己的一只脚踝，"我明白你的意思。我好比是第一次去美术馆的小孩子，像一匹脱了缰的野马一样，一会儿跑去看这幅画，一会儿又跑去看另一幅画。你知道吗，我是刚刚才发现有这样一个世界——咳，在这样的世界里呀，美好的事物非常重要。我在农场一直待到十九岁。我爸是个善良的农民，但除此之外就啥也不是了。你知道他当初为什么送我去学裁缝吗？我本来想学画画的，可他有个表兄弟在达科他州做裁缝赚了好多钱，然后他就跟我说，做裁缝就跟画画一个样儿，所以他就把我送到一个叫作柯卢的鬼地方，在一家裁缝店里学裁缝。在那之前，我每年只上三个月的学——步行两英里去学校，脚下的积雪都到我的膝盖了——除了教科书之外，我爸一本书都不许我买。

"那个时候，我一本小说也没看过。后来，我才从柯卢图书馆借了一本《哈登府第的多萝西·弗农》。我觉得那是天底下最有趣的书了！接下来，我还读了《焚毁的栅栏》，后来又读了蒲伯①翻译的《荷马史诗》。什么书都看吧，还说得过去。就在两年前，我刚到明尼阿波利斯那会儿，我还以为把那个柯卢图书馆的书差不多看完了呢，可是我连罗塞蒂②、约翰·萨金特③、巴尔扎克、勃拉姆斯④都没听说过。不过——嗯，我会学习的。你说，我是不是该把这些裁裁剪剪、熨熨烫烫、缝缝补补的活儿都辞掉呀？"

"我不明白为什么一个外科医生要花那么多时间修补鞋子。"

"可是，如果我发现自己真的既不会画画，又不会设计服装，那可怎么办呀？到纽约或者芝加哥忙活一阵子之后，如果还得回到男士服装店干活，我会觉得自己像个傻子一样。"

"你该说'男子服饰用品店'。"

"男子服饰用品店？好的。我会记住的。"他耸了耸肩膀，然后展开他的手指。

见他那么谦恭，卡罗尔也就谦和了一些。至于说自己是不是天真这个问题，先把它放在心里，以后再做考虑。她极力劝道："你要是真的不得不回来，那可怎么办呀？我们多数人都得回来的！我们不可能都成为艺术家吧——比如说，我就不行。我们都得补袜子。不过，要是只想着补袜子和织补棉线，我们也不甘心。只要是我能得到的东西，我都会要——不管我最终决定去设计长袍，还是建寺

---

① 蒲伯（Pope，1688—1744）：英国诗人，著名作品有英译荷马的《伊利亚特》和《奥德赛》。
② 罗塞蒂（Christina Georgina Rossetti，1830—1894）：在题材范围和作品质量方面均为最重要的英国女诗人之一。
③ 萨金特（John Singer Sargent，1856—1925）：美国19世纪末20世纪初著名的肖像画家。
④ 勃拉姆斯（Johannes Brahms，1833—1897）：德国古典主义最后的作曲家，浪漫主义中期作曲家。

庙,或者熨裤子。你要是真的回来,那可怎么办呀?那你只好去冒险了。不要对生活太过逆来顺受!放手去干!你还年轻,又没结婚。凡事都要试试!不要听纳特·希克斯和萨姆·克拉克那一套,不要当个什么'稳稳当当的年轻人',就是为了帮他们挣钱。你还是个天真无邪的人。趁那些'好人'还没把你逮住,赶紧去闯吧,放手一搏!"

"可是,我不是只想放手一搏,我还想干几件漂亮事呢。啊呀!不过,我懂的东西远远不够。你明白我的意思吗?你理解我吗?从来就没有人理解过我!你理解我吗?"

"我理解。"

"那么——不过,困扰我的事情是这样:我喜欢纺织品,像纺织品一样精巧的东西,以及小巧的图画和文雅的字眼。可是,你看看那边的田野。一望无际!空气清新!离开这里,然后回到东部和欧洲,干那里的人一直在干的那些事儿,不觉得有点儿丢人吗?这里到处都是堆积如山的小麦,我却在雕琢那些字眼!我本来应该帮我爸开垦荒地,却在这儿看佩特[①]这家伙的破书!"

"开垦荒地是好事,但那不是你干的。美国人最喜欢的一个神话是这么说的,广阔的平原必定会造就开阔的心智,高峻的山峦必定会让人树立崇高的目标。我刚来大草原的时候也是那样认为的。'一望无际,空气清新。'哎呀,我不是想否定草原的未来。它的未来会很辉煌的。不过,同样,我也绝对不想受它摆布,代表大街去打仗,受人愚弄去相信未来已经近在眼前,认为我们所有人都得待在这儿膜拜那些麦垛,口口声声说这里是'人间天堂'。当然啦,那些有创造性的事或者绚丽多彩的事,只要是对开创美好未来有益的事,都不干了!不管怎么说,你不属于这个地方。萨姆·克拉克

---

① 佩特(Walter Pater,1839—1894):英国著名文艺批评家、作家。

和纳特·希克斯，他们才是我们这个一望无际、空气清新的草原的骄子。放手去干！趁现在为时未晚，别像我们这些人那样错失时机。年轻人，到东部去吧，去跟革命一起成长吧！往后，或许你会回来，告诉萨姆、纳特和我怎么利用我们一直在开垦的这些土地——假如我们肯听你的，假如我们没有先动用私刑把你处死！"

埃里克恭敬地望着卡罗尔。卡罗尔好像听见埃里克在说：

"我一直想认识一个会这样跟我说话的女人。"

这只是卡罗尔的错觉。埃里克根本没说过这样的话。他只是在说：

"你为什么对你丈夫不满意呢？"

"我……你……"

"他不喜欢你身上那份'该死的天真'，是吧！"

"埃里克，你千万不要——"

"首先，你要我放手去干，要我自由自在，现在你又要我'千万不要'！"

"我知道。可是，你千万不要——你得再超脱一些！"

他瞪着眼睛盯着她，像一只羽毛未丰的小猫头鹰一样。她没听清他说什么，只觉得他在咕哝："如果我要那样，我就真该死了。"她心想，管别人的闲事很危险，心中很害怕，于是怯生生地说："我们现在还是回去吧？"

他若有所思地说："你比我年轻。你的嘴唇是用来唱歌的，歌颂晨光熹微中的河流和黄昏蒙影中的湖泊。我不明白怎么会有人伤害你……是呀，我们该回去了。"

他在她身边吃力地走着，眼睛却看着别处。休怯生生地抓住他的大拇指。他低头看着这个孩子，神情非常严肃。他突然说道："好吧。我就这么干。我在这儿再待一年。攒点儿钱。不再花那么多钱买衣服了。然后，我就去东部，去上美术学校。到裁缝店、服装店打打工。我要学适合我的东西：设计服装，舞台布景，画画，或者卖胖子用的衣领。就这么定了。"他凝视着她，没有一丝笑容。

"在这个小镇再待一年，你受得了吗？"

"和你一起见证一下？"

"别瞎扯！我的意思是说，这里的人不会认为你是个怪人吧？我跟你说实话吧，他们就把我当成怪人！"

"这我不知道。我从来不太注意这些。哎呀，他们的确笑我不去当兵——特别是那些老兵，还有那些自己也不去打仗的老头子。还有博加特这小子。还有希克斯先生的儿子——他就是个没有教养的孩子。不过，也许他有权对他父亲雇用的伙计信口开河吧！"

"他可恶得很！"

他们回到了镇上。他们路过贝西舅妈的家门口。贝西舅妈和博加特太太站在窗前，卡罗尔发现她俩正目不转睛地盯着他们。卡罗尔向她们招手致意，她们只是僵硬地抬了抬手，像机器人似的。到了下一个街区，韦斯特莱克医生太太也在她家的门廊里目瞪口呆地看着他们。卡罗尔很尴尬，用颤抖的声音说：

"我想进去看看韦斯特莱克太太。我就在这儿和你说再见了。"

她避开了他的目光。

韦斯特莱克太太很友善。卡罗尔觉得她在等自己解释。尽管她暗下决心，就算被绞死也不解释，但实际上她已经在解释了：

"休在铁轨那儿缠住了沃尔博格那小伙子。他们俩成了要好的朋友。我也就跟他聊了一会儿。我听说他这人很怪。但实际上，我觉得他还挺聪明的呢。他这人虽然粗鲁，但爱读书——读书的劲头几乎跟韦斯特莱克医生一样。"

"那挺好的。他为何赖在这个小镇不走呀？我听说他对默特尔·卡斯有点意思，是这样吗？"

"我不知道嗳。他会吗？我肯定他不会！他说他挺孤单的！再说了，默特尔还是个小姑娘呢！"

"过完生日就二十一岁喽！"

"咳——今年秋天韦斯特莱克医生要出去打猎吗？"

二

因为要解释和埃里克的见面，她心里又犯起了嘀咕。尽管他热爱读书，对生活充满热情，可他不就是个在闭塞的农场和蹩脚的裁缝店长大的小镇青年吗？他两手粗糙。而她只对她父亲那样温厚的双手感兴趣。双手纤弱，但意志坚定。可是，这个小伙子呢——两手粗糙有力，但意志薄弱。

"要让囊地鼠草原充满生机，不能依靠他那样软弱的恳求。可是，这又有什么意义呢？或者说我是在附和维达的观点吗？这个世界总是任由'强大的'政治家和军人摆布——这些人一言九鼎——可这些咋咋呼呼的笨蛋都干了些什么呀？'实力'又是什么？

"这样把人分成三六九等！我想，同样是裁缝，这个人跟那个人差别很大，就像这个小偷跟那个小偷，或者这个国王跟那个国王一样，差别很大。

"埃里克调戏我的时候，把我吓坏了。当然，他也不是故意的，但我绝不能让他这么随便。

"简直无礼！

"不过，他也不是故意的。

"他那双手结实有力。也许就连那些雕塑家也没有这么粗大的手吧？

"当然，如果真有什么我能帮上这个小伙子的——

"不过，我看不起那些爱管闲事的人。他自己一定要有主见。"

第二十九章 | 453

三

  一个礼拜之后,埃里克独立策划了网球公开赛,并没有征求她的意见,她也没有太不高兴。事实证明,他在明尼阿波利斯学过网球。在这个小镇,除了胡安妮塔·海多克,数他发球最好。在囊地鼠草原镇,人们对网球津津乐道,却几乎从不打球。一共有三个网球场:一个是哈里·海多克的;一个是湖边别墅区的;还有一个是郊区的,场地很粗糙,是以前的一个网球协会出钱建的。

  有人见过埃里克身穿法兰绒长裤,头戴仿制巴拿马草帽,和斯托博迪银行的职员威利斯·伍德福德在那个废弃的球场打网球。忽然之间,他想带头倡议,把网球协会重新组织起来。为此他还到戴尔的店里花十五美分买了个笔记本,把一些人的名字记了下来。他去找卡罗尔的时候,因为身为一个组织者,所以情绪非常激动,讲了十多分钟都没停下来谈谈自己和奥布里·比尔兹利[①]。他恳求说:"你能介绍几个人入会吗?"她点了点头,以示同意。

  他提议举行一次非正式的表演赛来宣传一下网球协会;由卡罗尔和他本人一组,海多克夫妇一组,伍德福德夫妇一组,狄龙夫妇一组,进行双打比赛;协会要由召集过来的热心人组成。他还邀请哈里·海多克当临时会长。他报告说,哈里已经答应了,说:"行,没问题。不过,你要牵头,把事情都准备好,我会同意的。"埃里克计划礼拜六下午在小镇边上那个老公共网球场举行比赛。这是他第一次和囊地鼠草原镇的人打成一片,所以打心眼里高兴。

  整整一个礼拜,卡罗尔都听说,好多上流人士要去观看球赛。

[①] 奥布里·比尔兹利(Aubrey Beardsley,1872—1898):英国拉斐尔前派著名画家。由于画面风格特殊,被人们称作"恶之花"。

肯尼科特气冲冲地说，他懒得去看。

他是反对她和埃里克一组打球吗？

不会的，肯定不会。她需要这项运动。比赛那天，卡罗尔很早就到了。那个废网球场在新安东尼亚路边的一片草地上。只有埃里克在那儿。他拿着一把耙子耙来耙去，想把网球场弄得像样点儿，免得看上去像块耕过的田地。他承认，一想到有一大群人要过来，他就感到怯场。威利斯和伍德福德太太到了。威利斯下身穿一条自家裁制的灯笼裤，脚穿一双黑色的帆布胶底运动鞋。紧接着，哈维·狄龙医生和太太也到了。他们和伍德福德夫妇一样，都没有恶意，都很讨人喜欢。

卡罗尔有点儿不知所措，待人也过度热情，就像主教夫人在浸礼会义卖市场上尽量不让自己觉得不自在一样。

他们都在那儿等着。

比赛定在下午三点。准时过来观看的只有三个人：一个是杂货店的年轻伙计，停下他的福特送货车，坐在座位上目不转睛地盯着看；还有一个神情严肃的小男孩，拖着一个鼻涕邋遢的小妹妹。

"不知海多克夫妇上哪儿去了？不管怎么说，他们也该到了呀。"埃里克说。

卡罗尔自信地对他笑了笑，然后眼睛盯着那条通往镇上的空荡荡的大马路。只看到阵阵热浪，滚滚烟尘和灰蒙蒙的杂草。

到了三点半，还不见有人过来。杂货店的那个小伙子无可奈何地下了车，转动曲柄开动他那辆福特汽车，失望地瞪了他们一眼，嘎啦嘎啦地把车开走了。那个小男孩和他的妹妹一边含着野草，一边叹着气。

参赛选手装出兴高采烈的样子练习发球，但每次看到汽车扬起的烟尘，他们都会吓一跳。但是，这些汽车没有一辆开到草地来的——一辆都没有，直到四点差一刻，才看见肯尼科特开车进来。

卡罗尔心里一紧。"他多么忠诚啊！真是靠得住！就算别人都不来，他也会来的。尽管他不喜欢打网球。这个可爱的老头子！"

肯尼科特没有下车。他大声喊道："卡丽！哈里·海多克给我打电话说，他们已经决定把网球赛——不管你们叫它什么啦——改在湖边别墅那里举行了，不在这儿了。那群人现在已经在那儿了：海多克夫妇，戴尔夫妇，克拉克夫妇，大家都到了。哈里问我能不能把你们送过去。我想，我还是能抽出时间的——吃完晚饭就过来了。"

还没等卡罗尔弄清楚是怎么一回事儿，埃里克已经结结巴巴地说话了："哎呀，海多克压根就没跟我说过改地点的事儿呀。当然了，他是会长，可也——"

肯尼科特严厉地看了他一眼，咕哝着说："这事儿我一点都不清楚……卡丽，走吧？"

"我不去！比赛说好在这儿的，就得在这儿！你可以转告哈里·海多克，他这人太不讲理了！"她把平时总是受到冷落、现在又被晾在一边的五个人召集到一起，打气说："来吧！我们掷币决定我们当中哪四个人参加森林岗、特拉华州山地林场①以及囊地鼠草原镇的首届年度网球锦标赛！"

"你自己看着办吧，"肯尼科特说，"嗯，一会儿在家吃晚饭喽？"他说完就开车走了。

她讨厌他的镇静，因为他破坏了自己的蔑视。她回头看看那几个蜷缩在一起的追随者，感觉自己还不如苏珊·安东尼②呢。

狄龙太太和威利斯·伍德福德在掷币的时候输了。其他人开始

---

① 特拉华州山地林场（Del Monte）：位于美国加利福尼亚州的蒙特雷县，旧金山湾区的南方。
② 苏珊·安东尼（Susan B. Anthony，1820—1906）：美国女权运动的倡导者，全美妇女选举权协会会长。

在高低不平的地上慢吞吞地、费力地、跌跌撞撞地打起了比赛,常常连对方最简单的发球都接不住。观看比赛的只有那个小男孩和他那个鼻涕横流的妹妹。在球场的外面,是一望无际的、布满残茬的田野。在这片热烘烘的、广袤的、傲然的土地上,这四个提线木偶人笨手笨脚地打着比赛,显得非常微不足道,一点儿都不英勇。他们的声音好像不是在报比赛成绩,听起来倒像是在道歉。比赛结束的时候,他们环顾了一下四周,好像是在等着被人嘲笑似的。

他们走着回家。卡罗尔挽着埃里克的胳臂。隔着自己薄薄的亚麻布衣袖,她能感受到埃里克那件她所熟悉的棕色紧身运动衫的暖意。她注意到,那件棕色的紧身运动衫还混纺了紫色和红色的金线。她不由得想起了第一次看到这件外套的情景。

他们海阔天空地聊着,主题无非就是:"我从来就不喜欢这个海多克,他只考虑他自己方便。"在他们的前面,狄龙夫妇和伍德福德夫妇则谈论着天气和高杰林家的那间新平房。谁也没提他们的网球锦标赛。到了她家的大门口,卡罗尔用力握了握埃里克的双手,朝他微微一笑。

第二天早上,也就是礼拜天早上,卡罗尔正在门廊里,海多克夫妇开车过来了。

"宝贝儿,我们不是故意对你无礼!"胡安妮塔恳求道,"我可不希望你胡思乱想。我们打算请你和威尔过来,到我们家吃晚饭。"

"是的。你们肯定不是故意的。"卡罗尔特别友好地说,"不过,我真的认为你应该向可怜的埃里克·沃尔博格道歉。他很受伤。"

"噢,沃尔博格。我不是很在意他心里怎么想的,"哈里反对说,"他只不过是个自以为是、爱管闲事的人罢了。我和胡安妮塔都有点觉得,不管怎么说,他这次网球赛搞得太他妈的张扬了。"

"可是,那是你要他去张罗的呀。"

"我知道,可我不喜欢他。天哪,你不会伤害到他的感情的!

他穿得像个歌舞演员似的——再说了,天哪,他看着人模狗样的!其实,他只不过是个瑞典乡下仔罢了。这些外国人啊,一个个都是厚脸皮,像一群犀牛似的。"

"不过,他挺伤心的!"

"咳——我认为不应该仓促表态,也不应该说好话哄他开心。我会给他一支雪茄的。他会——"

胡安妮塔一直在舔她的嘴唇,直愣愣地盯着卡罗尔看。她打断丈夫的话说:"是的,我的确认为哈里应该向他表示一下歉意。卡罗尔,你喜欢他,是不是呀?"

卡罗尔吓坏了,顿时谨慎起来,说:"喜欢他?我从没这个想法。他这个年轻人看起来挺正直的。我只是觉得,他张罗比赛很卖力,如果对他不好会觉得有点不好意思。"

"也许,你这么做有些道理。"哈里含糊地说。接着,他看见肯尼科特拖着一根带铜喷嘴的红色浇花软管,拐过墙角往这边走来了。他松了口气,扯开嗓门喊道:"医生,你这是要干什么啊?"

肯尼科特摩擦着下巴,一本正经地详细解释他要干什么:"我突然想到,草地上这一块那一块看着有点发黄,不知道给它喷喷水会怎么样。"哈里表示赞同,说这是个好主意。胡安妮塔叽叽歪歪地说了一番客气话,脸上满是温柔亲切的笑容,两眼却暗中盯着卡罗尔的脸。

四

卡罗尔想去看看埃里克,她想找个人一起玩。可是,就连帮肯尼科特熨烫裤子这样冠冕堂皇的理由都找不到了,因为她检查了一下,三条裤子看起来都很平整,真是叫人泄气。要不是窥探到纳特·希克斯在台球房喝酒说笑,她恐怕也不会冒险去找埃里克的。只有埃里克一个人在店里啊!她兴奋地往裁缝店奔去,宛如一只蜂鸟钻进一朵干枯的卷丹里一样,这位挑剔得可笑的人一头扎进了那个脏兮兮、热烘烘的店铺。进到店里以后,她才想出一个借口。

埃里克在后铺,跷腿坐在一张长桌上,正在缝制一件背心。不过,看他的样子,倒像是在缝制一个古怪的东西,逗自己开心呢。

"你好。不知道你能不能替我设计一套运动服呀?"她气喘吁吁地说。

他盯着她,不以为然地说:"不,我不干!天哪!和你在一起,我可不要做一个裁缝!"

"啊唷,埃里克!"她像一个有点震惊的母亲一样说道。

她忽然想到,自己并不需要一套运动服,而且可能也很难向肯尼科特解释为什么要定做。

埃里克突然从桌子上起来了,说:"我想给你看样东西。"他在那张卷盖式书桌上翻找起来,上面堆满了纳特·希克斯的东西:账单、纽扣、日历、皮带搭扣、被线勒出印子的蜡块、猎枪弹壳、"时尚背心"的锦缎样本、钓鱼绕线轮、印有色情画的明信片以及一堆硬麻布衬里的破布条。他抽出一张弄脏了的蜡光卡纸,心急火燎地把它递给卡罗尔。那是一件长袍的草图,画得不太好,有点过分讲究,背景上的支柱又粗又短显得很怪。不过,长袍的后背很有创意,后背开得很低,从腰部到颈部有一串乌亮的珠子,在后背正中间形成了一个三角形区域。

"真漂亮。不过,它会把克拉克太太吓坏的!"

"是呀,可不是嘛!"

"你画图的时候一定要放开手脚才行。"

"不知道我还行不行呢,我起步有点儿迟啦。不过,我告诉你啊,你知道这两个礼拜我都干了什么吗?我差不多把一本拉丁文语法书看了一遍,还看了大概二十页的恺撒大帝。"

"好极了!你挺幸运的,没有老师逼着你去矫揉造作。"

"你就是我的老师呀!"

他的话音里有一种放肆的意味。她很生气,也很激动。她转过身去,没有理会他,而是凝视着后窗的外面,端详着大街一个典型街区的典型的中心区。那里的景色是那些漫不经心的散步人注意不到的。在这个小镇,主要建筑物的后面都围成一个四方院子的形状,一个无人问津、肮脏龌龊、令人无比沮丧的地方。从前面看,豪兰·古尔德杂货店非常整洁,但后面却用经过风吹雨打的松木料搭了一个披屋,用铺沙的柏油纸盖屋顶。在这个摇摇欲坠的披屋后面,是一堆灰烬、破损的包装盒、碎细的刨花、压皱的草纸板、破裂的橄榄瓶、腐烂的水果,以及一堆完全烂掉的蔬菜:橘红色的胡萝卜已经发黑,土豆上面净是烂疤。时装店的背面也很糟糕,铁百叶窗上的黑油漆已经鼓起泡泡,窗下有一堆亮红色的衬衣盒子,刚被雨水淋过,现在已经变成了一堆纸浆。

从大街看过去,奥利森·麦圭尔肉店显得异常干净。柜台上贴的瓷砖是新的,地面上撒的锯末也是新的,挂着的一块小牛肉切成一片一片的。不过,她此刻看到的是后铺的一个房间,里面放有一个粗制滥造的黄色冰箱,冰箱的上面到处抹的都是黑色的润滑油。一个伙计围着一条围裙,上面全是斑斑点点的干血迹,正把一大片冻硬的肉从冰箱里拖出来。

在比利午餐店的后面,有一个厨师,身上围着一条围裙。很久以前,这条围裙一定是白色的吧。他嘴里叼着一只烟斗,还往一群黏糊糊的苍蝇身上吐唾沫。在这个街区的中央,有一个马厩。运货马车车夫自然而然地把三匹马拴在了那里。在马厩的旁边,还有一堆马粪。

埃兹拉·斯托博迪银行的后墙粉刷成了白色,墙外是一条水泥人行道和一块三英尺大的方形草地，不过窗户上安装了铁栅。透过一根根铁栅，她看到威利斯·伍德福德正趴在一堆账簿上埋头算账呢。他抬起头，笨拙地揉了揉眼睛，然后又埋头去计算那些没完没了的数字。

其他店铺的后面就像是一幅幅印象派图画，上面有一团团污浊的灰色和一片片干枯的棕色，简直就是一圈圈垃圾。

"我的浪漫故事是一段后院浪漫故事——跟一个打工的裁缝！"

她开始仔细琢磨埃里克的心思，这才摆脱心中的自怨自艾。她转过身来，面对着他，愤愤不平地说："这些东西，你不想看也得看，太恶心了。"

他想了一会儿，说："外面那些呀？我不太注意呢。我尽量朝里面看。可真不容易啊！"

"好了……我得赶紧走了。"

她不慌不忙地往家中走去，这时她想起了父亲以前对自己这个一本正经的十岁女儿说过的话："我的大小姐，只有傻瓜才不在乎书的漂亮封面，可是除了封面就什么也不读了，那就是个十足的大笨蛋了。"

她感到吃惊的是，父亲又浮现在她的脑海里。她感到吃惊的是，她突然确信，在这个淡黄色头发的小伙子身上，她看到了那位头发花白、沉默寡言、充满神圣之爱和完全谅解的法官的影子。对这点，她在内心不断思考它，坚决否认它，再次确认它，又讥笑嘲弄它。遗憾的是，有一点她可以肯定：在威尔·肯尼科特的身上，完全没有她那个挚爱的父亲的影子。

五

卡罗尔觉得奇怪,为什么她这么喜欢唱歌,为什么她会发现那么多赏心悦目的东西——在凉爽的夜晚透过树丛看到的灯光,倾泻在棕色树林里的阳光,晨曦中的一只只麻雀,还有被月色镀成银板似的黑色的斜面屋顶。赏心悦目的东西,令人愉快的小东西,令人心旷神怡的各种地方——秋麒麟草遍地的原野,毗邻小溪的牧草地,以及突然间涌现出的那么多和蔼可亲的人。在外科敷料班上,维达对卡罗尔很宽厚;戴夫·戴尔太太也一个劲地讨好她,问她健康怎么样、孩子怎么样、厨师怎么样以及对战争有什么看法。

虽然镇上的人对埃里克持有偏见,但是戴尔太太似乎不是这样。她说:"这小伙子长得挺好看的呀。哪天我们要是出去野餐的话,一定要把他叫来。"出乎意料的是,戴夫·戴尔竟然也喜欢他。这个一毛不拔的、爱说笑打趣的小个子男人,对他认为高雅或灵巧的任何东西都很敬重。对于哈里·海多克的嘲笑,他反驳说:"现在不错了!'伊丽莎白'可能把自己打扮得过分了些,但是他很聪明,你可别忘了这一点!我到处问人,想知道这个乌克兰在什么地方。该死的,还只有他能告诉我。他说话文绉绉的又有什么关系啊?真是见鬼了,哈里,文绉绉的没啥坏处嘛。有些不折不扣的男子汉也挺温文尔雅的啊,简直跟女人一个样儿。"

卡罗尔发现自己挺开心的。她心想:"这个小镇的人多睦邻友好啊!"但马上又闷闷不乐起来:"我会爱上这个小伙子吗?真是荒谬至极!我只不过对他感兴趣罢了。我只是想要帮他成功而已。"

不过,在清扫客厅、修补底领或者给休洗澡的时候,她又会想象着自己正在和一位年轻的艺术家——难以形容却又稍纵即逝的——阿波罗在伯克郡或者弗吉尼亚盖房子;兴高采烈地拿着他的第一张支票买了一把椅子；和他一起读诗；时常认真关注有价值的劳工统计数据；礼拜天一大早就跳下床去散步，然后在湖边一边吃着奶油面包一边闲聊（如果是肯尼科特，肯定会打哈欠的）。在她勾勒的画面中，休都在场。他很崇拜那位年轻的艺术家，因为那位艺术家用几把椅子和几块小地毯为他搭建了几个城堡。除了这些玩耍时间，她也明白"自己能为埃里克做的一些事情"——她也承认，埃里克在一定程度上就是她那个十全十美的艺术家的原型。

她很心虚，心想一定要对肯尼科特好一点，却发现他宁愿一个人待着看看报纸。

六

她需要买些新衣服。肯尼科特曾答应她说："到了秋天，我们就到双城去，在那儿好好玩玩，想玩多久就玩多久，到了那个时候呀，你还可以买几件漂亮的新衣服哩。"但是，她在翻找衣柜的时候，却把那件过时的黑色天鹅绒连衣裙往地上一扔，怒气冲冲地说："这些衣服真是丢人现眼。我的每件衣服都这么破。"

镇上又来了一个人，叫作斯威夫特韦特太太，是个裁缝，还会设计女式帽子。据说她用眼睛瞟男人的样子完全不像个好女人；巴不得连有妇之夫都去勾引；如果真有斯威夫特韦特先生这个人的话，"那可就奇怪了，因为似乎没有人知道这个人的任何情况"！不过，她给丽塔·古尔德做了一件薄纱长袍，又设计了一顶帽子，大家都说这个搭配"妙不可言"。于是，那些太太都去拜访她，一个个眼睛滴溜溜转，还特别客气。斯威夫特韦特太太租了好几间房，都是卢克·道森那个老头家的，就在弗洛勒尔大道上。

囊地鼠草原镇的人买衣服之前一般都要合计一下，卡罗尔却没有这个习惯。她径直走进斯威夫特韦特的店里，断然要求说："我想看看帽子，也可能是短上衣。"

斯威夫特韦特太太家的前厅又脏又旧。她曾试图用一面穿衣镜、几张时装杂志的封面和几幅毫无生气的法国版画把前厅装点得漂亮一些。她在那些女装人体模型和帽子托架中间安闲地踱着步，然后拿起一顶红黑相间的无檐小女帽，平心静气地说："我相信，女士都会觉得这顶帽子特有魅力。"

卡罗尔心想："这种平纹真难看，土里土气的。"但她还是平静地说："我觉得，这顶帽子跟我不太配吧。"

"这可是我精挑细选的呢。我肯定，它配你一定漂亮。这个帽子可时髦得很呢。请戴上试试吧。"斯威夫特韦特太太说道，语气越发平和。

卡罗尔端详着这个女人。她就像一颗仿制的玻璃钻石。她越是想装出城里人的样子，就越显得土气。她上身穿一件朴素的高领短上衣，上面还钉了一排黑色的小纽扣，这和她胸脯扁平的苗条身材倒是很般配，不过她那条方格裙子却显得有些可笑。她两颊的脂粉擦得太厚，口红也涂得太过鲜艳。她分明只是一个不识字的四十岁的离婚女人，却硬要打扮成三十岁女人那种聪慧迷人的样子。

卡罗尔试着戴上这顶帽子，一副居高临下的样子。她摘下帽子，摇了摇头，像对下属一样善意地微微一笑，然后解释说："我觉得，这顶帽子恐怕不太合适。不过，对于这么小的城镇来说，它也算是很漂亮的了吧。"

"可是，这绝对是地道的纽约款式。"

"咳，它——"

"我跟你说，纽约那些款式我一清二楚。我在纽约住过好多年哩。"

另外,我还在阿克伦①住了将近一年呢!"

"你在那住过呀?"卡罗尔礼貌地回应说,然后就悄悄离开了,闷闷不乐地回了家。她在想,刚才自己的架子是不是和斯威夫特韦特太太一样可笑。她戴上那副肯尼科特最近买给她看书用的眼镜,把食品杂货店的账单从头到尾看了一遍。然后,她急急忙忙上了楼,进入自己的房间,走到镜子跟前。她现在有一种自卑感。不管这个影像准不准确,她在镜子里看到的自己就是这副模样:

一副简洁的无框眼镜。一头乌黑的头发,胡乱塞在一顶淡紫色的草帽下面。这种草帽本该是位老姑娘戴的。双颊白皙,毫无血色。鼻子瘦削。嘴唇和下巴倒是很柔和。一件朴素的薄纱上衣,领口处镶有蕾丝花边。少女般的甜美和羞怯——没有欢乐感情的迸发,没有城市的痕迹,喧闹聒噪,突然放声大笑。

"我已经变成一个小镇女人了。绝对的小镇女人,典型的小镇女人。谨小慎微,品行端正,稳稳当当。生活无忧。假斯文!乡村病毒——乡下操守。我的头发——只是乱糟糟地缠在一起。在那个已婚的老姑娘身上,埃里克又能看中什么呀?他确实喜欢我嘛!因为只有我这个女人待他很不错啊!他还要多久才能了解我的心思呀?我已经注意到自己了……我已经老得……老得像现在这副模样了吗?

"其实也没有那么老。只是不爱打扮了,弄得自己像个老处女似的。

"我要把我现在的衣服全都扔掉。乌黑的头发和苍白的脸颊——这要配上一身西班牙舞装才行——耳朵后面再插上一朵玫瑰,一边肩膀披上猩红的头纱,另一边肩膀则裸露出来。"

她抓起那块胭脂海绵,在自己的脸颊上乱涂乱抹,又拿起那只猩红色的唇笔在嘴唇上擦来擦去,直到把双唇擦得发痛,然后又把

---

① 阿克伦(Akron):此处指纽约的阿克伦村。

衣领扯开。她伸出两条瘦长的胳臂,摆了一个方丹戈舞①的姿势。然后,她又猛地把两条胳臂放下,摇了摇头,说:"我的心根本不想跳舞。"她扣上罩衫的纽扣,满脸涨得通红。

"至少,我比弗恩·马林斯优雅多了。

"天哪!当初,我从双城来到这里,那些女孩子都争相效仿我。现在,我却在拼命效仿城市女孩的样子。"

---

① 方丹戈舞(fandango):西班牙或拉丁美洲的一种轻快三步舞。

第 三 十 章

一

九月初一个礼拜六的早上,弗恩·马林斯突然闯入卡罗尔家,冲着她尖声叫道:"下个礼拜二就要开学了。在被软禁之前,我得再痛痛快快玩一回。我们今天下午去湖边组织一次野餐吧。肯尼科特太太,你和医生不来吗?赛·博加特想去——这小子很顽劣,不过他也很活跃。"

"恐怕医生去不了吧,"卡罗尔沉着地说,"他说今天下午得去乡下出诊什么的。不过,我倒是乐意过去。"

"好极了!我们还能约哪些人呀?"

"戴尔太太也许是个不错的年长伙伴。她这个人非常讨人喜欢。要是戴夫能从商店抽开身,他也许会来。"

"埃里克·沃尔博格呢?我觉得,他比镇上那些小伙子品格好多了。你挺喜欢他的,不是吗?"

就这样,由卡罗尔、弗恩、埃里克、赛·博加特以及戴尔夫妇组成的这次野餐会,不仅符合道德准则,而且势在必行。

他们一行驱车前往位于明尼玛希湖南岸的那片白桦林。戴夫·戴尔极尽插科打诨的本领。他大呼小叫,蹦蹦跳跳,摘下卡罗尔的帽子戴在自己的头上,又把一只蚂蚁丢进弗恩脖子后面的衣领里。大家要去游泳了,几位女士拉上窗帘在车里羞答答地换衣服,几位男士则跑到树丛后面脱衣服,还不停地说:"哎呀,可别让毒藤扎着我们。"戴夫一会儿往大家身上溅水,一会儿又潜入水中去抓他太太的脚踝。其他人也受到了他的感染。埃里克模仿他在轻歌舞剧里看到的希腊舞蹈演员表演了一番。后来,大家在草地上铺上旅行毛毯,摆上食物,坐成一圈吃野餐,赛却爬到一棵树上,往大家身上扔橡树果子。

不过,卡罗尔不能和他们一起嬉闹。

她把自己打扮得很年轻:头发向两边分开;上身穿一件海军衫,还戴了一个蓝色的大蝴蝶结;脚穿一双白色的帆布鞋;下身穿一条短亚麻裙。她照了一下镜子,确信自己看上去还和上大学时一样:颈前很光滑,锁骨也不太明显。不过,她没有流露出沾沾自喜的神情。大家在游泳的时候,她就在那欣赏清凉的湖水,但又被赛的恶作剧和戴夫的乐过头弄得很恼火。她很欣赏埃里克的舞蹈表演,他绝不会像赛和戴夫那样流露出一丝低级趣味。她在等他来到自己的身边,可他没有过来。他高兴的样子显然深受戴尔夫妇的喜爱。莫德一直注视着他,晚餐后又对他大声喊道:"过来呀,坐到我边上来,你这个坏小子!"卡罗尔不禁皱起了眉头,因为他居然甘当一个坏小子过去坐下,居然对莫德、戴夫和赛从别人盘子里抢冷牛舌片这种无聊的游戏也很欣赏。游泳以后莫德好像有点头晕。她公然对大家说:"肯尼科特医生要我节食,帮了我大忙。"不过,例数自己的那些怪癖,她就只对埃里克一个人说了。她说自己太敏感,稍微听到一句气话就会受到伤害,还说自己得交几个又体面又活泼的朋友。

埃里克就是既体面又活泼。

卡罗尔宽慰自己说:"不管我有什么样的缺点,我可从来就没有嫉妒过别人。我是喜欢莫德。她总是那么讨人喜欢。不过,我在想,她是不是有点儿喜欢博取男人的同情心呀?玩弄埃里克,还有她那个已婚的——咳——不过,瞧她盯着埃里克瞅的那副德行,含情脉脉,心醉神迷,却又装得一本正经。真恶心!"

赛·博加特躺在一棵大白桦树的树根中间,一边抽着他的烟斗,一边挑逗弗恩,向她保证说,再过一个礼拜,他就又是一名高中生了,她也又是他的老师了,他一定会在班上朝她挤眉弄眼。莫德·戴尔想让埃里克跟她一起"到湖边去看看那些可爱的小鱼儿"。于是,卡罗尔就被撇了下来,跟戴夫待在一起。然后,戴夫就幽默地跟卡罗尔讲起了埃拉·斯托博迪喜欢巧克力薄荷糖的故事,一个劲地逗她开心。她注意到,莫德·戴尔把手放在了埃里克的肩膀上,以便让自己站稳脚跟。

"真恶心!"她心想。

赛·博加特伸出他那只红爪子一把抓住弗恩那只紧张的手。弗恩略带愠色地跳了起来,尖声叫道:"我跟你说,赶紧松手!"赛就咧着嘴笑,挥舞着他的烟斗——俨然一个瘦长的二十岁韶华的好色之徒。

"真恶心!"

莫德和埃里克回来了,大家重新搭了伴。埃里克低声对卡罗尔说:"湖边有条小船。我们悄悄溜去划船吧。"

"大家会怎么想呢?"她忧心忡忡地想。她看见莫德·戴尔那双水汪汪、色眯眯的眼睛正盯着埃里克,于是就说:"好啊,走吧!"

她轻松而又得体地朝大家喊道:"再见啦,各位。我们到了中国再给你们发电报。"

船桨啪哒啪哒地划着,发出嘎吱嘎吱的声响,很有节奏。夕阳残照倾泻在浅灰色的湖面上。卡罗尔仿佛在梦境中飘荡一样,不知不觉地把对赛和莫德的愠怒忘得一干二净。埃里克得意地对她微笑着。卡罗尔打量起了他——他没穿外套,只穿了一件轻薄的白衬衫。她能感觉到他的男性特征,他那平直的男性肋骨,他那瘦长的大腿,

第三十章 | 469

以及他划桨时轻松自如的姿态。他们谈到了图书馆,还谈到了好多电影。他哼着小曲儿,卡罗尔则轻声地唱着《可爱的马车,从天上荡下来》①。一阵清风掠过玛瑙般的湖面,泛起层层涟漪,犹如片片闪亮的盔甲。微风围着船体旋转,宛如一股阴冷的水流。卡罗尔拉起她那件海军衫的领子遮住了裸露的颈前。

"越来越冷了,恐怕我们得回去了。"她说。

"我们先不要回去。他们还在瞎胡闹呢。我们沿着岸边划吧。"

"可是,你喜欢'瞎胡闹'呀!你和莫德玩得很开心嘛。"

"啊唷!我们只是在湖边溜达溜达,聊了聊钓鱼而已。"

她松了口气,感觉很对不住她的朋友莫德。"当然。我是开玩笑的。"

"我跟你说啊!我们就在这里上岸,到岸边坐一会儿,那丛榛树还可以为我们挡风哩,在那儿看看日落。落日就像熔化的铅一样。只有那么一小会儿哦!我们才不要回去听他们瞎吹呢!"

"是的,不过——"她没再说什么,而他则加速往岸边靠去。船底砰的一声停在了一堆石头上。他站在船头的座位上,伸出他的手。微波荡漾,四周一片寂静,只有他们两个人。她慢慢地站起来,然后慢慢地跨过这条旧船舱底的积水。她放心地抓住他的手。他们没说话,就那么坐在一根晒得发白的原木上。暮色苍茫,天空变成了黄褐色,流露出一股秋的意味。菩提树的叶子纷纷飘落在他们的身边。

"我真希望——你现在还冷不冷?"埃里克轻声问道。

"有一点儿。"她打了个哆嗦。不过,那不是因为天冷。

"我真希望我们能缩在那边的一堆树叶里,把全身都给盖起来,

---

① 《可爱的马车,从天上荡下来》(Swing Low, Sweet Chariot):一首美国黑人灵歌,最早出现在1909年,演唱者为田纳西州费斯克大学(Fisk University)的几位费斯克黑人欢快民歌歌手。

然后躺在黑暗中往外看。"

"我也希望可以那样。"她似乎挺惬意的,知道他只是说说而已。

"就像那些诗人所说的——阴郁的宁芙和农牧神①。"

"不。我不再是宁芙了。太老了——埃里克,我老了吗?我是不是很衰老,很土气呀?"

"啊唷,你是最年轻的——你的眼睛就像少女的眼睛。你那双眼睛非常——咳,我的意思是说,好像你什么都相信似的。即使你真的是我老师,我也觉得自己比你老一千岁,而不是比你小一岁。"

"小四五岁呢!"

"不管怎么说,你的眼睛那么纯真,你的脸颊那么柔嫩——真该死,弄得我都想哭了,不知怎么搞的。你那么孤弱无助,我好想保护你——可是你又没有什么需要保护的!"

"我年轻吗?年轻吗?你说的是实话?真的吗?"这个讨人喜欢的男人把她当成一个小女孩,她平时那种一本正经的语气一下子变得很孩子气,像是在撒娇一样。她的口气就像个孩子一样。她像个孩子似的噘起嘴唇,脸颊羞得绯红。

"是的,你很年轻!"

"你这样认为真是太可爱了。你愿意——埃里克!"

"你愿意和我一起玩吗,经常一起玩?"

"也许吧。"

"你真的想躺在一堆落叶里,看着满天的星星从头顶划过吗?"

"我想,坐在这儿更好一些!"他把自己的手指和她的手指缠绕在一起。"可是,埃里克,我们得回去了。"

"为什么呀?"

"社会习俗,说来话长!"

---

① 农牧神(Faun):罗马神话中的人物,具有半人半羊的形状。

"我知道。我们是得回去了。不过,我们这样单溜,你开心吗?"

"嗯。"她很恬静,只是简单地应了一声。不过,她站起来了。

他突然伸出一只手臂搂住了她的腰。她没有拒绝。她无所谓。在她心里,他既不是一个乡下裁缝、一个潜在的艺术家或者一个社会上复杂的人,也不是一个危险人物。他就是他自己。对他,对他身上自然流露的个性,她都非常满意,毫无缘由。因为他离得很近,她把他的头部看得更清楚了。在落日余晖的映衬下,他的脖子,他扁平而又红润的面颊,他鼻子的侧面,以及他太阳穴的凹陷部位,都显现出鲜明的轮廓。他们往船边走去,完全不像腼腆或者忸怩作态的情人,倒像是一对伴侣。然后,他把她抱起来,放在船头。

埃里克划起了船,卡罗尔目不转睛地对他说:"埃里克,你一定要好好干!你应该会成为一个大人物。你现在没有立足之地。但要努力争取!选一门绘画的函授课程吧——这些课程本身未必有什么用处,但它们会让你萌生绘画的强烈愿望,而且——"

等他们回到野餐地点的时候,卡罗尔才发现天已经黑了,他们早就离开了。

"不知他们会怎么说呢?"她心想。

见到他俩的时候,大家不免你一言我一语地开起了他们的玩笑,而且还稍为有点儿恼火:"啊呀,你们俩究竟去哪儿了呀?""你俩可真是绝配,真是!"埃里克和卡罗尔显得很难为情,连诙谐打趣的话都说不出来了。在回家的路上,卡罗尔一直觉得很尴尬。有一次,赛也对她挤眉弄眼的。这个赛,这个曾经在车库阁楼偷窥她的小流氓,现在应该会认为她和自己是一丘之貉了——她一会儿很生气,一会儿很害怕,一会儿又很高兴。不管她是什么心情,可以肯定的是,肯尼科特会从她的脸上看出她这段异乎寻常的经历。

她装作若无其事的样子走进了屋里。

她的丈夫正在灯下打着盹儿,跟她打招呼说:"喂,喂,玩得开心吗?"

她无法回答。他看了她一眼。不过,他的目光并不犀利。他开始给手表上发条,像往常一样打着哈欠说:"嗯——恐怕又到上床睡觉的时间了。"

这事就这么过去了。然而,她并不高兴。她几乎感到失望。

二

第二天,博加特太太过来串门。她这个人就像一只老母鸡似的,到处啄面包屑,一刻不停歇。她的笑容太过天真。这个吹毛求疵的人进门就说:

"赛说,你昨天野餐的时候玩得可开心啦。你喜欢昨天的野餐吗?"

"哦,是的。我还和赛比赛游泳呢。他让我输得一败涂地。他太强壮了,对不对!"

"可怜的孩子,一心想着去打仗,都快想疯了,不过——那个埃里克·沃尔博格也一起去了,不是吗?"

"嗯。"

"我觉得,他这小伙子还挺帅的咧,而且大家都说他聪明。你喜欢他吧?"

"他好像很客气。"

"赛说,你跟他一起划船划得很开心呢。喔唷,那一定很快活。"

"是呀,只不过我没办法让沃尔博格先生开口说话。我本来想问问他,希克斯先生给我丈夫做的那套衣服做得怎么样了。可是,他一个劲儿地在那唱歌。话说回来,在水里划划船,唱唱歌,倒是挺惬意的。又开心又清纯。博加特太太,镇上那些人不多搞一些这样有益身心的活动,却老爱在别人背后说三道四,真让人难为情,你说不是吗?"

"是……是的。"

博加特太太茫然地说。她的软布帽子有点歪,她的衣着也无比寒酸。卡罗尔瞪着她,有点瞧不起她,准备随时破解她的圈套。这个倔强的婆娘又开始打探了:"打算再搞几次野餐呀?"卡罗尔脱口而出说:"我压根就没想过!哎哟,是休在哭吧?我得上楼去看看他。"

不过,在楼上的时候,她才想起博加特太太曾经见过自己和埃里克沿着铁轨往镇上走,不由得吓出了一身冷汗。

两天之后,在欢乐雨季俱乐部,她又滔滔不绝地对莫德·戴尔和胡安妮塔·海多克倾诉自己的心事了。她觉得大家都在注视她,可是又不能确定。偶尔遇到充满力量的时候,她也不会把它放在心上。既然她有了抗争的某种力量,不管这种力量有多么微弱,她都可以与这个小镇窥探隐私的陋习抗争下去。

既然急着逃离,那就不但要知道从哪儿逃,而且要知道逃到哪儿去。她早就知道,自己乐意离开囊地鼠草原,离开大街以及与它有关的一切,但从来就没有过目标。现在,她有目标了。这个目标不是埃里克·沃尔博格以及他的爱。她依旧坚信,她没有爱上他,而只是"喜欢他,对他的前途感兴趣"。不过,从他的身上,卡罗尔发现,不仅她自己需要年轻人,而且年轻人也欢迎她。她要投奔的不是埃里克,而是在一个个教室、一处处工作室、一间间办公室里的,在抗议这抗议那的各种集会上的那些多才多艺的、充满欢乐的年轻人……不过,那些多才多艺的、充满欢乐的年轻人都很像埃里克。

整整一个礼拜,她都在思考自己想对埃里克说的那些事情,那些高尚的、有教育意义的事情。她开始承认,没有埃里克,她很寂寞。所以，她有点害怕。

野餐结束一个礼拜之后，在浸礼会教堂的晚餐会上，卡罗尔又见到了埃里克。她是和肯尼科特以及贝西舅妈一起去的。晚餐会设在教堂的地下室，那些晚餐就摆在铺着油布的搁板桌上。埃里克正在帮默特尔·卡斯往那些杯子里倒咖啡，好让女服务员端给宾客。这时，那些教堂会众已经把往日的虔敬行为丢到了一边。孩子们在一张张桌子底下爬来爬去。教堂执事皮尔逊拖着声音对女士们表示欢迎："琼斯兄弟在哪儿？姐妹，琼斯兄弟在哪儿？今晚不来跟我们一起过了吗？喂，你跟佩里姐妹要一只盘子，让她们多给你拿一些蚝饼啊！"

埃里克跟着大家一起高兴。他和默特尔大声说笑，趁她倒咖啡的时候碰碰她的胳臂肘，又在女招待过来端咖啡的时候朝她们深鞠躬讥笑她们。默特尔被他的幽默感迷得神魂颠倒。在大厅的另一头，卡罗尔这位女人中的女人远远地注视着默特尔。她讨厌默特尔，但又克制自己不要那样。"一脸呆相的村姑有什么好嫉妒的！"可是，她还是讨厌默特尔。她也很讨厌埃里克，幸灾乐祸地冷眼看着他那些愚蠢的举动——用她的话说，就是他的"失态"。埃里克跟教堂执事皮尔逊打招呼的时候太过夸张，简直像个俄罗斯舞女一样，看到教堂执事露出鄙夷的神情，卡罗尔内心很痛，却又欣喜若狂。埃里克又想同时搭讪三个女孩，结果把一只杯子摔掉了，然后带着哭腔娇声娇气地叫了声："哎呀！"那几个女孩鄙夷地、偷偷地瞥了他几眼。卡罗尔同情她们，也可怜她们。

卡罗尔本来只是讨厌他，但看到他的两眼在乞求大家的青睐，她又开始同情他了。她觉得，自己的判断可能很不准确。上次野餐的时候，她以为莫德·戴尔对埃里克太过柔情蜜意，她还在心中怒骂："我讨厌这些已婚的女人，就知道作践自己去勾引那些小伙子。"可是，在这次晚餐会上，莫德当起了女招待，她忙进忙出地给人端蛋糕，对那些老太太也很客气，根本就没有关注过埃里克。甚至，轮到她自己用餐的时候，她竟然坐到了肯尼科特夫妇的身边。卡罗尔亲眼看到莫德不去和这个小镇的花花公子调情，而是来找老实可靠的肯尼科特，却还以为她是一个多情的种子，真是可笑啊！

卡罗尔又向埃里克匆匆看了一眼，却发现博加特太太正在监视自己。她这才知道，对于博加特太太的监视，她终究还是有所顾忌的，心中不禁一怔。

"我在干什么呀？我在和埃里克恋爱吗？不忠诚吗？我？我是需要年轻人，可我不需要他呀——我的意思是说，我不需要——会把我的生活搅乱的年轻人。我必须走出这份感情。刻不容缓。"

在回家的路上，她对肯尼科特说："威尔，我想出去过几天。你不想去芝加哥逛逛吗？"

"那儿还很热呢。大城市要到冬天才有意思。你想去那儿干什么呀？"

"看人！寻找灵感，找点刺激。"

"刺激？"肯尼科特心平气和地说，"谁给你出的主意？你这'刺激'是从小说里学来的吧。那些白痴小说，专写那些身在福中不知福的阔太太。刺激！不过，说正经的，不开玩笑，我走不开。"

"那我一个人去不行吗？"

"啊唷——你知道，这不是钱的问题。而是，休怎么办呀？"

"把他交给贝西舅妈呗。就去几天而已。"

"扔下孩子不管，我可不赞成。对他们成长不好。"

"这么说，你不同意——"

"我跟你说吧：我觉得呀，我们最好哪儿都不去，等战争结束再说。到那个时候，我们来一次长途旅行，那才棒呢。现在呀，我觉得你还是最好不要准备出远门的事情。"

肯尼科特就这样把她推给了埃里克。

三

她在退潮的时间醒了，凌晨三点。她是惊醒的，完全清醒。就像她父亲宣判一个凶残的骗子一样，她突然无情地给自己下了判决：

"一场可怜的、庸俗的风流韵事。

"没有光彩，没有反抗。一个自欺欺人的小妇人和一个自命不凡的小男人在角落里窃窃私语。

"不，他不是那样的人。他很有雄心。那不是他的过错。他看着我的时候，那一双眼睛很可爱。可爱，真可爱。"

她可怜自己，因为连风流韵事都那么可怜。她叹了口气，在这样平淡的时刻，对品行端庄的自己来说，这事好像真的有点庸俗。

想到这里，她竟然很想反抗，想把心中的怨恨全都发泄出来。她想："这段风流韵事越是渺小，越是庸俗，就越怪大街。这表明我一直就渴望逃离这个地方。不管以什么方式逃离都行！只要我能逃离，什么屈辱我都可以承受。这都是大街造成的。我是怀着崇高的理想来到这儿的，是来大展拳脚的，可现在呢——不管以什么方式逃离都行！

"我是信任他们才来的。他们却用闷棍抽打我。他们不知道，他们也不理解，他们沾沾自喜的愚钝有多令人痛心。就像是一处伤口爬满蚂蚁、被骄阳暴晒一样。

"庸俗！可怜！卡罗尔——曾经步履轻盈、纯洁无瑕的一个女孩！现在却偷偷摸摸地躲在阴暗的角落里嗤嗤地傻笑，一到教堂晚餐会上就多愁善感，还嫉妒别人！"

在早餐时间，她的痛苦已经没有夜晚那么清晰了，但内心还是忐忑不安。

四

欢乐雨季俱乐部的贵族很少参加浸礼会和卫理公会教堂那些简陋的晚餐会。只有威利斯·伍德福德夫妇、狄龙夫妇、钱普·佩里夫妇、肉店老板奥利森、白铁匠布拉德·比米斯以及教堂执事皮尔逊会去那里消除寂寞。不过,这个时尚圈子的人全都去参加圣公会教堂的草地宴会,虽然对圈外人有些排斥,但表面上还是挺礼貌的。

哈里·海多克夫妇主办了本季度的最后一次草地宴会。一只只日本灯笼、一张张牌桌、一摞摞鸡肉馅饼以及一块块三色冰激凌,可谓绚丽多彩。埃里克已经不完全是个圈外人了。他正在和一群不折不扣的"圈内"人士一起吃冰激凌——有戴尔夫妇、默特尔·卡斯、盖伊·波洛克以及杰克逊·埃尔德夫妇。海多克夫妇仍然对他敬而远之,不过其他人对他还算大度。卡罗尔认为,他永远不会成为这个小镇的台柱式人物,因为他在打猎、开车、打牌这些方面都还不太在行。不过,他很活跃,又很快乐,因而赢得了大家的认可,虽然这两点并不是他身上的重要品质。

这群人也把卡罗尔请了过去,她还就天气问题发表了几点无可非议的看法。

默特尔对埃里克大声喊道:"过来呀!我们又不是那些老年人。我要介绍你认识一个最活泼开朗的女孩。她是从瓦卡明来的,现在住在玛丽·豪兰家里。"

卡罗尔看到埃里克对瓦卡明来的客人很热情,又看到他和默特尔一起亲热地闲荡,突然对韦斯特莱克太太喊道:"沃尔博格和默特尔好像在热恋似的。"

韦斯特莱克太太好奇地瞥了她一眼,然后咕哝说:"是呀,可不是嘛。"

"我这样说话，真是疯了。"卡罗尔又担心起来了。

看到埃里克悄悄地向她这边走来，她的心情又恢复了平静，很友善地对胡安妮塔·海多克说，她那块草坪挂上日本灯笼好可爱哦。尽管他只是把双手插在裤子的口袋里到处闲逛，尽管他也没有偷偷地看她一眼，她依然知道他是在召唤自己。她侧身离开胡安妮塔。埃里克连忙向她走来。她镇定自若地点了点头。她对自己表现出来的镇静非常满意。

"卡罗尔，我走大运啦！我也不清楚，但从某些方面来说，可能比去东部学艺术还好呢。默特尔·卡斯说——我昨天晚上去默特尔家串门，和她父亲聊了好久。他说，他正在物色一个小伙子去面粉厂干活，可以学会全套业务，也许还能当总经理呢。我从前种过地，懂一点小麦的知识。以前在柯卢的时候，因为厌倦了做裁缝，我还在面粉厂干过两个月呢。你觉得怎么样呀？你说过，不管什么活儿，只要是由艺术家来做，都是很有艺术性的。何况，面粉又那么重要。你觉得怎么样呀？"

"等一下！等一下！"

莱曼·卡斯和他的黄脸女儿那么老练，这个易受外界影响的小伙子一定会被他们踩得服服帖帖。不过，她是因为这个原因才厌恶他的打算吗？"我一定要说实话。我绝不能为了满足自己的虚荣心就毁了他的前途。"不过，她也没有令人确信的美景。她转过身来对他说：

"我怎么能替你做决定呢？这事你说了算呀。你是想成为莱曼·卡斯那样的人，还是想成为像——对，像我这样的人啊！等一下！不要奉承我，要实话实说。事关重大。"

"我知道。我现在就是一个像你一样的人，我想反抗。"

"不错。我们俩很像。"卡罗尔严肃地说。

"不过，我也不确定自己能不能实现我那些计划。我真的不能再画下去了。我觉得，我还是很喜欢纺织品的。不过，自从认识你以后，我好像就不太想忙活服装设计了。话说回来，我要是成了面粉厂老板，就会有很多办法了——买书，买钢琴，旅行。"

"我跟你直说吧，可能话不好听。默特尔对你那么亲热，不就是因为她爸爸在面粉厂需要一个机灵的小伙子吗？难道你不知道吗？她送你上教堂，让你做一个体面人，要是她拥有你的话，她会怎么对你，难道你不明白吗？"

他瞪大眼睛望着她，说："我不知道。我想也是。"

"你这人一点都不稳重！"

"那我怎么办呀？鱼离开了水大都这样啊！别跟博加特太太一样唠叨！除了'不稳重'，我还能怎样啊？离开农场，进了裁缝店，读了点书，没有受过任何培训，除了试图让书开口跟我说话，什么也没学到！也许，我会一事无成。哎哟，这点我知道。也许，我不稳重。可是，在考虑面粉厂的工作这件事上——还有默特尔，我没有不稳重啊。我知道自己需要什么。我需要你！"

"别说了，别说了，哎哟，别说了！"

"我真的需要你。我已经不再是个小学生了。我需要你。如果我娶了默特尔，那也是为了忘掉你。"

"别说了，别说了！"

"不稳重的是你！你说这说那，玩这玩那，但又怕这怕那。要是你和我一起离开，去过穷日子，我只能去干挖沟的苦力活儿，我会介意吗？我不会介意的！可是，你会介意。我觉得，你已经喜欢上我了，只是你不愿意承认罢了。我本来不该说这些话的，可是一听你挖苦默特尔和面粉厂——要是我不去抓住这些实惠的东西，而是听从你的话，努力成为一个该死的裁缝，你认为我会满意吗？你这样公平吗？你公平吗？"

"不，我觉得不公平。"

"你喜欢我吗？喜欢吗？"

"嗯——不！不要说了！我不能再说了。"

"在这儿可以不说。海多克太太正看着我们呢。"

"不，到哪儿都不能再说了。噢，埃里克，我喜欢你，可我害怕。"

"怕什么呢？"

"怕他们呀！怕我的统治者——囊地鼠草原……我亲爱的好小子哟，我们净在这儿说傻话。我是个贤妻良母，而你是个——哎哟，是个大学一年级新生。"

"你果真喜欢我！我会让你爱上我的！"

她看了他一眼，没有在意，然后就走开了，看似步伐从容，实属仓皇逃走。

在他们回家的路上，肯尼科特嘟囔着说："你跟沃尔博格那个家伙像是好朋友一样。"

"噢，我们是好朋友。他对默特尔·卡斯有意思，我只是告诉他默特尔人有多好。"

回到自己房间的时候，卡罗尔吓了一跳。"我已经变成说谎的人了。五花八门的谎言、乱七八糟的想法，还有莫名其妙的欲望，把我搅得心神不宁——我以前可是清清白白、充满自信的呀！"

她急忙来到肯尼科特的房间，坐在他的床沿上。肯尼科特已经困了，但还是从展开的被子和凹陷的枕头下抽出一只手，摸摸她以示欢迎。

"威尔，我真觉得应该到圣保罗或芝加哥或者别的什么地方去转转。"

"我以为，我们已经说好了呢，这才几个晚上啊！要等到能真正旅行的时候再去。"因为困倦，他晃了一下，说，"你还是亲我一下，道一声晚安吧。"

第三十章 | 481

然后，她就亲了一下——像尽义务似的。肯尼科特含着她的嘴唇久久不松，这让她很不耐烦。"你不喜欢我这个老头子了吗？"肯尼科特哄着她说。他坐起身来，迟疑地伸开手掌抚摸她的细腰。

"当然喜欢。我真的很喜欢你。"就算在她自己听来，这话也平淡无味得很。她真希望自己的声音柔情万种，就像轻佻女子的声音那样。她轻轻地拍了拍他的脸颊。

他叹了口气说："不好意思，你太累了。好像——不过，当然了，你本来身体就不太好。"

"嗯……那么，你不觉得——你确定我要待在小镇这个鬼地方吗？"

"我跟你说过了啊！我当然要你待在这儿！"

她悄无声息地走回自己的房间，宛如蜷缩成一小团的白色影子。

"我降服不了威尔——争取不到这个权利。他这个人固执得要命。而我又不能离家出走，重新自食其力。出去自谋出路，早就不习惯了。可他分明是在逼我——我真害怕，不知他要把我逼到哪般田地。真害怕。

"那边房间里的那个男人，在浑浊的空气里打呼噜的男人，就是我的丈夫吗？一场婚礼就把他变成我的丈夫了吗？

"不。我不想伤害他。我要好好爱他。可是，一想到埃里克，我又爱不起他来了。是我太诚实了吗——一种滑稽可笑、乱七八糟的诚实——一个不忠实的人所表现出来的诚实？我真希望自己是个花心大萝卜，就像那些男人一样。我太恪守妇道了——对，埃里克！我的小埃里克，那个需要我的小男人。

"一段不正当的关系，就像一笔赌债一样，比合法婚姻还要讲信誉，只因为它不是法律强制的，对吗？

"真是一派胡言！我一点儿也不喜欢埃里克！什么样的男人都不喜欢。我只想一个人待着，待在一个女人的世界里——在那里，没有大街，没有政客，没有商人，也没有那种突然瞟你一眼的、馋涎欲滴的男人，或者已婚女人一眼就能识破的那种满脸假笑的男人——

"要是埃里克在这儿，要是他只是静静地坐着，温柔地跟我谈谈天，我就能平静下来了，我就能睡着了。

"我实在太累了。要是我能睡着就好了——"

第三十一章

一

他们的夜晚来得有点意外。

肯尼科特在乡下出诊。天气已经转凉,但卡罗尔还是缩在门廊里,一边摇着摇椅,一边沉思,在那儿摇个不停。屋里有点冷清,令人心生厌恶。虽然她叹息说"我该进去了,看点儿书——好多东西要看呢——该进去了",但她一动也没动。突然,埃里克走了过来。他转身进入院子,推开纱门,然后抚摸她的手。

"埃里克!"

"看见你丈夫开车出城了。受不了啦。"

"嗯——你在这儿至多只能待五分钟。"

"见不到你,真让人受不了。每一天,快到晚上的时候,都觉得必须来看你——你的样子在我脑海中特别清晰。不过,我很听话,忍着没来,我没说错吧!"

"不过,你以后还得继续听话。"

"为什么呀?"

"我们最好还是别待在门廊这儿了。住在街对面的豪兰一家老是从窗户里偷窥,还有博加特太太——"

卡罗尔没有看他,但能感觉出他跌跌撞撞进屋时怯懦的样子。就在刚才,这个夜晚还很寂寥,现在却变得扑朔迷离、热烈狂野、暗藏危险了。不过，一旦女人抛弃婚前追逐的偶像，她们就会变成冷静的现实主义者。卡罗尔很平静，她低声问道："饿了吗？我这儿有些小甜饼。你不妨吃两个，吃完你就得滚回家去。"

"带我上楼吧，让我看看休熟睡的样子。"

"我不相信——"

"就瞟一眼！"

"嗯——"

她犹犹豫豫地在前面领路，往走廊旁边的儿童室走去。他们伸头看着屋里的小家伙，两个人的头挨得很近，埃里克的鬈发碰到了她的脸颊，让她觉得舒服极了。休睡得很香，脸蛋粉嘟嘟的。他的脑袋埋进了枕头底下，差点儿让他透不过气来。在枕头的旁边，有一只赛璐珞犀牛玩具。他的手里还紧紧地握着一张撕破了的《老国王科尔》[①]的图画。

"嘘！"卡罗尔习惯性地嘘了一声。然后，她蹑手蹑脚地走进房里，轻轻地拍了拍那个枕头。回到埃里克身边的时候，看到他在等着自己，心中不禁涌起一种久违的感觉。他俩相视一笑。此时此刻，她没有想起孩子的父亲肯尼科特。她现在想的是，休的父亲应该是个跟埃里克很像的人，比埃里克再大一些，也更稳当一些。他们三个人会一起玩——各种各样不可思议的、富于想象力的游戏。

"卡罗尔，你跟我说过你的房间，让我进去瞅一眼吧。"

"不过，你可不能待在里面，一秒钟都不行。我们得下楼了。"

"嗯。"

"你会听话吗？"

"相当听话！"他脸色发白，眼睛瞪得很大，一脸的严肃。

"你必须乖乖地听话！"她觉得自己特别清醒，特别高傲。她

[①] 《老国王科尔》（Old King Cole）：1985年苏格兰Gleniffer Press出版的童话故事书，书的高度只有0.9毫米。

一把推开房门。

在她的房间里,肯尼科特似乎总有些格格不入。但埃里克就不一样了,他抚摸着那些书,浏览着那些版画,和这个房间的氛围惊人地和谐。他伸开双手,向她这边走了过来。她的意志很薄弱,抵挡不了那股令人激动的柔情。她的头向后仰着。她的双眼微微地闭着。她的思绪很凌乱,又很绚丽。他亲吻着她的眼睑,她觉得他的吻羞怯而又虔诚。

然后,她忽然明白,不能那样。

她晃了晃身子,躲开了他,厉声说:"别这样!"

他执拗地看着她。

"我挺喜欢你的,"她说,"不要把一切都搞砸了。还是做朋友吧。"

"千千万万的女人,哪一个没说过这种话啊!现在你也这样说了!不过,那不会把一切搞砸的,只会让一切更美。"

"亲爱的,我真的觉得你身上有那么一点儿灵气——不管你把它用在什么地方。要是以前,也许我早就爱上你了。可是现在我不会了。太迟了。不过,我会一直喜欢你的。不会感情用事——我不会感情用事!只不过,也没必要把喜欢的空话挂在嘴上。你确实需要我,对吧?只有你和我的儿子需要我。其实,我一直都渴望有人需要我。以前,我很想得到别人的爱。现在,要是我能给……我就心满意足了。几乎是心满意足了!

"我们女人,我们就喜欢为男人做些事情。可怜的男人!等你们手无寸铁的时候,我们一定猛扑反攻,把你们搅得天翻地覆,坚决让你们改过自新。不过,可恨的是,我们这种本性又太根深蒂固。我不会对你这个小家伙失去信心的。你还是实实在在干点儿事吧!哪怕只是卖卖棉布也行啊。就贩卖那些漂亮的棉布——从中国的沙漠商队那儿买——"

"卡罗尔,别说了!你真的很爱我!"

"我没有！那只不过是——你还不明白吗？那些乱七八糟的东西压得我喘不过气来，那些目瞪口呆的蠢货，我还得找个解决办法呢——你走吧。我再也受不了啦。走吧！"

他真走了。屋里清静了，但她并没有感到轻松。她很空虚，屋里空荡荡的，她需要埃里克。她想继续谈下去，把这种空虚驱走，建立一种健康的友谊。她犹犹豫豫地来到楼下的客厅，往凸窗外面望去。他已经不见了。不过，她看到了韦斯特莱克太太。她刚好经过，借着街角弧光灯的亮光，迅速扫了一眼这边的门廊和几扇窗户。卡罗尔放下窗帘，站在那儿，一动也不动，大脑一片空白。她机械地、语无伦次地、喃喃地说："我很快就会再见到他的，让他明白我们只能做朋友。可是——屋里实在空荡。回声也很空洞。"

二

两天后的晚餐时分，肯尼科特似乎一直都很紧张，一副神情恍惚的样子。他在客厅里踱来踱去，然后怒气冲冲地说：

"你整天跟韦斯特莱克大妈胡说些什么玩意儿？"

卡罗尔啪的一声合上书本。"你这是什么意思？"

"我跟你说过，韦斯特莱克和他太太嫉妒我们，可你倒好，还和他们交上了朋友，还有——戴夫跟我说，韦斯特莱克大妈在镇上到处散播，说你告诉她你讨厌贝西舅妈，你还说给自己收拾了一间房是因为我打呼噜，你还说伯恩斯塔姆配贝亚绰绰有余。然后她还说，就是最近的事，说你对这个小镇感到伤心，因为我们都没有乞求沃尔博格那家伙过来和我们一起吃晚饭。至于说，她还讲了别的什么话，说是你说的，那就只有鬼知道了。"

"这不是真的，没一句是真的！我是喜欢韦斯特莱克太太，我也去拜访过她。她显然太过分了,把我说过的话全都歪曲了——"

"毫无疑问。她当然会这样。我没跟你说过她会这样吗?她这个老太婆脾气坏得很,跟她那个缩手缩脚的、抠门的丈夫一个德行。天哪,我要是生病了,宁愿去找一个信仰治疗师,也不去找韦斯特莱克,他俩简直就是一丘之貉。不过,我不理解的是——"

她听着,心里一阵紧张。

"像你这样聪明的女孩子,到底是什么东西让你鬼迷心窍,竟然让她把你的心里话掏出来。我不管你跟她说了些什么——我们偶尔也会怄怄气,想要发泄一下情绪,这是很自然的事情——要是你有话不想跟我讲,那你干吗不在《无畏报》上登广告,或者拿着一只喇叭跑到旅馆屋顶叫喊,或者选择别的什么方式,反正就是不要告诉她!"

"我知道。你跟我说过。可是,她就像母亲一样慈祥。而且,我又找不到女人玩——维达只顾着婚后的小日子,又一心扑在家务上。"

"好了,下次你就不会那么糊涂了。"

他轻轻地拍了拍她的头,然后一屁股坐了下来,埋头看他的报纸,不再说什么了。

那些心怀恶意的人透过一扇扇窗户往屋里张望,然后从走廊悄悄地向她靠近。除了埃里克,她再也没有可信赖的人了。肯尼科特这个心地善良的好男人——他只不过是一个老大哥而已。她只想赶快投奔到同样被摈弃的埃里克那儿去寻求庇护。从表面上看,在这场暴风雨面前,她一直镇定自若地坐在那里,手指依然放在那本淡蓝色的家用服装裁制书的书页里。但实际上,她对韦斯特莱克太太出卖自己的行为深感失望,甚至已经升级为对现实的恐惧。对于她和埃里克之间的那点事,这个女人到底说了些什么呢?她都知道些什么呢?她又看见些什么呢?还有谁会加入这场吵吵嚷嚷的围猎啊？还有谁看见过她和埃里克在一起吗？她还不知道戴尔夫妇、赛·博加特、胡安妮塔、贝西舅妈这些人会说些什么哪？她当时是怎样回应博加特太太的疑问的？

第二天，她一直烦躁不安，在家根本待不住。可是，等她借故办事走街串巷的时候，她又害怕遇到的每一个人。她总是等这些人先开口，总有一种不祥的预兆。她一再对自己说："我绝对不能再见埃里克。"可是，她又记不住这句话。她没有任由自己沉浸在负罪感里，虽然这是大街的女人逃脱空虚和沉闷的最可靠的办法。

五点的时候，她正在客厅的一把椅子里发呆，听到门铃响起吓了一跳。有人打开房门。她就在那儿等着，内心很是惶恐。维达·舍温一头冲进房间。"这才是我赖以信任的那个人！"卡罗尔高兴地想。

维达一脸的严肃，但又不失亲切。她忙不迭地对卡罗尔说："哎哟，你在这儿呀，亲爱的，见到你在家太高兴了。坐下来吧，我想和你说说话。"

卡罗尔乖乖地坐了下来。

维达慌忙拉了一把大椅子过来，接着就连珠炮似的说了起来：

"我好像听到一些风言风语，说你对那个埃里克·沃尔博格有意思。我知道你不可能犯这种错的，我现在比以前更加确信这一点。你看你现在，风华正茂，像个美丽的姑娘一样。"

"要是一位品行端正的太太犯了错，那她会是什么样子？"

卡罗尔好像有点恼怒。

"啊啃——哎哟，看得出来啊！而且，我知道，在所有人里面，只有你最懂威尔医生。"

"你都听到些什么呀？"

"没什么，真的。我只是听到博加特太太说，她看见你和沃尔博格经常一起散步。"维达不再叽叽喳喳地说话了。她看着自己的手指甲。"不过——我怀疑，你确实喜欢沃尔博格。哎哟，我没有任何恶意。不过,你还年轻,你不知道那种单纯的喜欢会泛滥成什么东西。你总是假装很有经验的样子,但其实你还是个小屁孩。就因为你太天真,你才不知道那个家伙的脑子里隐藏的是什么邪念。"

"你不会以为沃尔博格真想向我示爱吧?"

她这句蹩脚的玩笑话戛然而止,因为维达哭丧着脸嚷道:"你怎么知道别人葫芦里卖的是什么药啊?你只知道摆弄改造世界的那些事儿。你根本就不知道受苦的含义嘛。"

有两种侮辱是谁都受不了的:一种是断言别人没有幽默感;另一种是加倍妄断别人不知艰难。卡罗尔怒冲冲地说:"你以为我没受过苦呀?你以为我一直过着舒适的——"

"是的,你没受过苦。我来跟你说点儿事吧,这事我从来没跟别人说过,就连雷米埃也没说过。"多年以来,维达一直压抑着自己的妄想。后来,因为雷米埃在外打仗,她又接着压抑这种妄想。但现在,压抑的妄想已经决堤了。

"我曾经——我以前非常喜欢威尔。有一回,在一次聚会上——哎哟,当然了,那时他还没遇见你哩——不过,我们手拉着手,可开心啦。但是,我觉得自己和他不是太般配。所以,我就放手让他走了。你不要以为我还在爱他啊!我现在总算明白了,雷米埃命中注定就是我的另一半。可是,正因为我以前喜欢过威尔,所以我才知道他有多真诚、多纯洁、多高尚,何况他从没有过什么歪门邪道的想法,还有——如果说是我把他让给你的,至少你得珍惜他吧!我们一起跳舞,一起欢笑,可我还是放他走了。不过——这是我自己的私事!我没有想要闯进别人的生活!因为我刚刚跟你说的这一切,我全都明白,他也明白。也许,像这样赤裸裸地敞开心扉挺丢脸的,但我这样做是为他好——为他,也是为你!"

卡罗尔明白,维达认为自己把一段亲密的爱情故事讲得太过细致和肆无忌惮;她也明白,维达在硬着头皮往下讲的时候很惊慌,一个劲地想要掩盖自己的羞耻,说什么"以前光明正大地爱他——如果我现在还站在他的角度考虑问题,那也是情不自禁的事儿——如果说是我把他让给你的,那么我当然有权要求你好好照顾他,甚至连一点凶相都不能有,还有——"说到这里,她竟然哭起来了,一下子就变成了一个不足称道、满脸通红、眼泪汪汪的女人,一点都不优雅。

卡罗尔受不了了。她赶紧跑到维达身边,亲了一下她的额头,像鸽子一样叽叽咕咕地低声安慰她,东拉西扯地说些废话让她放心,"哎哟,我好感动","你太好了,太棒了","我向你保证,你听到的传言没有一句是真的","哎哟,真的,我确实知道威尔很真诚,就像你说的,那么……那么真诚"。

维达认为,她已经把那些埋在心底的丑事解释清楚了。她从歇斯底里的状态中走了出来,就像一只麻雀抖落身上的雨滴那样。她挺身坐直,乘胜说道:

"我不想哪壶不开提哪壶,不过现在你自己也明白了,事情到了这个地步,完全是因为你对这里的好心人不满意、不赏识造成的。还有一点:像你我这样想搞点改革的人,必须特别注意自己的形象。你想想看,如果你自己严格遵循这些社会习俗,那么你批评它们的时候效果就会好很多。这样一来,大家就不能说你攻击他们是为自己不守规矩找借口了。"

卡罗尔突然明白了一个伟大的哲理,也为历史上半数的审慎改革找到了一个解释。"是的。我听过那种论调。讲得不错。它把反抗的人撇在一边加以冷落。它把迷途的人赶回到人群中去。换句话说就是:'对于社会习俗,如果你相信它,你就得遵守它;不过,就算你不相信它,那你也得遵守它!'"

"我完全不这么认为。"维达茫然地说。她流露出受伤的样子,卡罗尔只好任由她海侃神聊。

三

其实，维达帮了她一个大忙，让她意识到自己那么苦恼似乎太蠢。于是，她不再纠结，也把整个问题看得很简单：她只是对埃里克的抱负感兴趣；这种兴趣让她对埃里克产生了某种程度的好感；这个事情将来会处理好的……不过，晚上的时候，她一个人躺在床上胡思乱想，又反过来说："话说回来，我也不单纯，没被冤枉！要是换作一个比埃里克更果敢一点儿的人，一个斗士，一个留着络腮胡、嘴角乖戾的艺术家——这种人只有书中才有。我永远也不知道什么是悲剧，只知道闹得满城风雨的风流韵事最终变成了一场闹剧，这不正是真正的悲剧吗？

"谁也没有那么伟大，或者说那么可怜，值得别人为他做出牺牲。悲剧的人总是穿着整洁的衬衫；在煤油炉里，不灭的火焰总是那么漂亮，又那么稳当。既没有勇敢坚定的信念，也没有英勇无畏的罪过。只有从花边窗帘后面偷窥别人谈情说爱——就在大街上！"

第二天，贝西舅妈偷偷溜了进来，又暗示说肯尼科特自己可能也有绯闻，试图激她说出实情。卡罗尔恶狠狠地说："不管我做出什么事，肯尼科特都不会怀疑的，这一点我得让你明白！"后来，她又觉得自己不该那么高傲。"不管我做出什么事"这句话，还不知道会被贝西舅妈拿去怎样大做文章哪！

肯尼科特到家以后，一会儿摸摸这个，一会儿又摸摸那个，然后才清了清嗓子，说出这么一番话："今天下午，我看到舅妈了。她说，你对她不太礼貌。"

卡罗尔放声大笑。肯尼科特困惑地看了她一眼，慌忙去看他的报纸了。

四

  她辗转难眠。她一会儿想想离开肯尼科特的各种方法，一会儿又想想他的种种优点，一会儿又觉得他在复杂的溃疡病面前既不会给药又不会切除时的困惑样子很可怜。也许，他比那个与书为伴的埃里克更需要她，不是吗？假如威尔突然死掉。假如她再也看不到他在吃早餐的时候默默地、和蔼地听自己唠叨。假如他再也不能为休扮演大象。假如——他到乡下出诊，道路泥泞，汽车打滑，路边坍塌，汽车翻了个底朝天，他压在车底下，吃尽了苦头，送回家的时候已经残废了，可怜巴巴地看着她——或者等着她，呼唤着她，而她却在芝加哥，对此一无所知。假如有个尖声大叫的恶毒女人控告他造成了医疗事故。他千方百计去找证人，韦斯特莱克却趁机散布谣言，就连他那些朋友都怀疑他，结果这个果断的男人信心尽失，他的优柔寡断让人不忍直视，于是他被判有罪，戴上了手铐，押上了火车——

  她跑到肯尼科特的房间。她慌乱一推，门砰的一声开了，撞到了一张椅子上。肯尼科特惊醒了，倒抽一口气，然后平静地问道："亲爱的，怎么了？出了什么事吗？"她冲到他的面前，笨手笨脚地摸找那张熟悉的、皮肤粗糙的、胡子拉碴的脸颊。这脸颊她太熟悉了，每一道皱纹、坚硬的颧骨、隆起的肥肉，她都了如指掌！肯尼科特叹了口气说："看到你真高兴。"然后把手搭在她衣衫单薄的肩膀上，可她却高兴过头地说："我还以为你刚才梦魇呢。我真傻。晚安，亲爱的。"

五

她已经两个礼拜没有见到埃里克了,只是在教堂和裁缝店和他匆匆打过照面。那天,她去裁缝店讨论各种计划,各种可能发生的事,还有肯尼科特一年做一套新衣服的行动计划。纳特·希克斯在店里,但他没有以前那么恭敬。他装出一副兴高采烈的样子,咯咯地笑着说:"有些法兰绒衣服很漂亮,要不要看看样品,嗯?"他故意碰了碰她的胳膊,示意她看看那些时装图样,然后怪模怪样地瞥了一眼卡罗尔,又瞥了一眼埃里克。回到家里,她心想,那个小禽兽不会在暗示自己是埃里克的情敌吧。不过,这种蓬头垢面的烂人她是不会考虑的。

她看见胡安妮塔·海多克慢慢走过她家门口——就像韦斯特莱克太太以前路过时一样。

在惠蒂尔舅舅的店里,她遇到了韦斯特莱克太太。她本来打算要粗野一点的,但见韦斯特莱克太太警觉地盯着自己,就把原来的打算忘掉了,转而战战兢兢地对她热情起来。

她确信,街上所有的男人,甚至包括盖伊·波洛克和萨姆·克拉克,都在对她暗送秋波,一副馋涎欲滴的样子,好像她是个声名狼藉的离了婚的人一样。她觉得自己很没有安全感,就像一个被人跟踪的罪犯一样。她希望能去见见埃里克,但又希望自己从来没有见过他。她猜想,在这个小镇,恐怕只有肯尼科特不太清楚她和埃里克之间的事了,但又比该知道的知道得多。她蜷缩在椅子里,想象着在那些理发店里、在烟草味熏天的台球房里,男人们正在用沙哑的声音、下流的语言议论她。

整个初秋时节,只有弗恩·马林斯一个人来消除她的疑虑。这位举止轻浮的教师早就把卡罗尔看成和自己一样年轻的人了。尽管已经开学,她每天还是会闯到卡罗尔的家里,提议开一些舞会和威尔士干酪聚餐会之类的。

在一个礼拜六的晚上,弗恩恳求她去乡下一个谷仓舞会当监护人。卡罗尔有事不能过去。第二天,一场风暴就爆发了。

第三十二章

一

这个礼拜天的下午,卡罗尔正在屋后走廊里拧紧童车上的一颗螺钉。透过博加特家一扇敞开的窗户,她听到一个尖利刺耳的声音,又听到博加特太太母夜叉似的声音:

"……也一样。做就是做了,你不承认也没有用,你马上从这个屋里滚出去……我这一辈子从没听过这样的……从来没有人跟我这样说话……走上这样下三烂的罪恶道路……把你的衣服搁在这儿,天知道,你根本就不配……你要是再敢顶嘴,我就打电话给警察。"

卡罗尔没有听清跟她吵架的那个人的声音。虽然博加特太太声称他是自己的密友和新助手,但卡罗尔还是没有听清博加特太太那个上帝的声音。

"又跟赛争吵了。"卡罗尔猜想。

她把童车推下屋后的台阶,在后院里试着推一推,对自己的修理深感自豪。她听见人行道上有脚步声。她看到的不是赛·博加特,而是弗恩·马林斯。弗恩拎着一只手提箱,低着头,匆匆地往街上走去。那个寡妇站在走廊里,两手叉着腰,满胳膊都是黄油,朝这个落荒而逃的女孩大声叫嚷说:

"看你还敢在这个街区露面不。你去叫个赶大车的,把你的大箱子拖走。我家早就被你作践够了。上帝干吗要这样折磨我呀——"

弗恩走了。这个正直的寡妇瞪着眼睛,砰的一声把门关上,进了屋里,然后又从屋里走了出来,摆弄着她那顶软布帽,大步流星地走开了。卡罗尔一直都在盯着看,那个样子和囊地鼠草原镇上其他从窗内偷窥的人没有明显区别。她看见博加特太太进了豪兰家,后来又进了卡斯家。一直到吃晚饭的时候,她才来到肯尼科特家。肯尼科特医生听到铃响过去给她开门,跟她打招呼说:"嗯,嗯,我们的好邻居,你好吗?"

这位好邻居冲进客厅,挥舞着她那双油乎乎的黑色小山羊皮手套,气急败坏地嚷道:

"你完全可以问我现在好不好!我真不知道怎么受得了今天这些糟心事的——那个女人竟然对我胡说八道,真该把她的舌头割下来——"

"嘘!嘘!慢着!"肯尼科特大笑道,"博加特大姐,那个小荡妇是谁呀?坐下来,别激动,跟我们慢慢地说。"

"我不能坐了,我得赶紧回家。不过,我也不能那么自私,只顾着自己,不提醒你们。天地良心,我提醒镇上的人防备她,不是图谁感谢。在这个世界上,总有那么多邪恶,乡亲们就是看不见,或者说你想护着他们,他们也不会领情——她削尖脑袋跑到这儿来,硬要跟你和卡丽攀上关系,我都看到好几回了。谢天谢地,幸好及时发现她,没让她祸害下去。就算我们当中有些人明白,也知道那些事情——可是一想到她可能造成的祸害,我的心简直都要碎了,难过死了。"

"嘘——停!你在说谁呀?"

"她在说弗恩·马林斯。"卡罗尔插了一句,显得不太耐烦。

"嗯?"

肯尼科特简直不敢相信。

"我当然是在说她啦！"博加特太太手舞足蹈地说，"卡罗尔，你真该好好感谢我，幸亏我及时识破她，她才没把你扯进去。因为即使你是我的邻居、威尔的妻子，又是个有修养的太太，我现在还是要告诉你，卡罗尔·肯尼科特，你并不总是那么恭敬地对待——你并不那么虔诚——你并没有信守《圣经》里上帝为我们铺就的光明大道。当然，开怀大笑并没有什么害处，我也知道你这个人身上没有大恶。但另一方面，你对上帝也没有应有的敬畏，对触犯戒律的罪人也没有应有的憎恨。我识破这条养在我自己怀抱里的大毒蛇，你可得感激我哩——哦，是的！哦，的确如此！这位大小姐每天早餐必须吃两个鸡蛋。一打鸡蛋要六十美分，大多数人吃一个就够了，可她吃一个还不满足——她才不管一个鸡蛋多少钱呢，她也不管别人是否能从她的食宿费里抠到钱。实际上，我是出于仁慈才收留她的。从她偷偷地把那些稀奇古怪的长筒袜和花里胡哨的衣服塞在大箱子里溜进我家的时候起，我就该知道了——"

她又说了五分钟的粗话，他们才明白她在说什么。在这位戴着一副黑色小山羊皮手套的涅墨西斯①的口中，一出粗俗的闹剧竟然演变成了一出重大的悲剧。实际上，这个故事很简单，很沉闷，也很微不足道。至于细节，博加特太太自己也不确定，所以别人一质疑她就生气。

前一天晚上，弗恩·马林斯和赛独自驾车去乡下参加谷仓舞会。（卡罗尔证实，弗恩曾经想找个监护人。）在舞会上，赛吻了弗恩——她自己也承认了这回事儿。赛弄了一瓶威士忌，他说他也不记得他是从哪儿弄来的。博加特太太暗示说，酒是弗恩给他的。弗恩则一口咬定，酒是他从一个农民的大衣口袋里偷来的，这显然是个谎言，让博加特太太非常恼火。赛喝得烂醉如泥。弗恩驾车送他回去的，

---

① 涅墨西斯（Nemesis）：希腊神话中的报复女神。

把他往博加特家的走廊里一丢,他吐得到处都是,站都站不稳。"

博加特太太尖声喊叫说,她儿子从来没有喝醉过。肯尼科特咕哝了一句,她只好承认说:"咳,也许有一两回我闻到过他嘴里有酒气。"然后,她又摆出一副神神秘秘的样子,承认有时候他到天亮才回家。不过,他从来都没喝醉过,因为他总有最好的借口:比方说,别的小伙子诱惑他打着火把去湖边叉小狗鱼,或者他出来坐的"那辆汽车的汽油用完了"。不管怎么说,她的儿子以前从来没有落入一个"别有用心的女人"的手中。

"你以为马林斯小姐对他别有用心啊?"卡罗尔不依不饶地说。

博加特太太一时语塞,过了一会儿又接着说。今天早上,她要他们俩当面说清楚,赛果断承认说都怪弗恩,因为这位老师——他自己的老师——用激将法让他喝酒。弗恩竟然还想矢口否认。

"后来,"博加特太太又啰唆说,"后来,那个女人厚颜无耻地对我说:'我把这个脏兮兮的狗崽子灌醉图什么呀?'她就是这样称呼他的——狗崽子。'在我家不许说这样的粗话,'我说,'你还在装模作样,蒙蔽大家,让他们以为你受过教育,适合当一名老师,可以去管年轻人的品行——你比街头拉客的妓女还要糟糕!'我说。我就要让她好好地听着。我不会逃避我应尽的责任,我也不会让她以为体面的人就得忍受她的脏话。'图什么?'我说,'图什么?我来告诉你图什么吧!你以为我没看见你和那些男人调情,让他们浪费时间去关注你的放肆行为吗?你以为我没看见你在他们面前卖弄你的大腿,穿着短裙满街跑吗?装什么清纯少女啊,假斯文。'"

弗恩对青春的渴望被说成这样子,让卡罗尔觉得十分恶心。不过,让她更加恶心的是,博加特太太竟然暗示说,鬼知道在驾车回家之前弗恩和赛之间发生了什么。这个女人没有确切地描述那个场面,只是发挥她淫荡的想象力暗示说,除了谷仓里的灯笼、简陋的小提琴和砰砰嚓嚓的舞步,还有很多黑乎乎的乡下旮旯儿,还有疯狂的行为以及粗暴而又可恨的征服。卡罗尔觉得太恶心了，懒得插嘴。倒是肯尼科特大叫说："哎哟，看在上帝的分上，你还是别说了吧！你根本就不知道发生过什么事儿。你根本就拿不出一条证据表明弗恩是个轻浮的小姑娘嘛。"

"我没证据，嗯？好吧，那这件事你又怎么说呀？我开门见山地问她：'赛的那瓶威士忌，你喝没喝？'她说：'我想，我是呷了一小口，是赛让我喝的。'她是这样说的。她都承认那么多了，所以你可以想象——"

"那就证明她是个婊子吗？"卡罗尔问道。

"卡丽，你以后再也不要说这种字眼了！"这位愤怒的清教徒悲叹道。

"好吧，她只不过尝了一口威士忌，这就能证明她是个坏女人吗？我自己也喝过啊！"

"那不一样。这不是说我赞成你喝酒。《圣经》上是怎么跟我们说的来着？'浓酒使人亵慢'！不过，一个教师和自己的学生喝酒性质可就完全不同了。"

"是的，说出去确实不好听。弗恩不聪明，毫无疑问。不过，她实际上只比赛大一两岁，也许在歪门邪道方面比赛还要年轻好多岁呢。"

"那是……不……对的！她年龄够大的了，足以把赛教坏了！"

"把赛教坏这件事是五年前你们这个圣洁的小镇干的！"

这一回，博加特太太没有大发雷霆。她突然很绝望，耷拉着脑袋，轻轻地拍了拍她那双黑色的小山羊皮手套，又从自己那条褪了色的棕色裙子上抽出一根线，然后叹了口气说："他是个好孩子。你要是对他好，他会对你很热情的。有些人觉得他太放荡，可那是因为他还年轻嘛。他那么勇敢，又那么诚实——啊唷，他也是镇上最早一批想要参军打仗的啰。我只好把话说得很严重，才没让他跑掉。

我不想让他去那些兵营沾染坏影响——后来,"博加特太太说话不再可怜兮兮的了,语速也恢复了正常,"后来,我就把一个女人带到了自己家里来,这个女人可倒好,坏话说尽,坏事做绝,比赛见过的任何坏女人还要坏呢。你说马林斯这个女人太年轻,又没有经验,不会教坏赛。那好呀,那她也太年轻,又没有经验,不配教导他呀。非此即彼,鱼和熊掌不可兼得!所以说,不管他们以什么理由解雇她都是一样的,实际上我跟校董事会也是这样说的。"

"你已经跟校董事会的成员说过这事了啊?"

"我当然说过啦,跟他们每个人都说过了!我还跟他们的太太说,'你们应该怎么处理或者不处理你们的老师不是我可以决定的事情,'我说,'我也不敢冒昧以任何方法、任何形式、任何方式或者任何样式去对你们指手画脚。我只是想知道,'我说,'在我们这个学校,有那么多天真无邪的少男少女,你们是不是还想继续留用这个女人啊?喝酒,抽烟,骂人,说脏话,还做出如此令人作呕的事情,我都不好意思说出口,不过你们也明白我的意思,'我说,'如果还是这样,我保证让镇上的人全都知道这档子事儿。'我对莫特教授也是这样说的,他现在是督学——他是个正派人,不像别的校董事会成员那样在安息日的时候总是开车出去转悠。教授也老老实实地承认,他本人也怀疑马林斯这个女人。"

二

博加特太太走后,肯尼科特没有卡罗尔那么吃惊,更没有卡罗尔那么害怕,而是更加细致地把博加特太太描述了一番。

莫德·戴尔打电话给卡罗尔,先问了利马豆煨熏咸肉的烹饪方法这个相当荒谬的问题,然后又问:"你听说过那个马林斯小姐和赛·博加特之间的丑事了吗？"

"我敢肯定那是谎言。"

"哎哟，可能是哩。"莫德说，言语中尽显快乐的心情，这表明她并不在意事情的真假。

卡罗尔慢腾腾地回到自己的房间，双手紧紧地握在一起坐在那儿，像是在倾听令人厌烦的声音一样。她好像听见镇上的每个人都在嚷嚷这件事，听到新的细节就兴高采烈的，还添油加醋地杜撰一些细节，一个劲地要让大家觉得自己神通广大。还有的人自己不敢胡来，就把这种事栽到别人头上，以此大大地弥补自己的胆怯！有的人并非完全不敢，他们只是比较谨小慎微，偷偷摸摸而已。还有理发店里那些沉迷女色的人，以及女帽店里那些俗气的女人，他们都在咯咯地坏笑。此时此刻，她仿佛听见他们在取笑这件事。他们一边高声谈笑自己完美的智慧，一边又自我表扬说："你不要告诉我她不是个放荡的姑娘，我很聪明的！"

镇上没有一个人去沿袭他们的拓荒祖辈那种傲慢而又轻视的怒骂；没有一个人去证明他们的"粗野的骑士精神"和"粗犷的男子气概"比早期开垦地那种搜集丑闻的猥劣行为更加宽厚仁慈；也没有一个人像一个激情四射的拓荒人那样大发雷霆，开口就是一些荒诞离奇、胡编乱造的谩骂："你在暗示什么？你在窃笑什么？你有什么真凭实据？你们极力声讨又加倍喜爱的那些骇人听闻的罪孽又是什么？"

没有人站出来说话。肯尼科特没有，盖伊·波洛克没有，钱普·佩里也没有。

埃里克呢？有可能。他会气急败坏、惴惴不安地提出异议。

卡罗尔突然很想知道，她对埃里克的兴趣和这件风流韵事之间有什么隐蔽的联系。不会是因为那伙人碍于她特立独行的社会地位才对弗恩嗷嗷乱叫吧？

三

　　在晚饭前，她打了六个电话，这才知道弗恩逃到了明尼玛希旅馆。她匆忙赶到那儿，尽量不去在意街上那些盯着自己看的人。那个旅馆伙计冷冷地说，他"猜测"马林斯小姐住在楼上三十七号房间，让卡罗尔自己去找。她只好沿着霉味扑鼻的走廊一路找过去，走廊的墙纸上印有鲜红色的雏菊和暗绿色的圆花饰，还有被水泼过的地方留下的一条条斑驳的白点。红黄相间的地席已经绽裂。一排排松木门漆成了令人作呕的蓝色。她找不到门牌号。走廊尽头一片漆黑，她只好摸着门板上的铝制号码来辨认。有一回她听到一个男人的声音说："呀？你想干啥？"她吓了一跳，仓皇而逃。找到那间房的时候，她站着听了一会儿。她听出房里传出一阵呜咽声。她敲了第三下门才有人应声，然后就听到一声惊叫："是谁啊？走开！"

　　卡罗尔推开房门的那一刻恨透了这个小镇。

　　昨天，她看到弗恩·马林斯的时候，她还穿着一双靴子、一条粗花呢裙子和一件淡黄色的毛衣，敏捷而又沉静。现在，她横躺在床上，身上穿着一件皱巴巴的淡紫色的棉布衣，脚上则穿着一双破旧不堪的无带轻便舞鞋，一副柔弱不堪、惊恐万状的样子。她惊慌失措地抬起头，头发蓬乱，面色蔫黄，满脸皱纹。她的两只眼睛已经哭得模糊不清了。

　　"我没有！我没有！"她一看到卡罗尔就一个劲地这样说。卡罗尔亲了她的脸颊一下，轻轻地抚摸着她的头发，又把她的前额擦洗干净，她还在反复说这句话。过了一会儿，她才平静下来，卡罗尔趁机环视了一下这个房间。它是让外乡人宾至如归的地方，是热情好客的"大街"的圣殿，是肯尼科特的朋友杰克逊·埃尔德的利润丰厚的产业。房间里闻起来有一股旧亚麻织物、腐烂的地毯和陈年烟草的气味。一张小床摇摇晃晃的，只铺了一层疙疙瘩瘩的薄床垫。沙黄色的墙上有很多刮痕和凿洞。在每个角落，每样东西下面，都有松软的灰尘和雪茄的烟灰。在歪斜的脸盆架上还有一只有裂痕的短粗大水罐。唯一的一把椅子是直背的，漆皮已经剥落，惨不忍睹。不过，房间里有一只玫瑰色的镀金痰盂，倒是有点儿光彩夺目的感觉。

她并不想探听弗恩的故事，可是弗恩硬要讲给她听。

她是去了那个舞会，可她并不是很喜欢赛，只是因为要跳舞，要躲避博加特太太喋喋不休的说教，也因为开学几周紧张的教学需要放松一下，她才愿意忍受赛的。赛说他"保证听话"。他一路上也确实听话。去参加舞会的有几个是囊地鼠草原镇的工人，还有好多年轻的庄稼人。后来又来了六个喝醉酒的人，吵吵嚷嚷的。这六个人都是从衰败的殖民地迁来的，擅自占用长满矮树的洼地种植土豆，是偷窃的疑犯。理发师德尔·斯纳弗林一边拉着小提琴，一边喊着舞步节奏，大家全都跟着他的咒语跳着老式的方形舞，让他们的舞伴转着圈，蹦跳着，欢笑着，把谷仓的地板踩得咚咚响。赛喝了两口那种可以装在口袋里的酒。在谷仓的尽头，有一个饲料箱，上面堆了一堆外套，弗恩看见他在外套里乱翻一通。之后不久，她又听见一个庄稼人说有人偷了他的酒瓶。于是，她就责怪赛不该偷东西。赛却咯咯地笑着说："哎哟，只是开个玩笑而已，我会把它送回去的。"他非要弗恩喝一口不可。她要是不喝，他就不把酒瓶送回去。

"我就用嘴唇在上面碰了一下，然后就把酒瓶还给他了。"弗恩呜咽着说。她坐了起来，盯着卡罗尔问："你喝过酒吗？"

"我喝过。不多。我现在就想喝一口！碰上那些正人君子真要把我给毁了！"

那个时候，弗恩才笑得出来。"我也想喝！我想我这辈子喝酒次数还不到五回呢，可是如果我再碰到博加特和她儿子——咳，我根本就没有真正碰过那瓶——讨厌的纯威士忌——尽管我本来想喝一点葡萄酒。我觉得好开心。那个谷仓简直就跟舞台一个样儿——高高的梁椽，黑黑的小单间，摇曳的铁皮提灯，最边上还有一个青贮料切碎机，就像某种神秘的机器一样。我跟那个相貌英俊的青年农民跳舞一直都很开心。他又壮又帅，还特别聪明。不过，一看见赛那副样子我就浑身不自在。所以，我都怀疑是不是喝了两滴那种糟糕的东西。你说，上帝不会因为我想喝点葡萄酒就惩罚我吧？"

"亲爱的，博加特太太的上帝——大街的上帝，也许会惩罚你。不过，有勇有谋的人全都在跟这个上帝斗……尽管他要杀死我们。"

后来，弗恩又跟那个年轻农民跳了一支舞。然后，她就跟一位在大学学过农科的女孩聊了起来，把赛忘在一边了。赛肯定没把酒瓶送回去，他摇摇晃晃地向弗恩这边走过来——过来的路上还趁机冒犯每一个女孩，见缝插针地跳起了吉格舞。弗恩坚持要赛跟她回家。赛就跟她走了，一边笑得咯咯的，一边跳着吉格舞。到了谷仓门的外面，赛就吻了她……"想想看，我以前一直以为在舞会上让男人吻一下挺有意思的呢！"……她没有理会他的吻，只是急着把他送回家，免得他跟人打架。有个农民帮弗恩套马车，而赛却在座位上打起了呼噜。可是，还没等他们出发，赛就又醒了。在回家的路上，赛时睡时醒，每次一醒就想非礼弗恩。

"我那么健壮，都快跟他差不多了。我一边驾车，一边设法把他推开——马车摇晃得厉害。我觉得自己根本不像女孩子，倒像是个打杂的女工似的——不，我想我可能太害怕了，所以一点感觉都没有。天色很黑。不管怎样，我还是到家了。可是，太辛苦了，路上泥泞不堪，我还得下车去看路标——我从赛的大衣口袋掏出火柴，擦了一根又一根，他就跟在我后面——他从马车的踏板上跌了下来，跌到烂泥里，爬起来又想非礼我，还……我好害怕。不过，我打了他，打得很重。然后，我上车就走，他就跟在马车后面追，哭得跟个孩子似的，我就又让他上车了。可是他刚一上车就又想要……不过，不管怎样，我还是把他送回家了，把他放在门廊上。博加特太太还没睡，正等着呢……

"你知道吧，说起来真可笑，她一直……唉，冲我胡说八道——赛又吐得厉害——我只是惦记着一件事，'我还得把马车赶到出租行去。我还不知道车行老板睡了没有？'不过，不管怎样，我还是把事情办妥了。我把马车直接赶回马厩，然后回到自己的房间。我锁上房门，可是博加特太太还说这说那的，就在房门外面。她就站在房门外面，说我这说我那，说得很难听，还把门把手晃得嘎啦嘎啦响。在这段时间，我一直听到赛在后院里呕吐。我想我这辈子都不会嫁人了。然后今天——

"她竟然把我扫地出门。整个上午，她根本不听我分辩，只听赛的一面之词。我想，他现在已经不头痛了，甚至在吃早饭的时候他还觉得整件事情就是个大玩笑。我想，现在他正在镇上到处吹嘘他'得手'了呢。你是明白的——哎呀，你不明白吧？我确实没让他靠近我！可是，我不知道怎样才能面对我的学校。大家都说，乡村小镇是养育男孩的好地方，可是——我不敢相信这就是我，躺在这儿，说这样的事儿。我真不相信昨晚发生的事儿。

"哎呀，这事说来也怪：昨天晚上我把衣服脱掉的时候——那件衣服很漂亮，我非常喜欢。不过，当然了，烂泥已经把它糟蹋完了。我还为它大哭一场，而且——不论怎样。可是，我那双白色的长筒丝袜全撕破了。但奇怪的是，我不知道是我下车去看路标的时候两条腿被荆棘钩住了，还是我把赛打跑的时候被他抓破的。"

四

萨姆·克拉克是校董事会的董事长。卡罗尔跟他说了弗恩的故事,他似乎很同情,态度也很友好。克拉克太太坐在一边,温声细语地说:"哎哟,那也太糟了不是。"卡罗尔还在往下说,克拉克太太却打断她,恳求地说:"亲爱的,别对那些'虔诚'的人说那种尖刻的话。很多信奉基督教的人都很真诚,也很宽容。钱普·佩里夫妇就是这样。"

"是的。我知道。不幸的是,教堂里的好心人已经够多的了,足以让教堂维持下去了。"

卡罗尔说完以后,克拉克太太低声细语地说:"可怜的姑娘,我一点都不怀疑她的事儿。"萨姆也喃喃地说:"是啊,当然。马林斯小姐太年轻,又粗心。不过,除了博加特大妈,镇上谁不知道赛是什么样的人啊。话说回来,马林斯小姐也够笨的,竟然跟他一起走。"

"可是,她也没有坏到该受这样的羞辱吧?"

"不是,不过——"萨姆避开问题没有表态,抓住又迷人又讨厌的故事不放,"博加特大妈骂了她一上午,是吗?把她骂得狗血喷头,嗯?大妈真是个泼妇。"

"是的,你知道她是怎样的人,太恶毒了。"

"哦,不,她的绝招不是恶毒。她在我们店里是怎么干的?她笑嘻嘻地走进来,像个虔诚的基督徒似的,让一个伙计忙活一个小时,然后她才挑了六根四便士的钉子。我记得有一回——"

"萨姆!"卡罗尔不耐烦了,"你会替弗恩申辩的,是不是?博加特太太来找你的时候有没有明确地告过状呀?"

"嗯，是的，也可以说她告状了。"

"可是，校董事会不会按她的意见行事吧？"

"可能，我们多多少少都得听从她的意见。"

"可是，你可以证明弗恩是无辜的呀！"

"我本人会尽力帮助这位姑娘的，但你也知道董事会都是些什么人。就拿齐特雷尔牧师来说吧，他教堂里的事有一半是博加特姐妹打理的，所以他当然会接受博加特的说法。埃兹拉·斯托博迪是个银行家，他不管什么见鬼的东西都要讲究道德和纯洁。卡丽，倒不如就承认了吧。恐怕董事会的人多数都不会站在她这一边。这并不是说我们有谁会相信赛说的一个字，就算他对着一摞《圣经》发誓我们也不会相信。不过，既然已经闹得满城风雨，马林斯小姐恐怕很难作为监护人带领我们的篮球队到别的小镇和其他学校打比赛了，是吧！"

"也许不行，可是别人也不行吗？"

"啊哼，当初聘她的时候，就是让她干这种事的呀。"萨姆听起来有些固执。

"你有没有意识到，这不只是一份工作的问题，也不是聘不聘她的问题。这实际上等于给一个优秀的女孩蒙上可怕的污点，然后把她赶走，给这个世界上所有像博加特那样的人一个机会去祸害她。如果你们解雇她，后果就会是这样。"

萨姆很不自在地动了动身子，又看了看他的妻子，接着挠了挠他的脑袋，然后叹了口气，什么也没说。

"你在校董事会上会替她申辩吗？如果你输了，你不能和与你意见相同的人一起写一个代表少数人意见的报告吗？"

"要真是这样的情况，也不用写报告了。我们的规则是只做决定，然后宣布最终的决定，不管意见是不是一致。"

"什么规则！把一个女孩子的前途都给毁了！天哪！校董事会

定的什么规则！萨姆，如果他们硬要解雇她，你不站在弗恩一边，以退出董事会来吓唬他们一下吗？"

这件事太微妙，萨姆很不耐烦。他牢骚满腹地说："咳，我会尽力而为的，不过我得等校董事会开会时再说。"

之后，卡罗尔又找过督学乔治·埃德温·莫特、埃兹拉·斯托博迪、牧师齐特雷尔先生以及校董事会的其他董事，听到的无非就是"我会尽力而为的"，再加上私下里承认"当然，你我都知道博加特大妈是怎样的人"。

后来，她一直在想，齐特雷尔先生是不是在含沙射影地说她，因为他说："不过，在这个小镇，很多上层人士也太放肆。罪恶的报应就是死亡——或者不管怎么说，就是要被解雇。"而且说这话的时候，还朝她递了个神圣的眼色，她到现在都还记忆犹新。

第二天早上八点之前她就来到旅馆了。弗恩很想去学校，看看别人怎样偷笑自己，可是她又实在太紧张，不敢去。整整一天，卡罗尔都在读书给弗恩听，宽慰她的同时也让自己相信校董事会是公正的。可是，那天晚上在电影院的时候，她听到高杰林太太对豪兰太太大声叫嚷说："她也许是清白的，我想她可能是清白的。不过，大家都说她在舞会上喝了一整瓶威士忌，如果她真像大家所说的那样，她也许都忘了自己是清白的了！嘻，嘻，嘻！"坐在前排座位的莫德·戴尔转过身来，插话说："我一直就是这么说的。我不想嘲笑任何人，不过你们有没有注意到她盯着男人看的样子呀？"

"他们什么时候把我推上断头台呢？"卡罗尔寻思道。

在回家的路上，肯尼科特夫妻俩被纳特·希克斯拦住了。卡罗尔讨厌他的神态，因为他装出一副他们俩之间有一种神秘默契的样子。他似乎在向卡罗尔暗送秋波，但又不敢做得太像，只好咯咯地笑着说："你们俩觉得马林斯这个女人怎么样啊？我不是古板的人，但是我跟你们说，我们这些学校就得请一些体面的女人才行。你们知道我都听到些什么吗？他们说，不管马林斯这个女人后来会干出些什么事儿，反正她这个女人随身带了两夸脱威士忌参加舞会，赛还没醉她就烂醉如泥了！真是个酒桶！哈哈哈！"

"胡说，我不信。"肯尼科特咕哝着说。

卡罗尔还没来得及开口说话，肯尼科特就把她拉走了。

她看见埃里克从她房前经过，深更半夜的，就他一个人。她目不转睛地看着他，巴不得他对镇上的那些事情绘声绘色地挖苦一番。肯尼科特只对她说了这么一句："哎哟，当然喽，大家都喜欢津津有味的故事，不过他们也没有什么恶意。"

她上楼去睡觉的时候，确信校董事会的那些成员都很傲慢。

直到礼拜二下午她才得知，校董事会在上午十点已经开过会，并且投票决定"接受弗恩·马林斯小姐的辞呈"。萨姆·克拉克给她打电话说了这个消息。"我们不会提出任何指控。我们只是让她辞职。既然我们都已经接受了，你能不能顺便到旅馆去一趟，让她写一份辞呈？好高兴啊，我竟然能让校董事会这样处理。真是多亏了你呀。"

"可是，镇上的人会认为这就是指控的证明，你难道不懂吗？"

"我们——没有——做出——任何——指控——什么样的指控都没有！"萨姆显然快没有耐心了。

弗恩当天晚上就离开了这个小镇。

卡罗尔送她上了火车。这两个女孩从默不作声、哑巴着嘴的人群中挤过去。卡罗尔本想瞪眼让他们不敢与自己对视，但面对那些顽皮的男孩和目瞪口呆的男人，她又觉得不好意思。弗恩看都没看他们一眼。虽然她没有流泪，但是无精打采的，脚步也很沉重，卡罗尔感觉得到她的胳臂在颤抖。她用力握了一下卡罗尔的手，含糊不清地说了些什么，就跌跌撞撞地上了火车。

卡罗尔记得，迈尔斯·伯恩斯塔姆也是坐火车走的。她心想，等到她自己离开的时候,车站上会是什么样的场面呢?

她跟在两个陌生人的后面,往镇上走去。

其中一个人咯咯地笑着说:"看见刚才在这儿上车的那个漂亮的乡下姑娘了吗?就是那个头戴一顶黑色小帽子的漂亮丫头。她真迷人!我是昨天到这儿的,准备转车去欧及布威瀑布。她的事我全听说了。她好像是个教师,不过,当然了,她也挥金如土——啊,好家伙——又高傲,又灵巧,又爱幻想!她和另外几个女人买了一整箱威士忌,一起狂饮大闹。有一天晚上,该死的,这帮爱吃童子鸡的老娘们没抓到年轻的小伙子,只抓到几个小男孩,他们一个个喝得酩酊大醉,就像身在灯火通明的街道一样,然后一起出了城,去参加一个乌七八糟的舞会,他们还说——"

说话的那个人转过脸来,看见身后不远处有个女人,立刻压低声音,接着讲那个故事的下文。他不像一个普通人,也不像一个粗俗的工人,而是像一个精明的推销员,像一家之主。在他讲这段故事的时候,另一个人扯着嘶哑的嗓门大笑不止。

卡罗尔转身拐进了一条小街。

她路过赛·博加特的家门。他正在向一群人吹嘘自己的丰功伟绩,其中包括纳特·希克斯、德尔·斯纳弗林、酒吧侍者伯特·泰比,还有讼棍坦尼森·奥赫恩。他们年龄比赛大得多,但他们都把赛当成自己的忘年之交,怂恿他讲下去。

过了一个礼拜,她才收到弗恩的一封来信,其中有两段是这样的:

……当然,我的家人并非真的相信这件事。不过,他们相信我一定做错了什么,所以他们就只管笼统地训斥我,实际上也就是唠叨我而已,后来我只好搬到寄宿公寓去住。那些教师机构一定知道了这件事,因为我去打听工作的时候,有一家机构的男的就差没当我的面摔门了,后来我又去了另外一家机构,那个女主管简直凶得要命。我不知道接下来该怎么办。我感觉身体好像也不是很舒服。有一个家伙爱上了我,我也许会嫁给他吧。不过,他这个人实在太蠢,经常让我哭笑不得。

亲爱的肯尼科特太太,只有你一个人相信我。我想,他们故意跟我开了这么个大玩笑。我这个人实在太笨了。那天晚上,我一个人赶着马车回家,没有让赛碰我,我还觉得自己挺了不起的呢。我还以为囊地鼠草原镇的人会称赞我。上大学的时候,我的体育运动的确受人称赞——这才过了五个月。

第三十三章

一

　　整整一个月的时间,她一直疑心不定,只是不经意间在"东方明星"舞会和裁缝店里见过埃里克。在店铺那一次,当着纳特·希克斯的面,他们俩不厌其烦地讨论着肯尼科特那套新西装的袖口到底要钉一颗纽扣还是两颗纽扣。为了不让旁观者说闲话,他们俩只好一本正经地说些空洞无物的话。

　　就这样和埃里克可望而不可即,想起弗恩的时候情绪又很低落,卡罗尔第一次突然相信自己爱上了埃里克。

　　她跟自己说了很多激动人心的事情。如果埃里克有说话的机会,他肯定会说给自己听的。因为这一点,她才钦佩他,爱慕他。可是,她又不敢召他过来。埃里克也理解,所以没有来过。卡罗尔已经打消了对他的一切疑虑,对他的出身背景也不再感到别扭。因为看不到他,她倍感忧伤,似乎有种度日如年的感觉。每天上午,每天下午,每天晚上,都成了一天里划分得一清二楚的时段。每过完一个时段,她都会突然长叹一声:"唉,我好想去看看埃里克啊!"这话听着真是让人肝肠寸断,尽管她以前从未说过。

　　有些时候,她想象不出他的样子,所以觉得很苦恼。通常情况下,他会在她心中浮现一小会儿——停下他那只可笑的熨斗抬头一瞥,或者和戴夫·戴尔一起在湖边奔跑。但有时候,他又倏然消失,只留下模糊的印象。这个时候,她就会担心起他的外表来:他的手腕是不是太大太红了呢?他的鼻子是不是像很多斯堪的纳维亚人那样的短扁上翘的鼻子呀?他到底是不是她想象中的那么温文尔雅啊?在街上碰到他的时候,她心里的一块石头才落了地,才因为他的出现欣喜不已。比起想象不出他的样子来,那些突然想起的亲密情景让她更加不安。上次野餐的时候,他们一起往船边走,她仔细端详着他的脸,一抹红霞映照在他的鬓角、喉结以及扁平的脸颊上。

十一月的一个傍晚,肯尼科特到乡下去了。卡罗尔听到铃响过去开门,一看门口竟然是埃里克,顿时慌了手脚。埃里克弯着腰,双手插在轻便大衣的口袋里,一副哀求的样子。他刚一见面就像背台词似的哀求说:

"看见你丈夫开车走了。我必须来看你。我受不了啦。出去走走吧!我知道,大家可能会看见我们。可是,如果我们往乡下走的话,他们就看不见了呀。我就在谷仓旁边等你吧。你想走多久就走多久——哎哟,赶紧走吧!"

"过一会就去。"她答应道。

她喃喃地说:"我只跟他谈十五分钟,谈完就回家。"她穿上她那件花呢大衣和那双橡胶套鞋,心想这双套鞋那么朴实,不会给人任何幻想,有了它们的陪伴,明显表明她不是去跟情人约会的。

她看见埃里克站在谷仓的阴影里,正闷闷不乐地踢着铁路侧线的一条铁轨。她一边往他那儿走去,一边想象着他全身热血沸腾的样子。可是,他什么也没说,她也就默不作声。他轻轻地拍了拍她的袖子,她也回拍了一下。他们跨过几条铁轨,发现一条小道,然后迈着沉重的脚步走向空旷的乡野。

"今儿个晚上凉飕飕的,不过我喜欢这种忧郁的灰色。"他说。

"嗯。"

他们走过一丛簌簌作响的小树林,然后沿着一条湿漉漉的小路溅着泥水往前走。他把她的手塞进他大衣一侧的口袋里。她长吁短叹的,摸到他的大拇指,然后紧紧地抓着它,就像母子俩散步时休抓着她的拇指那样。她想起了休。今天晚上,现在的女佣是在家里,可是把这个孩子丢给她不会出什么意外吧?不过,这个顾虑很快就被淡忘了。

埃里克开口说话了,慢条斯理,毫不掩饰。他把自己在明尼阿波利斯一家大裁缝店工作的情景向卡罗尔描述了一番:店里又闷又热,工作又单调又乏味。男人都穿着该死的背心和皱巴巴的裤子,见到啤酒就是一通猛喝,说起女人就是一副玩世不恭的样子。他们取笑他,开他的玩笑。"可是,我不在乎,因为我可以离他们远一些。我经常去艺术博物馆和沃克艺术画廊,绕着哈里特湖①走一整圈,或者步行出城,到盖茨山庄去。在我的想象中,盖茨山庄就是意大利的一个城堡,而我就住在里面。我是一个世袭贵族,喜欢搜集绒绣,那是我在帕多瓦受伤之后的事了。唯一真正倒霉的时候就是,有个叫芬克尔法布的裁缝发现了我一直努力在写的一本日记,他还在店里大声念出来——还大干一架呢。"他放声大笑,"罚了我五美元。不过,现在这一切都过去了。现在,你就像站在我和那些煤气炉之间一样——长长的火焰,淡紫色的边沿,舔舐着那些熨斗,整天发出那种哧哧的声响——哧,哧,哧!"

想到那间闷热、低矮的房间,熨斗熨烫时重压的响声,烫焦的布料的焦煳味,以及埃里克跟一群咯咯笑的矮子混在一起,卡罗尔不由得捏紧了他的拇指。埃里克伸出指尖慢慢透进她手套的开口里,摩挲着她的手心。卡罗尔索性把手抽开,脱掉手套,然后又把手塞进他的手里。

他还在述说一个"了不起的人"的事情。她却心绪平静,任由

---

① 哈里特湖(Lake Harriet):位于明尼阿波利斯的西南部。

他的话随风吹散,只注意到他的声音像拍动的翅膀一样飘忽不定。

她意识到,他正在搜肠刮肚,寻求惊人的字眼。

"哎呀,嗯哼——卡罗尔,我写了一首诗,是写给你的。"

"那很好啊,洗耳恭听。"

"该死的,不要这么漫不经心!你就不能对我认真点儿吗?"

"我亲爱的小兄弟,要是我对你认真的话——我不想我们更……将来更受伤。读诗给我听吧。还从来没有人给我写过诗呢!"

"这其实算不上是首诗。这只不过是我喜爱的几个词而已,因为在我看来这几个词最适合你。当然,也许别人并不这样认为,可是……好吧——

娇小、温柔、快乐、聪明,
还有一双对我脉脉含情的眼睛。

你明白我的意思吗?"

"明白!我真的很感激你!"她确实怀着感激之情——虽然客观地说,她觉得这是一首很蹩脚的诗。

她隐约觉得这个阴沉的夜晚有一种形容枯槁的美。一片片奇形怪状的残云,在凄凉的月亮旁边蔓延开来,一个个小水坑和一颗颗小石子闪烁着灵光[①]。他们从一片低矮的杨树林旁走过,这片小树林白天还柔柔弱弱的,但现在却阴森恐怖得很,像一堵险恶的围墙似的。她停下脚步。他们听见树枝在滴水,湿淙淙的树叶缓缓地落在黏湿的泥土上。

"等待……等待……一切都在等待。"她低声细语地说。她把自己的手从他的手中抽出来,然后把手指并在一起压住嘴唇。在这种

[①] 灵光(Inner Light):基督教贵格会教徒等认为上帝在人的灵魂中产生的指引力量。

阴郁的气氛中，她茫然不知所措。"我很开心——所以，我们得回家了，免得过一会儿我们又不开心了。不过，我们也可以找根木头坐一会儿，就听听滴水的声音，不行吗？"

"不。太湿了。不过，我觉得我们可以生一堆火，这样你就可以坐在火堆旁边，坐在我的大衣上。我可是个生火高手哦！有一次，我和表弟拉尔斯被大雪困住，在大森林的一间小木屋里待了一个礼拜。我们到那儿的时候，壁炉上面已经结了一层冰，不过我们把冰凿掉了，往里面塞满了松树枝。现在，我们也在这个小树林里生一堆火，然后在火堆旁边坐一会儿，不行吗？"

她在考虑，既想顺从又想拒绝。她的头隐隐作痛。她一时拿不定主意。周围的一切，阴郁的夜色，他的侧影，以及如履薄冰的前程，都变得模糊不清了，她像是脱离了肉体一样，在一个四维空间里漂流。就在她犹豫不决的时候，一辆汽车亮着前灯在小路的拐弯处急速转弯，于是他们俩赶紧让开，各自站在一侧。"我该怎么办呢？"她若有所思地想，"我想——哎哟，我不会被他抢走的！我这么本分！我要是连和一个男人坐在火堆旁边聊天的自由都没有，那还不如死掉算了！"

汽车轰轰地响个不停，灯光愈发具有魔性，落在他们的身上，突然停住了。在模糊的挡风玻璃后面有一个人影，那人非常恼火，厉声嚷道："喂，你们两个！"

她听出那是肯尼科特的声音。

"是在散步吗？"听声音，肯尼科特的怒气已经消了。

他们俩像小学生似的异口同声地应声作答。

"挺潮湿的吧，是不是？还是坐车回去吧。沃尔博格，上车坐到前面这里吧。"

他打开车门的方式就是一道命令。卡罗尔注意到，埃里克正在往车里爬，她显然只能坐在后排座位了，而且还得自己打开后面的车门。刹那间,她心中那股冲天的烈焰就熄灭了,她还是囊地鼠草原镇的威尔·肯尼科特太太,坐在一辆吱吱嘎嘎的破车里,很有可能要被她的丈夫教训一番。

她生怕肯尼科特会对埃里克说些什么,于是探身向前,只听肯尼科特说:"天亮之前还有雨呢,千真万确。"

"是的。"埃里克说。

"不管怎样,今年这个季节有点反常。从来没见过十月份这么寒冷,十一月份这么暖和。记得早在十月九号就下过一场雪!可是直到这个月二十一号天气还这么暖和。我记得,从十一月份到现在好像还没见过一片雪花,对吧?不过,要是现在说下就下,我也不会觉得奇怪。"

"是的,这很有可能。"埃里克说。

"要是今年秋天多些时间打野鸭就好了。天哪,"肯尼科特饶有兴致地说,"有个老兄从曼特拉普湖写信给我说,他一个钟头打了七只绿头鸭和两只灰背鸭!你怎么看待这件事呀?"

"那一定妙极了。"埃里克说。

卡罗尔被忽略了。可是,肯尼科特却兴高采烈地说个不停。他放慢车速,从几匹受惊的马旁边驶过,对一个农民大声喊道:"小心——schon gut①!"她坐在后排,完全被忽视,一个人在那儿发呆,就像一出荒唐的、平淡无奇的戏里一位胆怯的女主角一样。她做了一个决定,坚决果断,毫不退让。她要告诉肯尼科特——她要告诉他什么呢?她不能说她爱埃里克。她真的爱埃里克吗?不过,她早晚要挑明的。她不能确定这样做是因为可怜肯尼科特蒙在鼓里,还是因为恼火他的傲慢,自以为什么女人他都养得起,正是这一点让她想要和盘托出。不过,她也清楚,她会摆脱困境的。一想到这种

---

① schon gut:德语,得了,好吧。

冒险，她就激动不已……而此刻，他正在前面逗埃里克呢：

"打一个小时的野鸭就能让你饱餐野味，没有什么比这更美的啦，而且——哎呀，这辆汽车还没有一支自来水笔的动力足呢。恐怕汽缸里又被积碳堵满了。我得再换一套活塞，也许会好些，谁知道呢。"

他在大街上停了下来，热情地咯咯笑道："好啦，你再走一个街区就行了。晚安。"

卡罗尔心里七上八下的。埃里克会不会偷偷地走掉呢？

埃里克木然地走到汽车后面，把他的手塞进来，咕哝着说："晚安——卡罗尔。我们一起散步，我真高兴。"她紧紧地握了一下他的手。汽车啪哒啪哒地继续往前开。他从她的视线里消失了——被大街拐角那家药品杂货店挡住了！

肯尼科特把车开到家门口，一直都没有理睬她。然后，他放下架子，说："就在这儿下车吧，我要兜到后面去。哎呀，劳驾看看后门打开没有，好吧？"卡罗尔帮他拔掉门闩，这才发现她为埃里克脱掉的湿手套还拿在手里，于是又把它戴上。她站在客厅中央，一动也不动，潮湿的外套和泥污的套鞋也不脱掉。肯尼科特还像往常一样让人捉摸不透。让她觉得艰苦的事情不是忍受他的责骂，而是要耐着性子千方百计引起他的注意，让他理解她不得不向他澄清的一些事情，而不是在她话还没说完的时候，他就打起哈欠，给闹钟上发条，然后上床睡觉。她听见他在往火炉里铲煤，然后神气活现地穿过厨房走过来了。不过，在开口跟她说话之前，他果然在门厅停下脚步，果然给闹钟上起了发条。

他踱步走进客厅，眼睛从她那顶透湿的帽子一直扫到她那双泥污的套鞋。她仿佛听到——她不仅听到，而且看到，尝到，闻到，摸到——他那句话："卡丽，还是把外套脱掉吧，看上去有点儿湿。"是的，已经说起来了：

"嗯，卡丽，你最好——"他把自己的外套往一把椅子上一扔，踏着大步向她这边走来，激动地提高声音说，"你现在还是省省吧。我不会像个暴跳如雷的丈夫那样，做出什么引人注目的举动。我喜欢你，也尊重你。如果我非要把事情闹大，那我也许就真的像个笨蛋了。不过，我想你和沃尔博格也该收手了，免得你惹祸上身，就像弗恩·马林斯那样。"

"你——"

"当然。这件事我全都知道。在这样的小镇，到处都是爱管闲事的人，他们有的是时间，专爱打听别人的事情，你还能指望什么呀？他们是没有胆量在我面前说三道四，可是他们早就到处散布流言蜚语了。反正，我自己也能看出来你喜欢他。当然，我知道你头脑很冷静。我也知道，即使沃尔博格真想抓抓你的手或者亲亲你，你也不会让他这样做的，所以我并不担心。但同时，我希望你不要以为这个身强力壮的年轻瑞典农民那么单纯，只图柏拉图式的恋爱，什么都像你那么高雅！慢着，你先别生气！我不是在说他坏话。他这人不坏。他有青春活力，又爱自炫博学。你当然喜欢他。这倒不是什么大不了的事儿。可是，一旦镇上的人把有伤风化的罪名加到你头上，就像当初对待弗恩那样，这些人可是什么都干得出来的，难道你还没有见识过他们的厉害吗？你也许以为两个谈情说爱的年轻人只要单独待在一起，别人就不知道了。可是，在这个小镇，不管你干什么事情，总会有一大帮不速之客跟着掺和的，这些人兴趣大得很哩。难道你还不明白吗？要是韦斯特莱克大妈和其他几个人想要中伤你，他们一定会把你逼得走投无路的，到时候你会发现到处都在大肆宣扬你，说你跟沃尔博格这个家伙谈情说爱，那你也只好跟他恋爱了，只有怨恨他们的份了！"

"让我坐一会儿。"卡罗尔只能这样说。她瘫坐在沙发上，身心疲惫，神情木然。

肯尼科特打着哈欠说:"把你的外套和套鞋给我。"趁卡罗尔还在脱衣、脱鞋的时候,他捻捻自己的表链,摸摸暖气片,又看看温度计。他接过卡罗尔的外套在门厅抖了抖,像往常一样细心地挂起来,然后拉了一把椅子到卡罗尔旁边,挺直腰杆坐着。他就像个医生似的,准备开口说出高明的医嘱,无奈病人并不想听。

还没等他开口说出那番沉重的话,卡罗尔已经不顾一切地抢先开口了:"别说了!我希望你明白,我会跟你和盘托出的,就在今晚。"

"咳,我觉得也没啥可说的。"

"可我有。我喜欢埃里克。他吸引了这儿。"她摸着自己的胸口说,"而且我钦佩他。他不只是个'年轻的瑞典农民'。他还是个艺术家——"

"慢着!他已经有一个晚上的机会向你吹嘘自己是个多了不起的棒小伙了。现在该轮到我了吧。我说话是没啥艺术性,可是——卡丽,你理解我的工作吗?"他探身向前,把两只宽厚有力的大手放在粗壮结实的大腿上,一副成熟而又稳重的样子,但却用恳求的语气说,"不管你对我有多冷淡,我都是这个世界上最爱你的那个人。有一次,我跟你说,你是我的灵魂。现在我还是这样说。你就像我从乡村开车回家的时候在夕阳下看到的一切,那一切我都喜欢,只是不会用诗歌来描述罢了。你明白我的工作性质吗?我一天运转二十四个小时,脚踩烂泥,头顶暴风雪,拼了命地救死扶伤,不论贫富。你——总是喋喋不休地高谈阔论说,这个世界应该由科学家来治理,不应该由一群夸夸其谈的政客来统治——你难道看不出来我就是这里唯一的科学家吗?晚上的时候,寒风刺骨、道路崎岖、车程寂寞,这些我都可以忍受。我只需要你老老实实待在家里欢迎我回家。我不指望你对我热情奔放——我不再指望了——但我还是希望你能体谅我的工作。我把一个又一个婴儿接来这个世上,挽救了一条又一条生命,使一个又一个暴躁的丈夫不再对自己的妻子那么刻薄。可你呢,却被一个瑞典裁缝迷得神魂颠倒,只因为他可以跟你谈论如何给裙子镶上褶裥饰边!一个大男人整天忙活这种东西,真是活见鬼!"

卡罗尔滔滔不绝地冲他嚷嚷说:"你已经说清楚了。让我来说吧。我承认,除了和埃里克有关的这部分,你说得全都对。可是,难道只有你,还有孩子,才需要我去支持,才有求于我吗?他们全都针对我,全镇的人都这样!他们在我背后说长道短,我能感觉得到!贝西舅妈和那个馋涎欲滴的糟老头惠蒂尔舅舅,还有胡安妮塔、韦斯特莱克太太和博加特太太,以及他们所有人。你欢迎他们到家里来,又鼓励他们把我拽到他们的窝里去!我再也受不了这种事情了!你听见了吗?现在,就是现在,我已经精疲力竭了。是埃里克给了我勇气。你说,他只对褶裥饰边感兴趣(顺便说一句,裙子一般是不加褶裥饰边的)。我告诉你吧,他感兴趣的是上帝,是博加特太太用油污的条纹包装纸包裹起来的上帝!埃里克总有一天会成为大人物的,要是我能为他的成功帮上一丁点小忙的话——"

"好了,好了,好了,别说了!你以为你的埃里克会成功。实际上,到了我这样的年纪,他也只不过是在一个像舍恩斯特洛姆那么大的小镇上开一家裁缝店罢了,连伙计都请不起。"

"他不会的!"

"好了,他的目的就是这个,他现在二十五六岁,而且——他到底干了些什么让你以为他不只是个熨裤子的家伙的呀?"

"他灵敏,有才华——"

"得了吧!他在艺术这个行当干过什么正事吗?他画过一张一流的画吗,或者说画过一张素描吗?是叫素描吧?或者写过一首诗吗?抑或者弹过钢琴吗?或者说除了吹牛说他就要干这干那了,他还干了别的什么事儿吗?"

卡罗尔一副若有所思的样子。

"而且,他很有可能永远也不会。据我所知,即使那些在家就干得很好,又能进艺术学校的人,十个里面也没有一个,也许一百个里面也没有一个,能混得比勉强糊口的乞丐还好,大概也就是修水管的艺术品位吧。说起这位裁缝,哎呀,难道你看不出来——亏你还那么煞有介事地谈论心理学呢——难道你看不出来,只有和麦加农医生或莱曼·卡斯这样的家伙相比,这位老兄才好像有点艺术品位吗?如果你第一次碰到他是在正规的纽约画室里就好了!你宁可盯着一只兔子看也不会去注意他的!"

她双手合十,缩作一团,宛如一个跪在微温的火盆前颤抖的修女。她竟无言以对。

肯尼科特霍地站了起来,坐到长沙发上,抓起她的双手。"假如他失败了——因为他会失败的!假如他又回去当裁缝,而你做了他的妻子。这就是你一直朝思暮想的充满艺术品位的生活吗?他缩在一个破破烂烂的棚屋里,一天到晚给人熨裤子,或者趴在那儿缝制衣服,不管哪个脾气暴躁的人突然闯进来,把一件又脏又臭的旧衣服塞到他的面前,说:'给你!把这个搞好,你他妈的快点儿啊。'他也只能客客气气的。他甚至没有本事给自己开一间大店铺。他只能畏首畏尾地干他的那份活儿——除非你,他的妻子,去帮他的忙,到店里去帮他的忙,从早到晚站在工作台前,来回地推着那个沉甸甸的大熨斗。就这样烘烤,过了十五年,你的容颜就会变漂亮了,不是吧!你只会弯腰驼背,像个老太婆一样。而且很可能,你就住在店铺后面的一个房间里。然后到了晚上——哎哟,你就能拥有你的艺术家了,那是一定的啦!他进屋的时候浑身都是汽油味儿,辛苦一天火气很大,含沙射影地说,要不是为了你,他就去东部了,早就成为一个大艺术家了。当然,你还得招待他的亲戚——讲惠蒂尔舅舅的闲话!你还会有个叫什么阿克塞尔·阿克塞尔伯格的混账老头走进家门,他的靴子上沾着粪便,没脱袜子就坐下来吃晚饭,还冲着你嚷嚷说:'快点儿,你这老娘们真让我恶心!'对了,你每年都会生一个哭哭啼啼的小鬼,你熨衣服的时候他就拽着你,你也不会像爱一直在楼上安睡的休那样爱他们的——"

"别说了!别再说了!"

她把脸贴在了他的膝盖上。

他低头亲了一下她的脖子。"我也不想有失偏颇。我觉得,爱情是个伟大的东西,毫无疑问。不过,它也得经得起这类生活问题的考验吧?哎哟,宝贝儿,我就这么差劲吗?你就一点儿都不喜欢我吗?我一直……一直那么喜欢你!"

卡罗尔突然抓住他的手,亲了一下。过了一会儿,她呜咽着说:"我以后再也不见他了。我现在就不能见他。裁缝店后面那间炎热的起居室——我还没有爱他到那个程度,要待在那种地方。而你是——就算我对他有把握,确信他有真本事,我想我也不能真的离开你。婚姻这东西,它把两个人编织在一起。它是不容易破裂的,哪怕是到了该破裂的时候。"

"那么,你想让它破裂吗?"

"不!"

肯尼科特把她举起来,抱着她上了楼,然后把她放在她的床上,转身向门口走去。

"过来亲亲我嘛。"她抽泣着说。

他轻轻地亲了她一下,然后就悄悄地出去了。整整一个小时,她听见他在自己的房间里走来走去,点了一支雪茄,然后用指关节不停地敲打着一把椅子。她觉得,他就像一道屏障,挡在她和越来越浓的黑暗之间,就像迟来的暴风雪变成雨夹雪时那样。

二

吃早饭的时候,肯尼科特很愉快,也比往常更随意。整整一天,卡罗尔都在琢磨,到底用什么方式不和埃里克来往。打个电话?镇上的电话总机肯定会"监听"。写封信?那会被人看到的。亲自去见他?那不可能。到了傍晚,肯尼科特不声不响地交给她一封信。信上的署名是"埃·沃"。

我知道,我什么也做不了,只会给你惹麻烦。今天晚上,我打算去明尼阿波利斯,然后从那里尽快去纽约或者芝加哥。我要尽我所能大干一番。我,我对你的爱,非言语所能形容。愿上帝保佑你。

卡罗尔克制着自己,不去想他,也不去找他,直到听到汽笛响起,她才意识到开往明尼阿波利斯的列车就要离开小镇了。就这样,一切都结束了。她既没有什么打算,也没有什么期望。

她看见肯尼科特正透过手中报纸的上沿注视她,于是赶紧逃到他的怀里,把他的报纸推到一边,这么多年以来第一次像对情侣的样子。不过,她心里清楚,她仍然没有任何生活上的打算,每天无非就是在同样的几条街上走过,遇到同样的一群人,走进同样的几家店铺。

三

埃里克走了一个礼拜以后,家里的女佣通报说:"楼下有个叫沃尔博格的先生说他想见你。"这话把她吓了一跳。

她察觉到女佣正好奇地盯着她看,她极力掩饰的平静这么被彻底粉碎,这让她十分恼火。她慢慢地走下楼梯,偷偷地往小客厅里张望。站在那儿的不是埃里克·沃尔博格,而是一个面色蔫黄、胡子花白的小老头。这个老头脚上穿着一双脏兮兮的靴子,上身穿一件帆布夹克衫,手上还戴着一副红色的连指手套。他的两只眼睛很红,也很锐利,正在瞪着卡罗尔。

"你就是医生的老婆?"

"是的。"

"俺叫阿道夫·沃尔博格,从杰斐逊那边来的。俺是埃里克他爹。"

"噢!"这个猴脸小老头一点都不温和。

"你跟俺家小子都干了些啥?"

"我不明白你的意思。"

"你很快就会明白的,不用俺废话多说!他在哪儿?"

"哎呀,真的——我猜,他在明尼阿波利斯吧。"

"你猜!"他用一种轻蔑的眼神仔细地打量着卡罗尔,这种眼神完全超乎她的想象。他用疯狂而又扭曲的声音拼读出这两个字,只有这样才能显出他抒情的哀鸣,以及他那些因为发错音而让人听不懂的辅音。他大声叫嚷说:"猜!说得可真漂亮!俺不想听你的花言巧语,俺也不想再听你的谎话!俺就想知道你都知道些什么!"

"喂,沃尔博格先生,你马上给我收起那副横行霸道的德行。

我可不是你们农村那些妇女。我不知道你儿子在哪儿,也没有理由知道。"因为看到他那股犟劲,卡罗尔就没再顶撞他。他抡起他的拳头,用这个姿势激发自己的愤怒,然后冷笑说:

"你们这些下流的城里娘们,穿得漂漂亮亮的,竟说些骗人的鬼话!俺这个当爹的来到这儿,只想把俺的儿子从火坑里拉出来,你却说俺是个恶霸!天哪,俺又不需要从你和你男人那里得到什么东西!俺又不是你家的雇工。像你这样的娘们现在也该听俺讲讲你们都是些什么货色了,俺可没有你们城里人说话好听。"

"确实,沃尔博格先生——"

"你到底跟他干了些啥?嗳?让俺来跟你说说你都干了些啥吧!他是个乖孩子,就是他妈的有点傻。俺想让他回农场。他干裁缝根本挣不够吃的。俺又没钱给自己请个雇工!俺想带他回农场。你却插进来一杠子,跟他胡搞一气,还跟他谈情说爱,结果弄得他离家出走!"

"你瞎说!不是这样的——不是这样的,就算是这样,你也没有权利这样说话。"

"别说蠢话了,俺知道。住在你们镇上的一个家伙说,你一直跟俺家小子一起鬼混,你以为俺没听说吗?俺知道你都干了些什么勾当!跟他一起到乡下遛弯儿!跟他一起躲在小树林里!是的,我也以为你们是在树林里谈宗教呢!当然啦!像你这样的娘们:你比那些街头拉客的妓女还坏!像你这样的富婆,有个好男人,又没有正经事可做——俺呢,瞧瞧俺这双手,瞧瞧俺是咋样干活的,瞧瞧俺这双手吧!可是你,噢,上帝,不,你一定不干活。你太有钱了,就不干正经事儿了。你只好跟那些小伙子一起鬼混,跟比你还年轻的小伙子一起鬼混,嘻嘻哈哈的,在地上打滚儿,像畜生一样蛮干!你放开俺的儿子,你听到没?"他在她的面前挥舞着拳头。她闻到了一股粪臭和汗臭味儿。"跟你这种娘们说了也是白搭。你是不会说实话的。没关系,下次俺就找你男人去!"

他大踏步朝门厅走去。卡罗尔连忙冲过去,一把抓住他那个沾有干草和泥土的肩膀,说:"你这个可恶的老头子,你一直让埃里克做牛做马,让他替你赚钱!你一边嘲笑他,一边又让他没命地干活。你只许他围着粪堆转,不许他追求上进,也许你这一招又得手了吧!现在,你因为没有办法把他拽回去,就跑到这儿来出气——去跟我丈夫讲呀,去跟他讲吧!他要是宰了你,可别怪我。他要是宰了你——他会宰了你的——"

这个老头嘟哝了一句,木然地看了她一眼,说了一个字,然后就走了出去。

这个字她听得一清二楚。

她还没有走到长沙发跟前,就两腿一软,往前摔倒了。她好像听到自己在心里说:"你没晕倒。这太荒唐了。你只是在装模作样罢了。起来吧。"可是,她不能动弹。肯尼科特到家的时候,她还躺在长沙发上。他连忙走过来,问道:"卡丽,怎么了?你脸上一点血色都没有。"

她紧紧地抓住他的胳膊,说:"你一定要心疼我,对我好点儿!我要到加利福尼亚去——看看那里的高山和大海。请不要再跟我争论了,因为我肯定要去。"

他平静地说:"好的。我们一起去。我和你一起去。把孩子留在家里,交给贝西舅妈。"

"现在就走。"

"嗯,好的,只要我们能尽快动身。现在啥也别说了。只当你已经动身了。"他抚摩着她的头发,直到晚饭过后他才再次提起这事:"我也想去加利福尼亚。不过,我想我们最好还是再等三个礼拜,等我找到一个退伍的年轻医生接我的手再说吧,免得别人说三道四的。你也不想给他们机会说你出逃吧。你就忍一忍,再面对他们三个礼拜的样子吧,好吗?"

"好吧。"她茫然地说。

四

街上的人都偷偷地盯着卡罗尔看。贝西舅妈想方设法盘问她,问她埃里克怎么不见了。倒是肯尼科特发了一通火,把这个女人吓得不敢吱声:"哎呀,你的意思是说卡丽和那个家伙的出走有关吗?那我告诉你,你现在就可以出去,告诉全镇该死的人,就说是我和卡丽一起带沃尔——带埃里克开车出去的,他还问我,到明尼阿波利斯找份好工作怎么样,我就劝他去找……最近店里进了很多糖吗?"

盖伊·波洛克从街对面走了过来,高高兴兴地聊起加利福尼亚和几本新出的小说。维达·舍温又拉又拽把卡罗尔弄到欢乐雨季俱乐部。在俱乐部里,莫德·戴尔朝卡罗尔劈头盖脸来了一句:"我听说埃里克已经离开小镇了。"大家都竖起耳朵倾听。

卡罗尔和颜悦色地说:"是的,我也听说了。其实,他给我打过电话——跟我说他在城里找到了一份很好的工作。可惜他走了。要是我们重建戏剧社他还很有用的呢。不过,我自己也不会在这儿再搞戏剧社了,因为威尔工作太累了,我正在考虑带他到加利福尼亚去哩。胡安妮塔——你对加州海岸这么熟悉——快跟我说说,是从洛杉矶出发好呢,还是从旧金山出发好呢?最好的旅馆有哪些呀?"

欢乐雨季俱乐部的人显得很扫兴,不过这些人喜欢出主意,喜欢说他们住过的那些高档旅馆——吃过一顿饭也算住过——还没等他们再次质问她,卡罗尔已经欢天喜地地谈起了雷米埃·伍瑟斯庞的话题。维达收到了她丈夫的消息,说他在战壕里中了毒气,住了两个礼拜的院,后来被提升为少校,现在正在学法语。

五

卡罗尔把休丢给了贝西舅妈。

要不是因为肯尼科特,她就把休带着了。她希望能有奇迹发生,好让她留在加利福尼亚。她再也不想看到囊地鼠草原镇了。

斯梅尔夫妇会住在肯尼科特家里。在动身前的一个月里,最让人受不了的是肯尼科特和惠蒂尔舅舅之间无休止的讨论,无非就是给车库供暖和保持火炉烟道畅通之类的琐事。

肯尼科特问卡罗尔,你想在明尼阿波利斯停一下买几件新衣服吗?

"不!我只想快点走,越远越好。等我们到了洛杉矶再说吧。"

"好的,好的,随你的便。振作起来,我们要痛痛快快地玩一把。等我们回来的时候,一切都会不一样。"

六

十二月份的一个黄昏,天空飘起了雪花。一列卧车从圣保罗市开出,在转换轨道的时候发出咔嚓、咔嚓、咔嚓的声响。乘坐这列卧车可在堪萨斯城转乘开往加利福尼亚的火车。列车嘎噔嘎噔地穿过工业区,然后逐步加快车速。卡罗尔什么也看不到,眼前只有灰色的原野。自从离开囊地鼠草原镇,她这一路都沉陷在这灰色的原野中。前方漆黑一片。

"在明尼阿波利斯的那一个小时，我肯定离埃里克不远。他现在还在那儿，就在某个地方。等我回来的时候，他可能就走了吧。我可能永远也不会知道他去哪里了。"

肯尼科特打开座位的灯，她翻开一本电影杂志，闷闷不乐地翻看里面的插图。

第三十四章

一

他们旅行了三个半月。他们看了大峡谷①，圣塔菲②的土坯城墙，然后乘车从埃尔帕索③进入墨西哥境内，这是他们第一次出国旅游。他们从圣地亚哥出发，一路颠簸，途经拉荷亚④、洛杉矶、帕萨迪纳以及里弗赛德⑤。一路上他们经过很多小镇，都有带钟楼的布道区和柑橘园。他们还游览了蒙特雷、旧金山和一片红杉树林。他们在海浪中沐浴，攀爬山麓丘陵，跳舞；他们看了一场水球比赛，观看了电影的拍摄；他们还给囊地鼠草原镇的亲友邮寄了一百一十七张明信片留作纪念。有一次，卡罗尔独自在雾气缭绕的海边散步，看见沙丘上有一位艺术家。那位艺术家抬头看着她，说："真糟糕，雾太大，画不成了。坐下来聊聊吧。"于是，在接下来的十分钟里，她俨然活在了浪漫小说里。

唯一让她费劲的事情就是，她得劝诱肯尼科特别把时间都花在

---

① 大峡谷（Grand Canyon）：亚利桑那州西北部科罗拉多河的深谷。
② 圣塔菲（Sante Fe）：新墨西哥州的首府，世界旅游胜地，美国第三大美术作品集散地。
③ 埃尔帕索（El Paso）：得克萨斯州西部的一个城市。
④ 拉荷亚（La Jolla）：圣地亚哥市的一个临海的街区，拥有太平洋沿岸蜿蜒七英里的美丽海岸线。
⑤ 里弗赛得（Riverside）：加利福尼亚州西南部城市。

跟游客聊天上，因为那些游客都是从类似囊地鼠草原镇的成千上万的小镇出来的。一到冬天，加利福尼亚就挤满了来自艾奥瓦州、内布拉斯加州、俄亥俄州以及俄克拉荷马州的游人。这些人离开自己熟悉的村庄，已经游历数千英里，但还是谨守没有离开家的那种错觉。在那些索然无味的光秃秃的山川面前，他们总喜欢寻找来自本州的人做伴。在卧铺车里、酒店门廊里、自助餐厅里以及电影院里，他们喋喋不休地谈论着汽车、庄稼以及老家的县域政治。肯尼科特跟他们一起讨论土地价格，探究几种汽车的种种优点。他跟火车上的服务员打得火热，还坚持要去帕萨迪纳看望住在一间简陋平房里的卢克·道森夫妇，因为卢克在那儿也无事可干，正巴望着回老家多挣点钱呢。不过，肯尼科特也答应要学会游玩。他在科罗纳多的游泳池里欢呼，他还说要买件晚礼服，虽然他只是嘴上说说而已。在参观画廊的时候，他硬着头皮欣赏里面的艺术品；在他们跟着苦行僧般的导游参观布道区的时候，他还打破砂锅问到底，努力搜集年代和规模之类的信息，这些都让卡罗尔深为感动。

卡罗尔感觉浑身是劲。每当烦躁不安的时候，她就采用惯用的那种漂泊的错觉来安慰自己，比如远离他们或者搬到一个新地方。这样一来，她就能说服自己说，自己的内心是平静的。阳春三月，肯尼科特说该回家了，她欣然同意，因为她也在想休。

四月一日这天，天空高远蔚蓝，罂粟花开，大海也洋溢着夏天的气息，他们离开蒙特雷，踏上归程。

火车在山间穿行。卡罗尔暗下决心："我要热爱威尔·肯尼科特身上的优良品质。他思想高尚，判断力强。这也是囊地鼠草原镇人的品质。马上就能见到维达和盖伊，还有克拉克夫妇，真的很开心。而且我很快就能见到我的宝贝了！他现在应该什么话都会说了吧！这是一个新的开端。一切都会变样的！"

这样，四月一日这天，列车在色彩斑斓的群山和黄褐色的低矮橡树林中穿行,肯尼科特却一边搓着自己的脚趾缝,一边咯咯地笑着说:"不知道休见到我们的时候会说什么哩?"

三天之后,迎着一场夹着冰雹的暴风雪,他们到达了囊地鼠草原镇。

二

没有人知道他们要回来,所以没有人去接他们。因为路面结冰,所以火车站唯一的交通工具只有一辆酒店巴士。又因为肯尼科特要把他的行李单交给火车站的站长,所以连这辆巴士也错过了。于是,那个站长就成了唯一迎接他们的人了。卡罗尔在火车站内等他,身边是一群围着披肩、拿着雨伞、缩作一团的德国妇女,穿着灯芯绒外套、胡子拉碴的一帮农夫,还有像牛一样默不作声的一堆庄稼人。候车室里充满了湿外套冒出来的气雾,通红的火炉散发出的臭气,以及用作痰盂的木屑箱子散发出的恶臭味。下午的光线很暗,宛如冬天拂晓时分那样。

"这是一个十分有用的贸易中心,一个有趣的拓荒者据点,但这不是我安家立命的地方。"卡罗尔像个外地人那样沉思着。

肯尼科特提议说:"我本想打电话叫辆小破车的,但要好久才能开到这儿。我们还是走回去吧。"

他们从木板站台上相对安全的地方别别扭扭地行走起来,踮起脚保持着身体的平衡,小心翼翼地迈着步子,沿着马路顶风冒雨前行。夹着雪花的雨逐渐变成了雪片。天气也悄无声息地变冷了。离路面一英寸深的积水的下面是一层冰,所以他们在拎着手提箱摇摇晃晃前行的时候,差点儿就摔倒了。湿雪打湿了他们的手套。脚下的水溅到了他们发痒的脚踝上。他们拖着脚一点一点地走过三个街

区。在哈里·海多克家门口的时候,肯尼科特叹了口气说:

"我们还是在这儿停一下,打个电话叫辆车吧。"

卡罗尔跟在他身后,像只落汤鸡一样。

海多克夫妇目睹他俩吃力地走过溜滑的水泥小径,然后走上一不小心就会摔倒的前门台阶,就赶紧走到门口热情地打招呼说:

"喂,喂,喂,回来了啊,嗯?哎呀,真好!玩得开心吗?天哪,卡罗尔,你看着像朵玫瑰花似的。医生,你喜欢海边吗?喂,喂,喂!你们都去了哪些地方呀?"

不过,正当肯尼科特开始一一列举他们所到之处的时候,哈里却不时地打断他的话,说起自己两年前看过的一些地方。肯尼科特自鸣得意地说:"我们玩遍了圣巴巴拉①的布道区。"哈里马上插嘴说:"是呀,那个老布道区很有意思。哎呀,医生,我永远也不会忘记那儿的那家旅馆。真漂亮。啊唷,那些房间建得像古老的寺院一样。我和胡安妮塔从圣巴巴拉又去了圣路易斯奥比斯波②。你们俩也去圣路易斯奥比斯波了吗?"

"没有,不过——"

"咳,你们真该去圣路易斯奥比斯波玩玩。后来,我们又从那儿动身去了一个大牧场,至少他们都管它叫大牧场——"

肯尼科特只插了一次话,一口气讲了一大段,开始是这样的:

"哎呀,我从来都不知道——哈里,你知道吗?库兹车在芝加哥地区的销路跟奥弗兰一样好。我以前还觉得库兹不怎么样呢。可是,我在火车上遇到一位先生,就是在我们的火车从阿尔伯克基开出的时候,我当时坐在观景车厢的后连廊,那位先生就坐在我旁边。

---

① 圣巴巴拉(Santa Barbara):加利福尼亚州西南的海岸城市,地处洛杉矶北150公里处,背靠圣塔耶兹山脉,西临太平洋,被誉为美国的里维耶拉(American Riviera),以晴朗的气候、西班牙风格的建筑和活泼的大学城精神而名闻天下。
② 圣路易斯奥比斯波(San Luis Obispo):位于旧金山和洛杉矶之间的山坡之上,是最具有加州风情的城镇。

他向我借火点烟,我们就聊起来了。我这才发现他是从奥罗拉来的。他后来知道我是从明尼苏达来的,就问我认不认识红翼①的克莱姆沃思医生。当然啦,虽然我从没见过他,但是经常听人提起这位克莱姆沃思,好像他还是那位先生的兄弟呢!真是太巧了啊!哎呀,我们就聊了起来,还叫来服务员——那节车厢的服务员相当不错——我们喝了两瓶姜汁啤酒。我正好提到库兹,那位先生——他好像开过很多不同品牌的车——他现在开的是富兰克林②——他说他开过库兹,认为它是一流的。咳,后来我们到了一个车站——我不记得那个车站的名字了——卡丽,阿尔伯克基后面第一站究竟叫什么鬼名字呀?咳,不管它啦,我猜,我们的火车肯定是停在那儿加水的,我和那位老兄就下车去活动活动筋骨。天哪,车站月台上正好停了一辆库兹。他就把我以前从来没注意过的一个东西指给我看,我真高兴终于把它弄清楚了:库兹的变速杆似乎比别的车长一英寸——"

即使是说旅途的事情,哈里都要插嘴,评论一番环座式变速杆的种种优点。

肯尼科特出门旅行一趟,本想在人面前风光一把,现在只好打消这个念头,就打电话给一家车行要了一辆福特出租车。胡安妮塔亲了一下卡罗尔,确信自己是第一个把最新消息告诉卡罗尔的人。这些消息包括和斯威夫特韦特太太有关的七条证据确凿的丑闻,以及和赛·博加特的品德有关的一大可疑之处。

他们看见一辆福特箱式轿车碾过积水的冰冻路面,迎着暴风雪,艰难地开过来了,就像雾中的一条拖船一样。司机在一个拐角把车

---

① 红翼(Red Wing):地处明尼苏达州古德休县的密西西比河沿岸,位于岩溶地形无冰碛带的北端。
② 富兰克林(Franklin):美国豪华汽车品牌,1902年成立于纽约,后于1934年破产,总创始人为赫伯特·H.富兰克林(1866—1956)。

停下,但是汽车还在滑行,很滑稽地调转头来,撞到一棵树上,把一个轮子撞坏了,车身歪着停了下来。

哈里·海多克不冷不热地提议用自己的汽车送他们回家,说:"要是我能想办法把汽车开出车库的话——天气太糟糕了——就待在家里了,没去店里——不过,如果你们要我送的话,我倒是可以试一试。"肯尼科特夫妇谢绝了。卡罗尔咯咯地笑着说:"不用了,我想,我们还是走回去吧,说不定还要快一些,而且我想见我的宝贝都快想疯了。"他们拎着手提箱,摇摇晃晃地继续赶路。他们的外衣都湿透了。

卡罗尔已经把随口说出的愿望抛到九霄云外去了。她用冷漠的眼神环顾着四周。不过,肯尼科特那双被雨水模糊的眼睛,却闪烁着回归故里的光荣。

卡罗尔看到的是光秃秃的树干、黑魆魆的枝丫,还有草地上积雪融化后一片片松软的褐色泥土。空地上满是高高的枯草。夏天长出的树叶全落光了,一间间房子显得毫无生机——只不过是临时的庇护所罢了。

肯尼科特咯咯地笑着说:"天哪,你看那边!杰克逊·埃尔德肯定把他的车库油漆过了。你再看!马丁·马奥尼给他养鸡的院子换了一道新栅栏。哎呀,那个栅栏真好,嗯?鸡钻不出来,狗钻不进去。这个栅栏真是一流。不知道围一个院子得花多少钱呀?是啊,他们一直都在搞建设,就算是冬天也没停过。比那些加利福尼亚人还有事业心呢。在家千日好啊,嗯?"

卡罗尔看到,老百姓整个冬天都在往自家的后院里扔垃圾,到了春天才把垃圾清扫掉。最近解冻,一堆堆炭灰、狗骨头、破破烂烂的床上用品和斑斑点点的油漆罐全都露出来了。冰水把这些破烂东西的下半部淹没了,也流满了院子里坑坑洼洼的地方。垃圾污染了冰水,冰水也就变成了垃圾的肮脏颜色:淡红色,令人厌恶的黄色，混杂的棕色。

肯尼科特咯咯地笑着说："看看大街那边吧！他们把饲料店翻新了，上面还挂了一个新招牌呢，黑底金字。这真是让整个街区的面貌焕然一新啊。"

卡罗尔看到，他们在街上碰到的少数几个人，在这样酷寒的恶劣天气仍然穿着破破烂烂的衣衫。他们就是棚户区的要饭花子……她感到很惊讶："想想看，长途跋涉两千英里，翻山越岭，走镇串城，最后在这里下了火车，还打算在这里安顿下来！选择这么个特定的地方到底是什么原因呢？"

她看见一个人，身穿旧外套，头戴布帽子。

肯尼科特咯咯地笑着说："瞧，谁来了！是萨姆·克拉克！天哪，天冷就都穿成这样啊。"

这两个男人握着对方的手，晃了十几次，然后像西部牛仔一样聊了起来："嗯，嗯，嗯，嗯，你这个老恶鬼，你这个老家伙。不管怎么说，你还好吧？你这个老偷马贼，又见到你了，恐怕没啥好事！"萨姆越过肯尼科特的肩膀向卡罗尔点了点头，这让她觉得很尴尬。

"也许我本来就不该出远门。我都不会撒谎了。但愿他们会把这事忘了！还有一个街区就——我的小宝贝！"

他们到家了。她擦过出来迎接的贝西舅妈，跪在休的身边。休结结巴巴地说："哦，妈咪，妈咪，不要走开！跟我在一起嘛，妈咪！"她哭了："不走了，我再也不离开你了！"

他又主动说："那是爹哋。"

"天哪，他还认得我们，好像我们从未离开过似的！"肯尼科特说，"加利福尼亚的那些小家伙，像他这个年龄，哪有一个像他这么聪明的啊！"

当行李到的时候，他们就把一堆玩具堆在休的周围。有在旧金山唐人街买的、一个套着另一个的、长着络腮胡子的小木头人，中国式的小帆船，东方小鼓；有圣地亚哥的法国老艺人雕刻的积木；还有在圣安东尼奥买的套马索。

"你会原谅妈妈走了这么久吗，你会吗？"卡罗尔低声细语地说。

她全神贯注地守着休，不停地问这问那——他有没有患过感冒呀？他吃麦片粥的时候还那么磨蹭吗？早上有没有遇到过一些不顺心的事儿呢？贝西舅妈忸怩作态地晃着一根手指，暗示她说："既然你出了趟远门，又玩得那么开心，还花了那么多钱，我觉得你也该安顿下来了，也该心满意足了吧，不要——"在卡罗尔看来，她只不过是个传话筒罢了，她的话可以当作耳旁风。

"他喜欢吃胡萝卜吗？"卡罗尔回击道。

积雪慢慢地覆盖了那些凌乱的院子，她的心情也愉快了起来。她深信，遇到这样的天气，纽约和芝加哥的街道一定和囊地鼠草原镇的街道一样脏乱。她又转念一想，"不过，他们的室内还是很美的"。她一边兴致勃勃地查看休的衣服，一边哼起了小曲儿。

午后的天色渐晚渐暗。贝西舅妈回家了。卡罗尔把孩子带到她自己的房间。女佣进来抱怨说："我没有多余的牛奶做晚餐的牛肉片了。"休在打瞌睡，不过他已经被贝西舅妈宠坏了。即使对于一个刚回家的母亲来说，他又哭又闹，还三番五次耍花招抢她的银梳子，也让人身心疲惫。除了休的哭闹和厨房里叮叮当当的噪声，身后的屋子里还弥漫着一股苍白寂静的意味。

她听见肯尼科特正在窗外和博加特寡妇打招呼。每次傍晚下雪的时候，他都这样说："恐怕这要下一夜啊。"她等着。果然不错，接下来又是火炉的声响，那是不可改变的，永远不变的：清除炉灰的声响，用铲挖煤块的声响。

是的，她是回家了！但什么都没有改变。她好像从未离开过一样。加利福尼亚？她到过那里吗？她有过一分钟听不到小铲子在火炉里刮炭灰的声响吗？不过，肯尼科特荒谬地认为她有过。肯尼科特认为她刚回来，但她认为自己根本就没离开过。她觉得，那些小屋的精灵和正直的人们正在从四面的墙壁里往外钻。就在这一刻，她才恍然大悟，在这次旅行过程中，她只是强迫自己沉浸在旅行的兴奋之中，从而掩盖了自己的疑虑罢了。

"天哪，别再让我受折磨了！"她呜咽着说。休也跟着她哭了起来。

"等妈咪一会儿！"她匆忙来到地下室，去找肯尼科特。

他正站在火炉前。不管这个屋子别的地方怎么不上档次，他还是千方百计让地下室宽敞整洁。几根方柱已经刷成白色。煤箱、土豆筐和大旅行箱也都放在合适的地方。一道红光从风门投射到他脚下光滑灰暗的水泥地面上。他轻轻地吹着口哨，两眼凝视着火炉。在他的眼中，这座黑色圆顶的怪物就是家庭的象征，就是他心爱的日常家务的象征。他现在又回到日常家务中来了——他那吉卜赛式的生活已经圆满结束，他那观光览胜的职责也已经圆满完成。他弯着腰，凝视着煤块堆里蓝色的火焰，根本没有注意到卡罗尔。他轻快地关上炉门，然后美滋滋地用右手旋了一个圈。

他看见她了。"啊唷，嗨，老太婆！回家真好，嗯？"

"是的。"她撒了个谎，身子却在哆嗦。她想："现在不行。我现在没法跟他解释。他那么好。他那么信任我。我会让他心碎的！"

她朝他微微一笑。她开始收拾他那神圣的地下室，把一只空的蓝色漂白剂瓶子扔到垃圾桶里。她悲痛地说："只有孩子才能留住我。要是休死了——"她惊慌失措地逃到楼上，确信在过去的这四分钟内休安然无恙。

她看到一个窗台上有个铅笔记号。那是她在九月里的一天画下的，当时她一直在为弗恩·马林斯和埃里克筹划野餐。她和弗恩疯疯傻傻地胡言乱语了一番，还准备在整个冬天多搞几次狂欢聚会呢。

她往小巷对面弗恩住过的房间瞥了一眼，只见静悄悄的窗子上拉了一块灰色的破旧窗帘。

她左思右想，试图想出一个自己想给他打电话的人，但谁也想不出来。

那天晚上，萨姆·克拉克夫妇来串门，还劝诱她描述一下布道区。他们不停地对她说，看到她回来真高兴，足足说了十多遍。

"被人需要的感觉真好，"她想，"这会让我上瘾的。可是——哎哟，难道这一生永远只是一个无法解决的'可是'吗？"

第三十五章

一

卡罗尔试图让自己满足,但这显然自相矛盾。整个四月份,她都在疯狂地打扫屋子。她给休织了一件毛衣。她还热衷于红十字会的工作。维达胡言乱语说,尽管美国一如既往地厌恶战争,但我们必须入侵德国,把德国人全部消灭掉,因为现已证实德国兵没有一个不虐待战犯的,就连婴儿的小手都要砍掉。她就那么听着,一言不发。

钱普·佩里太太突然死于肺炎,而那时卡罗尔刚好是她的志愿者护士。

在送殡的队伍当中,一共有十一个人,都是伟大军团①的退伍军人和拓荒时期的开拓者,一群老头老太,年迈体弱,但几十年前也曾是边疆的少男少女,骑着野马在这片大草原随风起伏的茂盛草丛中纵横驰骋。现在,他们一瘸一拐地跟在乐队后面。乐队由几个商人和一群中学生组成,零零散散,既没有制服,也没有队形和领队,却也在用心地吹奏肖邦的《葬礼进行曲》——一群衣衫褴褛但眼神肃穆的街坊邻居,在软弱无力的哀乐声中,蹚着雪泥踉踉跄跄

---

① 伟大军团(Grand Army):1866年成立于伊利诺伊州的迪凯特(Decatur),是一个慈善互助会,由联邦军、联邦海军和美国缉私船局的退伍老兵组成,都曾服务于美国南北战争。

往前走。

钱普伤心欲绝。他的风湿病愈加严重了。店铺楼上的那些房间一片寂静。他连到谷仓收购小麦这样的工作都不能干了。用雪橇把小麦运来的农场主抱怨说,钱普连磅秤都不会看了,还说他老爱盯着谷仓背后的暗处,好像在看什么人似的。有人看见他悄悄地穿过街巷,自言自语,尽量不让别人看见自己,最后蹑手蹑脚地潜入墓地。有一次,卡罗尔跟在他后面,看到这个朴实粗鲁、浑身烟臭、单调乏味的老人躺在坟墓的积雪上,伸开两只粗壮的胳膊,抱着阴冷的坟堆,好像要护住他的老伴,免得让她受冻一样。六十年来,每天晚上他都细心地帮她盖好被子,而现在,她却孤零零地躺在那儿,无人问津。

谷仓公司的总经理埃兹拉·斯托博迪把他解雇了。埃兹拉向卡罗尔解释说,公司没有专款向他支付养老金。

她想方设法推荐他当邮政局长,这是镇上的一份挂名差事,是为奖励政治清廉的人设置的一个闲职,所有的工作都由助手来做。不过,后来经过证实,以前当过酒吧侍者的伯特·泰比先生也想得到这个职位。

在她的恳求下,莱曼·卡斯给了钱普一个夜间守卫员的轻松差事。每次钱普在面粉厂睡着的时候,那些小男孩都会变着花样捉弄他。

二

雷蒙德·伍瑟斯庞少校荣归故里,卡罗尔由衷地为他感到高兴。他身体还算健康,只是中过毒气,仍显虚弱。他已经退伍,属于从战场归来的第一批退伍军人。传言他回来之前没有事先通知家里,让维达大吃一惊,结果维达一看见他便昏了过去,一天一夜没让他跟镇上的人见面呢。卡罗尔去看望他们的时候,维达对一切都迷迷糊糊的,只对雷米埃一个人清醒,一步也不愿意离开他,一直抓着他的手不放。不知为什么,卡罗尔看到这种如胶似漆的画面,气就不打一处来。雷米埃呢——当然,他已经不是昔日的雷米埃了,俨然变成了一个严厉的大哥哥。这个男人上身穿着紧身的军装,肩上戴着肩章,修长的双腿穿着一双皮靴。他的面部表情似乎大有不同,双唇也抿得更紧了。他已经不是原来的雷米埃了,而是伍瑟斯庞少校。他透露说,巴黎还没有明尼阿波利斯一半漂亮,所有的美国士兵在休假的时候都因为品行端正而格外醒目。肯尼科特和卡罗尔听后都很高兴。肯尼科特还毕恭毕敬地问他德国人是不是有很多先进的飞机,"突出部"号是什么样的,"虱子"号是什么样的,"上西天"号又是什么样的。

不到一个礼拜,伍瑟斯庞少校就被任命为时装公司的全职经理。哈里·海多克打算在地处十字路口的六个村庄开设分店,即将投身于这些店的筹备工作中。在下一代人中,哈里将会成为这个小镇的富人,伍瑟斯庞少校自然也就跟着沾光。维达整天兴高采烈的,不过她不得不放弃在红十字会的大部分工作,所以不免心生遗憾。她解释说,雷仍然需要她的照料。

卡罗尔看到他脱掉了制服,身穿一套椒盐色的西装,头戴一顶灰色的新毡帽,深感失望。他不再是伍瑟斯庞少校了,他又变成了雷米埃。

整整一个月的时间,他一上街身后就跟了一帮小男孩,大家都叫他"少校"。不过,现在大家都简称他为"少"了。他从那些小男孩身边经过的时候,他们照旧埋头打他们的弹子游戏,连看都不看他一眼。

三

因为战争的缘故,小麦价格上涨,小镇也繁荣兴旺起来。

卖小麦的钱并没有在农场主的口袋里停留太久,一个个小镇的存在就是在处理诸如此类的事情。艾奥瓦州的农场主以一英亩四百美元的价格卖掉他们的土地,搬到了明尼苏达州。不过,不管是谁购买、卖出或者抵押土地,镇上的人——面粉厂老板、房地产商、律师、商人,还有威尔·肯尼科特医生——都分到了一杯羹。他们今天以一百五十美元的价格买进的土地,明天就以一百七十美元的价格卖出,然后再买。不到三个月的时间,肯尼科特就赚了七千美元,这比他给当地居民看病所得诊金的四倍还要多。

夏初的时候,镇上发起过一次"助推运动"。商业俱乐部认为囊地鼠草原镇不仅是小麦集散中心,而且也是工厂、夏季别墅和政府机构的最佳选址。负责这次助推运动的是詹姆斯·布劳塞先生。他来镇上投机地产的时间并不长。大家都说布劳塞先生是个"职业骗子",他却喜欢别人叫他"诚实的吉姆"。他身材粗壮,举止粗鲁,咋咋呼呼,幽默诙谐。他的眼睛眯成一条缝,肤色粗俗土气,两只手又大又红,衣着光鲜。他对所有的女人都很体贴。他是镇上第一个对卡罗尔的清高不太敏感的人。他一边把手臂搭在卡罗尔的肩膀上,一边以屈尊俯就的语气对肯尼科特说:"医生,要我说呀,你这个小娘子可真漂亮。"卡罗尔不冷不热地回应他说:"多谢赞赏。"他还往卡罗尔的脖子里吹了一口气,并不知道自己已经受到了侮辱。

他这个人手爪子不老实。他每次到肯尼科特家都想碰碰她。他摸过她的胳臂,还用拳头轻触她的侧胸。她厌恶这个人,但又有点怕他。她不知道他是不是听说过埃里克,所以才一直要占她的便宜。

无论是在家里,还是在公众场合,她对这个人的评价都很不好。不过,肯尼科特和其他大人物坚决认为:"也许他是有点儿无赖,不过你也应该承认他的长处。他比在这个小镇落脚的任何家伙都更有进取心,而且他也相当聪明。你知道他对老埃兹拉说了什么吗?他碰碰埃兹拉的胸口,然后说:'哎呀,老兄,你去丹佛干吗呀?等我有空的时候,我把这儿的问题统统处理掉。一旦我们建成灯光大道,天大的困难也不算个事儿呀,只怕会笑死人的咧!'"

虽然卡罗尔对布劳塞先生不理不睬,但镇上的人对他却很欢迎。商业俱乐部把他作为贵宾在明尼玛希旅馆设宴款待,场面十分隆重。菜单是用金字印制而成的,可惜没有细心校改错别字;雪茄免费供应;苏必利尔湖[①]白鲑鱼松软湿润的鱼片当作鳎目鱼的鱼片供大家品尝;湿淋淋的雪茄烟灰逐渐填满了垫咖啡杯的浅碟;那些高谈阔论涉猎广泛:十足的干劲,活力四射,旺盛的精力,生机勃勃,开拓精神,血气方刚,纯爷们,漂亮的女人,人间天堂,詹姆斯·希尔,不靠谱的股票,绿色的田野,盛大的丰收,日益增加的人口,投资的合理收益,危及国家安全的外国煽动者,作为国家基础的家庭,参议员克努特·纳尔逊[②],百分之百,美国主义,以及光荣的业绩等等。

哈里·海多克以商会主席的身份介绍了诚实的吉姆·布劳塞。"各位乡亲父老,我很荣幸地告诉大家,布劳塞先生虽然刚来本镇不久,但他已经成为我个人的挚友和事业的支持者。他知道怎样才能如愿以偿,我提议大家认真倾听他的高见。"

布劳塞先生站了起来,像一头长着骆驼脖子的大象——红脸,

[①] 苏必利尔湖(Lake Superior):世界上面积最大的淡水湖,于1622年被法国探险家发现,湖名取自法语Supérieur,意为"上湖"。该湖为美国和加拿大共有,被加拿大的安大略省与美国的明尼苏达州、威斯康星州和密歇根州所环绕。

[②] 克努特·纳尔逊(Kunte Nelson,1843—1923):挪威裔美国律师和政治家,在威斯康星州和明尼苏达州的政坛都很活跃。

红眼睛,大拳头,轻咳了一声——他是个天生的领袖,本想当一名国会议员,无奈偏离了初衷,竟然干起了名利双收的房地产生意。他朝那些个人的挚友和事业的支持者微微一笑,然后用深沉而又洪亮的声音说:

"几天前,走在我们这个可爱的小镇的街道上,我着实吃了一惊。我遇到一个天底下最讨厌的动物——比角蟾或者德克萨斯州的蝮蛇还要讨厌!(笑声)你们知道这个动物是什么吗?原来他就是一个吹毛求疵的人!(笑声和掌声)

"各位好汉,我想告诉你们,我们美利坚联邦的老百姓之所以与其他国家那些畏首畏尾的人和自命不凡的人有所不同,就是因为我们充满活力,这是毋庸置疑的事儿。一个真正的美国人,没有什么事情是他不敢着手解决的。活力和速度就是他的突出个性!如果一个男的不得不把车开得飞快,他一定会跟女的解释清楚的。可不幸的是,有一个笨蛋刚好挡了他的路。相信我,我真的很同情这个笨蛋,因为这个可怜虫已经被旋风老先生撞得找不着北了!(笑声)

"嗳,朋友们,有些家伙,非常胆小,非常小气,就那么一小群,他们上班的时候声称,这些——我们当中这些目光远大的人简直疯了。他们说,我们没有本事把囊地鼠草原镇——上帝保佑她——发展成明尼阿波利斯或者圣保罗或者德卢斯那样的大城市。可是,我现在就告诉你们,在这片蓝天下,还没有哪个小镇有这么好的机遇,大步飞跃,迅速腾飞,拥有二十万人口的规模,而不再只是一个古老的小镇。如果还有人无动于衷,不敢跟着吉姆·布劳塞大干一场,那么我们就叫他走开得了!就我所知,乡亲们都很爱国,忍受不了任何人对自己的家乡讽刺挖苦、吹毛求疵,不管这些人有多么自以为是——另外,我还想补充一点,不管是农场主无党派联盟,还是那一大群社会主义者,都是一路人。或者,用那个家伙的话说,一路人的意思是,同一条出路,同一个出口。这就是说,大家都在消极批评繁荣兴旺,都在对财产权利横加指责,趁情况还好赶紧让他们滚蛋吧!

"各位乡亲,即使在我们这个漂亮的州,在全国最漂亮、最富裕的州,也有很多人踮起脚伸长脖子,口口声声说美国东部和欧洲完全超过西北黄金地带。我现在就来拆穿这个谎言。'啊哈,'他们说,'这样说来,吉姆·布劳塞认为住在囊地鼠草原镇跟住在伦敦、罗马以及……以及别的大城市一样舒适啰,是吗?这个可怜虫怎么知道的呀?'他们说。咳,我来告诉你们我怎么知道的!我去过那些地方!整个欧洲我都跑一遍了!他们休想用这玩意儿糊弄吉姆·布劳塞,门儿都没有!我跟你们说吧,欧洲最有朝气的东西,就是我们那些正在那边浴血奋战的小伙子!至于伦敦嘛——我在那儿待了三天,一天十六个小时连轴转,把伦敦走马观花看了个遍。我跟你们说吧,那地方啥玩意儿也没有,只有一堆烟雾和一些过时的建筑物。住惯了美国朝气蓬勃的小城镇,到那儿一分钟都受不了。你也可能不相信,在整个办公地区,连一幢一流的摩天大楼都没有。对于美国东部那帮牢骚满腹、谄上欺下的平民来说,情况也一样。下次你再听见哈德逊河边上的蠢货海侃神聊、胡说八道,或者说惹人生气的话,你就跟他说,我们西部人强壮有力,开拓进取,就算你把纽约当作礼物送给我们,我们都还不要呢!

"现在,关键问题是,我不但一直认为囊地鼠草原镇总有一天会是明尼苏达州的骄傲,会是我们这个北极星州最璀璨夺目的光辉,而且我还认为,她现在是一个生息、恋爱、养育后代的好地方,将来更是这样。此外,她和这个世界上所有繁荣兴旺的城镇一样,创造了高雅的风尚和深厚的文化。就是这样,相信我,就是这样!"

半个小时以后,商会主席海多克提议向布劳塞先生鼓掌致谢。

助推运动就此拉开帷幕。

镇上的人发现,要出名就得靠"宣传"。五花八门的宣传既高效又时髦。乐队重新组织起来,商业俱乐部为他们赞助了镶金边的紫色制服。业余棒球队从得梅因聘请了一个半职业的投手,还和方圆五十英里范围内的每一个小镇预定了比赛日程。充当啦啦队的本镇居民乘坐一辆专车陪同前往。他们举着一面面旗子,上面写着"关注囊地鼠草原崛起"。随行的乐队演奏着《微笑,微笑,微笑》[①]的乐曲。不管球队赢了还是输了,《无畏报》都忠诚地呐喊助威:"小伙子们,加油!同心协力,加油——为囊地鼠草原扬名——我队盖世无双,战绩辉煌。"

不久之后,小镇建成了一条灯光大道,这是令人引以为荣的成就。当时,灯光大道在中西部风靡一时。其实就是在大街沿线两三个街区内的一根根灯柱上装上一盏盏大功率的电灯作为装饰。《无畏报》宣称:"灯光大道竣工——镇上灯火通明,与百老汇大街无异——嘉宾詹姆斯·布劳塞致辞——你们双城放马过来——我们一决雌雄。"

商业俱乐部印发了一本小册子,那是重金聘请明尼阿波利斯一家广告公司的一位大文豪编制的。这位大文豪是一位红头发的年轻人,喜欢用一根琥珀色的长烟嘴抽烟。卡罗尔看了这本小册子,心中不免一惊。她才知道,原来千鸟湖和明尼玛希湖以风景秀美、林木繁茂的湖岸闻名世界,以味道鲜美的梭子鱼和鲈鱼独冠全国;原来囊地鼠草原镇的民居都堪称尊贵、舒适和文化的典范,都有闻名遐迩的草坪和花园;原来囊地鼠草原镇的那些学校和公立图书馆的房舍整洁宽敞,全州有名;原来囊地鼠草原镇的那些面粉厂生产了全国最优质的面粉;原来周边的农场因为种植无与伦比的一号硬

[①] 《微笑,微笑,微笑》(Smile, Smile, Smile):第一次世界大战的进行曲,歌曲全名为《收起烦恼,背起行囊,微笑,微笑,微笑》(Pack Up Your Troubles in Your Old Kit-Bag, and Smile, Smile, Smile),由威尔士歌曲作家乔治·亨利·鲍威尔(George Henry Powell, 1880—1951)作词,于1915年以笔名乔治·亚斯夫(George Asaf)发表。

粒小麦和饲养黑白花牛使农民吃上奶油面包而享有盛名；原来囊地鼠草原镇的商店，无论高档商品还是日用品都应有尽有，经验丰富的店员也都热情而又周到，与明尼阿波利斯和芝加哥的那些商店相比毫不逊色。简而言之，她这才知道，原来这里是开设各种工厂和批发商行的理想之地。

"这正是我梦寐以求的地方，囊地鼠草原镇竟然还是个示范镇。"卡罗尔说。

商业俱乐部还真的吸引了一家资金欠佳的小厂来此生产木质的汽车驾驶盘，这着实让肯尼科特欢欣鼓舞了一番。不过，卡罗尔见到那位创办人的时候，倒是觉得他的到来并不会起到多大作用——一年之后，他一败涂地，她也没有感到很难过。

那些退了休的农场主都在往镇上搬。地价涨了三分之一。不过，卡罗尔再也不会设想良辰美景了，也不会追求有趣的食品、亲切的声音、风趣的谈话和探索的精神了。她宣称，她可以容忍一个破破烂烂但朴实无华的小镇，但如果这个小镇不但破破烂烂而且自大狂妄，她是断然无法容忍的。她可以护理钱普·佩里，也可以对萨姆·克拉克的亲切表示友好，但她不能向诚实的吉姆·布劳塞拍手喝彩。肯尼科特以前在追求她的时候，曾经恳求她把这个小镇变成一个美丽的地方。如果现在这个小镇和布劳塞先生与《无畏报》所说的一样美丽，那么她的工作就算结束了，她也可以离开这里了。

第三十六章

一

肯尼科特可没有超越常人的耐心,他不再原谅卡罗尔的离经叛道,也不再像去加利福尼亚旅行的时候那样百般求她。卡罗尔虽然尽量不引人注意,但她对这场助推运动并不热情,终究还是暴露了自己。对于这场运动,肯尼科特倒是满怀信心,所以他要卡罗尔对灯光大道和新工厂的落成说几句显示热爱家乡的好话。他用鼻子哼了一声说:"天哪,我已经尽力了,现在就看你的了。这些年来,你一直唠叨个不停,说我们毫无生气。现在,布劳塞来了。他挑起了大家的激情,也把这个小镇变得更美,你一直都希望有个人这样做啊。啊唷,你却说他是个大老粗。你连凑个热闹都不乐意。"

有一次,在吃午饭的时候,肯尼科特宣布说:"你还不知道消息吧?听说我们镇有可能再开一家工厂——奶油分离器厂!"他又补充说:"就算你不感兴趣,你也可以试着做个样子嘛!"他这威风凛凛的一声吼叫,把孩子吓了一跳,连哭带叫地朝卡罗尔跑过去,把脸埋在她的膝盖上。肯尼科特只好放下身段,讨好这对母子。就连儿子都不理解自己,这让他觉得有点不公,也让他有些烦躁。他很委屈。

原本和他们无关的一件事却让他勃然大怒。

初秋时分,瓦卡明传来消息说,县治安官已经禁止全国无党派联盟的一位组织者在本县任何地方演讲。但这位组织者公然违抗治安官的禁令,宣称过几天他就要在一场农场主政治集会上发表演说。当天晚上,这个消息不胫而走,于是治安官带领上百号商人采取了行动。一盏盏摇摇晃晃的提灯映红了沉寂的乡村街道和一张张沾沾自喜的面孔,乌泱泱的人群在两排低矮的店铺中间涌动。最后,他们在这位组织者入住的旅馆里把他抓获,让他骑在一个篱笆上示众,然后把他押上一列货运列车,还警告他别再回来。

大家在戴夫·戴尔的药店里议论这件事,萨姆·克拉克、肯尼科特和卡罗尔都在场。

"对付那些家伙就该这样——只是,他们本该动用私刑把他处死的嘛!"萨姆说。肯尼科特和戴夫·戴尔得意扬扬地附和道:"的确如此!"

卡罗尔拔腿就走,肯尼科特目送她离开。

吃晚饭的时候,卡罗尔一直都很清楚,肯尼科特正在气头上,随时都会爆发。等孩子上床以后,他俩不慌不忙地在门廊的帆布椅上坐了下来,肯尼科特试探地说:"我有一种预感,你好像觉得萨姆对那个被赶出瓦卡明的家伙太狠了点儿。"

"萨姆也不必那么夸张吧?"

"所有那些组织者,是的,还有那一大帮德国佬和北欧佬农场主,他们拼命煽动暴乱——背信弃义,不爱美国,都是不愿应征入伍的亲德派,他们就是这种人!"

"这个组织者说过什么亲德的话吗?"

"一句也没说!他们根本就没给他机会!"他做作地大笑起来。

"所以说这件事从头到尾都不合法——还是县治安官带的头呢!连执法的官员都教别人犯法,你还怎么指望那些外国侨民守法呀?难道这是什么新逻辑不成?"

"也许这样不是很规范,可是这有什么大不了的呀?大家都知道这个家伙会千方百计煽动闹事的。只要涉及捍卫美国精神和我们的宪法权利这个问题，撇开正常程序也是无可非议的啊。"

"他这是从哪篇社论学来的呀？"卡罗尔百思不得其解，然后她不以为然地说："听我说，亲爱的，为什么你们这些保守派就不能光明正大地宣战呢？你们反对这个组织者，不是因为你们认为他会煽动闹事，而是因为你们害怕他把农场主组织起来，把你们镇上的人通过抵押贷款、买卖小麦、开店铺等方式挣来的钱给夺回去。当然了，因为我们正在和德国打仗，所以我们不喜欢的一切东西就都叫作'亲德'，不管这个东西是商业竞争还是蹩脚的音乐。如果我们正在攻打英国，那么你们又会把那些激进派叫作'亲英'了。等到战争结束的时候，我想你们可能又会把他们叫作'红色的无政府主义者'了。给我们的对手横加恶名，这可真是一门不朽的艺术啊，简直就是一门令人愉悦的华丽艺术！为了阻止别人得到我们自己想要的万能的金钱，就把我们自己的所作所为神圣化，我们可真是了不起啊！那些教会向来都是这样干的，还有那些政治演说家——我想，我在把博加特太太叫作'清教徒'的时候，在把斯托博迪叫作'资本家'的时候，也是这样干的。不过，你们这些商人心地单纯，精力充沛，又爱吹牛，在这方面一定会让我们这些人望尘莫及——"

她之所以说了这么多，完全是因为肯尼科特还在顾及对她的尊重。现在，他也大声叫嚷起来了：

"别再让我听到你鬼扯！你嘲笑这个小镇，说它又丑陋又沉闷，我忍了。你不愿意欣赏萨姆那样的好人，我也忍了。就连你嘲笑我们的'关注囊地鼠草原崛起'运动，我都忍了。可是，有一件事我是不会忍的：我不会容忍我自己的太太煽动闹事。你可以掩饰你想伪装的一切，但你自己心里清楚，你所说的那些激进派都反对战争。我现在就告诉你吧，你跟所有那些长头发的男人和短头发的女人，想发什么牢骚就尽管发吧，不过我们会把这些家伙抓起来的。如果他们没有爱国精神,我们会让他们有爱国精神的。还有——鬼知道,我从来没想过还得对我自己的太太说这些——不过,如果你要拥护这些家伙,同样的事情也会发生在你身上!还有一件事,我猜你会哇啦哇啦瞎扯言论自由的。什么言论自由!言论自由,吹牛自由,吃喝自由,恋爱自由,还有你那些满嘴的狗屁自由,多如牛毛。如果我有这个本事,我会让你们这些家伙全都规规矩矩地过日子,哪怕我不得不连你也抓起来——"

"威尔!"卡罗尔现在也不胆怯了,"要是我对诚实的吉姆·布劳塞无动于衷,那我也是亲德派喽?我还是老老实实当个贤内助得了!"

肯尼科特咕哝说:"你这些话跟你平日的指责简直如出一辙。我早就该明白,只要是正当的、对这个小镇有益的事情,或者对——你都会反对。"

"你说得对。我这人怎么想就怎么说。我不属于囊地鼠草原镇。这样说不是在怪囊地鼠草原镇,也许是在怪我自己吧。没关系!我不在乎!我不属于这里,我会走的。我不会再征求你的同意了。我是肯定要走的。"

他咕哝说:"如果不太麻烦你的话,你能不能告诉我,你打算走多长时间啊?"

"我也不知道。也许一年。也许一辈子。"

"我明白了。嗯,当然了,我也很乐意把诊所卖掉,陪你去你想去的任何地方。你要我陪你一起去巴黎学美术吗?也许我也会穿上棉绒裤子,戴上无边女帽,吃意大利面条过日子呢?"

"不,我想不必麻烦你了。你还不太了解我。我要走了——我真的要走了——就我一个人走!我非得找到自己喜欢的工作不可——"

"工作?工作?果不其然,这就是你的全部烦恼所在!你没有足够的事情要做。你要是跟那些农妇一样,生五个孩子,又没有女佣,还得帮着干杂活,把奶油给撇开,你就不会这么不知足了哦。"

"我知道。多数像你这样的男人——还有女人——都会这样说的。他们就是这样看我的。我犯不着跟他们争辩。那些商人,一天坐在办公室里熬七个小时,竟然还厚颜无耻地建议我生一打孩子。事实情况是,那种事情我都做过啊。有好多次,我们找不到保姆,家务活不都是我一个人干吗?我还照顾休,还去红十字会,一切都做得井井有条啊。我会烧饭做菜,又会打扫房子,这你不敢否认吧?"

"不会,你是——"

"难道我做苦工就会更快乐吗?我不会的。我简直蓬头垢面,很不开心。那是工作——但不是我的工作。我可以管一间办公室或者一个图书馆,或者护理、教育孩子。可是,洗碗这样单调的活不足以让我满意啊——或者说很多女人都不满意。这种活我们不能再干了。我们要用机器洗碗。我们要走出去,到你们巧妙地为自己预留的办公室、俱乐部以及政治活动中去,和你们这些男人一比高下!哎呀,我们简直不可救药,我们就是一群不知足的女人!那么,你们还把我们放在身边干吗呀,是为了折磨你们吗?所以,我要走也是为你着想啊!"

"当然,像休这样的小东西也是无关紧要的啰!"

"不,至关重要。所以我打算带他一起走。"

"假如我不同意呢?"

"你不会不同意的!"

肯尼科特可怜巴巴地说:"呃——卡丽,你到底想要什么鬼东西呀?"

"哎哟,就想谈谈!不,远不止如此。我想,人生的妙处就在这里——没有价值的东西,哪怕再健全也不能令人满意。"

"你难道不知道逃避解决不了问题吗?"

"也许是吧。不过，我对'逃避'有自己的看法。我不会把它叫作——你想让我这辈子都待在囊地鼠草原镇，你知道这个小镇外面的世界有多大吗？也许有朝一日我会回来，但要等到我功成名就的时候，不是像现在这样一无所有。就算我胆小怯懦，逃避现实——行啊，就算是胆小好了，你想怎么说我就怎么说吧！反正我已经被你管了那么久，生怕被人说三道四。我现在要走了，去清净一下，思考一下。我要……我要走！我的生活，我做主。"

"我的也是这样！"

"嗯？"

"我的生活，我做主——你就是，你就是我的生活！你已经把你自己变成我的生活了。如果我赞同你那些稀奇古怪的见解，那我就真该死了。不过，我得说，我又不得不依赖你。你自己都没想过会这么复杂吧？去放荡不羁的文化界啦，表现自我啦，自由恋爱啦，过你自己的生活啦，等等。"

"你要是能留得住我，我就听你的。你留得住吗？"

他不安地动了动身子。

二

整整一个月，他们俩都在讨论这事。他们彼此伤害很深，有时都快要急哭了。肯尼科特总是搬出一些陈词滥调，强调卡罗尔的义务；卡罗尔则总是用一些老生常谈，强调自己的自由。自始至终，卡罗尔都觉得她真的能离开大街，这种感觉就像找到爱情一样甜蜜。肯尼科特始终没有明确表示同意。他最多只是同意大家的揣测，说她"打算来一次短途旅行，看看战争时期的东部是个什么样子"。

十月里，就在战争结束的前夕，卡罗尔动身去了华盛顿。

她之所以决定去华盛顿,是因为它没有纽约那么令人生畏,因为她希望那儿的街道可以让休到处玩耍,也因为战时工作紧张,需要成千上万的临时职员,也许她能找到一份办公室的工作。

尽管贝西舅妈哭哭啼啼,说了一堆理由,卡罗尔还是把休带在了身边。

她心想,也许在东部不会碰上埃里克吧。不过,这只是一个一闪即逝的想法,很快就被淡忘了。

三

卡罗尔看到,站台上只剩下肯尼科特一个人了。他还在诚心诚意地挥着手,脸上写满了难以言喻的孤单,连一丝笑容都挤不出来,只是抽动着他的双唇。卡罗尔也一个劲地向他挥着手,依依不舍。等到看不见他的时候,她真想从车厢出口跳下,跑回他的身边。她忽然想起他的百般柔情,竟然从未放在心上。

她终于自由了,但这种自由却如此空虚。这一刻,不是她这一生的巅峰,而是她这一生的低谷,凄凉至极。不过,这也可以说是她这一生的大好时机,因为她没有跌至谷底,而是开始向上攀爬。

她叹了口气,心想:"要不是威尔心地善良,又给我钱,我还走不成呢。"但过了一会儿,她转念一想:"要是女人有钱,有几个愿意一直待在家里的呀?"

休抱怨说:"妈咪,你看看我!"他挨着她坐在硬座车厢的红绒座椅上,现在已经是个三岁半的小家伙了。"我不想坐火车玩了。我们玩点别的吧。我们去看博加特大妈吧。"

"哎哟,这可不行!你真的喜欢博加特太太吗?"

"是呀。她给我好多小甜饼,还给我讲上帝的故事。你从没给我讲过上帝的故事呢。你为什么不给我讲上帝的故事呀？博加特大妈说，我以后会成为一名牧师。我能成为一名牧师吗？我能宣讲上帝的福音吗？"

"嚄，等到我这一代人不再反叛，你那一代人还没开始反叛再说啦！"

"什么是一代人呀？"

"那是照亮心灵的一束光。"

"真傻。"这孩子严肃，刻板，又没有幽默感。卡罗尔亲了一下他紧蹙的眉头，惊讶地想：

"我喜欢过一个一事无成的瑞典人，表达过一些离经叛道的看法，然后又离开我的丈夫出逃，就像活在一个浪漫的小说里一样。就连我的亲生儿子都怪我没教给他宗教的教诲。不过，这部小说没有按照常规的思路发展，因为我既没有无病呻吟，也没有被戏剧性地拯救。我不停地逃跑，我喜欢这样。逃跑简直让我欣喜若狂。囊地鼠草原镇已经消失在后面的尘雾和残茬之中，而我却望着前方——"

她接着对休说："亲爱的，你知道你和妈妈会看到蓝色的地平线那边的什么东西吗？"

"什么呀？"休直截了当地说。

"我们会看到很多大象，背上都有金色的象轿，象轿里面是印度土邦主的年轻妻子，她们脖子上还戴着红宝石项链，坐在象轿里往外张望呢；还会看到黎明时分的大海，大海的颜色就像鸽子的胸脯一样柔和；还会看到一座绿树掩映的白房子，里面全是书本和银茶具。"

"还有小甜饼吗？"

"小甜饼呀？哎哟，肯定有小甜饼啦。面包和麦片粥我们已经吃得够多的了。要是再吃太多小甜饼我们会生病的哦，不过总比吃不到小甜饼生病强多啦。"

"真傻。"

"是啊。噢,肯尼科特,真是个小男子汉!"

"哼!"肯尼科特二世哼了一声,然后就靠在她的肩上睡了。

四

关于卡罗尔的外出,《无畏报》是这样报道的:

  上周六,威尔·肯尼科特太太和她的儿子休乘坐第二十四次列车离开本镇,他们将前往明尼阿波利斯、芝加哥和纽约以及华盛顿并小住数月。肯尼科特太太向本报记者透露,返回之前她将从正在首都举行的各种战事活动中选择一项短期参与。她的很多朋友都很欣赏她在本地红十字会的出色工作,并认为她无论选择参加哪种战事活动,都会做出宝贵的贡献。因此,囊地鼠草原镇的战时服务旗帜上又多了一颗璀璨的明星。我们无意对任何邻近的社区妄加评论,我们只想知道与我们镇同样规模的国内小镇是否也有如此优秀的战事记录。这也是邻近小镇需要关注囊地鼠草原镇崛起的又一个原因。

★ ★ ★

  本报另外获悉,礼拜二这天,戴夫·戴尔夫妇、戴尔太太的姐姐、来自杰克拉比特的珍妮·戴博恩太太以及威尔·肯尼科特医生,一同驱车前往明尼玛希湖畔,在那儿举行了一次令人愉快的野餐。

第三十七章

一

卡罗尔在战争风险保险局找到了工作。虽然在她来到华盛顿几个礼拜之后对德停战协定就签订了,但是该局的工作仍在继续进行。她一天到晚整理信件,然后口述回复咨询信件。做这种单调乏味的琐碎工作简直就是苦难,可她还是坚称自己找到了"真正的工作"。

她终究还是大失所望。她发现,一到下午的时候,小公室例行工作就多得到死都做不完。她发现,办公室里帮派林立,流言蜚语满天飞,和囊地鼠草原的那些办公室一模一样。她发现,政府机关的大多数女性都住在拥挤的公寓里,成天吃快餐,活得并不健康。不过,她也发现,职业女性可以拥有友谊,也可以拥有敌对关系,和男人一样坦率,还可以尽情享受家庭妇女享受不到的欢乐——拥有一个自由自在的礼拜天。上流社会似乎并不需要她的灵感,但她觉得自己经手的那些信件,自己处理的那些让全国各地男男女女忧心的问题,都是无数重大事件中的一部分。这些事并不只是局限于大街和厨房,而是和巴黎、曼谷以及马德里联系在一起。

她认为,她可以做好办公室工作,而又不会失去公认的女性顾家美德。她认为,像烧饭和打扫卫生之类的小事,因为没有贝西舅妈的无谓纷扰,稍微花点时间就能做完,而在囊地鼠草原镇却需要十倍的时间,而且这还是需要专心致志去做的体面事。

她不必因为自己的想法而向欢乐雨季俱乐部的人道歉，也不必在一天结束的时候向肯尼科特汇报自己所做的一切或者打算要做的事情，这对她来说是种宽慰，弥补了办公室的辛劳。她觉得，自己不再是一个凡事都要依靠丈夫的妻子，而是一个具有完整人格的人。

二

华盛顿让她领略到了梦寐以求的一切雅致景色。公园里林木葱郁，白色的圆柱依稀可见。林荫大道宽阔敞亮，小街小巷曲径通幽。每天，她都会路过一座阴沉幽暗、方方正正的房子，房子的后面有一个院子，还种了一些木兰花。二楼的窗户很高，窗帘紧闭，有个女人总是躲在窗帘后面往外窥视。这个女人像是一个谜团、一个浪漫故事，又像是一部小说，每天讲述不同的内容。她有时像一个女凶手，有时又像一个饱受大使冷落的妻子。这种神秘是卡罗尔在囊地鼠草原镇所没有的。在那儿，家家户户一览无余；在那儿，大家随时可以见面；在那儿，没有通往荒野的暗门，走出那些暗门，踏上长满青苔的小径，就可以来到一个古老的花园，进行一系列奇妙的探险了。

傍晚时分，她听完克莱斯勒[①]为政府职员演出的独奏会，迈着轻盈的步子走上了第十六街。一盏盏街灯洒下一圈圈柔和的灯光。微风轻拂着街道，像大草原的风一样清新，但却温和了许多。她匆匆扫了一眼马萨诸塞大道两旁葱郁的榆树。苏格兰共济会寺庙的完整无缺也让她叹为观止。她深爱这座城市，就像她除了休谁也不爱一样。她无意间看到，一些黑人住过的棚屋已经变成了画室，挂上

[①] 克莱斯勒（Fritz Kreisler，1875—1962）：美籍奥地利小提琴演奏家、作曲家。

了橘黄色的窗帘，还摆上了一盆盆木樨草；新罕布什尔大道的房子都是大理石结构，家家户户都有男仆和豪华小轿车；还有那些男人，看起来很像小说中的探险家和飞行员。她觉得时间过得飞快。她知道，虽然这次离家出走有点荒唐，但她毕竟从中找到了成为智者所需的勇气。

在这个拥挤的城市，找房子花了她一个月时间，这让她情绪非常低落。她不得不在一栋有霉味的公寓租一个厅室聊以栖身。房东是个愤愤不平、家世没落的贵妇人。她也只能把休交给一个不靠谱的保姆照看。不过，她后来总算安了家。

三

卡罗尔最早认识的人是廷库姆卫理公会的一些教友，该公会就设在一座红砖大教堂里。维达·舍温为她写了一封介绍信，让她交给一位诚挚的女教友。那位女教友戴着一副眼镜，身穿一件方格花纹丝绸背心，特别相信查经班。她把卡罗尔介绍给了廷库姆的牧师和一些更加虔诚的教友。卡罗尔发现，如同在加利福尼亚一样，在华盛顿也有一条从别处迁移过来而又备受呵护的大街。这个教堂的教友有三分之二来自囊地鼠草原那样的小镇。教堂就是他们的社交场所，就是他们的旗帜。他们去做礼拜，上主日学校，参加基督教勉励会，听传教士布道，参加教堂的晚餐会，就跟在家乡的时候一模一样。他们认为，政府机关的那些大使、油嘴滑舌的新闻记者以及没有宗教信仰的科学家，同样邪恶，尽量不要来往。他们对廷库姆教会不离不弃，固守自己的理想不受任何玷污。

他们与卡罗尔寒暄，打听她丈夫的情况，告诉她小孩急腹痛怎么办，在教堂晚餐会的时候还把姜饼蛋糕和烤土豆递给她，总之让她很不开心,让她觉得还是没有知音。所以,她就想,她为何不去参加激进的妇女参政运动组织呢,就算去坐大牢也是可以的呀。

在华盛顿这个地方,她总能嗅到一股浓浓的大街味儿。毫无疑问,她在纽约或伦敦的时候也有这种感觉。像囊地鼠草原小镇那样的谨小慎微和沉闷乏味,在华盛顿的寄宿公寓里也看得见。在那些寄宿公寓里,女里女气的政府机关职员和彬彬有礼的年轻军官闲聊着电影。在礼拜天的汽车行列里,在剧院的人群中,在一些州立会社的聚餐会上,都能看到上千个萨姆·克拉克,和若干个博加特寡妇。来自德克萨斯州或密歇根州的移民像潮水一样涌进这些州立会社的聚餐会,他们也许让自己坚信,虽然他们那些囊地鼠草原镇一般的小镇臭名昭著,但比"这个自命不凡的东部更有活力,更有人情味"。

不过,她发现华盛顿也有和大街迥然不同的地方。

盖伊·波洛克给他的一位表亲写了封信介绍卡罗尔。他的这位表亲现任陆军上尉,是一个性格随和、活泼快乐的小伙子,经常带卡罗尔去参加茶点舞会。他还喜欢开怀大笑,刚好卡罗尔也一直希望看到有人像他这样莫名其妙地开怀大笑。这位上尉又把卡罗尔介绍给了一位国会议员的秘书。这位秘书是个愤世嫉俗的年轻寡妇,在海军里有很多熟人。在她的引见下,卡罗尔认识了很多指挥官和少校、新闻记者、化学家、地理学家、政府机关的财政专家,还有一位教师。这位教师是激进的妇女参政运动总部的常客。她带卡罗尔去过总部,但卡罗尔始终没有成为妇女参政运动的头面人物。其实,她唯一得到认可的地方是她的信封地址写得很好。不过,她很容易就和这群友善的妇女打成了一片。在她们还没有遭到围攻或逮捕的时候,她们就一起去学跳舞,或者到切萨皮克①运河河畔去野

---

① 切萨皮克(Chesapeake):美国弗吉尼亚州东南部城市。

餐，或者聊聊美国劳工联合会①的政治主张。

卡罗尔和那位国会议员的秘书以及那位教师合租了一套小公寓。她就在那里安了家，有了属于她自己的地方，也有了她自己的朋友。尽管耗费了她的一大半薪水，她还是给休找了一位优秀的保姆。她每晚亲自把他放在床上，节假日的时候就陪他一起玩耍。她有时陪他一起散步，有时又整晚在家安静地看书。但主要来说，在华盛顿和人交往的机会还是很多。有时候，几十个客人聚在一起，把小公寓都坐满了，聊啊，聊啊，聊个不停。虽然高见不多，但都谈得很热烈。这个公寓完全不是那种因为反复在小说中出现而让她为之神往的"艺术家的工作室"。他们大多数人整天待在办公室里，想的多半是卡片目录或统计数字，而不是块面和色彩。不过，他们也会开一些非常简单的玩笑，而且他们认为现存的一切没有理由不被认可。

有时候，她看到这些女孩抽着香烟，又有古灵精怪的知识，心中不免感到吃惊，就像她曾让囊地鼠草原镇的人吃惊一样。这些女孩热切争论的要么是苏联问题，要么是划独木舟的问题，她就在一旁听着，很想插两句专门知识凸显自己，但又感叹自己出来得太迟了。肯尼科特和大街已经把她独立自主的精神消磨殆尽了。有休在身边，她总觉得在华盛顿不是长久之计。有朝一日——哎哟，她还是得把他带回到空旷的原野中去，让他在干草堆里尽情地爬。

尽管她在这群喜欢冷嘲热讽的狂热者中间一直默默无闻，但她仍然以他们为荣。假如他们和肯尼科特抬杠，她还是会为他们说话的。她好像听到肯尼科特咕哝着说："他们只不过是一群狂热的、不切实际的理论家罢了，成天围坐在一起海侃神聊。"还说："我可没有时间追求那些时髦的玩意，我还得忙着攒钱养老呢。"

---

① 美国劳工联合会（American Federation of Labor）：简称劳联，建于1881年。

到这个小公寓里来的男士，不管是陆军军官还是讨厌军队的激进派，大都潇洒自如、温文尔雅，深受女士们的欢迎，完全没有令人尴尬的逗笑取乐，这正是她在囊地鼠草原镇的时候梦寐以求的。不过，他们似乎和萨姆·克拉克夫妇一样能干。她认为，那是因为他们声誉可靠，不会胸怀狭窄、妒火中烧。肯尼科特曾坚称，乡下人举止不雅是因为他们太穷。"我们又不是腰缠万贯的纨绔子弟。"他自鸣得意地说。不过，这些陆军、海军军官，这些政府部门的专家，各种团体的组织者，一年只有三四千美元还那么高兴。而肯尼科特呢，除了地产买卖，至少也有六千美元。萨姆则有八千美元。

尽管她到处打听，但还是搞不清楚，到底有多少粗心大意的人死在了救济院里。救济院这样的机构就是为肯尼科特这种人预留的。因为，他们辛辛苦苦工作了五十年，好不容易"攒了一点股本"，又毫无节制地拿去买伪造的石油股票了。

四

卡罗尔认为囊地鼠草原镇太沉闷、太邋遢，她这个看法并不异常，因而得到大家的支持。她发现，不但因为不喜欢家务劳动而从乡下跑出来的女孩有这样的看法，而且那些举止端庄的老太太也有这样的看法。这些老太太失去了受人尊敬的丈夫和古老的大宅邸，确实很悲惨，然而能住在这些小公寓里，而且还有时间看书，日子过得也还算挺舒服的吧。

不过，她也了解到，和别的小镇相比，无论是在大胆的色彩、聪明的设计方面，还是在惊人的智慧方面，囊地鼠草原镇都堪称典范。跟她同住的那位女教师冷嘲热讽地描述过中西部铁路线上的一个小镇。那个小镇和囊地鼠草原一样大，只是没有草地和树木罢了。

在这个小镇,铁轨沿着铺满煤渣的大街蜿蜒而去,一座座铁路工厂往外冒着一圈圈油腻的烟雾。屋檐和门口都有煤烟往下掉落。

别的小镇她也有所耳闻:有个大草原村庄,一天到晚刮大风,春天烂泥有两英尺深,夏天沙尘飞扬,刚油漆过的房子全都留下了点点斑痕,那些花盆里开出的寥寥几朵花也都蒙上了一层灰尘。在新英格兰的那些厂镇,劳力们居住的一排排小屋就像一块块熔岩一样。在新泽西州,有一个富饶的农业中心,离铁路很远,那里的人虔诚得近乎疯狂。不过,管理那个地方的却是一群老人,一群愚昧得令人难以置信的老人,一天到晚坐在杂货店里谈论詹姆斯·布莱恩。南方有个小镇,到处都是木兰花和白色的圆柱,在卡罗尔看来特别浪漫。不过,那个小镇的人讨厌黑人,百般逢迎那些名门世家。在西部,有个矿区居民区,像块肿瘤一样。还有一个新兴的小城市,有很多公园和聪明的建筑师,来过很多著名的钢琴家和油腔滑调的演说家,但因为工会劳工和制造商协会之间的斗争,那里的人脾气都很暴躁,即使是在那些最轻松愉快的新房子里,对离经叛道者的威逼和围攻也没有停止过。

五

卡罗尔的心路历程可以用一张曲线图标绘出来,但却没有那么容易解读。那些线不连贯,也没有确定的方向,明明该往上升,却七拧八歪地往下降。线条的颜色有淡蓝色、粉红色以及铅笔记号擦掉后的那种暗灰色。只有几条线可以看得出来。

为了保护敏感的心灵,那些不快乐的女人往往冷嘲热讽,说长道短,嘀嘀咕咕,参加高教会派以及新信念教派,或者浑浑噩噩地混日子。卡罗尔虽然没有用这些庇护方法逃避现实,但温柔而又乐观的她已经被囊地鼠草原镇弄得胆小如鼠了。实际上,她这次离家出走,只是惊慌失措中的一时之勇罢了。她在华盛顿的收获,不是有关办公制度和工会的信息,而是重新焕发出来的勇气,以及一种被称为"泰然自若"的、温和的轻蔑态度。她的工作虽然不多,但却和成千上万的人以及几十个国家息息相关。所以,大街也就没有自以为是的那么重要了,实际上它显得很渺小。她以前总觉得维达、布劳塞、博加特之类的人神通广大,但现在对他们也不再那么敬畏。

她从她自己的工作中,从她和在充满敌意的城市里组织妇女参政协会的那些女人的交往中,或者从和那些为政治犯辩护的女人的交往中,她体会到了某种超脱自我的态度。她这才明白,自己以前和莫德·戴尔一样以自我为中心,经常为一些小事生气。

她开始扪心自问,为什么自己会对某些人大发雷霆呢?真正的敌人并不是个别的几个人,而是各种各样的机构。信徒们越是无私地服务,那些机构就越是折磨他们。它们利用各种各样的伪装和冠冕堂皇的名义,如"上流社会""家庭""教堂""健全的事业""政党""祖国"以及"优越的白人"等等,暗中巧妙地推行它们的专制统治。卡罗尔发现,防御这些机构的唯一办法就是一笑置之。

第三十八章

一

卡罗尔已经在华盛顿待了一年。她已经厌倦了办公室的工作。这种工作尚在忍受范围之内,至少比忍受家务活要好一些,但是它一点儿都不刺激。

她独自一人坐在劳舍尔糖果糕点店阳台上的一张小圆桌旁,喝着茶,吃着肉桂吐司。这时,四个女孩叽叽喳喳地走了进来,看样子也是刚刚进入社交界。她刚才还觉得自己年轻放荡,觉得自己那套黑色和叶绿色相间的套装不错。可现在,她看到这些女孩脚踝瘦削,脖子细嫩,最多只有十七八岁,正百无聊赖地抽着香烟,谈论着"卧室闹剧",还说很想"跑去纽约看看那些下流的东西",顿时觉得自己又老又土又丑,巴不得从这些聪明绝顶的女孩身边走开,去过一种更轻松、更和谐的生活。她们一溜烟似的走了出去,其中的一个女孩还对开车的司机吩咐了一番。这时,卡罗尔又觉得自己并不是一个勇于挑战的哲学家,只不过是一个来自明尼苏达州囊地鼠草原镇的年老色衰的政府职员罢了。

她垂头丧气地往康涅狄格大道走去。她突然停下脚步,心脏几乎停止了跳动。迎面向她走来的竟然是哈里和胡安妮塔·海多克。她连忙向他们跑过去,亲了胡安妮塔一下。一旁的哈里透露说:"没想到会来华盛顿——得去纽约买点东西——身上没带你的地址——

今天早上才到——还在纳闷怎样才能找到你哩。"

她听说他们当晚九点就要离开，真的觉得挺遗憾，所以尽量多陪陪他们。她把他们带到圣马克吃晚饭。她把两只胳膊肘挂在桌子上，往前探着身子，兴奋地听着他们说话。"赛·博加特患了流感。不过，当然啦，他那小子命大，没上西天。"

"威尔写信给我说，布劳塞先生已经走了。他干得怎么样呀？"

"好！好！他走了真是我们镇的一大损失。有一个真正热心公益的家伙，真好！"

她发现，她现在对布劳塞一点儿看法都没有了，于是深表同情地说："这场助推运动你会接着干吗？"

哈里支支吾吾地说："咳，我们只是暂时把这事放一放，不过——当然会啦！哎呀，医生在信里有没有跟你说高杰林在德克萨斯打野鸭子时遇到的好运气呀？"

消息都说完了，他们的热情也降了下来。卡罗尔环顾四周，很自豪地把一位参议员指给他们看，又向他们说明那个有顶篷的花园的巧妙之处。她好像觉得，一个身穿小礼服、胡子上涂了蜡的男人傲慢地瞟了一眼哈里那身亮棕色的紧身西装，又瞟了一眼胡安妮塔那件缝口绽线的黄褐色丝绸连衣裙。于是，她瞪眼看着那个男人，既是在捍卫自己的尊严，也是在挑战这个瞧不起他们的世界。

后来，她跟他们挥手道别，看着他们消失在长长的站台尽头。然后，她站在那儿看那些站名：哈里斯堡[①]，匹兹堡，芝加哥。芝加哥下一站是？她仿佛看见了一个个湖泊和一片片残留着麦茬的田地，听见了有节奏的虫鸣和一辆四轮单马马车的嘎吱声，还听到萨姆·克拉克跟她打招呼说："嗯，嗯，小娘子过得还好吧？"

---

① 哈里斯堡（Harrisburg）：宾夕法尼亚州首府，是由东海岸通往中西部各州的重要门户，也是一个纵贯南北、横贯西东的重要贸易口岸，更是美国赖以生存的煤炭、石油、钢铁产销的重要基地。

在华盛顿，没有一个人像萨姆一样把她放在心上，为她的过失而烦恼。

不过，那天晚上，有个刚从芬兰回来的男人到她们公寓来串门了。

二

卡罗尔和那位上尉坐在波瓦坦屋顶花园里。在一张桌子的旁边，坐着一个男人，嚷嚷着要给两个头发蓬松的女孩买什么稀奇古怪的"软饮料"。那个男人虎背熊腰，看上去很眼熟。

"哎呀！我想我认识他。"她喃喃地说。

"谁呀？那个人吗？嗬，布雷斯纳汉。珀西·布雷斯纳汉。"

"是的。你见过他吗？他这人怎么样呀？"

"他这个笨蛋心肠很好。我挺喜欢他的。我觉得，作为一名汽车推销员，他可以说是个奇才。不过，他在航空部门可就不那么招人待见喽。这人千方百计想干点有用的事儿，可他啥也不懂——他真的啥也不懂。不过，这么有钱还到处折腾，想方设法干点有用的事儿，也挺可怜的。你是想跟他聊聊吗？"

"不……不……我可没有这个想法。"

三

她现在正在看一部电影。这部电影被广告吹得天花乱坠，实际上却糟糕透顶，里面充斥着那种皮笑肉不笑的理发师、廉价的香水、闹市区后街蒙着红丝绒的套房以及嚼着口香糖的扬扬自得的胖女人。影片想要呈现的是画室里的生活：男主人公画了一幅肖像，堪称杰作；他还能从烟斗冒出的烟里看见很多幻影；这个男人很勇敢，很贫穷，也很单纯；他留着一头长鬈发；他的那幅杰作有点奇怪，就像一张放大的照片似的。

卡罗尔正准备离开。

这时，银幕上出现了一位名叫埃里克·沃洛的男演员，扮演的角色是一位作曲家。

她吓了一跳，简直不敢相信自己的眼睛，接着又很伤心难过。那个在银幕上直愣愣地盯着她看的人，那个头上戴着一顶贝雷帽、身上穿着一件天鹅绒短上衣的人，竟然是埃里克·沃尔博格。

他的这个角色很苍白，演得不好也不坏。她想："我本来可以让他更有名的——"她没有再想下去。

她回到家里，看了肯尼科特的好几封信。这些信看似语气生硬、内容粗略，可是现在字里行间却浮现出一个人物的形象，他的个性和那个穿着天鹅绒短上衣在一个有布景的房间里弹着一架哑巴钢琴的颓废青年完全不同。

四

在十一月份的时候，肯尼科特第一次过来看她，那时她已经来华盛顿十三个月了。当他说他要过来的时候，她一点都不确定自己是不是希望见到他。不过，让她高兴的是，他自己已经做了决定。

她向办公室请了两天的假。

她看见他拎着那只笨重的手提箱下了火车，坚定而又自信地大踏步走了过来，不禁胆怯起来——他这个人太庞大了，根本搞不定。他们迟疑地亲了一下彼此，然后同时开口说道："你气色很好，孩子还好吧？""亲爱的，你气色真是好极了，一切都还好吧？"

他咕哝着说："我不想扰乱你的计划，也没想打扰你的朋友，或者怎么样。不过，如果你有空的话，我倒是想逛逛华盛顿，下下馆子，看看电影或者杂耍表演之类的，暂时把工作放一放吧。"

在出租车里的时候，她才注意到他穿着一套质地柔软的灰色西装，戴着一顶舒适的软帽，还系了一条花哨的领带。

"喜欢这套新行头吗？在芝加哥买的。唉，但愿这是你喜欢的类型。"

他们在公寓待了半个小时，陪休一起玩。她有点激动，可他却没有想要再次亲吻她的意思。

肯尼科特参观了一下几个小房间。卡罗尔注意到，他那双棕褐色的新鞋擦得铮亮。他的下巴上添了一道新疤，他肯定是在火车快要驶入华盛顿的时候刮了脸。

她带肯尼科特去参观国会大厦。肯尼科特问她到圆顶有多少英尺高，她也热情体贴地为他估算了一下，然后她又把参议员拉福莱特①和副总统②指给肯尼科特看，到了吃饭的时候又像个老主顾似的领着肯尼科特穿过地下通道去参议员餐厅就餐。让肯尼科特看到自己认识那么多人，她感觉自己很了不起，心里美滋滋的。

她意识到，他又稍微秃了一点儿。他的头发在左边分开，跟以前一模一样，让她看了就烦。她低头看了看他的双手，指甲跟以前一样修得很不像样，这比他那双铮亮抢眼的皮鞋更让自己恼火。

"你今天下午想坐车去芒特弗农③吧，是不是？"她问道。

这是他早就计划好的一件事。他很高兴，因为去这个地方显得

---

① 拉福莱特（La Follette，1855—1925）：美国政治人物，20世纪20年代进步党运动的主要领导人。
② 此处指美国第二十八任副总统托马斯·赖利·马歇尔（Thomas Riley Marshall，1854—1925），任职期为1913年3月4日—1921年3月4日。
③ 芒特弗农（Mount Vernon）：美国第一任总统华盛顿的种植园。

特别有修养,也不枉来华盛顿一趟。

在路上的时候,他羞怯地握着她的手,跟她说起家乡的消息:乡亲们正在给新教学楼挖地基,维达老是盯着丈夫看的样子让他看了就烦,以及可怜的切特·达沙韦在西海岸的一场车祸中不幸遇难。他没有刻意讨好她喜欢自己。到了芒特弗农的时候,他对那间镶了墙板的藏书室和华盛顿的牙科器械连连称赞。

她知道他想吃牡蛎,也一定听说过因为格兰特和布莱恩而出名的哈维餐馆,于是就带他去了那儿。他本来说话很爽朗,对所到之处也都很喜欢。可是,吃晚饭的时候,他却变得紧张起来,因为很多有趣的事情他都想问个明白,比如他们是否还做夫妻。不过,他一个问题都没问,对她回家的事也只字不提。他只是清了清嗓子说:"哦,听我说。我用那架旧相机试了一下。这些照片拍得很好,不是吗?"

他把三十张照片往她面前一丢,拍的全是囊地鼠草原镇和附近乡下的风景。卡罗尔毫无防备,一下子又被推到了那个地方。她记得,他以前追求自己的时候也是拿照片做诱饵的。她知道,他因为曾经略施小计就奏效而沾沾自喜,所以现在又故技重演了。不过,一看到那些熟悉的地方,她也就不去计较这一点了。她现在看到的是,在明尼玛希湖畔的白桦树丛中,那些蕨类植物在阳光下若隐若现;绵延数英里的田地里随风翻滚着麦浪;他们自己家的门廊,休以前经常在那儿玩;还有大街,那儿的每一扇窗户和每一张面孔她都很熟悉。

她把照片还给他,顺便对他的摄影技术赞扬了几句,于是他就侃起了各种镜头和定时曝光。

晚饭结束了,他们聊起了她那个小公寓里的那群朋友。不过,一个不速之客闯进了他们当中,这个人就在一旁闲坐着,赖着不走,让人无法回避。卡罗尔忍无可忍,断断续续地说:

"我把你的行李寄存在火车站了,因为我不太确定你要住在哪里。我实在抱歉,我们公寓腾不出地方给你过夜。我们本该事先帮你找个房间的。你看你现在是不是最好给威拉德旅馆或者华盛顿旅馆打个电话?"

他愁眉苦脸地凝视着她。她是不是也要去威拉德旅馆或华盛顿旅馆呢?他欲言又止,她也默不作声。不过,她尽量装出一副若无其事的样子,好像他们根本没在盘算这种事一样。如果他对这件事逆来顺受的话,她一定会很讨厌他的。可是,他既没有逆来顺受,也没有大动肝火。尽管他可能对卡罗尔的冷漠很不耐烦,但他还是非常爽快地说:

"好的。我想,那就这么办好了。对不起,请给我一点点时间。打一辆出租车,上你公寓坐一会儿,咋样呀?天哪,那些出租车转弯的时候真让人受不了,比我开车还吓人!我想去看看你那些朋友,一定都是漂亮的女人。我也想再看一眼休,看看他睡眠怎么样。我还想了解一下他的呼吸情况。他应该不是扁桃体肿大,但我最好还是去查看一下,好吧?"他拍了拍她的肩膀。

他们回到公寓,见到了两位同住一室的朋友,还有一位因为女权运动进过监狱的女孩。出人意料的是,肯尼科特跟她们谈得很投机。听到那个女孩绝食抗议的趣事,他开怀大笑起来。他还告诉那位女秘书如何处理打字造成的眼睛疲劳问题。那位女教师问他有没有"可以预防感冒的疫苗",显然没有把他当作朋友的丈夫,而是把他当作了一位医生。

在卡罗尔看来,他的方言还没有他们惯用的俚语放肆。

当着同伴的面,他像个大哥哥一样吻了她一下,然后跟她道声晚安。

"他人真好。"她那两位同住一室的朋友说,然后就等着卡罗尔吐露实情。不过,她们什么也没听到,而她自己心里也不知道。她发现,也没有什么特定的事让他痛苦。她觉得,她已经没有力量去分析和控制别人,而是任由别人摆布了。

第二天早上,肯尼科特过来公寓吃早餐,还洗了餐具。这是她扬眉吐气的唯一机会。在家的时候,他可从来没有想过洗餐具!

卡罗尔带他游览了很多"名胜"——财政部大楼、华盛顿纪念碑、科克伦艺术画廊①、泛美联合大厦②、林肯纪念堂和西边的波托马克河③、阿灵顿国家公墓以及寇提斯李大宅④的圆柱。尽管肯尼科特一心想要游玩,但他身上总是流露出一种忧郁,这让卡罗尔非常生气。他两眼平时就木然呆板,现在更显呆滞无光、生疏冷漠。他们穿过拉斐特广场,目光越过杰克逊塑像,远眺白宫壮丽静谧的外观。这时,肯尼科特叹了口气说:"早就该找机会来这些地方看看了。上大学那会儿,我还得打工维持学业。碰上不打工或者不学习的时候吧,我又瞎胡闹。我们那帮人个个都是游手好闲、兴风作浪的高手。要是我早点儿懂事,多去听听音乐会什么的,说不定早就变成你所说的那种聪明人了吧?"

"哎哟,亲爱的,别谦虚了!你很聪明啊!比方说,你是技艺最精湛的医生——"

他绞尽脑汁去想自己想说的事情。突然,他找到要说的事了:"说到底,你还是很喜欢囊地鼠草原镇的那些照片的,对吧?"

"是的,那当然。"

"回到那个破镇瞟一眼也不赖,对吧?"

---

① 科克伦艺术画廊(Corcoran Gallery of Art):位于华盛顿特区的一座私人美术馆,成立于1869年,因收藏丰富多彩的美国艺术品而著名。
② 泛美联合大厦(The Pan American Union Building):美洲国家组织的总部,位于华盛顿北街第17街,于1910年投入使用。
③ 波托马克河(Potomac River):美国中东部最重要的河流。源出阿巴拉契亚山脉西麓。由北布朗奇河同南布朗奇河汇合而成,注入大西洋的切萨皮克湾。
④ 寇提斯李大宅(Custis-Lee Mansion):位于阿灵顿的一座希腊复古风格的建筑,南方军总司令罗伯特·李将军(General Robert E. Lee)的宅邸。

"是的,是不赖。就像在这儿见到海多克夫妇一样,我很高兴。不过,请不要误会我的意思!这并不是说我所有的批评都要收回。我是应该回去看一眼老朋友,但这跟囊地鼠草原镇该不该搞很多喜庆活动,该不该卖小羊排,没有任何关系。"

肯尼科特连忙说:"没有,没有!当然没有。我明白。"

"不过,我也知道,跟我这样求全责备的人一起生活一定很烦。"

他咧嘴笑了。她喜欢他咧嘴笑的样子。

五

那些年迈的黑人马车夫、一个又一个海军上将、各式各样的飞机、他的所得税入缴国库的那栋大楼、一辆劳斯莱斯[①]汽车、林黑文厚牡蛎[②]、联邦最高法院、试排一出新戏的一位纽约剧场经理、林肯去世时所住的房子、意大利军官的斗篷、卖午餐盒饭给机关职员的流动售货车、切萨皮克运河上的驳船以及哥伦比亚特区的汽车兼有华盛顿特区和马里兰州的车牌,都让肯尼科特激动不已。

卡罗尔软磨硬泡,才把肯尼科特带去看她钟爱的绿树掩隐中的白色小别墅和乔治风格的房子。肯尼科特承认,比起油漆涂刷过度的木头盒子,楣窗和玫瑰色砖墙上的那些白色的百叶窗更有家的感觉。他主动开口说:"我明白你的意思。这些景色让我想起老式圣诞节的那些景象。嗬,如果你坚持的时间再长一些,你都能让我和萨姆学会读诗什么的了。哎呀,杰克逊·埃尔德把他的车漆成了绿

---

① 劳斯莱斯(Rolls-Royce):世界顶级超豪华轿车厂商,1906年成立于英国,公司创始人为查理·劳斯(Charles Stewart Rolls)和亨利·莱斯(Frederick Henry Royce)。

② 林黑文厚牡蛎(Lynnhaven oysters):因产自弗吉尼亚州长岛的林黑文湾地区而得名。

色，难看死了，这事我跟你说过吗？"

六

他们在吃晚饭。

肯尼科特暗示说："你今天带我看那些地方之前，我就已经下定决心了，我们以前不是经常说要盖一个新房子嘛，到时候我就按照你的想法去盖。地基、暖气之类的东西我都很有经验，但建筑风格我就不太懂了。"

"亲爱的，你吓了我一跳，我也不懂呀！"

"嗯——不管怎么说——你让我来设计车库和水暖设备系统，剩下的事都交给你，如果你——我的意思是说——如果你愿意的话。"

卡罗尔含含糊糊地说："你真是太好了。"

"卡丽，听我说，你以为我会求你爱我啊。我不会这样的。我也不会强求你回囊地鼠草原镇的！"

卡罗尔惊得目瞪口呆。

"我们是吵得不可开交。不过，我想我已经看明白了，你再也受不了囊地鼠草原镇了，除非你自己想要回去。我不用说我想你想得发疯。不过，我也不会要求你想我。我只是想让你知道，我一直在等你。每次邮递员来，我都盼望会有你的信。收到你的信的时候，我又有点儿害怕拆开它，我真的希望你很快就会回来。傍晚的时候——你知道吗，整个夏天我都没去过湖边的小别墅。只是因为看到他们有说有笑地游泳，可你又不在那儿，这让我受不了。我只好待在镇上，每天坐在门廊上，我……我总觉得你只是跑到药店去了，很快就会回来的。一直等到天黑，我发现自己还在痴痴地等，伸着脖子往街上望，可你还是没有回来。屋里那么空荡，那么安静，我根本不想进屋。有的时候，我都坐在椅子上睡着了，一直到后半夜才醒——哎呀，见鬼！卡丽，请你明白我的意思。我只是想让你知道，要是你真回去的话，我有多么欢迎你。不过，我不会要求你回去的。"

"你真……这太……"

"还有一件事。我跟你实话实说吧。我也不是永远都绝对，呃，绝对正经。我一直都爱你们，你和孩子，胜过爱这世上的一切。但有时你对我太冷淡，我就会很孤单，很恼火，就跑出去了，就……绝不是有意要……"

她很同情他，连忙解围说："没关系。我们都别往心里去。"

"可是，我们结婚前你说过，要是你的丈夫做错了事，你希望他能告诉你。"

"我说过吗？我记不清了。而且，我也不会这样想吧。哎哟，亲爱的，我确实知道，你千方百计让我高兴。问题是——我想不清楚。我都不知道我在想什么。"

"那么，你听我说！不要想了！我想让你做一件事儿！向办公室请两个礼拜的假。这儿的天气开始变冷了。我们去查尔斯顿①、萨凡纳②或者佛罗里达玩玩。"

"第二次度蜜月吗？"卡罗尔犹犹豫豫地说。

"不，不要那样说，就当第二次求爱吧。我没有任何要求。我只想有个机会和你到处走走。以前，和你这样一个充满想象、脚步轻快的女孩一起玩耍真是三生有幸，可我总是身在福中不知福。所以——也许你可以离开几天跟我一起去南方看看？如果你愿意的话，你可以——你可以假装是我的妹妹，另外——我会再给休请个保姆！我要请个华盛顿最好的保姆。"

---

① 查尔斯顿（Charleston）：南卡罗来纳州东南部港市。
② 萨凡纳（Savannah）：佐治亚州东部港市。

七

就在玛格丽塔别墅酒店①，在查尔斯顿炮台②的棕榈树旁和波光粼粼的港湾边上，卡罗尔的冷漠逐渐消失了。

他们坐在楼上的阳台上，陶醉在月色中。她大声说："我是不是该跟你一起回囊地鼠草原镇呀？你替我决定吧。我老是下不了决心，真是烦死人了。"

"不。这事还得你自己决定。其实，尽管现在是在度蜜月，但我觉得我并不想让你回家。现在还不想。"

她只有瞠目结舌。

"我希望，你回到那儿的时候会感到满意。我会尽我所能让你开心，但也会有让你不开心的时候，所以我希望你不要着急，慢慢考虑。"

她松了口气。她还有机会享受绝妙的无限自由。她还可以去——哦，在她重回牢笼之前，无论如何，她还要去欧洲看看。不过，她也更加尊重肯尼科特了。她曾经以为，她的人生可以写成一部小说。她知道，尽管她的人生没有可歌可泣的英勇事迹，没有跌宕起伏的戏剧情节，没有时不我待的魅力，也没有英勇无畏的挑战，可是她觉得她的生活仍然很有意义，因为她虽然是个平凡的女人，但在这个时代的妇女的平常生活中，却清晰地表现出了反抗精神。她从没

---

① 玛格丽塔别墅酒店（Villa Margherita）：一座意大利文艺复兴风格的房子，位于南卡罗来纳州的查尔斯顿，始建于1892年，在1905—1953年期间曾用作酒店，在此期间有很多名人入住，如美国前总统威廉·霍华德·塔夫脱（William Howard Taft）、格罗弗·克利夫兰（Grover Cleveland）以及西奥多·罗斯福（Theodore Roosevelt）。本书作者就是在这里完成《大街》（Main Street）书稿的。

② 炮台（The Battery）：查尔斯顿的地标性防御海堤和人行漫步道，著名旅游景点。

想到，肯尼科特的人生也是一部小说。在肯尼科特的故事中，她只是一个没有多少戏份的配角，正如肯尼科特也只是她生活中的一个小配角一样。她也没有想到，肯尼科特竟然和自己一样纠结，也有困惑不解和难言之隐，也渴望得到温暖和同情。

她握着他的手，眺望着令人惊叹的大海，陷入了沉思。

八

卡罗尔还在华盛顿，但肯尼科特已经回到了囊地鼠草原镇。他的来信还和以前一样枯燥无味，写的无非就是水管、猎鹅和费格罗斯太太的乳突之类的事情。

吃晚饭的时候，她一直在和一位女权运动的头头谈天。她应该回家吗？

这位领袖人物懒洋洋地说：

"亲爱的，我这个人是极端自私的。我弄不清楚你怎么就离不开你的丈夫呢。在我看来，你的孩子在这里的学校上学跟在家里的那些棚屋上学是一样的。"

"那你觉得我最好不要回去了？"卡罗尔听上去有点失望。

"事情比这难办多了。我说我很自私，我的意思是说，我对女人唯一的考量就是，她们是否有可能在为妇女创建真正的政治权力方面发挥作用。而你呢？我可以直截了当一点吗？你记住，当我说'你'的时候，我不是指你一个人。我想到的是每年大批拥入华盛顿、纽约和芝加哥的妇女。她们不甘心待在家里，想到天堂来碰碰运气。我想到的是各种各样的妇女，从戴着棉手套、年过五十、胆小如鼠的母亲，到刚从瓦萨学院① 毕业就在自己父亲的工厂里组织罢工的那些女孩！虽然你们大家对我或多或少有所帮助，但没有几个人能接我的班，因为我有一个优点（只有一个优点）：为了爱上帝，我把父母和孩子都撇下不管了。

"你面临的考验是这样：你是像人们所说的那样来'征服东部'呢，还是来征服你自己呢？

"这个问题比你们任何人想象的都要复杂得多——比我当初拉着拖地旅行包出来改造这个世界时所想象的还要复杂得多。'征服华盛顿'或'征服纽约'最复杂的就是，征服者必须超越一切不能征服的东西。在从前那些美好的日子里，事情还简单一些。作家的唯一梦想就是自己的书能卖掉十万册，雕塑家唯一的梦想就是得到豪门大户的盛情款待。就连我这样的社会活动家志向都很单纯，只是希望能被重要部门选中，能被邀请去到处演讲。可是，我们那些多管闲事的人打乱了一切。现在，对我们每个人来说，最丢人现眼的事情就是飞黄腾达。那些深受有钱的赞助人欢迎的社会活动家肯定会软化自己的主张去取悦他们，还有那些拼命捞钱的作家——那些可怜的家伙，我听说他们为此向那些专写悲惨结局的蹩脚作家道歉呢，我还看见他们因为签下电影版权赚了大钱而感到羞愧呢。

"这个世界一片混乱。如果你出名了，你爱的人就不欢迎你了。失败只有一种，那就是廉价的成功。个人主义者也只有一种，那就是抛弃了个人主义去为无产阶级服务的人，而那些无产者却忘恩负义，对他们嗤之以鼻。在这样一个乱七八糟的世界，你难道还想要牺牲自己吗？"

卡罗尔讨好地笑了笑，表明自己确实是渴望牺牲的人，但又叹

---

① 瓦萨学院（Vassar College）：位于纽约州东南部城市波基普西（Poughkeepsie）的一所文理学院。学校成立于1861年，建校之初是一所女校，也是著名的"七姐妹"之一。

了口气说："我不知道。恐怕我没那么勇敢吧。当然了，我还没有脱离家庭。为什么我就没干过惊天动地的大事呢——"

"这不是勇敢的问题。这是忍耐力的问题。你们中西部的人可以说是双料清教徒——新英格兰清教徒外加大草原清教徒。你们表面上是直率的拓荒者，但内心仍然像凄风冷雨中的普利茅斯石①那样坚定。如果你想干出惊天动地的大事，只有一个办法，这也许是唯一一个放之四海而皆准的办法：你可以持续观察在你家里、教会里和银行里发生的一件又一件事情，问问为什么会是那样，最初又是谁制定的法律规定只能那样。如果我们当中有足够多的妇女这样毫不客气地追查下去，大概只要两万年我们就能变成文明人了，而不是像我那些愤世嫉俗的人类学家朋友所认为的那样，不得不等待二十万年的时间……对于太太们来说，这可以说是一件又简单又快乐又合算的家务事了，就是要求人们认清他们的工作而已。就我所知，这可是最危险的教义了！"

卡罗尔还在冥思苦想："我要回去！我要继续追问。我一直都在这样做，只不过总是失败罢了，我已经尽力了。我要问问埃兹拉·斯托博迪，为什么他要反对铁路国有化；还要问问戴夫·戴尔，为什么一个药店老板老是喜欢别人叫他'医生'；可能还要问问博加特太太，为什么她总是蒙着一块寡妇的面纱，像个死老鸹似的。"

那位妇女领袖挺直腰板说："其实，你做过一件惊天动地的事情。你有个孩子可以抱一抱。但那正是我的痛处。我做梦都想生几个孩子——生一个也行——所以我经常溜到公园去看孩子们玩耍。在杜邦环岛②玩耍的那些孩子就像满园的罂粟花一样。而且，那些

---

① 普利茅斯石（Plymouth Rock）：马萨诸塞州普利茅斯港的一块大岩石，据说1620年移民美国的英格兰清教徒前辈在此处靠岸。
② 杜邦环岛（Dupont Circle）：华盛顿市内一个充满活力且国际化的地区，周围聚集了很多博物馆、历史建筑、外国使馆，等等。

反对派都说我'没有女人味'！"

卡罗尔诚惶诚恐地想："休就不该呼吸一下乡村空气吗？我不会让他变成一个乡巴佬的。我可以引导他,让他不要到街头游荡……我想,我能做到。"

在回家的路上她又想："既然我已经开了个先例,加入了工会,出去闹过罢工,还学会了跟人搞好团结,我就不用这么害怕了吧。威尔也不会一直反对我离家出走吧。有朝一日,我可能真的会跟他一起去欧洲……不然我自己去。

"我都跟那些不怕坐牢的人一起住过了,还怕什么海多克夫妇,我就请迈尔斯·伯恩斯塔姆那样的人吃顿饭又能怎样……我想,我可以做到的。

"我要把伊薇特·吉尔贝[①]的歌曲和埃尔曼[②]的小提琴曲一起带回去。它们比秋天麦茬里蟋蟀的唧唧声好听多了。

"我现在既能开怀大笑,又能平静安详……我想我能做到。"

她表示,尽管她要回去了,但她并没有被彻底打败。她为自己的反叛感到高兴。大草原不再是烈日下的一片旷野,而是变成了一头生龙活虎的茶色野兽。她跟这头野兽搏斗过,并且通过搏斗把它变美了。在那些乡村街道上,可以看到她的愿望的影子,可以听到她快步行走的声音,还播种了很多神秘而又伟大的种子。

九

她对囊地鼠草原镇的怨恨已经消失得无影无踪。在她眼里,这

[①] 伊薇特·吉尔贝（Yvette Guilbert, 1865—1944）：法国的一名夜总会歌手。
[②] 埃尔曼（Elman, 1891—1967）：美籍俄裔小提琴家,因1905年3月在伦敦皇后大厅演奏柴科夫斯基的《小提琴协奏曲》而轰动乐坛。

个小镇现在已经变成了一个日夜忙碌的新市镇。她想起肯尼科特为镇上的老百姓辩护时说"他们都是老实巴交的大好人,一天到晚埋头苦干,千方百计把子女培养成人",颇有同感。她又想起大街初建时的寒碜样儿,想起那些聊以栖身的棕色小屋,心里很不是滋味。她觉得,他们衣衫褴褛、与世隔绝,实在可怜。就连他们在死亡观俱乐部的读书报告中自诩当地有文化氛围,在"助推"运动的宣传中吹嘘本地很了不起,她都觉得情有可原了。她仿佛看到了暮色苍茫的大草原中的大街,一群严肃而又孤寂的人正站在一排边疆的棚屋前等她回去,宛如一个朋友都已去世的又严肃又孤寂的老人。她记得,肯尼科特和萨姆·克拉克都听她唱过歌,她现在就想跑回去唱给他们听。

她高兴地想:"我总算能比较公平地看待这个小镇了。我会爱上它的,现在就爱。"

也许,她是因为自己宽容大度,所以有些扬扬自得。

她凌晨三点突然醒了,是被一个与埃拉·斯托博迪和博加特寡妇有关的梦折磨醒的。

"我一直试图把这个小镇变成一个神话世界。人们一直都在遵循一个传统,认为家乡最好,童年最快乐,大学同学最出色。可我们却把这些忘了。我也从来没有想到,大街并不觉得自己孤单可怜。它觉得自己就是人间天堂。它没有在等我回去。它并不在乎我。"

不过,第二天傍晚,她还是觉得囊地鼠草原就是她的家,这个家正伫立在灿烂的夕阳中等待着她的归去。

时间又过了五个月,她才回去。在这五个月里,她如饥似渴地搜集着各种唱片和专辑,准备带回家打发那些漫长而又寂静的日子。

她在华盛顿消磨了将近两年的时间。

六月里,她动身返回囊地鼠草原镇。这个时候,她的第二个孩子已经在她腹中活动了。

第三十九章

一

卡罗尔一路上都在想回到家以后会有什么样的感觉。她想得太周全了,所有想象到的感觉全都应验了。每一个熟悉的门廊都让她激动不已,每一声"唷,唷"的热情洋溢的招呼都让她异常兴奋。整整一天,她都是镇上最重要的新闻人物,这让她有点受宠若惊。她四处走动,到处拜访。胡安妮塔·海多克滔滔不绝地说起了她们在华盛顿的邂逅,还把卡罗尔带到她上层的社交朋友圈。看来这位以前的冤家对头有可能会成为她最亲密的朋友,因为维达·舍温尽管也很热情,但却始终和她保持一定的距离,生怕她会从华盛顿引进什么异端邪说。

傍晚时分,卡罗尔去了面粉厂。在面粉厂的后面有一个灯泡厂,里面的电动机发出神秘的嗡嗡嗡的声音,在暮色中更显喧闹。夜间守卫员钱普·佩里就坐在面粉厂的大门口。他抬起青筋暴突的双手,尖声尖气地说:"我们都想死你啦。"

华盛顿会有人想念她吗?

在华盛顿,谁会像盖伊·波洛克这样可靠?她在街上看见波洛克的时候,他还是像往常一样笑眯眯的。他似乎永远都不会改变,俨然已经成了她自己的一部分。

一个礼拜之后,她才认定,这次回来她既说不上高兴,也说不上难过。她平淡地开始每一天的生活，就像在华盛顿上班的时候那样。这就是她的工作。每天都有很多机械呆板的琐事和毫无意义的话题。那又怎样？

她曾经怀着激动的心情解决掉的唯一难题，现在却变得毫无意义。在列车上的时候，她心情无比激动，甘愿做出牺牲，放弃自己那个房间，好好地跟肯尼科特过完下半辈子。

想不到进门才十分钟，肯尼科特就咕哝着说："哎呀，我没动你的房间，它还是你喜欢的老样子。我现在也开始有点儿理解你的想法了。真搞不明白为什么那些家伙明明相亲相爱却搅得彼此心烦。如果我说的不是实话，我就不得好死。其实，我也想有一点私人空间，仔细考虑一些事情。"

二

她已经离开了一座城市，那里的人通宵达旦地闲聊，聊的是世界的变迁、欧洲的革命、基尔特社会主义[①]和自由体诗。她曾经以为整个世界都在改变。

但现在她发现不是那么回事。

在囊地鼠草原镇，热议的话题无非就是禁酒、在明尼阿波利斯某个地方花十三美元就能买到一夸脱威士忌、家酿啤酒的制作方法、"生活成本太高"、总统选举、克拉克的新车以及赛·博加特那些并不算新奇的怪癖。他们的问题和两年前一模一样，跟二十年前也是一样，甚至跟二十年后都完全一样。这个世界就像一座随时都会喷发的火山，但那些庄稼汉依然在山脚下耕作。火山偶尔确实会喷出

[①] 基尔特社会主义（guild socialism）：行业社会主义，是20世纪初在英国工人运动中出现的资产阶级改良主义思潮。

一股熔岩，甚至会落在最有经验的庄稼汉身上，让他们惊慌失措，深受其害。可是，他们的亲戚还是会把这些农场接过来，过一两年再回去耕种。

镇上新建了七所平房和两家汽车行，肯尼科特觉得这是很了不起的事，卡罗尔却怎么也提不起兴趣，她只是漫不经心地说了一句："哦，是的。我想，那些房子还行。"她真正注意到的一大变化是那座新建的教学楼：赏心悦目的砖墙，敞亮的窗户，还有体育馆，以及农艺课和烹饪课的专用教室。这表明维达是成功的。卡罗尔心情很不平静，她想参加活动——什么活动都行。于是她得意扬扬地去找维达说："我想，我应该帮你做点事情。我可以从最基层做起。"

她说到做到。她每天去农妇休息室做一个小时的服务员。她唯一的创新就是把那张松木桌子漆成了黑色和橘色，这让死亡观俱乐部的人大吃一惊。她跟那些农妇闲聊，替她们哄孩子，觉得很开心。

她沿着大街匆忙行走着，想着要赶往欢乐雨季俱乐部闲聊，因为还在想着那些农妇和孩子，所以也就没把大街的丑陋当回事。

她现在上街也戴眼镜了。她开始问肯尼科特和胡安妮塔，自己的样子是不是还那么年轻，是不是比实际年龄三十三岁还要年轻一些。那副眼镜有点夹鼻子，所以她考虑换一副平光眼镜。可是，如果戴上平光眼镜，她会显得更老的，也别指望再变了。不行！她还不能戴平光眼镜。不过，她在肯尼科特的诊室里试着戴过一副。平光眼镜确实舒服多了。

三

韦斯特莱克医生、萨姆·克拉克、纳特·希克斯，还有德尔·斯纳弗林，正在德尔的理发店里闲聊。

"嗯，眼下，我看到肯尼科特的太太正在农妇休息室里忙得团团转呢。"韦斯特莱克医生说话的时候特别强调了"眼下"。

德尔正在给萨姆刮胡子，这时停了下来，手里的刷子正不停地往下滴泡沫。他打趣地说：

"她接下来该忙什么了呀？据说她以前认为这个小镇不够漂亮，不配给她这样的城里小姐住，还问我们愿不愿意交三十七点九的税，把镇子彻底整顿一番让它变得漂亮一点，比如给消防栓加上罩子啦，在草地上树立一些雕像啦——"

萨姆很生气地吹掉嘴唇上的肥皂沫，于是飘起一些乳白色的小泡泡。他哼哼着说："要是真能让一个聪明的女人教教我们这些大老粗怎么把这个小镇建好，那也是件大好事啊。她这个人只是有点异想天开，就跟那个吉姆·布劳塞差不多，到处吹牛说要建好多工厂。不过，你可以相信，虽然肯尼科特太太不太稳重，但她这个女人绝对聪明。看到她回来真开心。"

韦斯特莱克医生连忙附和说："我也开心！我也开心！她自身修养很好，又饱读诗书，起码读过不少小说吧。当然咯，她跟别的女人都一样——根基不扎实，没有学者派头，对政治经济学一窍不通，不管哪个信口开河的怪人提出什么新思想，她都信以为真。不过，她这个女人还不错。也许，她能把农妇休息室整顿好呢。这个休息室是个好东西，给镇上招揽很多生意。既然肯尼科特太太出去转了一趟，想必也就不会再有那些愚蠢的想法了吧。也许，她已经认识到了，她要是一个劲地教我们干这干那，只会让乡亲们笑话的。"

"当然啦。她自己会明白的。"纳特·希克斯咂咂嘴，公正地说，"依我看，她也算是咱们镇上首屈一指的美女了。不过，哎唷！"他的语气把大家吓了一跳，"我猜，她还在想念以前给我打工的那个瑞典小伙沃尔博格吧！他们俩真是天生的一对！谈什么诗歌，一派胡言！要是他们侥幸没被发现，恐怕他们早就他妈的难舍难分了——"

萨姆·克拉克插嘴说："胡说八道！他们根本就没想过要谈情说爱。他们只是在一起谈谈书籍和那些乱七八糟的东西罢了。我跟你说吧，卡丽·肯尼科特是个聪明的女人，像她这种有文化的聪明女人想法都很古怪。不过，等她们生了三四个孩子以后，她们就不会再有那些古怪的想法了。你们等着瞧吧，她总有一天会安定下来，去主日学校教教课，到社交聚会上帮帮忙，老老实实做人，也不会过问经济和政治。一定会这样的！"

他们又讨论了十五分钟，谈的是卡罗尔的长筒袜子，她的儿子，她的独立卧室，她喜欢的音乐，她和盖伊·波洛克的老交情，她在华盛顿的大概工资，以及她回来以后说过的每一句话。最后，在这家理发店里举行的最高议会做出了一个决定：准许卡罗尔·肯尼科特在这儿生活下去。然后，他们又兴致勃勃地听起了纳特·希克斯的新故事，说的是那位旅行推销员和老处女之间的风流韵事。

四

莫德·戴尔似乎很不喜欢卡罗尔回来，卡罗尔完全闹不明白个中原因。在欢乐雨季俱乐部，莫德神经质地傻笑着说："嗯，我想你肯定觉得战时工作是个好借口，所以跑出去痛痛快快玩了一回。胡安妮塔，你觉得我们是不是应该让卡丽跟我们讲讲她在华盛顿认识的那些军官呀？"

她们窸窸窣窣动了一会儿，然后就瞪大眼睛看着。卡罗尔望着她们，觉得她们这么好奇似乎很自然，不过并不重要。

"哦，是的，确实如此。改天一定要跟你们讲讲。"她打着哈欠说。

她以前在贝西舅妈面前总要争夺自主权，现在已经不再把这当回事了。她知道，贝西舅妈并不是一定要横加干涉，她只是想为肯尼科特一家做些事罢了。这样一来，卡罗尔忽然想到，老年人的悲剧不在于他们没有年轻人精力充沛，而在于年轻人不再需要他们了；也在于，他们的爱心和唠叨几年前还那么重要，现在他们也心甘情愿奉献出来，但却遭到了年轻人的拒绝和嘲笑。她终于明白了，贝西舅妈拿着一罐野葡萄果冻上门的时候，其实是非常希望自己向她打听果冻的配方。从那以后，贝西舅妈再劈头盖脸问这问那的时候，她可能会感到恼火，但不会再感到沮丧。

她现在甚至连听到博加特太太胡言乱语都不会感到沮丧了。博加特太太说："如今我们已经实施禁酒令了。我觉得，国家下一个疑难问题，与其说是禁烟，还不如说是让老百姓好好过安息日，把那些在礼拜天打棒球、看电影之类的违法人员全都抓起来。"

只有一件事伤了卡罗尔的虚荣心，那就是很少有人向她问起华盛顿。大家曾经满脸艳羡地恳求珀西·布雷斯纳汉高谈阔论，但对她经历过的事实情况却一点都不感兴趣。她知道，她一方面想当一个离经叛道的人，另一方面又想当一个凯旋的英雄，这也太可笑了。不过，她很讲道理，也能想得开。她也并不比以前伤心。

五

卡罗尔在八月份生了一个女孩。她无法决定，这个女孩以后是要做一个女权运动领导者，还是要嫁给一个科学家，或者两种身份兼而有之。不过，有一点是肯定的，她一定要让女儿上瓦萨学院，大学一年级的时候就给她买一套丝织网眼套装和一顶小黑帽。

六

休在吃早餐的时候话很多。他很想谈谈自己对猫头鹰和 F 街的印象。

"别咋咋呼呼的,你话太多了。"肯尼科特粗暴地说。

卡罗尔一听就火了。"不要那样跟他说话!你干吗不听他说?他有好多有趣的事情要说呢。"

"你什么意思?你的意思是说,你想让我一天到晚听他唠叨吗?"

"有什么不可以吗?"

"首先,他该学点规矩了,也该让他接受教育了。"

"规矩也好,教育也好,我从他身上学到的远远比他从我身上学到的多得多。"

"这话从哪说起?难道说这就是你在华盛顿学到的养育孩子的新理论吗?"

"也许是吧。你就没有想过孩子也是人吗?"

"你说的对,但我也不能让他一个人说个没完呀。"

"是的,那当然。我们也有权利说话。可是,我要把他当作一个真正的人来培养。他跟我们大人一样,也有很多思想。我希望他能把这些思想发扬光大,而不只是把囊地鼠草原这些人的陈旧思想传承下去。眼下这就是我的头等大事——不能让我自己,也不能让你,那样去'教育'他。"

"咳,我们不要为这事吵了。不过,我可不要把他惯坏了。"

十分钟以后,肯尼科特就把这事忘了。这一回,卡罗尔竟然也把它忘了——

七

深秋的一天,天空蔚蓝一片,大地满目金黄,肯尼科特一家和萨姆·克拉克一家驱车一路向北,来到位于两个湖中间的一块狭长地打野鸭子。

肯尼科特给了她一支小口径的轻便猎枪。这是她头一回学习开枪,学习开枪的时候不要眨眼,开枪的时候不要畏缩。她这才知道枪管前端的准星是用来瞄准的。她容光焕发。他们同时开枪打一只野鸭子,萨姆非说是她打中的,她差点儿就信了。

湖面上芦苇丛生,她坐在岸边,一边听克拉克太太慢吞吞地讲一些无关紧要的事,一边休息。天色暗下来了,四周一片寂静。她们的背后是一片片阴暗的沼泽地。刚犁过的土地散发着一股清新的气息。湖面上泛着深红色和银白色的波光。那两个男人在等最后一群鸭子飞过,他们说话的声音在清凉的空气中异常清晰。

"注意左边!"肯尼科特像唱歌一样拖长声音喊道。

三只野鸭子排成一行,正在急速向下俯冲。两支枪砰砰作响,一只鸭子应声而落。这两个男人把他们的灯船划向亮光闪闪的湖中,消失在了芦苇丛中。在昏暗的暮色中,他们的欢声笑语、缓缓的溅水声和嘎吱嘎吱的桨声,传回卡罗尔的耳中。天空中,一片似火的晚霞倾斜而下,映入了一个平静的湖湾,随后又消散了,湖面上又是白茫茫一片。肯尼科特大声喊叫说:"喂,老太婆,现在就回家行不行啊?这顿晚餐味道好极了,呢?"

"我要和埃塞尔坐在后面。"卡罗尔上到车里说。

这是她第一次直呼克拉克太太的名字,也是她第一次像大街的女人一样心甘情愿地坐在后面。

"我饿了。不过,饿一下也好。"车子开动的时候她暗自思忖道。

她的目光越过寂静的田野，往西边望去。她知道，这片土地连绵不断一直延伸到落基山脉，延伸到阿拉斯加州。当其他帝国日趋衰朽的时候，这片土地将会崛起，变得空前强大。她知道，在这个时刻到来之前，一代又一代的卡罗尔仍将为了远大的抱负，不懈地与不思进取的惰性做斗争，最终必然以悲剧落幕，没有棺椁，也没有庄严的圣歌。

"明天晚上大家一起去看场电影吧，这部影片特别刺激！"埃塞尔·克拉克说。

"嗯，我本来打算看一本新书的，不过——好吧，我们去吧。"卡罗尔说。

八

"这些人真叫我受不了，"卡罗尔叹了口气对肯尼科特说，"我一直想开展一次一年一度的'社区活动日'，到时候全镇的人都会摒弃前嫌，一起外出参加一些体育活动、野餐会和舞会。不过，伯特·泰比——你们干吗推选他当镇长呀？他硬是把我这个主意给抢走了。他是想搞'社区活动日'，可是他又想请个政客来'发表演说'。这种装腔作势的事情我碰都不想碰。他还问过维达的意见，维达当然赞成他的做法了。"

肯尼科特一边给钟表上发条，一边思考这件事，然后他们就拖着沉重的脚步上楼了。

"是的，伯特横插一脚当然会让你不高兴了，"他亲切地说，"社区活动这种噱头你还这么上心呀？整天折腾来折腾去，担心这担心那，还得搞什么体验活动，你不觉得烦呀？"

"我还没开始干呢。你瞧！"她领着肯尼科特来到婴儿房门口，指着女儿那个长着一头棕色绒毛的小脑袋说,"你看见枕头上那个东西了吗?你知道那是什么吗?那是一枚炸弹,专炸那些自命不凡的人。如果你们这些保守派聪明一点的话,你们就不应该去抓那些无政府主义者,你们应该趁这些孩子还在婴儿床上酣睡的时候把他们一网打尽。想想看,要是这个丫头活到2000年,她会看到些什么,又会瞎弄些什么!她可能会看到一个服务全世界的产业工会,她也可能会看到能飞上火星的飞机。"

"是的,也许确实会有这些变化。"肯尼科特打着哈欠说。

卡罗尔坐在他的床沿上。他却在衣柜里到处翻找一条领圈,这条领圈本应在那儿的,却怎么也找不到。

"我会干下去的,一直干下去。我很开心呀。不过,这次"社区活动日"的事情让我明白,我彻底失败了。"

"那条该死的领圈准是丢了,"肯尼科特咕哝着说,然后又提高声音说,"是的,我猜你——亲爱的,你刚才说什么来着,我没太听清。"

她拍了拍他的枕头,又把他的床单往下拽拽,她一边收拾一边说:

"不过,我也有成功的地方:虽然我屡遭挫败,但我从来没有嘲笑过自己的志向,也没有假装已经超过了那些志向,以此为自己的失败开脱。我不承认大街已经够漂亮了!我不承认囊地鼠草原比欧洲更伟大,或者更慷慨!我不承认洗碗这样的工作能让所有的妇女都心满意足!也许这一仗我打得不够漂亮,但我还在坚持自己的信念呀。"

"当然。你当然还在坚持,"肯尼科特说,"嗯,晚安。我总觉得明天可能会下雪呢,得考虑赶紧装防风窗了。哎呀,你有没有注意到女佣是不是把螺丝刀放回原处了呀?"

・附 录・

辛克莱·路易斯小说年表

中文名	英文名	年份
步行与飞机	Hike and the Aeroplane	1912
我们的瑞恩先生	Our Mr. Wrenn	1914
鹰的踪迹	The Trail of the Hawk	1915
求职	The Job	1917
无辜的人	The Innocents	1917
自由的空气	Free Air	1919
大街	Main Street	1920
巴比特	Babbitt	1922
阿罗史密斯	Arrowsmith	1925
捕人陷阱	Mantrap	1926
埃尔默·甘特利	Elmer Gantry	1927
认识柯立芝的人	The Man Who Knew Coolidge	1928
多兹沃思	Dodsworth	1929
安·维克斯	Ann Vickers	1933
艺术的事业	Work of Art	1934
不会在这里发生	It Can't Happen Here	1935
挥霍无度的父母	The Prodigal Parents	1938
贝瑟尔·麦瑞德	Bethel Merriday	1940
吉顿·帕兰涅斯	Gideon Planish	1943
卡茜·丁伯莱	Cass Timberlane	1945
王孙梦	Kingsblood Royal	1947
追寻上帝的人	The God-Seeker	1949
世界这么大	World So Wide	1951

图书在版编目(CIP)数据

大街/[美]辛克莱·路易斯著;顾奎译.
—桂林:漓江出版社,2017.5
(诺贝尔文学奖作家文集·路易斯卷)
ISBN 978-7-5407-8038-8

Ⅰ.①大… Ⅱ.①辛… ②顾… Ⅲ.①长篇小说-美国-现代 Ⅳ.①I712.45

中国版本图书馆 CIP 数据核字(2017)第 037356 号

DAJIE

大街

[美]辛克莱·路易斯 著

顾奎 译

出版人:刘迪才

责任编辑:张　谦
　　　　　辛丽芳
书籍设计:石绍康
责任印制:杨　东

漓江出版社有限公司出版发行
广西桂林市南环路 22 号　邮政编码:541002
网址:http://www.lijiangbook.com
全国新华书店经销
发行电话:0773-2583322　010-85893190
北京汇瑞嘉合文化发展有限公司印制
[北京市经济技术开发区荣华南路 10 号院荣华国际大厦 5 号楼 1501 室
邮政编码:100176]
开本:880mm×1230mm　1/32
印张:19.25　字数:477 千字
2017 年 5 月第 1 版　2017 年 5 月第 1 次印刷
定价:55.00 元

如发现印装质量问题,影响阅读,请与承印单位联系调换
[电话:010-67817768]